MW01633525

TINTE
&
FEDER

## Das Buch

Uganda in den 1990er-Jahren: Skrupellos entführt der Warlord Joseph Kony Kinder aus den Dörfern, macht sie zu Soldaten und schickt sie schwer bewaffnet ins Feld. Auch Anthony Opoka und Florence Okori werden aus ihrem Leben gerissen und Teil von Konys fanatischem Machtkampf. Fern von ihren Familien und der Hoffnung auf eine gute Zukunft bleibt den brillanten Schülern nur ihr tief verwurzelter Glaube an das Gute im Menschen, um zu überleben.
Anthony wird immer tiefer hineingezogen in den Wahnsinn und die dunklen Geheimnisse des Anführers, dem er so nahe kommt wie sonst niemand. Seine Erinnerungen an sein früheres Leben verblassen. Erst als er und Florence sich zufällig begegnen, keimt Hoffnung in den beiden. Ihre Liebe gibt ihnen die Kraft, an ein Leben in Freiheit zu glauben, doch es ist ein langer Weg …

## Der Autor

Mark Sullivan ist erfolgreicher Autor von mehr als zwanzig Romanen, darunter der internationale Bestseller »Unter blutrotem Himmel«, der in 37 Sprachen übersetzt wurde. Zusammen mit James Patterson schreibt er auch die New-York-Times-Bestsellerserie »Private«. Er hat unzählige Preise erhalten, einschließlich des WH Smith Fresh Talent Award, seine Werke wurden von der New York Times als »Notable Book« lobend erwähnt und von der Los Angeles Times zum Buch des Jahres gewählt. Mark ist begeisterter Skiläufer und Wanderer und lebt mit seiner Frau in Bozeman, Montana, wo er noch immer dankbar für das Wunder eines jeden Augenblicks ist.

MARK SULLIVAN

# ALL DIE FUNKELNDEN STERNE

ROMAN

Aus dem Amerikanischen von Peter Groth

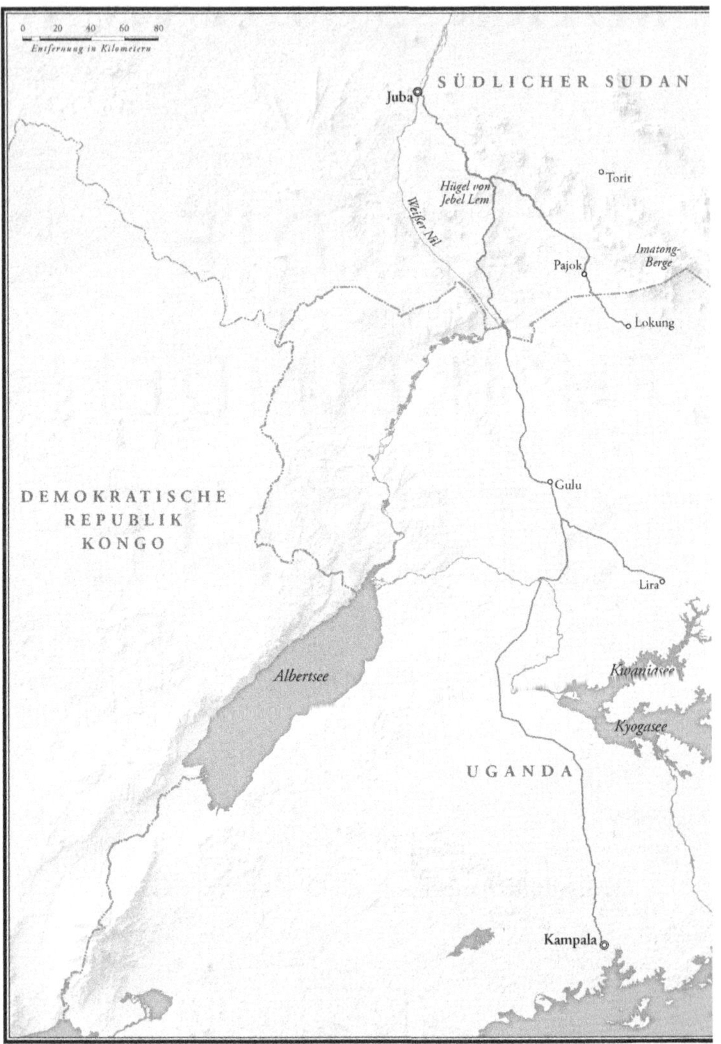
0 20 40 60 80
Entfernung in Kilometern
SÜDLICHER SUDAN
Juba
Torit
Hügel von Jebel Lem
Weißer Nil
Imatong-Berge
Pajok
Lokung
DEMOKRATISCHE REPUBLIK KONGO
Gulu
Lira
Kwaniasee
Albertsee
Kyogasee
UGANDA
Kampala

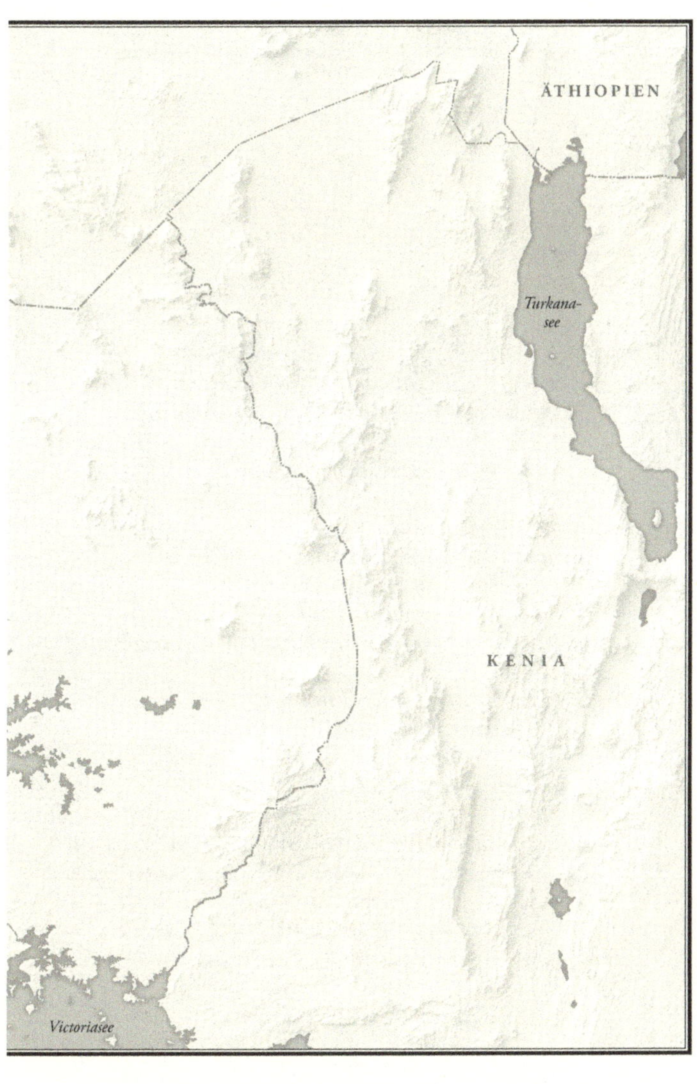
ÄTHIOPIEN
Turkana-
see
KENIA
Victoriasee

Die amerikanische Ausgabe erschien 2024 unter dem Titel »All the Glimmering Stars« bei Lake Union Publishing, Seattle.

Deutsche Erstveröffentlichung bei
Tinte & Feder, Amazon Media EU S.à r.l.
38, avenue John F. Kennedy, L-1855 Luxembourg
Oktober 2024


Die Übersetzung dieses Buches wurde durch Amazon Crossing ermöglicht.

Umschlaggestaltung: semper smile, München, www.sempersmile.de
Umschlagillustration: David Cooper
Lektorat: Rainer Schöttle
Korrektorat: Manuela Tiller / DRSVS
Gedruckt durch:
Amazon Distribution GmbH, Amazonstraße 1, 04347 Leipzig /
CPI Druckdienstleistungen GmbH, Ferdinand-Jühlke-Straße 7, 99095 Erfurt /
CPI books GmbH, Birkstraße 10, 25917 Leck /
Libri Plureos GmbH, Friedensallee 273, 22763 Hamburg

aISBN 978-2-49671-635-1
e-ISBN 978-2-49671-636-8

www.tinte-feder.de

*Für Mark Rausenberger<br>und alle Kinder, die dem<br>Großen Lehrmeister nicht<br>entkommen sind*

*»Ich habe mein Leben und unsere Geschichte nie als etwas Besonderes gesehen, nie als etwas, das andere interessieren könnte. Doch dadurch, dass ich den Autor beim Schreiben dieses Buches unterstützen konnte, erhielt alles, was Anthony und ich durchgemacht haben, so viel mehr Bedeutung, und ich erkannte, dass die Menschen erfahren wollen, was uns passiert ist und wie wir überlebt haben. Heute hoffe ich, dass unsere Geschichte die Kraft der Liebe verbreiten, Menschen heilen und dabei helfen kann, Kinder für immer aus Kriegen herauszuhalten.«*

*Florence Okori Opoka*

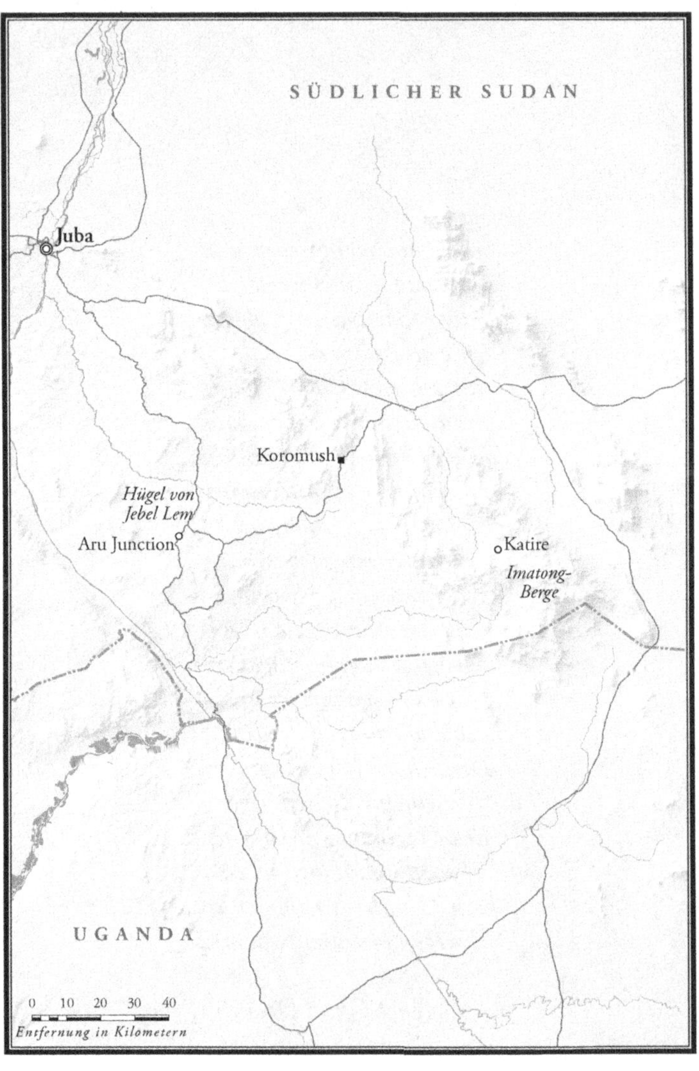

SÜDLICHER SUDAN
Juba
Koromush
Hügel von
Jebel Lem
Aru Junction
Katire
Imatong-
Berge
UGANDA
0 10 20 30 40
Entfernung in Kilometern

# Eins

***28. Dezember 1994***
***Koromush Barracks, südlicher Sudan***

Es war noch früh.

Dunkelheit lag über der heißen Savannenlandschaft, die im Osten zu den steilen, wolkenverhangenen Bergen anstieg. Zwischen den zahlreichen einzeln stehenden Akazien und Dornsträuchern wuchs mannshohes Elefantengras, das im trüben, blassen Licht der Mondsichel in der dunstigen Brise schwankte.

*Sie werden durch das hohe Gras kommen, wo wir sie nicht sehen können,* dachte Phillip Bol, Sergeant der sudanesischen Volksbefreiungsarmee – der Sudanese People's Liberation Army. *Das machen sie immer so.*

Sergeant Bol war vom Stamm der Dinka, und wie viele seines Volkes war er sehr groß, hager und breitschultrig. Im normalen Leben war Bol ein bescheidener und gutmütiger Mann, doch er war auch ein kampferprobter Soldat, der in einem Dreiseitenkrieg für die Vormacht in seinem Heimatland kämpfte.

An jenem Morgen rumorte es jedoch im Magen des Sergeants und bitterer Magensaft sammelte sich in seiner Kehle, während er in einem Schützengraben auf einem Hügel stand und durch das Fernglas auf das Grasmeer starrte, das sich hinter einem sechzig Meter breiten Streifen erstreckte, den sie vorher um den Fuß der steilen Erhebung durch Feuer gerodet hatten.

*Wahrscheinlich werden wir sie nicht sehen, bevor sie den niedergebrannten Streifen erreichen, doch bei Gott, wir werden sie sicher hören. Schon von Weitem!*

Bol spähte nach links und rechts, sah die dunklen Umrisse seiner Männer in Abständen von zehn Metern über den Hang verteilt, die ebenfalls hinausblickten auf das Grasmeer, manche Veteranen in Erinnerungen verhaftet, andere neu im Dienst, die zweifellos an die Gerüchte dachten, die sie über die Savanne und den unsichtbaren Chor gehört hatten, der bald bei ihnen sein würde. Scouts hatten Einheiten der Lord's Resistance Army – der Widerstandsarmee des Herrn – ausgemacht, die sich weniger als fünf Kilometer entfernt von ihnen befanden. Bis zum Kampf würde es nicht mehr lange dauern.

Der Sergeant trank aus seiner Feldflasche und aß eine Trockendattel, um seinen Magen zu beruhigen. Er dachte daran, dass viele seiner Männer bei dem Gesang erzittern würden. Dann überlegte er, wie viele in blankem Entsetzen vor dem Chor davonlaufen würden, denn die Soldaten der Lord's Resistance Army waren die furchteinflößendsten der Welt, viele von ihnen erfahren aufgrund ihres jahrelangen, fast ununterbrochenen Trainings und Kampfes.

Angeführt von einem fanatischen falschen Messias waren die Streitkräfte der LRA entweder furchtlos oder tot, weshalb sich sogar ein Mann wie Sergeant Bol vor der Nacht und den Gesängen fürchtete, die bald bedrohlich über das Grasland erklingen würden, als kämen sie von Sirenen und falschen Engeln.

Der Sergeant sah kurz auf seine Uhr und stellte fest, dass die Morgendämmerung nicht mehr fern war. Er rief leise zu den Männern, die ihm am nächsten standen: »Weitersagen! Keine Geräusche mehr. Kein Reden. Keine Bewegung. Wir wollen sie zuerst hören. Und keiner aus meiner Einheit läuft davon. Keiner!«

Bol hörte, wie seine Befehle die Reihe entlang und in den Gräben und außerhalb wiederholt wurden, bevor alles still wurde, abgesehen vom Summen der Insekten, dem Glucksen und Flattern von Vögeln an ihren Schlafplätzen und dem leisen Rascheln des hohen Grases. Ein Elefant begrüßte trompetend den kommenden Tag, weit im Süden hinter den Kasernen und dem Waffenlager, wo der Befehlshaber des Sergeants den Angriff der LRA erwartete. Das erste Licht zeigte sich im Osten.

Der Sergeant war sich des dumpfen Geräusches seines Atmens bewusst und hörte weit entfernt im Westen das Wah-Wah des wie Husten klingenden Leopardenrufs, mit dem die Raubkatze ihre Herrschaft erklärte, bevor sich eine seltsame Stille über das Land legte. Die Brise hörte zu wehen auf. Das Gras bewegte sich nicht mehr. Dann hörte man für zwanzig Minuten nur noch das Summen der Insekten, lange genug, dass der östliche Horizont von der aufgehenden Sonne erglühte und Sergeant Bol überlegte, ob sich die Scouts womöglich vertan hatten.

Um sechs Uhr begann der Gesang, in großer Entfernung vor Bols Stellung, zunächst undeutlich und leise, fast lieblich. Seine Kraft beruhte nicht auf tief tönenden Bässen und Tenören rauer Krieger, die gierig den Kampf erwarteten. Stattdessen vernahm er viele Soprane und Altstimmen, die sich als Chor und als Armee durch das hohe Gras der Anhöhe näherten, wo der Sergeant und seine Männer warteten.

»*Polo, polo, yecu olara*«, sangen sie im Acholi des nördlichen Uganda. »Himmel, Himmel, Jesus, mein Erlöser.«

Natürlich hatte der Sergeant den tödlichen Chor schon mehrmals gehört, doch da war etwas an dem schwankenden, hohen Ton des Singens, fast ätherisch in seiner Unschuld und Drohung, was ihm eine Gänsehaut verursachte. Er schluckte und hörte, wie sich einige seiner Männer unbehaglich hinter ihren Gewehren bewegten.

Sergeant Bol befahl sich, ruhig zu bleiben, und blickte durch sein Fernglas, sah in dem stärker werdenden goldenen Licht, wie sich das Gras rund dreihundert Meter entfernt und gute hundert Meter breit bewegte, als wäre die Kampfgruppe der Lord's Resistance Army eine lange, horizontale Welle, die auf ihrem Weg zum Frontalangriff anschwoll.

»Da kommen sie«, murmelte er.

»Ich kann ihre Köpfe über dem Gras nicht sehen«, sagte ein Soldat rechts vom Sergeant.

»Weil sie klein sind«, knurrte Bol zurück, das Fernglas noch immer an die Augen gedrückt. »Kony wird sie mit Sheabutter eingeschmiert haben und sie sind in diesem Gras fast unsichtbar, bis sie an die freigebrannte Stelle kommen und direkt vor uns sind.«

Als die Welle immer näher kam, hörte der Sergeant das Elefantengras über den Chor hinwegrascheln, der jetzt im Takt klatschte und noch immer sein flehendes Lied des Glaubens sang.

*Polo, polo, yecu olara.*
*Himmel, Himmel, Jesus, mein Erlöser.*
*Der Himmel soll kommen, uns im Leben erretten,*
*Und wir verlassen niemals den himmlischen Weg.*
*Polo, polo, yecu olara.*
*Himmel, Himmel, Jesus, mein Erlöser.*

»Beleuchtet sie«, sagte Sergeant Bol in sein Funkgerät.

Er sah, wie zu seiner Linken ein Soldat aufstand und sagte: »Ich kann das nicht.«

»Runter, Soldat«, sagte der Sergeant.

»Dafür habe ich mich nicht gemeldet, Sergeant. Ich mach das nicht.«

»Soldat!«

»Ich kann nicht«, sagte der Soldat mit zugeschnürter Kehle. »Selbst wenn sie bis zu den Zähnen bewaffnet sind, kann ich sie nicht töten, und ich lasse mich nicht von ihnen töten.«

Er kletterte aus dem Graben und rannte die Rückseite des Hügels hinunter in Richtung der Kasernen, bevor eine Leuchtrakete vom anderen Ende des Grabens in einem Bogen aufflog und hoch über der Savanne explodierte, sodass der Chor in dem goldenen Gras sichtbar wurde: Dutzende Kinder und Jugendliche, alle mit Sheabutter beschmiert, sodass ihre Haut kreidebleich wirkte, die alle dasselbe Lied sangen.

»*Polo, polo, yecu olara.* Himmel, Himmel, Jesus, mein Erlöser.«

Bol sah, dass die Jungen ganz vorn alle mit nacktem Oberkörper waren. Sie waren auch nicht bewaffnet, verängstigt, und sie klatschten, als sie auf das abgebrannte Feld marschierten, die Augen zum Himmel gerichtet und die Ellbogen verschränkt. Die restlichen Kindersoldaten der Lord's Resistance Army trugen AK-47 und schultergestützte Raketenwerfer, die sie in Richtung des Sergeants und seiner Männer drehten, bevor sie aus dem Gras kamen und das Feuer eröffneten.

# Sieben Jahre zuvor

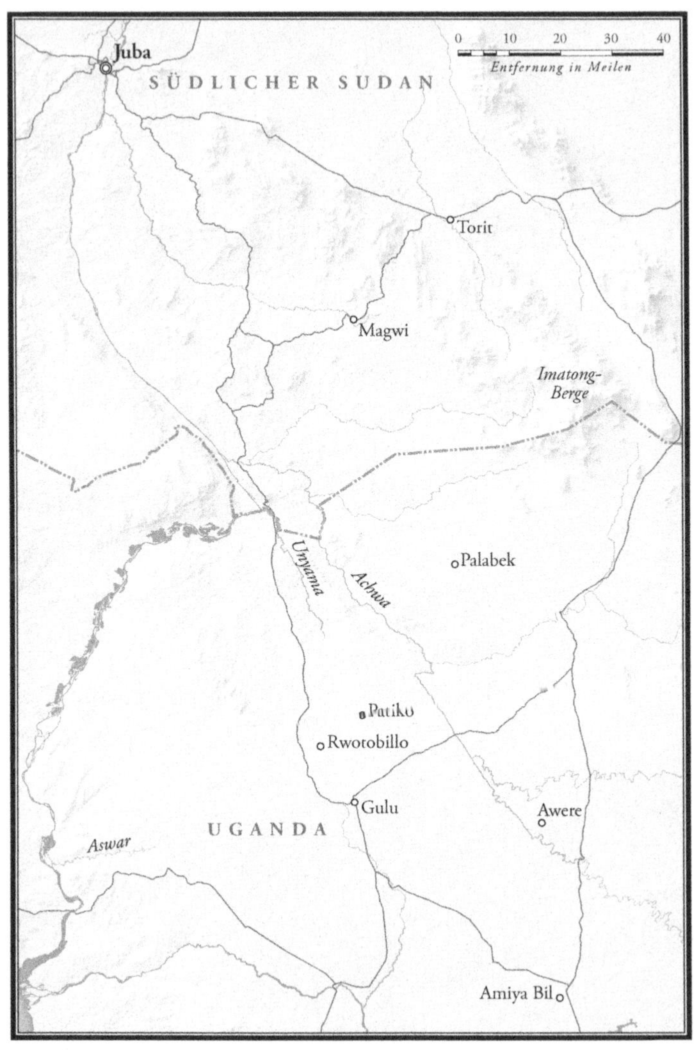
Juba
SÜDLICHER SUDAN
0 10 20 30 40
Entfernung in Meilen
Torit
Magwi
Imatong-
Berge
Palabek
Unyama
Achwa
Patiko
Rwotobillo
Gulu
Awere
UGANDA
Aswar
Amiya Bil

# Zwei

***Juni 1987***
***Rwotobilo, Uganda***

Anthony Opoka war sieben Jahre alt, als sein Vater anfing, ihm die Feinheiten des afrikanischen Nachthimmels zu erklären.

Der Unterricht begann spät an einem heißen Nachmittag, als der große, hagere George Opoka von seinem Getreidefeld durch den Busch zu einem winzigen Dorf eilte, das rund hundertfünfzig Kilometer nördlich von Kampala und weniger als zehn Kilometer nördlich der Kleinstadt Gulu lag. George war nervös und sah sich immer wieder nach möglichen Gefahren um.

Unvorhersehbare Bedrohungen waren im Buschland des zentralen Hochlands allgegenwärtig. Leoparden, Löwen, Hyänen, Steppenbüffel und Elefanten streiften durch das dichte Dickicht. Dazu Giftschlangen und – was am gefährlichsten war – unzufriedene Soldaten aus dem fünfjährigen Bürgerkrieg in Uganda, der im Jahr zuvor mit dem Sieg der Armee Yoweri Musevenis geendet hatte, der jetzt Präsident war.

George trat aus dem dichten Busch und verlangsamte seine Schritte, als er sich einer ovalen Hütte aus Lehm und Kuhdung näherte, die von der Sonne hart wie Zement waren. Die Hütte hatte ein neues Strohdach in Form einer umgedrehten Schüssel, damit das Wasser in der Regenzeit abfließen konnte.

Eine hübsche Frau in den Zwanzigern saß mit einem taillierten Oberteil und einem Wickelrock in leuchtendem Grün-Schwarz vor der Hütte und kümmerte sich um ein Feuer zum Kochen.

»Acoko Florence«, sagte George und legte die Hand an seine Brust, »wie kommt es, dass du schöner bist als je zuvor?«

Seine dritte Frau verdrehte die Augen und sagte: »Das behauptest du jeden Tag.«

»Und es stimmt jeden Tag! Es stimmt auch, dass Anthony heute Abend mit mir kommt.«

»Ist er dafür nicht noch zu jung, *Omera*?«

*Omera* hieß Bruder in der Sprache der Acholi und drückte sowohl Zuneigung als auch Respekt aus, und fast jeder sprach George damit an, da er weit und breit als wahrhaft guter Mensch bekannt war.

»Mir hat man es mit sechs beigebracht und er wird im Oktober acht«, sagte George. »Es ist Zeit, dass Anthony hin und wieder das Haus seiner Mutter verlässt und lernt, ein Mann zu sein.«

»Ein siebenjähriger Junge kann kein Mann werden«, sagte seine Frau und klang dabei verärgert.

»Dann kann er wenigstens lernen, ein Mensch zu werden«, sagte George lächelnd.

Acoko blickte George nicht an.

»Was ist los?«

Sie schüttelte den Kopf. »Ich weiß, dass Anthony nicht dein Erstgeborener ist, doch für mich ist er das, und er ist mein Lebensglück.«

»Das macht es noch wichtiger, was ich ihm beibringen werde.«

Seine Frau wirkte, als wollte sie mit ihm streiten, doch dann seufzte sie. »Er ist dein Sohn und du bist sein Vater. Wahrscheinlich kennst du dich mit solchen Dingen am besten aus.«

George betrachtete seine Frau, die normalerweise fröhlich und zu Scherzen aufgelegt war. In letzter Zeit war ihm Acoko dünner vorgekommen, weniger lebensfroh, doch bevor er dazu etwas sagen konnte, war sie schon in die Hütte gegangen. Kurz danach kam sie mit Anthony heraus, der gerade aufgewacht war und sich mürrisch die Augen rieb.

Anthony schien nur aus Armen und Beinen zu bestehen, mit einem kräftigen Oberkörper und einem Gesicht, dessen Miene sich aufhellte, als er seinen Vater sah. Er lief zu George und umarmte ihn. George erwiderte die Umarmung, denn er liebte alle seine Frauen und Kinder und überschüttete sie mit seiner Zuneigung.

»Bist du bereit, in die Menschenschule zu gehen?«, fragte George und zwinkerte Acoko zu.

Anthony wich verwundert von seinem Vater zurück. »Die Schule ist in den Ferien geschlossen.«

»Das ist eine andere Art von Schule, die dir eines Tages das Leben retten kann.«

Der Junge runzelte die Stirn. Er spähte zu seiner Mutter, die sich mit ihren Händen beschäftigte. Anthony liebte seine Mutter und ging zu ihr. »Darf ich, Mom?«

Acoko lächelte bittersüß, als sie ihrem Sohn die Hand unter das Kinn legte und ihm in die Augen sah. »Du darfst und du musst. Dein Vater sagt, dass er dir heute Nacht viel darüber beizubringen hat, was es bedeutet, ein Mensch zu sein.«

Anthony fasste seiner Mutter um die Taille und drückte sie fest. Sie hob den Kopf und blickte ihren Mann an, als wollte sie sagen: *Pass auf die gute sanfte Seele auf, die ich erzogen habe. Und bring ihn zu mir zurück.*

George verstand ihren Blick, lächelte und nickte ihr zu.

»Geh schon«, sagte Acoko und kitzelte Anthony an den Rippen. »Es ist Zeit für die Menschenschule.«

Anthony blickte grinsend zu ihr auf. »Ich bin bald wieder zurück, Mom.«

»Und ich werde genau hier auf dich warten«, sagte sie.

* * *

Mit stolzgeschwellter Brust ging Anthony barfuß neben seinem Vater durch das Dorf. Fast jeder liebte Omera George, und Anthony wurde seine besondere Aufmerksamkeit zuteil. Zwei der anderen Frauen seines Vaters und zahlreiche Halbgeschwister von Anthony bemerkten es. Sie hörten mit dem auf, was sie gerade taten, um Anthony und seinen Vater zu grüßen.

»Wohin geht ihr?«, fragte Charles, einer der jüngeren Halbbrüder und guter Freund Anthonys.

»Ein Mensch werden«, sagte Anthony.

»Was?«, fragte sein Onkel Paul.

»Das ist ein Geheimnis, Bruder«, verkündete George, was Charles, Onkel Paul und Georges andere Kinder und Frauen nur noch neugieriger machte.

»Kann ich auch mitkommen?«, fragte Albert, ein anderer jüngerer Halbbruder, der erst fünf war.

»Nicht heute Abend, Albert«, sagte sein Vater freundlich. »Heute Abend gehört Anthony.«

Anthony hob die Schultern und schnitt eine Grimasse zu seinem enttäuschten kleinen Bruder, als er und sein Vater weiter in den Busch gingen.

*Es ist meine Nacht mit meinem Vater*, dachte der Junge glücklich. *Meine und nur meine ganz allein.*

Als sie außer Sicht- und Hörweite von den anderen waren, wurde George langsamer und blickte auf seinen Sohn hinab.

»Anthony, ich wollte dich wissen lassen, dass du ein ganz besonderer Junge bist.«

»Bin ich das wirklich?«

»Das bist du. Wie gern du läufst. Wie schnell du deiner Mutter hilfst und in der Schule lernst. Wie du mit deinen Geschwistern spielst. Nicht viele Jungen sind wie du. Ich wollte dich wissen lassen, dass ich es sehe. Deine Mutter auch. Du bist etwas Besonderes.«

Anthony fühlte sich innerlich ganz warm, beachtet, verstanden und auf eine seltene Weise erfüllt. Er strahlte seinen Vater an und dachte: *Ich bin besonders.* George tätschelte ihm die Schulter, ging dann weiter, und er folgte ihm, wobei er sich noch immer in dem Lob und der seltenen Wärme an seinem Herzen sonnte.

»Bis jetzt haben wir dich immer nah am Haus gehalten, Anthony«, sagte George. »Dein Leben fand zwischen hier und der Schule statt.«

»Und dem Markt«, sagte Anthony, und das stimmte, wenn er darüber nachdachte: Bis zu diesem Zeitpunkt hatte sein Leben in einem sehr kleinen Bereich stattgefunden. Er war bisher noch nicht einmal in Gulu gewesen, was er sich als einen exotischen Ort voller Menschen und seltsamer unbekannter Dinge vorstellte.

George sagte: »Du musst anfangen, dich umzusehen. Versuche, Dinge zu sehen, die dir dabei helfen zu erkennen, wo du bist und wohin du gehst.«

Anthony sah zu den Büschen und Bäumen um sie herum, ohne genau zu begreifen, was sein Vater ihm zu sagen versuchte.

»Folge mir«, sagte George. »Du wirst es besser verstehen, wenn ich es dir zeige.«

Sie gingen über Trampel- und Wildpfade durch das üppige Dickicht, das nach blühenden Blumen roch, bis sie an den Rand einer Erhöhung kamen, die ein flaches grünes Tal überblickte, wo Frauen Hirse stampften und Männer in Gärten hackten und sich der Rauch über Feuerstellen kringelte, die zum Kochen angezündet wurden.

George zeigte auf drei riesige Bäume hinter ihnen, die als lockere, ineinander verschlungene Gruppe zusammenstanden. »Das sind in weitem Umkreis die größten Bäume, siehst du das?«

Anthony konnte es sehen, doch er fragte sich, ob man sie von Weitem noch erkennen konnte. Sein Vater zeigte zu den geografischen Punkten in der Ferne. Im Nordwesten erhoben sich die Kilak-Berge. Im Nordosten zeigte er ihm eine weit entfernte runde Spitze in der Nähe der Stadt Patiko.

»Das sind Orientierungspunkte. Sie bewegen sich nicht. Wenn du diese beiden hohen Punkte sehen kannst, drehe deine rechte Schulter zu den Bergen und die linke zu der runden Spitze. Dann blickst du südlich zu diesen drei Bäumen und nach Hause. Verstehst du?«

Anthony nickte unsicher.

Dann zeigte sein Vater im Süden auf zwei Hügel, die ein ganzes Stück auf der anderen Seite des Talbodens lagen und im rechten Winkel zueinander gut zehn Kilometer auseinanderstanden. George ließ seinen Sohn feststellen, wie der eine Hügel felsige Spitzen hatte, die aus dem Dickicht in der Nähe des Gipfels herausragten, und wie der nächstgelegene Hügel nackten Fels und überhaupt keine Büsche auf der Spitze hatte. Jener kahle Hügel war höher als alles andere in seiner Umgebung.

»Das ist der Awere Hill, wo der verrückte Mann derzeit predigt«, sagte George. »Also, du behältst Awere Hill zu deiner Linken und unsere drei Bäume hinter dir, und du kommst direkt südlich nach Gulu. Wenn du zurückkehrst, dann hältst du den Awere Hill auf deiner rechten Seite und die Hügel in Kilak und Patiko vor dir, so kommst du direkt nach Norden, bis du die drei Bäume und dein Zuhause siehst. Verstanden?«

Anthony sah es jetzt und nickte.

»Gut. Kluger Junge.«

Bei dem Lob spürte Anthony erneut die seltene innere Wärme. »Wer ist der verrückte Mann, Dad?«

Sein Vater zögerte, bevor er antwortete. »Sein Name ist Joseph Kony. Er lebt in der Nähe der Hügel und ist der Cousin einer verrückten Frau namens Alice Auma, die sich Lakwena nennt, ›die Botschafterin‹.«

»Botschafterin von was?«

»Wer weiß das?«, sagte George. »Alice behauptet, sie könnte die Zukunft sehen, und hat ihre Anhänger, einschließlich Kony, davon überzeugt, dass sie Steine in Bomben verwandeln könnte. Nachdem Museveni gewonnen hat, hat sie der neuen Regierung den Krieg erklärt. Kony hat sich seiner Cousine nicht angeschlossen und begann kurz danach, weiße Roben zu tragen und am Awere Hill zu predigen. Sie sagen, er kann Unwetter rufen und hat wesentliche stärkere Kräfte als Lakwena. Die meisten Leute gehen jeden Abend hin, um ihn predigen zu hören und zu sehen, wie er Gewitter ruft.«

Anthony starrte weit über das Tal zur Felsenkuppel von Awere Hill und versuchte, sich einen Mann vorzustellen, der Donner und Blitz und Regen beschwören konnte.

Sein Vater, der den Eindruck machte, als hätte er Kony lieber gar nicht erwähnt, sagte: »Du gehst nicht in die Nähe von Awere Hill. Niemand mit gesundem Verstand geht dort noch hin.«

»Aber als Orientierungspunkt kann ich ihn nutzen?«

George ließ die Schultern erleichtert sinken. »Ja. Ganz genau.«

»Was ist bei Dunkelheit? Was ist, wenn ich keinen Hügel erkennen kann?«

Sein Vater schmunzelte. »Sehr gutes Argument.«

* * *

George führte ihn zu einer Felszunge ohne Bäume und Büsche, während sich mondloses Zwielicht über das Land legte.

»Warum sind wir hier, Dad?«, fragte Anthony und blickte hinaus auf das jetzt undeutlich zu erkennende Buschdach. »Was gibt es da unten für mich zu sehen?«

Er spürte seinen Vater schmunzeln, als er ihm seine große Hand auf die Schulter legte. »Du bist nicht hier, um nach unten zu blicken, Anthony. Du sollst nach oben gucken.«

Der Junge hob den Blick und sah die Umrisse von George, der zu der großen Kuppel des Nachthimmels und den Sternen zeigte, die in allen Richtungen auftauchten und mit jeder Sekunde mehr wurden, in Gruppen und allein.

Anthony sagte: »Ich sehe gern die Sterne an. Sie sind schön.«

»Ich mag es auch, doch Sterne sind viel mehr«, sagte George. »Sie können dich führen, dein Kompass und deine Karte sein. Als ich ungefähr so alt war wie du, hat mir ein alter Medizinmann der Acholi erklärt, wenn man die Position der Sterne am Himmel lernt, dann kann man den Weg nach Hause oder wohin auch immer finden, selbst in so einer dunklen Nacht wie dieser.«

Anthony hörte zu, als sein Vater ihm Sternengruppen zeigte, die sich fast niemals bewegten, und andere, die bei Sonnenuntergang und -aufgang und mit den Jahreszeiten kamen und gingen. Wenn man sie sich gemerkt hatte, sagte er, dann konnte man sie dafür benutzen, den eigenen Standort und die Richtung zu bestimmen.

»Der Medizinmann hat mir auch gesagt, dass unsere Geister von den Sternen kommen und zu den Sternen zurückkehren, wenn wir sterben. Wenn du also aufblickst zu den Sternen, Anthony, dann siehst du vielleicht auch die Geister deiner Vorfahren und die Seelen deiner Kinder, die zu dir zurückstrahlen.«

Der Junge spähte hoch zu den funkelnden Sternen in der weiten Schwärze des Nachthimmels. »Ist das wahr, Dad?«

George legte die Arme um Anthonys Schultern. »Ich weiß es nicht. Doch es gefällt mir, das zu denken.«

Anthony erwiderte die Umarmung seines Vaters. »Dann tue ich das auch.«

Auf ihrem Heimweg sagte George, dass er jetzt neben dem Erlernen der Sternbilder auch anfangen sollte, mehr wie ein Mann zu denken und zu handeln, nicht wie ein kleiner Junge.

»Aber ich bin erst sieben, Dad.«

Sein Vater lachte. »Ja, deine Mutter hat das Gleiche gesagt. Dann eben wie ein Mensch. Doch damit fängt es an, Anthony. Du bist jetzt noch ein Junge, doch in der Zukunft will ich dich ansehen und wissen, was für ein guter Mensch du geworden bist, jemand, der das Richtige tut, der für sich einsteht und das Richtige vom Falschen unterscheiden kann. Ein Mensch, der andere gerecht behandelt und erwartet, dass man ihn gerecht behandelt, der seine Arbeit kennt und sich um seine Angelegenheiten kümmert und sich dafür verantwortlich fühlt, seine Familie zu ernähren und zu beschützen. Ein Mensch, der weiß, wie man liebt und von seiner Frau lernt und wie man seine Kinder gut erzieht, damit sie ihre Kinder gut erziehen, damit die Geschichte und die Fähigkeiten eines guten und anständigen Lebens weitergehen.«

»Wie kann ich mir all das merken?«

»Das musst du nicht. Nicht sofort. Doch alles geht darauf zurück, Anthony. Versuche täglich auf irgendeine Art ein besserer Mensch zu sein. Und wann immer du wegen irgendwas im Leben verwirrt bist und nicht genau weißt, was du tun sollst, dann stell dir diese Frage: Was würde ein guter Mensch tun?«

Anthony spürte die Leidenschaft seines Vaters sogar in der Dunkelheit. Sie ließ seine Haut kribbeln und feuerte erneut die Wärme in seiner Brust an.

»Was würde ein guter Mensch tun?«, sagte Anthony. »Das werde ich mir merken.«

»Gut. Und es gibt nur noch eine weitere Frage, die du dir merken musst: Wie kann ich heute glücklich sein?«

»Ich bin bereits glücklich«, sagte Anthony und versuchte, Schritt zu halten, während er über die guten Augen seines Vaters in der Dunkelheit staunte.

George schmunzelte vor ihm. »Das bist du. Zum größten Teil. Aber weißt du, wie du glücklich sein kannst, wenn du traurig oder ängstlich bist?«

»Mit den Freunden spielen gehen?«

»Gut. Und hier ist noch etwas: Suche nach den guten Dingen in deinem Leben und sei dafür dankbar. Du wirst dich immer glücklicher fühlen, wenn du das tust, und weniger ängstlich, wenn du es tust. Ich weiß nicht, warum. Doch es stimmt.«

Sie kamen bald wieder in das Dorf zurück und gingen zu den Feuern, die jetzt nur noch niedrig brannten. Von einigen war nur noch die Glut übrig geblieben. Anthony lächelte, als er seine Mutter sah, die sich von der Schilfmatte erhob, auf der sie am Feuer gesessen hatte.

»Ihr seid lange fort gewesen«, sagte Acoko. »Ich habe mir schon Sorgen gemacht.«

»Er ist wohlbehalten und ohne gebrochene Knochen zurückgekehrt«, sagte George. »Doch ich glaube, er ist müde.«

»Und hungrig? Ich habe etwas Hirse aufbewahrt, Kochbanane und die würzige Okrasoße, die du so magst.«

»Ja, bitte«, sagte Anthony, plötzlich müde und sehr hungrig.

George umarmte ihn. »Eine gute erste Nacht, glaube ich. Du begreifst schnell.«

Anthony umarmte ihn auch. »Ich lerne gern Neues.«

»Dann hast du schon die halbe Schlacht gewonnen.«

Sein Vater ging, um nach dem Rest seiner Familie und der Familie seines Bruders Paul zu sehen. Anthonys Onkel lebte sehr nah, fast unter den drei aufragenden Bäumen.

Seine Mutter legte einen Löffel und einen Blechteller mit kochend heißem Essen vor Anthony. »Iss oder du wirst nie der große, starke Mann, der du sein musst.«

»Ich bin bereits stärker als die anderen Jungen, denn ich laufe gern. Dad sagt, dass mich das besonders macht.« Er spürte es erneut, diese seltene Wärme, die ihn erfüllte, und er strahlte sie an.

»Dann iss, du besonderer Junge«, drängte sie ihn. »Iss, damit du weit und schnell laufen kannst.«

Anthony schaufelte sich die Mahlzeit in den Mund, genoss den Geschmack und merkte, dass er auf eine Weise dankbar war, wie er es noch nie empfunden hatte.

»Das ist so gut«, sagte er. »Danke, Mom.«

Das gefiel ihr. »Es freut mich, dass es dir schmeckt. Was hat dir dein Vater beigebracht?«

»Einiges über die Sterne. Und wie man ein guter Mensch wird. Und über Orientierungspunkte wie Awere Hill und die drei Bäume in der Nähe von Onkel Paul.«

»Was über die Sterne?«

»Vieles. Mit Sternen kann man seinen Weg in der Dunkelheit finden und muss keine Angst haben.«

Acokos Gesicht verdunkelte sich. »Du lernst vielleicht deinen Weg im Dunkeln, doch du sollst immer davor Angst haben, was nachts lebt und herumstreift. Immer.«

»Dad sagte, ich muss lernen, wie man glücklich ist, anstatt ängstlich zu sein.«

Seine Mutter schnaubte. »George ist ein guter Mann, doch hin und wieder auch ein Narr. Im Leben geht es nicht um das Glücklichsein, Anthony. Es geht um das Überleben. Manchmal ist das Leben so hart, dass man es einfach nur überleben kann.«

Anthony wusste nicht, warum Acoko seinen Dad einen Narren nannte, und es machte ihn ein wenig ärgerlich, als er wieder dieses seltene, warme Gefühl des Erfülltseins haben und sich in Georges Lob sonnen wollte.

»Nun«, sagte er. »Dad sagt, ich bin besonders, weil ich schwer in der Schule arbeite und dir helfe und ein guter Freund bin.«

Seine Mutter zögerte, dann gab sie nach, strich ihm über den Kopf und umarmte ihn. »Das alles bist du, mein Kleiner. Du bist all das.«

# Drei

***September 1988***
***Amia'bil, Uganda***

Gut sechzig Kilometer südöstlich von Anthonys Dorf, in der Nähe der Stadt Lira, fühlte sich Florence Okori nicht so gut und wollte nicht von ihrem Bett aufstehen.

Normalerweise stand die vierjährige Florence als eine der Ersten in ihrer weitläufigen Familie auf. Das junge Mädchen liebte die frühen Morgenstunden, wenn die Hähne schon vor Sonnenaufgang krähten, die Rinder muhten und mit ihren Glocken läuteten, die Ziegen blökten und miteinander meckerten. Dazu das Klatschen der Sandalen ihrer Mutter.

Florence' Mutter Josca war notgedrungen immer früh auf den Beinen. Normalerweise stand Flo freiwillig auf, um ihrer Mom auf dem Pfad von ihrem Grundstück mit den Hütten der Familie zu dem Fluss zu folgen, wo sie das Wasser in Eimern und blauen Kanistern holten und dazu in der Morgendämmerung Gospel sangen, während sie sich unter dem Gewicht ihrer Last wieder den Hügel hinaufkämpften.

Dank des Wasserholens und der fast ständigen Bewegung von Sonnenaufgang bis Sonnenuntergang war Florence fit und kräftig. Außerdem gefielen ihr die Routinen und Aufgaben ihres Alltags – das Einpflanzen und Jäten und Ernten – sehr. Heute musste Feuerholz gesammelt, Yams und Baumwolle sollten gehackt und Mangos gepflückt werden. Und vielleicht gab es noch einen Gang in den Busch mit ihrem Vater, um Heilkräuter zu sammeln. Und nächste Woche begann die Schule!

*Steh auf, Flo!*, dachte sie verschlafen. *Das wird alles so aufregend für dich werden!*

Erst am Vortag hatte ihre Mutter diese Worte gesagt, nachdem Florence' Vater Constantine die Dokumente unterzeichnet und die Gebühren bezahlt hatte, damit sie mit der Schule beginnen konnte.

Deshalb hätte Flo eigentlich längst hellwach und munter sein und Josca mit Fragen quälen müssen, was sie alles für die Schule brauchte und wie es sein würde und wer wohl ihr Lehrer wäre. Doch sie war nicht hellwach oder munter. Ganz im Gegenteil.

Als sie hörte, wie das Tuch vor dem Eingang der Hütte ihrer Mutter zur Seite geklappt wurde und dann Joscas Sandalen leise über den Boden flappten, bemühte sich Florence, endlich wach zu werden. Sie konnte nicht zulassen, dass ihre Mutter das Wasser allein holen musste.

Sie öffnete die Augen. Ihr tat der Kopf weh. Sie hatte draußen geschlafen, wie sie es häufig tat, und konnte jetzt sehen, wie sich ihre Mutter in der Dämmerung bewegte.

Florence zwang sich, das Laken beiseitezulegen, unter dem sie geschlafen hatte, und erhob sich auf Hände und Knie, wo ihr für einen Moment schwindlig wurde. Ihre Muskeln schmerzten, als sie sich auf die Beine kämpfte, dann hustete und in der warmen, feuchten Luft erschauerte.

»Guten Morgen, Florence«, sagte Josca. »Danke, dass du einen weiteren Tag mit mir beginnst.« Ihre Mutter umarmte sie und sagte dann: »Du bist ja ganz heiß und zitterst trotzdem, mein Kind.«

»Mir geht es gut«, sagte Florence und spürte ein Brennen hinter den Ohren und über den Augenbrauen. Sie dachte, wenn sie jetzt nicht zum Fluss ginge, dann würde sie es womöglich gar nicht schaffen. »Ich nehme die Eimer.«

Ihre Mutter gab sie ihr und trug selbst zwei blaue Kanister, als sie im zunehmenden Licht vorbei am Familiengarten und dem Bambusbeet zu einem schmalen Pfad ging, der fünfundsiebzig Meter hinabführte zu einem Damm, der mit einer Aussparung gebaut wurde, damit das Wasser schneller fließen konnte. Josca füllte zuerst die Eimer.

»Du kannst schon zurückgehen, während ich die Kanister vollmache«, sagte ihre Mutter.

»Okay, Mama«, sagte Florence und wehrte eine weitere Welle des Schwindels ab, als sie sich bückte, um die Eimer aufzuheben, einen in jeder Hand. Sie drehte sich um und ging die kurze, steile Böschung hinauf, die noch immer in tiefem Schatten lag. Sie roch Feuer und dann etwas Schärferes, das nach dem getrockneten Zimt duftete, den ihr Vater gern in seinen Tee gab. Plötzlich fühlte sich ihr Hals geschwollen und wund an, und sie musste husten.

Dann fühlte es sich an, als würden Beulen an ihrer Stirn und in ihrem Mund wachsen! Sie richtete ihre Konzentration von dem Pfad, auf dem sie hinaufging, zu dem wunden Gefühl in ihrem Hals, dem Hustenreiz, den Beulen und dem seltsamen Zimtgeruch in der Luft.

Sie stolperte und wäre fast hingefallen und hätte die Eimer ausgeschüttet. Irgendwie schaffte es die Vierjährige aber, auf den Beinen zu bleiben und den Großteil des Wassers in den Eimern zu behalten. Florence war verwundert, dass sie gestolpert war.

Sie hatte geglaubt, dass sie den Pfad gut kannte und ihn auch in völliger Dunkelheit nutzen und genau sagen konnte, wo jede Wurzel und jeder lose Stein lag. Doch jetzt pochte es in ihrem Kopf. Sie konnte nur mühsam atmen, hörte das Rauschen des Blutes in ihren Schläfen, spürte die Haut an den Armen so heiß kribbeln, dass sie die Eimer am liebsten abgestellt hätte, um sich zu kratzen.

Florence sagte sich, dass sie bis zum oberen Rand des steilen Hangs gehen sollte, bevor sie die Eimer abstellte. Sie machte einen vorsichtigen Schritt und dann den nächsten und spürte, dass sie es schaffen würde. Doch das Blutrauschen an ihren Schläfen wurde auf einmal zu einem Wasserfall, sodass ihr die Sinne schwanden. Sie hörte, wie die Eimer zu Boden fielen, und spürte, wie ihre Knöchel vom Wasser nass wurden, bevor sie erkannte, dass sie losgelassen hatte und nach hinten fiel.

Mit einem dumpfen Schlag landete sie auf dem Boden und rutschte ein Stück, begann zu weinen und hörte ihre Mutter schreien: »Florence!«

Innerhalb von Sekunden war Josca bei ihr und nahm Florence in die Arme, während diese jammerte: »Irgendwas stimmt nicht, Mama. Mir wachsen Beulen im Mund und alles tut weh. Mir ist so heiß und ich kann nicht aufstehen.«

»Hilfe!«, rief ihre Mutter den Hügel hinauf. »Constantine! Hilfe!«

Es waren noch fünfzehn Minuten bis zum Sonnenaufgang. Josca brachte Florence auf eine ebene Stelle und legte ihr einen feuchten Lappen auf die Stirn, als ihr Vater mit einer Taschenlampe den Hang hinunterkam.

»Sie ist glühend heiß«, sagte ihre Mutter. »Sie hat einen Ausschlag an der Stirn und Beulen im Mund.«

Undeutlich vernahm Florence, wie ihr Vater sie aufforderte, den Mund zu öffnen und die Augen zu schließen, damit er mit der Lampe hineinleuchten konnte. Als sie das tat, war es, als würde sie wieder fallen, immer weiter weg von dem Lichtstrahl auf ihrem Gesicht.

»Da sind Punkte auf den Beulen«, sagte Constantine. »Ich glaube, sie hat Masern.«

»Masern!« Florence verlor immer wieder das Bewusstsein, doch sie hörte die Furcht und Verzweiflung in der Stimme ihrer Mutter. »Was machen wir jetzt?«

»Wir müssen sie von den anderen Kindern fernhalten. Wir bringen sie zum Krankenhaus in Lira. Dort wird man wissen, was zu tun ist.«

»Wird sie …?«

»Die größte Chance hat sie im Krankenhaus, Josca. Ich bringe sie hin.«

»Ich komme mit dir.«

Die äquatoriale Hitze wurde mit der aufgehenden Sonne immer stärker, während Constantine seine schweißnasse Tochter in den Karren legte, den er an den Esel gehängt hatte. Florence lag auf dem Rücken, stöhnte wegen der Schmerzen in den Muskeln und Knochen und würde sich kaum an das erschrockene Gesicht ihrer Mutter erinnern, das über ihr war, bevor das Fieber wieder stärker wurde und sich das grelle Licht der frühen Morgensonne und der tiefblaue Himmel, der von wogenden Bananenblättern umrahmt wurde, in rote und dann in schwarze Punkte verwandelten, die alles verzehrten.

* * *

Josca sah, wie sich der Kopf ihrer Tochter bewegte und sich dann in einer Art Konvulsion nach hinten drehte. Florence' Zunge hing aus dem Mund und zuckte herum, während ihre Mutter ihren Vater anschrie. Fast unmittelbar danach hörte es auch wieder auf, das kleine Mädchen brach zusammen und blieb, von kurzem Zucken abgesehen, reglos liegen. Weißer Schaum sammelte sich in ihren Mundwinkeln.

»Oh, Herr Jesus, nein«, stöhnte Josca.

»Sie atmet noch«, sagte Constantine. »Sie hat noch nicht aufgehört zu kämpfen.«

Er schlug mit einem Stock auf das Hinterteil des Esels, der zu traben begann. Josca lief neben dem Karren her und suchte nach Anzeichen dafür, dass ihre Tochter wieder zu sich kommen würde. Abgesehen von dem Zucken und gelegentlichen Grimassen rührte sich die Vierjährige nicht, schwebte zwischen Leben und Ewigkeit.

*Lieber Gott, diese bitte nicht,* betete Josca, während sie lief. *Nimm mir diese nicht. Florence ist ganz besonders. Ich spüre es in meiner Liebe zu ihr. Sie ist für größere Dinge bestimmt, Herr. Bitte! Lass mein kleines Mädchen leben und ich sorge dafür, dass die Liebe den Rest tut. Das verspreche ich dir.*

Sie brauchten eine Stunde, um das Krankenhaus in Lira zu erreichen. Zu Joscas Entsetzen wartete dort bereits ein Dutzend anderer Mütter und Väter mit hustenden und fiebernden kleinen Kindern.

Ein Krankenpfleger mit Maske begutachtete die Kranken auf der Veranda des Krankenhauses. Josca lief an die Spitze der Warteschlange und sagte dem Pfleger, dass Florence gerade einen Anfall hatte. Als sie den weißen Schaum in den Mundwinkeln erwähnte und Constantine aufschrie, dass sie gerade einen weiteren Anfall hätte, sagte der Pfleger, sie solle das Mädchen schnell nach vorn bringen.

Florence' zweiter Anfall hörte auf, doch das Zucken und Zittern danach war stärker als beim ersten Mal. Andere Krankenpfleger kamen mit einer Tragbahre angelaufen. Sie legten Florence darauf und eilten mit ihr ins Haus.

Als Josca und Constantine folgen wollten, wurden sie von einer Krankenschwester aufgehalten.

»Das Krankenhaus steht unter voller Quarantäne. Sie haben alles getan, was Sie tun konnten. Sagen Sie mir Ihren Namen und wo Sie wohnen. Wenn wir mehr wissen, dann werden wir jemanden zu Ihnen schicken.«

»Wie lange dauert das?«

»Die meisten Leute haben es neun bis vierzehn Tage. Doch bei manchen Kindern ist das Fieber wesentlich stärker und dauert länger.«

»Gibt es nichts, was wir tun können?«, fragte Constantine.

»Sie können beten.« Die Schwester wandte sich ab.

Josca fühlte sich hilflos und stützte sich auf ihren Mann.

»Ich bete, dass ihre Erkrankung kurz sein und sie am Leben bleiben wird«, sagte Constantine und umarmte sie.

»Das tue ich auch«, sagte seine Frau. »Aber wir haben schon vier Babys verloren. Wenn wir nun auch unsere Flo verlieren?«

Ihr Mann wandte den Blick ab und konnte ihr nicht antworten.

* * *

Fast zwei Wochen kämpfte Florence mit dem Masernvirus, der durch die ungeimpften Teile Ugandas gefegt war und Krankenhäuser und medizinische Stationen überfordert hatte. Ihr Fieber stieg mehrmals am Tag. Sie musste intravenös mit Flüssigkeit versorgt werden. Die Anfälle kehrten jedoch nicht zurück.

Sie hatte keine Ahnung, wo sie sich befand, als sie schließlich nach dreizehn Tagen Bewusstlosigkeit am Abend aufwachte. Schläfrig öffnete sie die Augen und sah eine Frau in strahlend weißer Kleidung, die zu ihr trat.

»Florence wacht auf«, sagte die Frau. »Ich bin Miss Catherine, deine Krankenschwester. Hast du Durst?«

Florence nickte benommen. Die Schwester gab ihr einen Becher mit Wasser.

»Kannst du dich aufsetzen?«

Das Mädchen versuchte es, doch ihr Körper fühlte sich hölzern an, fast wie gelähmt.

»Nein.«

Miss Catherine half ihr beim Aufrichten und goss ihr das Wasser in den Mund. Flo trank gierig, nur um sich zu verschlucken und es auszuspucken, als ein Teil falsch hinunterging. Die Krankenschwester klopfte ihr auf den Rücken, und sie hatte einen ausgiebigen Hustenanfall.

»Dein Fieber ist deutlich gesunken, und die Koplik-Flecken in deinem Mund sind fast verschwunden«, sagte Miss Catherine. »Aber der Husten wird noch eine Weile bleiben, und du wirst noch lange schwach sein.«

»Ich kann meine Arme und Beine nicht bewegen«, sagte Florence ängstlich.

Die Schwester beugte sich vor und kniff ihr in den Arm.

»Autsch!«

»Aha«, sagte Miss Catherine und griff nach ihrem Bein. »Wie ist es hier?«

»Das tut auch weh!«

»Das ist gut. Und jetzt muss ich mich um die anderen kümmern.«

Zum ersten Mal sah sich Florence im Raum um und bemerkte, dass er von einer Wand bis zur anderen voller Betten mit Kindern war, von denen die meisten schliefen.

»Wie viele sind hier?«

»Dreißig«, sagte sie. »Und ich bin für euch alle verantwortlich.«

»Wie lange muss ich noch hierbleiben?«, fragte sie die Schwester, die sich von ihr entfernen wollte.

»Bis das Fieber weg ist und der Doktor sagt, dass du gehen kannst.«

* * *

Flos Fieber ging nicht weg, im Gegenteil: Am nächsten Tag kehrte es mit großer Heftigkeit zurück, erreichte ungefähr neununddreißig Grad, was wie ein Wunder zu keinem Anfall führte, sondern nur zu Albträumen und bizarren Halluzinationen, in denen sie glaubte, sie wäre nicht mehr im Krankenhaus, sondern daheim bei Josca und Constantine und ihren Brüdern und Schwestern.

In einem dieser Träume ging sie mit ihrem ältesten Bruder Owen – ihrem Lieblingsbruder – zum Geschäft. Florence hustete ständig und sagte, sie wüsste nicht, ob sie es schaffen würde. Owen wiederholte immer wieder, dass alles gut werden und sie bis zum Laden würde gehen können. Sie nahm sich die tröstenden Worte ihres Bruders zu Herzen, bemerkte dann aber, dass er Schwierigkeiten hatte, mit ihr mitzuhalten.

In Wirklichkeit war Owen kurz vor dem Ende seiner Teenagerjahre und kräftig, und er arbeitete den ganzen Tag schwer. Doch in ihren Albträumen versuchte er, zu Atem zu kommen, und fiel immer weiter hinter ihr zurück, bis sie ihn kaum noch im Zwielicht erkennen konnte. Und dann war ihr großer Bruder verschwunden.

Gefangen im Griff ihrer Halluzination fühlte Florence sich von einer Einsamkeit beherrscht, die sie nie zuvor gekannt hatte, in die Nacht geworfen und verzweifelt auf der Suche nach Owen und dem Heimweg zu ihrer Mom und ihrem Dad, ohne es jedoch zu schaffen. Sie wurde hysterisch und jammerte gefühlt tagelang.

»Jetzt aber leise, Florence«, sagte Miss Catherine, als das Mädchen während ihres zweiten Monats in der Masernstation jammernd von einer weiteren Fieberattacke aufwachte. »Das war doch nur ein Traum und ich bin hier.«

»Aber ich will nach Hause«, sagte sie schwach.

Hinter der Krankenschwester quietschte etwas. Miss Catherine blickte über die Schulter nach hinten und Florence sah es ebenfalls: Zwei Krankenwärter legten ein Laken über den ausgemergelten Körper eines kleinen Jungen auf einer Bahre.

Florence hatte nicht die Kraft, um sich zu fürchten. »Was machen sie mit ihm?«

»Er wird begraben«, sagte die Schwester.

»Ist er an Masern gestorben?«

»Von Komplikationen wegen Masern, ja.«

»Ich will nicht sterben, Miss Catherine.«

Die Krankenschwester sah sie ergriffen an. »Oh, das weiß ich doch, Liebes. Ich will auch nicht, dass du stirbst. Auch sonst niemand soll an diesem verdammten Ort sterben.«

»Wird es helfen, wenn ich bete?«, fragte Florence.

»Natürlich. Doch wenn du willst, dass deine Gebete erhört werden, dann muss dein Herz bereits im Frieden sein und voller Dankbarkeit leuchten, bevor du deinen Kopf zum Beten beugst.«

»Was ist Dankbarkeit?«

»Wenn du Gott für etwas in deinem Leben Danke sagst. Du bist dankbar, am Leben zu sein. Oder für die Speise, die du isst. Oder dieses Bett, in dem du schläfst. Wenn du dankbar bist, dann wird dein Herz nicht schmerzen und du wirst erhört werden.«

Die Krankenschwester küsste ihr die Stirn und ging davon.

Florence schloss die Augen, faltete die Hände, wie ihre Mutter es in der Kirche tat, und dankte stumm dafür, dass sie nicht starb, für das Krankenhaus und für Miss Catherine. Sie fühlte sich besser – zumindest ein wenig – und betete dann dafür, dass keine Kinder mehr sterben sollten und dass sie nach Hause gehen konnte.

* * *

Doch geschwächt von der Krankheit starben immer mehr Kinder auf der gedrängt vollen Masernstation, fünf in der Woche. Florence sah, wie sie unter Laken gebettet und mitten am Tag oder in der Nacht auf der Bahre weggerollt wurden. Der Tod kannte keine Uhrzeit, so schien es ihr. Und die Kinder, die sie lebend das Krankenhaus verlassen sah, gingen an Krücken oder saßen im Rollstuhl, da sie sich nicht selbst auf ihren geschwächten Gliedern halten konnten.

Am ersten Dezember wurde Florence fünf Jahre alt. Auch an diesem besonderen Tag war niemand aus ihrer Familie bei ihr. Zwei Wochen später hörte das Fieber endlich auf, immer wieder anzusteigen. Doch Miss Catherine sagte ihr, dass sie noch immer zu schwach wäre, um nach Hause zu können.

In den folgenden Tagen fühlte sie sich nicht besser oder kräftiger. Dann, eines Nachmittags, als sie glaubte, sie würde niemals die Masernstation verlassen können, wachte sie aus einem Nickerchen auf und sah Josca und die Krankenschwester an ihrem Bett stehen.

»Mama?«, sagte sie und begann zu weinen.

Ihre Mutter weinte auch und nahm sie in die Arme. »Ich bin gekommen, um dich nach Hause zu holen, mein Baby.«

Miss Catherine sagte: »Sie nehmen sie entgegen den Anweisungen des Arztes mit.«

»Zu viele Kinder sterben hier und Sie haben mir gesagt, dass Florence' Fieber verschwunden sei«, sagte Josca. »Ich werde mich zu Hause um sie kümmern. Außerdem ist morgen Weihnachten. Ich will nicht, dass sie am Geburtstag des Herrn hier ist.«

Die Krankenschwester wirkte nicht glücklich darüber, doch sie half Florence in ihre Kleider und brachte ihr einen Rollstuhl. Sie hatte so viel Gewicht verloren, dass Josca sagte, sie würde wie ein kleines Vögelchen aussehen, als sie sie in dem Rollstuhl aus dem Krankenhaus schob. Drei Monate, nachdem sie eingewiesen worden war.

»Leb wohl, Florence«, sagte Miss Catherine.

»Ich möchte einmal so eine Krankenschwester werden wie Sie«, sagte Florence. »Sie tragen eine hübsche Uniform und helfen den Menschen.«

»Das tue ich wohl«, sagte die Krankenschwester lächelnd, bevor sie zu Josca blickte. »Der Rollstuhl muss leider hierbleiben.«

»Oh«, sagte Florence' Mutter. »Mein Mann nutzt den Karren gerade, um die Baumwolle zu verkaufen. Aber das macht nichts.«

Mit diesen Worten nahm Josca Florence hoch und ging mit ihr davon. Flo konnte sich nicht erinnern, wann ihre Mutter sie das letzte Mal so gehalten oder getragen hatte, und sie verschmolz mit dem Nacken ihrer Mutter, ihrem vertrauten Geruch, der Tatsache, dass es der Weihnachtsabend war und sie nach Hause ging.

Josca schaffte es mehr als einen Kilometer, Florence wie ein Baby auf dem Arm zu tragen, bevor sie den Griff änderte und weiterging. Gegen Ende des zweiten Kilometers und als sie nicht mehr als einen Kilometer von ihrem kleinen Dorf entfernt waren, spürte Florence die Kraft ihrer Mutter schwinden.

»Du kannst mich runterlassen, Mama«, sagte sie. »Du musst mich nicht den ganzen Weg tragen, ohne dich auszuruhen.«

Zu ihrer Überraschung änderte Josca ihren Griff erneut und ging noch schneller, wobei sie ihr energisch ins Ohr flüsterte: »Du bist meine Tochter, Florence. Ich liebe dich mit meinem ganzen Herzen und meiner Seele. Und Liebe ist die stärkste

Kraft, die es gibt. Wenn ich müsste, dann würde ich dich für immer tragen.«

* * *

Florence' Haut kribbelte angenehm, und ihr Verstand und ihr Herz und bald auch ihr ganzer Körper wurden von den schönsten Gefühlen überflutet. Sie konnte die Liebe spüren, die von ihrer Mutter kam, begann vor Freude zu weinen und wusste, dass sie niemals diesen Moment vergessen würde, und wie gut und sicher und beschützt sie sich gefühlt hatte, als sie nach Hause kam.

Als Josca Florence zurück auf das Grundstück trug, das sie fiebernd und halluzinierend vor drei Monaten verlassen hatte, hatten ihre Schwestern und Brüder bereits damit angefangen, das Weihnachtsfest vorzubereiten, würfelten Yams, schnitten Zwiebeln und kümmerten sich um den Topf, der über dem Feuer brutzelte. Sie sahen Florence und jubelten und versammelten sich um sie, als ihre Mutter sie auf eine Matte in den Schatten gelegt hatte, um sie zu Hause willkommen zu heißen.

»Ich wusste, du würdest es schaffen, Kurze«, sagte Owen. »Sonst hätte ich ja niemanden gehabt, den ich ärgern kann.«

»Du hast mir gefehlt, Flo«, sagte die dreijährige Margaret.

Florence lächelte schwach. »Ich habe dich auch vermisst. Euch alle. Ich habe von euch allen geträumt.«

»Ich glaube, Florence ist gewachsen«, sagte ihre ältere Schwester Rosa, die fünfzehn war. »Längere Beine.«

Florence blickte stirnrunzelnd auf ihre Beine hinab und sah, dass sie dürrer geworden waren.

»Sie sind lang, so wie Spinnenbeine«, sagte ein kleinerer Junge mit frisch rasiertem Kopf und einem fehlenden Schneidezahn. »Florence, die Spinne!«

»Schluss damit, Jasper«, sagte Owen und stupste Florence' Lieblingscousin sanft an, der ein paar Monate älter war als sie, der clever war und immer wieder Unfug anstellte.

»Keine Sorge«, sagte Florence. »Ich werde ein Netz spinnen und Jasper damit fangen.«

»Was bin ich denn?«, fragte Jasper. »Etwa ein Käfer?«

Alle Geschwister lachten laut. Dann rief eine Männerstimme: »Was ist hier los?«

Sie gingen auseinander, sodass ihr Vater zu sehen war, ein kräftiger, drahtiger Mann, der ständig in Bewegung zu sein schien. Von Sonnenaufgang bis Sonnenuntergang kam es nur selten vor, dass Constantine Okori lächelte oder langsamer wurde, und noch seltener hörte er ganz mit der Arbeit auf. Außer es war ein wichtiger Feiertag wie heute. Er trug zwei Leinensäcke, die er jetzt auf den Boden legte. In dem einen kreischte und gackerte ein Huhn.

»Sieh nur, wer zu Hause ist«, sagte Josca und trat zur Seite.

Constantine machte große Augen. »Flo!«, rief er und eilte vor, um sich neben sie zu knien und ihr die Hand sanft auf die Stirn zu legen. »Sie haben uns nicht erlaubt, dich zu besuchen. Aber deine Mutter und ich haben täglich für dich gebetet.«

»Ich weiß«, sagte Florence und lächelte ihn an.

Constantine lächelte ebenfalls, dann sah er zu seiner Frau. »Unsere verlorene Tochter ist nach Hause gekommen.«

Josca runzelte die Stirn. »Da ist nichts verloren an Florence.«

»Oh, du weißt schon, was ich meine«, sagte er und sein Lächeln wurde breiter. »Sie ist zu Hause und das ist das schönste Weihnachtsgeschenk und ein Grund für ein großes Fest. Gewiss auch für mehr Bier, als ich gekauft habe.«

Der missmutige Blick seiner Frau verdunkelte sich weiter. Sie war evangelikal und trank keinen Alkohol. Florence' Vater war katholisch und trank an den Feiertagen gern ein Bier.

»Fang mit dem Bier an, das du hast, ja?«, sagte Josca.

Constantine schien widersprechen zu wollen, doch dann zuckte er nur mit der Schulter und sagte: »Ich werde genau jetzt eins trinken. Um unser kleines Mädchen zu Hause zu begrüßen.«

»Hast du die Hühner bekommen?«, rief sie ihm hinterher, als er zurück zu den Säcken ging.

»Zwei. Große Kapaune. Und alles andere, was du gewollt hast.«

Er griff in einen der Säcke und zog eine große Flasche Nile Beer heraus. Mit seinem Taschenmesser öffnete er den Kronkorken und nahm einen Schluck.

»Gut«, sagte er und schnalzte mit den Lippen. »Noch kalt.«

»Hast du in deinem Sack nichts für Florence?«, fragte Josca. »Etwas, um sie daheim willkommen zu heißen?«

»Ich brauche nichts, Mama«, sagte Florence. »Ich bin so glücklich, dass ich hier bin.«

Doch Constantine schien sich an etwas zu erinnern, denn er lächelte und kehrte zurück zu dem Sack. »Obwohl ich gar nicht wusste, dass unsere liebe Florence am Weihnachtsabend nach Hause kommen würde, hat mich irgendwas dazu gebracht, das hier zu kaufen, nachdem ich einen guten Preis für die Baumwolle bekommen habe.«

Er zog einen kleinen Schokoriegel heraus und ging damit und mit seinem Bier zurück, um sich wieder neben Florence zu knien. »Genieß ihn, meine Süße.«

Sie brachte es nicht über sich, ihm zu sagen, dass ihr ein wenig übel im Magen war, deshalb sagte sie: »Können wir das für morgen aufheben, Papa? Für Weihnachten?«

»Das können wir«, sagte er. »Aber warum probierst du nicht ein kleines Stück?«

»Okay«, sagte sie und erhob sich auf einen Ellbogen, während ihr Vater eine Ecke abbrach. Sie schob sie sich in den

Mund und eine Welle des Entzückens durchfuhr sie. »Das ist so lecker.«

»Darf ich auch ein Stück haben, Onkel Constantine?«, fragte Jasper.

Florence' Vater hatte eine Schwäche für seinen Neffen, dessen Eltern im Jahr zuvor bei einem Busunfall gestorben waren. Doch er sagte: »Jetzt nicht, Jasper. Nicht vor morgen.«

»Oh«, sagte der Junge, mehr als nur ein wenig enttäuscht. »Aber gibt es morgen noch etwas davon?«

»Das ist der Plan.«

»Ach so«, sagte er und lächelte jetzt. »Das ist gut!«

»In der Zwischenzeit kannst du deinen Cousins und deiner Tante beim Feuerholz helfen.«

»Schon geschehen!«, sagte Jasper. »Auch schon genug für morgen. Und ich habe das ganze Grundstück für Tante gefegt.«

Josca nickte. »Das hat er. Ich musste es ihm nicht einmal sagen.«

Jasper strahlte und warf die Schultern zurück.

Constantine sagte: »Dann setz dich und leiste Florence etwas Gesellschaft. Alle anderen zurück an ihre Aufgaben. Es wird dunkel, bevor ihr euchs verseht.«

* * *

Da ihre anderen Brüder und Schwestern damit fortfuhren, was sie zuvor getan hatten, kam Jasper Florence etwas näher, bevor er mit sorgenvollem Gesicht stehen blieb.

»Ich kann es von dir nicht bekommen, oder?«

»Nein«, sagte Josca und tippte Florence auf die Schulter, bevor sie sich erhob und zum Feuer ging. »Die Schwestern sagten, das ist schon früh vorbei.«

Jasper zögerte, bevor er sich neben sie auf die Matte setzte. »Wie ist das Krankenhaus?«

Florence war müde, doch sie sagte: »Viele Kinder und nichts zu spielen. Ich habe es gehasst. Außer Miss Catherine. Meine Krankenschwester.«

Jasper dachte darüber nach. »Stimmt es, dass du überall Flecken hattest? Wie ein Leopard?«

»Sie hatte einen Ausschlag, Jasper«, rief Josca.

»Aber Flecken im Mund wie ein Leopard?«

Florence lachte und hustete dann. »Leoparden haben doch keine Flecken im Maul.«

»Woher weißt du das?«, fragte Jasper. »Hast du einem Leoparden schon einmal ins Maul gesehen?«

»Ich hoffe, das muss ich niemals tun. Doch ich bin mir ziemlich sicher, dass sie da keine Flecken haben.«

»Aber du hattest welche.«

»Das kommt von den Masern. Doch jetzt sind sie weg.«

»Lass mich sehen.«

Florence öffnete weit den Mund.

»Wow, Flo«, sagte Jasper. »Du hast ja einen richtig großen Mund.«

Florence schnaubte. Ihr Cousin sagte immer solche Sachen.

»Geh weg, Jasper«, sagte sie und gähnte. »Ich will schlafen.«

»Bist du nicht froh, wieder zu Hause zu sein?«

Sie sah sich auf dem Grundstück um, erinnerte sich an die totale Liebe, die sie gespürt hatte, als sie auf dem Heimweg in den Armen ihrer Mutter lag, und lächelte, als ihre Augen zufielen.

»Mehr als froh, Jasper. Das ist das schönste Weihnachtsgeschenk überhaupt.«

# Vier

***Mai 1992***
***Rwotobilo, Uganda***

Der zwölfjährige Anthony Opoka versuchte immer zu laufen, wohin er auch musste. Von der Hütte, in der er schlief, zu dem Bohrlochbrunnen, vom Brunnen zum Garten, um den er sich kümmerte, und dann den ganzen Weg zur Schule, fast zwei Kilometer, und am späten Nachmittag wieder zurück.

Auf diese Weise rannte Anthony fast jeden Tag seit vergangenem Mai und trainierte so seine Geschwindigkeit auf große Entfernung für die Qualifikationen des Distriktwettlaufs und für das Distriktrennen selbst. Er hatte kürzlich die Qualifikation gewonnen, wie auch schon im vergangenen Jahr, wo er als Zweiter bei der Distriktveranstaltung ins Ziel kam. Er hatte sich geschworen, dass das kein zweites Mal geschehen würde.

*Ich werde gewinnen,* hatte er seinem Vater und seiner Mutter und seinen Brüdern und Schwestern immer wieder gesagt. *Ich werde diesen Patrick schlagen. Guckt mich an. Ich werde Distriktmeister.*

Wann immer Anthony das sagte, verspürte er etwas von dieser seltenen Wärme in seiner Brust. Wenn er die Augen schloss, konnte er sehen, wie ihm alle zujubelten, während er die Ziellinie überquerte. *Distriktmeister!*

George hatte ihn in dieser Denkweise ermutigt, wie er es immer tat, wenn sie zusammen unterwegs waren und darüber sprachen, wie man von einem Jungen zu einem Menschen wurde. Doch seine Mutter erinnerte ihn immer wieder daran, dass alles Mögliche geschehen konnte, dass ein Scheitern auf Dutzende Arten möglich war, die er nicht vorhersehen konnte. Sie hatte das erst am Vorabend getan, denn heute war jener Tag: der Tag des Distriktrennens.

*Ich werde nicht verlieren,* hatte er ihr stirnrunzelnd gesagt. *Jeder wird wissen, wer ich bin.*

Acoko schüttelte den Kopf. *Anthony, manchmal habe ich das Gefühl, dass du ständig von anderen hören musst, wie gut du bist und wie besonders.*

*Was ist daran falsch?*

*Du sollst wissen, wie gut du bist, ohne dass man es dir sagen muss. Das sollte aus deinem Inneren kommen.*

Anthony hatte sich davon ein wenig ernüchtert gefühlt, denn er hatte gemerkt, dass seine Mutter ihn nur selten lobte, stattdessen seine Unzulänglichkeiten betonte und sich Möglichkeiten ausdachte, wie seine Hoffnungen zunichtegemacht werden konnten.

»Ich gehe jetzt, Mama«, rief er ihr zu, als sie gerade Töpfe putzte.

»Das sehe ich«, sagte sie, ohne aufzublicken. »Viel Glück.«

»Ich werde Distriktmeister!«

»Ich habe dich gehört. Sei schnell.«

In ihrer Stimme klang wenig Enthusiasmus, und er ging zur Schule, wobei er sich wünschte, dass sein Vater nicht in Gulu wäre. Zugleich fragte er sich, warum Acoko im letzten Jahr so düster geworden war. Sie schlief viel. Und Anthony hatte sie in den letzten Monaten mehr als einmal dabei erwischt, wie sie allein geweint hatte.

Er versuchte, auf dem Weg nicht mehr an seine Mutter zu denken. Doch er liebte Acoko und wusste, dass sie ihn auch liebte, und er konnte nicht verstehen, was sie immer trauriger machte. Er hatte neulich sogar seinen Vater gefragt, und zum ersten Mal hatte George darauf nur wenig zu antworten gewusst.

*Manche Leute werden einfach so,* sagte er. *Das Leben enttäuscht sie immer wieder, deshalb erwarten sie nichts anderes mehr.*

Anthony war nur selten enttäuscht vom Leben. Er lachte gern, war ständig von Dingen beeindruckt und er liebte die Schule, vor allem Mathematik und Sprachen. Seine Lehrer hatten gesagt, dass er bald Schülersprecher werden könnte, deshalb hatte er sich das zum Ziel gemacht, wie er sich auch vorgenommen hatte, täglich besser zu werden als am Vortag, ein guter Mensch zu sein und für das jährliche Wettrennen zu trainieren, indem er überallhin rannte und sich immer wieder vorstellte, wie er vor Patrick Lumumba die Ziellinie erreichte.

Im Westen bildeten sich Gewitterwolken. Der Wind wurde stärker, als er in einen Trab fiel und an dem verlassenen Haus seines verstorbenen Onkels John vorbeikam, wobei er ein komisches Gefühl im Magen hatte. Sein Onkel war von Soldaten der Lord's Resistance Army ermordet worden, fanatischen Anhängern des verrückten Priesters vom Awere Hill. Sie hatten seinen Onkel und andere Gäste eines Hotels in Gulu angegriffen. Wann immer Anthony an der verlassenen Hütte seines toten Onkels vorbeikam, hörte er die Worte seines Vaters, dass er sich vor den Soldaten der LRA in Acht nehmen sollte, denn sie würden Jungen entführen. Überhaupt sollte er von allen Soldaten und Militärs fernbleiben, wenn er konnte.

*Soldat ist das Schlimmste, was man im Leben werden kann,* hatte George ihm oft gesagt. *Beim Soldaten geht es allein um die Macht eines Mannes über einen anderen. Vor deiner Geburt haben mich Idi Amins Männer geschlagen, weil sie die Macht dazu hatten. Als Museveni den Krieg gewonnen hatte, haben seine Männer mich geschlagen, weil sie die Macht dazu hatten. Und Joseph Konys Männer haben meinen Bruder aus demselben Grund getötet. Deshalb, Anthony, was auch immer du mit deinem Leben machst, werde bitte kein Soldat. Versuche nicht, Macht über andere zu bekommen.*

* * *

Als er die Schule erreichte, waren seine jüngeren Halbbrüder Albert und Charles bereits dort und spielten Fangen mit ein paar Freunden neben einer Reihe geparkter Busse. Als sie Anthony sahen, kamen sie zu ihm.

»Mein Bruder wird gewinnen«, verkündete Charles. »Er wird Distriktmeister.«

»Das weißt du gar nicht«, sagte ein anderes Kind.

Albert verteidigte ihn. »Wir wissen das, und weißt du auch, warum? Weil Anthony schwer trainiert hat, und er hat sich schon Hunderte Male gewinnen sehen, wenn er die Augen schloss.«

»Tausendmal«, sagte Anthony.

»Und wenn Patrick Lumumba das auch schon so oft gesehen hat?«

Bevor er antworten konnte, kamen die Lehrer aus der Schule und wiesen alle Schüler an, in eins der Fahrzeuge zu steigen. Anthony als Schulmeister fuhr mit den Lehrern und dem Direktor, der ihn fragte, ob er nervös wäre, dass er in der offenen Liga gegen Kinder laufen würde, die bis zu vierzehn Jahre alt waren.

»Nachher werde ich nervös sein«, sagte er.

Doch als sie an dem Gelände der Mittelschule hielten, wo die Wettläufe stattfinden sollten, sah er Hunderte aufgeregter Schüler aus den anderen Bussen strömen. Und mitten in der Menge, größer als fast jeder andere in seiner Nähe, stand Patrick.

*Er sieht wie ein richtiger Mann aus!*, dachte Anthony und sein Herz raste. *Wie kann man in einem Jahr so sehr wachsen?*

Zweifel sickerten in seine Gedanken. *Ich kann keinen Mann besiegen. Ich brauche zwei Schritte, wo er nur einen macht. Ich habe überhaupt keine Chance. Gegen ihn hat keiner eine Chance.*

Beim Aussteigen aus dem Bus fühlte er sich bereits geschlagen, bis Charles und Albert zu ihm kamen.

»Bist du bereit?«

»Habt ihr Patrick gesehen?«, fragte Anthony und zeigte zu dem Jungen, der ihn im Vorjahr besiegt hatte.

»Oh, der ist ja riesig!«, sagte Charles.

»Ich weiß. Es ist vorbei.«

»Vorbei?«, fragte Albert. »Es ist nicht vorbei. Wen kümmert es, wenn er eine Menge gewachsen ist? Vielleicht kann er nicht mehr so schnell laufen, *weil* er so sehr gewachsen ist.«

»Ich weiß nicht.«

Charles sagte. »Du darfst beim Wettlauf nicht ›Ich weiß nicht‹ denken.«

Albert nickte. »Was würde Dad zu dir sagen?«

Anthony dachte darüber nach, hörte seinen Vater sagen, dass er sich nicht im Voraus geschlagen geben sollte, wenn er etwas Neues versuchte. *Du musst daran glauben, dass du es tun wirst, bevor du es tun kannst.*

Er wiederholte das mehrere Male und schloss die Augen, versuchte sich vorzustellen, wie er vor Patrick rannte und die Ziellinie überquerte, während jener noch weit zurück lag. Doch Anthony sah auch immer wieder seinen Gegner vor sich laufen.

*Na ja,* dachte er, *vielleicht kann ich aufholen und gleichauf mit ihm ins Ziel kommen.*

Kaum hatte er diese Idee, formte sich in seinem Kopf ein Plan, und er sah ihn klar vor sich. Als er die Augen öffnete, lächelte er seine jüngeren Brüder an und sagte: »Jetzt glaube ich es.«

»Ganz genau, du schaffst es!«, sagte Charles.

»Du schaffst es, du schaffst es!«, rief Albert.

Man hörte ein Pfeifen. Jemand vom Distrikt hatte ein Stierhorn und nutzte es, um die besten Wettläufer von fünfzehn verschiedenen Schulen aufzurufen, Jungen und Mädchen.

Die Mädchen kamen zuerst, rannten in einer langen Reihe los und sprinteten zu einer Fahne an einem Mast, der fünfhundert Meter entfernt war und umrundet werden musste, bevor es noch einmal so weit bis zur Ziellinie weiterging. Innerhalb der ersten zweihundert Meter öffneten sich bereits Lücken im Feld der Läuferinnen, als ein paar Mädchen das Tempo nicht mehr mithalten konnten.

Da er sich jetzt sicher fühlte, jubelte Anthony dem Mädchen zu, das am Anfang ein gutes Stück in der Menge zurückgelegen hatte und nun an vier Läuferinnen vorbeilief, während sie den Fahnenmast passierte. Sie überholte ein weiteres Mädchen, als noch zweihundert Meter zu laufen waren, und ihre Mitschüler flippten aus, als sie sich der vordersten Läuferin annäherte.

Doch bevor sie sie einholen konnte, erreichte das erste Mädchen die Ziellinie, rang nach Luft und griff sich an die Seite, um dann auf den Boden zu fallen. Die Enttäuschung im Gesicht der Zweitplatzierten traf Anthony tief in der Brust. Dann kehrten die Pfiffe und das Stierhorn zurück und riefen die Jungen an die Startlinie. Anthony sah, wie sich das Mädchen, das als Zweite ins Ziel gekommen war, über die Augen wischte.

*Heute nicht,* dachte er, als er das erste Gewitterrumpeln in der Ferne hörte.

Er sah zu den dunklen Wolken, nahm aber an, dass sie noch eine gute halbe Stunde entfernt waren.

An der Startlinie trat Anthony in die Mitte. Patrick Lumumba kam als Letzter und drängte sich vor, bis er rechts neben Anthony stand und so wirkte, als hätte er zusätzlich zu seiner Größe acht Kilo zugenommen.

»Ich bin immer etwas spät«, sagte Patrick zu Anthony. »Und ich werde dich begraben, Opoka.«

»Natürlich wirst du das«, sagte Anthony. »Das kann jeder sehen. Ich laufe für den zweiten Platz.«

Der größere Junge blickte zu ihm hinunter. »Das ist gut. Mach das.«

Beim Knall der Startpistole rannte die Hälfte der Jungen in dem Feld der fünfzehn Läufer direkt in vollem Sprint los, wie es auch viele Mädchen getan hatten. Patrick lief in gleichmäßigen Schritten hinter ihnen her, seine langen Beine nur so schnell, dass er in der Nähe blieb. Anthony ließ sich absichtlich auf halbem Weg zur Fahnenstange und der Fünfhundert-Meter-Markierung einen Jungen hinter Patrick zurückfallen.

Als sie noch fünfzig Meter von der Stange und der Kehre zum Ziel entfernt waren, bekamen die Jungen, die sich für Geparden hielten, Seitenstechen und wurden langsamer. Patrick holte drei vor der Fahnenstange ein. Anthony überholte den Jungen vor sich und lief leicht nach links, um direkt hinter dem Vorjahresgewinner zu bleiben, als der die Fahnenstange umrundete.

Patrick wurde schneller. Anthony blieb hinter ihm, als sie näher rückten und an dem Jungen an fünfter Stelle und dann an dem Vierten vorbeikamen. Er konnte die drei Anführer mit zurückgeworfenen Köpfen und verkrampften Schultern an der Siebenhundertfünfzig-Meter-Markierung sehen. Patrick überholte den Jungen an dritter Stelle, als noch zweihundert Meter zu laufen waren.

Doch da bemerkte Anthony, wie Patrick den Kopf nach hinten zu neigen begann, um mehr Sauerstoff zu bekommen. In der Sekunde, als er das sah, bemerkte er, wie gut er sich fühlte, und zögerte nicht, als noch hundert Meter vor ihnen lagen. Anthony schwang leicht rechts von dem Jungen an zweiter Stelle und begann einen vollen Sprint.

Er lief an dem Jungen vorbei, der überrascht knurrte. Anthony konzentrierte sich nach vorn auf Patrick und zwang sich, die Arme und Beine den ganzen Weg zum Endspurt nach vorn zu werfen.

Anthony kam gleichauf mit Patrick, als es noch fünfundzwanzig Meter waren, und überholte ihn bei zwanzig Metern, hörte ihn hinter sich keuchen und dann das Geräusch seiner Schritte, als er ihn einzuholen versuchte. Er spürte, wie der größere Junge den Abstand verringerte, doch als er die Ziellinie überquerte, war der Junge, der ihn im Vorjahr besiegt hatte, noch immer ein ganzes Stück entfernt.

Anthony warf die Arme in die Luft und war voller Freude, als er langsamer wurde, nach Atem rang und sich umdrehte, um Patrick humpeln und stöhnen zu sehen und wie er sich an die Rückseite eines Beins fasste.

»Ich habe mich gezerrt«, fauchte er. »Ich habe mich gezerrt, sonst hätte ich dich erwischt, Opoka.«

»Hast du aber nicht«, sagte Anthony und grinste, als Charles und die anderen von seiner Schule zu ihm kamen und jubelten. Sie hoben ihn auf die Schultern und stolzierten mit ihm über das Gelände der Mittelschule.

Er war erneut erfüllt von jener seltenen Wärme, badete in dem Triumph und dem Lob. Er hatte es sich verdient. Das sagte jeder.

Ein paar Kilometer entfernt leuchteten Blitze im Norden auf, gefolgt von Donnerkrachen, während sich aus den dunklen Wolken Regenmassen ergossen. Doch wo das Wettrennen stattgefunden hatte, schien die Sonne noch immer kräftig und heiß. Soweit er das abschätzen konnte, würde das Gewitter vollständig an ihnen vorbeiziehen. Die Lehrer und Schulleiter mussten das Gleiche gedacht haben, denn sie protestierten nicht, als der Mann mit dem Stierhorn die Schüler dazu aufrief, sich zum Essen in einer Reihe aufzustellen.

Anthony trank die ganze Zeit Wasser und ging herum, während er weiter die Gratulationen der Kinder und Lehrer von seiner und den anderen Schulen entgegennahm. Er entdeckte Patrick und zahlreiche andere Jungen des Wettkampfs auf Steinen in dem Fluss sitzen, der die Gegend durchquerte. Patrick sah, wie er in seine Richtung blickte, warf ihm einen finsteren Blick zu und drehte den Kopf zu Joshua, dem Drittplatzierten des Rennens, um diesem etwas zu sagen.

Anthony kümmerte das nicht. Er hatte das Rennen offen und ehrlich gewonnen, auch wenn sich Patrick auf den letzten Metern die Sehne gezerrt hatte. Wenn er ein Spielverderber sein wollte, dann konnte Anthony nicht viel dagegen unternehmen, außerdem fühlte er sich langsam hungrig.

Charles und Albert winkten ihn zu sich und ließen ihn in der Reihe vor. Sie hatten Tabletts mit Essen bekommen und saßen im Schatten, während sie aßen, als dunkle Wolken die Sonne verbargen. Anthony sah Vögel von einem Nebenfluss des Aswa hinter dem Fahnenmast auffliegen. Er hätte nicht weiter darauf geachtet, wenn nicht weitere Vögel aus dem Dickicht am Fluss aufgeflogen wären, diesmal näher, und dann wieder im Verlauf von vielleicht dreißig Sekunden. Er hatte seinen Vater erzählen hören, wie Leoparden die Wasserläufe zum Anschleichen und Jagen nutzten. Doch das war normalerweise in der Nacht und nicht bei dieser Hitze.

*Oder?*

Zweihundert Meter entfernt erhoben sich weitere Vögel aus dem Flussbett. Anthony stellte seinen Teller ab und stand auf, hörte ein leises, anhaltendes Rauschen, das näher kam. Er machte fünf Schritte zum Fluss und sah, wie Patrick, Joshua und zwei andere Jungen in dem knietiefen Wasser aufstanden und sich umsahen.

Ein Junge konnte noch schreien, bevor eine rötlich braune Regenwasserwand, die das Gewitter stromaufwärts abgelassen hatte, anbrandete und sie alle mit sich fortriss. Für einen Sekundenbruchteil stand Anthony verblüfft da, bevor er reagierte und flussabwärts rannte.

* * *

So schnell er auch war, so war Anthony doch nicht schnell genug, um vor die Welle zu gelangen. Er schaffte es nur bis auf vierzig Meter, wo das Wasser noch schäumend und reißend war. Kurz konnte er Joshua sehen, bevor der Fluss stark nach links abbog. Der Kopf war über Wasser und er blickte zurück zu Anthony, bevor er in der Nähe des anderen Ufers verschwand.

Anthony folgte der Biegung und sah zwei Jungen aus dem Wasser krabbeln und sich ins Gras werfen, dann sah er weiter flussabwärts Patrick, fast am gegenüberliegenden Ufer, der sich an dünnen Schösslingen festhielt, die wie umgedrehte Angelhaken gebogen waren. Das vom Gewitter aufgewühlte Wasser tobte und strudelte um den großen Jungen, der um Hilfe schrie.

Ein weiterer Donnerschlag direkt hinter Anthony ließ ihn schneller laufen. Er raste an den beiden anderen Jungen vorbei, die noch immer im Gras lagen und Wasser ausspuckten. Als er das Ufer gegenüber von Patrick erreichte, begann es heftig zu regnen. Immer wieder schlug das Wasser gegen die Brust und über den Kopf seines Rivalen, und der Fluss stieg immer weiter, trat jetzt fast über seine Ufer.

Anthony wusste ungefähr, wie man schwimmt. Georges Bruder, sein Onkel Paul, hatte es ihm beigebracht. Doch die einzigen paar Male, die er geschwommen war, war das Wasser fast unbewegt und nicht annähernd so tief gewesen. Er blickte hinter sich und sah eine Gruppe anderer Jungen und Lehrer zu den Jungen am Ufer laufen.

»Hier!«, schrie Anthony. »Patrick ist hier!«

Charles, Albert und der Direktor ihrer Schule erreichten ihn zuerst, gefolgt von sieben anderen Lehrern.

»Wir haben kein Seil«, sagte Anthony. »Wir werden eine Kette bilden müssen, um ihn herüberzubekommen.«

Als die Lehrer entsetzt auf das Wasser blickten, sagte er: »Ich gehe zuerst. Machen Sie die Gürtel ab und binden Sie sie zusammen. Schnell!«

In weniger als dreißig Sekunden hatten sie die Gürtelschlaufen verbunden, und weitere Lehrer kamen hinzu und banden auch ihre Gürtel ans Ende der Kette, als Anthony zum Fluss sah und feststellte, dass Patrick fast unterging. Er zog den Kopf und die Arme durch den ersten Gürtel, um ihn unter den Achseln zu haben, dann ging er fünfzehn Meter flussaufwärts.

»Zieht mich raus, falls ich untergehe!«, sagte Anthony, als einige Lehrer und ältere Jungen begannen, sich wie er die Gürtel unter die Achseln zu ziehen. »Je schwerer es hinter mir ist, desto besser!«

Dann sprang Anthony schnell vom Ufer, bevor er sich selbst davon abhalten konnte, ging unter, tauchte aber fast sofort wieder auf und blieb oben, wobei ihm das Wasser von hinten über den Kopf schwappte, sodass er fast nichts sehen konnte. Der Lehrer hinter ihm ging ebenfalls ins Wasser, und dann der dahinter.

Anthony konnte fast aufrecht stehen, als immer mehr zusammengebundene Leute in den tobenden Fluss stiegen und ihm Halt gaben. Er schob sich langsam vorwärts und watete dann seitwärts, traf dabei aber auf ein tiefes Loch und ging wieder unter. Diesmal tauchte er seitlich von dem Mann hinter ihm auf und rief: »Hier ist es tief!«

Weitere Schüler und Lehrer am Gürtel kletterten in den Fluss hinab. Anthony versuchte nicht weiter, Boden unter die Füße zu bekommen, und tat alles, um nicht wieder zurück ans nahe Ufer gedrängt zu werden. Noch eine Minute und weitere Glieder in der Menschenkette und er war fast bei Patrick angelangt, der immer wieder den Kopf von Anthony wegdrehte, um das Gesicht lange genug aus dem Wasser zu halten, damit er atmen konnte.

»Patrick!«, schrie er. »Dreh dich zu mir!«

Anthony streckte den Arm zu dem Jungen aus, der sich noch immer an die kleinen Bäume klammerte. Patrick drehte den Kopf und versuchte, Anthony zu sehen, doch sein Gesicht wurde vom Wasser überspült. Spuckend und würgend sah er wieder weg.

»Du musst dich umdrehen und zu mir vorbeugen!«, gellte Anthony.

»Ich kann nicht loslassen! Dann werde ich weggerissen!«

Anthony rief zu den Leuten hinter sich, dass sie noch eine weitere Person im Fluss brauchten und dass jeder in der Kette zwei Schritte nach vorn machen musste. Einen Moment später spürte er die Lockerung und machte zwei energische Züge und Beinbewegungen und tauchte unter. Er schlug gegen Patrick.

Er packte den größeren Jungen fest um die Hüfte, dann versuchte Anthony, den Kopf hoch und aus dem tobenden Fluss zu bekommen. Doch Patrick begann, ihn abzuwehren. Anthony ließ mit einer Hand los, ergriff seinen Rivalen am Genick und nutzte den Halt, um nach oben zu kommen.

»Lass los!«, gellte Patrick.

»Nein! Lass die linke Hand los und pack den Gürtel an meiner Brust.«

»Ich kann nicht! Ich …«

»Vertrau mir, Patrick! Ich hab dich! Du stirbst nicht! Heute nicht!«

Schließlich ließ der größere Junge die Äste los und suchte mit den Händen nach Anthony, der damit kämpfte, Patrick am Platz zu halten. Er spürte, wie seine Finger nach dem Gürtel griffen.

»Lass los! Ich hab dich!«

Ihre beiden Köpfe waren jetzt oberhalb des Flusswassers in dem strömenden Regen nur Zentimeter voneinander entfernt. Er und Patrick starrten sich in die Augen, als der größere Junge die Äste losließ und mit der Strömung trieb, während er den Gürtel um Anthony packte, wobei sein gesamtes Gewicht stromabwärts in der schäumenden Strömung baumelte.

»Zieht uns raus!«, gellte Anthony. »Alle ans Ufer! Zieht ans Ufer!«

Beim ersten Zug und beim zweiten gingen die beiden unter. Doch keiner von ihnen ließ mit seinem Griff nach und sie tauchten beide Male wieder auf, wobei sie sich wie verrückt angrinsten

»Ich sterbe nicht«, sagte Patrick.

»Heute nicht«, sagte Anthony.

Sechs Züge später rief Patrick: »Ich fühle Boden!«

»Ich nicht!«, sagte Anthony.

»Keine Sorge«, sagte Patrick. »Jetzt habe ich *dich.*«

Eine Minute später wurden sie ans Ufer gezogen, wo sie die Gürtel lösten und sich alle aus der Kette in dem strömenden tropischen Regen auf den Rücken fallen ließen. Anthony fühlte sich erschöpfter und lebendiger als je zuvor. Die Menschen begannen zu jubeln und zu klatschen. Er sah auf und dort waren alle vom Wettlauf – Athleten, Trainer, Lehrer und auch die Schüler –, alle hocherfreut, dass vier Jungen die Springflut überlebt hatten.

Doch dann wurde ihm übel. »Ich habe ihn gesehen«, sagte er zu Patrick. »Joshua, den Jungen auf dem dritten Platz, bevor er unterging. Ich glaube nicht, dass er es geschafft hat.«

Patrick war schockiert. »Ich habe ihn gemocht. Er war glücklich über den dritten Platz.«

Anthony sagte nichts, bestürzt von den ambivalenten Emotionen, die ihn durchfuhren, glücklich darüber, dass er gewonnen hatte, glücklich, dass er und Patrick am Leben waren, und zutiefst schockiert über Joshuas Ertrinken. Er fragte sich, wie er das alles zugleich empfinden konnte.

»Wir haben es geschafft«, sagte Patrick, als der Niederschlag nachließ. »Deinetwegen, Opoka.«

»Wegen allen anderen, die zu dir in den Fluss gekommen sind, Patrick. Ich bin nur als Erster reingegangen.«

»Ich meine das ernst«, sagte der größere Junge und stand auf.

Als sich Anthony neben ihm erhob, sagte Patrick: »Du hast mir das Leben gerettet. Das werde ich dir nicht vergessen. Niemals.« Er streckte seine riesengroße Hand aus und Anthony schüttelte sie. »Oh, und nächstes Jahr schlage ich dich. Es ist völlig ausgeschlossen, dass ich zweimal nacheinander verliere.«

Anthony lachte. »Das kannst du nur, wenn ich aus dem Wettkampf ausscheide.«

Patrick lachte jetzt auch. »Du hast mich in dem Jahr meines Wachstumsschubs erwischt. Pass mal auf, wenn du wächst, dann wirst du auch was von deiner Geschwindigkeit verlieren.«

»Sag das deinen Sehnen«, sagte Anthony. »Ich werde nicht langsamer. Niemals.«

Als sie zum Schulgelände zurückkehrten, war das Gewitter vorbeigezogen, obwohl der Fluss noch immer wild strömte. Als er und Patrick sich voneinander verabschiedeten und wieder in ihre jeweiligen Busse für die Rückfahrt zu ihren Schulen stiegen, war Anthony noch immer durcheinander von seinen Gefühlen, mit Ausnahme von einem – dem todsicheren Gefühl, das in seiner Brust wuchs, dass er gerade einen guten Freund gewonnen hatte.

# Fünf

***April 1993***
***Amia'bil, Uganda***

Die neunjährige Florence war so glücklich wie noch nie, als sie an jenem bewölkten Morgen am Anfang der Regenzeit mit ihren Freunden zur Schule ging, und sie fühlte sich, als wäre alles möglich, als könnte sie sogar hinausgehen, um die große weite Welt zu sehen.

»Eines Tages gehe ich nach Amerika«, verkündete sie, was ihren Cousin Jasper zum Lachen brachte.

»Und womit willst du das bezahlen?«, fragte Jasper.

»Von dem Geld, das ich verdiene, wenn ich Krankenschwester werde«, sagte sie zuversichtlich.

»Weißt du denn, wie schwer das ist? Krankenschwester zu werden?«

»Nicht schwieriger, als die Masern zu überleben«, sagte sie und hob ihr Kinn.

Es hatte zwei Jahre gedauert, bis Florence vollständig genesen war, nachdem Josca sie aus dem Krankenhaus nach Hause geholt hatte. Ihre Mutter hatte viele ihrer Aufgaben an ihren

Mann und die älteren Töchter übergeben, um sich in den ersten Monaten ihrer Genesung ganz auf Florence zu konzentrieren.

Auf der Masernstation hatte Florence fast ihr halbes Gewicht verloren, und sie war so schwach, dass sie kaum allein sitzen konnte. An manchen Tagen wachte sie gar nicht auf. Josca machte ihr Suppen aus Knochenbrühe und fügte Fleisch hinzu, wann immer Constantine sich das leisten konnte.

Ihre Mutter trug Florence überallhin. Wenn sie Wasser holte, setzte sie Florence an den Hang, von wo aus sie zusehen konnte. Wenn sie in den Gärten hackte, nahm Josca sie mit, setzte sie auf eine Matte im Schatten, während sie arbeitete. Und wenn sie in die Kirche ging, dann lag Florence auf Joscas Armen. Täglich sonnte sie sich in der reinen Liebe ihrer Mutter. Trotz des guten Essens und Joscas ständiger Aufmerksamkeit erfolgte ihre Heilung unerträglich langsam. Florence hatte immer wieder kleinere Fieberanfälle. Sie hörte, wie zahlreiche Frauen im Dorf ihrer Mutter sagten, dass sie sich nicht so sehr auf Florence konzentrieren sollte, dass sie sehr wahrscheinlich schwächer werden und sterben würde, wie schon so viele andere.

Doch wann immer ihre Mutter so einen Kommentar hörte, dann lachte sie nur und sagte ihnen, dass Florence leben und später Krankenschwester werden und ihnen allen zeigen würde, was ein Mädchen aus Uganda tun konnte, wenn es sich etwas in den Kopf gesetzt hatte. Und wann immer sie hörte, wie ihre Mutter sie verteidigte und so glühend über ihre Zukunft sprach, liebte Flo Josca noch viel mehr.

Ihre Geschwister gaben sich auch Mühe, ihr zu helfen, und zeigten ihr ständig, wie unglaublich es war, dass sie überlebt hatte. Das galt vor allem für ihren ältesten Bruder Owen, der sie gern neckte und zum Lachen brachte.

Am folgenden Weihnachtsfest war die Krankheit endgültig verschwunden und Florence hatte angefangen, ihre Arme behutsam zu benutzen. Ihre Mutter trug sie noch immer an jeden Ort, selbst als ihre Beine wieder kräftiger wurden.

*Du musst mich nicht mehr herumtragen,* sagte sie Josca eines Tages. *Es macht dich zu müde.*

*Florence, du bist meine Tochter,* sagte ihre Mutter. *Ich würde dich für immer tragen, wenn ich müsste.*

Erneut war Florence von Joscas Hingabe zutiefst gerührt und fühlte sich gut, doch sie sagte: *Ich liebe dich auch, Mama, doch ich muss jetzt versuchen, allein klarzukommen.*

* * *

Nach wenigen Wochen konnte sie stehen und ging mit Joscas Hilfe zögernd in die Kirche, vorbei an den Frauen, die ihrer Mutter gesagt hatten, dass sie sie sterben lassen sollte. Mit jedem weiteren Tag wurde sie kräftiger. Ende August, zwanzig Monate nach ihrer Rückkehr nach Hause, stand sie wieder zusammen mit ihrer Mutter auf, holte Wasser vom Fluss und half in den Gärten.

Florence war fast sieben, als sie endlich mit der Schule begann. Im ersten Monat fühlte sie sich noch verloren. Doch sie lernte viel und stellte eine Menge Fragen, wenn sie etwas nicht verstand. Und wenn sie es dann verstand, vergaß sie es nie wieder und holte schnell zu den anderen Schülern ihres Alters auf.

Die Lehrer bemerkten das. Vor allem einer, Mr Alonsius, war so gut im Erklären, dass sie noch mehr lernen wollte. Zwei ältere Schwestern von Florence waren in der Mittelschule und wollten Lehrerinnen werden wie Mr Alonsius. Sie hörte, wie ihre Mutter ihnen sagte, dass man gut lernen musste, wenn man gut unterrichten wollte, und dass man in der Schule fleißig sein musste.

Doch eine nach der anderen hatten ihre älteren Schwestern geheiratet und waren dem Weg gefolgt, den ihre Familien seit Generationen gegangen waren – Landwirtschaft und Tauschgeschäfte, dabei die meiste Zeit von der Hand in den Mund gelebt.

Als Josca sah, dass Florence gute Noten erzielte, nahm sie sich fest vor, dass diese Tochter kein solches Leben führen würde. Florence würde anders sein. Sie würde zur Schule gehen, lernen und schließlich Krankenschwester werden, um den Menschen überall in Uganda zu helfen.

*Die anderen Mädchen können heiraten, aber du nicht, nicht so schnell,* sagte Josca ihr immer wieder. *Du wirst zur Schule gehen, eine Stelle als Krankenschwester bekommen und eigenes Geld für dich verdienen.*

*Und für dich, Mama,* sagte Florence, die Josca zu jener Zeit als ihre beste Freundin betrachtete.

Ihre Mutter lehrte sie, die Gedanken nicht nur auf das Lernen zu richten, sondern auch auf geschäftliche Dinge.

*Wenn du weißt, wie du etwas zu einem bestimmten Preis herstellst und für mehr Geld verkaufst, dann wirst du niemals hungrig sein,* sagte Josca, nachdem sie ihr gezeigt hatte, wie man Seife machen und dann auf dem Markt verkaufen konnte.

Florence hatte sich an die Lehren ihrer Mutter über Geschäfte gehalten und machte bald ihre eigene Seife und baute Baumwolle und Melonen an, die auf dem Markt gefragt waren und die sie verkaufen konnte, um ihr eigenes Geld zu verdienen. Sie hatte auch angefangen, Constantine in den Busch zu folgen, um Heilkräuter zu sammeln. Sie liebte diese Ausflüge. Bei der Suche nach den Kräutern wurde ihr Vater lebhaft und engagiert und erzählte ihr eifrig, was es für Pflanzen waren und wie man sie nutzte, um anderen zu helfen. Gänsefußblätter zum Abschwellen. Bitterspinat gegen Diabetes und Gelenkschmerz. Rote Bete bei Krebs.

*Die meisten Menschen gehen einfach daran vorbei und interessieren sich nur dafür, ob es Mais oder Tomaten in ihren Gärten gibt,* hatte er mehr als einmal gesagt. *Doch der Busch hat seine Geheimnisse. Man muss nur lernen, sie zu erkennen.*

Als sie ihr zweites Schuljahr beendet hatte, war Florence eine der besten Schülerinnen ihrer Klasse geworden. Mr Alonsius war so zufrieden mit ihrer Leistung, dass er ihr am ersten Schultag im September zwei Notizhefte und zwei Stifte geschenkt hatte.

*Ein Notizbuch ist für deine Studien,* sagte er. *Das andere ist für deine Gedanken und Träume.*

Florence war sprachlos. Die Notizhefte und Stifte waren tatsächlich die ersten neuen Dinge, die sie jemals besessen hatte, und sie war sofort stolz darauf und hütete sie wie ihren Augapfel. Wie ihr Mr Alonsius gesagt hatte, schrieb sie jeden Abend etwas über ihren Tag hinein und dann über ihre Träume von der Zukunft, dass sie Krankenschwester werden wollte, Amerika sehen und noch vieles mehr.

* * *

Jene kostbaren Notizbücher steckten in der kleinen Büchertasche, die Josca für Florence genäht hatte, als sie mit ihrem Cousin Jasper und ihren Freunden endlich den Schulhof erreichten, wo die anderen Kinder bereits mit einem geklebten Fußball spielten. Die einstöckige Grundschule bestand aus einem langen Hauptgebäude aus Beton und zwei kleineren Flügeln. Florence lief zu dem Flügel auf der rechten Seite und betrat das zweite Klassenzimmer. Sie legte die Büchertasche auf ihren Tisch und ging wieder nach draußen, um sich dem Spiel anzuschließen.

Bevor sie das tun konnte, rief Mr Alonsius, der immer lächelte und tadellos gekleidet war, nach ihr: »Florence Okori! Hast du gestern Abend deine Träume aufgeschrieben?«

Sie nickte und grinste. »Ich werde auf die Schwesternschule in Kampala gehen, Herr Lehrer! Die beste, die es gibt!«

Ihr Lieblingslehrer tippte sich mit einem Finger an die Schläfe. »Gutes Mädchen. Das ist genau der richtige Weg, um dir deine Zukunft auszumalen!«

Es stimmte. Seit Florence damit begonnen hatte, ihre Träume aufzuschreiben, die Vorstellungen ihres zukünftigen Lebens, waren viele davon bereits Wirklichkeit geworden. Als sie ein hübsches Kleid für ihre Erstkommunion wollte, hatte ihr Vater sie mit den Stoffen überrascht, die ihre Mutter in ein schöneres Kleid verwandelte, als sie sich jemals vorgestellt hatte. Und als sie davon geschrieben hatte, dass sie bessere Noten bei wichtigen Prüfungen in Mathematik wollte, war das auch geschehen.

Am Vorabend hatte sie aufgeschrieben, wie sie in den nächsten Wochen in ihren Abschlussprüfungen brillieren würde und dass sie, wie sie ihrem Lehrer erzählt hatte, in den nächsten Jahren auf die Schwesternschule an der Universität in Kampala gehen würde. Als sie davonlief, um mit ihren Klassenkameraden den Ball herumzutreten, sah sie sich in Gedanken aus der Tür jener Schule treten, gekleidet in eine schicke weiße Uniform.

*Miss Florence, die Krankenschwester!*

Ihr war gerade dieser Gedanke gekommen, als Jasper und ihre Freunde plötzlich mit dem Spielen innehielten und auf irgendwas hinter ihr starrten. Ein paar Mädchen begannen zu lachen. Doch Jasper und die anderen Jungen erstarrten und wirkten ängstlich.

Florence fuhr herum und sah neun nackte Männer, die nur bunte Hüte trugen, auf den Schulhof kommen. Vier von ihnen trugen Speere. Zwei hatten primitive Pfeile und Bögen. Die anderen drei hatten AK-47.

Mr Alonsius trat ihnen entgegen. Ein Gewehrträger mit einem roten Hut hob seine Waffe und schoss eine Salve in die Luft, sodass Flos Lehrer erstarrte und viele Kinder zusammenzuckten und davonliefen.

Florence hatte noch nie Männer von diesem Stamm getroffen, doch in der Sekunde, als sie sie sah, wusste sie genau, wer das war. Es waren Karimojong, Nomadenkrieger, die niemals mehr zu tragen pflegten als einen Stoffstreifen über der Schulter, und den auch nur dann, wenn es kalt war. Sie kamen aus dem fernen Nordosten Ugandas, kurz vor der Grenze zu Kenia, und glaubten, alles Vieh wäre für sie zum Stehlen da und alle Dörfer zum Rauben und Plündern.

»Bitte«, sagte Mr Alonsius mit erhobenen Händen. »Das ist eine Schule. Hier ist kein Vieh.«

Rothut, wie Florence ihn später nennen würde, spuckte ihrem Lehrer vor die Füße. »Warum verdirbst du ihren Verstand, Lehrer? Warum bringst du ihnen bei, Kleider zu tragen und Diktatoren zu folgen?«

»Das sind Kinder.«

»Ich rede nicht über sie«, sagte Rothut spöttisch. »Ich rede über dich.«

Mr Alonsius schluckte schwer. »Was wollen Sie?«

»Deine Kleidung, für den Anfang. Alles davon. Und die Kleidung aller männlichen Lehrer.«

»Sonst was? Werden Sie mich erschießen?«

»Ich verschwende keine Kugel«, sagte Rothut und zeigte auf einen der Männer mit Pfeil und Bogen. »Aber mein Bruder wird dich auf eine Weise anschießen, die dir so viel Schmerzen bereiten wird, dass du dich beim Ausziehen beeilen wirst, bevor du noch einen Pfeil im Arsch hast.«

Der nackte Mann mit dem Bogen zog einen Pfeil aus dem Köcher, legte an und grinste. »Dreh dich um«, sagte er. »Gib mir ein Ziel, Lehrer.«

»Oder zieh die Kleider aus«, sagte Rothut, »und leg sie hier vor mich.«

Nach einem langen Augenblick begann Mr Alonsius, seine weiße Tunika aufzuknöpfen. Florence war so wütend, dass sie mit sich kämpfen musste, um die Männer nicht anzuschreien. Als ihr Lehrer seinen Gürtel und die Hose öffnete und sie zu Boden fallen ließ, sah sie die Demütigung in seinem Gesicht und wollte weinen.

Rothut zeigte auf die weiße Unterhose von Mr Alonsius. »Und die ganz besonders.«

Florence wollte das nicht mitansehen. Sie blickte zu Boden, hörte Rothut den anderen männlichen Lehrern befehlen, sich ebenfalls auszuziehen und ihre Kleider auf einen Haufen zu legen, bevor er einem seiner Leute sagte, er solle Benzin von Mr Alonsius' Motorrad holen, das im Schatten eines Baumes parkte, wo Florence über die Jahre hinweg so oft Unterricht bekommen hatte.

»Das ist nicht richtig«, hörte sie Jasper hinter sich flüstern.

»Sag nichts«, erwiderte sie leise. »Sonst bist du auch gleich nackt!«

Ein zischendes Geräusch ließ Florence den Kopf heben. Mr Alonsius und die anderen drei männlichen Lehrer standen da, bedeckten ihre Genitalien mit den Händen, während sie zusahen, wie der Großteil ihrer Kleider in Flammen aufging. Die restlichen Textilien waren um Äste gewickelt und in Brand gesteckt worden.

Rothuts Männer hielten die brennenden Äste wie Fackeln, die sie zu den strohgedeckten Klassenräumen trugen und einen nach dem anderen anzündeten, wobei sie mit dem linken Flügel der Schule begannen.

»Das wird eure Gehirne vor dem Verrotten bewahren«, sagte Rothut mehr zu den Kindern als zu den Lehrern. »Ihr werdet euch an diesen Tag erinnern.«

Florence sah entsetzt zu, wie das Hauptgebäude brannte und die Karimojong-Männer zu dem Flügel auf der rechten Seite gingen, in dem sich ihr Klassenzimmer befand. Einer von ihnen warf eine Fackel auf das Dach, und es fing schnell Feuer und begann wild zu brennen. Zuerst war sie so schockiert, dass sie sich nicht rühren konnte, nichts anderes fühlen konnte als Furcht über das, was als Nächstes passieren würde.

Doch während sie zusah, wie das Feuer das Dach ihres Klassenzimmers erfasste, erkannte sie, was noch immer dort war, und war wie am Boden zerstört. Florence fiel auf die Knie, als das Dach einstürzte und Flammen aus der Tür züngelten, und sie schluchzte verzweifelt, als sie zusehen musste, wie ihr geliebtes Buch voller Träume in Rauch und Flammen aufging.

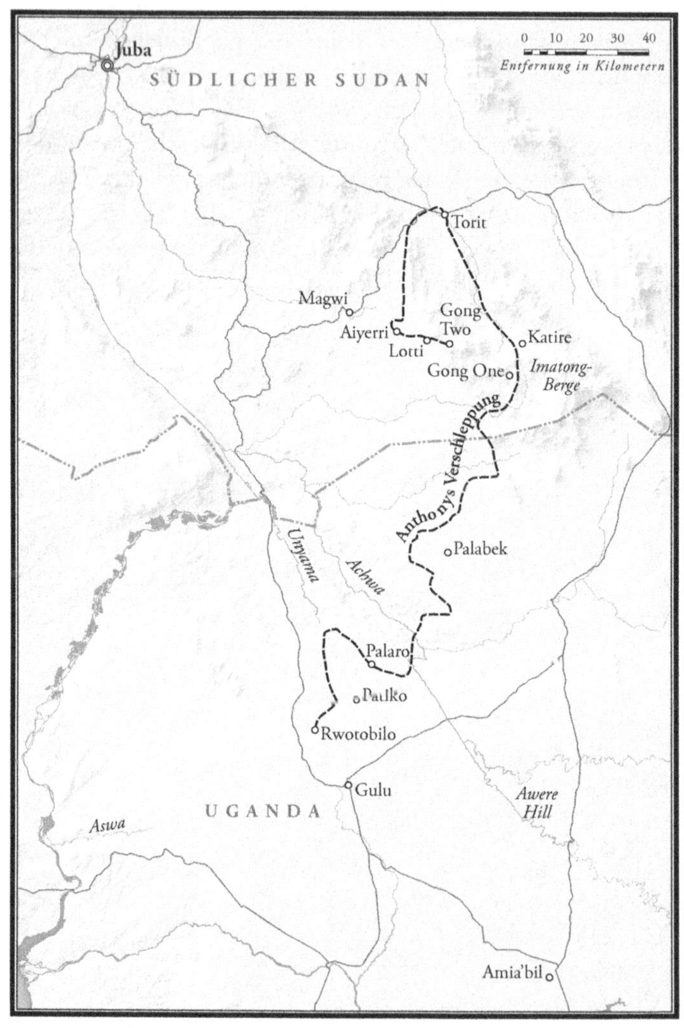

Juba
SÜDLICHER SUDAN
0 10 20 30 40
Entfernung in Kilometern
Torit
Magwi
Gong
Two
Aiyerri
Lotti
Katire
Gong One
Imatong-
Berge
Anthonys Verschleppung
Palabek
Unyama
Achwa
Palaro
Patiko
Rwotobilo
Gulu
Awere
Hill
UGANDA
Aswa
Amia'bil

# Sechs

***14. September 1994***
***Rwotobilo, Uganda***

Anthony Opoka beendete den zweiten Schultag in diesem Jahr mit dem breitesten Grinsen seines Lebens.

»Ich wusste, dass du gewinnst, Anthony«, sagte der zehnjährige Charles, der hinter ihm hergelaufen kam.

»Ich auch«, sagte der zwölfjährige Albert, der noch immer humpelte, weil er im Mai gestürzt war. »Wer sonst wäre der beste Schülersprecher? Unser großer Bruder ist der Klügste in der Klasse.«

»Das weiß ich gar nicht«, sagte Anthony, der vierzehn war und im nächsten Monat Geburtstag hatte. »Aber ich mag Mathe und Sprachen.«

»Du kommst auch mit allen gut zurecht«, sagte Charles. »Sogar mit den Lehrern.«

Anthony zuckte mit den Schultern. »Warum soll man auch nicht mit allen zurechtkommen? Wer braucht schon Feinde?«

»Und du bist noch immer der schnellste Junge deines Alters im ganzen Distrikt«, sagte Albert. »Das hat auch eine Rolle gespielt. Da bin ich mir sicher.«

Normalerweise hätte ihn dieses Lob wieder mit jener seltenen Wärme erfüllt. Doch zum ersten Mal, seit die Abstimmung der Lehrer an diesem Nachmittag stattgefunden hatte, verschwand das Lächeln aus seinem Gesicht. Albert hatte recht. Er war der amtierende Distriktmeister im Tausendmeter-Wettlauf, und zwar seit drei Jahren. Doch diese Auszeichnung erfreute ihn nicht mehr so wie zuvor.

Der Tag, an dem er als Zwölfjähriger Patrick Lumumba besiegt hatte, war einer der Höhepunkte seines Lebens gewesen. Er hatte nicht nur den Wettkampf gewonnen, sondern auch dabei geholfen, ein Leben zu retten, wodurch er einen guten Freund bekommen hatte. Als er Patrick das letzte Mal sah, hatte Anthony tief in seinem Herzen gespürt, dass sie irgendwie dazu bestimmt waren, eine wichtige Rolle im Leben des jeweils anderen zu spielen.

Doch Ende November 1992 hatte der Schulleiter Anthony beiseitegenommen und ihm eine schreckliche Nachricht mitgeteilt. Wie es in jenen Tagen immer häufiger geschah, war eine Bande Soldaten der Lord's Resistance Army gekommen, um Rekruten für die Teilnahme an Joseph Konys Krieg zu fangen. Mitten in der Nacht hatte die LRA Patricks Dorf angegriffen. Patrick wurde entführt und verschleppt, die Hände auf den Rücken gebunden.

Als Anthony im folgenden Mai am Distriktwettlauf teilnahm, hatte er keine nennenswerte Konkurrenz und war traurig, dass Patrick nicht dort war, um ihn anzutreiben. Das Gleiche hatte er empfunden, als er in diesem Jahr am Wettkampf teilnahm. Ohne Patrick als Herausforderung fühlte sich der Sieg hohl an.

Außerdem hatte die Entführung seines Freundes und einer Reihe weiterer Bekannter in den letzten achtzehn Monaten auch andere Lebensbereiche verändert. Hatte sie enger gemacht. Sie durften nicht mehr allein außerhalb des Grundstücks ihrer Familie herumlaufen oder vom Schulweg abweichen. George befahl den Jungen, nur noch gemeinsam unterwegs zu sein oder gar nicht.

In der letzten Regenzeit waren die Überfälle der LRA häufiger und brutaler geworden. Die Bedrohung lauerte überall.

Das vage Unbehagen, das Anthony als Siebenjähriger empfunden hatte, als er das erste Mal von Joseph Kony hörte, hatte sich mit der Entführung von Patrick Lumumba in Zorn verwandelt und war zu der ständigen Furcht geworden, dass er und seine Brüder womöglich auch verschleppt würden. Viele Eltern, darunter auch die Opokas, hatten damit begonnen, ihre Kinder nach Sonnenuntergang nach Gulu zu schicken, sodass in der Dämmerung lange Reihen von Kindern in die Stadt strömten, wo sie auf Matten und Decken unter Gaslichtern in der Nähe des Polizeireviers und der Armeekasernen schliefen.

Anfangs hatte Anthony seine Brüder und Schwestern auf diesen langen Wegen geführt, gelenkt von den Sternen und den verschiedenen Orientierungspunkten. Doch innerhalb von zwei Wochen kannten auch Charles und Albert den Weg. Und jetzt, nach fast vier Monaten mit den abendlichen Gängen in die Stadt, hätte jeder seiner Brüder und Schwestern den Weg auch allein gehen können.

* * *

Als die Opoka-Jungs an jenem Nachmittag von der Schule nach Hause gingen, flog ein Helikopter der ugandischen Armee von Gulu nach Norden und kreiste in Kehren über den Busch und die Dörfer, einschließlich Rwotobilo. Trotz des grundsätzlichen Unbehagens seines Vaters gegenüber Soldaten in jeglicher Uniform fühlte sich Anthony beruhigt von dem Kampfhubschrauber über ihren Köpfen, als sie sich ihrem Dorf näherten. Präsident Museveni hatte auf die Entführungen der LRA reagiert und mehr Männer und Hubschrauber geschickt, um sie aufzuhalten. Anthony hoffte, dass sie erfolgreich waren und Kony und seine Anhänger erledigen würden.

Als sie zu Hause ankamen, rannten Charles und Albert los, um ihren Müttern von Anthonys Ernennung zu berichten. Anthony nahm seine Hacke und wollte weiter das Unkraut bei den Tomaten jäten, wo er am Nachmittag zuvor aufgehört hatte, doch dann blieb er vor der leeren und verlassenen Hütte seiner Mutter stehen. Er fühlte sich noch trauriger als zuvor, als er an Patrick gedacht hatte.

»Wo ist dieser Schülersprecher?«, rief sein Vater, lachte und klatschte in die Hände, als er auf die Lichtung kam. »Ich bin ja so stolz!«

George kam zu ihm und legte die Arme um seinen Sohn. »Ein Anführer. Das bist du, Anthony. Und jeder kann das sehen.«

Anthony spürte jenes warme Gefühl in sich und versuchte, die Aufmerksamkeit und das Lob seines Vaters zu genießen. Doch seine Augen wurden feucht, als er sagte: »Jeder außer Mom.«

Georges Gesicht verfinsterte sich etwas. »Deine Mutter wird das früh genug erfahren.«

Acoko war Anfang des Jahres fortgegangen, um bei ihrer Familie zu leben. Sie sagte, sie müsste sich um ihre kranke Mutter kümmern, doch sie hatte George ebenfalls gesagt, dass sie nicht wüsste, ob sie weiter mit ihm verheiratet sein wollte. Und Anthony hatte sie gesagt, dass sie ihn zwar noch immer von ganzem Herzen liebte, er aber vorerst besser bei seinem Vater aufgehoben war.

*Sie sollte hier sein,* dachte er ein wenig verbittert. *Sie hätte hier sein sollen, um zu erfahren, dass ich zum Schülersprecher gewählt wurde, anstatt uns zu verlassen.*

Stattdessen fragte er nur: »Wie kann sie das erfahren?«

»Indem du es ihr sagst«, sagte George. »Sie hat mir vor ein paar Tagen einen Brief geschickt und geschrieben, dass sie sich besser fühlt und dich sehen will. Ich werde dir dieses Wochenende die Busfahrt bezahlen.«

»Aber du solltest auch mitkommen.«

Sein Vater lächelte traurig. »Sie hat nicht darum gebeten, mich zu sehen, Anthony. Wenn sie das tut, dann komme ich.«

Anthony fühlte sich schlecht wegen der zerbrochenen Beziehung seiner Eltern, nickte aber. »Ich werde sie besuchen.«

»Gut«, sagte George. »Hausaufgaben?«

»Erst mal nicht. Ich werde zuerst die Tomaten fertig jäten, bevor wir nach Gulu gehen.«

»Nicht heute Abend. Ich brauche euch alle zunächst hier, um den Mais und die Auberginen zu ernten. Du, Albert und Charles werdet hier schlafen. Ich muss zum Laden meines Freundes und dort übernachten, um auf das Geschäft aufzupassen, doch ich komme sofort nach der Morgendämmerung zurück.«

»Bringst du die Körbe mit?«

»Und die Abdeckplanen«, bestätigte George, bevor er wieder zu grinsen begann. »Schülersprecher! Das ist eine große Ehre, und es bedeutet, dass ich meine Arbeit fast erledigt habe und wir Freunde sein können.«

Anthony sah seinen Vater verwundert an. »Fast erledigt mit der Arbeit?«

»Dir beizubringen, ein Mensch zu werden.«

»Und deshalb können wir jetzt Freunde sein?«

»Das hoffe ich«, sagte er lächelnd. »Hör zu. Als ich zum ersten Mal Vater werden sollte, da fragte ich meine Mutter, was die Aufgabe von Eltern ist. Sie sagte, das wäre ganz einfach: Von der Geburt bis zum fünften Jahr musst du sie bedingungslos lieben. Von fünf bis zum Alter von fünfzehn bringst du ihnen alles bei, was du kennst. Ab fünfzehn sei ihr Freund, denn sie werden das mehr brauchen als deine ungefragten Ratschläge oder Anleitungen.«

Das klang vernünftig in Anthonys Ohren. »Aber ich habe noch einen Monat zu lernen, richtig?«

George lachte. »Natürlich. Und wir sehen uns morgen früh.«

Er drehte sich um und wollte gehen.

»Dad?«, rief Anthony.

Sein Vater blickte mit erhobenen Brauen über die Schulter.

»Ich liebe dich«, sagte Anthony und spürte einen Kloß im Hals.

»Ich liebe dich auch, Anthony«, sagte George. »Du bist ein ganz besonderer … junger Mann.«

Jene Worte hallten in Anthonys Ohren wider, zusammen mit den Gratulationen, die er zuvor von den Lehrern und Mitschülern erhalten hatte, während er im schwindenden Licht das Unkraut jätete und sich fragte, ob seine Mutter sich darüber freuen würde, dass er Schülersprecher geworden war, ob sie ihn mit der seltenen Wärme erfüllen würde. Er roch etwas Pikantes, das auf dem Feuer von Charles' Mutter kochte, und als sich der Wind drehte, waren es die Gerüche eines gleichermaßen appetitlichen Mahls aus dem Kochtopf von Alberts Mutter ein paar Hundert Meter entfernt, nahe bei Onkel Pauls Hütte unter den drei großen Bäumen.

Anthony sah zu dem rosafarbenen Himmel im Westen und flüsterte: »Danke für heute. Und segne meine Mutter und mach sie glücklich, wenn sie mich sieht.«

Im letzten Licht des Tages legte er die Hacke beiseite und ging zur Hütte von Charles' Mutter, wo er ein wenig aß, danach ging er zur Hütte von Alberts Mutter und aß dort noch ein wenig mehr. Als er sich danach in seiner kleinen Hütte auf die Matte legte und sich das Laken über die Schultern zog, kam er zu dem Schluss, dass es insgesamt einer der besten Tage seines Lebens war.

Vielleicht sogar der beste.

* * *

Stunden später wachte Anthony in der Dunkelheit auf, aufgeregt über das, was vor ihm lag. Sie würden endlich den Mais und die Auberginen ernten, und George würde das Gemüse zum Verkauf in den Laden seines Freundes bringen, während er mit Charles und Albert zur Schule gehen würde, wo er seinen ersten richtigen Tag als Schülersprecher hätte.

Er zog sich an und ging zum Maisfeld, wo er kaum etwas sehen konnte. Er fing an, die Kolben von den Stängeln zu reißen, und häufte sie zu kleinen Pyramiden. Als er eine Reihe beendet hatte, kamen die ersten Sonnenstrahlen über den Horizont. In der Ferne muhten Kühe. Ziegen meckerten und die Glocken an ihren Hälsen bimmelten. Es roch leicht nach Holzrauch und Gewürzen im Wind.

Dann glaubte er, im Westen hinter der Straße eine Frau rufen zu hören, womöglich die Nachbarn, die neidisch waren auf Georges kleine Geschäfte und Erfolge. Die Frau hörte fast sofort mit dem Schreien auf, und Anthony dachte nicht weiter darüber nach, während er mit der Maisernte fortfuhr. Charles kam angestolpert, gähnte und rieb sich die Augen.

»Du bist ja schon fast fertig«, sagte Charles.

»Weil ich rechtzeitig aufgestanden bin«, sagte Anthony. »Wo ist Albert?«

»Schläft.«

Hinter dem Feld erhob sich auf der anderen Seite der Straße ein Perlhuhn aus dem hohen, taufeuchten Gras. Der Vogel flog niedrig und bog krächzend davon. Dann erhob sich ein weiterer Vogel, landete fast sofort wieder auf der Straße und rannte davon, wobei er erschrocken zwitscherte. Anthony beobachtete das Gras.

»Ich gehe ihn holen«, sagte Charles.

Sein jüngerer Bruder wandte sich zum Gehen, als Anthony etwas sah, das ihm den Atem raubte wie ein Schlag in die Magengrube. In den ersten kräftigen Sonnenstrahlen, die auf das feuchte hohe Gras trafen, sah er etwas Metallisches glänzen. Dann bemerkte er, wie sich das Gras bewegte, und das Glänzen wurde zu dem Lauf und Bajonett eines Schnellfeuergewehrs, gehalten von einer schmutzigen Gestalt mit nackter Brust, die langen Haare zu Dreadlocks geflochten. Er war keine achtzig Meter entfernt, als er auf die Straße trat.

»Charles!«, zischte Anthony. »LRA! Lauf! Versteck dich!«

Sein jüngerer Bruder brauchte keine weitere Aufforderung. Charles stürzte in das Unterholz zwischen dem Feld und Alberts Hütte. Anthony machte sich klein und rannte die Reihe abgeernteter Maisstängel zurück, bevor er in das dichtere Unterholz kam, das das Feld von Acokos verlassener Hütte und das Grundstück von Charles' Mutter voneinander trennte. Er wollte in einem Sprint zu dem hohen Punkt rennen, wohin ihn sein Vater immer brachte, wenn sie zu den Sternen sahen. Dort war es felsig und er konnte sich zwischen den Steinen verbergen, dabei aber noch immer die Gegend um sich herum beobachten.

Doch Anthony wusste, dass er sicherlich beim Laufen Zweige abbrechen würde, womöglich auch Vögel aufscheuchen. LRA-Soldaten lebten im Busch. Sie würden etwas merken, ihn verfolgen und seine Spuren finden.

Mit rasendem Herzen und schwerem Atem zwang er sich, langsamer zu gehen, um die Zweige an die Seite zu schieben, anstatt sie abzubrechen, und nach vorn zu blicken, wo er die Umrisse der Hütte von Charles' Mutter sah. Als er einen Bogen darum machte, noch immer gute vierzig Meter entfernt im Unterholz, hörte er Rufe, diesmal von Alberts Mutter.

»Nein!«, sagte sie. »Wagt es nicht, ihn mitzunehmen!«

Charles kam auf der anderen Seite der Hütte seiner Mutter aus dem Unterholz geschossen. Er rannte um sein Leben, der Mann mit dem nackten Oberkörper dicht hinter ihm. Der LRA-Soldat packte Anthonys jüngsten Bruder an den Haaren und riss ihn von den Beinen, bevor er ihn zu Boden warf.

»Was machst du mit ihm?«, schrie Charles' Mutter.

Der Zehnjährige wälzte sich auf dem Boden, griff sich an den Kopf und jammerte.

»Er kommt mit uns«, sagte der Mann mit dem Gewehr, zielte mit dem AK-47 auf sie und trat Charles in die Rippen. »Steh schon auf.«

Anthony konnte nicht einfach dort stehen bleiben. Er tat das Einzige, was ihm in den Sinn kam, und trat vor, wobei er absichtlich Zweige abbrach, bis ihn der LRA-Soldat hörte und mit dem Gewehr in seine Richtung zielte. Mit erhobenen Armen trat er vor.

»Nehmt ihn nicht mit. Er ist erst zehn. Und du hast ihn am Kopf verletzt. Er wird dir nicht viel nützen, Mann.«

Der Mann mit dem Gewehr blickte zu dem jammernden Charles am Boden, dann wieder zu Anthony.

»Dreh dich um, Rekrut«, sagte er und zeigte mit der Mündung seines Gewehrs. »Geh los.«

* * *

Als sie die Straße zur Schule erreichten, band der LRA-Soldat Anthony die Handgelenke vorn mit einer Kordel zusammen. Unter seinem Dreck sah der Soldat aus, als wäre er noch keine zwanzig. Sie marschierten zu einer Kreuzung westlich von Rwotobilo, wo drei andere Kämpfer sechs Jungen brachten, alle gebunden, alle wie erstarrt.

Von dem Punkt an benutzten sie nur noch selten Straßen, überquerten sie höchstens. Wenn sie das taten, verwischte einer der LRA-Kämpfer ihre Spuren in der rötlichen Erde. Sie gingen hintereinander, eine Formation, die sie »die Schiene« nannten, hielten sich an Wildpfade, vermieden die Wege zwischen Siedlungen und Feldern. In der ersten Stunde ging Anthony wie benommen vor Angst. Er hatte schreckliche Geschichten über die LRA gehört und darüber, wie sie ihre »Rekruten« behandelten.

Die Hitze wurde stärker. Hinter ihnen in der Ferne hörte Anthony das Brummen eines Hubschraubers. Die LRA-Soldaten hörten ihn auch und erhöhten ihre Geschwindigkeit zu einem schnellen Marsch. Anthony merkte, dass er bereits so weit von zu Hause fort war, dass er gar nicht mehr wusste, wo er sich befand. Wann immer sie an eine Lichtung kamen, drehte er den Kopf in alle Richtungen, suchte nach Orientierungspunkten, fand jedoch nichts. Die von Ranken überwucherten Bäume und das Blätterdach waren zu dicht, um etwas sehen zu können.

Schließlich entdeckte er in der fünften Lichtung ihres Weges die Kilak-Berge im Nordwesten und dann die Hügel in der Nähe von Lamwo, vielleicht dreißig Kilometer entfernt, aber grob auf ihrer Wegstrecke.

*Nordosten,* dachte Anthony. *Wir gehen nach Nordosten, was bedeutet, dass mein Zuhause im Südwesten ist, fast direkt hinter mir.*

Er blickte zurück, wenn er die Gelegenheit dazu hatte, und suchte nach den drei großen Bäumen in der Nähe von Rwotobilo, fand sie aber nicht.

Die Sonne wurde schnell zu ihrem Feind. Während sie durch das dichte Unterholz gingen, war die Hitze drückend und die Luft war feucht. Ein Junge, der Kleinste unter ihnen, bat um Wasser, doch es wurde abgelehnt.

»Bis Sonnenuntergang kein Wasser für die Rekruten«, sagte der Krieger mit dem nackten Oberkörper, der Anthony mitgenommen hatte und den man Henry nannte. »Zeig uns, wie stark du bist. Halte es aus. Oder stirb.«

Anthony kämpfte bei dem Gedanken gegen ein wachsendes Gefühl der Panik. In seinem Kopf veränderte er sich, war nicht mehr der geschätzte Sohn, der Schülersprecher, sondern der Läufer. Er dachte an sein Training, das er in den letzten drei Jahren absolviert hatte, die langen Entfernungen, die er zurückgelegt hatte, und er gelangte in jenen Zustand, wo es um sein Durchhaltevermögen ging und wo er bereit dazu war, die Härte als notwendig anzunehmen, diesmal jedoch nicht für den Wettbewerb, sondern um zu überleben. Um Energie zu sparen, zwang er sich dazu, zu entspannen, sich flüssiger aus den Hüften zu bewegen, mit so wenig Spannung in den Schultern wie möglich. Er konnte den Hubschrauber nicht länger hören, doch sie marschierten stundenlang weiter in jenem schnellen Gang, pausierten nur, damit eine Straße frei wurde oder wenn sich weitere LRA-Soldaten und neue entführte Kinder zu ihnen gesellten.

Es waren achtzehn entführte Jungen und neun Rebellenkrieger, als die Sonne hoch über ihnen stand und gnadenlos auf sie herabbrannte. Einige Jungen begannen zu taumeln. Sosehr er auch versuchte, nicht darüber nachzudenken, so wurde Anthonys Mund doch immer trockener. *Wie lange können wir so ohne Wasser gehen? Wie lange kann ich das?*

Als sie sich durch das dichteste Gestrüpp kämpften und kleine Wasserläufe durchquerten, begann Anthony, die Hände an die feuchten Blätter und Steine zu drücken und dann die Finger abzulecken, wobei er die Feuchtigkeit gegen seinen

Durst nutzte. Dann kam wie ein Wunder am Nachmittag ein Gewitter und durchnässte sie.

»Ihr habt Glück«, verkündete Henry. »Normalerweise verdurstet ein Drittel der Rekruten am ersten Tag. Mir wäre es auch fast so ergangen.«

Später am Tag warteten noch zwei weitere verschleppte Jungen und ein anderer Soldat am Ufer des westlichen Abzweigs des Unyama auf sie. Dort war der Fluss vielleicht dreißig Meter breit, aber sehr tief, und mit dem Wasser des Gewitters war die Strömung stark genug, um Anthony daran zu erinnern, wie er und die Lehrer Patrick Lumumba während der Springflut das Leben gerettet hatten.

Jemand hatte an beiden Flussufern ein Seil an Bäume gebunden. Die LRA-Soldaten schrien die Entführten an und befahlen ihnen, sich am Seil auf die andere Seite zu ziehen. Einige Jungen wirkten, als würden sie lieber von einer Klippe springen.

»Ich kann nicht schwimmen«, sagte der kleinste Junge, der zuvor um Wasser gebeten hatte.

»Dann halte dich gut fest«, sagte Henry. »Oder ertrinke.«

Anthony sagte: »Halte dich mit der linken Hand vorn fest und mit der rechten nach hinten. So hast du einen besseren Griff.«

Henry rammte ihm den Gewehrkolben in den Magen. »Halt den Mund.«

Der Schlag raubte Anthony den Atem, doch er sah, wie der kleine Junge tat, wie er es ihm gesagt hatte, und sich am Seil entlangzog. Weitere verschleppte Jungen gingen ins Wasser und durchquerten es. Als Anthony an der Reihe war, war er wieder zu Atem gekommen. Im Wasser senkte er absichtlich den Kopf und trank von dem Wasser, bevor er auf die andere Seite kletterte.

Alle zwanzig Rekruten kamen lebend am anderen Ufer an, und bald darauf gingen sie durch hüfthohes Gras zu einem Hügel in der Ferne. Sie erkletterten ihn, als die Sonne unterging, und wurden angewiesen, anzuhalten und sich zu setzen. Sie würden essen und dann weiter durch die Nacht gehen. Obwohl die Hitze von den Felsen um sie herum und von unten abstrahlte, zitterten einige Jungen und starrten verängstigt zu Boden. Der kleinste Junge setzte sich neben Anthony.

»Danke«, sagte er, »dass du mir gesagt hast, wie ich mich am Seil festhalten muss.«

Anthony nickte.

»Ich bin James«, sagte der Junge.

»Anthony.«

»Schnauze, ihr beiden«, sagte Henry. »Kein Reden.«

Anthony sagte, er müsse pinkeln, dann stand er auf, trat an den Rand des Hügels und blickte zu der tief stehenden Sonne. Während er urinierte, blickte er zurück über den Talboden und suchte nach den drei hohen Bäumen, fand sie schließlich, sah ihre Silhouette gegen den Horizont wie einen fernen Leuchtturm, der ihn nach Hause rief.

»Du, setz dich, du gehst nirgendwohin«, sagte Henry, der hinter ihn gekommen war.

Anthony folgte dem Befehl, doch zuvor brannte er sich das Bild in sein Gedächtnis. Nachdem sie ihnen einen Brei aus Gemüse, Maniok und Bohnen gegeben hatten, betrachtete er den nächtlichen Sternenhimmel, konzentrierte sich auf eine Gruppe aus drei Sternen, die tief am westlichen Horizont standen, und auf einen einzelnen hellen Stern im Osten.

Er merkte sich ihre Position am Himmel im Verhältnis zu der Richtung, die sie während des Tages gegangen waren, und sagte sich, dass er diesen Ort wiederfinden konnte.

*Das werde ich,* versprach sich Anthony. *Ich werde diesen Hügel wiederfinden.*

# Sieben

***16. September 1994***
***Südwestlich von Patiko, Uganda***

Sie marschierten die Nacht durch und versteckten sich tagsüber vor den Hubschraubern. Henry und die anderen LRA-Soldaten veränderten ständig die Positionen von Anthony und den anderen Jungen in der Reihe, und sie änderten immer wieder die Richtung. Es war verwirrend, was offenbar auch die Absicht war.

Sie hatten ihnen die Handfesseln abgenommen, damit sie sich in der Dunkelheit an Bäumen oder anderen Dingen festhalten konnten. Doch jede Beschwerde oder Frage führte zu einem Tritt oder einem Schlag. Jeder Versuch, mit einem anderen Verschleppten zu reden, führte ebenfalls zu einem Tritt oder einem Schlag. Wenn ein Junge weinte, nachdem er geschlagen wurde, wurde er erneut geschlagen und ermahnt, damit aufzuhören, denn sonst würde er sterben.

Mit jedem weiteren Schritt in die Wildnis des nordöstlichen Ugandas fühlte sich Anthony einsamer. Bei dem Marsch durch das unbekannte Gelände mit Elefantengras und Dornbüschen hatte er Schwierigkeiten, seine drei Sterne im Westen und den einsam leuchtenden Stern im Osten zu sehen, und wurde zunehmend orientierungsloser und furchtsamer.

*Und wenn ich den Weg nach Hause nicht mehr finde?*

Am dritten Tag seiner Gefangenschaft quälte ihn diese Frage noch immer, als Anthony, wie auch die anderen Jungen, kurz nach Sonnenaufgang neben einem Fluss zusammenbrach und schlief, bis ihm jemand eine Schüssel mit dem bekannten Brei aus Bohnen und Gemüse reichte. Ein LRA-Soldat hatte ein Warzenschwein getötet und sie grillten es jetzt über einem offenen Feuer.

Er blickte auf seinen Brei, roch das Schwein, hörte seinen Magen knurren und vernahm auch Acokos Stimme in seinem Kopf. *Wenn du weit und schnell laufen willst, Anthony, dann musst du essen. Iss, so viel du kannst.*

Anthony stellte sich den ekelhaften Brei als das köstlichste Schweinekotelett vor, das er jemals hatte, und verschlang es mit Heißhunger, aß jeden Happen davon auf. Danach trank er aus dem Fluss, legte sich dann hin und wollte schlafen, als er bemerkte, dass James, der kleinste Junge, neben ihm lag, die Augen bereits geschlossen, zusammengekrümmt in Fötushaltung mit dem Daumen im Mund.

Bei ihm zu Hause und in der Schule hätte das zu Hänseleien und Spott geführt, wenn ein Junge in dem Alter am Daumen gelutscht hätte. Doch für Anthony war das in dem Augenblick wie eine Erinnerung an eine frühere und einfachere Zeit der Unschuld, was ihn fast zum Weinen brachte. Er schloss die Augen, um die Tränen zu verdrängen, als er das Knacken eines Funkgeräts hörte.

»Seven Alpha, Seven Alpha«, rief ein Mann mit schwach zu hörender Stimme auf Acholi über Funk. »Monkey, Lion, Kudu, bitte melden.«

Eine andere Stimme antwortete: »Monkey hier.«

Eine dritte Stimme antwortete: »Kudu hier.«

Eine vierte Stimme, nicht über Funk, sondern sehr nah bei Anthony, sagte: »Lion hier.«

Anthony kroch in Richtung »Lion« und sah einen LRA-Soldaten mit dem Rücken zu ihm gedreht, der ein Kurzwellen-Funkgerät bediente und sich Notizen auf einem Block machte, als der erste Sprecher damit begann, eine Reihe von Buchstaben und Zahlen vorzulesen, die Anthony ratlos machten.

Als die Durchsage beendet war, hörte man eine neue Stimme, ebenfalls von einem Mann. »Hier spricht Six Bravo. Wiederhole Six Bravo für Two Victor.«

»Roger, Six Bravo«, sagte Lion.

»Sag Two Victor, dass er auf den Sturm warten soll, wenn die Vögel unten sind, um zum Treffpunkt zu gehen. Over.«

»Roger, over und aus, Six Bravo.«

Damit stand der Fernmelder auf, ließ das Funkgerät dort stehen und eilte davon.

Ohne zu wissen, was das zu bedeuten hatte, krabbelte Anthony zurück neben James und versuchte zu schlafen.

* * *

Vier weitere Tage blieben sie dort verborgen. Es war später Nachmittag am 20. September 1994, als Henry zu ihnen kam und alle verschleppten Jungen durch Tritte aufweckte. Sie erhielten eine weitere Schüssel Brei und die Anweisung, aus dem Fluss zu trinken.

Der nach dem Sonnenaufgang strahlend blaue Himmel hatte sich bleigrau verdunkelt und drohte mit Regen und stärker werdendem Wind, als sie in eine Richtung losmarschierten, die Anthony als ungefähr Nord-Nordwest einschätzte. Selbst wenn sie in offenere Gegenden mit einem dünneren Blätterdach kamen, konnte er die Sterne nicht sehen, und es beunruhigte ihn, als die Dämmerung hereinbrach.

Die ersten Regentropfen trafen auf seine Haut, als sich der schmale Pfad, dem sie durch den dichten Wald gefolgt waren, auf eine Savannenlandschaft öffnete. Vierzig weitere verschleppte Jungen saßen dort am Waldrand, beaufsichtigt von fünfzehn LRA-Männern mit Automatikwaffen. Und weitere dreißig Jungen saßen etwas entfernt im Gras unter den Augen von zehn Rebellensoldaten.

Ein LRA-Mann pfiff laut. Die verschleppten Jungen im Gras mussten sich hinstellen und gingen dann vor Anthonys Gruppe her. Regenwolken bauschten sich und ergossen ihren Inhalt. Die dreißig Jungen, die am weitesten vom Busch entfernt gesessen hatten, traten an die Spitze der Schiene, vielleicht siebzig Meter entfernt von Anthony im Regenguss, deshalb war er sich zunächst nicht sicher. Doch dann betrachtete er eingehend einen Jungen in der Gruppe und sah, wie er mit einem leichten, aber mehr als vertrauten Humpeln lief.

»Albert!«, hätte er fast gerufen, bevor er sich bremsen konnte.

Sorgen überkamen Anthony, als er seinen jüngeren Bruder aus den Augen verlor und erkannte, dass Albert denselben Albtraum durchlebte. Wie kam er mit seinem Humpeln zurecht? Es wirkte schlimmer als zuvor.

Dann brachten die LRA-Männer Seile und banden sie ihnen um die Hüften und verbanden so einen Jungen mit dem nächsten, in drei miteinander verbundenen Reihen von jeweils dreißig Kindern. Jemand pfiff erneut. Sie begannen zu marschieren, während der warme Regen von links auf sie einprasselte. Selbst nach Sonnenuntergang und trotz des starken Regens konnte man in dem weiten, fahlen Grasland besser sehen als im Wald.

Anthony konzentrierte sich darauf, einen Fuß vor den anderen auf den Pfad zu setzen, der in der Nacht immer schlammiger und rutschiger wurde, und wann immer er das Gefühl hatte, nicht weitergehen zu können, sagte er sich, wenn Albert weiterging, dann konnte er das ebenfalls. Der Regen ließ für eine Weile nach. Es gab eine Lücke in den Wolken, die das Mondlicht durchscheinen ließ, sodass die Savanne noch heller wurde.

Ein weiteres Pfeifen. Sie wurden dazu gedrängt, schneller zu gehen. Die Reihen von jeweils dreißig Jungen bewegten sich zügig in dem fahlen Licht und legten wie Tausendfüßler ihre Strecke zurück. Wenn jemand stolperte und in das Seil fiel, hängte sich die ganze Gruppe auf oder rannte wie Dominosteine ineinander, sodass sie langsamer wurden. Da bellten die LRA-Soldaten und befahlen ihnen, den Gefallenen wieder auf die Beine zu heben, sonst würden sie die Maschinengewehre zu spüren bekommen. Hin- und hergezogen kämpfte Anthony immer wieder mit dem Gleichgewicht, bevor die Reihe holpernd wieder zu ihrem gleichmäßigen Tempo ansetzte.

So ging es stundenlang ohne Pause weiter. Anthony wurde kühl und seine Gedanken wurden etwas unzusammenhängend, als der Regen zurückkehrte, jetzt stärker als zuvor. Der Morgen brach an, düster und grau und dunstig. Die LRA-Soldaten trieben die Jungen an, noch schneller auf einen hohen, felsigen Hügel zuzugehen, der sich in der Nähe von Patiko, ungefähr fünfunddreißig Kilometer nördlich von Rwotobilo, befand.

Anthony hatte keine Ahnung, wie lange sie mit ihren kurzen, ungleichmäßigen Schritten gelaufen waren, wobei er sorgfältig darauf achtete, nicht dem Jungen vor sich in die Hacke zu treten und sich die Zehe zu brechen. Hinter ihm fiel wieder jemand, als sie sich am Fuß eines großen, steinigen Hügels befanden, der vor ihnen aufragte. Das Seil zog ihn nach hinten und er wäre auch fast gefallen. Die Reihe blieb stehen.

»Aufstehen!«, brülle Henry. »Steh auf und beweg dich!«

Anthony drehte sich um und sah nach hinten, bemerkte dort fünf oder sechs Jungen, die sich in dem düsteren Licht dreckverschmiert auf die Beine mühten und angeschlagen und erschöpft wirkten.

»Aufstehen!«

»Ich kann nicht«, jammerte ein Junge.

Die anderen Rekruten, die gerade aufgestanden waren, blickten hinter sich auf eine Stelle, wohin Anthony nicht sehen konnte.

»Ich kann nicht«, schluchzte der Junge. »Ich kann einfach nicht.«

Henry pfiff. LRA-Soldaten kamen zu beiden Seiten von Anthonys Dreißiger-Gruppe zusammen und banden sie alle los, von vorn bis hinten. Anthony spürte, wo das Seil seine Taille wundgerieben hatte, als die Jungen hinter ihm zur Seite traten, sodass der letzte Junge in der Reihe sichtbar war. Es war der kleinste Junge der Gruppe, der kleine James, der dort im Regen und Schlamm saß, die Beine überkreuzt und schniefend.

»Bringt ihn nach oben!«, rief Henry.

Vier der LRA-Männer packten James unter den Achseln und schnitten ihn vom Seil los. Sie zerrten ihn den Hügel hinauf vorbei an Anthony.

»Was machen sie jetzt?«, fragte Anthony den Jungen vor sich.

Anthony hatte es gerade gesagt, da spürte er, wie er fest am rechten Arm gepackt und herumgerissen wurde. Ein großer, kräftiger LRA-Mann zerrte ihn weg von der Reihe, fast in die entgegengesetzte Richtung von James. Niemand sah zu ihm. Alle waren auf den weinenden Jungen konzentriert.

Anthony spürte, dass er jetzt sterben würde.

»Du sprichst nicht«, knurrte der Soldat leise, als er langsamer wurde. »Du bleibst stumm, Rekrut.«

Er stoppte und drehte sich zu Anthony, ein wild aussehender Mann mit Rastalocken und einem zotteligen Bart und einem Körper, der wie gemeißelt schien.

Die Augen des Kämpfers wanderten über Anthony, als würde er ein Relikt aus vergessenen Zeiten betrachten, bevor er heiser flüsterte: »Hast du verstanden, Opoka?«

Anthony starrte ihn schockiert an, erkannte zuerst, dass der Soldat unter den wilden Haaren und dem Bart und Dreck viel jünger war, als er beim ersten Blick gedacht hatte. Dann bemerkte er die Form der Lippen und den Winkel der Augen.

»Patrick?«, flüsterte er. »Bist du das?«

* * *

Patrick packte Anthony am Kragen und hob ihn auf die Zehenspitzen, während Henry und andere LRA-Männer ein paar Hundert Meter entfernt zu rufen begannen. »Halt den Mund und hör mir zu«, sagte Patrick. »Dein Leben hängt davon ab, Opoka. Verstehst du?«

Anthony nickte.

»Sie werden dich jetzt womöglich etwas Schreckliches tun lassen. Wenn du dich weigerst, dann behandeln sie dich wie dieses Kind. Doch für dich wird es noch schlimmer sein.«

»Was …?«

»Halt den Mund und hör zu! Du kennst mich nicht. Du kennst Albert nicht. Du darfst niemandem sagen, dass er dein Bruder ist oder dass ich dein Freund bin.«

»Warum?«

Patrick schüttelte ihn. »Ich versuche, dich zu retten, Opoka. Lass die Zweige los und vertrau mir.«

»Okay. Okay.«

»Was auch immer du tust, versuche bloß nicht zu fliehen. Sie haben erfahrene Spurensucher. Sie werden dich finden.«

Das war tatsächlich alles, woran Anthony mehrmals während der langen Nacht gedacht hatte. Flucht. Nach Hause kommen.

»Opoka!«

»Okay. Ich habe dich gehört.«

Patrick ließ ihn los, stieß ihn gegen die Brust und schlug ihn nieder.

Anthony fiel schwer auf den Boden. »Was hast du …?«

»Halts Maul, Rekrut!«, rief Patrick und packte ihn wieder am Kragen seines Hemdes, zerrte Anthony auf die Beine und zog ihn den Hügel hoch an den LRA-Soldaten vorbei, die am Hang Wache standen.

Als Patrick und Anthony die Spitze erreichten, war bereits ein Lagerfeuer entzündet und die anderen Jungen waren von ihren Fesseln befreit worden, die sie in einer Reihe gehalten hatten. Sie bildeten jetzt einen großen Kreis um das Feuer. Neben dem Feuer hatte man James mit dem Gesicht nach unten mit Pfählen und Seilen an den Boden gebunden.

»Nein«, jammerte er. »Warum macht ihr das?«

»Weil du nicht mithalten konntest«, sagte Henry. »Wir haben dir gesagt, du musst mithalten. Oder sterben. Und jetzt wirst du sterben.«

»Was?«, schrie James und versuchte, den Kopf zu drehen. »Nein, bitte nicht, ich werde jetzt mithalten.«

»Zu spät«, sagte Henry.

»Das verspreche ich!«

Ein LRA-Offizier, den Anthony bisher nicht gesehen hatte, kam heran und stellte sich vor eine Gruppe Jungen einer anderen Reihe. Einer von ihnen war sein Bruder Albert.

Der Offizier ignorierte James' Flehen und Bitten und sagte: »Ihr werdet euch jetzt beweisen. Ihr werdet euch vor uns beweisen, indem jeder auf ihn treten wird. Einer nach dem anderen.«

Anthony dachte, er hätte nicht richtig gehört, doch dann wiederholte es der Offizier, und er fühlte, wie ihm schlecht wurde. Er sah zu Patrick, der ungefähr zehn Meter entfernt stand und starr geradeaus blickte.

»Wer sich weigert oder wegsieht, der wird sich ihm anschließen«, warnte sie der Offizier. »Wer weint, nachdem er ihn getreten hat, wird sich ihm anschließen. Ihr macht das, als wäre er ein wertloses Tier. Verstanden? Gut, du da, fang an.«

Er stieß mit der Mündung seines Gewehrs in Richtung eines älteren Jungen, der schnell und tief zu atmen begann.

»Willst du dich ihm anschließen?«, fragte der Offizier und nickte zu James. Dann sah er sich um. »Möchte sich ihm irgendwer anschließen?«

Der ältere Junge ging zu James, der zu jammern und kreischen begann. Anthony hörte den Befehl, sich das anzusehen, doch er konnte nicht. Die pure Intensität der ganzen Situation legte eine Art Schalter in seinem Kopf um, wie ein Loslösen von der Realität, das die Geräusche des Windes, des Regens und des knackenden Feuers leiser machte und jede Bewegung verwischte.

Anthony versuchte, sich auf die Jungen an der anderen Seite des großen Kreises zu konzentrieren, sah ihre Gesichter zucken, ihre Kiefern mahlen oder verkrampfen, den Schweiß von ihren Augenbrauen rinnen, ihre Lippen beben und ihre Gefühle preisgeben, als der Daumenlutscher bei dem ersten Tritt laut vor Schmerz aufschrie.

Er hatte das Gefühl, verloren in einem Albtraum zu sein, dann glaubte er, jemanden sagen zu hören: »Warte. Wir machen ein Foto.«

Er drehte den Kopf und sah den älteren Jungen am Feuer stehen, während ein LRA-Soldat ein Foto von ihm neben dem stöhnenden und weinenden James machte. Einer nach dem anderen befahl der Offizier zwanzig weitere Jungen aus Alberts

Reihe, nach vorn zu kommen und auf den Jungen zu treten, der zu langsam war. Als schließlich Albert an der Reihe war, musste er direkt an Anthony vorbeigehen. Ihre Blicke trafen sich für einen Moment, und er sah nichts als Qual in den Augen seines jüngeren Bruders. Albert humpelte weiter, als würde er auf eine Klippe treten.

Anthony hatte noch immer den Blick fest auf die Jungen ihm gegenüber gerichtet und sah ihre Reaktionen. Als sein Bruder an der Reihe war, den Befehl auszuführen, waren die Reaktionen und das Entsetzen auf den Gesichtern der anderen schwächer geworden, wie die Schreie von James, die mit jedem Tritt leiser wurden.

Als der Offizier zu Anthonys Reihe kam, war das Feuer bereits heruntergebrannt und der Daumenlutscher lange tot. Dennoch musste jeder einzelne Junge auf das treten, was von James übrig geblieben war. Anthony wollte nicht, erkannte aber jetzt das Ausmaß der Erbarmungslosigkeit in der LRA. Während er darauf wartete, an die Reihe zu kommen, hatte er sein Gehör vollständig verloren. Seine Sicht wurde immer verschwommener und undeutlicher, als er schließlich den Fuß auf den Rücken der Leiche setzte und stillstand, während ein Soldat sein Foto in dem zunehmenden Morgenlicht machte. Er wischte sich die Augen mit dem Unterarm ab, als er von dem Kind stieg und zurück in der Reihe trottete.

Als er an Albert vorbeikam, sah er, dass etwas in seinem kleinen Bruder gestorben war. Anthony spürte es ebenfalls, ein inneres Verdorren und Vergehen. Seine Unschuld. Sein Glauben an sich selbst. Seine Kindheit. Alles das, was George und Acoko und seine Lehrer ihm beigebracht hatten, um ein guter Mensch zu werden.

Alles das fühlte sich an, als wäre es mit einem Tritt verloren gegangen.

# Acht

Als die LRA-Soldaten sie wieder zusammenbanden, war Anthony empört und schockiert und wollte um den kleinen Daumenlutscher weinen. Doch äußerlich blieb er ungerührt und starrte dumpf an dem Geschehen vorbei.

Henry trat vor und rief zu den Jungen: »Ihr seid jetzt alle Mörder. Die von uns gemachten Fotos beweisen das. Ihr könnt nie wieder zurück. Eure Eltern werden euch dafür hassen, was ihr getan habt. Und wenn euch die Regierung erwischt, dann werden sie euch hängen, weil ihr diesen Jungen ermordet habt. Jetzt könnt ihr nur noch mit und für den großen Lehrmeister leben.«

Anthony empfand jeden Satz wie einen Schlag vor den Kopf. Er fühlte sich verdammt und dem Untergang geweiht und verlorener als je zuvor in seinem Leben. Er sah in den Himmel und sagte zu sich: *Vergib mir. Bitte vergib mir das, was ich getan habe.*

Doch er spürte keine Vergebung, nur eine tiefe Scham und Schuld, die sich während der folgenden Tage noch verstärkte. Sie verließen in derselben Nacht den Hügel in der Nähe von Patiko und gingen westlich und dann nach Nordwesten in tieferen Busch. Anthony bewegte sich wie betäubt, verbittert über die LRA-Soldaten, die sie bewachten.

Warum hatte ihn Patrick nicht gewarnt?

*Er hat gesagt, dass es sehr schlimm werden würde. Aber Mord an einem armen kleinen Kind?*

Anthony sehnte sich danach, mit seinem alten Freund zu sprechen, damit er es ihm erklärte, um ihn zu fragen, ob er auch auf einen Jungen hatte treten müssen, der nicht Schritt halten konnte. Doch Patrick kam nicht in seine Nähe, und wenn er bei seinem Bruder war, sah Albert nicht einmal zu ihm hin. Patrick hatte ihn ganz offensichtlich auch vor den Gefahren gewarnt, irgendwelche Beziehungen zu Familienmitgliedern oder Freunden innerhalb der LRA sichtbar zu machen.

* * *

Elf weitere Nächte schienen sie im Zickzack in alle möglichen Richtungen durch den Busch zu laufen. Weitere entführte Jungen und Mädchen wurden Teil der wachsenden Gruppe, die durch die Wildnis marschierte.

In den frühen Morgenstunden des 1. Oktober 1994, etwas mehr als zwei Wochen nach Anthonys Entführung, klarte der Himmel auf. Sie kamen durch eine Gegend mit ausreichend sichtbarem Horizont, sodass er seine Sterne lokalisieren und feststellen konnte, dass sie wieder nach Norden unterwegs waren. Sie überquerten eine Straße, gingen zahlreiche Kilometer weiter und hielten dann in der Morgendämmerung an einer Lichtung im dichten Busch unmittelbar östlich des oberen Unyama-Flusses und so weit im Norden, wie sie bisher auf ihrer Reise noch nicht gewesen waren. Lagerfeuer wurden angezündet. Für die fast zweihundert verschleppten Kinder unter LRA-Kontrolle wurde der übliche Bohnen-Gemüse-Brei in Töpfen zubereitet. Man befreite sie von den Seilen.

Kurz nach Sonnenaufgang wurde der Wind stärker, rüttelte an den Ästen der Bäume und schüttelte die Wände aus breiten grünen Blättern, die um die Lichtung herumwuchsen. Das Rauschen des Flusses, der Wind, die knackenden Äste und die raschelnden Blätter erstickten fast alle Geräusche, bis es zu spät war.

In einer Sekunde war alles noch friedlich und Anthony saß auf dem Boden und nickte immer wieder ein, während er auf sein Essen wartete. Und im nächsten Moment hörte er über die Hintergrundgeräusche hinweg ein Brummen, das zu dem Dröhnen und Knattern von Hubschraubern wurde, die schnell näher kamen.

Er sprang auf. Die LRA-Soldaten versuchten, sich mit ihren Waffen zu verteilen und in Deckung zu gehen. Der erste ugandische Armeehubschrauber kam direkt über die Baumkronen. Ein Soldat stand mit einem schweren Maschinengewehr auf einem Stativ in der offenen Tür.

Henry und zwei andere von Konys Männern fuhren herum und schossen mit ihren leichten Automatikwaffen auf den Stahlvogel. Der Schütze im Himmel feuerte mit seinem schweren Maschinengewehr. Die Kugeln wühlten sich in den Boden und erwischten Henry und die beiden anderen LRA-Kämpfer.

Als Anthony den bösen Henry sterben sah, grinste er grimmig und lief hundert Meter südlich zur Baumgrenze, sah dann einen zweiten Hubschrauber auftauchen und den Wald am Fluss im Westen zu durchkämmen. Als Anthony im Schutz des Waldes war, blieb er stehen und sah sich nach Albert um. Doch sein jüngerer Bruder war nirgends zu finden.

In seinem Kopf hörte er Patricks warnende Worte: *Was auch immer du tust, versuche nicht zu fliehen. Sie haben erfahrene Spurenleser. Sie werden dich finden.*

Doch als der erste Hubschrauber in einem Bogen zurückkehrte, um das LRA-Lager ein weiteres Mal unter Beschuss zu nehmen, hörte Anthony deutlich die Stimme seiner Mutter und seines Vaters rufen: *Lauf, Anthony! Lauf!*

Er sah sich ein weiteres Mal nach Albert um, entdeckte ihn nicht und lief tiefer in den Wald in Richtung Süden zu der Straße, die sie in der Dunkelheit überquert hatten. Er sprintete, sprang über Baumstämme, ignorierte die Ranken, die nach seinen Knöcheln packten, und die Stacheln, die sich in seine Haut bohrten, dann sah er andere Leute zu beiden Seiten laufen. Das Schießen hörte auf. Die Hubschrauber drehten ab und flogen nach Südwesten.

Bereits erschöpft von dem nächtlichen Marschieren, wurde Anthony langsamer, als sich der Wald in eine Gegend mit vereinzelt stehenden Bäumen verwandelte und er vor sich die Straße sah. Dann bemerkte er zu seiner Rechten einen panisch laufenden Jungen. Jemand schoss von hinten.

*Ich werde sterben!*

* * *

Anthony beschleunigte seine Schritte, sprintete in Richtung Straße und betete, dass er einen Laster oder ein Auto oder irgendwas sehen würde. Er kletterte die Böschung hinauf und sah den anderen Jungen vor sich. Er war oben auf der leeren Straße und rannte westlich auf den Fluss zu.

Anthony überquerte die Straße und sah wieder in die Richtung des Jungen, der stehen geblieben war und sich ein Fahrrad genommen hatte, das dort im Graben lag. Der Junge sprang auf und fuhr davon, als auf der anderen Seite ein auf einem Feld arbeitender Bauer laut rief: »Dieb! Dieb!«

Anthony ignorierte ihn, glitt die Böschung an der anderen Seite hinunter und konzentrierte sich darauf, zu den größeren Bäumen hinter dem Feld zu kommen. Er schaffte es und kämpfte sich durch Dornenbüsche, bis er einen Wildpfad entdeckte. Seine Schultern hoben und senken sich, als er nach Atem rang und dabei bemerkte, dass er beim Laufen Zweige abgebrochen hatte.

*Sie werden es sehen! Sie werden meine Spuren finden!*

Er tat das Einzige, was ihm einfiel. Er brach einen großen, laubbesetzten Ast von einem Baum und ging den Pfad zurück, wobei er seine Spuren verwischte, wie er es bei den LRA-Soldaten gesehen hatte.

Es ging schrecklich langsam. Und als er zurückging, bemerkte er nicht, dass der Pfad nach Westen bog und zwei andere Pfade kreuzte, die wie Speichen an einem Rad abzweigten. Als er schließlich nach fünfzehn oder zwanzig hektischen Minuten des Verwischens innehielt, sah er sich im Schatten um und hinauf zu dem Blätterdach des Dschungels.

Es waren keine Orientierungspunkte zu erkennen und keine Sterne zu sehen, die ihm hätten helfen können. Hinter sich hörte er Männer rufen und rannte blind einen Pfad entlang, der bald schmaler wurde und im Nichts verschwand. Er stand bebend da und versuchte, ruhiger zu werden.

Doch es gelang ihm nicht und dann musste er es sich eingestehen: Er hatte sich verlaufen und keine Ahnung, in welche Richtung er ging. Er hörte mehr Männer im Wald rufen, gar nicht weit entfernt. Er geriet in Panik und schlug sich seinen Weg vorwärts durch das Unterholz, mit jeder Minute verwirrter.

Bald war er schweißgebadet. Von den vielen Schnitten lief ihm Blut von den Armen und Beinen.

*Ich sollte zurückgehen,* dachte er. *Aber wo ist zurück?*

Nachdem er sich gefühlt stundenlang durch den Wald geschlagen hatte, erreichte er eine Lichtung. Er blieb am Rand stehen und sah sich um, konnte aber zunächst nichts erkennen. Doch dann hörte er vor sich das leise Rauschen des Flusses.

Auf der anderen Seite der Lichtung entdeckte er neben einer Flussbiegung eine Frau, die einen Korb auf dem Kopf trug. Er fand den Pfad, den sie benutzte, und eilte in ihre Richtung. Als er auf eine kleine Anhöhe kam, sah er, dass sie zu einem Steg ging, der den kleinen Fluss überquerte. Er konnte ebenfalls sehen, dass sich hinter der Brücke felsige Hügel im Westen erhoben.

*Die Kilaks,* dachte er erfreut. *Dorthin kann ich gehen! Von da müsste ich die drei großen Bäume in Rwotobilo sehen können!*

Anthony lief hinter der Frau her, als er ungefähr vierzig Meter voraus eine Bewegung in einem Baum am Flussufer sah, der sich rechts vom Steg befand. Sein Magen krampfte sich zusammen. In dem Baum saß ein LRA-Soldat, Ende zwanzig, mit einem großen Afro, einer tiefen Narbe auf der rechten Wange und einem AK-47 in den Händen.

*Mein Leben ist vorbei, das war es jetzt,* dachte Anthony und war überzeugt, dass er jetzt erschossen werden würde.

Doch der Soldat rührte sich nicht. Die Frau drehte sich zu Anthony und betrachtete ihn misstrauisch.

»Wer bist du?«, wollte sie wissen. »Was willst du hier?«

»Ich … ich habe nach den Soldaten gesucht, mit denen ich zusammen war«, sagte Anthony, laut genug, dass ihn der Mann im Baum hören konnte. »Die Hubschrauber haben auf uns geschossen und ich bin gerannt und habe versucht, sie zu finden.«

»Hier ist keine LRA«, fuhr sie ihn an. »Geh weg.«

»Ich will nur den Fluss überqueren. Vielleicht sind sie dort?«

»Sind sie nicht. Ich war dort, und …«

Der Schuss aus dem Baum traf zwischen ihnen auf den Boden. Die Frau schrie auf, ließ ihren Korb fallen und rannte über den Steg. Anthony erstarrte und blickte auf, sah den LRA-Schützen, der die Mündung seines Gewehrs auf ihn richtete.

»Rühr dich nicht«, sagte er. »Sonst blas ich dir den Kopf weg.«

Von dem Schuss angelockt, tauchten innerhalb weniger Minuten zahlreiche weitere LRA-Soldaten auf. Jener mit der Narbe im Gesicht kletterte vom Baum.

»Warum bist du weggelaufen?«, wollte er wissen. »Warum wolltest du flüchten?«

»Ich wollte nicht flüchten. Als die Hubschrauber kamen, bin ich einfach gerannt. Ich wusste nicht, wohin ich gehen sollte, wo alle anderen waren.«

»Das glaube ich dir nicht«, sagte er und trat Anthony in den Bauch.

Anthony ging in die Knie und merkte dann kaum, wie ihm die Männer die Hände hinter den Rücken banden. Sie zogen ihn auf die Beine und befahlen ihm, sich umzudrehen und vom Fluss wegzugehen, weg von den Kilak-Bergen und den drei großen Bäumen von Rwotobilo und seinem Zuhause.

*Ich werde sterben. Sie werden mich jetzt zu Tode treten lassen.*

Doch als sie schließlich die Lichtung erreichten, wo die Kampfhubschrauber sie erreicht hatten, wartete niemand auf sie. Sie gingen nördlich und schlossen am späten Nachmittag zu der Hauptgruppe auf. Die anderen Verschleppten waren wieder zusammengebunden.

Anthony hatte keine Gelegenheit, nach Albert zu suchen. Man band ihm die Knöchel zusammen und zog von dort ein kurzes Band zu seinen Handgelenken und ließ ihn niederknien. Kurz vor Einbruch der Dunkelheit brachten sie zwei andere Jungen, darunter auch denjenigen, den er auf dem gestohlenen Fahrrad davonfahren gesehen hatte. Sie banden sie auf dieselbe Weise und ließen sie bei Anthony, weit entfernt von den anderen Rekruten.

Der dritte Junge zitterte unkontrolliert. Als die Soldaten gegangen waren, fragte er mit weinerlichem Flüsterton: »Was passiert jetzt mit uns?«

»Wir werden alle schrecklich sterben«, sagte der Fahrraddieb mit düsterer Stimme. »Das machen sie mit Leuten, die zu fliehen versuchen.«

Anthony erstarrte innerlich und sagte sich, dass es vorbei war, dass er etwas riskiert und verloren hatte, wofür er jetzt mit seinem Leben bezahlen würde. Er kniete dort noch lange nach Einbruch der Dunkelheit, war sich bewusst, wie die anderen Verschleppten ihren Brei aßen und ihr Wasser tranken, und die Schatten der Lagerfeuer flackerten hinter ihnen. Irgendwann gingen die Feuer aus.

Er hörte den Radfahrer und den anderen Jungen umfallen und stöhnen. Er döste ebenfalls ein paar Minuten später ein, schlug auf den Boden und spürte seine Schultern, Handgelenke und Knöchel aufschreien.

*Meine letzte Nacht,* dachte er und kämpfte die Tränen darüber zurück, wie hilflos er sich fühlte. *Meine allerletzte Nacht.*

* * *

Anthony schlief unruhig und wachte jedes Mal auf, wenn einer der LRA-Männer mit einer Taschenlampe kam, um ihre Fesseln zu überprüfen.

Der Morgen dämmerte, als die Männer den anderen entführten Kindern zuriefen, dass sie aufstehen sollten. Anthony öffnete die Augen und begriff, dass er zum letzten Mal das Licht eines neuen Tages sehen würde. Ein Soldat packte ihn unter den Achseln und zog ihn auf die Knie.

Wie viele Angehörige der Acholi war auch Anthony als Katholik erzogen worden, der ebenfalls an die Macht der Geister seiner Vorfahren glaubte, doch er sah sich nicht als besonders religiös. Dennoch begann er, zu Gott und den Geistern zu beten, als die LRA die Verschleppten in einem großen Kreis um ihn und die beiden anderen Jungen, die hatten fliehen wollen, aufstellen ließen. Er merkte, dass es jetzt weit mehr als zweihundert entführte Kinder waren. Locker auch die doppelte Menge. So viele, dass er Albert nicht finden konnte.

Er betete, dass sein kleiner Bruder nicht dort war. Er wollte nicht, dass Albert mitansehen musste, was das Schicksal für ihn geplant hatte.

Der LRA-Soldat, der im Baum gesessen hatte, der mit dem Afro und der tiefen Narbe auf der rechten Wange, trat in die Mitte des Kreises. Anthony konnte jetzt sehen, dass die Narbe unterhalb eines Stumpfes endete, wo einmal sein rechtes Ohr gewesen war. Ihm folgte ein zweiter Soldat mit schwarzer Gesichtsmaske und Augenlöchern. Er trug ein AK-47 mit aufgestecktem Bajonett.

»Man kann der LRA nicht entkommen«, sagte der Narbige laut. »Wer zu flüchten versucht …«

Der Soldat mit der Maske schritt durch den Kreis und hielt sein Gewehr im Anschlag. Er blieb vor dem ersten Jungen stehen, der unkontrolliert zitterte und stammelte: »N… nein. Bitte, ich …«

Der Soldat stieß sein Bajonett durch die Brust des Jungen und zum Rücken wieder hinaus. Dann hielt er es so, während das Leben des Jungen schwand und er zusammensackte. Das Bajonett kam frei. Der tote Junge fiel mit dem Gesicht nach unten ins Gras.

Anthony war so schockiert über die Unmenschlichkeit dieser Situation, dass es sich anfühlte, als hätte jemand sein Herz und sein Hirn in Brand gesteckt. Der Junge, der das Fahrrad gestohlen hatte, musste sich übergeben.

Narbengesicht sagte: »Wenn ihr jemanden flüchten seht und nicht euren Anführer alarmiert …«

Der Soldat mit der Maske machte einen langen Schritt zur Seite und richtete sich auf. Anthony blickte weg, als der Soldat zustieß. Das Blut des Fahrraddiebs spritzte ihm von der Seite ins Gesicht und fühlte sich wie brennende Glut an, die seine Haut zu versengen schien und jeden Muskel in seinem Körper verkrampfen und zucken ließ, als der zweite Junge neben ihm auf die Erde fiel.

Anthony hörte Narbengesicht, als wäre er weit entfernt, wie er sagte: »Und wenn man jemanden verdächtigt oder weiß, dass jemand seine Flucht plant, und wenn man nicht seinen Anführer alarmiert, dann …«

Der Henker machte einen zweiten langen Schritt zur Seite, um sich unmittelbar vor Anthony zu stellen, der den Kopf hob. Auf einmal wollte er seinem Mörder direkt in die Augen blicken.

»Verzeiht mir«, sagte Anthony.

»Nein«, sagte der Soldat und holte mit dem Gewehr und dem Bajonett aus, bereit zum Stoß.

»Stopp! Nicht!«

Der Henker erstarrte und drehte sich nach rechts. Bebend und mit aufgerissenen Augen sah Anthony zu einem LRA-Offizier Anfang dreißig, der einen sauberen Kampfanzug und eine olivgrüne Baskenmütze trug und jetzt von einem Stuhl aufstand. Er durchquerte den Kreis und sagte zu Narbengesicht: »Binde ihn los, Sergeant Bacia.«

»General, dieser Rekrut hat eindeutig zu flüchten versucht«, widersprach Sergeant Bacia.

»Das ist nicht sicher«, erwiderte der General. »Mach ihn los.«

Jemand trat hinter Anthony und schnitt ihm die Fesseln an den Handgelenken und Knöcheln durch. Der Henker drehte sich um und ging mit Sergeant Bacia davon. Narbengesicht wirkte verärgert über diese Änderung des Geschehens. Der General stellte sich vor Anthony, der noch immer auf dem Boden kniete, sein Körper wie betäubt, gelähmt, und sein Gehirn außerstande zu erfassen, was soeben geschehen war.

»Sieh zu mir hoch, wie du gerade den Soldaten mit dem Bajonett angesehen hast«, sagte der General.

Zitternd und mit einem Gefühl wie ausgeweidet hob Anthony den Kopf und sah, dass der Mann eine glatte Haut und große, bohrende braune Augen hatte, aus denen er ihn betrachtete.

»Ich bin Brigadegeneral Charles Tabuley von der Lord's Resistance Army«, sagte er. »Ich bin jetzt dein zweiter Gott. Verstanden?«

Anthony verstand nichts, doch er schaffte es, trotz seiner Benommenheit zu nicken.

»Wohin ich trete, dahin trittst du auch«, fuhr General Tabuley fort. »Wenn ich sage, trag meinen Stuhl, dann trägst du ihn. Wenn ich irgendwas sage, dann tust du es. Klar?«

Endlich verstand Anthony, dass er nicht sterben würde. Sein Mund füllte sich mit einem metallischen Geschmack und er kämpfte dagegen an, sich zu übergeben, als er nickte.

»Dann steh auf«, sagte Tabuley.

»Ich … ich weiß nicht, ob ich das kann, General.«

Jemand packte ihn von hinten und zog ihn auf die Beine. Anthony fühlte sich, als hätte man ihn aus dem Leben ausgestöpselt, er war schwach, desorientiert und mit gummiweichen Beinen, sodass er glaubte, er würde wieder zu Boden fallen. Wer immer hinter ihm war, musste das gespürt haben, denn er hielt ihn aufrecht.

»Du bist noch kein Soldat der LRA, deshalb darfst du mich nicht mit General anreden«, sagte Tabuley. »Du wirst mich Lehrer oder Vater nennen. Wie ist dein Name, Rekrut?«

Bei seinem Leben konnte er sich nicht daran erinnern. Sein Mund öffnete und schloss sich, doch es kamen keine Worte heraus.

»Opoka«, sagte der Mann, der ihn auf den Beinen hielt.

»Bring meinen Stuhl dorthin, Opoka«, sagte der General. »Und wann immer ich mich ab jetzt umblicke, dann sehe ich dich besser dort. Verstanden?«

»Ja, Lehrer«, sagte Anthony.

Tabuley schlenderte weg. Anthony spürte, wie er hinter ihm hergeschoben wurde. Er taumelte ein wenig, dann gewann er sein Gleichgewicht zurück. Er ging hinter dem General her, sah dann über die Schulter und erkannte, dass Patrick ihn geschubst hatte. Sein alter Freund stand dort mit ausdruckslosem Gesicht.

»Tritt dahin, wohin er tritt«, sagte Patrick. »Davon hängt dein Leben ab.«

Er wollte loslaufen und seinen Freund umarmen, doch Patrick wandte sich ab.

»Opoka!«, rief der General.

Anthony eilte an den Leichen des Fahrraddiebs und des anderen Jungen vorbei und erkannte, dass die Reihen bereits marschierten. Er nahm Tabuleys Stuhl, beobachtete die Stiefelabsätze des Generals und setzte seine in Sandalen steckenden Füße in die Abdrücke, die der Mann im sandigen Boden hinterließ.

Sie gingen stundenlang und er blickte nicht auf, tat die Füße genau dahin, wo Tabuley es getan hatte, während er sich sagte, dass sein vorheriges Leben vorbei war und dass er niemals wieder einen Fluchtversuch unternehmen würde. Anthony erinnerte sich immer wieder an das Bajonett, sagte sich, dass er niemals wieder die drei Bäume von Rwotobilo oder seine Mutter oder seinen Vater sehen würde.

Sein Leben war vorbei. Er würde im Busch sterben.

Das war sein Schicksal.

# Neun

Die nächsten fünf Tage vergingen in der geistigen Umnachtung, die Anthonys Sinne vernebelt und seinen Verstand während der Begegnung mit dem Bajonett verlangsamt hatte. Während sie in der Reihe marschierten, was fast ständig der Fall war, sah er nichts anderes als die Rückseite der Stiefel von General Tabuley. Wenn man nach ihm rief, dann klang es für ihn, als wären sie unter Wasser. Das Essen, das er zu sich nahm, schmeckte nach nichts. Seine Finger und Lippen waren taub. Der Wind trug keine Gerüche mit sich, abgesehen von Leid und Tod.

Früh am 7. Oktober 1994 erreichten sie die Ausläufer der Kleinstadt Palaro in Uganda, rund fünfundvierzig Kilometer nordöstlich von Gulu und in einer Gegend, wo sich zu jener Zeit viele Lager der ugandischen Armee befanden.

Sie schlossen sich einer großen Gruppe von Soldaten der Lord's Resistance Army und weiteren verschleppten Jungen und Mädchen an. Anthony sah, wie Tabuley an ein Funkgerät ging, und hörte, wie der General sagte, dass sie jetzt eine Rekrutenstreitmacht von fünftausend entführten Kindern wären.

Spät an diesem Morgen befand sich Anthony dicht hinter General Tabuley, als er einen Mann mit einem spitzen

Haaransatz, kurzen Dreadlocks und einem kleinen Bart sah, der neben dem Weg stand. Er trug eine lange weiße Tunika, war umgeben von bewaffneten Männern und sprach in ein Kurzwellenfunkgerät, bevor er nach dem General rief. Tabuley befahl Anthony, sich zu setzen, und ging, um mit dem Mann zu reden.

Als er zurückkehrte, teilte der General die fünftausend Rekruten im Abstand von fünfzig Metern in fünf Reihen, je eintausend Kinder pro Reihe, mit Soldaten an den Flanken, die darauf zu achten hatten, dass niemand davonlief. Anthony ging direkt hinter Tabuley, der die mittlere Reihe anführte.

Sie umrundeten die Stadt Palaro und die Armeelager, bevor sie sich nach Nord-Nordost wandten. Gegen Mittag überquerten sie den Fluss Achwa und erreichten nach Anbruch der Dunkelheit den Stadtrand von Palabek, nach einer zermürbenden Reise von fast sechzig Kilometern durch den Busch. Die verschleppten Kinder bekamen kein Essen. Sie legten sich dort, wo sie in der Reihe standen, zum Schlafen hin. Anthony schlief am Kopf der Mittelreihe ein, nachdem General Tabuley ihm gesagt hatte, er solle sich hinlegen und nicht rühren, bevor er zurückkehrte. Als Tabuley zurückkam, reichte er Anthony einen Becher getrockneter Bohnen und eine Feldflasche Wasser.

Anthony nahm die Bohnen, würgte sie roh hinunter und trank gierig aus der Flasche. »Danke, Lehrer.«

Der General sagte nichts.

* * *

»Pst, kein Reden«, war das Erste, was Anthony in der Morgendämmerung von LRA-Kriegern hörte.

Sie saßen fast zwei Stunden dort, während Soldaten in die Stadt gingen und Essen raubten. Als sie zurückkehrten, erhielt jedes Kind einen Becher getrockneter Bohnen und Wasser.

Zum Überleben entschlossen, schlang Anthony die Bohnen wieder roh hinunter. Tabuley gab ihm einen Rucksack und einen schweren Bohnensack zu tragen. Der Marsch begann erneut in der Mitte des Vormittags, die fünf Reihen bewegten sich nördlich in die weglose Wildnis zwischen Palabek und der Grenze zum Sudan.

Sie bewegten sich in strapaziöser Geschwindigkeit durch den Busch und hohes Grasland, wobei der General alle paar Minuten einen hellen Pfeifton abgab, sodass die Anführer der Reihen links und rechts von Anthony alle in dieselbe Richtung gingen. Mehrfache Pfiffe von den Flanken bedeutete, dass etwas nicht in Ordnung war, und Anthony und die Kinder hinter ihm wurden angewiesen, sich an ihrem Platz hinzusetzen, bis ein klärender Pfiff erklang und die Reihen der Jungen und Mädchen wieder nach Norden marschierten.

Als sie Gras erreichten, das höher als der größte Mann war, schickte Tabuley Soldaten auf Bäume, um sich zu orientieren. Jedes Kind, das mit der Geschwindigkeit nicht mithalten konnte, wurde weggeschleppt und erschossen. Allen fünftausend Kindern wurde erneut gesagt, dass die ugandische Regierung sie jetzt als Mörder jagte. Anthony und die anderen Verschleppten gingen in ständiger Angst, bis der General befahl: »Alle anhalten!«, und sie sich setzten und aßen oder schliefen. Sie brauchten mehrere Tage, um die Grenze zu erreichen.

»Du hast keine Pläne im Leben, sondern nur meine, Opoka«, sagte ihm der General, nachdem sie im Dunkel der Nacht über die Grenze in den Süden Sudans schlüpften. »Du hast keine Freunde und keine Zukunft, bis ich es dir erlaube. Verstehst du?«

»Ja, Lehrer«, sagte Anthony und verbarg die Verzweiflung, die in ihm wuchs.

Doch er war hervorragend darin geworden, direkt hinter Tabuley zu bleiben. Und der Nebel von dem Augenblick des Bajonettierens wurde immer schwächer, während sie nach Norden durch weite, flache, weglose Regionen in den südlichen Sudan gingen, bis sie ein Dorf namens Ludu erreichten, einen ärmlichen Ort, der so klein war, dass er auf keiner Karte existierte. Oberhalb des Dorfes ragte die Acholi-Kette der Imatong-Berge auf: steil und mächtig und dicht bewaldet, in Wolken gehüllt – die höchsten Berge, die Anthony je gesehen hatte.

»Dein Training als Soldat wird dort oben beginnen, Opoka«, sagte ihm der General an diesem Nachmittag. »Doch zuerst wirst du den Großen Lehrmeister treffen, damit du deinen Platz in der neuen und kommenden Welt verstehen lernst.«

Anthony begriff nicht ganz, was das bedeutete, doch er sagte: »Ja, Vater. Danke, Vater. Ich freue mich darauf.«

»Patrick wird dich zu ihm bringen.«

Anthony erstarrte innerlich und fragte sich, ob das eine Art Prüfung war, weshalb er fragte: »Patrick? Kenne ich ihn?«

»Ihr habt euch offensichtlich noch nie gesehen, doch er weiß von dir«, sagte Tabuley. »Er sagt, du hattest den Ruf, dass du sehr schnell und sehr klug in deinem alten Leben warst.«

Anthony wollte lächeln, doch er blieb ausdruckslos und zuckte stattdessen mit den Schultern. »Davon weiß ich nichts, Vater.«

Der General betrachtete ihn eindringlich. »Vor nicht allzu langer Zeit ist Patrick in meinen Stiefelspuren gegangen, so wie du es jetzt tust, Opoka, und ich begann ihm zu vertrauen. Er war derjenige, der deine Fesseln durchgeschnitten hat, der dir beim Aufstehen half, nachdem wir den Rekruten ihre Lektion erteilt hatten. Wegen Patrick und wegen mir bist du noch am Leben.«

Anthony nickte energisch und sagte: »Du bist mein zweiter Gott. Vielen Dank, Vater. Danke für deine Gnade und mein Leben.«

* * *

Patrick kam spät am nächsten Nachmittag zu Anthony, als General Tabuley mit logistischen Überlegungen für das kommende Trainingslager für die fünftausend Rekruten beschäftigt war, das tief in den Imatong-Bergen in einem abgelegenen Canyon stattfinden sollte, den er immer wieder als Gong One bezeichnete.

Anthony und Patrick verließen Ludu und kletterten in einem starken, heißen und feuchten Wind die steile und fast kahle Flanke des Berges direkt hinter dem Dorf hinauf.

»Danke, dass du mir das Leben gerettet hast«, sagte Anthony, als sie sich außer Hörweite des Dorfes befanden. »Noch einmal.«

»Das habe ich dir geschuldet.«

»Jetzt sind wir quitt.«

»Das sind wir«, stimmte Patrick zu. »Und du darfst dem General nicht sagen, dass wir gegeneinander wettgelaufen sind. Ich habe ihm nur gesagt, dass ich von dir gehört habe. Ich habe dich nicht persönlich gekannt.«

»Du kennst mich nicht«, sagte Anthony und keuchte wegen des steilen Hanges. »Und ich kenne dich nicht. Nicht richtig.«

»Das stimmt wohl«, sagte Patrick. »Und so sollten wir es belassen.«

»Wo ist der Große Lehrmeister?«

»Weiter oben«, sagte er. »Du wirst es sehen. Und er ist nicht so, wie du denkst.«

»Joseph Kony?«

»Ich wusste nicht, was los ist, als ich ihn das erste Mal reden hörte, doch ich habe es gefühlt, oh Mann, seine Energie, seine Verbindung, seine Macht. Es kommt direkt aus ihm heraus und durchdringt dich.«

»Ich habe gehört, dass er Gewitterstürme beschwören kann«, sagte Anthony, während sie immer höher über das Dorf kletterten.

»Ich habe mit eigenen Augen gesehen, wie er das macht«, sagte Patrick ehrfürchtig, bevor er nach Westen blickte, wo sich dunkle Wolken am Horizont sammelten. »Es fühlt sich so an, als würde er es wieder tun.«

Anthony spürte, wie ihm ein Schauer über den Rücken lief. Sie kletterten weiter, bis ihm ein sorgenvoller Gedanke kam. »Ich werde dort aber nicht allein mit ihm sein, oder?«

Patrick lachte und blieb stehen. »Allein? Nein. Niemals. Kony hat ständig seine persönlichen Leibwächter um sich. Seine Frauen sind auch die meiste Zeit da. Und da werden alle anderen von uns sein.«

Anthony drehte sich um und blickte den steilen Hang hinunter, sah dort mindestens fünfhundert Rekruten – Jungen und Mädchen –, die ihren Aufstieg begannen. Zwanzig Minuten später und noch stärker außer Atem erreichten er und Patrick ein Plateau hoch über dem Dorf. An der Rückseite wuchsen karge Bäume um eine große, grasbedeckte Lichtung, die hinten von Büschen und kahlem Fels begrenzt war. Die Steine waren schlüpfrig von dem Wasser, das vom Berg herunterkam, der nach Patricks Worten fast zweitausendfünfhundert Meter hoch war, mit noch höheren Gipfeln dahinter.

Acht LRA-Soldaten flankierten jene feuchten Wände und blickten hinaus zu weiteren Schützen, die in den Bäumen positioniert waren und Patrick und Anthony beobachteten, als die sich der Lichtung nährten, die oval und an der weitesten Stelle ungefähr neunzig Meter breit war.

Patrick nickte ihnen zu und führte Anthony dann zu einer kleinen Anhöhe an der Seite des Versammlungsplatzes. »Hier stand ich, als ich Kony das erste Mal predigen sah. Du wirst von hier am besten sehen und verstehen können, wovon ich gesprochen habe.«

* * *

Im Verlauf einer Stunde, während sich weitere Gewitterwolken auftürmten und in Richtung der Imatong-Berge kamen, drängten sich mehr als fünfhundert Verschleppte und LRA-Soldaten auf der Lichtung und zwischen den dort wachsenden Bäumen. Dann pfiff jemand und andere wiederholten den Pfiff, bis die Menge verstummte.

Aus dem Wald zur Linken trat eine große, gebieterische und attraktive Frau in den Dreißigern auf die Lichtung, gekleidet in ein hellgrünes, tailliertes Mieder und mit einem Wickelrock mit passendem Kopfschmuck. Sie ging mit gleichmäßigen Schritten, als hätte sie ihr ganzes Leben schwere Töpfe auf dem Kopf balanciert, und ignorierte die Menge, als sie sich auf einen der trockenen Stämme an der Rückseite setzte, wo sie in einer stolzen, fast königlichen Pose verharrte.

»Wer ist das?«, flüsterte Anthony über die Schulter.

»Fatima«, murmelte Patrick. »Konys erste Frau. Geh ihr immer aus dem Weg. General Tabuley sagt, sie sei erbarmungsloser als er.«

Drei weitere Frauen kamen heran, überquerten die Lichtung und nickten dabei Fatima zu.

»Die anderen Hauptfrauen«, flüsterte Patrick. »Lily, Christin und Nighty.«

Diese drei Frauen waren jünger als Fatima, wahrscheinlich in den Zwanzigern. Christin und Nighty wirkten schrecklich gelangweilt. Nur Lily, die hübscheste der vier, betrachtete die Rekruten mit gewissem Interesse.

»Wie viele Frauen hat er?«, flüsterte Anthony.

»Das ändert sich ständig.«

Die letzten drei Frauen hatten gerade ihre Plätze eingenommen, als jemand zweimal pfiff. Die LRA-Soldaten stupsten die Rekruten, damit sie sich erhoben. Anthony konnte von seiner erhöhten Position über die Köpfe der anderen Kinder hinwegsehen, als zwei bewaffnete Männer die Lichtung betraten, gefolgt von dem Mann in der weißen Tunika, den er bereits am Vortag gesehen hatte, als er ins Funkgerät sprach.

»Der große Lehrmeister«, flüsterte Patrick. »Oberster LRA-Befehlshaber. Joseph Kony.«

Kony nickte seinen Frauen zu, dann drehte er sich mit zurückgelegten Schultern, erhobenem Kinn und weit geöffneten Augen zu den Rekruten. Für Anthony wirkte er, als könnte er alles sehen, während er die Fingerspitzen seiner Hände vor der Brust zusammenlegte.

»Hier bin ich«, begann er mit fester, kraftvoller Stimme auf Acholi. »Das bin ich. Ihr habt eine große Reise unternommen und neue Länder betreten, ein neues Leben betreten, um mit mir zu sein.«

Kony machte eine Pause, bevor er fortfuhr. »Ihr wurdet erwählt, so wie ich als Kind erwählt wurde, als mir ein Schamane in meinem Dorf von der Geisterwelt erzählte, einer Welt, die ich sogar in der katholischen Kirche existieren sah, wo ich als Messdiener diente, bevor ich mich meiner Cousine Lakwena, der Botschafterin, in ihrem Kampf gegen Musevenis korrupte Regierung und Armee anschloss.«

Er sah sich um. »Die Botschafterin gab viel zu früh auf und flüchtete nach Kenia ins Exil. Soldaten der Lord's Resistance Army flüchten niemals. LRA-Soldaten kämpfen und greifen an, denn wir sind gesegnet von den Geistern durch die Salbung mit Sheabutter, die alle Kugeln und Bomben abwehrt.«

Er lächelte zum ersten Mal. »Es ist wahr. Jeder hier hat es schon im Kampf erlebt.«

Anthony sah, wie die Mitglieder von Konys Leibgarde und auch seine Frauen nickten.

Der LRA-Befehlshaber hob seine Stimme und donnerte: »Doch damit die Sheabutter funktioniert, müsst ihr an die Macht der Geister und des Herrn und an meine Macht glauben!«

Er stand dort und die Leidenschaft flammte aus seinen Augen. Anthony konnte etwas von der Kraft spüren, die Patrick beschrieben hatte, als würde etwas Unsichtbares und Mächtiges durch diesen Mann ausgestrahlt werden. Ihm war gerade dieser Gedanke gekommen, als echter Donner im Westen in der Ferne grollte.

»Es geht los«, flüsterte Patrick und Anthony empfand Verwunderung, als er in den Himmel blickte und dunkle Wolken sah, die sich bildeten und die Sicht auf den höheren Berg verbargen.

Kony hob seine weit ausgebreiteten Arme. »Ihr Rekruten seid hier, um die Arbeit des Herrn zu tun und Musevenis Regierung zu stürzen. Ihr Rekruten seid hier, um das Kämpfen zu erlernen und unser Land und Kampala zurückzuholen und ein neues Uganda zu errichten, ein besseres Uganda, für all seine Menschen, nicht nur für die wenigen Korrupten, die uns jagen. Das ist jetzt euer Traum, eure Vision für alles, was ihr in eurem Leben im Widerstand für den Herrn erreichen könnt. Seht ihr es? Könnt ihr es hören? Riecht ihr es? Schmeckt ihr es?«

Anthony hatte keine Ahnung, wie Kampala, die Hauptstadt Ugandas, aussah oder schmeckte, keine Ahnung, wie ein besseres Uganda klingen würde, und kein Gefühl für ein Leben im Widerstand für den Herrn. Doch er schwor, er konnte Konys Energie spüren wie einen zweiten Puls an seinen Schläfen, und er merkte, wie er zusammen mit den anderen verschleppten Kindern nickte.

Kony verkündete: »Die Geister sagen, dass vierhundert von euch dazu bestimmt sind, mir den ganzen Weg zu folgen und mit mir an die Spitze meiner Regierung zu kommen.«

Wieder rumpelten Donnergeräusche im Westen, diesmal näher. Der Große Lehrmeister schien sich des näher kommenden Gewitters bewusst zu sein, denn er drehte sich dramatisch mit dem Rücken zu den Rekruten und ging zu einer niedrigen Kante in der Mitte der Hinterwand, drehte sich zu ihnen und setzte sich darauf. Links und rechts des Vorsprungs lief das Wasser die steilen Klippen hinunter. Wo Kony saß, war es perfekt trocken.

»Lass jemanden aufschreiben, was sie sagen«, sagte er Fatima. »Ich werde mich nicht erinnern können.«

Bevor sie antworten konnte, erhob der LRA-Befehlshaber erneut die weit ausgebreiteten Arme. Diesmal jedoch flatterten seine Augenlider und die Augen drehten sich in ihren Höhlen, bevor er sie schloss. Er neigte das Gesicht zum Himmel. Konys Finger, Hände und Arme begannen zu beben und dann zu zittern und zucken.

»Wer wird es sein?«, flüsterte Patrick hinter Anthony. »Welcher Geist spricht zuerst?«

Das Beben ging in Konys Schultern über und lief seinen Körper hinunter, wurde zu einem Zittern, das sein Gesicht und seine Lippen verzerrte, bevor alles reglos wurde. Seine Hände gingen langsam zu seinen Beinen. Er öffnete die Lider ein wenig und zeigte, dass seine Augen noch immer nach hinten gedreht waren.

»Ich befehle die vier Geister«, sagte der Große Lehrmeister, wobei er mit einer Stimme Englisch sprach, die nicht seine eigene war. »Ich befehle alle Operationen und Trainings in der Lord's Resistance Army.«

»Jumma Driscer«, flüsterte Patrick. »Er ist aus dem Sudan und ein brillanter militärischer Kopf.«

Der Geist von Driscer sprach eine Weile durch Kony, warnte die Rekruten, dass ihr Training lang und schwer werden würde, doch wenn sie ihren Unterricht ernst nahmen und durchhielten, dann würden sie aus der Erfahrung unaufhaltbar hervorgehen, eine Rebellenmacht, die mehr als fähig dazu war, die Regierung Musevenis zu stürzen.

»Wenn ihr für den Herrn widersteht, wenn ihr für den Herrn kämpft, dann wissen er und alle Geister im Universum davon und eilen an eure Seite«, sagte Driscer. »Sie sehen, dass ihr mit Sheabutter gesalbt seid, und sie schützen uns. Wir sind die Geweihten, solange wir an diese Kraft glauben. Im Glauben werden alle Soldaten der LRA unbesiegbar. Im Glauben sind alle LRA-Soldaten bereit zu kämpfen und zu führen!«

Anthony spürte, wie ihn eine Welle durchfloss. Er wollte wissen, wie es sich anfühlte, unaufhaltbar zu sein, unbesiegbar, bereit zu kämpfen und zu führen. Und dann erkannte er, dass es ein wenig wie dieses Gefühl war, das in ihm pulsierte. Er blähte die Brust auf, hob den Kopf und warf die Schultern zurück, wie Kony es bei seiner Ankunft getan hatte.

»Genau so«, flüsterte Patrick. »Fühle die Macht des Glaubens.«

Anthony nickte, fühlte es wie eine Superkraft, die sich in ihm aufbaute. Die Augen des Großen Lehrmeisters drehten sich wieder in seinem Kopf zurück. Kony hob die Arme und breitete sie aus, bevor er wieder zu zittern und beben und dann zu zucken begann. Ein paar Momente später blitzte es, fast unmittelbar gefolgt von einem Donnerschlag, der so laut war, dass Anthony dachte, sie würden bombardiert, sodass er mit den Armen über dem Kopf in die Hocke ging.

Er spürte starke Hände, die ihn am Arm packten und wieder auf die Beine zogen. »Mach das niemals!«, zischte Patrick. »Zeige niemals auch nur die kleinste Furcht. Vor irgendwas.

Furcht bedeutet, dass du eine misstrauische Person bist, und manchmal reicht Misstrauen, um in der LRA zu sterben.«

Anthony zitterte, doch er riss sich zusammen, als zwei weitere Blitze einschlugen, gefolgt von explosivem Donnern, das nun weiter entfernt war.

Das Zucken des Großen Lehrmeisters ließ nach. Als Kony die Arme an die Seite legte, öffnete er die Augen. Seine Augen drehten sich und er sah sich mit finsterem Blick um. Dann stand er auf, schlug mit dem Arm durch die Luft und zeigte anklagend auf die Kinder.

Grimmig und zornig bellte er: »*Wer bist du? Wer bist du, der über dem Gesetz steht?*«

Anthony fühlte sich, als hätte man ihm in den Bauch getreten, und war fast wie gelähmt von einer großen Furcht, wie er sie noch nie empfunden hatte. »Was für ein Geist ist das?«, flüsterte er und hörte das Zittern seiner Stimme.

»Das ist WerBistDu«, flüsterte Patrick. »WerBistDu ist der Geist des Gesetzes in der LRA. Er ist bei allem Ankläger, Verteidiger und Richter. WerBistDu kann dich retten oder vernichten.«

Mit heiserer und dennoch fast deutlicher Stimme fuhr WerBistDu fort: »Die Gesegneten sind keine Barbaren. Wir in der Lord's Resistance Army sind keine Wilden. Wir haben Gesetze, genau wie alle großen Kulturen, doch wie die Zehn Gebote in der Bibel und die Scharia im Koran, so kommen auch unsere Gesetze vom Herrn. Nummer eins: Versuche niemals zu fliehen! Die Strafe ist der Tod. Nummer zwei: Kein Alkohol, keine Drogen! Niemals! Die Strafe ist der Tod.«

In der Welt des WerBistDu wurde auch eine Vergewaltigung – selbst von Feinden – mit der Todesstrafe geahndet. Sex zwischen Unverheirateten führte zum Auspeitschen. Ebenso Sex zwischen verheirateten Männern und alleinstehenden Frauen oder verheirateten Frauen und unverheirateten Männern. Diebstahl bei anderen LRA-Mitgliedern führte zum Verprügeln oder dem Verlust eines Fingers und dann einer Hand, bei wiederholtem Tun. Die Plünderung von Orten zur Nahrungsbeschaffung war wichtig für die Sache, doch niemand durfte Geld stehlen. Der Besitz von Geld war nur Befehlshabern erlaubt. Lügen konnte bei einer Vielzahl von Themen zum Tode führen. Das Gleiche galt für die Weigerung, zu kämpfen. Und wenn man seine Waffe verlor, dann kam man vor ein Erschießungskommando. Ohne Diskussion.

»*Wer bist du?*«, donnerte Kony erneut in Richtung der Kinder und trat auf sie zu, als wollte er sie zermalmen. »*Wer bist du, der über dem Gesetz steht?*«

Viele der Kinder in den ersten Reihen schraken zurück und fielen gegeneinander, als Kony sie anstarrte, besessen von dunkleren Mächten, als sie sich vorstellen konnten.

»*Niemand ist über dem Gesetz!*«, bellte er. »*Niemand ist über den Gesetzen des Herrn und seiner Widerstandsarmee!*«

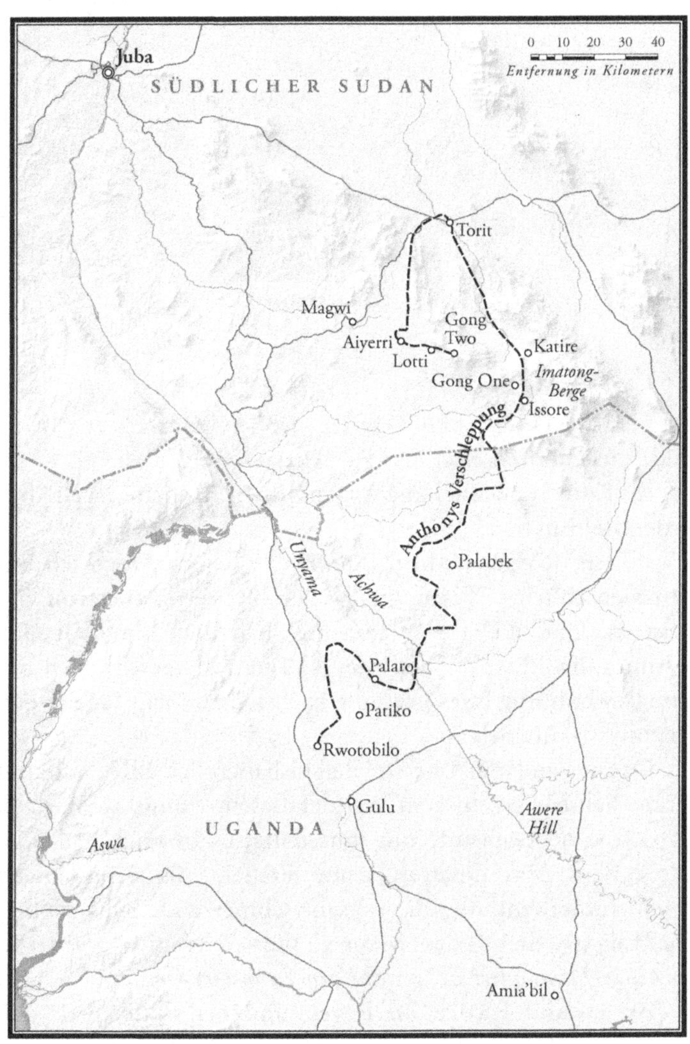
Juba
SÜDLICHER SUDAN
0 10 20 30 40
Entfernung in Kilometern
Torit
Magwi
Gong Two
Aiyerri
Lotti
Katire
Imatong-Berge
Gong One
Issore
Anthonys Verschleppung
Palabek
Unyama
Achwa
Palaro
Patiko
Rwotobilo
Gulu
Awere Hill
UGANDA
Aswa
Amia'bil

# Zehn

Der Geist von WerBistDu ließ den Großen Lehrmeister schwitzend, zuckend und erschöpft zurück.

Als Kony schließlich die Augen öffnete, lächelte er schläfrig zu den Rekruten.

»Dieser Körper ist in Ordnung«, sagte er. »Doch ich bin kein menschliches Wesen wie ihr. Ich bin der Körper von vier Geistern. Und ihr? Ihr seid menschlich, doch ihr habt eine Bestimmung, die von den vier Geistern festgeschrieben ist. Eure Bestimmung ist es jetzt, die nächsten zwanzig Tage in den Imatongs zu überleben.«

Dann stand der oberste Befehlshaber der LRA auf und wirkte sichtbar geschwächt von der Beschwörung. Er wartete, bis sich seine Leibgarde um ihn stellte, dann ging er davon, gefolgt von dem Quartett seiner Frauen. Als sie gegangen waren, fühlte Anthony die seltsam schmerzende Abwesenheit jener Energie, die aus dem Mann zu pulsieren schien. *Doch er ist gar kein Mann, oder? Er ist der Körper von vier Geistern.*

Als er und Patrick im Regen und der Dunkelheit den Berg wieder hinunterstiegen, fragte er nach den anderen zwei Geistern, die durch Kony sprachen. Patrick sagte, der Dritte hieß Cilindi, der Geist eines großen Arztes, der die Verwundeten behandelte und Schmerzen heilen konnte. Der vierte hieß Jing Breking. Er kam aus China und war ein Meister der Strategie und Intrige.

»Breking ist der Grund, weshalb wir hier im südlichen Sudan sind«, sagte Patrick. »Breking ist der Grund, warum Kony uns hergebracht hat, um eine Allianz mit der arabischen Regierung zu bilden, die im Krieg mit der sudanesischen Volksbefreiungsarmee – der SPLA – steht, die größtenteils aus Dinka-Kämpfern besteht, die sich vom Sudan lösen wollen.«

Anthony war zutiefst verwirrt. »Das verstehe ich nicht.«

»Es geht im Grunde um Folgendes: Wenn wir gegen die Dinka-Rebellen in Sudan kämpfen, dann geben uns die Araber Waffen, Munition und Lebensmittel, die wir nutzen können, um Museveni zu Hause in Uganda zu bekämpfen. Verstehst du? Ein sehr kluger Geist, dieser Jing Breking.«

Anthony verstand nicht genau, wie klug dieser Geist war, doch Patrick war sicherlich erfahrener, was die LRA und ihre Welt betraf, deshalb nahm er es als Tatsache an.

»Warst du schon einmal in Gong One?«, fragte Anthony, als sie nah genug waren, um das Dorf unter sich zu sehen.

»Nein. Das ist etwas Neues, das Jumma Driscer gewünscht hat. Ein festes Trainingslager.«

»Driscer ist der befehlende Geist?«

»Ganz genau.«

»Kommst du mit dorthin?«, fragte Anthony und hoffte auf eine positive Antwort.

»Nein«, sagte er. »Ich bleibe hier und bilde die anderen Rekruten an den Waffen aus, bis zwanzig Tage vergangen und sie an der Reihe sind, in die Imatongs zu gehen. Wenn du überlebst und herauskommst, dann lernst du schießen.«

* * *

Am Morgen, als sich General Tabuley vor fünfhundert Verschleppte stellte, hörte Anthony noch immer die Worte von WerBistDu in seinem Kopf nachhallen.

»Ihr alle bekommt Rucksäcke für unseren Marsch nach Gong One, wo ihr trainiert werdet«, sagte Tabuley, dann zeigte er auf einen Mann, den Anthony mit seinem Afro, seiner vernarbten rechten Wange und dem Ohrstumpf nur zu gut kannte. »Das ist Sergeant Bacia, der mich während des Trainings unterstützt. Der Sergeant ist der beste Menschenjäger der LRA, der es wirklich genießt, diejenigen zu töten, die dumm genug sind, einen Fluchtversuch zu wagen.«

Bacia trat vor und grinste sie schief an. »Lauft nicht weg, ihr Kleinen. Einem Hund wie mir könnt ihr doch nicht entkommen. Ihr könnt mich nicht austricksen. Ich werde eure Spuren immer finden. Ihr könnt mich nicht schlagen, versucht es also gar nicht erst.«

Der Menschenjäger grinste wieder und Anthony erschauerte, während er dachte, dass der Name des Mannes gut zu ihm passte. Denn auf Acholi bedeutete *Bacia:* Familientode ruinierten das Zuhause.

Der Rucksack, den Anthony bekam, wurde mit Reis- und Bohnensäcken für den General gefüllt, dazu kam ein großer Kochtopf, der Faltstuhl und eine große Plane. Bei dem Gewicht wurde es schwieriger, mit dem Mann Schritt zu halten, als sie ins Imatong-Gebirge gingen. Hinter ihnen erstreckte sich die lange Reihe der fünfhundert Verschleppten, die von ihren Fesseln befreit wurden, dazu zwanzig bewaffnete LRA-Wachen unter dem Kommando von Bacia, zehn an jeder Seite. Sie nahmen einen anderen Weg, als sie aus dem Dorf hinausgingen. Anstatt sich direkt nach oben zu wenden, wie sie es am Vorabend getan hatten, stiegen sie jetzt über einen Weg auf, der nach Westen bog und schnell die offene Fläche unter jenem Plateau verließ, wo Joseph Kony die Geister und das Gewitter beschworen hatte.

Anthony war enttäuscht und auch ein wenig ängstlich, dass Patrick nicht bei ihm war, um ihm zu erklären, was er zu tun hatte, während er den Stiefeln von General Tabuley folgte. Ihr Weg führte in einer sanften Steigung unter hoch aufragenden Bäumen mit dunkelgrünem Laub und dreifachem Blätterdach zwischen blassen Gräsern und Sträuchern hindurch aufwärts. Es gab bunte Vögel und blaue Affen und ständig schreckten sie versteckte Tiere auf, die zu beiden Seiten des Weges davonstoben.

Nach vielen Stunden erreichten sie eine Stelle, wo sich der Pfad teilte. Der eine setzte sich in derselben erträglichen Steigung fort, der sie bisher gefolgt waren. Der andere verlief fast gerade den Berg hinauf.

Bacia zeigte auf den steileren Weg. »Da klettern sie hoch und rüber.«

Der General nickte und sagte: »Opoka, du gehst voran. Bleib die ganze Zeit auf dem Weg, bis du auf der anderen Seite nach unten kommst, wo wir warten werden.«

Bei dem Gedanken, dass Tabuley ihm so sehr vertraute, dass er ihn vorausgehen ließ, verspürte Anthony eine Welle des Stolzes und eine seltene, erfüllende Wärme. Doch als er über den unwegsamen, schlammigen Pfad aufstieg, fühlte er sich schuldig, dass er die Ehre genossen hatte. Der General hatte befohlen, dass zwei unschuldige Jungen mit dem Bajonett ermordet wurden. Wäre Patrick nicht gewesen, dann hätte er auch zugesehen, wie man Anthony getötet hätte.

Sie kletterten mehr als eine Stunde hinauf. Anthony war außer Atem und schweißüberströmt, als die dicht belaubten Bäume mit dem hohen Blätterdach kleineren Bäumen mit weichen Nadeln Platz machten. Er drehte sich, um hinter sich zu blicken, und sah, wie sich die Reihe hinter ihm den Berg hinaufschlängelte, wobei die Kinder hinter ihm Mühe hatten, mitzuhalten. Mit jedem weiteren Schritt hinauf verstärkte sich der Druck auf seine Lungen. Nach einer weiteren Stunde verließ der

Pfad den Bereich mit äquatorialen Tannen und führte in eine hochalpine Landschaft aus üppigem Heidekraut, Quarzgestein und niedrigen Bäumen, die von dem kalten Wind verkümmert und knorrig waren.

Der Himmel war jetzt mausgrau. Die Wolken hingen tief, als sie sich daranmachten, den Berggipfel zu überschreiten. Anthony war dankbar, dass sie nicht mehr steil bergauf klettern mussten. Von dem fast vertikalen Aufstieg hatten seine Waden und die Füße in den Sandalen zu krampfen begonnen.

Vierzig Minuten später überquerten sie einen Sattel und stiegen langsam an der Ostflanke des Berges hinunter. Der Wind schwächte zu einer milden Brise ab. Dann senkte sich feuchtkalter Nebel über sie, zunächst nur ein leichter Dunst und dann plötzlich so dicht, dass Anthony kaum fünf Meter weit sehen konnte.

Er bewegte sich jetzt gebückt vorwärts, damit er die Hände auf die feuchten Felsen zu beiden Seiten des Weges legen konnte, die mit jedem Moment nasser wurden. Nach einer gefühlten Ewigkeit erreichte er die schattige Seite des Berges und blickte über den Rand.

Der Nebel wurde etwas transparenter und enthüllte den Weg nach unten als eine Reihe kurzer, peitschenartiger Kehren über die schmale und steile Felswand. Einer der LRA-Soldaten gestikulierte mit seinem Gewehr, dass er als Erster gehen sollte. Er kroch den Weg hinab, benutzte dabei die Hand an der Bergseite, um sich abzustützen. Er sah, dass die umgestürzten Bäume, Felsen und sogar der Pfad stellenweise mit dichtem, schwammigem Moos besetzt waren. Anthony konnte nicht glauben, wie angenehm sich das feuchte Moos nach so vielen Kilometern an den Füßen anfühlte.

Es begann zu regnen, als die alpine Landschaft den Nadelbäumen und weiterem Moos wich. Zunächst hieß Anthony den Regen und das Streicheln der feuchten Tannennadeln willkommen, von denen sich seine Beine, Schultern und sein ganzer Körper besser fühlten.

Dann begann es heftig zu schütten.

Der Regen kam wie in einem Sturzbach vom Himmel. Anthony musste die Augen mit dem Arm vor dem Gesicht abschirmen, um noch irgendwas zu erkennen. Er sah jedoch nicht, wo das Gelände wieder steil abfiel, bevor es zu spät war. Er trat auf eine schlammige Stelle, wo der Pfad untergraben war, wollte schnell mit der Hand nach einem dort wachsenden Bambus greifen, verfehlte ihn aber.

Er fiel und rutschte den Hang hinunter. Immer wieder prallte Anthony gegen Steine und rutschte weiter, über den Pfad in der nächsten Kehre, dann stürzte er in eine Gruppe feuchter Farne, die abrissen und seinen Sturz nur weiter beschleunigten. Er überquerte den Serpentinenweg erneut und dachte, er würde noch ein drittes Mal darüberrutschen, als er mit der linken Hand eine Baumwurzel erwischte und schließlich unmittelbar oberhalb des Pfades zum Halt kam, durchnässt vom Regen und dem um ihn herum ablaufenden Wasser.

Er tastete nach seinen Rippen und Händen und Beinen. Am nächsten Morgen würde er sicherlich wund sein, doch er schien sich nichts gebrochen zu haben. Über ihm hörte er Rufe und sah andere Jungen und sogar ein paar LRA-Männer, die im Sitzen den Hang hinabrutschten, wobei sie mit den Füßen die Geschwindigkeit zu kontrollieren versuchten.

Anthony wartete auf sie, sagte aber nichts, sondern tat, als hätte er absichtlich getan, was geschehen war. Nachdem ihn die LRA-Wachen erreicht hatten, justierte er die Riemen seines Rucksacks und ging weiter. Er fiel noch zweimal, rutschte aber nicht mehr so tief ab wie beim ersten Mal. Der Regen ließ nach, als sie schließlich den Boden der Schlucht erreichten, wo das Laubdach am dichtesten und das Licht so düster wie in der Dämmerung war.

* * *

General Tabuley wartete im kniehohen Waldgras an der Kreuzung zweier Pfade. Er trug einen Poncho und hatte die Kapuze aufgesetzt, genau wie es Sergeant Bacia getan hatte. Ungefähr hundert Meter hinter ihnen tobte ein Fluss über den Talboden.

»Wir richten uns hier ein«, sagte Tabuley.

Anthony sah sich um, konnte aber keine Hütten oder anderen Gebäude erkennen.

»Bring meine Plane, Opoka«, sagte der General. »Dann besorg Holz für ein Feuer.«

Weitere LRA-Soldaten tauchten auf, während Anthony in seinem Rucksack nach der Plane suchte. Er hörte, wie Tabuley ihnen befahl, den Rekruten aufzutragen, sich einen Platz für die Nacht zu suchen. Am nächsten Morgen würden sie dauerhafte Unterkünfte bauen.

Anthony half dem General, die Plane neben der von Bacia zu befestigen, und er fand genügend halbwegs trockenes Holz, um für sie ein kleines Feuer zu machen. Er kochte Wasser und bereitete darin Reis und Bohnen zu, dann stellte er sich an die Seite, als sie im Licht einer kleinen Lampe aßen.

»Ist noch etwas übrig?«, fragte Tabuley, als sie aufgegessen hatten.

»Ja, Vater«, sagte Anthony.

»Iss es. Du wirst deine Kraft brauchen.«

»Danke, Vater«, sagte er und senkte den Kopf, nahm aber schnell den Kochtopf, bevor Tabuley seine Meinung ändern konnte.

Er drehte seinen Rücken zum General und dem Menschenjäger und schlang das Essen herunter, genoss es wie das beste Schweinekotelett, das er je gehabt hatte, spürte, wie es seinen Bauch füllte und wärmte, bis er wusste, dass er schlafen konnte. Er sah andere Kinder, die zwischen den Wurzeln und Überhängen umgekippter Bäume Schutz vor dem Regen suchten, während andere sich im Freien niederlegten, nachdem sie nur eine Handvoll getrockneter Bohnen zu essen bekommen hatten.

Tabuley sagte Anthony, dass er zu seinen Füßen schlafen sollte, unter dem Schutz der Plane. Er legte sich quer mit dem Rücken zu Füßen des Generals, nutzte seinen schlammigen, durchnässten Rucksack als Kopfkissen, dann schlief er sofort ein, selig ahnungslos vor dem, was ihn noch erwartete.

* * *

Mitten in der Nacht wurde das Unwetter stärker. Der Regen prasselte und riss an dem Blätterdach hoch über ihnen. Immer mehr Regen kam auf den Boden der Schlucht. Anthony wachte von den panischen Stimmen der Jungen auf, die draußen im offenen Gras geschlafen hatten und jetzt um Licht baten, um Hilfe schrien und um Schutz vor dem Regen. Der Wind pfiff die Wände der Schlucht herunter, wirbelte über den Boden und löste zwei Ecken der Plane des Generals.

Tabuley hielt die Taschenlampe auf Anthony gerichtet, während er die Ecken wieder befestigte. Er versuchte, wieder einzuschlafen und die Bitten einiger Rekruten zu ignorieren, die noch immer in der Dunkelheit des Gewitters herumliefen, das auch nach der Dämmerung und bis in den Tag hinein andauerte, als er überall auf dem Boden Jungen sah, die dicht in Gruppen um die Baumstämme kauerten.

Gegen Mittag hörte der Regen auf und etwas Sonnenlicht drang durch große Lücken hoch oben im Blätterdach. Die Verschleppten standen gruppenweise in der Sonne, bis der General befahl, dass sie Hütten bauen sollten.

»Ich weiß, wie das geht«, sagte Anthony. »Ich habe viele mit meinem Vater gebaut.«

Tabuley sah ihn etwas milder an. »Ich habe sie auch mit meinem Vater gebaut.«

»Lebt er noch, Lehrer? Euer Vater?«

Sein Gesicht verdüsterte sich. »Irgendwie hat mein Vater Idi Amin überlebt, doch dann starb er im Kampf gegen Museveni.«

Anthony nahm das schweigend in sich auf, dann machte er sich daran, eine etwas erhöhte Stelle zu finden, von der das Wasser gut ablief und auf die er die Hütte bauen wollte. Als er das tat, umriss er mit einem herabgefallenen Ast die kreisförmige Basis auf den Boden, wie sein Vater es ihm beigebracht hatte.

Er hielt inne, als er merkte, dass er in den letzten Tagen nur wenig an seinen Vater gedacht hatte, an seine Mutter, seine Brüder und Schwestern. Er hatte nicht einmal an Albert gedacht, obwohl er wusste, dass sein jüngerer Bruder nicht in dieser Trainingsgruppe war. Es machte ihn traurig, dass so viel Zeit vergehen konnte, ohne dass er an seine Familie dachte.

Was würde in einem Monat sein? In einem Jahr? Oder in zehn? Würde er seine Mutter oder seinen Vater überhaupt erkennen, wenn er sie eines Tages auf der Straße sehen würde?

Anthony wurde so aufgewühlt, dass er sich selbst ermahnte, nicht weiter Fragen zu stellen, auf die es keine Antworten gab. Stattdessen ging er zum Flussbett und fand dort Lehm und Kies am Boden. Er mischte beides in einer kleinen Mulde, fügte trockenes Gras hinzu und begann große Ziegel zu formen, die er in die Sonne legte, wobei er die Kinder ermahnte, sie nicht zu berühren.

Nach einer Weile erkannte er, dass er die ganze Arbeit machte, und bat den General, ihm zehn Jungen und Mädchen zur Hilfe zu geben. Er zeigte ihnen, wie sie den Lehm und die

Kiesel mit Gras vermischen und formen und wo sie die Ziegel ablegen sollten.

Es war kurz vor Sonnenuntergang, als Anthony den fünfzigsten Ziegel zu den anderen legte, dann ließ er die Rekruten Holz sammeln, um Feuer neben den Ziegeln zu machen, damit sie in der Nacht trockneten. Er hatte gerade die Holzhaufen zwischen den Ziegeln angezündet und wollte zurückgehen, um Tabuleys Mahlzeit zu kochen, als sich der dunkle Himmel öffnete und es wieder zu regnen begann, diesmal noch schlimmer als in der Nacht zuvor, sodass die kleinen Feuer gelöscht wurden und alle Ziegel schmolzen.

* * *

Es regnete fünf Tage ohne Unterbrechung. Nachts sanken die Temperaturen und es wurde so kalt, dass Anthony nicht lange schlafen konnte, ohne immer wieder aufzustehen und Freiübungen zu machen und von einem Feuer zu träumen.

Noch schlimmer war, dass im Verlauf dieser fünf Tage der Regen vieles von ihren Vorräten an Reis und Bohnen verdarb. Sergeant Bacia hatte darauf bestanden, die Säcke, die Anthony getragen hatte, an eine andere Stelle zu bewegen. Am vierten Regentag löste sich ein Stück durchtränkter Erde weiter oben am Hang, rutschte hinunter und bedeckte die Nahrungssäcke mit Schlamm. Er war überzeugt, dass der General den Menschenjäger verprügeln würde, doch Tabuley überlegte es sich und beherrschte seine Verärgerung.

Nach dem fünften Tag durchgehenden Regens gab es immer wieder Unterbrechungen von ein oder zwei Stunden, in denen es nicht mehr regnete. Doch das reichte nicht, um Unterstände zu bauen, und sie hatten auch nicht genügend Zeit, um Essen zu sammeln. Viele Kinder hungerten. Wegen der schlechten hygienischen Umstände aufgrund des unaufhörlichen Regens litten andere an Durchfall.

Am siebten Morgen waren drei Mädchen und zwei Jungen gestorben. Als der zehnte Morgen graute, lagen fünfzehn tote Körper im Gras von Gong One, fünf Mädchen und zehn Jungen. Anthony war in Hörweite, als General Tabuley Kony über Funk kontaktierte, um die Situation zu schildern.

»Six Bravo, hier Two Victor«, sagte er irgendwann. »Ich bringe hier die Kinder um, statt Soldaten aus ihnen zu machen. Erbitte Erlaubnis, um Gong One abzubrechen. Over.«

Die Antwort kam prompt. »Two Victor, hier ist Six Bravo. Erlaubnis abgelehnt. Finde eine Lösung, damit sie überleben. Over.«

Der elfte Morgen brachte weiteren Regen und zweiundzwanzig Leichen. Obwohl er von den aus dem Schlamm geretteten Vorräten nur eine Handvoll Essen erhielt, verbrachte Anthony den Großteil des Tages damit, die Leichen in flachen Gräbern im Schlamm zu beerdigen. Am zwölften Morgen gab es weitere neunzehn Leichen und sie hatten überhaupt kein Essen mehr.

Während es noch immer in Strömen regnete, verließ General Tabuley das Camp später am Vormittag und ging mit dem hungrigen Anthony im Gefolge nach Issore, dem nächsten Dorf, das zehn Kilometer entfernt lag. Dort tauschte Tabuley zusätzliche Kleidung und Munition gegen Bratöl und fünfzehn Kilo Bohnen und Mais.

Auf dem Weg zurück stellten sie sich unter einen Felsvorsprung, machten ein Feuer und kochten die Bohnen und den Mais im Topf des Generals. Sie waren verschmort, als Anthony seinen Teil vom Boden bekam, doch das störte ihn nicht und er schlang das Essen gierig hinunter. Bevor sie Gong One erreichten, gab ihm der General zehn Becher von den rohen Speisen und sagte ihm, dass er sie gut bewachen und einteilen sollte.

»Danke, Vater«, sagte Anthony und meinte es so. Er wusste, dass er wegen Tabuley am Leben blieb.

Fünfzehn Kilo Lebensmittel für Hunderte verhungernde Kinder reichten nicht lange. Die meisten Kinder bekamen keine zehn Löffel, bevor alles aufgebraucht war.

Am fünfzehnten Tag starben mehr als dreißig Kinder und der General war wieder am Funkgerät und trug dem Großen Lehrmeister verzweifelt die Situation vor.

»Six Bravo, hier spricht Two Victor«, sagte er. »Die ganze Gruppe ist bedroht. Ich wiederhole, entweder ziehen wir weg oder wir greifen das nächste Dorf an und plündern es, wobei ich nicht glaube, dass Ihr das angesichts der Verhandlungen mit Juba wollt.«

Es folgte eine lange Stille, bevor sich Kony meldete. »Two Victor, hier ist Six Bravo. Die Verhandlungen sind abgeschlossen. Ihr werdet Gong One verlassen und nach Torit gehen, wo sudanesische Streitkräfte Vorräte für euch haben. Over.«

* * *

Mehr als einhundert der ursprünglich fünfhundert Kinder, die am 20. Oktober 1994 nach Gong One geklettert waren, waren am 5. November tot und begraben, als General Tabuley die Überlebenden hügelabwärts hinaus zum Dorf Katire führte, wo sie erneut Munition gegen Nahrung eintauschten.

Von dort ließ der General sie so zügig wie möglich fünfzig Kilometer nördlich zu der im südlichen Sudan gelegenen Stadt Torit marschieren. Am 7. November kamen sie dort an und erhielten eine große Menge an Lebensmitteln, Munition, Kleidung und Waffen, die Anthony und die anderen Kinder im Verlauf der nächsten anderthalb Tage fünfundfünfzig Kilometer südwestlich zum Dorf Magwi trugen. Joseph Kony war dort mit seiner Leibgarde und seinen Frauen, als sie ankamen.

Die weniger als vierhundert Kinder, die Gong One überlebt hatten, erhielten Essen und konnten sich für einen Tag ausruhen, bekamen dann Uniformen einschließlich neuer T-Shirts und Unterwäsche und mussten die Vorräte zum Dorf Aiyerri bringen, wo sich weitere hundert Kinder aus dem Lager in Ludu anschlossen. Am Morgen des 10. Novembers wurde die wiederhergestellte Trainingsgruppe von fünfhundert angewiesen, die Rucksäcke zu nehmen und Richtung Ost-Südost zu dem Walddorf Lotti zu marschieren, das an der Westflanke der mächtigen und grausamen Imatong-Berge lag.

Als Anthony erkannte, dass General Tabuley sie wieder zurück ins Imatong-Gebirge führen wollte, verspürte er ein ungutes Gefühl im Magen und überlegte zum ersten Mal seit Wochen, um sein Leben zu rennen. Es gab genügend Stöhnen und Ächzen unter den Kindern in der Reihe, dass der General zehn Schützen auf die Straße stellte, wann immer sie eine überqueren mussten, um Fluchtversuche schon im Ansatz zu unterbinden.

»Wenn ihr es versucht, dann wird euch Sergeant Bacia jagen«, verkündete Tabuley, bevor sie das Dorf Lotti umgingen und aufzusteigen begannen. »Ihr werdet gefunden und erschossen.«

Sechs Stunden später erreichten sie eine Schlucht, die breiter war als Gong One, und hielten wie zuvor neben einem schnell fließenden kalten Wasser, das aus Quellen in den Bergen über ihnen stammte. Tabuley und Bacia befahlen Anthony und den anderen, vier Hütten für die Anführer in Gong Two zu bauen.

Die Kinder hatten keine Hacken oder Macheten und man sagte ihnen, es gäbe kein Essen, bevor sie die Aufgabe nicht erfüllt hätten. Anthony und die anderen rissen mit den Händen Gras aus und machten daraus Büschel für die Dächer.

Als Gerüststangen brachen sie Bambus, während andere Seile aus Ranken flochten. Tabuley schien zufrieden mit ihren Fortschritten bis zum Anbruch der Dunkelheit, gab ihnen dennoch nichts zu essen. Nicht einmal dem Jungen, der seine Füße dorthin tat, wohin der General trat.

Am nächsten Morgen war es dasselbe: Kein Essen, bis sie fertig waren.

Die vier Hütten waren später am Nachmittag fertig. Ein weiterer Anführer namens Oryang Mixon kam und zeigte ihnen eine Wildpflanze mit großen essbaren Blättern namens Adyebo, die reichlich in der Schlucht wuchs. Er sagte, ganze Brigaden der LRA hatten dank Adyebo während langer Kämpfe überlebt. Sie mussten ebenfalls lernen, wie man damit überleben konnte.

Anthony pflückte etwas davon und nahm es in den Mund, fand es leicht bitter und schwer zu kauen. Mixon sagte, dass sie es als Brühe kochen sollten, was sie dann auch taten, sodass der Geschmack milder wurde. Als er sah, dass Tabuley nicht länger eine verlässliche Essensquelle war, beschloss Anthony, so viel wie möglich Adyebo zu essen, während er immer wieder aus dem Kochtopf des Generals stahl.

Wegen der Kälte schliefen sie unruhig und im Morgengrauen wurde das Training wieder aufgenommen. Jungen und Mädchen wurden in Gruppen zu fünfzig eingeteilt, dann mussten sie sich nackt ausziehen und durch den Wald zu einem anderen Strom mit tieferen Stellen als dem an ihrem Lager laufen. Man befahl ihnen, bis zum Kinn ins kalte Wasser zu steigen, obwohl viele Kinder protestierten, die nicht schwimmen konnten.

Das Wasser war das kälteste, das Anthony jemals erlebt hatte, und ihm war schnell so kalt wie noch nie zuvor. Gleich in dem Augenblick, als er ins Wasser stieg, geriet sein System in einen Schockzustand. Sein Blut raste, seine Zähne klapperten und sein Körper begann zu zittern und zu beben.

Erschrocken erkannte er, dass er es nicht aushalten würde, zumindest nicht lange, deshalb tat er das Einzige, was ihm einfiel, um sich aufzuwärmen. Er lief auf der Stelle, bewegte seine Arme und Beine und schloss die Augen zu schmalen Schlitzen, stellte sich vor, wie er wieder auf der heißen, staubigen roten Straße zwischen der Schule und Rwotobilo war und den ganzen Weg rannte, ohne irgendeine Sorge auf der Welt zu haben, abgesehen von seinem Wunsch, Patrick im Einzelkampf zu besiegen.

Nach einer Stunde im Wasser konnte er Arme und Beine weiter bewegen, doch er konnte nicht länger seine Vorstellung von der Straße zu Hause in der dunstigen, feuchten Hitze bewahren. Er sah sich um und bemerkte, dass einige andere Kinder sich aus purer Angst wie er bewegten. Doch andere standen dort nur herum mit benommenem, starrem Ausdruck. Und drei trieben mit dem Gesicht nach unten im Wasser.

Bis zum Ende der zweiten Stunde waren fünf gestorben, als man ihnen schließlich befahl, aus dem Wasser zu steigen und den ganzen Weg zurück zu ihrer Kleidung in Gong Two zu laufen. Nach einer Mahlzeit aus Adyebo rannten und kletterten sie die steilen Hänge hinauf, bevor sie in kleinere Gruppen aufgeteilt wurden, um von Oryang Mixon, der ein Veteran des ugandischen Bürgerkriegs war, in Waffenkunde unterrichtet zu werden.

Er zeigte ihnen zunächst, wie man ein AK-47 auseinanderbaute, reinigte und wieder zusammenbaute, danach all die anderen Versionen des Kalaschnikow-Gewehrs, das die LRA benutzte. Jede Stunde begann mit präzisem Paradieren, was Mixon als einen notwendigen Teil des Militärtrainings betrachtete, zusammen mit seinem Rufen.

»Das Dorf Lotti ist weniger als zehn Kilometer von hier entfernt«, bellte Mixon ihnen am ersten Tag zu, als sie marschierten. »Wenn ihr dorthin geht, dann werdet ihr sterben. Wenn ihr Essen von einem Dorfbewohner nehmt, den ihr im

Wald trefft, dann werdet ihr sterben. Konzentriert euch auf euer Training. Wenn ihr überlebt und damit fertig seid, dann gehört ihr zu den besten Soldaten des Planeten.«

Als Mixon der Ansicht war, dass sie die Gewehre im Dunkeln auseinander- und zusammenbauen konnten, ließ er sie schießen.

Anthony, der immer Mathematik geliebt hatte, dabei vor allem Geometrie, lernte schnell die Wissenschaft der Schießkunst, angefangen mit einzelnen Schüssen auf große Distanz, um die Kräfte von Höhe und Neigung kennenzulernen, dann weiter zu kurzen Salven, um den Nahkampf zu imitieren, und schließlich längere Schüsse, um zu verstehen, wie man die Waffe kontrollierte, wenn sich der Lauf anhob.

Als die älteren und größeren Rekruten, darunter Anthony, bewiesen hatten, dass sie mit automatischen Gewehren schießen konnten und keine Munition verschwendeten, lehrte Mixon sie das Laden, Warten und Bedienen der raketengetriebenen Granatengeschosse oder auch Panzerfäuste. Die Raketen hatten Flossen an den Seiten, die sie im Flug stabilisierten. Obwohl die kleineren Kinder noch nicht in der Lage waren, sie zu benutzen, brachte man ihnen die Abschusssequenzen bei. Mixon unterrichtete sie auch im Einsatz von Granaten, dem Zielen und Abfeuern von Mörsern und schließlich in der Mechanik der schwereren Maschinengewehre.

Das Training in Gong Two geschah häufig bei Regen, Nebel und Kälte, wobei jeder Morgen mit dem nackten Lauf und dem Kaltwasserbad begann. Die Fähigkeit, seine Augen zu Schlitzen zu verengen und sich vorzustellen, wie er durch die Hitze rannte, während er im Wasser stand, verschwand meist, wenn eine Leiche gegen Anthony schwamm. Sie kamen von flussaufwärts, wo andere Rekruten genauso litten. Das erste Mal, als das geschah, geriet Anthony in Panik und versuchte, aus dem Wasser zu kommen, doch er wurde wieder in den Fluss gezwungen.

Er litt, bis er erkannte, dass er seine Aufmerksamkeit von Schmerz und Panik ablenken konnte, indem er sich heimlich über die LRA-Soldaten einschließlich General Tabuley lustig machte. In seiner Vorstellung schiss sich der General in die Hose oder erlitt eine ähnlich peinliche Situation. An anderen Tagen stellte er sich Sergeant Bacia vor, wie er Tabuley übers Knie legte und den General so heftig verprügelte, dass er Geräusche wie ein Huhn machte. Das brachte Anthony normalerweise zum Grinsen, fast zum Lachen in dem eiskalten Wasser.

Und wenn das nicht funktionierte, dann gestattete er sich Gedanken an sein Zuhause, an Mutter und Vater und die ganze Familie und die schönen Zeiten, die sie alle gemeinsam gehabt hatten. Wie gern Acoko getanzt hatte, bevor die Traurigkeit sie überkam. Wie George gesungen hatte, vor allem dann, wenn er ein Bier oder zwei getrunken hatte. Wie er sich in Rwotobilo niemals allein gefühlt hatte. Wie die Liebe seiner Familie allgegenwärtig war. Wie es immer jemanden gab, mit dem man reden und scherzen konnte.

Selbst an den schlimmsten Tagen.

* * *

Doch Reden und Lachen waren in Gong Two verboten. Und je länger sie dort waren und sich ausschließlich von Adyebo-Blättern ernährten, desto mehr Rekruten wurden krank und starben an Hunger, Durchfall und Krankheit.

Die LRA-Befehlshaber kümmerten sich nicht darum und intensivierten das Training noch mehr, bis Anthony erkannte, dass sie die Rekruten entweder tot oder unglaublich hart haben wollten, sodass sie mit allem umgehen konnten, womit die Welt sie womöglich konfrontieren würde. In der vierten Woche merkte er, dass er ignorieren konnte, wenn eine Leiche im Wasser an ihm vorbeischwamm, doch er hatte keine Zweifel daran, dass er durch den Mangel an echter Nahrung geschwächt war.

Dann gab ihm der General in der Mitte der Woche Geld und trug ihm auf, ins Dorf Lotti zu gehen und jeweils ein Kilogramm Mais und Reis zu kaufen. Das Wechselgeld wollte er genau zurückhaben. Anthony hatte eine Idee. Er nahm das zweite T-Shirt und die Unterhose, die er von den Arabern bekommen hatte, und ging die zehn Kilometer, ohne an Flucht zu denken. Er war nicht nur unsicher über seinen gegenwärtigen Aufenthaltsort, sondern hatte auch keine Kraft, um einen solchen Versuch zu wagen.

Im Dorf kaufte er Mais und Reis und tauschte dann sein T-Shirt und die Unterhose gegen ein halbes Kilo gerösteten Mais, den er auf dem ganzen Rückweg zerkaute und aß. Wegen des Essens fühlte er sich besser, doch auf einmal kehrte eine ölige innere Stimme zurück, die eine ganze Weile still gewesen war.

*Du wirst sterben, Anthony. Warum auch nicht? Alle anderen werden auch sterben. Es gibt keinen Grund anzunehmen, dass du überleben wirst. Schon bald wird dich jemand anderes in einem flachen Grab beerdigen.*

Anthony versuchte, diese unheilvolle Stimme zum Schweigen zu bringen, indem er an zu Hause dachte. Doch obwohl er sich das Grundstück in Rwotobilo vor seinem inneren Auge vorstellen konnte, wirkte das Bild so leer wie die Hütte seiner Mutter, als man ihn entführt hatte. Und als er versuchte, sich selbst dort zu sehen, dann war er kein Mensch, sondern ein verdrecktes, schmieriges wildes Tier aus dem Busch, eine mordlüsterne, schnüffelnde Hyäne.

Bei dem Bild blieb Anthony abrupt stehen. Vor nicht langer Zeit war er noch Schülersprecher gewesen, ein sehr guter

Schüler und Anführer, ein geschätzter Sohn und Bruder, ein Wettlaufmeister, ein junger Mann mit einer strahlenden Zukunft. Und jetzt war er eine Hyäne, ein fieser Aasfresser, ein gejagtes Ding, das sich an niemanden wenden konnte.

Dieser Gedanke traf ihn mit voller Wucht. Das wochenlange Beobachten, wie andere Jungen und Mädchen in seinem Alter starben oder ermordet wurden, zeigte Wirkung. Er taumelte, brach zusammen und fiel in das feuchte Gras neben dem Weg zurück zum Trainingslager, und er schluchzte über alles und jeden, der ihm wegen der Laune eines verrückten Mannes genommen wurde, der von Geistern wie WerBistDu besessen war.

Während er weinte, schwand seine Überzeugung, dass Joseph Kony ein auserwählter Führer in Gemeinschaft mit dem Herrn und den vier Geistern war, und wurde ersetzt durch etwas, das er niemals zuvor in seinem jungen Leben empfunden hatte – Verbitterung. Es waren Verbitterung und Hass, weil seine Jugend und Lebensperspektiven von einem Mann gestohlen wurden, der durch gnadenlose Angst regierte, der Kinder ermordete oder sie für seine eigenen wahnsinnigen Ideen in Mörder verwandelte.

Als sich Anthony schließlich aufsetzte und die Tränen aus den Augen wischte, wusste er, dass er Joseph Kony nicht verehrte. Er hasste ihn aus tiefstem Herzen. Was auch immer Patrick über den Großen Lehrmeister sagte, bei diesem Thema würde er seine eigene Meinung haben.

Er ging wieder los, nährte diesen Hass und erkannte, dass es ein Überlebensspiel war und er ein Spieler, ob er mochte oder nicht, und er verstand, dass er anders denken und handeln musste, wenn er überleben und eines Tages entkommen wollte, und dass er niemandem zeigen durfte, was er wirklich im Sinn hatte.

Und er würde keine Hyäne sein. Als sich Anthony mit dem Reis und Mais für General Tabuley und die anderen Anführer Gong Two näherte, versteckte er seinen eigenen Vorrat an gerösteten Mais im Wald in der Nähe und dachte nicht mehr an sich als Aasfresser auf der Suche nach einem toten Tier, sondern als eine Raubkatze auf der Jagd, ein Leopard, der sich anschleicht.

* * *

Diese Haltung veränderte Anthony. Anstatt furchtsam zu versuchen, es Tabuley recht zu machen, begann er, Risiken einzugehen. Wann immer er Mahlzeiten für die Anführer zubereitete, stahl er etwas rohen Reis und Mais und vergewisserte sich immer, dass genug Essen am Boden der Töpfe blieb, das er später auskratzen und herunterschlingen konnte.

Das war ein kluger Schritt. Während das Wetter schlechter wurde, erlagen immer mehr Kinder den Härten. Jedes gestorbene Kind verstärkte Anthonys Hass auf die LRA, auf Joseph Kony und auch auf General Tabuley. Doch er achtete darauf, nichts als Achtung gegenüber dem General, dem Menschenjäger, den anderen Anführern und tatsächlich jedem LRA-Soldaten zu zeigen, dem er begegnete.

Die versteckte Verbitterung und der Zorn gaben Anthony neue Energie, zusammen mit dem zusätzlichen Essen. Er begann, sich an die Spitze der Gruppe zu setzen, wann immer sie gezwungen waren, irgendwohin zu laufen, versuchte nicht mehr, Schritt zu halten, sondern das Tempo zu bestimmen. Als sie zu steilen Wänden in der Schlucht gebracht wurden und man ihnen beibrachte, mit Seilen zu klettern, war er der Erste, der sich freiwillig meldete. Und wenn sie morgens aus dem eiskalten Wasser steigen sollten, dann wartete er und kam als Letzter heraus.

Mitte Dezember kam es erneut zu wolkenbruchartigen Regenfällen. Es gab eine Springflut. Viele Hütten und Kinder und Nahrungsquellen wurden mitten in der Nacht fortgerissen. Anthony fragte sich, ob das Training jemals enden würde oder ob sie im Wahnsinn der Imatongs feststecken würden, bis sie alle von der einen oder anderen Katastrophe erledigt worden wären.

Angesichts der Zustände in Gong Two rief Tabuley immer wieder Kony per Funkgerät an und bat ihn, das Lager zu beenden. Schließlich, am 20. Dezember 1994, befahl Kony dem General, aus den Bergen zurückzukehren.

Fünfhundert Jungen und Mädchen waren vor vierzig Tagen zurück in das Imatong-Hochland gegangen. Dreihundertfünfundvierzig kamen zusammen mit Anthony heraus, dem schließlich bewusst wurde, dass er irgendwo in der Wildnis während des Lagers von Gong One fünfzehn geworden war.

# Elf

***25. Dezember 1994***
***Amia'bil, Uganda***

Die elfjährige Florence Okori ging an jenem Weihnachtstag zweimal in die Kirche, einmal zur Gemeinde der Wiedergeborenen mit ihrer Mutter Josca und einmal mit ihrem katholischen Vater Constantine. Sie hatte schon vor langer Zeit ihre Erstkommunion in der katholischen Kirche erhalten, doch sie liebte die Geschichte der jungen schwangeren Mutter und ihres Ehemanns, die keine Unterkunft im Gasthof fanden und gezwungen wurden, ihr Baby in einem Stall zu gebären und in eine Krippe zu legen. Sie liebte die Geschichte so sehr, dass sie sie zweimal hören wollte.

Flo liebte ebenfalls die Weihnachtslieder und sang sie aus voller Kehle und so laut, dass ihre Mutter sie ermahnen musste, was Florence später zum Lachen brachte, als sie ihrem ältesten und liebsten Bruder Owen davon erzählte. Sie stellte ihre Mutter noch immer über alles, sagte aber: »Glaubt Josca, ich würde nicht in den Himmel kommen, wenn ich so laut singe?«

Owen lachte. »Ich hätte gedacht, dass es umgekehrt ist.«

»Ganz genau«, sagte Florence grinsend. »Ich sage Gott, wie wichtig er mir ist.«

Joscas Sorge darüber, dass sie übermäßig stürmisch in der Kirche war, blieb jedoch der einzige Moment des Tages, an dem Florence ein wenig ermahnt wurde. Constantine hatte seine letzte Baumwollernte und die meisten der im Busch gesammelten Heilkräuter verkauft und zwei kleine Ziegen und ausreichend Nile-Bier für das Feiertagsessen gekauft.

Bis zum Mittag war der Großteil des Okori-Clans dort, zwanzig Personen insgesamt, und alle tranken, lachten und sangen. Florence' Mutter hielt sich natürlich vom Bier fern und bereitete die Ziegen meisterhaft mit Öl, Knoblauch und Salz zu, briet sie dann auf Holzrahmen über heißer Kohle. Flo und ihre jüngere Schwester Margaret halfen dabei. Dabei erinnerte sie sich an ihr fünftes Weihnachtsfest.

»Warum grinst du so?«, fragte Jasper sie, als er vorbeikam und seinen kostbarsten Besitz bei sich trug, ein kleines Transistorradio, das er auf der Straße gefunden und repariert hatte.

»Ich denke an einen der schönsten Tage meines Lebens«, sagte Florence, als Josca die Ziegen vom Feuer nahm und sich daranmachte, das Fleisch zu schneiden. »Als Mama mich vom Krankenhaus nach Hause getragen hat.«

Ihr Cousin wurde milder. »Daran erinnere ich mich auch. Kleine Spinnenbeine.«

»Jetzt bin ich größer als du!«, sagte sie und versuchte spielerisch, ihn zu schlagen.

Jasper wich ihr aus und sie verfolgte ihn ein wenig, bevor sie aufhörte, als ihr Vater um Ruhe bat.

»Wichtig ist, dass wir alle an diesem Tag aller Tage hier zusammen sind«, verkündete Constantine und hob sein zweites Bier des Nachmittags. »Wir müssen unsere Köpfe neigen und dafür und für dieses wunderbare Essen danken, das Josca zubereitet hat, und für das Trinken und für all den Segen, den wir bekommen haben, seit wir beim letzten Weihnachtsessen zusammen waren.«

Florence hatte begonnen, ihren Vater zu lieben. Er war noch immer ein Mann, der nicht viele Worte machte – außer wenn das Bier floss –, doch seit ihrer Genesung von den Masern hatte er sie auf zahlreichen Streifzügen mit in den Busch genommen, wo sie Kräuter und Pflanzen sammelten, und er hatte ihr dabei geduldig erklärt, was jede bewirkte, damit sie diese Kenntnisse eines Tages nutzen konnte, wenn sie Krankenschwester war. Sie nahm zwar an, dass richtige Krankenschwestern Tabletten gaben, doch sie sagte sich, dass ihr das Wissen über Volksheilpflanzen nur helfen konnte.

Sie neigte den Kopf und dankte für Constantine und für ihr andauerndes Glück im Klassenzimmer, wo sie noch immer beste Noten bekam, nachdem die Karimojong-Räuber zwanzig Monate zuvor die Schule niedergebrannt und dabei auch ihr Traumbuch zerstört hatten. Die Schule war wieder aufgebaut worden, und die Lehrer, darunter auch Mr Alonsius, waren über ihre Demütigung hinweggekommen und ließen Florence wieder daran glauben, dass es möglich war, Krankenschwester zu werden, und dass eigentlich alles im Leben möglich war.

Constantine schnitt die gegrillte Ziege auf einem großen Brett und verteilte dampfende Scheiben an jeden, der mit Blechschale und Teller in der Reihe stand. Josca verteilte Reis und Bohnen, die sie mit einer würzigen Okra-Soße servierte, während Florence jedem frische Tomaten und Gurken gab, die mit Dill und Steinsalz gemischt waren.

»Das ist so gut, Mama«, sagte Owen, den Mund halb gefüllt.

Jasper sagte: »Du solltest ein Restaurant eröffnen, Tante. Die Leute würden bis zur Tür Schlange stehen.«

»Ich habe ja schon eine Art Restaurant, Jasper«, sagte Josca lächelnd und freute sich über das Kompliment.

»Das beste Restaurant in oder bei Lira«, sagte Constantine und trank sein drittes Bier.

»Joscas *Haus der Liebe*«, rief Jasper. »So werden wir es nennen! Ich kann schon die Reklame im Radio hören.«

Alle begannen zu lachen, nur Josca runzelte die Stirn. »Sie werden denken, ich bin eine Prostituierte!«

Das schockierte Florence und Jasper, doch alle anderen lachten nur noch lauter, nur Constantine sagte: »Niemand wird das jemals denken, der dich kennt, Josca, doch ich verstehe, was du meinst. Wie wäre es mit *Joscas Tisch der Liebe*?«

Ihre Mutter zuckte mit den Schultern.

»Oder *Joscas Köstliche Küche*?«, sagte Owen.

»So langsam wird es was.«

»Wie wäre es mit *Joscas Café der feinen Küche*?«, fragte Florence.

Josca strahlte. »Also, das ist ein Name, mit dem ich leben könnte.«

Jasper sagte: »Tante, ich wette, du wirst die Leute abweisen müssen.«

»Das kann schon sein«, sagte Josca, bevor sie aufstand und die Kinder bat, das Geschirr zu waschen, damit der Nachtisch serviert werden konnte.

Florence leitete die jüngeren Kinder an und hatte bald alle Teller und Becher gesäubert, getrocknet und in der Hütte ihrer Mutter aufgestapelt. Als sie zurückkehrten, servierte Josca warme Mangos, die sie mit Krümeln von Ingwerwaffeln gesprenkelt hatte. Flo konnte nicht glauben, wie gut die Kombination schmeckte, und sagte es später ihrer Mutter, als alle anfingen, zu der Musik aus Jaspers kleinem Transistorradio zu tanzen.

»Manchmal muss man seine Vorstellungskraft benutzen«, sagte Josca. »Doch ich glaube, die Ingwerkrümel wären mit etwas Zuckerglasur besser gewesen.«

»Nächstes Jahr«, sagte Florence, als ihr Vater, der bei seinem fünften Bier war, in die Mitte eines Tanzkreises gesprungen war und eine Reihe ausgefallener Tanzschritte zum Besten gab, die die Menge zum Jubeln brachte.

Sie dachte, ihre Mutter würde sein Verhalten womöglich missbilligen, doch als sie zu ihr sah, hatte Josca die Hand an den Mund gelegt, um zu verbergen, wie sehr sie lachen musste.

Florence hob eine Augenbraue und Josca bemerkte es. »Was ist denn? Ein- oder zweimal im Jahr ist er witzig. Warum soll ich das nicht genießen?«

»Er ist öfter witzig«, sagte Florence und stand auf.

»Aber nicht sehr oft«, sagte Josca. »Wohin gehst du?«

»Ich hol dein Weihnachtsgeschenk.«

Sie holte ein kleines, in Taschentuch gewickeltes Geschenk aus ihrer Hütte. Als sie zurückkehrte, sah sie, dass Josca etwas Rechteckiges bei sich hatte, das in braunes Papier gewickelt war, mit einem Faden, den sie mit Granatapfelsaft rot gefärbt hatte.

»Du zuerst«, sagte Florence und reichte ihrer Mutter ihr Geschenk, eine Perlenhalskette.

»Oh, wie schön. Wie kannst du dir das leisten?«, fragte ihre Mutter und legte sie an.

»Von der Seife, die ich mache«, sagte Florence.

»Dann danke ich dir«, sagte Josca. »Ich liebe sie. Und jetzt deins.«

Florence bewunderte den gefärbten Faden, dann riss sie das Geschenk auf und fand zwei Notizhefte, genau wie jene, die im Feuer verbrannt waren.

»Diese sind für deine Träume«, sagte Josca. »Ich will niemals hören, dass du keine hast.«

Florence war so gerührt, dass sie weinen musste und ihre Mutter dann fest umarmte. »Danke. Ich verspreche, dass ich sie immer haben werde. Was auch geschehen mag.«

Sie gab Constantine einen kleinen Handspaten, den er mit in den Wald nehmen konnte, und er schenkte ihr ein kleines Büchlein mit Illustrationen über viele Heilpflanzen, die man in den verschiedenen Regionen Ugandas finden konnte. Sie liebte es und sagte es ihm auch.

Doch die leeren Notizbücher waren das, womit sie sich später an jenem Abend im Laternenlicht beschäftigte.

Sie nahm ihren Bleistift und begann zu schreiben.

*Ich bin Florence Okori, und das sind meine Träume. Niemand kann sie mir nehmen. Nur ich kann sie loslassen oder an ihnen festhalten. Nur ich kann sie aufschreiben. Nur ich kann sie laut aussprechen oder sie als Geheimnis in meinem Herzen bewahren. Nur Gott und ich können sie wahr werden lassen.*

Florence las, was sie geschrieben hatte, und lächelte. *Danke,* fügte sie hinzu, bevor sie das Notizbuch schloss. *Ich hatte so einen wunderbaren Tag. Einen der besten überhaupt.*

* * *

### *Rwotobilo, Uganda*

George Opoka tat es im Herzen weh, als er von jener felsigen Stelle in der Nähe des Dorfes hinaufblickte zu dem Mond und der Kuppel des weihnachtlichen Nachthimmels. Er sah von dem einsamen Stern im Osten bis zu jener Dreiergruppe im Westen, nahm einen weiteren Schluck Bier, nachdem er schon zu viele getrunken hatte, und spürte einen heißen, schmerzenden Kloß in seinem Hals.

George kämpfte gegen seinen Kummer an. Er knurrte vor Schmerz, schluckte und schüttelte den Kopf.

»Was ist denn, Papa?«, fragte hinter ihm der elfjährige Charles.

George seufzte mit rauer Kehle und sprach ein wenig angetrunken: »Ich habe deinen Brüdern beigebracht, wie sie nachts ihren Weg finden, Charles, doch ich habe ihnen keinen Weg aus der Dunkelheit heraus gezeigt. Ich habe sie nicht beschützt … Ich hätte zu Hause sein müssen … und wir wissen nicht einmal, ob Anthony und Albert noch leben. Und sie waren … so gute junge … so …« Seine Kehle zog sich erneut zusammen, und er ließ den Kopf hängen. »So gute junge Menschen.«

»Sie sind noch immer gute junge Menschen«, sagte Charles, trat zu seinem großen Vater und umarmte ihn um die Taille. »Und sie leben, Dad. Ich weiß das. Ich spüre es. Anthony ist stark und klug, und Albert ist clever. Sie müssen einfach leben.«

George umarmte den Jungen ebenfalls, sagte aber nichts.

Charles sagte: »Anthony hat mich gerettet, Dad. Er hat meinen Platz eingenommen.«

»Ich weiß. Deine Mutter hat mir alles davon erzählt.«

»Nun, dann muss er also noch am Leben sein.«

Sein Vater holte tief Luft und ließ den Atem langsam wieder heraus. »Wir müssen wohl einfach daran glauben. Das ist der einzige Weg, um weiterzumachen, oder?«

Er spürte Charles nicken und rieb seinem jüngsten Sohn die Schultern.

»Wollen wir zurückgehen?«, fragte Charles.

George warf einen letzten Blick auf die Geheimnisse des Nachthimmels. »Zeig mir den Weg nach Hause.«

Charles gefiel das und er führte sie durch die Dunkelheit zum Grundstück der Familie Opoka. Es war spät und Alberts und Charles' Mütter waren nach ihrem Weihnachtsmahl aus gebratenem Perlhuhn bereits schlafen gegangen. George sagte seinem Sohn gute Nacht und wollte zu seiner eigenen Hütte gehen, als er das Flackern eines Feuers durch das Dickicht zur Straße hin bemerkte.

Er ging in diese Richtung und bemerkte, dass ein Feuer vor Acokos alter Hütte brannte. Georges Bruder Paul hatte davon gesprochen, dass er sie nutzen und seine Gartenwerkzeuge dort lagern wollte, deshalb ging George weiter auf das Feuer zu, da er annahm, dort seinen älteren Bruder zu treffen.

Doch als er aus dem Dickicht trat, stand Anthonys Mutter dort und sah so unsicher und schön wie immer aus.

»Frohe Weihnachten, George«, sagte Acoko sanft. »Ich fühle mich jetzt besser. Ich will nach Hause kommen.«

Zum ersten Mal seit vielen Monaten kämpfte Georges Herz nicht mit Schmerz, sondern mit Hoffnung.

»Bist du dir sicher, Acoko?«

»Seit Anthony verschleppt wurde, habe ich an nichts anderes mehr gedacht«, sagte sie und machte einen Schritt auf ihn zu. »Seine Entführung hat mich erkennen lassen, dass ich vor jenem Tag keinen echten Grund dafür hatte, traurig zu sein, und da erkannte ich, dass ich es ohne dich nicht ertragen kann. Heute Morgen habe ich beschlossen, dass es Zeit ist, dir zu sagen, dass es mir besser geht und ich nach Hause kommen und wieder deine Frau sein will.«

George sah die Sehnsucht in ihren Augen und spürte, wie der ganze Schmerz, den sie ihm verursacht hatte, von ihm abfiel, und er breitete die Arme aus. Acoko kam zu ihm, weinte, küsste ihn und umarmte ihn fest.

»Danke«, flüsterte sie. »Ohne dich würde ich nicht durchhalten.«

Ihr Ehemann umarmte sie auch und küsste ihr den Kopf. »Und ich will das nicht ohne dich tun, Acoko. Ich liebe dich. Das habe ich immer.«

»Ich liebe dich auch, obwohl ich das nicht immer getan habe, und ich weiß nicht, warum«, sagte sie und löste sich von ihm, um ihm in die Augen zu blicken. »Doch jetzt tue ich es. Als ich fort war, habe ich verstanden, dass du wirklich ein guter Mann bist. *Omera*. Besser als jeder andere, den ich kenne.«

Anthonys Vater lächelte. »Nun, danke schön.«

»Nein, ich danke dir«, sagte Acoko und drückte George wieder fest. »Er fehlt mir. Anthony.«

»An jedem Tag. Manchmal jede Stunde. Und Albert auch.«

»Es ist Weihnachten, George, und sie sind nicht hier. Sie sind bei einem blutrünstigen Verrückten.«

»Ich weiß. Doch wir müssen glauben, dass sie eines Tages … schon bald … wieder nach Hause kommen werden.«

»Wenn wir das nicht glauben«, sagte Acoko, »dann haben wir sie bereits verloren.«

* * *

***Südlicher Sudan***

Zweihundertzwanzig Kilometer entfernt im Nordosten lag Anthony in derselben Weihnachtsnacht wach und blickte zu der Glut des Feuers, das in der Brise glühte, die über den Windschutz hinter ihm wehte. Den Großteil des Tages über hatte er keine Ahnung gehabt, dass Weihnachten war, was in seiner Familie immer eine Zeit großer Freude gewesen war. Doch dann waren er und die anderen dreihundertfünfundvierzig Überlebenden der Imatong-Berge zu einem Treffpunkt gerufen worden, der nicht weit entfernt davon war, wo sie im Busch in dem wesentlich niedriger gelegenen Gebiet westlich von Aiyerri lagerten, in der Nähe einer der Hauptstraßen nach Süden zur sudanesisch-ugandischen Grenze.

Joseph Kony war ohne seine Frauen aufgetaucht und informierte die Rekruten, dass es Weihnachten war und deshalb ein Tag, um dem Herrn zu danken. Er führte sie durch eine zerfahrene Zeremonie, die größtenteils auf der konventionellen Geschichte der Geburt Christi beruhte, doch er begann und endete damit, dass alle niederknien und auf islamische Weise beten mussten. Er entließ sie, nachdem er versprach, dass zahlreiche neue Rekruten ein »Geschenk« erhalten würden.

Auf dem Weg zurück zum Lager fragte sich Anthony, was das wohl für ein Geschenk sein und wer es bekommen würde und ob er einer der Auserwählten war, als ihm jemand von hinten an die Schulter tippte.

Er sah sich um und fand Patrick, der hinter ihm stand und grinste. »Schön zu sehen, dass du es geschafft hast. Und frohe Weihnachten.«

Anthony lächelte. »Danke. Dir auch!«

»Ich wusste, dass du es aus dem Gong schaffen würdest«, sagte Patrick und ließ sich neben ihn fallen. »Welche Geister sind heute erschienen?«

»Keine, doch er hat uns wie Moslems beten lassen. Wir mussten unsere Stirn auf den Boden drücken. Was soll das? Ausgerechnet an Weihnachten?«

Patrick gab ihm einen verspielten Klaps. »Nicht so laut, du Idiot. Er hat nur versucht, die Araber zu beeindrucken, damit sie uns mehr Waffen, Munition und Vorräte geben.«

»Wahrscheinlich«, sagte Anthony. »Doch ich habe gar keine Araber gesehen.«

»Was sollen die ganzen Fragen?«

»Das sind eher Beobachtungen.«

»Nun, vergiss sie, vor allem bei Leuten, denen du nicht trauen kannst, also bei jedem außer bei mir.«

Anthony seufzte und nickte. »Bist du nicht traurig, dass Weihnachten ist?«

»Nicht, wenn ich ein Geschenk für dich habe. Du hast das gehört, oder? Dass es besser ist, an Weihnachten zu geben als zu bekommen?«

Anthony blickte auf zu Patricks wildem Gestrüpp aus Haaren und Bart. »Du hast ein Geschenk für mich?«

»Ich überreiche dir ein Geschenk von dem Großen Lehrmeister«, sagte Patrick. »Basierend auf dem, wie du dich im Training bewährt hast, haben er und die oberen Anführer beschlossen, dass du zusammen mit ein paar anderen kampfbereit bist. Du wirst in drei Tagen kämpfen.«

Anthony spürte, wie sich eine klaffende Grube in seinem Magen öffnete. »In drei Tagen? Wo denn?«

»Koromush, die Dinka-Kasernen nördlich von Magwi.«

Das erschütterte Anthony. »Wann werden sie uns Gewehre geben?«

Patrick wurde ernst. »Haben sie dir das nicht gesagt? Neulinge haben keine Gewehre.«

»Was? Wie soll ich dann kämpfen?«

»Neulinge sind nicht zum Kämpfen da. Sie sind da, um ihren Mut und ihren Glauben an die vier Geister von Joseph Kony zu beweisen.«

* * *

Ein paar Stunden später lag Anthony neben General Tabuley und versuchte zu schlafen, doch er hörte immer wieder Patricks Stimme: *Du wirst in drei Tagen kämpfen. Keine Gewehre für Neulinge. Neulinge sind nicht zum Kämpfen da. Sie sind da, um ihren Mut und Glauben an die vier Geister von Joseph Kony zu beweisen.*

*Aber ich glaube nicht daran*, dachte er und das brachte eine innere Stimme hervor, die wie Konys Geist WerBistDu klang, heiser und rau: *Dann wirst du sterben, Anthony Opoka. Du wirst in drei Tagen sterben.*

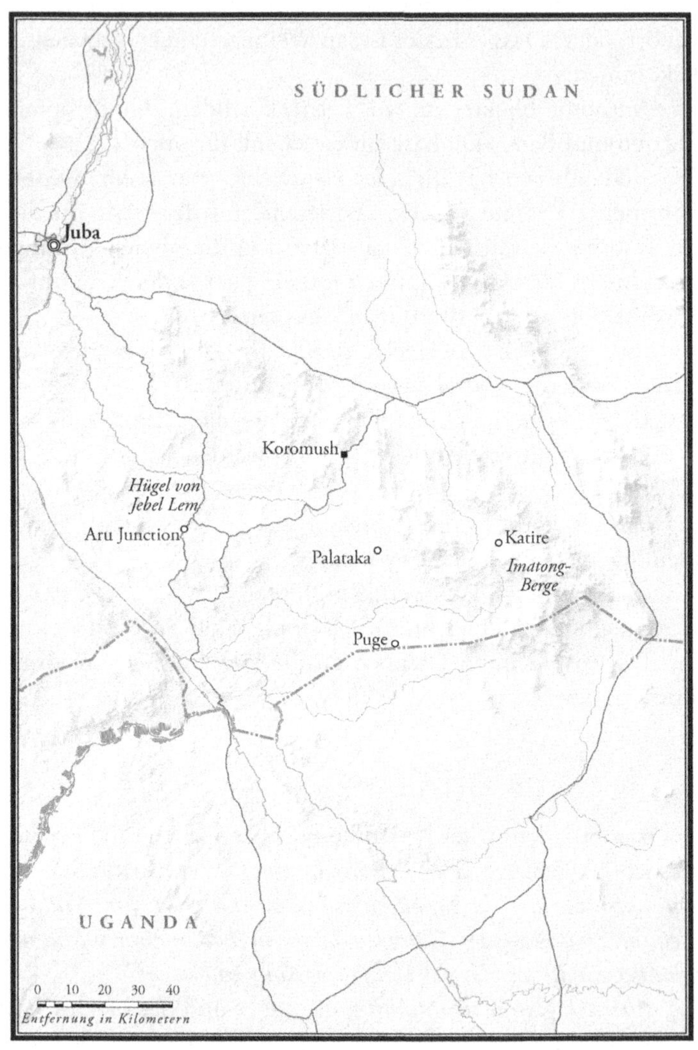
SÜDLICHER SUDAN
Juba
Koromush
Hügel von
Jebel Lem
Aru Junction
Palataka
Katire
Imatong-
Berge
Puge
UGANDA
0 10 20 30 40
Entfernung in Kilometern

# Zwölf

***27. Dezember 1994***

Anthony, neunzehn weitere Jungen von den Trainingslagern in den Imatong-Bergen und vierzig bewaffnete LRA-Soldaten, darunter Patrick und Sergeant Bacia, marschierten zwei Tage lang hinter Charles Tabuley, um in Schussweite der Koromush-Kasernen der sudanesischen Volksbefreiungsarmee, der SPLA, zu kommen.

Während des langen Weges erfuhr er von Patrick mehr über die SPLA. Es waren hauptsächlich Mitglieder des Dinka-Stammes, groß, sehnig und grimmig.

»Um ein Mann zu werden, müssen sie einen Löwen mit einem Speer töten«, erzählte Patrick Anthony, als sie am zweiten Tag durch den Busch gingen.

Der General war mit seinem Funker vorausgegangen.

»Wirklich?«, fragte Anthony.

»Das habe ich gehört.«

»Das wären aber schrecklich viele Löwen, oder?«

Patrick gab ihm einen wohlmeinenden Schlag. »Du denkst zu viel, hat dir das schon einmal jemand gesagt?«

»Meine Mutter«, sagte er und dachte an Acoko, und für ein paar Momente fragte er sich, wo sie war und wie es ihr ging. »Sie glaubt, im Leben geht es nur um das Überleben.«

»Da hat sie recht. Deshalb solltest du morgen deinen Kopf klar haben.«

Es war kurz vor Einbruch der Dunkelheit, als der General etwas mehr als fünf Kilometer vor den Koromush-Kasernen anhalten ließ. Sie zündeten kleine Feuer an, um sich Mahlzeiten zuzubereiten. Laut Patrick würden sie bis nach dem Angriff nichts mehr essen.

Als die Nacht vollständig angebrochen war, befahl General Tabuley seinem Funker, Joseph Kony anzurufen. Anthony beobachtete aus fünf Metern Entfernung, wie der Fernmelder sein Mikrofon anstellte und hineinsprach: »Six Bravo, Six Bravo, hier ist Two Victor, over.«

Das Funkgerät knackte fast sofort. »Six Bravo für Two Victor. Bereithalten. Over.«

»Sind bereit. Over.«

Der Fernmelder nahm das Gerät und stellte es auf einen Baumstumpf, sodass alle zuhören konnten.

Ein paar Momente später kam Konys Stimme über den Lautsprecher. »Für alle Geweihten, die ihr heute Abend zuhört, Kommandeure und Soldaten, erbitte ich den Segen des Herrn, besonders für die Stärksten aus den Imatongs, die nun als Erste den Kugeln gegenüberstehen.«

Dabei schlug Anthonys Herz wie wild in der Brust. *Morgen werde ich sterben!*

Kony fuhr fort. »Ihr, die ihr an der Front seid, müsst eure Hemden ausziehen und euch mit Sheabutter einreiben, die ich persönlich gesegnet habe. Bedeckt eure Haut damit und lasst sie mit Wasser glänzen, bevor ihr angreift. In dem hohen Gras wird der Feind denken, dass ihr unsichtbar seid, und seine Kugeln werden euch nicht treffen. Eure Waffen sind morgen eure Stimmen und eure Hände. Ihr müsst singen und vor

Freude klatschen, während ihr angreift, denn das wird ihren Kampfeswillen zerbrechen und der Sieg wird euer sein. Leicht werdet ihr ihn erringen und unverletzt bleiben.«

*Singen und Klatschen sind meine Waffen? Die Sheabutter wird mich beschützen?*

Panik wallte in Anthonys Magen und schwächte ihn so sehr, dass er sich setzen musste.

Als hätte er Anthonys Zweifel über die Radiowellen in achtzig Kilometern Entfernung gehört, sagte Kony: »Ihr müsst an die Kraft der vier Geister und die gesegnete Sheabutter glauben. Wenn ihr nicht mit ganzem Herzen daran glaubt, dann werden euch die Kugeln finden. Doch wenn ihr den Geistern und dem Herrn folgt, dann werdet ihr unverletzt marschieren. Two Victor? Hier die neusten Informationen von unseren Scouts: Der Hügel östlich der Kasernen ist mit Schützengräben und Kommunikationsanlagen befestigt. Ich empfehle 82 mm Mörsersperrfeuer. Koordinaten folgen. Der Dinka-Kommandeur schläft in einer Grashütte in der Mitte aller anderen, westlich von diesem Hügel. Die Koordinaten folgen. Schießt nicht in die Maisfelder zwischen dem Hügel und den Kasernen. Nehmt den ganzen Mais, alle Lebensmittel und Waffen und Munition. Bitte um Bestätigung. Over.«

General Tabuley nahm das Mikrofon vom Fernmelder und sagte: »Six Bravo, hier ist Two Victor. Bestätige, dass die Koordinaten der Befestigungspositionen und Gräben folgen, Bedarf von Mörsern, Maisschutz und Einholung, Position des Anführers und Munition und Waffen. Over.«

Kony sagte: »Wenn ihr meine Befehle befolgt, dann werdet ihr überleben und meine Stimme wieder hören. Over und out.«

* * *

Die Funkverbindung endete. Der General befahl, dass sich alle Kampfteilnehmer mit der gesegneten Sheabutter einrieben. Sie hatten Plastikkübel davon, die sie öffneten und den Rekruten hinstellten.

»Zieht eure Kleidung aus«, sagte Tabuley. »Lasst keine Stelle aus.«

Anthony fühlte sich unwohl und bewegte sich für Patrick nicht schnell genug, der hinter ihm auftauchte und flüsterte: »Mach schon. Überall. Und glaube daran. Das ist deine einzige Chance.«

»Wird es funktionieren?«

»Ich stehe doch hier, oder nicht?«

Schließlich zog Anthony sein Hemd aus, tauchte seine Hände in die Butter und bestrich seine Arme damit. Er hatte schon oft Sheabutter gegessen. Die Nüsse wuchsen auf Bäumen überall im zentralen Hochland Afrikas. Seine Mutter hatte die Butter oft geschmolzen und damit gekocht. Jetzt wurde seine Haut davon nur glitschig und erhielt einen dumpfen grauen Farbton. Dennoch rieb er sich unter Patricks wachsamen Augen die Sheabutter über die Brust und die Beine hinunter.

Patrick schlug ihm auf den Rücken und sang: »*Polo, polo, yecu olara.*«

Andere LRA-Soldaten um ihn herum nahmen das Lied auf: »*Polo, polo, yecu olara.* Himmel, Himmel, Jesus, mein Erlöser.«

»Sing«, sagte Patrick.

»Ich kenne den Text nicht.«

»Du singst ›*Polo, polo, yecu olara*‹ in Acholi, dann erneut auf Englisch. Danach ›der Himmel soll kommen, uns im Leben erretten! Und wir verlassen niemals den himmlischen Weg! *Polo, polo, yecu olara!* Himmel, Himmel, Jesus, mein Erlöser‹.«

»Und das ist meine Waffe?«, fragte Anthony. »Das versteh ich nicht.«

»Das wirst du«, sagte Patrick. »Es klappt jedes Mal. Wenn du daran glaubst.«

Anthony bemühte sich verzweifelt, daran zu glauben, als er sich neben General Tabuley legte, die Augen schloss und sich nach Schlaf sehnte. Doch er konnte nicht einschlafen und wollte seinen Vater und seine Mutter und seine Familie fragen, was er tun sollte. Er betete um ihren Rat, hörte aber nichts als den Wind, die Äste knarren, das Gras rauschen und dann den General schnarchen und furzen.

Er setzte sich mit dem Rücken gegen einen Baumstamm auf und suchte nach seinen Orientierungssternen, konnte sie aber wegen des dichten Blätterdaches nicht sehen.

*Ich werde morgen sterben*, dachte er und kämpfte mit den Tränen. *Ich werde wirklich am Morgen sterben, und ich kann nicht einmal meine Sterne sehen.*

* * *

Anthony spürte, wie ihm jemand an die Hüfte tippte. Er öffnete die Augen und wusste für ein paar Momente nicht, wo er war. Dann sah er General Tabuley über sich stehen, seine Umrisse im Mondlicht.

»Es ist an der Zeit, zu glauben oder zu sterben, Opoka«, sagte Tabuley. »Was wird es sein?«

Er stand auf und versuchte, zuversichtlich zu erscheinen, und sagte: »Glauben, Lehrer.«

»Das hoffe ich«, sagte Tabuley. »Wenn nicht, dann werde ich mir einen anderen Jungen suchen müssen, der dahin geht, wohin ich gehe.«

Sie waren schnell aufgestellt, die Scouts und Rekruten mit ihren nackten Oberkörpern an der Front, gefolgt von erfahrenen LRA-Soldaten mit Automatikgewehren und Panzerfäusten, dahinter der General, Sergeant Bacia, die anderen Anführer, die Fernmelder und zwei Mörsergruppen.

Sie gingen fast eine Stunde lang schweigend im Licht der Mondsichel, bevor die Scouts zum Halt in einem Meer aus hohem Gras riefen. Sie wurden in der Kampfformation aufgestellt, die der Große Lehrmeister bevorzugte: die Rekruten horizontal vor der Hauptangriffskraft verteilt, gefolgt von drei Gruppen aus je zehn Soldaten, jede angeführt von einem Feldkommandanten. General Tabuley blieb mit seinem Fernmelder und den Mörsergruppen zurück.

»Ihr singt und klatscht ab sechs Uhr«, sagte Tabuley zu Anthony und den anderen Rekruten. »Und wenn ihr nicht singt und klatscht, dann kommen die Kugeln von hinten zu euch.«

Anthony beobachtete, wie der General, sein Funker und die Mörsergruppen zu einer kleinen Anhöhe ungefähr einhundert Meter entfernt gingen. Zur gleichen Zeit verteilten sich die drei Scouts – Jungen von sechzehn und siebzehn – und schlichen voraus, um die Koordinaten für die Mörserangriffe zu rufen.

Fast fünfzehn Minuten wurde nichts gesprochen und die meiste Zeit davon war Anthony von lähmender Furcht überwältigt. Er wollte laufen, doch er wusste, dass ihn seine Beine nicht weit tragen würden.

Dann flüsterte Sergeant Bacia: »Es gibt keinen Rückzug, nur Angriff. Rekruten, haltet den Mond zu eurer linken Schulter und geht jetzt vorwärts, langsam und leise.«

Anthony blickte zur Mondsichel, bevor er große Grasbüschel beiseiteschob und vorwärtsging. Dabei fühlte er, wie es nebelig in seinem Kopf wurde, als wäre alles ein schlechter Traum, doch er ging immer tiefer in das Grasmeer, hörte die Soldaten hinter sich, als wäre er unter Wasser, wie damals bei dem Bajonettieren. Seine anderen Sinne wurden jedoch hochsensibel, vor allem das Sehen und Riechen. Um ihn herum wirkte alles klarer, selbst die Schatten. Er bemerke den säuerlichen Geruch der älteren Soldaten hinter sich, den sauberen Geruch des geknickten

Grases und den erdigen Geruch des äquatorialen Bodens, auf dem es wuchs.

Fast vergaß er, wo er war, bis ihm jemand von hinten an den Rücken tippte. Er blickte über die Schulter und sah das erste warme Glühen am östlichen Himmel, dann flüsterte ein LRA-Soldat: »Verschränk die Arme, Rekrut. Fang an zu klatschen. Singe, wenn wir es tun.«

Anthony erinnerte sich an die Ermahnung des Generals über die Kugeln von hinten und verschränkte die Arme mit den Jungen links und rechts von ihm. Beide zitterten. Er sah die Qual in ihren Augen und bemerkte einen herben chemischen Geruch in seinem Mund, bevor die zwanzig Kampfneulinge zu klatschen begannen und gemeinsam vorwärtsgingen.

*Ich werde jetzt sterben, wenn ich nicht glaube*, dachte Anthony. *Ich werde sterben, wenn ich nicht singe.*

Hinter ihm und den anderen Rekruten begannen die Soldaten zu singen.

»*Polo, polo, yecu olara!* Himmel, Himmel, Jesus, mein Erlöser!«

Die Rekruten schlossen sich an und sangen mit ihren hellen Stimmen wie ein Knabenchor.

»*Polo, polo, yecu olara!* Himmel, Himmel, Jesus, mein Erlöser!«

Anthony sah die Spitze des Hügels vor sich und wusste, dass dort Gewehre waren, die aus Schützengräben auf ihn zielten, und sang mit den anderen.

»Der Himmel soll kommen, uns im Leben erretten!«

»Und wir verlassen niemals den himmlischen Weg!«

»*Polo, polo, yecu olara!* Himmel, Himmel, Jesus, mein Erlöser!«

Der chorartige Gesang begann erneut und Anthony sang aus voller Kraft mit. Obwohl die Angst noch immer seinen Magen verkrampfte, bewahrte ihn das Singen von »Himmel,

Himmel, Jesus, mein Erlöser« in den zwei Sprachen davor, dass die Gedanken an Untergang seinen Verstand beherrschten. Die Soldaten sangen jetzt lauter, die Rekruten taten es ihnen gleich, und mit jedem weiteren Schritt vorwärts wurden immer mehr Umrisse der Anhöhe sichtbar. Innerhalb weniger Augenblicke konnte Anthony durch die Wand der letzten großen Grasbüschel zu dem ganzen Hügel sehen.

»*Polo, polo, yecu olara!* Himmel, Himmel, Jesus, mein Erlöser!«

Als er tief einatmete, um erneut zu singen, bemerkte er den Brandgeruch, bevor er aus dem Elefantengras auf einen Halbkreis aus geschwärzter Erde trat, der den gut sechzig Meter entfernt liegenden Fuß des Berges umgab.

*Rumms!*

Ein Lodern schoss vom Hügel, machte einen hohen Bogen in der Luft über Anthony und den anderen Rekruten, bevor er in einem silbernen Blitz explodierte und die Savanne wie eine grelle Schwarz-Weiß-Fotografie erhellte.

Hinter ihm und zu beiden Seiten eröffneten LRA-Soldaten das Feuer mit ihren AK-47 und schossen auf den oberen Hang. Das plötzliche Sperrfeuer erschreckte Anthony und viele andere Rekruten, die strauchelten, ihre verschränkten Arme losließen und dann weiter in den Ring der verbrannten Erde rannten. Im letzten Licht des Loderns und der zunehmenden Morgendämmerung erwiderten die Dinka-Soldaten aus ihren höher gelegenen Schützengräben das Feuer.

Anthony sah, wie Leuchtspuren in ihre Richtung kamen, heißes Orange in dem schwachen Licht. Ein Rekrut in der Reihe fiel.

»Weiter vorwärts!«, rief Sergeant Bacia ihnen zu, als er und seine Soldaten aus dem Gras kamen. »Singt! Klatscht! Glaubt!«

»*Polo, polo, yecu olara!*«, sang Anthony, als weitere Schüsse aus den Gräben unterhalb der Hügelspitze kamen und zwei weitere Rekruten fielen. »Himmel, Himmel, Jesus, mein Erlöser!«

»Lauter! Schneller!«, brülle Bacia, als er an Anthony vorbeilief und mit vier oder fünf Männern hinter sich schräg zum Fuß des Hügels lief.

Anthony rannte hinter ihnen her, klatschte und sang, wobei er sich der Schüsse um ihn herum bewusst war, obwohl er nicht mehr bei jedem Schuss zusammenzuckte. Andere waffenlose Jungen waren vor ihm, fast am Fuß des Hügels. Er konnte ihre Schatten ausmachen, bevor sie in einer Explosion aus Licht und Energie verschwanden, die Anthony fast von den Beinen riss.

Er strauchelte, gewann sein Gleichgewicht zurück, sah Dinge in Zeitlupe und leicht verzerrt. Nicht weit zu seiner Rechten war eine Landmine hochgegangen. Die zweite Explosion schleuderte Anthony erneut herum, warf ihn weiter vom Weg ab, dröhnte so laut in seinen Ohren, dass er sein eigenes Singen nicht mehr hören konnte, doch er wusste, dass er es tat und auch irgendwie klatschte.

»*Polo, polo, yecu olara!*«

Sergeant Bacia wurde ins Bein getroffen. Ein Sanitäter kümmerte sich um den Menschenjäger. Jemand schob Anthony in eine andere Richtung. Obwohl er von den beiden Explosionen angeschlagen war, begriff er, dass er jetzt durch ein Minenfeld vor dem Fuß des Berges ging.

»Himmel, Himmel, Jesus, mein Erlöser!«

Zwanzig Meter. Fünfzehn. Zehn Meter bis zu der Stelle, wo der Boden anstieg.

»Der Himmel soll kommen, uns im Leben erretten!«

Jeder Schritt, den er machte, erfüllte ihn mit neuem Grauen, doch er sang weiter.

»Und wir verlassen niemals den himmlischen Weg!«

Anthony hatte keine Gelegenheit, die Erleichterung zu spüren, als er endlich den Fuß des Berges lebend und in einem

Stück erreichte. Im zunehmenden Tageslicht vernahm er aus dem Osten ein tiefes Dröhnen über das Klingeln in seinen Ohren hinweg, dann ein weiteres.

»Runter, du Idiot!«, schrie Patrick und stieß von hinten gegen Anthony, sodass er auf den Boden stürzte, bevor die zwei Mörsergranaten hoch über ihnen am Hang explodierten und einen Schauer aus Felsen und Erde herabregnen ließen.

*Rumms! Rumms!*

Anthony sah die Mörsergranaten über den frühmorgendlichen Himmel fliegen und noch höher am Hang explodieren. Er duckte sich und hielt sich den Kopf mit beiden Händen, als die Trümmer auf sie herabregneten. Selbst über das Klingeln in seinen Ohren konnte er sagen, dass plötzlich weniger von oben geschossen wurde.

*Rumms! Rumms!*

Diese Schüsse trafen alle in derselben Höhe, doch weiter südlich an der Flanke des Hügels.

*Rumms! Rumms!*

Die siebte und achte Explosion erfolgte weiter nördlich, gefolgt von noch weniger Schüssen von oben. Patrick tippte ihn an den Rücken und schrie: »Steh auf! Sie ziehen sich zurück! Sing weiter!«

Anthony zwang sich auf die Beine, fühlte, wie sein Gleichgewicht zurückkehrte, und sang und klatschte, während er zusammen mit den anderen überlebenden Rekruten den Hügel hinaufstieg, direkt in das Schussfeld, sodass die Kugeln an ihm vorbeizischten.

*Rumms! Rumms!*

Die neunte und die zehnte Mörsergranate der LRA flogen über den Hügel und explodierten irgendwo auf der anderen Seite. Genauso wie die nächsten vier, bevor Anthony den Rand des Schützengrabens singend und klatschend erreichte und feststellte, dass der Bereich leer war, verlassen. Dann begann ein schwereres Maschinengewehr zu ihrer Linken auf der anderen Seite des Hangs zu feuern.

Drei weitere Rekruten fielen. Dreißig LRA-Soldaten verteilten sich über den Hang und erwiderten das Feuer. Anthony sprang in den Graben und stand da, singend und klatschend, bis das Schießen aufhörte. Im Graben fand er einen Gettoblaster, den man zurückgelassen hatte.

Patrick tauchte auf und gab ihm ein Zeichen, dass er auf der anderen Seite herausklettern und zur Spitze des Hügels gehen sollte. Anthony nahm den Gettoblaster und trug ihn mit sich, als er und die anderen Rekruten sangen und klatschten, während sie an die Spitze gingen, die von den ersten starken Sonnenstrahlen beleuchtet wurde.

*Rumms! Rumms!*

Die letzten beiden LRA-Mörsergranaten segelten direkt über sie hinweg, überflogen die Maisfelder am Boden der Rückseite des Hügels und explodierten fast in der Mitte der fünfundzwanzig Grashütten dahinter. Die Strohdächer zahlreicher Hütten waren bereits abgedeckt worden.

Fünfzehn oder zwanzig Männer in Tarnkleidung liefen nach Westen von den Kasernen und dem Hang und den Bomben davon. Weitere vierzig zogen sich auf die Ladefläche zweier Kipplaster zurück.

Anthony stellte den Gettoblaster ab und stand einfach da, verblüfft von dem soeben Erlebten, wobei er noch immer die Worte des Liedes mit dem Mund formte, bis Patrick ihn mit wildem Blick und lachend umarmte und fest drückte.

»Du hast es geschafft, Rekrut!«

Anthony begann ebenfalls zu lachen, fühlte sich wie verrückt, als die Freude aus ihm herausplatzte.

»Wir sind am Leben!«, schrie Anthony, als er Patrick auf den Rücken schlug. »Am Leben!«

Sein alter Freund drehte sich weg, hob seine Arme mit der Waffe über den Kopf und rief: »Das großartigste Gefühl überhaupt, Opoka! Der Sieg!«

# Dreizehn

Der Rest der Angriffsgruppe erreichte die Spitze des Berges, als die Sonne ganz aufgegangen war, und genau wie Patrick und Anthony warfen sie die Arme mit den Waffen in die Luft, hüpften auf und ab und schrien den Dinka hinterher, die sich vollständig zurückzogen.

Anthony hatte sich noch nie so gefühlt, durchdrungen von einer betörenden Energie, die grenzenlos schien. Er sah sich und die anderen Rekruten in einem ganz neuen Licht. Sie hatten die Schlacht ohne andere Waffen als ihre Stimmen und Hände überlebt. Sie waren Brüder, die durch eine Erfahrung verbunden waren, die niemals vergessen werden konnte. Sie hatten gemeinsam dem Tod gegenübergestanden, geglaubt und überlebt!

Als sich das Jubeln und Johlen um ihn herum fortsetzte, nahm Anthony grinsend den Gettoblaster und bemerkte darin eine alte Kassette mit der Aufschrift *Mein Marschmix* in blauer Tinte. Er wusste nicht, dass die Lautstärke maximal aufgedreht war, sondern drückte aus einer Laune heraus auf den Startknopf.

Aus den Lautsprechern dröhnte ein toller Maschinengewehr-Backbeat mit einer Snaredrum, die die LRA-Jungen und -Rekruten dazu brachte, laut zu jubeln und ihre Fäuste und Gewehre wieder über die Köpfe zu heben.

Er stellte den Gettoblaster auf den Boden. Gespenstische Orgelmusik erklang über den tollen Rhythmus hinweg. Die Melodie war so eingängig und die Trommeln so intensiv und erhebend, außerdem war sein Körper noch immer so beschwingt und adrenalingesättigt, dass Anthony sich unbedingt dazu bewegen wollte.

Patrick und zahlreiche andere LRA-Männer blickten zu ihm und dem dröhnenden Gettoblaster, noch immer gefangen in ihren eigenen wilden Emotionen wegen des Sieges, und horchten mit verwundertem Lächeln und interessierten Blicken auf die seltsame, lockende Musik.

Über den Rhythmus und die Orgelmusik des Songs begann ein Mann leise zu singen.

Das Tempo wurde schneller und funky, während der Sänger so schnell auf Englisch sang, dass Anthony den Text nicht verstehen konnte. Doch die Melodie und der fesselnde Rhythmus verstärkten seinen Wunsch, sich zu bewegen. Und dann kam der Refrain, plötzlich und überraschend und mit einem verrückten Heulen, dass er dazu tanzen wollte.

Jemand brüllte laut auf. Anthony blickte hinüber und sah Patrick grinsen und hüpfen, mit der AK-47 über dem Kopf tanzen und mit tiefer Stimme singen.

Einige LRA-Jungs, die über den Rückzug der Dinka gejubelt hatten, beobachteten jetzt Patrick und schrien vor Lachen. Ein paar tanzten mit ihm, während der Sänger in seinem schnellen Englisch zur zweiten Strophe kam. Doch jene ansteckende Melodie bohrte sich tiefer in Anthonys Körper und die Körper einiger anderer Soldaten und Rekruten, und bald sangen und tanzten alle. Die Musik verband sie miteinander und sie wurden zu einer vollkehligen, siegreichen und fröhlichen Stimme, die das Ende des Kampfes feierte.

Anthony fühlte sich fast fiebrig vor Freude, wieder unschuldig und sorglos. Die Schrecken des Kampfes waren vergessen. Seine Entführung war vergessen. Seine Kindheit, die Erinnerungen an die Familie, an die Schule, alles war vergessen. Als alle anfingen, den Refrain zum dritten Mal zu singen, wurde er so von dem Moment und der Musik und dem Rausch des Sieges ergriffen, dass er das Gefühl hatte, ein neues Leben würde beginnen, eine Existenz als kleiner Teil eines mysteriösen Ganzen, von etwas, das wesentlich größer war als er selbst.

General Tabuley erreichte die Hügelspitze und schrie um sich: »*Was zum Teufel ist hier los? Stellt sofort das gottverfluchte Ding aus!*«

* * *

Anthony geriet in Panik, stach mit dem Zeigefinger auf den Stoppknopf, drückte aber versehentlich auf den Knopf, der die Kassette auswarf. Die Musik endete und das Schubfach klappte auf. Der General stürmte auf sie zu und rief: »Bei der LRA gibt es kein gottverdammtes Tanzen! Keinen solchen Gesang!«

Anthony nahm schnell die Kassette und steckte sie in die Tasche.

Tabuley kam mit der Hand am Griff seiner Pistole näher und starrte finster auf Patrick und Anthony.

»Erklärt mir das!«, sagte er mit zorniger Stimme.

»Ein Versehen, General«, sagte Patrick. »Das Ding ist irgendwie losgegangen.«

Anthony sagte: »Und wir waren alle froh, als wir die Dinka davonlaufen sahen, dass wir zu der Musik getanzt und gesungen haben.«

Der General sah aus, als wollte er sie erschießen. Stattdessen holte er tief Luft und sagte: »Kein Tanz. Keine Lieder. Der Große Lehrmeister hat schon für weniger getötet.«

Anthony war diesem Mann monatelang in den Fußstapfen gefolgt. Er konnte sehen, wann Tabuley es ernst meinte.

»Kein Tanz, keine Lieder, Sir«, sagte Anthony.

»Nichts dergleichen, Sir«, sagte Patrick.

Der General starrte sie noch einen Augenblick finster an, dann befahl er der Hälfte der Kämpfer, nach unten zu klettern und den reifen Mais zu ernten und mitzunehmen, und der anderen Hälfte, darunter Anthony und Patrick, bei der Durchsuchung der Kasernen zu helfen. In der ersten Hütte, die er durchsuchte, fand Anthony drei Tarnuniformen, ein chinesisches Gewehr vom Typ 56 – eine Kopie des AK-47 mit Eisenvisier – und zwei abnehmbare Magazine mit jeweils fünf 7,62-Patronen.

»Das ist jetzt dein Gewehr«, sagte Patrick, als Anthony es ihm zeigte. »Halt es immer bei dir. Wenn du dein Gewehr verlierst, dann wird WerBistDu es erfahren.«

»Erschießungskommando?«

»Die schlimmste Sünde, die man bei der LRA begehen kann.«

Er wollte das Ersatzmagazin in die Tasche stecken und fühlte die Kassette. Er blickte zu seinem alten Freund und reichte sie ihm. »Woher kanntest du dieses Lied? Ich habe es noch nie gehört.«

Patrick zuckte mit den Schultern, lachte und warf die Kassette weg. »Ich weiß nicht. Wahrscheinlich vom Radio im Laden meines Onkels. Das Einzige, was ich je verstanden habe, war der Refrain, doch alle meine Cousins und Freunde haben es geliebt, dazu zu tanzen, wann immer es kam.«

»Wie heißt das Lied? Wer singt es?«

»Keine Ahnung, Opoka. Konzentrier dich mal für eine Sekunde. Du hast jetzt deine Waffe. Handle entsprechend.«

Anthony nahm die Waffe, öffnete das Magazin, löste den Verschluss, wie er es im Trainingslager gelernt hatte, und stellte fest, dass die Waffe sauber und ordentlich geölt war. Es gefiel ihm auch, wie sie sich in der Hand anfühlte, gut ausbalanciert mit dem Gewicht leicht nach vorn. Als er es an die Schulter legte, kam sein rechtes Auge automatisch hinter die Visierkimme.

»Gefällt es dir?«

»Es fühlt sich bereits wie ein alter Freund an«, sagte Anthony und lächelte, als er die Waffe senkte, den Verschluss zumachte und die Sicherung überprüfte, bevor er das Magazin lud.

Sie verbrachten zwei Stunden damit, die Kasernen und das Waffenlager zu durchsuchen, sammelten weitere Gewehre und Maschinenpistolen, Uniformen, Munition, Leichtgeschütze, 82-mm-Mörserrohre und Granaten. Das alles und den Mais luden sie sich auf den Rücken. Zwei Männer trugen auf einer Bahre Sergeant Bacia, der von Schmerzen gequält wurde. Die Rekruten, die ohne einen Kratzer überlebt hatten, wechselten sich dabei ab, drei Jungen zu helfen, die bei diesem ersten Angriff verletzt worden waren.

Für Anthony fühlte sich der Weg von den Koromush-Kasernen zurück wesentlich anders an. Auf dem Hinweg hatte er sich schwerfällig vorwärts geschleppt, wobei er fast kein Gewicht in seinem Rucksack hatte. Jetzt bewegte er sich schnell und sicher, obwohl sein Rucksack vollgestopft war und er das Gewehr über der Schulter trug. Und er scherzte und lachte mit einigen anderen Rekruten, die ebenfalls zum ersten Mal bewaffnet waren.

Sie kamen an ihrem Lager vom Vorabend vorbei und gingen weiter. Am späten Nachmittag erreichten sie ein Dorf. Zahlreiche LRA-Soldaten gingen hinein und tauschten etwas Mais gegen vier Hühner, die sie später über offenem Feuer brieten.

»Wenn du bei der LRA noch keinen Kugeln gegenüberstanden hast, dann verdienst du es nicht, Fleisch zu essen«, erklärte

Tabuley. »Doch jetzt seid ihr von den Kugeln, die an euch vorbeigeflogen sind, gereinigt und gesegnet. Ihr müsst jetzt Fleisch essen, um euch wieder aufzubauen.«

Es waren mehr als zwei Monate vergangen, in denen Anthony nichts anderes als Reis, Bohnen und Adyebo-Blätter gegessen hatte. Er verschlang eine Hühnerkeule, die so gut schmeckte, dass er aufstöhnte. Und als ihre Schwelgerei beendet war, fiel er in den tiefsten Schlaf seit seiner Entführung.

Der Rückweg zu der Stelle, wo Joseph Kony lagerte, dauerte drei Tage, denn sie trugen so viel Gewicht mit sich. Als sie schließlich ankamen, nahmen die älteren Soldaten die schweren Waffen und überließen die leichteren den Rekruten, die überlebt hatten.

In jener Nacht sprach keiner der vier Geister durch den Großen Lehrmeister. Kony sprach für sich selbst, als er Anthony und den anderen befahl, sich vor die dreihundert Jungen und Mädchen zu stellen, die noch nicht gekämpft hatten.

»Seht ihr sie?«, sagte der Oberbefehlshaber der LRA. »Sie hatten starke Herzen voller Glauben, und die Kugeln haben sie verfehlt. Und jetzt können sie Fleisch essen und ihre eigenen Waffen tragen. Ihr werdet in den kommenden Wochen wie sie geprüft, und ich erwarte, dass ihr dann so mutig seid wie diese Soldaten.«

*Soldaten!*

Es war das erste Mal, dass irgendwer sie so nannte. Trotz der Tatsache, dass sein Vater ihm erzählt hatte, dass Soldat das Schlimmste wäre, was ein junger Mann werden könnte, und trotz der Tatsache, dass er Kony noch immer hasste, spürte Anthony, wie er vor innerem Stolz anschwoll, und er spürte auch jene seltene Wärme, was ihn überraschte. Doch andererseits hatten er und die anderen etwas Bedeutendes getan, etwas, das sie verändert hatte, sicherlich in den Augen des

Großen Lehrmeisters, seiner Anführer und der anderen LRA-Soldaten. Anthony konnte diese Veränderung im Guten wie im Schlechten spüren.

Er war jetzt einer von ihnen.

* * *

Während der nächsten zehn Tage sprach Patrick immer wieder über den vielen Nachschub, der nördlich über die ugandische Grenze in den südlichen Sudan drang, bestimmt für die sudanesische Volksbefreiungsarmee und die Dinka, die mit Präsident Museveni eine Vereinbarung getroffen hatten, nicht nur gegen die sudanesische Armee zu kämpfen, sondern auch gegen Joseph Konys Privatarmee. Als Reaktion darauf beschloss die arabische Regierung, der LRA noch mehr Waffen und Munition zu geben, dazu neue Uniformen und richtige Kampfstiefel.

Kony war begeistert. Anthony hörte, wie der Große Lehrmeister Tabuley sagte, dass sie kurz davor wären, über eine Streitkraft zu verfügen, mit der sie die Dinka und dann die gesamte ugandische Armee besiegen konnten.

Am selben Tag sprach der Geist von Jumma Driscer durch den LRA-Oberbefehlshaber und beschloss, dass sie die Nachschublinie der Dinka abschneiden mussten, indem sie eine größere Kasernenanlage bei der Stadt Pajok an der Straße angriffen, die nördlich von der ugandischen Grenze kam und rund zwanzig Kilometer entfernt lag. Kony wartete, bis er tausend LRA-Soldaten versammelt hatte, bevor er den Angriff freigab.

Am 9. Januar 1995 griff die ganze Streitkraft im Morgengrauen mit hundert unbewaffneten singenden Rekruten in der ersten Reihe die Kasernenanlage und das Versorgungslager bei Pajok an.

In den Kasernen wohnten ungefähr einhundert Dinka-Soldaten, die dort die Versorgungslager schützten. Als sie sahen, dass ihre Chancen schlecht standen, liefen die SPLA-Soldaten davon, wie sie es zuvor schon in Koromush getan hatten.

Konys Plan sah vor, dass sie die Straße blockierten und hielten, während sie die Lager plünderten und darauf warteten, dass weiterer Nachschub aus Uganda nach Norden kam. Doch die Kasernen und Versorgungslager waren mit Sprengfallen aus Landminen versehen, sodass die Durchsuchung tödlich war. Dann kehrten die Dinka zurück und nahmen die Kasernen und die Straßenblockade mit Mörsergranaten unter Beschuss.

Anthony wurde mit zwei anderen LRA-Soldaten ein Stück südlich an die Straße geschickt, wo sie ein dreistöckiges Gebäude einnahmen, von dem aus man die Straße südlich nach Uganda überblickte. Er verbrachte drei Tage auf dem Beobachtungsposten, hörte zu, wie die beiden Seiten Mörsergranatfeuer tauschten, und rief über ein Handfunkgerät, wann immer ein Fahrzeug auftauchte.

Am dritten Abend war die Batterie des Funkgerätes leer.

Am vierten Tag wachte er um vier Uhr morgens auf, als er Motorgeräusche hörte. Er suchte mit einem Fernglas die Straße ab und sah Dutzende Lastwagen – eine ganze Kolonne –, die in ihre Richtung kamen. Anthony und die anderen rannten los, erreichten die Kasernen und warnten General Tabuley, Joseph Kony und seinen Stabschef, General Lagony, der nicht nur verlangte, dass sie blieben und die Kasernen verteidigten, sondern auch den Kampf zu den Dinka bringen sollten.

»Wir sind hergekommen, weil wir keine Lebensmittel hatten«, sagte Lagony. »Jetzt haben wir Nahrung und sind bereit zum Kampf. Lasst sie uns erledigen. Geht auf sie los.«

Anthony war an General Tabuleys Seite und sah zu, wie die LRA von fünf Uhr morgens bis zum Mittag gegen die SPLA-Streitkräfte kämpfte und die Dinka schließlich zurücktrieb, trotz schwerer Verluste unter den Rekruten, die sich unbewaffnet den Kugeln entgegenstellten.

In jener Nacht kam Kony erneut, um mit ihnen zu reden. »Ihr habt starke Herzen und deshalb habt ihr heute wieder gewonnen. Ihr habt gelernt, dass ihr besonders seid. Ihr könnt euch umsehen und sagen: ›Das ist jetzt unser Haus. Wir haben mit starker Moral und starkem Herzen dafür gekämpft.‹ Ihr habt diesen Kampf überlebt und ihr habt die Imatongs überlebt. Ihr sollt wissen, dass ihr Pajok ebenfalls überleben werdet.«

*Starke Moral?*, dachte Anthony. *Machte er Scherze?*

* * *

Die meisten aus der ursprünglichen Angriffsgruppe, darunter Anthony, blieben in Pajok, während die Dinka weiter aus der Ferne die Stadt und die Straßensperre bombardierten. Kony zog sich jedoch mit seiner Frau und seinen Leibwächtern zurück in das Lager in der Nähe von Lotti, damit er besser mit seinen Geistern über die nächsten strategischen Schritte kommunizieren konnte. So hatte es Anthony zumindest gehört, als er General Tabuley und General Matata bediente, der jetzt der Kommandeur von Patricks Brigade war.

»Jumma Driscer kam zu ihm und sagte, es ist an der Zeit, die Dinka nach Süden zu drängen und zurück nach Uganda zu treiben, damit die Araber sie los sind«, sagte Matata, ein untersetzter, kräftig gebauter Mann in den Vierzigern, der es liebte, beim Reden lebhaft zu gestikulieren. »Wenn wir das tun, dann wird uns die Regierung bewaffnen, sodass wir Uganda für uns einnehmen können.«

Tabuley fragte mit leiser Stimme: »Hat ihm Jumma Driscer gesagt, dass er sich eine Frauenperücke und ein Kleid anziehen soll, als er hier weggegangen ist? Denn ich glaube nicht, dass es WerBistDu war.«

Matata schnaubte. »Hat er das? Schon wieder?«

Anthony versuchte, nicht überrascht zu wirken, dass der Große Lehrmeister Frauenkleider getragen hatte oder dass die Generale es wagten, darüber zu lachen. Die älteren Offiziere ignorierten ihn, als er ihre Teller abräumte.

Tabuley sagte: »Er meinte, das sei für seine Sicherheit, damit er sich dorthin bewegen kann, wo er gebraucht wird. Doch ich glaube, zum Teil gefällt es ihm, sich als Frau zu verkleiden, sogar mit Büstenhalter.«

Der andere General gluckste, dann blickte er zu Anthony und sagte: »Du hast nichts davon gehört.«

»Nichts wovon, General?«

»Ganz genau«, sagte Tabuley. »Guter Junge.«

* * *

Die Dinka-Rebellen verstärkten ihre nächtliche Bombardierung im Laufe des Monats. Anthony versuchte, in einer Mulde zu schlafen, die er sich neben General Tabuleys Lager gegraben hatte. Doch wann immer er das *Rumms!* hörte, war er hellwach und horchte auf das Pfeifen und die Explosion. So erging es allen. Selbst die kampferprobtesten LRA-Soldaten wurden gereizt und nervös.

Dann, in der ersten Februarwoche von 1995, entdeckten LRA-Scouts, dass die Dinka-Rebellen ihren Nachschub aus Uganda im Weiler Puge ein Stück südlich von Pajok in Grenznähe erhielten und auch dort lagerten. Anthony war bei Tabuley, als Stabschef Lagony mit Kony funkte und um Erlaubnis zum Angriff bat.

»Sie bekommen täglich neue Mörser«, sagte Lagony. »Sie werden uns erledigen, wenn wir hierbleiben. Unsere einzige Chance besteht darin, zu kämpfen und ihre letzten Kasernen dort zu zerstören, ihnen den Nachschub abzuschneiden und sie zurück nach Uganda zu zwingen.«

»Einverstanden«, sagte Kony. »Ich bekomme weitere Waffen von den Arabern: 60-mm-Mörsergranaten, Panzerfäuste und Munition.«

Drei Tage später kam die Lieferung an. Zweihundert Soldaten wurden angewiesen, sich auf den Angriff vorzubereiten, bei dem Patricks Anführer General Matata den Befehl haben würde und von Tabuley sekundiert wurde.

Anthony und die anderen Soldaten schmierten sich mit Sheabutter ein, zogen ihre Tarnuniformen an und gingen am 7. Februar 1995 um Mitternacht los, wobei sie sich außer Reichweite der Mörser bewegten, die die Dinka von erhöhten Stellen östlich von Pajok abfeuerten. Im Morgengrauen übernahm die LRA die Kontrolle über die Straße, womit sie der SPLA den Nachschub neuer Mörsergranaten aus Uganda abschnitt.

General Matata ließ zwanzig Männer zurück, um die Straße zu halten. Anthony, Tabuley und einhundertachtzig weitere LRA-Jungen zogen mit Matata näher in Richtung Puge. Der befehlshabende General ging mit den Mörsergruppen. Tabuley, der die Angriffsgruppe anführte, Anthony und einhundert andere warteten in den waldigen Hügeln nordöstlich des Weilers auf das Signal zum Angriff.

In Koromush hatte Anthony seine Furcht beherrscht, indem er gesungen und geklatscht hatte. Als die Dinka in Pajok ihren Gegenangriff durchführten, war er größtenteils außerhalb der Kämpfe gewesen. Diesmal würde er in voller Uniform und bewaffnet wieder in der vordersten Reihe des Kampfes stehen. Er lag in einer Vertiefung, die er sich neben einem Mahagonibaum gegraben hatte, hielt sein Gewehr im Arm und übte das Nachladen, während er leise sang.

»*Polo, polo, yecu olara!* Himmel, Himmel, Jesus, mein Erlöser!«

Doch bevor er mit dem Gesang fortfahren konnte, drang eine Frage in seinen Kopf.

*Und wenn ich jemanden erschießen muss?*

Bisher war Anthony dieser Gedanke noch gar nicht gekommen. Doch innerhalb weniger Sekunden beherrschte er ihn. Er erinnerte sich, wie sein Vater immer gesagt hatte, Gewalt sei falsch, und sicher gab es nichts Gewalttätigeres, als einen Menschen zu töten. Doch er hatte diese Grenze bereits überschritten, oder nicht? Als er dazu gezwungen wurde, auf James' Körper zu treten?

Nein, beschloss Anthony, das hier war anders. Wenn er auf einen Dinka-Soldaten zielte und schoss, dann wäre er tatsächlich jemand, der tötet. Dann würde er mit Absicht das Leben eines anderen Menschen beenden.

Der Gedanke erschütterte ihn zutiefst. Wer würde er sein, wenn er das tat? Was würde aus ihm werden? Wäre er dann noch immer Anthony Opoka? Oder wäre er der Mörder, der einmal Anthony Opoka war?

*Rumms!*

*Rumms! Rumms!*

Drei 82-mm-Mörsergranaten kamen pfeifend aus den Kasernen in Puge und explodierten ein paar Hundert Meter weiter im Westen. Er hörte Schreie. LRA-Soldaten waren getroffen worden.

*Rumms! Rumms! Rumms!*

Die nächsten drei explodierten zweihundert Meter entfernt über und hinter ihm. Trümmer regneten herab. Er krümmte sich in eine Fötushaltung und bedeckte den Kopf. Die Bombardierung aus den Dinka-Kasernen erfolgte in unregelmäßigen Abständen in der ganzen Nacht, sodass man unmöglich schlafen konnte. Anthony fragte sich, warum General Matata nicht mit seinen Mörsern zurückschoss, bis General Tabuley ihm sagte, dass die LRA-Mörser um fünf Uhr dreißig abgefeuert würden und der Frontalangriff eine Viertelstunde danach erfolgen sollte.

»Ich will dich als Speerspitze«, sagte ihm der General. »Direkt vor mir.«

Anthony fühlte sich unbehaglich, konnte aber ein wenig schlafen, bevor der erste LRA-Mörser hinter ihm losging, sodass die Granate nach Süden flog und sich tief in die Kaserne der Dinka grub. *Rumms! Rumms! Rumms!* Es ging immer weiter, zwölf Granaten auf die erste Kaserne, gefolgt von weiteren zwölf und dann noch ein drittes Mal.

Die erfahrenen LRA-Soldaten um Anthony begannen zu singen: *»Polo, polo, yecu olara!* Himmel, Himmel, Jesus, mein Erlöser!«

Er schloss sich ihnen an und sang mit, als einige Kriegsveteranen zu schreien und zu johlen begannen. Ihre Kriegsrufe wurden von den anderen Angreifern übernommen, die auf General Tabuleys Zeichen aus dem Wald den Hügel herunterkamen. Hinter ihnen begann ein viertes Sperrfeuer, pfiff über die voranschreitenden Kämpfer hinweg und warf leuchtende Fackeln in das schwache Licht um den Weiler auf dem kleineren Hügel in zweihundert Metern Entfernung.

Sie erreichten eine kleine Senke zwischen den beiden Hügeln und gingen auf das Dorf zu. Ganz rechts von ihm eröffnete jemand das Feuer mit einer kurzen Gewehrsalve. Dann breitete sich der Kampf aus und verschlang ihn, während von allen Seiten die Gewehre brüllten.

Er sah vor sich auf dem Hügel Schatten rennen, stellte den Wahlschalter des Gewehrs auf Vollautomatik, legte an und feuerte ein ganzes Magazin auf sie ab. Er hatte keine Ahnung, ob er irgendwen getroffen hatte, als er sich auf ein Knie stützte, methodisch das geleerte Magazin herauszog, in die Tasche steckte und ein neues in das Gewehr schob, wie er es geübt hatte.

Anthony lief wieder weiter, bemerkte dabei, wie General Tabuley hinter ihm Befehle rief, und sah LRA-Soldaten rund vierzig Meter schräg vor sich den Hügel hinauf. Plötzlich änderte sich der Schusswinkel der Dinka und kam von weiter oben, aus den höheren Etagen der Dorfgebäude. Glühende orangefarbene Leuchtspuren fetzten auf sie herab, gefolgt von schwerem Maschinengewehrfeuer, das den Hang aufriss. Er legte sein Gewehr an, zielte auf den Ursprungsort der Leuchtspuren und leerte sein zweites Magazin.

Beim zweiten Mal lud er viel schneller nach, dann sprang Anthony wieder hoch in das vernichtende Maschinengewehrfeuer, spähte nach vorn, sah einen LRA-Soldaten ungefähr dreißig Meter rechts schräg über sich. Ein anderer zu seiner Linken war weiter oben am Hügel und feuerte in die oberen Geschosse der Dorfgebäude.

Anthony machte fünf schnelle Schritte hangaufwärts, wollte die Blase in der Angriffsfront glätten, als er ein Zischen hörte.

Über sich auf zwei Uhr bemerkte er die Flamme einer Panzerfaust, sah die Granate weiter oben am Hang einschlagen und explodieren, bevor die weiß glühenden Seitenflossen aus Metall durch die Luft schleuderten. Sie schlugen wie wirbelnde, alles versengende Beile in seine rechte Schulter.

Von dem Schlag flog er in einer Rückwärtsspirale durch die frühmorgendliche Luft und schlug hart mit dem Kinn zuerst auf den Boden und verlor das Bewusstsein.

* * *

Anthony kam benommen zu sich und schaffte es, trunken den Kopf zu heben und die Augen zu öffnen, wobei er merkte, dass es inzwischen viel heller und die Schlacht auf dem Hügel über ihm noch erbitterter geworden war.

Überall um ihn herum explodierten Granaten beider Armeen. Ununterbrochen schossen Gewehre und Maschinengewehre. Er bemerkte Leichen über sich am Hang. Als er den Hügel hinunterblickte, sah er, wie der stark am Schenkel blutende Charles Tabuley von einem der zahlreichen LRA-Sanitäter weggezerrt wurde, die sich um die Verwundeten kümmerten.

Erst da erinnerte er sich daran, dass er ebenfalls getroffen worden war. Er versuchte, die Arme zu bewegen, sich aufzurichten, fühlte aber nichts in seinem rechten Arm, der Hand oder den Fingern. Er drückte mit der linken Hand, drehte sich unbeholfen, packte seinen rechten Arm mit links, setzte sich auf und sah zu seiner Schulter. Die extrem heißen Seitenflossen der Panzerfaust hatten sich unregelmäßig und tief eingegraben. Aus der verkohlten Wunde ragten Knochen. Dunkles Blut verklebte seine ganze Seite.

*Jetzt werde ich sterben,* dachte er. *Jetzt werde ich verbluten.*

Er starrte auf die klaffende Wunde und bemerkte, dass kein Blut aus ihr kam. Dann drückte er an der Unterseite seines herabbaumelnden Arms, löste die Spannung an der Seite seines Körpers, und das Blut begann dort hervorzuquellen, wo seine Achsel gewesen war. Sofort griff er nach dem Arm und zog ihn fest, noch immer so unter Schock, dass er keinen Schmerz verspürte.

*Du musst hier weg,* dachte er und sah sein Gewehr am Hang liegen, nicht weit zu seiner Linken, und erkannte, dass er es nicht zurücklassen durfte. *Das Schlimmste, was ein LRA-Soldat jemals tun konnte!* Er streckte sich auf der linken Seite aus und ergriff den Schaft, verlor aber den Halt an dem Hang. Er begann zu rollen und drehte sich, ließ das Gewehr aber nicht los. Als er anhielt, klemmte er in tiefem Buschwerk und konnte sich nicht befreien.

*Das war es jetzt,* dachte er und wollte die Augen schließen, kümmerte sich nicht mehr um die Kugeln und Granaten. *Zu viel Blut fließt aus der Wunde. Es gibt keine Hoffnung auf …*

Über ihm tauchte Patrick auf. »Anthony!«

»Erwischt«, sagte Anthony. »Übelst.«

Patrick sah die Wunde, verlor alle Farbe im Gesicht, dann schnitt er den linken Ärmel seines Uniformhemdes ab und band damit und mit einem Stock Anthonys Schulter oberhalb der schlimmsten Verletzung ab. Er schnitt mehr von seinem Hemd ab und band den Arm an Anthonys Oberkörper fest. Als er das tat, verlor sich etwas von Anthonys Schock und der Schmerz kam, brach heiß durch die rechte Seite seines Körpers und strahlte in alle Richtungen. In seinem Kopf drehte sich alles.

»Zu viel Blut«, murmelte er. »Ich sterbe.«

»Nicht hier, das tust du nicht«, sagte Patrick, nahm Anthonys Gewehr und verband es mit seinem eigenen.

Dann zog er Anthony auf die Beine und warf ihn sich wie ein Feuerwehrmann über die Schulter. Patrick ging schnell den Hang hinunter, wobei jeder Schritt gegen Anthonys gebrochene Rippen schlug und an dem zerrte, was von seinem rechten Arm übrig war. Lichtblitze des Schmerzes durchzuckten ihn, was schließlich zu viel für den Fünfzehnjährigen war.

Er sah schwarze Punkte vor den Augen und wusste: Es war das Ende. Dann ergab er sich.

# Vierzehn

***9. Februar 1995***

Für einen langen Zeitraum gab es kein Bewusstsein, keine Wahrnehmung, nur Dunkelheit und Leere, wie der tiefste Schlaf. Dann rührte er sich und die Leere wurde ersetzt durch eine weite, tröstende Stille, die man überall spürte. Der Junge erkannte, dass er in der Stille und ein Teil davon war, und das allein war friedlich, sogar herrlich.

Dann hörte man eine Stimme, wie vom anderen Ende eines langen Tunnels: »Lass ihn. Er ist tot. Niemand wird so erwischt und lebt weiter.«

*Tot?*

Das schreckliche Wort wurde zu einem tröstenden Strom, der über den Jungen hinwegspülte, und die Herrlichkeit kehrte zurück. Dann war da das eindeutige Gefühl von Aufschwung, von Dingen, die sich trennen, die weggerissen werden. Blitzartig erkannte er sich wieder als Anthony und verstand, dass sein Geist sein Herz verließ, um in seinen Kopf zu gelangen, der sich oben anfühlte, als würde er weit aufklaffen.

Dann schob ihn eine Kraft von unten. Eine Kraft von oben zog ihn.

Die Dunkelheit, die Leere, die Stille explodierten jetzt wie eine Fontäne aus vielen glänzenden Blautönen, die wie Regentropfen von ihm abperlten und sich in einem Leuchten verstärkten, das ihn lockte, aufwärts durch transparente goldene Vorhänge zu schweben. Anthony wurde von der Bewunderung ergriffen, er war noch niemals irgendwo gewesen, das so schön war, so tröstend.

Er erhob sich. Er schlüpfte durch einen kosmischen Schlitz in das letzte Gewebe einer Existenz, die hinter und unter ihm lag, bereits eine verblassende Erinnerung, und tauchte mit seinem Geist bis zur Hüfte auf. Vor sich, um sich und in sich sah sich Anthony einer tiefen, dimensionslosen, schwarzen Gelassenheit gegenüber, jenseits von Zeit und Raum, jenseits der Grenzen profaner Sterblichkeit. Er erkannte sich als Teil der Ewigkeit und war voller Ehrfurcht.

Er bemerkte ferne Lichter, Sterne in der Dunkelheit. Ein Teil seines Bewusstseins flog zurück in die Kindheit. Er war sicher, dass seine Seele zurückkehrte zu den Sternen, und fühlte sich davon zugleich getröstet und schmerzerfüllt.

Jenseits der Sterne, tief in der unergründlichen Stille, sah er eine goldene Kugel glänzen. Er erkannte, dass die Stille nicht vollständig ruhig war. Die Kugel brummte leise und mit tiefem Ton, wie der Atem und die Stimme eines Alten. Er wollte zu der Kugel gehen, zu der Stimme, dem Brummen, das sich so sanft hob und senkte wie leise gesungene Luft.

Er blickte zu der Kugel. *Kann ich zurück, wenn ich dorthin gehe?*

Die Antwort kam als Wissen. *Du kannst gehen, wohin du willst.*

Plötzlich war er in den drei Bäumen oberhalb des Grundstücks seiner Familie in Rwotobilo, sah das Maisfeld, wo er am Tag seiner Verschleppung gearbeitet hatte, und zu seiner angenehmen Überraschung war seine Mutter dort, lachte mit seinem Vater, doch dann legte sie die Hand an die Braue und blickte hoch in seine Richtung, als hätte sie dort einen Vogel gesehen oder seinen Geist gespürt.

»Er ist nicht tot.«

Blitzschnell war Anthony zurück in jenem Schlitz dazwischen und dahinter und hörte den Atem des Alten, horchte auf die Stimme.

Er hörte: »Er hat einen Puls.«

Da blickte Anthony hinunter, durch den Schlitz und das Leuchten, durch das schimmernde durchsichtige Gewebe von Zeit und Raum zu einem Gebäude aus Betonziegeln nördlich von Pajok, das in ein provisorisches Lazarett verwandelt wurde. Dort waren mindestens fünfzig verletzte Kindersoldaten. Patrick stand neben Anthonys Körper, flehte einen Sanitäter an, sich um ihn zu kümmern, bevor es zu spät war.

Anthonys Bewusstsein hob sich wieder, ließ den Schlitz wieder hoch bis zu seinem Nabel, blickte hinaus in das Brummen und die Dunkelheit, spürte Barmherzigkeit und Gnade, und er wusste, wenn er dieses letzte Überbleibsel von Existenz verließ und zu der Kugel ging, dann könnte er niemals zurück. Zumindest nicht als Anthony. Nicht als der Junge, den er kannte.

»Komm schon, Opoka«, rief Patrick unter ihm. »Bleib bei mir, Läufer. Bleib bei mir. Du kannst mich so nicht verlassen. Du kannst Albert oder unsere Eltern so nicht verlassen.«

Zwischen Leben und Tod spürte Anthony das eindringliche Ziehen von Patricks Stimme, fiel zurück in das Leuchten, dann stürzte er mit etwas Kummer und Bedauern zurück in seinen Körper, wo der Schmerz heulte und loderte, alles verzehrend, wie ein vom Winde verstärktes Feuer.

»Ah«, stöhnte er und öffnete mit flatternden Lidern die Augen. »Ah.«

»Siehst du!«, schrie Patrick. »Er lebt! Du hast gesagt, er wäre tot, meintest, wir sollten ihn begraben, und jetzt lebt er!«

Der Sanitäter wurde aktiv. »Vor einer Stunde war er tot.«

»Und jetzt ist er es nicht!«, sagte Patrick und lachte und schüttelte den Kopf. »Jetzt ist er es nicht. Was für ein zäher Junge!«

Anthony begann zu zittern und beben. »Kalt«, flüsterte er.

Der Sanitäter sah ihn an. »Ja, dir ist kalt, du zäher Junge. Du hast viel Blut verloren, aber ich habe gestern Nacht die Arterie wieder an deinen Arm genäht, bevor dein Herz stehen geblieben ist.«

»Stehen geblieben?«, flüsterte er.

»Stehen geblieben«, sagte der Sanitäter.

»Kann den Arm nicht fühlen«, sagte Anthony, neigte das Kinn, um zu der Wunde zu blicken, und sah erneut zahlreiche freiliegende Knochen und verschmorte Hautfetzen um ein klaffendes Loch.

Entsetzt kämpfte er dagegen, sich zu übergeben, spürte das Feuer dort immer stärker.

»Tut weh. Tut weh«, sagte er und wollte nicht weinen, jammerte aber.

»Das glaube ich gern«, sagte der Sanitäter. »Tut mir leid, aber ich kann dir nichts gegen die Schmerzen geben.«

»Komm schon«, sagte Patrick.

Der Sanitäter schüttelte den Kopf und zog einen Lederbeutel hervor. »Cilindi sprach durch den Großen Lehrmeister und sagte: ›Keine Medikamente. Keine Antibiotika!‹ Wir säubern seine Wunden mit Pappelwurzelwasser, dann stopfen wir sie mit Pilzen und Salz.«

Anthony war benommen, hörte aber die Worte des Sanitäters. »Was?«

»Pilze?«, fragte Patrick.

»Es sind magische Pilze, die auf Kuhfladen wachsen«, sagte der Sanitäter. »Mit etwas Glück werden sie das Gift aus ihm herausziehen und ihn träumen und genesen lassen.«

»Oder infizieren und töten ihn.«

»Der Große Lehrmeister sagte: Cilindi meint, das sei seine einzige Chance.«

»Mach es«, flüsterte Anthony. »Ich habe keine Angst zu sterben, Patrick. Nicht mehr.«

* * *

Das Wurzelwasser kühlte und beruhigte die zerfetzte Wunde, die von der wirbelnden Raketenflosse in seine rechte Schulter gehackt worden war. Doch als der Sanitäter die getrockneten Psilocybin-Pilze mit grobem Salz zermahlte, die Mischung mit Pappelwurzelwasser befeuchtete und dann die brennende Paste in den Hohlraum seiner Wunde zu stopfen begann, biss Anthony in den Stock, den man ihm in den Mund gesteckt hatte, und schrie.

Er erhaschte einen flüchtigen Blick auf das Leuchten, das er nach dem Treffer gesehen hatte, hörte wieder das Brummen und bettelte darum, dass ihn der Atem des Ältesten mitnehmen möge. Als der Sanitäter begann, kräftig an den Hautlappen zu ziehen, um damit die freigelegten Knochen zu bedecken, wurde er von dem Schock ohnmächtig. Erneut tauchte er in jene tiefe, stille Dunkelheit ein.

Es dauerte jedoch nicht lange.

Anthony kam wieder zu sich, als der Sanitäter die Hautlappen mit einer langen Nähnadel und einem in Franzbranntwein eingelegten Faden zu schließen begann, spürte den ersten Stich und wurde ein drittes Mal ohnmächtig. Angeregt durch die Pilze, die ihre Halluzinogene in seinen Blutkreislauf abgaben, leuchtete sein Verstand auf und wirbelte in kräftigen Farben und seltsamen Träumen.

Wieder sah er seine Eltern. Sie tanzten. Genau wie sein Onkel Paul, der Flöte spielte und dabei Anthony, Patrick und jedes andere Kind, das Anthony jemals gekannt hatte, über die rote Staubstraße zur Grundschule von Rwotobilo führte. Bald wurde es zu einer Art Hochzeitsprozession mit Kapelle, und er trieb Vieh und Schafe und zahlreiche Ziegen in ein jubelndes Dorf, von dem er wusste, dass er niemals zuvor dort gewesen war. Doch seine Braut war umwerfend schön und voller Licht und Liebe, und alle waren fröhlich und tanzten und sangen.

Dann wurde Anthony ein Vogel, der auf dem Gesang schwebte, auf den Winden, still und scharfäugig über der Savanne. Er wurde ein Nilbarsch, ein riesiger Fisch des größten Flusses der Erde, der sich kaum aus der Strömung bewegte, schweigend und still, der sich nach einem Käfer oder einem kleineren Fisch sehnte. Er wurde ein Leopard, an der Schulter durchbohrt von einem Büffelhorn, der sich ins Dickicht schlich und vor Schmerz über sein zerschmettertes Glied hechelte.

So wirbelte sein Verstand mehr als zwei Tage herum und er erwachte kaum für das Zuckerwasser und die gekochten Bohnen, die Patrick ihm gab, bevor er wieder wegdriftete, nicht länger von den Pilzen beherrscht, sondern von einem Anschwellen und einer Hitze, die sich in seiner Schulter bildete und wie Feuer in trockenem Gras ausbreitete. Das nachfolgende Fieber packte ihn so kräftig wie zuvor die Psychedelika, machten seine Visionen aber dunkler, unheilvoller.

Anthony rannte jetzt durch den Busch, wurde verfolgt. Er war jener verwundete Leopard, der wilden Hunden davonlief, die seine Blutspur und seinen Geruch witterten. Er fuhr herum, um sich dem Rudel zu stellen, das durch die vereinzelt stehenden Bäume hinter ihm kam, und sah, wie sie sich verwandelten und zu einem riesigen gespenstischen Hund mit dem Kopf von

Sergeant Bacia wurden, der sich in den Kopf Joseph Konys verwandelte, der mit der Stimme von WerBistDu knurrte.

»Wer bist du über dem Gesetz?«, bellte der Hund mit dem Kopf des Großen Lehrmeisters. »Wer bist du, um zu fliehen? Glaubst du, der Tod kommt so leicht zu dir, Junge? Glaubst du, dass du nicht für alles, was du getan hast, bestraft wirst, früher oder später? Wir haben den Beweis. Das Foto. Du hast auf das arme, daumenlutschende Kind getreten. Und im Kampf hast du dein Magazin auf Männer im Schatten verschossen. Nicht einmal mutig genug, um ihre Gesichter zu sehen, als sie starben. Wer bist du? Wer bist du über den Gesetzen der Lord's Resistance Army?«

Der Hund bäumte sich auf, wurde unruhig, stürzte sich auf Anthony, Konys Kiefer weit aufgerissen, lange, blutige und tödliche Zähne. Der Junge, der Leopard, sprang und rannte auf drei Beinen davon, wich aus, schlängelte sich durch das Gebüsch und war sich bewusst, dass der Jagdhund immer näher kam. Er witterte seinen Gestank, weitaus übler als der Gestank des Todes, der Fäulnis und des Verderbens der Seele dieser Kreatur.

Dann fand die Raubkatze ihren Schritt und ihren Rhythmus, rannte zu den Felsen und dem Unterholz, fand einen senkrechten Spalt in einer Steinwand, eine schmale Höhle, in die sie sich so weit wie möglich zurückzog. Er hörte, wie der Höllenhund seine Spuren beschnüffelte, bevor er Konys Gesicht auftauchen sah, mit wilden Augen, verloren in seinen Geistern, mit Schultern, die zu breit waren, um in die Höhle des Leoparden zu gelangen, Anthony war außer Reichweite. Der Große Lehrmeister knurrte und spuckte Schaum und bellte Drohungen mit der Stimme von WerBistDu. Aber Anthony wusste ohne jeden Zweifel, dass er dort sicher war, und legte sich nieder, dabei schloss der Leopard die Augen halb und leckte seine verwundete Schulter, während er darauf wartete, dass die Bestie ermüdete und ihn in Ruhe ließ.

* * *

Ein Monat verging, bevor das Fieber und die Infektionen verschwanden. Selbst danach schlief Anthony noch ständig, und wenn er mal wach war, dann konnte er nicht mehr als fünfzig Meter weit gehen, ohne auszuruhen.

Anfang des zweiten Monats kam Joseph Kony zum Krankenhaus, trug eine lange weiße Robe, hatte die Dreadlocks geölt und wurde von seiner Hauptfrau Fatima begleitet, die darüber verärgert schien, dort sein zu müssen. Der Große Lehrmeister schien das nicht zu bemerken und wirkte überglücklich, als er von einem Jungen zum nächsten ging und ihnen gratulierte.

»Ihr seid jetzt wahre Krieger, echte Soldaten!«, sagte Kony und klatschte in die Hände. »Ihr seid diejenigen, die verwundet werden, genesen und wieder kämpfen! Ihr werdet alle eines Tages berühmt. Eure Gesichter werden auf Geldscheine gedruckt und man wird euch Statuen in Kampala errichten!«

Als er an Anthonys Seite kam, konnte der Fünfzehnjährige nur an jene Hundekreatur aus seinen Albträumen denken. Am liebsten wollte er zurückweichen und sich vom Großen Lehrmeister abwenden. Stattdessen dachte er an sich als den verwundeten Leopard in der engen Höhle und begriff, dass er außer Reichweite des Hundes bleiben konnte, indem er sich tief in seinen Verstand zurückzog.

»Du bist jetzt wahrhaft LRA, einer von uns, junger Opoka«, sagte Kony. »Dein Mut wird nicht vergessen werden. Ich sage voraus, dass man eines Tages in Büchern darüber schreiben wird!«

Anthony lächelte über die freundlichen Worte, fühlte sich seltsam schuldig dabei, sagte aber: »Danke, Lehrer. Ich hoffe, dass es so sein wird.«

»Wie ich es gesagt habe«, sagte der LRA-Anführer und zeigte mit einem Finger auf ihn, »so wird es geschehen.«

Als er davonging, konnte Anthony sich nicht entscheiden, ob der Mann ein Prophet mit Visionen war oder einfach nur ein Mann, der kein Problem damit hatte, sich von einem Augenblick zum nächsten zu verwandeln, freundlich zu handeln und dann mörderisch zu sein. Er behielt diese Gedanken natürlich für sich, spielte den Leoparden in der Höhle, und langsam begann er während des zweiten und dritten Monats seine Finger wieder zu spüren, seine Hand und auch etwas von seinem rechten Arm. Doch während sich der Rest seines Körpers von dem Trauma erholte und kräftigte, blieben die Muskeln, Knochen und Sehnen der rechten Schulter schwach, fast nutzlos. Er hielt den Arm weiter eng an den Körper gebunden, während sich die Länge seiner täglichen Gänge vergrößerte, und er nahm Fleisch und ausreichend Reis zu sich, um das Gewicht zurückzuerlangen, das er verloren hatte.

Im zweiten Monat kam er zu dem Schluss, dass sein rechter Arm nie wieder derselbe sein würde, und er machte sich Sorgen um seine Zukunft, denn er hatte gehört, dass Leute, die für die LRA nutzlos oder nur eine Last waren, häufig erschossen wurden. Er versuchte, über seine verschiedenen Fähigkeiten nachzudenken und darüber, wie sie für Tabuley und Kony nützlich sein würden. Eine gute Sache war seine Geschwindigkeit. Und er war klug. Aber was half ihm das?

Dann erinnerte sich Anthony daran, wie George ihm gesagt hatte, dass er nachts nie verloren sein würde, wenn er sich die Position der Sterne am Himmel merken konnte. Er begann, nachts aufzubleiben, und studierte die Himmelskuppel, bis er sicher war, die Positionen bestimmter Sternengruppe mit geschlossenen Augen zeichnen zu können. An dem Tag, als er endlich das Krankenhaus verließ, fast drei Monate nach seiner Verletzung, bestätigte General Tabuley seine schlimmsten Befürchtungen und bot ihm zugleich einen Ausweg.

»Mit einer Waffe in der Hand bist du jetzt für niemanden mehr gut, Opoka«, sagte Tabuley. »Ich habe vorgeschlagen, und der Große Lehrmeister hat zugestimmt, dass du als Fernmelder angelernt wirst.«

Die Fernmelder waren eine besondere Gruppe bei der LRA, hoch angesehen, immer einem der Anführer unterstellt und immer darauf angewiesen, mit den Kurzwellenfunkgeräten in speziellen Codes namens TONFAS zu kommunizieren, die einen flinken Verstand erforderten, der in der Lage war, Nachrichten in Sekundenschnelle zu verschlüsseln und zu entschlüsseln. Das passte perfekt zu Anthony. Er spürte das in der Sekunde, als Tabuley ihm davon erzählte.

»Oha, wie die Gefallenen wieder auferstanden sind«, sagte Patrick zu Anthony, bevor er zur Fernmeldeschule geschickt wurde. »In weniger als acht Monaten vom einfachen Rekruten, der den Fußstapfen des Generals folgen muss, zu einem Funker.«

»Das wäre nie geschehen, wenn du mich nicht vom Hügel getragen hättest«, sagte Anthony.

»Ich konnte dich ja wohl kaum dort liegen lassen, oder?«

»Die meisten Leute hätten das getan.«

Patrick zuckte mit den Schultern. »Wie auch immer, ich werde auch verlegt. General Matata bringt uns nach Osten, um gegen die Dinka zu kämpfen. Viele andere wie Sergeant Bacia gehen in den Süden, nach Uganda.«

»Um weitere unschuldige Kinder, wie wir es waren, zu verschleppen?«

Sein Freund wurde ernst. »Um neue Rekruten zu finden. So solltest du es sagen, wenn du willst, dass dein Leben als Fernmelder Bestand hat.«

Anthony wusste, dass er recht hatte, und nickte. »Wann werde ich dich wiedersehen?«

»Keine Ahnung. Ich bin in der Infanterie. Hohe Opfer. Du bist Fernmelder. Auch hohe Opfer. Und außerdem stelle ich mir die Leute tot vor, wenn ich nicht bei ihnen bin.«

»Was? Warum das denn?«

Er runzelte die Stirn, als wäre es offensichtlich. »Das macht es zu einer schönen Überraschung, wenn man sie lebendig wiedertrifft. Wie ein Wunder.«

»Du hast manchmal eine seltsame Denkweise.«

»Seltsames Denken lässt dich seltsame Zeiten überleben«, sagte Patrick und lachte, als er davonging.

* * *

Anthony wurde zu einem kleinen Dorf am nördlichen Ende des Imatong-Gebirges gebracht, wo er sich vierundzwanzig anderen anschloss, die zum Fernmeldetraining entsandt worden waren. Zu seiner Freude gehörte zu den anderen Lernenden ebenfalls sein jüngerer Bruder Albert, der noch immer durch seinen lädierten Knöchel behindert war. Die Jungen hatten einander seit Monaten nicht mehr gesehen und keine Ahnung gehabt, ob der andere noch lebte, doch jetzt mussten sie sich wie Fremde verhalten, mit Ausnahme von einem emotionalen Kopfnicken aus der Ferne.

*Albert lebt! Und ich lebe auch!*

Zum ersten Mal seit Monaten fühlte sich Anthony vollständig mit jemand anderem als Patrick verbunden. Er konnte zwar vor den anderen nicht mit seinem Bruder reden, doch Albert war seine Familie, seine engste Familie, und seine Anwesenheit war so vertraut und tröstend für Anthony wie eine lange Umarmung und Lachen.

Die Trainer waren erfahrene Fernmelder, viele von ihnen Veteranen des ugandischen Bürgerkriegs, die mit der Hör-zu-und-wiederhole-Methode unterrichteten. Am ersten Tag erklärten sie die Bestandteile von drei verschiedenen Kurzwellengeräten: das zehn Kilo schwere Racal-Funkgerät, das hauptsächlich in Uganda und bei Nahkampfgefechten genutzt wurde, denn es verlor nur selten das Signal einer bestimmten Frequenz; das fünfzehn Kilo schwere Cascina-Funkgerät mit größerer Reichweite für die gebirgigen Regionen des südlichen Sudan und das temperamentvolle, zwanzig Kilo wiegende Yaesu-Funkgerät, das bis nach Nairobi und Tansania senden konnte, wenn man es richtig benutzte. Anthony fand die Geräte faszinierend und hörte genau zu, als die Anleiter erklärten, wie Funkgeräte »in unsichtbaren Wellen sprechen und hören«, die man mithilfe der Antennen aussenden und auffangen musste. Genauso faszinierten ihn die Kurzwellen selbst und die Batterien und Solarzellen, die die mobilen Ladesysteme versorgten.

In der ersten praktischen Lektion des ersten Tages mussten sie lernen, wie man das Funkgerät mit den Solarmodulen und den Batterien verband, wobei die negativen und positiven Pole in einem bestimmten Kettenmuster verbunden waren, damit das System nicht ausbrannte. Er lernte das Kettenmuster schnell, war aber beim Zusammenbau frustriert über die mangelnde Geschicklichkeit seiner rechten Hand. Schließlich schaffte er es als letzter Kandidat, alles richtig zusammenzusetzen. Er warf einen Blick auf Albert und sah, dass sein Bruder ihn besorgt beobachtete.

*Er hat recht, das wird nichts werden. Ich werde üben müssen, bis ich es im Schlaf kann.*

Sie bekamen Essen und wurden zum Schlafen getrennt, sodass es für Anthony unmöglich war, Albert näher zu kommen, um auch nur für ein paar Momente mit seinem Bruder allein zu sein. Doch er schloss die Augen und war dankbar, dass sie beide am Leben waren. Sein letzter Gedanke vor dem Einschlafen war, wie unglaublich er es fand, dass sie beide es so weit geschafft hatten.

* * *

An Tag zwei der Fernmeldeschule lernten sie, wie man die verschiedenen Funkgeräte richtig bediente. Anthony hörte den Ausbildern gespannt zu, als sie über die Bedienfelder und ihre Drehregler, Schalter und Messanzeigen sprachen und erklärten, was diese mit den unsichtbaren Wellen machten, die in den Kasten eindrangen und aus ihm herauskamen. Auch über Dinge wie Oszillation, Megahertz, Kilohertz, Frequenz, Abweichung, Verstärkung und Modulation mussten sie Bescheid wissen.

Als sie Bilder der Wellen in Abhängigkeit zu den verschiedenen Anpassungen bei der Bedienung zeichneten, verstand er es endlich. Von dem Punkt an fühlte sich die Bedienung des Funkgeräts für ihn einfach, fast natürlich an. Er hatte diesen Aspekt des Funkens schnell verstanden.

Am dritten Tag war es allerdings nicht so, als sie die Aufgabe hatten, über einen fünfzehn Meter langen Antennendraht ein deutliches Signal zu erhalten. Er musste den Draht in einer Linie ausrichten, die entweder direkt nach Norden oder nach Süden ging, und dabei eine Sichtlinie vom Draht zum Himmel halten, wann immer es möglich war. Der ideale Aufbau sah vor, dass der Antennendraht sich vom Funkgerät in einem Winkel von fünfundvierzig Grad unter einem offenen Vordach erhob und an einem Ast oder einer anderen stabilen Verankerung befestigt wurde.

Angesichts der Schwäche in seiner rechten Hand hatte Anthony seine Mühe damit, auf einen Baum zu klettern und den Draht anzuhängen. Er brauchte doppelt so lang wie Albert, der trotz seiner Gehbehinderung überraschend geschickt darin war, auf einen Baum oder einen Abhang zu klettern. Anthony machte sich zunehmend Sorgen, denn die LRA war nicht freundlich zu nutzlosen Soldaten.

*Ich muss die Antenne mindestens so schnell wie Albert anbringen und abbauen können.*

Er sagte sich das immer wieder, während er aß und sich zum Schlaf bereitmachte. Er musste urinieren, weshalb er hinausschlüpfte und in ein trockenes Flussbett trat, das um das kleine Dorf verlief. An Davonlaufen war nicht zu denken. Es war schlicht zu weit weg, und er war auch nicht stark genug, um es zu versuchen.

Als er fertig war, bewegte sich ein Schatten am Ufer und kam dann zu ihm hinunter.

Anthony sah das Hinken und ging dann schnell zu seinem jetzt dreizehnjährigen Bruder, der erstarrte, als sie nur noch Zentimeter voneinander entfernt standen.

»Ich will dich nicht umarmen und dir wehtun«, flüsterte Albert.

»Das wirst du nicht«, flüsterte Anthony zurück.

Albert trat vor und legte die Arme behutsam um seinen Bruder. »Ich bin so froh, dich am Leben zu sehen, Anthony.«

»Ich auch, Albert«, würgte Anthony hervor. »Ich auch.«

»Es war schwer«, flüsterte Albert zitternd.

»Ja.«

»Jemand sagte, du wurdest von einer Panzerfaust getroffen.«

»Die Flosse davon. Hätte mir fast den Arm abgerissen. Patrick hat mich gerettet.«

»Mich hat er auch gerettet, indem er mir sagte, dass ich niemandem sagen sollte, wenn ich jemanden kenne, und allen Befehlen zu folgen. Wegen diesem Ratschlag bin ich am Leben geblieben.«

»Dann wollen wir weiter auf ihn hören. Wir müssen uns weiter ignorieren.«

»Ich weiß.«

Ein Stückchen weiter am Flussbett hörten sie einen Zweig knacken.

»Pass auf dich auf, Albert.«

»Das werde ich, Anthony. Du wirst es morgen besser schaffen. Ich liebe dich.«

»Ich liebe dich auch«, flüsterte Anthony, als er Albert so fest an sich drückte, dass es ihm in der Schulter schmerzte. »Mehr als du denkst.«

Sie trennten sich widerwillig. Anthony ging zuerst, kletterte leicht die Uferböschung hinauf, fühlte sich zum ersten Mal seit Monaten erleichtert und voller Hoffnung. Albert lebte. Er war kräftig, ein Überlebender. Zusammen waren sie mehr als Verbündete. Sie waren Brüder. Wie dieser verrückte Hund in seinen Albträumen waren sie als Paar mehr als die Summe ihrer Teile.

Er ging lächelnd schlafen mit dem Gefühl, als hätte er wieder etwas in seinem Leben zu sagen.

* * *

Am vierten Tag des Fernmeldetrainings ging es um Funkdisziplin und einen Kommunikationsstil, der effizient und kohärent zu sein hatte. Sie fingen an, indem sie den Neulingen Funknamen gaben, mit denen sie immer über Funk zu identifizieren waren.

Albert wurde *Fourteen Charley*. Anthony nannten sie *Nine Whiskey*.

Dann brachten sie ihnen die Sprache der Funkwellen bei. Am Ende jenes Tages ahmte Anthony den Fachjargon der Ausbilder und beide Seiten des Gesprächs nach.

»Alle Stationen, alle Stationen, hier ist Nine Whiskey für Two Alpha.«

»Roger.«

»Two Alpha?«

»Roger.«

»Achtung, Achtung, ich habe eine Nachricht des Großen Lehrmeisters für dich.«

Die anderen Jungen lachten, doch die Anleiter waren nicht amüsiert.

»Du hörst es noch nicht richtig, Opoka«, sagte einer von ihnen. »Wir sprechen nicht schnell. Wir sprechen deutlich und gleichmäßig. Wir pausieren. Wir geben unserem Kollegen Zeit, zu verstehen und zu antworten. Wir sprechen nicht über andere hinweg, die bereits übertragen. Hast du verstanden?«

Das Lächeln war aus Anthonys Gesicht verschwunden und er nickte: »Das habe ich, Sir.«

In der Nacht wachte er immer wieder auf, befürchtete, dass er seine Chance vertan hatte, dass die Dinge, die er nicht konnte, mehr zählen würden als die, die er beherrschte. Und dann wäre er zum »Wegwerfen«, wie er andere LRA-Mitglieder über Rekruten oder andere Soldaten sprechen gehört hatte, die nutzlos für Kony oder seine Mission der Übernahme Ugandas waren.

Doch Tag fünf der Fernmeldeschule kam Anthonys Fähigkeiten zugute. Er hatte schon immer Mathematik gemocht, und Wörter hatten ihm immer gefallen. Als sie anfingen, TONFAS zu erklären, jenes raffinierte Verschlüsselungssystem, auf das sich die LRA verließ, um zu verhindern, dass ihre Kommunikation über Truppenbewegungen in die Hände der Dinka oder der ugandischen Armee fiel, begriff er es fast sofort.

Ausgebreitet auf einem Gittersystem war das TONFAS eine Reihe von Codewörtern und Zahlen, die jeden Monat geändert wurden. Solange man diese Wörter und Zahlen kannte, konnte man sie in das Gitter geben, um zu erkennen, was tatsächlich kommuniziert wurde.

*Das ist wie ein Spiel*, dachte er und entzifferte Nachrichten bald doppelt so schnell wie die anderen Jungen. Die Anleiter notierten sich das, lobten ihn dafür, und Anthony merkte schließlich, dass er sich entspannen konnte. Andere konnten vielleicht eine Antenne aufhängen oder das Stromnetz schneller aufbauen als er. Doch niemand konnte ihn erreichen, wenn es um das TONFAS ging. Da war er sicher. Und abends blieb er lange auf und studierte die Sterne.

Am letzten Tag des Kurses gaben ihnen die Anleiter ihre neuen Zuweisungen. Die meisten Jungen, darunter auch Albert, wurden zu Kampfeinheiten an der Front geschickt, die typische Position für einen neuen Fernmelder. Doch nicht Anthony.

Er wurde zurück zu General Charles Tabuley geschickt, dessen letzter Funker von einer Kobra gebissen worden war, eine Blutvergiftung entwickelt hatte und gestorben war. Da bemerkte Anthony, dass viele von Tabuleys Fernmeldern starben. Es gab drei, von denen er wusste, was Widerwillen in ihm weckte, zur Funkstimme des Generals zu werden.

Doch Befehl war Befehl. Er hatte keine Gelegenheit, sich von Albert zu verabschieden oder ihn auch nur anzusehen, bevor sie in verschiedene Richtung geschickt wurden. Er sagte sich, dass er dankbar sein sollte, seinen kleinen Bruder getroffen zu haben, doch er konnte nicht verhindern, dass er sich Sorgen machte, ob Albert den Kampf mit seinem schwachen Knöchel und dem zusätzlichen Gewicht des Funkgeräts auf dem Rücken überleben würde.

Als er acht Stunden später an einem neuen Lager ankam und sich zum Dienst meldete, brachte General Tabuley die Reihe toter Fernmelder direkt zur Sprache.

»Fernmelder bei mir müssen wachsam sein«, gestand Tabuley. »Doch ich habe ein gutes Gefühl bei dir, Opoka. Nach allem, was du durchgemacht hast, nach dem, was du überlebt hast, was wir zusammen überlebt haben, da glaube ich, dass du überleben und direkt neben mir kämpfen sollst.«

Anthony lächelte und nickte. »So sieht es aus. Jawohl, Sir.«

»Da ist dein Funkgerät«, sagte der General und nickte zu einem Rucksack auf dem Boden. »Ein nagelneues Cascina, zur Verfügung gestellt von der sudanesischen Regierung. Richte es ein. Ich muss mit Major Okaya sprechen.«

»Sergeant Bacia?«

»Er ist neu zugeteilt worden und beaufsichtigt neue Rekrutierungen in Uganda.«

Der Gedanke, dass der Menschenjäger weit weg war, machte den neuen Fernmelder glücklich, als er die Antenne nach Süden ausrichtete, wobei er einen Haken an einem Stock nutzte, um den Draht weit genug zu bekommen. Dann verband er das Funkgerät mit dem Draht und dem Batteriesatz, bevor er es anstellte und Okayas Frequenz auf dem Spickzettel nachsah, den er im Rucksack fand.

Als er die Regler drehte und hörte, wie die Funkwellen oszillierten, schloss er halb die Augen, wie der Leopard in der Höhle, und dachte: *Das ist jetzt mein Leben. Ich verstecke mich dort, wo mich die Hunde nicht erwischen können. Ich spreche über Funk, sag ihnen, was sie hören wollen, und niemals, was ich denke.*

Anthony fand die richtige Frequenz, stellte das Mikrofon an und sprach hinein: »Seven Delta, Seven Delta, hier ist Nine Whiskey, over.«

# Fünfzehn

***November 1997***
***Amia'bil, Uganda***

Zum Jahresende ließ es sich im nördlichen Uganda herrlich leben. Die Hitze und Feuchtigkeit hatten nachgelassen und kühlende Winde wehten wie ein rettendes Flüstern in einer Zeit der Ernte und des Überflusses über die weite Savanne. Tatsächlich flutete normalerweise reifes Obst und Gemüse aus den fruchtbaren ländlichen Regionen in die Städte und Freiluftmärkte der Region. Doch nicht in diesem Jahr.

»Die Hälfte der Dinge, die man erwarten würde, gab es nicht«, beschwerte sich Josca nach ihrer Rückkehr vom Markt in Lira. »Keine Auberginen. Keinen Rettich. Reis wird rationiert. Wann wird das aufhören?«

Florence blickte von ihren Notizbüchern zu ihrer Mutter und sagte: »Wenn die LRA aufhört, Kinder zu entführen und den Leuten das Essen zu stehlen.«

»Ja, aber muss Museveni alle dazu bringen, ihre Höfe und Grundstücke zu verlassen und in diese Lager zu ziehen? Sieht er denn nicht, dass es kein Essen mehr auf den Märkten gibt, wenn die Leute sich nicht um das Land kümmern und ihre Sachen anbauen?«

»Die LRA greift keine großen Orte wie in der Gegend um Lira an. Und ich habe im Radio gehört, dass die Lager zur Sicherheit der Leute entstanden sind. Nicht, um uns auszuhungern.«

Ein Hubschrauber flog über sie hinweg. Soldaten der Streitkräfte Ugandas blickten zu ihnen hinunter. Derzeit waren ständig Armeehubschrauber in der Luft. Florence zumindest war froh darüber, dass sie dort oben waren und die Lord's Resistance Army jagten.

»Vielleicht sind die Lager dafür da, ein wenig von beidem zu tun«, beschwerte sich Josca. »Sie stecken die Leute in die Lager, was ihnen eine Entschuldigung dafür gibt, uns auszuhungern.«

»Meine Güte, Mama, was *hast* du denn auf dem Markt gefunden?«

Josca sagte: »Yams, Okra, Knoblauch, ein gerupftes Huhn und vier kümmerliche Tomaten. Ein Viertelkilo Reis. Eine Flasche Bratöl. Das ist alles.«

Florence sagte: »Wir haben reichlich Obst an unseren Bäumen, das wir noch pflücken müssen, und Owens ganzer Garten ist morgen bereit zur Ernte. Wir werden nicht verhungern.«

»Zumindest heute nicht«, sagte ihre Mutter und entspannte die Schultern. »Kannst du mir helfen oder musst du noch lernen?«

»Ich lerne schon seit zwei Stunden«, sagte Florence und legte ihr Notizbuch beiseite.

»Aber es findet noch immer morgen statt, oder?«, fragte ihre Mutter, als sie anfingen, die Hühnerteile zu schneiden und mit Öl in einen Eisentopf zu tun, der über einem offenen Feuer hing.

»Die erste Prüfung«, sagte Florence und fühlte sich aufgeregt und auch ein wenig atemlos.

»Wie dein Vater immer sagt: ›Sei nicht nervös. Sei vorbereitet.‹«

»Ich bin vorbereitet. Niemand hat so viel gelernt wie ich. Das weiß ich ganz genau.«

»Ich bin stolz auf dich, was auch geschieht.«

»Ich bin bereit, Mama«, beharrte Florence. »Ich werde es mit guten Noten schaffen. Alle meine Lehrer haben das gesagt, nachdem ich die Übungstests gemacht habe.«

»Aber du weißt nicht, was bei dem richtigen Test ist.«

»Es wird so ähnlich sein. Dieselbe Art, Fragen und Probleme zu lösen. Und morgen ist Mathe. Mein bestes Fach.«

»Ich mache mir wohl manchmal nur zu viele Sorgen.«

Florence beugte sich vor und küsste ihre Mutter auf die Wange. »Der Fluch aller Mütter.«

»Ich will doch nur, dass es dir gut geht.«

»Ich weiß«, sagte sie und küsste ihrer Mutter erneut die Wange, diesmal mit einem lauten Schmatzgeräusch, was Josca kichern ließ.

Florence machte sich wieder ans Schneiden und sagte sich, dass sie sich keine Sorgen machen sollte. Sie war wirklich besser vorbereitet als jede andere auf ihrer Schule. Doch sie verstand die Sorgen ihrer Mutter.

Sie hatte jahrelang hart gearbeitet, um mit den Klassenkameradinnen ihres Alters mitzuhalten und um sich auf die Prüfung vorzubereiten, die sie am nächsten Morgen haben würde, eins von fünf Examen, die im Verlauf von drei Wochen vor einer staatlichen Prüfungskommission abzulegen waren. Diese Examen würden den weiteren Verlauf ihrer akademischen Zukunft bestimmen.

Wenn sie die Prüfung einfach nur bestehen würde, dann könnte sie zumindest weiter auf die weiterführende Schule und wahrscheinlich auch aufs College gehen, um Lehrerin zu werden oder irgendeine Stelle im Staatsdienst anzutreten. Würde sie aber mit guten Noten bestehen, dann wäre sie auf dem Weg zu einer besseren Sekundarschule, was sie auf ein besseres College oder sogar für die Universität vorbereiten würde und damit zu ihrem ersehnten Abschluss als Krankenschwester.

Während sie den Sellerie aus ihrem Garten schnitt, stellte sich Florence vor, wie sie in einer makellosen weißen Uniform und Haube wie Miss Catherine ein Krankenhaus betreten würde. Sie grinste bei dem Gedanken.

»Florence!«, sagte Josca. »Was machst du denn? Du hättest dir fast die Fingerspitze abgeschnitten.«

»Ich habe mir nur gerade mein Leben als Krankenschwester vorgestellt«, sagte sie und grinste wieder, achtete aber jetzt besser auf das Messer. »Mr Alonsius sagt, es ist wichtig, davon zu träumen, was man später werden will.«

»Werde nur nicht wie deine Schwester, wenn du deinem Traum so nah bist.«

Florence verdrehte die Augen. »Mama!«

»Deine Schwester war siebzehn, als sie die Schule verließ, um zu heiraten.«

»Ich bin nicht einmal vierzehn!«

»Das wirst du aber nächste Woche sein.«

»Trotzdem. Nichts kann mir in den Weg kommen, wenn ich meinem Traum folge und Krankenschwester werde. Ich kann es sehen, Mama. Ich weiß, wie es riecht und wie es schmeckt. Ich kenne ganz genau den Weg vor mir. Es ist fast so, als wäre es schon geschehen, verstehst du?«

Josca sah sie an, als würde sie es nicht verstehen, doch dann lächelte sie und schüttelte den Kopf.

»Was denn?«, fragte Florence.

»Du bist ungewöhnlich, Florence Okori. Das warst du schon immer. Und sieh dich jetzt an. So schön von innen und von außen. Und so klug. Und fleißig.«

Josca hatte Tränen in den Augen.

»Warum weinst du denn?«

»Alles ist so viel besser, als man hätte erwarten können«, würgte ihre Mutter hervor. »Ich meine, wer hätte gedacht, dass das kleine Mädchen, das ein ganzes Jahr nicht laufen konnte und über das die Leute sagten, ich sollte es aufgeben, dass dieses kleine Mädchen so ein großartiges, abenteuerliches Leben beginnen würde?«

Florence grinste. »Das tue ich, oder?«

»Ja, das tust du«, sagte Josca und wischte sich die Tränen aus den Augen, bevor sie sich wieder an ihre Kocharbeiten machte. »Oh, ich brauche ein paar getrocknete Peperoni. Kannst du mir welche von Owen holen?«

Florence legte das Messer ab, stand auf und sagte: »Schon unterwegs.«

»Keine Eile. Die kommen erst am Schluss dazu.«

* * *

Florence beeilte sich trotzdem, vorbei an dem Mangohain und dem Bambusdickicht zum Haus ihres älteren Bruders, als Jasper auftauchte, der seinen meistgeschätzten Besitz bei sich trug, sein tragbares Transistorradio, mit dem er die Musik des Radiosenders von Lira zu hören pflegte. Er war im letzten Jahr sehr gewachsen und groß, schlaksig und ein wenig albern, als er mit dem Radio vorbeitanzte.

Er sah Flo und tänzelte in ihre Richtung, während er ein Lied über das Trinken von Alkohol sang.

»Das singst du lieber nicht bei Josca«, lachte Florence. »Was ist das?«

Er grinste und machte das Radio lauter. »›Tubthumping‹ von Chumbawamba. Das ist aus Großbritannien. Mein neuer Lieblingssong.«

»Zumindest für den Moment.«

»Ganz genau. Das wird sich nächste Woche wieder ändern«, sagte Jasper.

»Okay«, lachte sie erneut und schob sich an ihm vorbei. »Ich muss irgendwohin.«

Er folgte ihr. »Hoffentlich ist es da gut.«

»Zu Owen, um Peperoni für Joscas Hähnchen-Okra-Eintopf zu holen.«

»Ich liebe diesen Eintopf«, stöhnte Jasper und rieb sich den Bauch. »Ist da auch was für mich dabei?«

»Ich weiß nicht, wer zum Essen kommt, aber ich frag Mama«, sagte sie, ging um eine Ecke und sah Owen in seinem Garten über eine Harke gebeugt. Er sah nicht gut aus.

»Hey, was ist mit dir?«, fragte Florence.

Owen hustete und richtete sich auf. »War eine Sekunde erschöpft. Hab keine Luft mehr bekommen.«

Ihr älterer Bruder war Ende zwanzig und normalerweise so stark wie ein Ochse.

Sie und Jasper gingen zu ihm. »Bist du sicher?«

Owen lächelte. »Das bin ich und jetzt geht es wieder. Kann morgen mit dem Pflücken beginnen.«

»Ich werde dir nach meiner Prüfung helfen kommen«, sagte Florence.

»Stimmt ja! Das hatte ich ganz vergessen«, sagte Owen. »Ein großer Tag für dich, Flo.«

»Ich habe es auch vergessen«, sagte Jasper. »Warum übst du denn gar nicht mehr?«

»Weil ich fertig bin.«

»Keine Sorgen?«, fragte Owen.

»Ich glaube, es ist ein gutes Zeichen, wenn ich mir keine Sorgen mache. Mama hat mich geschickt, um ein paar rote Peperoni für ihren Hühnchen-Okra-Eintopf zu holen.«

Owen bekam einen verträumten Ausdruck im Gesicht. »Ich liebe diesen Eintopf.«

Jasper sagte: »Jeder liebt diesen Eintopf.«

»Wie viele Peperoni?«

Florence sagte: »Das hängt von der Größe ab. Vier?«

Owen lehnte die Harke an einen Baum, bevor er in eine Hütte ging und kurz darauf mit vier getrockneten roten Peperoni herauskam. »Sie sind scharf, aber nicht zu scharf.«

»Das sage ich ihr, danke«, sagte sie und nahm sie entgegen.

Owen umarmte sie. »Viel Glück morgen.«

»Sie braucht kein Glück«, sagte Jasper. »Sie ist bereit.«

»Ich bin bereit und nehme auch das Glück«, sagte Florence und umarmte Owen ebenfalls.

Als sie sich trennten, sagte ihr ältester Bruder: »Wenn es genug gibt, sag Mama, dass ich nichts gegen eine halbe Portion hätte.«

»Sag Tante J dasselbe von mir«, sagte Jasper.

»Ich werde es ihr sagen, doch sie hat gemeint, dass es gerade nicht viel Lebensmittel auf dem Markt gibt.«

»Das ist aber nicht gut«, sagte Owen.

»Deshalb brauchen wir deinen Garten und deine Peperoni.«

»Wir werden den ganzen Tag pflücken.«

»Wir sehen uns nach dem Essen.«

* * *

Sie winkte zum Abschied und lief mit den Peperoni zurück zu ihrer Mutter.

»Sind vier genug?«, fragte sie.

»Perfekt«, sagte Josca und rollte sie in den Händen, um sie über dem Topf zu zerbrechen, der jetzt Wasser und die restlichen Zutaten enthielt.

»Das riecht schon köstlich, Mama.«

Zwei Stunden später roch es noch besser, als ihre Mutter dampfende Teller ihres berühmten Hühnchen-Okra-Eintopfs an Florence, ihren Vater und den drei noch zu Hause wohnenden Geschwistern reichte.

»Sie macht morgen ihre Prüfung, Constantine«, sagte Josca.

»Sie wird sie bestehen«, sagte ihr Vater und tippte sich an die Schläfe. »Sie kann sich an alles erinnern. Die Pflanzen, die ich ihr gezeigt habe, die kennt sie noch. Selbst wenn sie sie nur ein einziges Mal gesehen hat!«

Florence genoss Constantines Lob.

Für Owen und Jasper gab es noch genügend Eintopf, die ihn zu einem der besten erklärten, die Josca jemals gemacht hatte, die perfekte Mischung aus Knoblauch, Salz, Cayenne-Pfeffer, Tomaten und Okra. Florence fand es ebenfalls und wünschte sich, dass es genug gab für eine zweite Portion.

Doch dann erinnerte sie sich an die Prüfung früh am nächsten Morgen und überlegte, dass es wohl am besten wäre, wenn sie die Prüfung nicht mit vollem Magen oder nach einer Nacht mit schlechtem Schlaf machen würde. Es dunkelte bereits und sie wollte früh zu Bett gehen.

Ihr Vater fragte: »Wann wirst du die Ergebnisse der Prüfungen erfahren?«

Florence begann damit, die Schalen und Löffel zum Spülen einzusammeln. »Ich glaube, Ende Februar, Anfang März. Das hängt davon ab, wie viele die Examen machen.«

»Aus dem ganzen Land«, sagte Jasper. »Ich bin nur froh, dass meine erst nächstes Jahr sind.«

»Das ganze Land«, sagte ihr Vater. »Was brauchst du für Noten?«

»Neunzig Prozent oder höher«, sagte Florence.

Owen pfiff durch die Zähne. »Die obersten zehn Prozent. Du greifst nach den Sternen, Schwesterchen.«

»Immer«, sagte Josca.

»An jedem Tag«, sagte Florence und fühlte sich ein wenig beschwipst.

Das Schwindelgefühl blieb wie Schmetterlinge in ihrem Bauch, als sie mit dem Spülen des Geschirrs und des Kochtopfes fertig wurde, ihre Notizbücher und eine Kerosinlaterne nahm und in ihre Hütte ging. Sie legte sich auf ihre Matte, zog die Decke über sich und blickte auf ihr Buch der Träume, las ein paar ihrer Lieblingsstellen, bevor sie die Flamme ausblies.

Sie schloss die Augen und aus heiterem Himmel und zum ersten Mal seit Tagen hörte Florence eine zweifelnde Stimme flüstern:

*Du bist dir zu sicher. Du hast die Gleichungen nicht genug gelernt. Du hast zu spät mit der Schule begonnen. Es gab Dinge, die du ausgelassen hast, die in diesem Examen drankommen werden. Darauf kannst du dich verlassen. So läuft es, Flo. Sie fragen dich immer nach dem, was du nicht weißt. Und du weißt es nicht, weil du nicht gut genug bist. Und weil du nicht gut genug bist, wirst du niemals Krankenschwester werden, und niemand wird dich respektieren und lieben. So läuft es.*

Sie spürte eine Enge in der Brust, die sich zu einer Panik entwickelte. *So läuft es, oder etwa nicht? Sie werden versuchen, mich auszutricksen, oder nicht?*

Ihr Magen krampfte sich zusammen und sie dachte, sie würde krank werden. Alle verließen sich auf sie. Ihre Mutter. Ihr Vater. Ihre Brüder und Schwestern. Ihre Cousinen. Sie alle erwarteten, dass sie die Prüfung bestand und die Heldin wäre, das Mädchen, das Amia'bil verlässt und Krankenschwester wird.

*Aber wenn ich das nicht kann?*

Florence wälzte sich in jener Nacht stundenlang herum. Der lange und tiefe Schlaf, den sie so verzweifelt ersehnte, wich unruhigen Fetzen von Bewusstlosigkeit und Träumen, dass sie nicht rechtzeitig aufwachte und die Prüfung ganz verpasste. Sie sah immer wieder Mr Alonsius, wie er die fertigen Prüfungspapiere von den anderen Schülern einsammelte, während sie gerade ins Klassenzimmer gelaufen kam, um zu beginnen.

* * *

In den frühen Morgenstunden fiel sie schließlich in tiefen Schlaf, sodass Josca sie an der Schulter schütteln musste. »Du stehst zu spät auf!«

Florence wurde wach und fragte entsetzt: »Wie spät ist es?«

»Kurz nach sieben.«

Sie hatte um sechs Uhr aufstehen wollen! Schnell zog sie sich an. »Ich kann noch ein wenig essen und es schaffen. Wenn jemand meine Aufgaben übernehmen kann.«

Jasper war draußen und hörte Radio. »Ich mach das für dich.«

Florence umarmte ihren Cousin, lief los, um Brot und Kaffee am Feuer zu bekommen. Josca gab ihr ein gekochtes Ei und eine Avocado zum Mitnehmen, dazu ein paar Flaschen Wasser. Sie stopfte alles in ihre Büchertasche, dann rannte sie los, während ihre Mutter und ihr Cousin und ihre Schwestern ihr »Viel Glück!« hinterherriefen.

Zweimal wurde sie auf dem zwei Kilometer langen Weg langsamer und spürte, wie ihr Kopf ein wenig schmerzte.

Die zweifelnde Stimme sagte: *Du bist jetzt viel zu müde. Siehst du? Ich habe doch gesagt, dass du nicht gut genug bist, und jetzt beweist du, dass ich recht hatte.*

Etwas sagte ihr, dass sie das Ei und die Avocado essen und mehr Wasser trinken sollte, was sie auf dem Weg zur Schule tat. Der Kopfschmerz ließ nach, als sie den Hof erreichte und ein Dutzend anderer nervöser Kinder sah, die an Mr Alonsius vorbeigingen, der sie auf der Veranda vor dem Prüfungsraum abklatschte. Er grinste, als er sie sah.

»Da bist du ja!«

»Ich bin doch nicht zu spät?«

»Du bist genau rechtzeitig«, sagte er. »Bist du bereit?«

*Du bist nicht einmal annähernd bereit,* sagte die Stimme des Zweifels.

Florence zwang sich, die Stimme zu ignorieren und sich zusammenzunehmen, zu lächeln und zu sagen: »Ich bin so bereit, wie ich nur sein kann.«

Ihr Lehrer zwinkerte ihr zu und klatschte sie noch einmal ab. »Dann geh da rein und nimm deine Zukunft in die Hand, Florence. Sie wartet nur auf dich!«

# Sechzehn

***Anfang Dezember 1997***
***In der Nähe von Torit, südlicher Sudan***

Fast drei Jahre waren vergangen, seit Anthony Opoka Fernmelder geworden war.

»Ist das alles, General?«, fragte Anthony.

Es war spät in der Nacht und sie hatten vor Morgengrauen mit der Arbeit begonnen.

»Für den Augenblick, Opoka«, sagte General Tabuley. »Doch der Große Lehrmeister berät sich heute Nacht mit dem Geist von Jumma Driscer und wird uns um sechs Uhr früh seine neue Kampfstrategie mitteilen.«

»Ich werde das Funkgerät bereithaben, General.«

»Und davor mein Frühstück«, knurrte Tabuley und drehte sich weg.

*Sonst noch was, General?,* dachte Anthony verbittert, als er ging. *Ohne einen neuen Rekruten in deinen Fußspuren liegt wieder alles an mir, ich bin wieder dein Sklave. Dein einhändiger Sklave.*

Das war er, oder nicht?

*In allem, außer der Bezeichnung,* dachte er, ging zwanzig Meter von Tabuleys Grashütte weg und legte sich unter einem Bambusgerüst mit fest verknüpften Binsen über dem Kopf auf seine Matte neben den Rucksack mit dem Funkgerät. Da er gelernt hatte zu schlafen, wann immer sich die Gelegenheit bot, zog er die Decke hoch, schloss die Augen und dachte daran, dass er nicht mehr wusste, wer er eigentlich war. Jemand, der Befehle befolgte und ruhig blieb. Der Junge, der er vor seiner Verschleppung gewesen war, war fast völlig aus seinem Gedächtnis verschwunden.

Er war achtzehn und ein abgehärteter Veteran zahlreicher Schlachten mit den Dinka und der ugandischen Armee, die jetzt aktiv versuchte, alle Überfallkommandos der LRA abzufangen, sobald sie die Grenze überschritten. Doch noch immer kamen genügend ältere LRA-Soldaten wie Sergeant Bacia durch und kehrten mit neuen Rekruten zurück. Nach Anthonys Zählung hatte Joseph Kony jetzt Tausende Kinder und Jugendliche, die für ihn kämpften, und der Große Lehrmeister herrschte noch immer durch Angst und Brutalität, wobei er seine Soldaten dazu antrieb, Vergeltungsmaßnahmen mit barbarischen Verstümmelungen gegen Ugander durchzuführen, die versuchten, die Entführungen zu stoppen.

*Ich hasse es,* dachte er, abgestoßen von dem bloßen Gedanken daran. *Ich hasse das, was aus mir geworden ist. Ich hasse den, der ich sein muss.*

Nach außen hin hatte der junge Funker alles ihm Mögliche getan, um General Tabuleys Befehlen zu folgen und alle Botschaften schnell anderen LRA-Anführern zu übermitteln, wobei er das TONFAS-Codesystem benutzte. Er genoss die Finessen seiner Tätigkeit als Funker, auch wenn er sich dabei oft in Gefahr begab. Er trieb sich selbst dazu an, alles so schnell zu tun, wie es sein verletzter Arm erlaubte, und so fröhlich, wie er konnte, lächelnd und lachend, er erzählte Witze und wirkte immer so, als würde er sich voll und ganz der Sache widmen, Uganda für Joseph Kony zu erobern.

Insgeheim jedoch hasste Anthony sein Leben, hasste Kony, weil er es ihm gestohlen hatte, hasste die Lord's Resistance Army mit seinem ganzen Dasein. Er blieb befreundet mit und ein Vertrauter von Patrick Lumumba, doch sie sahen sich in diesen Tagen nur unregelmäßig. Und obwohl er Alberts Stimme häufig über Funk hörte, hatte er seinen jüngeren Bruder seit mehr als zwei Jahren nicht mehr gesehen oder gesprochen.

Die Schuld dafür gab er dem Großen Lehrmeister. Er gab Kony und seinen verrückten Ideen und Geistern die Schuld an allem. In letzter Zeit hatte sich dieser Hass in Verbitterung verwandelt, die wie eine dicke Kette war, die sich von Kopf bis Fuß um ihn wickelte. Das Gewicht war an der Brust am schwersten, wo er täglich Herzschmerzen zu haben schien. Es machte ihn wütend und immer bewusster gegenüber der Einsamkeit des verwundeten Leoparden in seiner Höhle.

Als er vor Erschöpfung nach einem langen Tag einschlummerte, der um vier Uhr früh begonnen hatte und erst gegen Mitternacht endete, dachte er wieder: *Ich hasse das. Etwas muss sich ändern.*

* * *

Beim Aufwachen dachte der Fernmelder immer noch dasselbe.

Ähnliche Gedanken belasteten ihn den ganzen Morgen. Im Innern wurde Anthony düsterer und verbitterter als je zuvor. Dann am Nachmittag befahl ihm der General, nach Torit zu gehen und Vorräte zu besorgen. Wegen Anthonys umfangreicher Kenntnisse des TONFAS und der Schlachtpläne der LRA ließ der General ihn von zwei Soldaten begleiten. Er wollte nicht, dass sein Funker von Dinka gefangen wurde oder eine spontane Flucht unternahm.

Christopher war neunzehn und ein siebenjähriger LRA-Veteran. David war ebenfalls neunzehn und kämpfte seit mehr als fünf Jahren für Kony. Anthony war freundlich genug zu ihnen, denn sie sprachen einen ähnlichen Dialekt der Acholi-Sprache und hatten gemeinsam zahlreiche Kämpfe überlebt. Doch er wusste, dass sie sich als seine Vorgesetzten betrachteten, unabhängig davon, wer sein Kommandeur war.

Ein Unwetter dräute im Westen, als das Trio in Richtung Torit eilte, eine sieben Kilometer weite Reise, für die sie nur etwas mehr als eine Stunde brauchten. Sie hatten gerade den Stadtrand erreicht, als das Gewitter mit so starken Winden und strömendem Regen zuschlug, dass sie sich in ein großes Ladengeschäft flüchteten, wo ein Lied auf Swahili im Radio lief. Es roch nach Gewürzen und Weihrauch.

Der grauhaarige Ladenbesitzer saß hinter der Theke und las ein Buch. Er trug eine dicke, schwarz gerahmte Brille und eine sandfarbene Tunika. Bei ihrem Eintreten sah er auf. Wenn er irgendwelche Furcht vor ihren Waffen hatte oder wegen Christophers und Davids schmutziger Kleidung und ihren Dreadlocks, so zeigte er es nicht. Im Gegenteil –der alte Mann lächelte die beiden und auch Anthony freundlich an, der auf Verlangen des Generals seine Uniform sauber und seine Haare kurz hielt.

»Herzlich willkommen, ihr jungen Männer«, sagte der Geschäftsinhaber auf Englisch, erhob sich von seinem Stuhl und ging mit ausgebreiteten Armen und einem freundlichen Lächeln auf sie zu. »Willkommen in Mabiors Basar. Womit kann ich dienen? Was möchtet ihr kaufen?«

Ohne irgendeinen Grund schlug Christopher dem Mann seinen Gewehrkolben ins Gesicht. Mabior ging mit einem Aufschrei zu Boden und schlug schwer auf, während seine Wange zu bluten begann. Er lag fassungslos da und machte keuchende Geräusche. Ein Brillenglas war zersprungen.

»Warum zum Teufel hast du das gemacht?«, wollte Anthony wissen.

»Er hat etwas Unverschämtes zu mir gesagt, Opoka«, sagte Christopher. »Das habe ich genau gehört.«

»Hat er nicht. Sprichst du kein Englisch?«

»Warum sollte ich?«

Anthony war angewidert. »Er hat nur gefragt, was wir wollen.«

»Sag ihm, wir wollen alles, was ich will«, sagte Christopher. »Ich kann mir alles nehmen.«

»Und ich auch«, sagte David, ging eine Regalreihe entlang und tat Reis- und Nudelsäcke in seinen Rucksack.

Anthony fluchte leise, bevor er den Ladenbesitzer stöhnen hörte und sah, wie er sich mühevoll aufzurichten versuchte. Er stellte sein Gewehr ab und half dem Mann auf.

Anthony sagte: »Es tut mir leid, dass er das getan hat, Mr Mabior. Es tut mir leid, dass sie von Ihnen stehlen. Es tut mir auch leid wegen Ihrer Brille. Ich werde Ihnen so viel Geld geben, wie ich bekommen habe.«

Obwohl seine Wange angeschwollen war und blutete, nickte der alte Mann und sagte: »Danke. Da ist ein Erste-Hilfe-Kasten hinter der Theke. Kannst du ihn mir bitte geben?«

Anthony spähte zu den zwei anderen LRA-Soldaten, die jetzt Konservendosen in ihre Taschen taten, dann ging er hinter die Theke und fand den Kasten auf einem niedrigen Regal. Er öffnete ihn und fand ein Antiseptikum und Mullbinden.

Als er anfing, die Wunde von Mr Mabior zu reinigen, rief Christopher von hinten im Laden auf Acholi: »Was zum Teufel tust du da, Opoka?«

»Ich räume hinter dir auf, du Arschloch«, sagte Anthony und wandte sich vom Ladenbesitzer ab, um einen Verband zu holen.

»Wahrscheinlich hilfst du eher den Ungesegneten«, sagte Christopher und klang angewidert. »Ich werde dich melden bei …«

*Rumms! Pfeif!* Anthony erkannte die Mörsergranate an ihrem Geräusch und warf sich auf den Boden, kurz bevor die erste nah genug explodierte, um das Gebäude zu erschüttern.

David und Christopher schulterten ihre ausgebeulten Taschen und liefen zu Anthony, dem Ladenbesitzer und der Eingangstür.

»Dinka!«, schrie David. »Sie müssen gesehen haben, wie wir reingegangen sind! Komm, Opoka!«

* * *

David riss die Tür auf, als Anthony gerade die zweite Mörsergranate hörte. David trat hinaus in den Regen und Christopher folgte unmittelbar hinter ihm, bevor die Granate auf der Straße explodierte, keine zehn Meter von ihnen entfernt. Die LRA-Jungs wurden umgerissen.

Die dritte Granate traf unmittelbar vor den Eingang und ihr Einschlag war so kräftig, dass er den Türrahmen abriss und einen Teil der Vorderwand nach innen drückte. Trümmer flogen durch das Geschäft, zusammen mit einer Staubwolke, die sich über Anthony legte.

Weitere Granaten kamen angeflogen. Doch diese explodierten tiefer in der Stadt. Vielleicht dachten die Dinka-Soldaten, dass nur zwei LRA-Soldaten in das Geschäft gegangen waren, und wollten jetzt Torit weichklopfen, um es womöglich später am Tag anzugreifen.

Anthony stand auf, blickte durch das klaffende Loch an der Seite des Geschäfts und sah Christopher und David auf dem Boden liegen, blutend und reglos. Hinter sich hörte er ein Stöhnen, sah sich um und entdeckte Mr Mabior auf dem Boden, der noch immer blutete. Der alte Ladenbesitzer hielt sich die linke Seite, wo sich ein zweiter Blutfleck auf seiner

Tunika ausbreitete. Anthony sah, wie von seinem linken Bein Blut in die Luft spritzte, und reagierte instinktiv.

Er öffnete seinen Gürtel und zog ihn aus, ging dann sofort zu dem alten Mann. Einhändig wickelte er den Gürtel um den Oberschenkel, stemmte seinen Stiefel über eine große Schnittwunde und zog den Gürtel fest genug, damit die Blutung stoppte.

»Mr Mabior?« Anthony kniete sich hin und zog das Hemd des Mannes hoch, wo er dunkles Blut aus einer kleinen Wunde an seinem Bauch kommen sah. »Können Sie mich hören?«

»Alles gut«, krächzte der. »Danke.«

»Sie sind ganz übel getroffen worden.«

»Ich weiß.«

»Ich bringe Sie zu einem Krankenhaus.«

Granaten schlugen näher am Geschäft ein und ließen das Gebäude beben.

»Nein, das machst du nicht«, sagte Mabior und lächelte leicht.

»Vielleicht nicht sofort«, sagte Anthony, als in der Ferne Maschinengewehrfeuer zu hören war. »Sie werden mir doch nicht ohnmächtig werden, oder?«

»Nein«, sagte er mit dünner Stimme. »Es tut weh, aber nicht so stark.«

Anthony nahm Stoffballen und schnitt Streifen zum Verbinden ab, bevor er Alkohol aus der Erste-Hilfe-Kiste in die beiden Wunden goss. Mabior zuckte beide Male, schrie aber nicht.

Als Anthony fertig mit dem Verbinden der Wunden war, sagte der Ladenbesitzer: »Und du, Opoka? Wie geht es dir heute?«

Anthony runzelte die Stirn. »Mir? Ähm, ich denke, mir geht es ganz gut, wenn man bedenkt, dass ich gerade zwei Männer verloren und einen Mörserbeschuss überstanden habe und jetzt versuche, Ihnen zu helfen.«

»Wie ist dein Vorname?«

»Anthony.«

»Noch hast du den Mörserangriff nicht überlebt, junger Anthony«, sagte der alte Mann in nüchternem Ton. »Und vielleicht wirst du es auch nicht, denn ich spüre, dass du dein Leben nicht liebst.«

Anthony starrte ihn an. »Was gibt es daran zu lieben?«

»Vieles, wenn du dich nur mal umsiehst.«

Anthony war verärgert. »Sehen Sie sich doch um, Mr Mabior. Sehen Sie mal in den Spiegel. Ihr Laden ist eine Ruine. Sie haben Schrapnelle im Körper. Die große Arterie in Ihrem Oberschenkel ist angerissen, und ich bin mir ziemlich sicher, dass Sie auch einen Splitter in der Leber haben.«

»Das sind Kleinigkeiten im großen Ganzen«, antwortete er mit einer schwachen Handbewegung. »Ich habe gelernt, nicht zu leiden. Du aber nicht.«

»Was?«

»Du hast nicht gelernt, wie du dein Leiden beenden kannst«, sagte Mr Mabior mit eindringlicher, rauer Stimme. »Wenn es dir nicht gelingt, es zu beenden, dann versperrst du deinen Geist und hast keinen Zugang mehr zur Macht des Universums. Und wenn du lange genug davon getrennt bist, dann hasst du dein Leben. Das führt zu einer endlosen Abwärtsspirale des Leids. Das tust du doch, oder? Du hasst dein Leben. Es war überall an dir zu sehen, bevor die Granaten einschlugen.«

Anthony biss die Zähne zusammen und wurde noch wütender auf den Mann. »Warum sollte ich mein Leben nicht hassen? Man hat es mir gestohlen.«

»Niemand kann dir deinen Geist stehlen. Du kannst ihn nur weggeben.«

»Ich höre Ihnen jetzt gar nicht weiter zu«, sagte Anthony. »Womöglich sterben Sie, wenn wir Sie nicht bald in ein Krankenhaus bringen. Sie müssen Schmerzen haben. Sie müssen Ihr Leben hassen.«

Der Ladenbesitzer erstarrte und schloss für ein paar Sekunden die Augen, bevor er leise lächelte und sie wieder öffnete. »Ich habe körperliche Schmerzen, doch ich leide nicht so, wie du es gerade tust. Du musst wissen, dass der Schmerz körperlich, das Leiden aber geistig ist. Wenn du lernst, das Leiden zu beenden, wenn deine Augen und dein Herz wirklich geöffnet sind, dann siehst du dein ganzes Leben in einem anderen Licht, sogar den Tod.«

Anthony wollte ihm das nicht glauben, solche Hoffnungen gar nicht nähren. »Sie haben keine Ahnung, was ich durchgemacht habe.«

»Nein, nicht die Einzelheiten. Doch, wie gesagt, man sieht es überall an dir. Es klebt an dir und wird es weiter tun, solange du leidest. Wenn du das Leiden beendest, dann wird es dich verlassen, und in diese Leere wird das Universum hineinfließen und du wirst dein besonderes Geschenk erhalten, die eine Sache, die du am meisten benötigst, und dein Leben wird sich zum Besseren verändern.«

»Ach wirklich? Und was ist damit? Kann ich das etwa auch ändern?«, fragte Anthony und knöpfte sein Hemd auf, um seine Schulter zu zeigen.

Der alte Mann starrte einen Moment darauf und schüttelte mit großem Mitgefühl den Kopf. »Wie schrecklich. Und dafür hasst du dein Leben?«

»Ja«, sagte er und hatte das Gefühl, als würde der Mann seine Zwangslage absichtlich nicht verstehen wollen. »Für das und für alles andere in dem Zusammenhang! Ich wurde entführt, aus meiner Familie gerissen von verrückten Leuten, die Jungen in Mördermaschinen und Monster verwandeln. Sie haben mich zusammen mit Hunderten verschleppten Kindern viele Kilometer von zu Hause weggehen lassen. Sie ließen mich auf einen kleinen toten Jungen treten, der nicht mithalten konnte und noch am Daumen lutschte. Wir wurden gezwungen, ihn zu töten. Ich wollte fliehen, und sie fingen mich wieder ein. Sie töteten zwei andere Jungen, die zu fliehen versuchten, mit dem Bajonett. Sie machten mich zum Sklaven eines Generals. Sie schickten mich ohne Waffe in einen Kampf, zwangen mich, auf Maschinengewehre loszugehen und dabei um Jesu Gnade zu singen. Dann nahmen sie mir auch meinen Arm. Ich darf anderen in der LRA nicht sagen, was ich denke, denn ich könnte dafür umgebracht werden, und deshalb habe ich keine echten Freunde. Ich kann nicht fliehen, denn selbst wenn ich es schaffen würde, würden sie Bilder an die ugandische Polizei schicken, wo man mich mit dem Fuß auf dem Jungen sieht. Ich kann niemals wieder nach Hause gehen. Niemand von uns kann das. Zwanzigtausend von uns. Nach allem, was ich durchgemacht habe, bin ich gefangen in einem Leben, das ich hasse, in dem es nichts gibt als Leid.«

Anthony hatte keine Ahnung, wann er während seiner Tirade zu weinen begonnen hatte, doch die Tränen liefen so schnell und zahlreich, dass er kaum den alten Mann erkennen konnte, der sich vorbeugte und ihm die Hand auf die gesunde Schulter legte. Für lange Zeit war er still, hielt seine Hand einfach dort, während Anthony schluchzte und würgte und ihm der Rotz aus der Nase lief.

Schließlich, als sein Weinen aufhörte, sagte Mr Mabior: »Es tut mir leid, was dir alles in so jungen Jahren widerfahren ist. Es ist mehr als schrecklich.«

Die Granaten, die immer weiter weg in der Stadt aufschlugen und explodierten, schienen jetzt die Richtung geändert zu haben und kamen wieder näher. Genauso das Maschinengewehrfeuer.

Der Ladenbesitzer ignorierte die Kampfgeräusche und sah Anthony eindringlich an. »Um nicht weiter an diesen Dingen zu leiden, musst du lernen, sie loszulassen, und um sie loszulassen, musst du aufhören, auf jene Stimmen in deinem Kopf zu hören. Du hast sie doch, oder? Die vier Stimmen, die sich ständig wiederholen. Die dich antreiben, noch härter zu arbeiten, um zu überleben. Die die Ungerechtigkeit der Dinge anführen, die dir zugefügt wurden, und die Menschen, die sie dir zugefügt haben. Die dich wissen lassen, dass dir immer etwas fehlen wird, etwas nicht da sein wird, wie sehr du dich auch bemühst. Und vor allem, die dich mit Angst erfüllen. Angst, die gerechtfertigt ist, nach allem, was du erlebt hast. Angst, dass die Dinge niemals wieder besser werden, weil du vom Universum verdammt bist. Angst, dass du für immer dieser Junge bleiben wirst, der gefangen ist und zu etwas gezwungen wird, was er niemals sein wollte. Ist es nicht so?«

Anthony war so verblüfft, dass er nicht wusste, was er sagen oder tun sollte. Es war, als könnte der alte Mann seine Gedanken lesen.

»Sind das nicht die vier Stimmen, die niemals schweigen?«, fragte der Geschäftsmann freundlich.

Schließlich nickte Anthony. »Und noch andere.«

»Ja. Da sind noch andere. Doch es sind vier, die immer am lautesten sind, oder?«

Er dachte nach und nickte erneut. »Woher wussten Sie das?«

»Weil jeder dieselben vier Stimmen hört. Jeder.«

Ein Mörser donnerte. Die Granate pfiff direkt über das Geschäft hinweg. Anthony duckte sich und machte sich klein, bevor er sie einen guten halben Kilometer entfernt im Westen explodieren hörte. Als er sich aufrichtete, lag der alte Mann dort, sein Körper wand sich vor Schmerz, doch seine Augen und sein Gesicht blieben davon unberührt.

Anthony fragte: »Hören Sie die Stimmen nicht mehr?«

»Doch, das tue ich. Man kann nicht völlig von ihnen wegkommen, doch man kann lernen, sie als das zu erkennen, was sie sind, und wie sie versuchen, deinen Geist zu zerstören. Und wenn du lernst, diese vier Stimmen an ihrem Namen zu erkennen, dann werden sie leiser, und für lange Momente hört man sie gar nicht mehr.«

Anthony dachte darüber nach. »Dann haben sie Namen?«

»Das tun sie. *Eile. Gewalt. Mangel.* Und *Angst.*«

* * *

Während der Granatenangriff und die Schlacht weiter um sie herum tobten, kümmerte sich Anthony um den Ladenbesitzer, der jedes Mal schwächer wurde, wenn sich der Druckverband lockerte, und stärkere Schmerzen empfand, wenn er den Verband an seinem Bauch wechselte.

Doch zwischen schmerzhaften Krämpfen und im Verlauf einer ganzen Stunde erzählte der alte Mann dem Fernmelder immer mehr von den vier Stimmen und wie sie versuchen, das Leben von innen heraus zu zerstören. Als die Sonne langsam unterging, verstummten die Granaten. Das Schießen hörte auf.

»Verstehst du?«, flüsterte Mr Mabior. »Kannst du die Stimmen jetzt erkennen?«

»Ich glaube ja«, sagte Anthony.

»Gut«, sagte der Ladenbesitzer und schloss die Augen mit einem leichten Lächeln. »Ich habe dieses Leben mit einer guten Tat beendet. Mein nächstes wird besser sein.«

»Sie sterben nicht«, sagte Anthony. »Wir bringen Sie in ein Krankenhaus.«

»Nein«, sagte Mr Mabior. »Ich schmecke den näher kommenden Tod.«

Bevor er noch antworten konnte, hörte er draußen Stimmen, von denen er eine sofort erkannte.

»Patrick!«, rief er, rannte los und kletterte über die Trümmer vor dem Laden.

Dort stand sein lange schon vermisster Freund mit fünf anderen LRA-Männern. Sie standen um die Leichen von Christopher und David.

Patrick sah ihn ernst an. »Du hättest schon vor Stunden wieder im Lager sein sollen. Der General hat uns losgeschickt, um dich zu suchen, und wir sind auf dem Weg in eine üble Schießerei geraten.«

»Die Dinka«, sagte Anthony. »Sie haben uns beschossen, die beiden wurden getroffen, deshalb habe ich mich im Innern versteckt.«

»Nicht ans Davonrennen gedacht?«, fragte ein anderer, ihm unbekannter Soldat.

»Ich habe ans Überleben gedacht«, schoss Anthony zurück. »Und auch daran, das Essen zu besorgen, das der General verlangt hatte, um anschließend zurück ins Lager zu kommen.«

»Wir bringen dich jetzt dahin, zusammen mit dem Essen«, sagte Patrick.

»Moment«, sagte Anthony. »Mein Gewehr ist noch drinnen, und mein Rucksack. Und da ist auch ein verletzter Mann.«

»Hol dein Gewehr und deinen Rucksack. Lass den Verwundeten.«

Anthony wollte widersprechen, doch Patrick sagte: »Jetzt, Opoka. Du hast eine neue Aufgabe. Ich werde dir alles auf dem Rückweg erzählen.«

Er zögerte, wandte sich dann um und kroch zurück in die Ruinen des Ladens. »Mr Mabior«, sagte er, als er wieder bei dem alten Mann war. »Ich werde versuchen …«

Anthony erkannte am offen stehenden Mund des Ladenbesitzers, dass er gestorben war. Er starrte lange auf die Leiche, bevor er flüsterte: »Danke.«

Dann setzte er seinen Rucksack auf, nahm sein Gewehr und kroch wieder hinaus, wo er auf den ungeduldigen Patrick traf.

»Bist du okay?«

Anthony zuckte mit den Schultern. Die anderen LRA-Männer hatten die Rucksäcke von David und Christopher genommen.

Patrick drehte sich und begann im letzten Tageslicht den Rückweg zum Lager. In der Luft hing ein säuerlicher Rauch von den Granaten und den brennenden Häusern in der Stadt.

»Was ist meine neue Aufgabe?«, fragte Anthony.

»Der Fernmelder des Großen Lehrmeisters ist gestern früh gestorben«, sagte Patrick. »Er bat General Matata und zahlreiche andere Anführer, den besten Funker bei der LRA zu nennen. Ich war dabei. Matata sagte: ›Opoka.‹ Zahlreiche andere stimmten ihm zu.«

Anthony war unbehaglich zumute. »Und?«

»Du verlässt General Tabuley und wirst Konys persönlicher Fernmelder. Deshalb wurde ich ausgeschickt, um dich zu suchen. Von diesem Moment an, Anthony, wirst du an der Seite des Großen Lehrmeisters leben.«

Verblüfft von dieser plötzlichen Veränderung, fühlte sich Anthony schlimmer als je zuvor. Er würde bei dem Mann leben, den er am meisten hasste, der sein Leben ruiniert hatte, der die Quelle seines ganzen Leidens war.

»Freust du dich nicht?«, fragte Patrick. »Das ist eine gewaltige Ehre.«

Er zwang sich zu einem Lächeln. »Ich bin nur … Das hätte ich niemals erwartet.«

»Dann lass uns schnell gehen. Kony will, dass du bei ihm bist, wenn er das Lager in Palataka abbricht.«

Sie erreichten die Spitze einer Erhebung. Anthony spähte zurück zu der Silhouette der zerschossenen und niedergebrannten Stadt, stellte sich Mr Mabior vor, der jetzt völlig taub gegenüber den vier Stimmen des Leids war, die in dem anfälligen Kopf des armen jungen Mannes nur noch lauter und lähmender geworden waren.

# Siebzehn

***Palataka, südlicher Sudan***

Zwei Tage später tobten die vier Stimmen des Leidens noch immer durch Anthonys Kopf, als er am frühen Nachmittag sein Gewehr in die linke Armbeuge bettete und zu Joseph Konys Lager in einem bewaldeten Bereich neben einem Fluss trottete, wobei er sich fühlte, als würden ihm die schlimmsten Tage seines Lebens bevorstehen.

Und warum auch nicht? Zwei Abende zuvor hatte Patrick auf dem Weg zurück zu General Tabuleys Lager schließlich zugegeben, wie Konys letzter Fernmelder gestorben war. Er war exekutiert worden, nachdem er einen Fehler bei dem TONFAS-Code gemacht hatte, der die LRA einen Kampf am Anfang der Woche gekostet hatte. Dann hatte General Tabuley sich die Mühe gemacht und Anthony davor gewarnt, dass jeder Fehler in Konys Anwesenheit zu einem Besuch von WerBistDu und anschließenden Prügeln führen würde. Oder schlimmer.

»Sei aufmerksam und vorsichtig, Opoka«, hatte Tabuley zu Anthony gesagt, bevor er gegangen war. »Kony verbraucht mehr Fernmelder als ich.«

*Weil er sie verprügelt und erschießt,* dachte Anthony missmutig, während er sich einem Wachtposten näherte, der ihm zu warten befahl. Jemand würde zu ihm kommen.

Anthony ließ seinen Rucksack fallen. Es fühlte sich seltsam an, dass er so leicht war, nachdem er fast drei Jahre lang General Tabuleys Funkgerät getragen hatte. Hinter dem Wachtposten konnte er auf einer Lichtung im Wald Männer zwischen Grashütten sehen, während andere in einem Garten arbeiteten, wo Mais wuchs. In der Luft lag der Geruch von gebratenem Fleisch.

Eine Stunde später kam ein großer, stämmiger älterer Mann. Er trug eine neue Uniform und einen schwarzen Harnisch, an dem vorn zwei Pistolen in Holstern steckten, die für die Möglichkeit, beide Waffen über Kreuz zu ziehen, zu beiden Seiten seines unteren Brustkorbs hingen.

Der Wachtposten wirkte nervös beim Auftauchen des Mannes und ging in Habachtstellung. »Colonel Yango. Ich hatte nicht erwartet, dass Ihr selbst kommt.«

Yango ignorierte ihn und betrachtete Anthony für ein paar Augenblicke, bevor er sagte: »Charles Tabuley sagt, du seist der beste Funker, den er je hatte.«

»Der General ist sehr nett.«

»Nein, ist er nicht«, knurrte Yango. »Und ich auch nicht. Weißt du, warum?«

»Nein, Colonel.«

»Weil ich verantwortlich bin für die Sicherheit des Großen Lehrmeisters«, sagte Yango. »Da du häufig bei ihm sein wirst, musst du dich auf bestimmte Weise verhalten. Hör mir gut zu, während wir gehen.«

*Davon hängt mein Leben ab,* dachte Anthony und versuchte, seine ganze Aufmerksamkeit auf das zu konzentrieren, was ihm der Sicherheitschef erklärte.

Als Erstes zeigte Yango ihm die Position von Konys persönlicher Brigade, der Trincol-Brigade, mit ihren tausend Mitgliedern. Die Trincol lagerten und bewegten sich immer in quadratischer Formation, zweihundertfünfzig kampferprobte Krieger an jeder Seite, die ein zweites inneres Quadrat umgaben. Einhundert Männer bildeten die Seiten des inneren Quadrats, alles sorgfältig ausgewählte Leibwächter, die sich fanatisch dem Schutz von Control Altar widmeten, dem Kern der Lord's Resistance Army: Kony, seinen Frauen und seinen erfahrensten loyalen Offizieren.

»Und mich und jetzt auch dich schützen sie ebenfalls, Opoka«, sagte Yango.

Der Sicherheitschef blieb stehen und malte mit einem Stock ein Quadrat in den weichen Boden. Ins Innere des Quadrats machte er neun horizontale Linien, je drei in einer vertikalen Reihe. Das war die Anordnung beim Schlafen und Gehen, an die man sich strengstens halten musste.

»Kony ist immer Nummer zwei in der mittleren Reihe«, sagte Yango. »Ich schlafe und gehe hier oben in Reihe drei. Einer meiner Leibwächter übernimmt die Spitze von Reihe eins. Ein dritter Leibwächter ist unten von Reihe zwei. Fünf seiner Frauen schlafen und gehen hier, am Boden von Reihe eins. Fünf schlafen und gehen unten in Reihe drei.«

»Wie viele Frauen hat der Große Lehrmeister?«, fragte Anthony.

»Viele, doch nur die höherstehenden Frauen reisen mit ihm, was uns zu den zweiten Positionen in den Reihen eins und drei bringt. In der Mitte von Reihe drei ist die Frau, mit der der Große Lehrmeister in jener Nacht schlafen wird. In der Mitte von Reihe eins ist die Frau, mit der er in der nächsten Nacht schläft. Immer.«

Anthony fühlte sich seltsam dabei und nicht nur, weil es tatsächlich seltsam war, sondern weil es das genaue Gegenteil von seinem Leben als unverheirateter Soldat war, in dem ihm jede Art von Beziehung verwehrt war. Und immerhin war er achtzehn Jahre alt. Er hatte ein starkes Interesse an Mädchen, doch in der LRA wurden alle verschleppten Frauen an ranghöhere Offiziere vergeben. Und es war verboten, außerhalb von Konys Armee nach Gesellschaft zu suchen.

Anthony sagte: »Und ich?«

Yango zeigte mit dem Stock auf die Spitze der zweiten Reihe. »Du wirst hier gehen und schlafen, niemals mehr als fünfzehn Meter entfernt von Kony, immer bereit mit dem Funkgerät.«

»Fünfzehn Meter?«, fragte Anthony. »Auch wenn er mit seinen Frauen zusammen ist?«

»Hier in der Hütte wird es dich nicht kümmern. Im Busch drehst du ihnen einfach den Rücken zu.«

*Ich wusste, dass mein Leben schlimmer werden würde.*

Sie gingen weiter. Yango erzählte ihm, dass Kony um neun und um elf Uhr morgens am Funkgerät sein musste, dann wieder um dreizehn und um sechzehn Uhr und bei Bedarf auch am Abend und am frühen Morgen. Er reichte Anthony eine nagelneue Digitaluhr von Casio.

»Vergewissere dich täglich, dass sie synchron ist mit der Uhr des Großen Lehrmeisters.«

Anthony nahm seine alte Uhr ab und legte die neue an. »Noch etwas?«

»Verlier die Uhr und du verlierst die Hand. Wirst du getrennt von Kony oder deinem Gewehr oder deinem Funkgerät, dann verlierst du dein Leben. Wie der letzte Fernmelder.«

* * *

Es gab noch andere Regeln und es waren so viele, dass Anthony Probleme hatte, sich alle zu merken.

*Du wirst sie dir niemals alle merken können. Dazu bist du gar nicht in der Lage, Opoka.*

Die Stimme von *Mangel* blieb bei ihm, während der Oberst ihn in das innere Quadrat brachte und zahlreichen Leibwachen vorstellte, die Kony umgaben, alles Männer in ihren Zwanzigern und Dreißigern. Einige beschützten den Großen Lehrmeister schon mehr als ein Jahrzehnt. Anthony versuchte zu lächeln, sich ihre Namen zu merken, doch jetzt hörte er *Angst* sagen: *Bald wird dich einer von ihnen umbringen, genau wie den letzten Funker.*

Das Gefühl des Grauens wurde nur noch stärker, als sie ins Innere von Control Altar traten, nah am Fluss und angenehm schattig, wo eine Gruppe von neun Grashütten in jenem Muster von drei mal drei Reihen stand, das Yango zuvor beschrieben hatte. Die nächstgelegenen Hütten in den Reihen eins und drei waren größer als die anderen. Zahlreiche Frauen und Teenagermädchen waren damit beschäftigt, an Feuern vor diesen größeren Hütten zu kochen, während ein Dutzend kleiner Kinder herumtollte.

Anthony erkannte zwei Frauen – Fatima, die Hauptfrau, und Lily, die zehn Jahre jünger wirkte und wesentlich schöner war. Sie trugen neue Batikmieder, Kleider und Kopftücher und überwachten größtenteils die jüngeren, weniger gut gekleideten Mädchen bei der Arbeit.

»Wen haben wir denn hier, Yango?«, wollte Fatima wissen, als sie sie erblickte.

»Opoka«, sagte Yango, »den neuen Fernmelder.«

Sie betrachtete Anthony mit Geringschätzung, dann blickte sie zu Lily und lachte verächtlich. »Ich hoffe, er hält länger durch als der letzte!«

Lily fragte: »Was ist mit seinem Arm?«

»Er wurde fast abgeschossen«, sagte Anthony.

»Haben wir mit dir geredet?«, fragte Fatima scharf.

Yango sagte: »Eine Panzerfaust hat ihn erwischt.«

»Nun, dann wird er wohl keine große Hilfe sein, Sachen für uns zu tragen«, sagte Fatima.

Der Sicherheitschef reagierte, als wäre ihm diese Art von Gespräch nur zu vertraut. »Wir haben ihn nicht als deinen Lastenesel hergebracht, Fatima. Er ist der beste Funker in der LRA.«

»Der beste Funker würde beides tun«, entgegnete sie scharf, bevor sie spöttisch lachte und sich abwandte. »Das werden wir sehen, nicht wahr, Lily?«

»Früh genug«, sagte Lily und lächelte Anthony an.

Fatima sagte: »Ich gebe ihm fünf Tage. Er wird es nicht bis zur ugandischen Grenze schaffen.«

Lily sagte: »Ich wette, dass er mindestens zwanzig durchhält, vielleicht mehr. Vielleicht wird er uns alle überleben.«

»Du Dummkopf«, sagte Fatima.

»Alterndes Miststück«, sagte Lily und zwinkerte Anthony zu.

Yango schüttelte den Kopf und führte Anthony tiefer in Control Altar hinein, vorbei an der Hütte des Leibwächters am Ende von Reihe zwei. Eine achteckige Grashütte, die Hütte von Kony, besetzte die Mitte der zweiten Reihe. Der Bereich darum war leer. Sie gingen zu der Hütte hinter Anthonys neuem Zuhause, was sie ein gutes Stück außer Hörweite von Fatima und Lily brachte, die noch immer zankten.

»Die Hauptfrauen sind anders«, sagte der Sicherheitschef mit leiser Stimme. »Er behandelt die großen vier wie seine Königinnen. In Uganda hatten Fatima, Lily und die anderen gar nichts. Durch Kony haben sie jetzt alles. Halte dich von ihnen fern, so gut du kannst, konzentriere dich auf deine Arbeit und lass dich nicht in ihre Dramen einspinnen.«

Anthony nickte. »Wenn ich immer fünfzehn Meter von dem Großen Lehrmeister entfernt bin, dann werde ich mit ihnen nicht reden müssen, außer wenn er mit ihnen spricht.«

»So ist es richtig«, sagte Yango, dann zeigte er auf die Hütte. »Drinnen sind neue Funkgeräte. Einer meiner Männer wird das größere für dich tragen.«

Anthony trat ein, fand ein fünfzehn Kilogramm schweres Cascina-Funkgerät, ähnlich jenem, das er für General Tabuley bedient hatte, und den größeren zwanzig Kilo schweren Yaesu-Apparat. Batteriepacks, Antennendraht und Haken lagen auf dem Boden neben ihren Transporttaschen.

Yango tippte auf seine Uhr. »Kony wird bald für die Übertragung um sechzehn Uhr kommen. Lass deine Sachen hier und bereite das Cascina vor.«

Das stärkere Yaesu-Kurzwellengerät war bekanntermaßen launisch und Anthony hatte nur eingeschränkte Erfahrungen mit diesem Modell, deshalb war er froh, dass er das vertraute Cascina für den Großen Lehrmeister bedienen sollte. Bei dem Gedanken, an der Seite des fordernden Konys zu arbeiten, fühlte er sich beunruhigt, während er das Funkgerät vor der achteckigen Hütte aufbaute.

Stimmen des Leidens begannen, ihn zu schikanieren und zu beschimpfen.

*Es wird nicht lange dauern,* sagte *Mangel. Du wirst nicht lange durchhalten.*

*Angst* sagte: *Fatima hält dich für nutzlos. Und was auch immer Lily denkt, so wirst du es doch nicht bis zur Grenze Ugandas schaffen.*

Anthony wurde wütend und wünschte, er könnte die Stimmen zum Schweigen bringen, was ihm jedoch nicht gelang, bis er Kony und Yango in den Control Altar kommen sah, umgeben von Leibwächtern. Gekleidet in seine weiße Tunika und Hose, ignorierte der Große Lehrmeister Fatima und Lily und kam direkt zu Anthony und dem Funkgerät. Seine Augen schienen sich in den Fernmelder zu bohren, sodass er wieder das

Gefühl hatte, als könnte der LRA-Anführer seine Gedanken lesen und seinen Verstand prüfen.

*Er kennt dich! Er weiß, dass du es nicht schaffst! Genau wie seine Frauen!*

Er musste seine gesamte Kraft aufbieten, um nicht zu zittern, als er den Kopf senkte und sagte: »Lehrer.«

»Du bist Opoka?«

Mit gesenktem Kopf sagte er: »Anthony Opoka.«

»Sieh mich an, Fernmelder.«

Anthony hob unsicher den Kopf, zwang sich dazu, Kony in seine großen, glitzernden Augen zu sehen, bemerkte sein schiefes Grinsen und versuchte, nicht an jene Hundekreatur aus seinen Albträumen zu denken.

»Man sagt, du bist mit dem TONFAS begabt«, sagte Kony. »Dass niemand schneller mit dem Code ist. Warum ist das so?«

Trotz seiner Gefühle gegenüber diesem Mann fühlte sich Anthony geschmeichelt. »Ich weiß es nicht, Lehrer. Es ist wie ein Puzzle, das ich sofort zu spielen gelernt habe. Es ergab einen Sinn.«

Das Lächeln des Großen Lehrmeisters verschwand. »Aber das ist nicht der Grund.«

Anthony wusste nicht, was er sagen sollte.

Kony sagte: »Letzte Nacht hat der Geist von Cilindi durch mich gesprochen. Der Arzt sagte, du seist wegen deiner Schulterverletzung so begabt mit dem TONFAS. Es ist wie das Gehör eines Blinden. Es wird besser, nachdem die Sicht weg ist.«

Anthony hob die Augenbrauen und überlegte, dass wahrscheinlich Cilindi der Geist war, der empfohlen hatte, dass der Mediziner magische Pilze und Salz in seine Wunden gab, bevor er ihn zugenäht hatte. Konnte das wirklich so sein? Dass er wegen des Unfalls seine Fähigkeit mit dem Code bekommen hatte? Er wusste es nicht, und es kümmerte ihn auch nicht.

Wenn Konys Geist dachte, das wäre die Wahrheit, dann war es so.

»Das kann ich sehen«, sagte Anthony.

»Ich bin mir sicher, dass du es kannst. Und jetzt.« Der LRA-Oberbefehlshaber trat näher. »Nach wessen Liebe hast du dich als Kind gesehnt? Wessen Liebe hat dir gefehlt und du hast dich danach gesehnt? Die deiner Mutter? Oder deines Vaters? Sag die Wahrheit, Fernmelder!«

Anthony sah sich genötigt, darauf zu antworten: »Meiner Mutter, Lehrer.«

Kony schien daran interessiert zu sein. »Warum?«

»Sie war ein trauriger Mensch. Sie verließ schließlich meinen Vater. Unsere Familie.«

»Hm«, sagte Kony und sah auf seine Uhr. »Es ist Zeit für die Sendung.«

Erleichtert sagte Anthony: »Das Funkgerät ist bereit, Lehrer.«

»Das hoffe ich doch«, sagte Kony. »Kontaktiere die Generäle Tabuley, Matata und Major Okaya.«

Anthony war ein wenig erschüttert von dieser Einführung bei dem Großen Lehrmeister und dem Control Altar, dazu ein wenig aufgeregt, als er das Funkgerät auf eine der fünf Frequenzen einstellte, über die die ranghöheren Anführer regelmäßig kommunizierten. Sein Bruder Albert war derzeit der Fernmelder für General Matata und würde über Funk erfahren, für wen Anthony jetzt arbeitete.

Er schaltete das Mikrofon ein. »Hier spricht Nine Whiskey mit Six Bravo. Nine Whiskey mit Six Bravo für Seven Delta, Two Victor und Fourteen Charley, bitte melden.«

Anthony rief drei Mal, bevor er Albert hörte, der sagte: »Hier spricht Fourteen Charley, bitte bestätigen Nine Whiskey bei Six Bravo.«

»Bestätigt«, sagte Anthony und hatte gewisse Schwierigkeiten mit seinem Stolz. »Hier spricht Nine Whiskey. Bereithalten für Six Bravo.«

* * *

Der nächste Morgen war neblig und kühl. Kony und die elfhundert Männer, die ihn und seine Familie beschützten, brachen das Lager ab und formierten sich als marschierende Einheit in dem Muster des Quadrats im Quadrat. Der Anführer der LRA tauchte nicht in seiner normalen weißen Tunika mit Hose aus der Hütte auf, sondern in einem Wickelkleid für Frauen, dazu einem passenden bestickten Oberteil und Kopftuch.

»Du siehst heute wunderbar aus, Lehrer«, sagte Fatima, als er aus seiner Hütte trat und sich der Formation anschloss.

»Und du siehst glücklich aus«, sagte Kony zu seiner ersten Frau, »dass du heute zu meiner Rechten gehst.«

»… und heute Nacht in deinem Bett schlafe«, sagte Fatima und lachte, als er sie kitzelte.

Lily trat an ihre Position als die Frau für die nachfolgende Nacht. Sie trug nichts mit sich. Auch Fatima nicht oder Christin oder Nighty, die bei den anderen Hauptfrauen waren, die alle ihre Positionen rechts und links hinter dem Großen Lehrmeister eingenommen hatten.

»General Potent!«, sagte Kony.

»Lehrer!«, rief ein langer, schlaksiger Mann in Uniform schräg vor dem LRA-Anführer und fünfzig Meter links von Anthony.

»Yango!«

Der Sicherheitschef für Konys inneren Kreis, der fünfzig Meter weiter vorn schräg rechts stand, rief zurück: »Bereit zum Abmarsch, Lehrer!«

»Ausrücken!«, brüllte Kony.

Der Ruf wiederholte sich aus dem inneren Quadrat der einhundert Leibwachen nach außen durch die tausend Soldaten auf den vier Seiten. Sie marschierten nach Süden, wobei sie so viel wie möglich im Busch blieben. Anthony ließ seinen Blick immer wieder von General Potent zu Yango zur vorderen Reihe der fünfundzwanzig Leibwachen schweifen, folgte ihren Positionen und nutzte sie, um seinen Abstand zu justieren und damit auch den zu Kony und seinen Frauen.

Für ungefähr zwei Stunden marschierten sie schweigend, abgesehen von der Neckerei des Großen Lehrmeisters mit seinen Frauen und deren Gekicher, während er beschrieb, was er später am Abend mit Fatima und in der nächsten Nacht mit Lily tun würde. Anthony hatte natürlich schon andere Jungen von solchen Handlungen flüstern hören, doch er hatte noch nie gehört, wie Erwachsene so offen und detailliert darüber sprachen.

Nachdem sie für den Funkspruch um elf Uhr angehalten hatten, machte Kony tatsächlich mit seiner Neckerei weiter, wo er aufgehört hatte. Und Fatima und Lily machten mit und stachelten die Fantasien des Großen Lehrmeisters immer weiter an. Anthony hatte keine Ahnung, wohin er da geraten war, und fühlte sich exponiert und in höchster Gefahr, während die Dezembersonne immer höher stieg. Er versuchte, sich an alle Regeln zu erinnern, die Yango ihm am Vortag mitgeteilt hatte, und an alle Handlungen, von denen General Tabuley und Patrick gesagt hatten, dass sie wesentlich für sein Überleben als Konys Fernmelder waren.

Die Ratschläge und Regeln, die Dinge, die er tun musste, um am Leben zu bleiben, begannen in seinem Kopf umherzuschleudern und dominierten bald seinen Verstand. Ständig schaute er auf die Uhr, da er Angst hatte, einen der vorgesehenen Funksprüche zu verpassen. Er fragte sich, ob die Zeit eines Tages ausreichte, um all das zu tun, was von ihm verlangt wurde.

Ein Gefühl der Beklemmung baute sich in seinem Magen auf und strahlte bis in seine Brust, die sich nur noch mit Mühen zum Atmen ausdehnte. Das Cascina auf dem Rücken behinderte ihn normalerweise nicht. Oder zumindest hatte es ihn nicht verlangsamt, als er General Tabuley gefolgt war. Doch jetzt spürte er das Funkgerät als wesentlich schwerere Last und mühte sich damit, seinen Atem nicht zu flach werden zu lassen.

In Gedanken hörte er Fatima und Lily lachen, als sie darüber gewettet hatten, wie lange er als Konys Funker durchhalten würde. Er durfte am ersten Tag nicht untergehen. Er durfte nicht einmal um Hilfe für seine Last bitten. Stattdessen stellte er sich vor, wie er wieder in der Schule war, zurück in seinem Distrikt, und wie er mit Patrick um die Wette gerannt war, als sie noch keine Ahnung hatten, welche Tücken das Leben für sie bereithielt.

Anthony atmete wieder entspannter und tiefer, doch die Gedanken daran, wie wichtig es war, alles richtig zu machen, kehrten immer wieder zurück und nagten an ihm, während er sich durch das Elefantengras schob und zuhörte, wie Kony und seine Frauen hinter ihm lachten.

*Ich kann das alles nicht. Es gibt nicht genug …*

»Zeit?«, murmelte er zu sich. »Das ist eine von ihnen, oder nicht?«

Seit er mit Patrick vor ein paar Tagen Torit verlassen hatte, hatte Anthony nicht mehr an Mr Mabior oder die Dinge gedacht, die ihm der alte Ladenbesitzer vor seinem Tod erzählt hatte, wie man die Stimmen des Leidens zum Verstummen brachte. Doch jetzt kam ein Teil davon zurück, und er erkannte genau, welche der vier Stimmen seine Gedanken dominiert hatte, seit sie in Richtung Grenze marschierten.

*Es ist nicht Zeit, es ist* Eile, dachte er. *Es ist die Stimme der* Eile.

Einige Worte des sterbenden Mr Mabior hallten durch Anthonys Kopf und erinnerten ihn daran, dass *Eile* die Stimme war, die sagte: *Es gibt nicht genügend Zeit,* die Stimme des *Es gibt niemals genügend Zeit, du musst so viele Dinge tun, um zu überleben, dass du das Gefühl hast, als würde dich ständig ein großes Ungeheuer jagen und als könntest du niemals aufhören, davonzulaufen.*

»Weißt du, was dieses Ungeheuer ist, Anthony?«, hatte ihn der alte Ladenbesitzer gefragt.

Während Anthony durch ein Dickicht ging und sich nur halb bewusst war, dass Kony noch immer mit seinen Frauen scherzte, erinnerte er sich daran, wie er an jene Hundekreatur mit dem Gesicht des Großen Lehrmeisters gedacht, doch dann den Kopf geschüttelt hatte.

»Das Ungeheuer ist der Tod«, sagte der Ladenbesitzer. Das käme daher, weil Menschen nur für begrenzte Zeit leben und ständig daran erinnert werden. Die Uhr. Die Armbanduhr. Die Sprache. Keine Zeit zu verlieren. Sie sind spät dran. Warum sind sie so besorgt? Weil früher oder später alle Menschen sterben werden. Das ist sicher, doch niemand hat eine Ahnung davon, wann das sein oder wie es geschehen wird. Aus diesem Grund, sagte der Ladenbesitzer, erhebt sich die Stimme der *Eile,* und die Geschwindigkeit der Gedanken beschleunigt sich und wiederholt sich, wird immer schneller und schneller, und bald lebt ein Mensch nicht mehr.

»Du wirst beherrscht«, sagte der alte Mann. »Du wirst von deinem wahren Ich abgeschnitten und kannst deshalb nicht handeln. Du bist gefangen von der Idee, dass es nach dem Tod nichts mehr gibt.«

Anthony erinnerte sich, wie er instinktiv gespürt hatte, dass vieles von dem, was Mr Mabior sagte, die Wahrheit war. Außer dem letzten Satz.

»Ich habe viele Menschen sterben sehen«, sagte er. »Danach ist da nichts mehr.«

Mr Mabior verzog das Gesicht vor Schmerzen in seinem Bauch, nickte aber dann. »Ihr unsterblicher Teil ist fortgegangen, genau wie mein unsterblicher Teil bald fortgehen wird und irgendwann auch deiner. Wenn du diese Wahrheit begreifst, Anthony, und wenn du dich mit deinem unsterblichen Geist beschäftigst, wenn du mit *Eile* zu tun hast, dann wird dein Leiden zu verstummen beginnen.«

Der Schlüssel dazu, die *Eile* auszubremsen, sagte der Ladenbesitzer, bestand darin, das richtige Atmen zu lernen.

»Atme tief ein, fülle mit der Luft deinen Brustkorb und blase deinen unteren Bauch auf. Während du das tust, denke ›Da ist Stille‹. Halte die Luft an und zähle bis zwei, und dann atme ganz langsam wieder aus. Während du das tust, denke wieder ›Da ist Stille‹. Mach das sieben Mal und *Eile* wird noch stiller werden.

Für die völlige Stille von *Eile* lege die Hand auf dein Herz, mach sieben weitere tiefe, langsame Atemzüge und sag dir jedes Mal ›Ich bin du. Du bist ich. Wir sind eins.‹.«

Anthony erinnerte sich, dass er nach dem Grund gefragt hatte.

»Du erkennst, dass dein Geist Teil des Universums ist«, hatte Mr Mabior gesagt. »Du bestätigst, dass das Universum Teil deiner Seele ist. Und du sagst, dass deine Seele und das Universum dasselbe sind: zeitlos, ohne Eile und eins. Wenn du das tust, wird es sich anfühlen, als würde die Zeit langsamer vergehen und sich ausdehnen, sodass es mehr als genug davon gibt, um all das zu tun, was du tun musst. Ohne *Eile* gibt es eine leidende Stimme weniger, die versucht, deinen Geist zu beherrschen.«

* * *

»Hey, Fernmelder!«, zischte Lily und riss Anthony aus seinen Erinnerungen.

Er erschrak und blickte zurück, sah Konys zweite Frau auf ihr Handgelenk tippen, während der Große Lehrmeister mit Fatima sprach.

Er spähte auf seine Uhr und sah, dass es 12.50 Uhr war. Wie war das möglich?

Er machte sich nicht die Mühe, zu Kony zu blicken, eilte zweihundert Meter voraus und hängte die Antenne auf, befestigte die Batterien und startete das Funkgerät, als er nur noch zwei Minuten Zeit hatte. Der Große Lehrmeister kommunizierte mit seinen Feldkommandeuren, bevor er seinem ganzen Gefolge befahl, sich auszuruhen und zu essen. Sie waren fast vier Stunden zügig marschiert.

Zahlreiche jüngere weibliche Rekruten wurden gerufen, um für Kony und seine Familie zu kochen. Die Ehefrauen taten wenig mehr, als die Mädchen laut für ihre Unzulänglichkeiten zu kritisieren.

Yango ging an Anthony vorbei. Dabei murmelte er: »Sie tun das, um die Mädchen in Konys Augen schlechtzumachen. Sie wollen nicht, dass er an einem der jungen Mädchen Interesse findet, da sie befürchten, dass sie vertrieben werden, um Platz zu machen.«

Anthony beunruhigte das und er sah zu Kony, der auf einem Baumstamm zehn Meter entfernt saß, noch immer als Frau verkleidet, und jetzt seine Frauen Christin und Nighty neckte. Kümmerte er sich jemals um seine Armee, abgesehen von den vier festgelegten Funksprüchen am Tag?

Nachdem Lily ihrem Mann eine Schüssel Essen gebracht hatte, brachte sie auch eine zu Anthony.

Er nickte mit dem Kopf und sagte leise: »Vielen Dank. Für die Warnung.«

Konys zweite Frau zuckte mit den Schultern und lächelte. »Ich will Fatima nicht die Genugtuung geben.«

»Trotzdem danke.«

Lily betrachtete ihn. »Gern geschehen, Fernmelder. Ich hoffe, du bleibst. Wirklich.«

Dann ging sie davon und ließ die Hüften schwingen, bevor sie über die Schulter blickte und sah, wie er sie beobachtete, dann lachte sie und ging weiter. Anthony spürte sich erröten, verwirrt von ihrer Aufmerksamkeit. Der Hunger überspielte alles und er aß. Dabei begann die Stimme von *Angst* zu sprechen.

*Angst* sagte ihm, dass er nicht mit Lily sprechen sollte. Oder zumindest so wenig wie möglich.

*Kony versteht das womöglich nicht. Die Strafe ist der Tod.*

Dann merkte er, dass er die Chance zum Ausruhen nutzen sollte, doch *Eile* erwachte und sagte ihm, er sollte das Funkgerät überprüfen oder sich vergewissern, dass er die neusten TONFAS-Ziffern auf die Erde oder in sein Notizbuch schreiben konnte. Er wurde ärgerlich, als er erkannte, dass ihn die Stimmen nicht in Ruhe ließen.

Schließlich gab er nach und beschloss, Mr Mabiors Rat zu folgen. Er setzte sich mit dem Rücken gegen einen Baumstamm, das Funkgerät an seiner Seite, und schloss die Augen. Anstatt einzudösen, dachte er an sich als einen Geist jenseits seines Körpers, atmete sieben Mal tief in den Bauch und sagte bei jedem Ein- und Ausatmen stumm *Da ist Stille.* Und dann legte er die Hand an die Brust und tat sieben weitere Atemzüge, wobei er bei jedem stumm sagte: *Ich bin du. Du bist ich. Wir sind eins.*

Als Anthony die Augen öffnete, fühlte er sich seltsam ruhig und fokussiert, obwohl er bemerkte, wie Kony ihn mit augenscheinlicher Freundlichkeit betrachtete. »Hast du geschlafen, Opoka?«

»Ein kleines Nickerchen, Lehrer«, sagte Anthony und mühte sich auf die Beine. »Braucht Ihr das Funkgerät?«

»Ich brauche nur einen Fernmelder, der bleibt. Ich bin froh, dass du weißt, wie du zum Schlaf kommst, wenn du ihn brauchst.« Sein Ausdruck änderte sich, wurde ernster, doch nicht so versteinert, wie wenn er von dem Geist des WerBistDu besessen war. »Mein letzter Funker hat das nicht verstanden und wurde schläfrig und machte Fehler. Unverzeihliche Fehler, Opoka.«

Zu einer anderen Zeit und an einem anderen Ort wäre Anthony womöglich eingeschüchtert gewesen von dieser Bemerkung. Doch nach seiner Atemübung hatte er einen klaren Kopf und fühlte, dass seine beste Antwort darin bestand, bescheiden zu nicken. »Ich werde von seinen fatalen Fehlern lernen, Lehrer.«

Das schien Kony zu gefallen. In der Tat, nachdem er sein persönliches Bataillon, seine Leibwächter und den inneren Kreis zum Weitergehen aufgerufen hatte und sie wieder unterwegs waren, hörte der LRA-Anführer damit auf, mit seinen Frauen über ihre nächtlichen Aktivitäten zu reden, und konzentrierte sich auf das, was Anthony später »Der Leitfaden des Großen Lehrmeisters, um ein großer Mensch zu werden« nennen würde.

»Seht ihr Opoka?«, fragte Kony ungefähr eine Stunde nach ihrem Aufbruch mit lauter Stimme. »Er denkt nach.«

»Der neue Fernmelder?«, fragte Lily.

Fatima schnaubte. »Was brauchst du ihn zum Nachdenken, Lehrer?«

Mit leisem Knurren sagte Kony: »Es gibt Zeiten, da glaube ich, du wärst die klügste lebende Frau, Fatima. Und andere Zeiten, da glaube ich, dass es keinen dümmeren Esel auf der Erde gibt.«

Anthony machte große Augen. Er wünschte sich nichts lieber, als über seine rechte Schulter zu blicken und die Reaktion der Hauptfrau auf diese Aussage zu sehen, doch er hielt seine Aufmerksamkeit weise nach vorn gerichtet. Für einige Augenblicke hörte man nur das Geräusch ihrer Schritte im Gras.

Schließlich spähte er über die linke Schulter und sah Lily. Sie hob die Brauen und sah ihn mit großen Augen an, als wollte sie ihm zeigen, dass sie sich sehr amüsierte.

Dann fuhr Kony fort, als hätte es keine Unterbrechung gegeben. »Wie ich sagte, denkt Opoka nach. Und weil er denkt, ist er in der Lage, zu einem großen Menschen zu werden. Ich will, dass ihr alle, und auch du, Fatima, damit anfangt, wie ein großer Mensch zu denken. Opoka, was hast du geantwortet, als ich dir sagte, dass mein letzter Fernmelder Fehler gemacht hat?«

Anthony zögerte, doch dann blickte er über seine rechte Schulter und sah, dass Fatima ihm zornige Blicke zuwarf, bevor er den Blick zu Kony richtete. »Ich sagte, ich würde aus seinen fatalen Fehlern lernen.«

»Genau das, was ein zukünftiger großer Mensch tut«, rief der Große Lehrmeister. »Eine kleine Person tut das nicht. Eine kleine Person denkt an die letzten Fehler, wie sie Versagen und Tod symbolisieren, und nicht, dass man daraus etwas lernt. Seht ihr?«

»Ich sehe das, Lehrer«, sagte Lily. »Du sagst, ein Arm oder nicht, Opoka könnte ein sehr, sehr großer Mensch werden.«

Anthony warf einen verstohlenen Blick auf Fatima, die jetzt böse Blicke auf die andere Ehefrau feuerte.

»Warum denn nicht?«, sagte Kony. »Es gibt in der LRA keinen Fernmelder, der das TONFAS so beherrscht wie er. Und er denkt immer daran, wie er besser werden kann, wie er ein größerer Mensch sein kann. Du könntest eines Tages mein Kommunikationsminister sein, Opoka.«

Anthony richtete sich größer auf und konnte sein Strahlen nicht unterdrücken, als er nach hinten blickte. »Wenn es euch hilft, Lehrer.«

»Natürlich wird es mir helfen. Was ist ein Anführer ohne Kommunikation? Was ist ein großer Mensch ohne Kommunikation?«

»Ein großer Taubstummer?«, sagte Fatima.

Kony drohte ihr lachend mit dem Finger. »Das ist sehr witzig. Ich wusste, dass es wenigstens einen Grund dafür gibt, warum ich dich mag.«

»Haha«, sagte seine Hauptfrau.

»Aber ihr versteht, was ich sage, oder?«, fuhr ihr Ehemann fort. »Opoka könnte mein Kommunikationsminister werden. Er könnte in einem schönen Haus in Kampala wohnen und in einem schwarzen Mercedes zu seinen Büros gefahren werden. Und er könnte eine gute Frau und Kinder und das Beste im Leben haben, und alles das wegen dem, was er hier getan hat, im Busch, mit uns. Ist das nicht so, Opoka?«

»Wenn Ihr das sagt, Lehrer«, sagte Anthony und fühlte sich von dem Gedanken verlockt. »Ich würde es gern versuchen.«

»Seht ihr? Auch jemand, der ein Risiko eingeht«, sagte Kony.

Lily sagte: »Jemand mit dem Potenzial, ein großer Mensch zu werden.«

Anthony spähte zurück und sie hob wieder auf ihre ganz eigene Art die Augenbrauen.

Sie hielten wieder um vier Uhr nachmittags. Anthony startete das Cascina. Kony reichte ihm geschriebene Befehle, die er senden sollte.

Der Fernmelder verschlüsselte schnell die Befehle mit dem TONFAS-System und verlas die Nachricht dann über Funk, Buchstabe für Buchstabe, Zahl für Zahl, wobei er erneut die besten LRA-Kämpfer in den Süden nach Uganda aussandte, um neue Rekruten für den Großen Lehrmeister und seine ständig größer werdende Armee zu suchen.

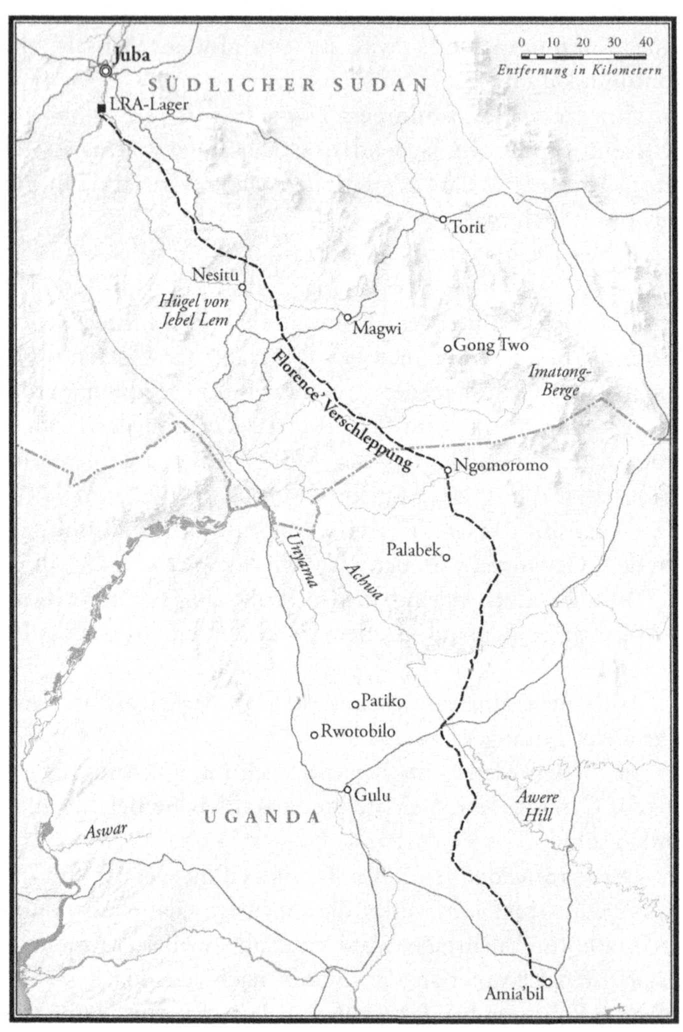

Juba
SÜDLICHER SUDAN
LRA-Lager
0 10 20 30 40
Entfernung in Kilometern
Torit
Nesitu
Hügel von Jebel Lem
Magwi
Gong Two
Imatong-Berge
Florence' Verschleppung
Ngomoromo
Palabek
Unyama
Achwa
Patiko
Rwotobilo
Gulu
Awere Hill
UGANDA
Aswar
Amia'bil

# Achtzehn

***24. Februar 1998***
***Amia'bil, Uganda***

Wie die meisten ihrer Freunde und Mitschüler hatte auch die vierzehnjährige Florence Okori eine einwöchige Schulpause, in der sie zu Hause blieb und mit ihrem Cousin Jasper im Familiengarten half und am Abend als Babysitterin bei ihrem großen Bruder Owen und seiner Frau war.

Zweimal am Tag – wenn sie den Garten zum Mittagessen verließ und dann wieder zum Abendessen – fragte sie, ob sie schon eine Nachricht aus Kampala mit ihren Prüfungsergebnissen bekommen hatte. Und zweimal am Tag schüttelte Josca nun schon seit mehr als einem Monat den Kopf.

»Aber Mama«, stöhnte Florence an diesem Nachmittag. »Meine Freunde aus der Schule sagen, dass ihre Cousins im Süden bereits ihre Ergebnisse erhalten haben.«

»Du weißt genauso gut wie ich, dass die Regierung für Acholi-Leute langsamer arbeitet«, sagte Josca. »Sei nicht überrascht, wenn du und deine Freunde die Letzten sind, die es erfahren.«

»Die Letzten?«, fragte Florence verzweifelt. »Das ist so ungerecht.«

»Es ändert nichts an deinen Ergebnissen, wenn du sie erst als Letzte erfährst«, sagte ihr Vater. »Du bist nach jeder Prüfung nach Hause gekommen und hast erzählt, dass du die Antworten zu fast jeder Frage gewusst hast.«

Das stimmte. Alle Prüfungen hatte Florence mit dem Gefühl und der Überzeugung verlassen, dass sie nicht nur das Examen, sondern auch ihr Schicksal völlig im Griff hatte. In den Tagen unmittelbar danach war sie zuversichtlich gewesen, dass sie es geschafft und die Examen bestanden hatte und bald auf eine exzellente weiterführende Schule und danach die Schwesternschule gehen würde.

Doch als die Tage zu Wochen wurden und diese zu Monaten, kamen Zweifel in ihr auf. Vielleicht hatte sie alles falsch gemacht. Vielleicht hatte sie die Anleitungen zu den Prüfungen nicht richtig verstanden. Vielleicht hatte sie die Antwortbögen falsch beschriftet, eine Frage übersprungen und damit die gesamte Reihenfolge und Logik ihrer Antworten durcheinandergebracht.

Und jedes Mal, wenn sie ihre Mutter nach den Ergebnissen fragte und keine positive Nachricht erhielt, wuchsen die Zweifel und Sorgen.

»Bete weiter und alles wird gut werden«, sagte ihre Mutter.

Florence glaubte daran. Sie glaubte daran, seit sie die vielen Monate im Krankenhaus mit Masern überlebt hatte. Doch sie glaubte auch an das, was die Krankenschwester, ihr Engel im Krankenhaus, ihr gesagt hatte: Wenn du willst, dass Gott deine Gebete hört, dann musst du den Kopf mit einem friedvollen Herzen neigen. Doch ihr Herz war nicht friedvoll. Jedes Mal, wenn sie es so machen wollte, dachte sie an ihre fehlenden Prüfungsergebnisse und spürte einen dumpfen Schmerz in der Brust.

»Ich hasse das«, grummelte Florence an jenem Abend nach dem Essen zu Jasper.

»Warte mal«, sagte er. »Das nächste ist mein Lieblingslied. Celine Dions ›My Heart Will Go On‹. Das ist wieder Nummer eins bei der BBC!«

Florence hatte das Lied gehört und mochte es eigentlich, doch sie sagte jetzt: »Toll. Ich gehe babysitten.«

»Ich komme nach, wenn es vorbei ist.«

»Es dauert ewig mit den Ergebnissen«, sagte sie eine Minute später zu Owen, als sie zu seiner Hütte kam, um auf seinen kleinen Jungen aufzupassen, während er sich mit seiner Frau in der Stadt treffen wollte, um auf dem Abendmarkt einzukaufen.

Owen legte ihr die Hände auf die Schultern. »Das ist nervig, wenn das Warten so lange dauert, aber es wird sich so gut anfühlen, wenn du herausfindest, dass du mit Bravour bestanden hast.«

»Meinst du?«

»Das tue ich«, sagte er und umarmte sie. »Ich muss jetzt gehen. Treffe mich mit Ruth.«

Er lief los, ging an die Vorderseite des Grundstücks, wurde aber nach zehn Schritten langsamer, blieb stehen und beugte sich vor. Jasper stellte sein Radio ab und rannte zu ihm, dicht gefolgt von Florence. »Owen, was ist los?«

Florence' älterer Bruder hustete und rang nach Luft. »Meine Brust und mein linker Arm sind verkrampft. Ich krieg kaum Luft.«

»Setz ihn hin«, sagte Florence zu Jasper und lief zu ihrem Vater.

Constantine holte seine Kiste mit Heilkräutern und eilte hinter Florence zurück zu seinem ältesten Sohn, der weiter nach Luft rang. Ihr Vater suchte ein wenig herum und fand ein Gefäß mit getrockneter Weidenrinde. Er legte ein Stück unter Owens Zunge.

Innerhalb weniger Minuten atmete er wieder freier und seine Gesichtsfarbe verbesserte sich. Der Schmerz in seiner Brust und dem Arm ließ ebenfalls nach.

»Wie hat das funktioniert?«, fragte Jasper.

»Natürliches Aspirin«, sagte Florence.

Ihr Vater nickte. »Gut gegen Herzprobleme.«

Owen sagte: »Ich bin erst achtundzwanzig, Papa. Ich kann doch noch keine Herzprobleme haben.«

»Dann bist du sehr gut darin, welche vorzutäuschen«, sagte Constantine.

Sein ältester Sohn wollte aufstehen. »Ich muss mich mit Ruth treffen. Ich werde mich verspäten.«

»Du gehst nirgendwohin«, sagte sein Vater. »Du wirst dich ausruhen, und am Morgen gehst du zum Krankenhaus, damit sie dein Herz abhören.«

»Ich habe ein kräftiges Herz«, protestierte Owen. »Ein gutes.«

»Du hast ein gutes Herz. Das weiß jeder, der dich kennt. Ich will nur sichergehen, dass dein gutes Herz nicht bricht.«

Florence ging zu Ruth, blieb dann bei ihr und kümmerte sich mit ihr um ihren Sohn, während sich Owen ausruhte. Ein paar Stunden später wollte sie schlafen gehen und versprach Ruth, im Morgengrauen wiederzukommen, dann ging sie den gewohnten Weg zurück vorbei an Jaspers Hütte zum Bereich ihres Vaters.

Der Mond am Himmel war in seiner Endphase und warf kaum genug Licht für Schatten. Schon seit Tagen hatte ein heißer, feuchter Wind geweht, ein Vorbote der kommenden Regenzeit. Doch die Nacht war nahezu windstill und schwül. Moskitos schwirrten herum. Um von den Insekten fortzukommen, beschloss sie, in der Hütte zusammen mit ihrer zwölfjährigen Schwester Margaret zu schlafen, die bereits leise schnarchte, als Florence ihre Sandalen und ihr Hemd auszog und sich in ihrer kurzen Hose auf die Matte legte, die sie auch zum Sportunterricht in der Schule trug.

Sie fiel in tiefen Schlaf und wachte ein paar Stunden später kaum auf, als Margaret aufstand und nach draußen ging, um sich zu erleichtern. Florence schlief gerade wieder ein, als das Rufen und die Schreie begannen.

* * *

Sie kam nur mühsam zu sich. *Da rufen Männer. Aber wer schreit da? Eine Frau oder ein Mädchen?* Sie wurde hellwach und dachte: *Margaret? Nein, das klingt nach Ruth. Ist das wirklich Owens Frau?*

Florence befürchtete das Schlimmste, sprang auf, zog sich die Sandalen an und suchte nach ihrem Shirt, als die Decke vor ihrer Tür weggerissen wurde. Florence schrie auf, als sich der Strahl einer Taschenlampe auf sie richtete und blendete. Eine Gestalt trat ein, packte sie am Arm und zerrte sie nach draußen.

»Nein!«, schrie Florence. »Was machen Sie?«

»Halt den Mund oder ich bring dich dazu«, knurrte der Mann, bevor er sie auf die Knie stieß.

Florence versuchte, mit dem Weinen aufzuhören, merkte erst jetzt, dass sie kein Oberteil anhatte, und verschränkte die Arme vor der Brust. Draußen brannten die Nachtfeuer noch hell genug, dass sie ihn sehen konnte, oder zumindest seine Silhouette, groß, muskulös, Dreadlocks, mit einem AK-47. Er machte einen halben Schritt auf sie zu. Florence stieß sich von ihm weg und hörte Ruth schreien: »*Nein, ihr könnt ihn nicht mitnehmen! Das könnt ihr nicht! Er ist krank!*«

Es folgten weitere Rufe. Andere Stimmen. *Jasper?*

»Florence!«

Ihr Vater kam mit seiner Taschenlampe angerannt, eine Machete in der anderen Hand. Bevor Constantine die Waffe heben konnte, hatte ihm der große Mann, der Florence aus der Hütte gezerrt hatte, mit dem Kolben seines Gewehrs gegen die Brust geschlagen. Gerade wollte er ihrem Vater auf den Kopf schlagen, da riefen Männer: »UPDF kommt! Eine UPDF-Streife!«

»Bleib unten, alter Mann«, sagte der große Mann, dann packte er Florence am Arm und riss sie hoch. »Beweg dich! Keinen Ton!«

Alles geschah so schnell.

In einer Minute hatte sie noch tief geschlafen und in der nächsten wurde sie von ihrer Familie weggezerrt und von einem Mann mit Dreadlocks und Maschinengewehr hinaus in die Dunkelheit getrieben. Sie hörte Ruth und Josca hinter sich weinen und schreien. Sie strauchelte.

Er riss sie wieder auf die Beine und trieb sie vorwärts auf einen Pfad, der nicht in die Stadt führte, sondern hinunter ans Ufer des Flusses, wo sie immer Wasser holten. Dort waren andere, doch sie hatte keine Ahnung, wie viele es waren. Manche davon waren bewaffnete Männer. Andere waren Teenager und jüngere Kinder, die vor Angst wimmerten.

Natürlich hatte Florence davon gehört, dass die LRA Kinder entführte, doch es war immer nur eine Geschichte gewesen, die jemand erzählt hatte, der jemanden kannte. Die Rebellengruppe und die Gefahren, die sie darstellten, klangen immer nach einem fernen Problem, nicht nach ihrem, da sie so nah bei einer Stadt wie Lira lebten.

Doch jetzt, als sie das Wimmern und die bebenden Rufe in der Dunkelheit hörte, wurde sie vom Schrecken erfasst. *Wen hatten sie noch genommen? Owen? Jasper? Waren sie auch hier?*

Der Mond trat hinter eine Wolke. Sie konnte kaum ihre eigene zitternde Hand vor dem Gesicht erkennen. Der Schrecken wurde zu Entsetzen, als der Mann, der sie gepackt hatte, ihr grob ins Ohr flüsterte: »Bei der LRA darfst du nicht weinen. Sei still und halte Schritt. Oder stirb.«

Hinter ihnen hörte sie Motoren aufheulen und Menschen rufen, sah die Lichter von Taschenlampen, die in Richtung ihres

Hauses leuchteten. Er drängte sie, sich zu bewegen. Sie gingen schnell in einer Reihe weg vom Fluss und dem Grundstück ihres Vaters. Jemand weiter vorn nutzte hin und wieder eine Taschenlampe, doch der Rest des Weges erfolgte in völliger Dunkelheit.

Beim ersten Tageslicht hatte sie vollkommen die Orientierung verloren und keine Ahnung, wie weit sie gekommen waren oder in welche Richtung sie gingen. Doch Florence konnte bald sehen, dass sie an der Spitze der Reihe war, die die LRA-Soldaten immer »die Schiene« nannten. Vor ihr in der Schiene waren zwei Männer in ihren Zwanzigern und ein dritter Mann, der wesentlich älter war, dazu fünf oder sechs Kinder, die sie nicht kannte, die auf beiden Seiten von LRA-Soldaten flankiert wurden.

Bis dahin hatte sie gedacht, dass nur ihre Familie angegriffen worden war, und sie wollte zurückblicken, um zu sehen, wie viele andere dort waren und wer noch bei ihr war. Doch wann immer sie das versuchte, schlug ihr der Mann, der sie verschleppt hatte, kräftig auf die Schulter und sagte ihr, dass sie ihre Aufmerksamkeit nach vorn richten sollte.

»Die Vergangenheit ist vorbei«, flüsterte er ihr ins Ohr, als sie zu einer Lichtung kamen, wo zehn LRA-Soldaten fünfzehn weitere verschreckte Kinder bewachten, manche von ihnen kämpften mit den Tränen. Als sie sie sah, hätte Florence am liebsten auch geweint.

Doch sie war davor gewarnt worden, weinen war nicht erlaubt. Deshalb biss sie sich auf die Unterlippe und blieb stumm, als ihnen befohlen wurde, sich zu setzen. Sie gehorchte, sah sich um und bemerkte Owen und Jasper ungefähr zwanzig Meter entfernt. Das Gesicht ihres älteren Bruders war angeschwollen und er wirkte erschöpft, doch er nickte ihr aufmunternd zu. Das rechte Auge ihres Cousins war fast zugeschwollen. Aus einer Schnittwunde darüber blutete es.

Eine weitere Gruppe LRA-Männer kam mit sechs weiteren Leuten. Sie war schockiert, als sie sah, dass einer davon ihr Lehrer war, Mr Alonsius, der leicht hinkte.

Dann bemerkte sie, wie einer der Soldaten in der Nähe sie anzüglich anstarrte. Sie erinnerte sich, dass sie kein Hemd trug, errötete und bedeckte ihre Brüste mit einem Arm.

»Das musst du nicht tun, meine Kleine«, sagte er, grinste und zwinkerte ihr zu.

»Zurück, Phillip«, sagte der große Mann mit den Dreadlocks. »Diese Entscheidung liegt nicht bei dir.«

Phillip, der halb so groß war wie der Mann, der sie gepackt hatte, verlor seinen anzüglichen Blick und sagte: »Okay, Oyet. Wie du meinst.«

Andere Soldaten kamen mit einem Seil. Sie banden Schlaufen um die Taille jedes Kindes und dann schließlich in zwei Reihen zu zwanzig zusammen, wobei jede Reihe von fünf Soldaten bewacht wurde, die sie beim Losgehen immer wieder antrieben, um das Tempo beizubehalten. Das Seil begann bald an Florence' nackter Taille zu scheuern. Sie musste immer wieder ihre Brüste entblößen, um den rauen Strick mit den Fingern zu verschieben.

Doch sie war froh, dass sie Sandalen angezogen hatte, bevor Oyet sie gepackt hatte. Manche Kinder waren barfuß. Ihre Füße mussten Blasen haben und bluten. Wenn sie langsamer wurden, schlug einer der Soldaten mit einer Gerte auf den Schuldigen, vor allem, als sie schnell eine Straße überqueren mussten und dann auf der anderen Seite bergab über ein weites Feld und zu einem Fluss kamen.

Als sie das halbe Feld durchquert hatten, konnte sie plötzlich einen Hubschrauber in der Ferne fliegen sehen. Die LRA-Männer sahen ihn ebenfalls und ließen sie lossprinten, bis sie die Bäume am Flussbett erreichten.

Dort wuschen Frauen und Mädchen Kleider. Als sie die LRA-Soldaten mit ihren Gewehren und den in einer Reihe gebundenen Kinder sahen, sprangen sie davon und ließen ihre Kleider ausgebreitet zum Trocknen auf den Büschen. Oyet ging hin, nahm ein T-Shirt und reichte es Florence.

»Zieh es an, sonst gibt es noch einen Aufstand«, sagte er und ging weg.

Florence wusste nicht genau, was der Soldat meinte, doch sie fühlte sich besser, als sie das Shirt angezogen hatte und es zwischen ihre Haut und das Seil klemmte. Sie gingen mehrere Kilometer stromaufwärts am Ufer entlang. Mr Alonsius humpelte stärker und hatte Schwierigkeiten, bei dem Tempo mitzuhalten. Die Soldaten schlugen ihm immer wieder zwischen die Schulterblätter und sagten ihm, er würde sterben, wenn er nicht schneller gehen würde. Er nahm einen Stock vom Boden und nutzte ihn als Krücke, doch wann immer er seinen linken Fuß aufstellte, zuckte er vor Schmerz zusammen.

Schließlich erreichen sie eine Stelle, wo sie den Achwa-Fluss durchqueren und in der weiten, straßenlosen Gegend auf der anderen Seite Zuflucht finden konnten. Dort im Wald hielten sie an, um Essen zu kochen. Florence und zehn anderen Mädchen wurde aufgetragen, Wasser zu holen. Die Jungen wurden losgeschickt, um Feuerholz zu sammeln.

»Wenn ihr zu flüchten versucht, dann werdet ihr erschossen«, sagte Oyet. »Also lauft besser nicht weg.«

Florence und die anderen Mädchen nahmen Wasserkrüge aus Plastik zum Fluss, um sie zu füllen, während Oyet sie beobachtete, sein Automatikgewehr in der Beuge seines massiven Arms. Hinter ihm kletterte Phillip, der sie so anzüglich angesehen hatte, auf einen Baum, um einen Blick auf das Land hinter dem Flussbett zu werfen.

Als Florence ihren vollen Krug zurück zu den Soldaten trug, die das Feuerholz aufschichteten, kam Phillip vom Baum herunter und zischte: »UPDF! UPDF!«

»Wie weit?«

»Zwei- bis dreihundert Meter und sie kommen in unsere Richtung, mindestens fünfzig!«

»Schneidet die Mädchen los«, befahl Oyet. »Sie machen uns nur langsamer.«

Oyet zog ein Messer heraus und kam zu Florence, schnitt sie los und fragte: »Wie heißt du?«

Sie wollte nicht, dass er ihren echten Namen kannte, deshalb sagte sie: »Betty.«

»Heute ist dein Glückstag, Betty. Geh zurück über den Fluss und lauf zur Straße, so schnell du kannst.«

Florence spürte einen Adrenalinstoß und Freude bei dem Gedanken an Freiheit, als einen Sekundenbruchteil später die erste Granate pfeifend aus dem Osten kam und in den Bäumen ungefähr sechzig Meter entfernt explodierte.

* * *

Florence hatte noch nie zuvor einen Gewehrschuss gehört, ganz zu schweigen von einer Granate in kurzer Entfernung. Die Kraft der Explosion durchdrang sie, lähmte sie und ließ sie wie angewurzelt auf der Stelle stehen.

Oyet drehte sich weg und rannte zu den anderen LRA-Soldaten, die alle Sachen nahmen und in ihre Rucksäcke stopften. Weitere Granaten schlugen ein, pfiffen und explodierten am Flussbett. Die nächste landete direkt neben Oyet und drei seiner Männer. Florence verlor sie in einem roten, ohrenbetäubenden Blitz aus den Augen.

Sie war verblüfft, verwirrt und wusste nicht, was sie tun sollte. Dann tat sie etwas. Sie drehte sich um und rannte zum Fluss, als sie sah, dass Mr Alonsius bereits im Wasser war und flussabwärts schwamm! Sie wollte es ihm gleichtun und auf die andere Seite gelangen und den Weg zurück zu jener Straße und dann nach Hause finden.

*Rumms! Rumms! Rumms!* Weitere Granaten segelten über ihre Köpfe, schlugen näher am Fluss ein und explodierten zu einer Feuerwand. Sie fühlte sich umzingelt und gejagt und nahm eine andere Richtung und rannte los, dann erst dachte sie daran, sich nach Owen und Jasper umzusehen.

Bombenrauch stieg im Wald auf. Sie konnte andere Leute laufen sehen, doch nicht ihren Bruder oder ihren Cousin. Dann hörte sie schweres Maschinengewehrfeuer zu ihrer Rechten. Sie änderte die Richtung nach links und sprintete weiter, wollte vor den Gewehren und den Bomben und dem Rauch flüchten. In dem Dunst und dem Chaos dieser ersten Kampferfahrung sah Florence ein Mädchen ungefähr in ihrem Alter, das in dieselbe Richtung rannte wie sie, und einen jungen Mann von Ende zwanzig, der vor ihr angebunden gewesen war.

Der Boden neigte sich und wurde schlammig. Florence zog ihre Sandalen aus, nahm sie in die Hand und ging mit dem anderen Mädchen hinter ihr und dem Jungen vor sich in den Schlamm und das Schilf. Hinter ihnen hatte eine hitzige Schießerei begonnen, doch sie war immer weiter weg und die Schüsse eine Stunde später immer seltener, als sie den Sumpf verließen und sich dem Rand einer Zuckerrohrplantage näherten.

Das Mädchen sagte, ihr Name sei Palmer.

»Ist das nicht ein Jungenname?«, fragte Florence.

Das Mädchen sah sie verärgert an. »Nein. Ich meine, nicht unbedingt. Es war auch der Name der Mutter meiner Mutter.«

»Wann haben sie dich verschleppt?«, fragte Florence, da sie das Thema wechseln wollte.

»Vor sechs Tagen«, sagte sie und ging schneller. »Ich habe Dinge gesehen … Sie werden uns alle dafür umbringen, dass wir geflohen sind, wenn sie uns fangen.«

»Aber nicht, wenn sie uns nicht finden«, sagte der Mann. »Ich bin Paul. Und ich weiß, wo ich jetzt bin. Ich kenne die Leute, denen diese Plantage gehört. Es sind gute Leute. Sie werden uns helfen. Wir werden warten, bis es fast dunkel ist, und dann gehen wir zu dem großen Haus.«

Sie bahnten sich ihren Weg zweihundert Meter ins Zuckerrohrfeld. Paul fand eine rostige Machete im Dreck. Er nahm sie. Sie standen da, warteten, horchten.

Die Bombardierung hörte auf. Dann erstarb auch das Schießen.

Fast zwei Stunden lang warteten sie flüsternd. Paul sagte, er wäre in der Nacht zuvor verschleppt worden, von seiner Frau und seinen Kindern weggerissen.

»Wenn ich sie wieder in meinen Armen halte, dann werde ich mit ihnen allen nach Süden gehen«, erklärte er. »Ich bin fertig mit dem Distrikt Gulu, bis sie diese LRA-Mistkerle unter Kontrolle haben.«

Ein Armeehubschrauber brummte flussaufwärts. Sie krochen in den Schlamm, wollten nicht gesehen werden, wollten nicht, dass man sie für LRA hielt und aus der Luft erschoss. Schließlich drehte er bei.

Paul nutzte die Machete, um Zuckerrohr für sie abzuschneiden und zu spalten, damit sie es essen konnten. Er sagte, er würde die Söhne der Leute kennen, denen die Plantage gehörte. Sie waren zusammen auf die weiterführende Schule gegangen.

»Ich habe die Aufnahmeprüfungen für die Schule gemacht«, sagte Florence.

»Ich auch«, sagte Palmer. »Wie hast du abgeschnitten?«

Sie spürte ein Gefühl der Beklemmung und sagte: »Ich habe die Ergebnisse noch nicht und es sind schon Monate vergangen!«

»Ich weiß! Ich habe sie auch nicht«, sagte Palmer im leisen Ton der Entrüstung.

»Bei mir hat es auch ewig gedauert«, sagte Paul. »Ich glaube, ich habe sie erst im März bekommen.«

»Wen kümmert das jetzt überhaupt?«, sagte Palmer. »Es gibt Leute in der Nähe, die uns umbringen wollen.«

Florence erkannte, dass sie recht hatte, und fühlte sich ein wenig beschämt, dass sie über ihre ausbleibende Prüfungsbenachrichtigung geschimpft hatte, nachdem sie von Verrückten verschleppt worden war.

Paul sah auf seine Uhr. »Es ist schon kurz vor Sonnenuntergang. Lasst uns aufbrechen und meine Freunde suchen.«

Er ging los und schob sich durch das dichte Zuckerrohr, fand irgendwann einen Pfad und folgte ihm sechs- oder siebenhundert Meter, bis sie einen breiteren Karrenpfad fanden, dem sie bis zum Hof des Plantagenhauses folgten, das eine lange und breite Veranda hatte.

Darauf saßen fünfzehn LRA-Soldaten, einschließlich Phillip und Oyet, der einen Verband am Arm hatte und einen weiteren am Kopf. Neunzehn oder zwanzig Verschleppte saßen auf dem Boden bei der Veranda. Jasper war dort. Ebenfalls Owen, der verloren nach unten blickte.

»Oh Gott«, flüsterte Palmer. »Sie werden uns alle umbringen.«

Paul warf die Machete weg. »Sie haben uns schon gesehen.«

»Ihr drei!«, rief Oyet von der Veranda. »Kommt her. Setzt euch oder ihr werdet erschossen.«

Florence konnte es nicht glauben. Sie waren ihnen direkt in die Arme gelaufen.

»Jetzt werden wir sterben«, sagte Palmer mit gesenktem Kopf und trottete zu den anderen.

Florence folgte ihr und wollte sich neben Owen setzen, der weiter zu Boden blickte.

»Geh weg, Flo«, flüsterte er. »Zeig ihnen nicht, dass du mich oder Jasper kennst. Man hat mir gesagt, das ist gefährlich.«

Sie hatte so sehr neben ihrem älteren Bruder und Cousin sitzen wollen, um von der Familie getröstet zu werden. Doch sie ging weiter und setzte sich zu Palmer, während sie sich fragte, was aus ihnen werden würde. Hatte Palmer recht? Würden sie umgebracht, weil sie weggelaufen waren?

Als die Dunkelheit anbrach, kamen zwei LRA-Soldaten und fragten sie nach ihrem Alter. Wenn man sechsundzwanzig oder älter war, dann wurde man ins Plantagenhaus gesperrt. Owen war einer der ersten Männer, die gefragt wurden. Er verstand nicht, was los war, und sagte ihnen die Wahrheit, dass er achtundzwanzig war. Paul sagte, er sei neunundzwanzig und ging zusammen mit vier anderen bereitwillig ins Haus.

Oyet kam an ihr vorbei und betrachtete sie angewidert. »Ich dachte, ich hätte dir gesagt, dass du weglaufen sollst, Betty.«

»Die Bomben. Ich konnte nicht.«

»Du kannst nicht sagen, ich hätte es nicht versucht«, sagte er und ging weiter.

Jeder bekam einen Rucksack zu tragen. Florence trug ein Funkgerät. Palmer bekam einen Sack Reis auf einem Rahmen auf den Rücken. Jasper und Owen wurden mit Munitionskisten beladen. Sie begannen ihren Marsch um acht Uhr an jenem Abend und hielten erst wieder um vier am Morgen. Die LRA-Soldaten kochten, aßen und schlummerten schichtweise in tiefer Deckung. Die Verschleppten erhielten kein Essen oder Wasser.

Ein paar Mal in ihrem Leben hatte es magere Zeiten gegeben, in denen Essen selten war. Florence wusste, wie es war, wenn man hungerte. Sie sagte sich, dass sie lange durchhalten konnte, wenn sie musste, und versuchte zu schlafen. Gegen sechs Uhr dreißig am Morgen wurden sie von der LRA geweckt, mussten ihr Gepäck nehmen und weitermarschieren.

Am Morgen begann es zu regnen. Sie gingen den ganzen Tag im Niederschlag und überquerten keine einzige Straße, hielten sich an Wildpfade im tiefen Busch. Die Verschleppten erhielten weiterhin kein Wasser. Doch der Regen und die durchnässte Vegetation erlaubten es Florence, ihre Lippen zu benetzen und weiterzugehen. Mehr als einmal dachte sie, wenn eine heiße Sonne am Himmel gestanden hätte, dann wäre sie bis zum Mittag umgekippt.

Florence schaffte es, bis zum späten Nachmittag auf den Beinen zu bleiben, als sie einen Treffpunkt erreichten. Andere Gruppen von LRA-Soldaten warteten in einem abgeschiedenen Grasland von ungefähr acht Hektar Größe, zusammen mit mindestens einhundert anderen Verschleppten, überwiegend junge Teenager, alle gebunden. Sie ließ sich in das feuchte Gras fallen, legte sich zurück und öffnete den Mund. Owen legte sich ebenfalls auf den Rücken und ließ seinen Durst vom Regen löschen. Jasper saß nur da, die Arme um die dünnen Knie gelegt, und starrte zu Boden. Florence konnte ihn verstehen. Sie war in ihrem Leben noch nie so erschöpft gewesen.

Als der Regen abflaute, aßen die Soldaten wieder, dann kam Phillip zu ihnen und verkündete, dass jeder Rekrut an diesem Abend »registriert« wurde. Die Soldaten machten eine große Sache aus dem Ritual. Ein Lagerfeuer wurde entzündet und Laternen wurden zu beiden Seiten eines nahen Baums aufgehängt.

Der erste Kandidat war ein Junge, der nicht viel älter als zehn Jahre sein konnte. Ein Soldat brachte ihn vor das Tribunal aus drei LRA-Soldaten.

»Kann dieser Kandidat als Rekrut registriert werden?«, fragte der Soldat.

Das Trio sah zu dem zitternden Jungen. Einer von ihnen sagte: »Die Registriergebühr sind Stockschläge. Fünfzehn.«

»Was?«, sagte der Junge. »Nein.«

»Dann zwanzig«, sagte ein anderer aus dem Trio.

»Oh Gott», flüsterte Florence und blickte zu Boden auf den Schatten des Feuers.

Sie hörte, wie sie das Kind zwanzig Mal schlugen, bis es schluchzend auf die Knie fiel, den Rücken mit Striemen übersät.

»Es gibt kein Weinen bei der LRA!«, sagte Phillip und schlug den Jungen ein einundzwanzigstes Mal.

Einer nach dem anderen wurden sie ausgewählt, männlich wie weiblich, und nach vorn gebracht, um das gleiche Ritual zu erleiden. Florence konnte sehen, dass die meisten Jungen Anfang der Zehnerjahre sechzig Stockschläge bekamen. Ältere Männer bekamen fünfundsiebzig. Ältere Mädchen bekamen zwischen dreißig und sechzig Schlägen. Mädchen wie sie in den frühen Teenagerjahren bekamen fünfundvierzig Schläge.

Oyet übernahm, bevor Jasper und Owen vorgebracht wurden. Jasper bekam fünfundfünfzig Schläge und blieb auf den Beinen, obwohl sein Rücken blutüberströmt war, als Oyet mit ihm fertig war.

Florence konnte nicht zusehen, als ihr ältester Bruder eine Registriergebühr von achtzig Schlägen erhielt. Sie spürte, wie ihr übel wurde, als sie mit dem Zählen zu fünfundsechzig kamen und jeder Schlag klang, als würde man Fleisch klopfen. Bei fünfundsiebzig musste sie hinsehen und sah ihren geliebten Bruder wanken und sich an einem Baum festkrallen. Wie er die achtzig Schläge überlebte, würde sie niemals erfahren. Doch Owen schaffte es und taumelte mit eigener Kraft vom Baum weg, schüttelte das Angebot eines LRA-Soldaten ab, der ihm helfen wollte. Zwanzig Meter weiter brach er zusammen.

Phillip nahm den Stock von Oyet. Zwei weitere Jungen waren dran.

Und dann kam Florence an die Reihe.

# Neunzehn

Bis zu diesem Moment war Florence in ihrem Leben kaum bestraft und niemals körperlich gezüchtigt worden. Josca glaubte, dass Liebe die beste Erziehung war, die ein Kind bekommen konnte. Und Constantine hätte es niemals über sich gebracht, seine Kinder zu schlagen oder zu verprügeln.

Deshalb kam der erste Schlag mit dem Stock wie ein völliger Schock für ihren Körper und für ihre Seele. Sie heulte bei dem Schlag auf, rang nach Luft und erschauerte von dem Brennen auf ihrer Haut, bevor der zweite Schlag kam.

Bei jedem nachfolgenden Schlag fühlte sie sich unfähig, es weiter auszuhalten, und wäre fast lieber zu Boden gegangen, um in die Dunkelheit gezerrt und womöglich erschossen zu werden. Doch nach dem vierzigsten Schlag waren es nur noch fünf weitere. Und dann vier. Sie hörte leise zu schluchzen auf, als es noch drei waren, und sie erinnerte sich überhaupt nicht mehr an den fünfundvierzigsten. Etwas in ihr hatte sich verändert. Sie hatte einen Ort rauen Trostes gefunden, von dessen Existenz sie bisher nichts wusste, eine Lebensweise namens Hass.

Nach diesem letzten Schlag mit dem Stock baute sich der Hass wie ein Feuer auf und schuf einen unsichtbaren Panzer um sie herum. Sie stolperte weg von dem Baum, starrte Phillip mörderisch an und machte dann ein paar Schritte auf Owen und Jasper zu, fühlte sich unmenschlich, wie eine niedere Lebensform, durch die Erfahrung der Prügel abgeschnitten von allem, was sie je gekannt hatte, vor allem von der Liebe.

*Ich bin allein,* dachte die Vierzehnjährige, als sie sich schließlich neben Palmer und ein paar andere stöhnende Mädchen in das feuchte Gras legte. *Ich bin allein und mein Leben wird niemals wieder gut sein.*

Nachdem die Registrierung abgeschlossen war, kochten die LRA-Soldaten und aßen. Die Rekruten erhielten kein Wasser und kein Essen.

Doch Oyet kam mit Lappen und Eimer warmen Wassers zu ihnen. Er ignorierte Florence' offenen Hass und sagte ihr und den anderen, wie sie die Wunden reinigen sollten, damit sie sich nicht entzündeten.

Als er fertig war, sagte er: »Wir sind alle diesen Weg gegangen. Bei der LRA ist es an keinem Tag sicher, ob man überlebt. Lebt deshalb jeden Tag und tut das, was euch die Anführer sagen. Haltet durch, gehorcht, und ihr habt eine Chance, bis morgen zu überleben.«

Er ging weg. In dem Wasser war Seife, die brutal auf Florence' Rücken brannte, als Palmer sie reinigte. Doch die angehende Krankenschwester wusste, dass Oyet recht hatte: Ihre größte Gefahr war jetzt eine drohende Infektion. Sie musste ihre Wunden sauber halten, sonst würde sie unterliegen.

Flo reinigte Palmers Wunden und bedeckte dann den eigenen Rücken mit ihrem T-Shirt, legte sich auf die Seite und schloss die Augen. Mit allen Sinnen spürte sie die lodernden Schmerzen im Zickzack der Striemen auf ihrem Rücken, und sie zweifelte, ob sie überhaupt schlafen konnte.

Doch dann kam der Schlaf.

Barmherzig.

* * *

Etwas schlug Florence sanft ins Gesicht. Sie wachte auf, spürte Stoff über dem Kopf und dann das dumpfe Dröhnen ihres Rückens. Sie setzte sich langsam und schmerzerfüllt auf, der Stoff fiel herab, und sie sah, dass es kurz vor der Morgendämmerung war. Oyet ging von ihr weg zu einem Lagerfeuer. In ihrem Schoß lag ein schäbiges, fadenscheiniges Kleid, doch es war besser als ihr T-Shirt, das jetzt voller Streifen getrockneten Blutes war.

Florence zog sich das Kleid über und stopfte das T-Shirt in den Rucksack mit dem Funkgerät. Sie wollte es später waschen. Als sich herumsprach, dass sie sich bereitmachen sollten, um weiterzugehen, erneut ohne Essen und Wasser für die Rekruten, musste sie ihre Tränen unterdrücken. Doch das Schultern ihrer Tasche war schlimmer.

Sie stand auf und fragte sich, wie lange sie es mit den schreienden Wunden unter dem Gewicht des Funkgeräts aushalten würde. Von Anfang an schmerzten ihr die Beine und verschiedene Teile ihres Rückens loderten immer wieder auf. Ihr Mund war ausgedörrt, noch bevor die Sonne aufgegangen war, und sie war dankbar für die leichte Brise.

Doch nach einem Kilometer erreichten sie auf ihrem Marsch ein weitläufiges Gebiet mit Elefantengras und gingen hinein. Das Gras war an manchen Stellen zwei Meter hoch, sodass es die Brise abhielt, die die zunehmende Hitze erträglich gemacht hatte.

*Ich kann so nicht mehr lange mithalten,* dachte sie.

Doch dann erinnerte sie sich an ihre Mutter und wie Josca sie überallhin getragen hatte, als sie fünf und hilflos war und viel mehr als dieses Funkgerät gewogen haben musste. Sie konnte fast die Stimme ihrer Mutter hören, die sie rief:

*Du bist meine Tochter, Florence. Ich würde dich ewig tragen.*

Jene Worte hallten immer wieder durch ihren Kopf und gaben ihr Kraft und Hoffnung, während sie sich durch die unerträgliche Hitze und Feuchtigkeit des tiefen Graslandes vorwärtsschleppte.

Sie gingen vier Stunden ohne Rast.

*Ich würde dich ewig tragen.*

Ihr wurde schwindlig. Sie hörte andere Stimmen hinter sich und vor sich, doch wie verzerrt und entstellt, als würden sie in Zeitlupe abgespielt werden.

*Ich würde dich ewig … Ich würde …*

Die Luft fühlte sich glühend an, als sie ohnmächtig wurde und umfiel.

* * *

Florence hatte keine Ahnung, wie lange sie dort in dem tiefen, heißen Gras gelegen hatte. Erst als jemand Wasser über sie kippte, kam sie wieder zu sich, hörte aber noch immer langsame und verzerrte Stimmen.

Palmer und ein anderes Mädchen nahmen ihr den Rucksack ab und zogen ihr das Kleid und die Shorts aus. Sie tränkten ihre Kleider in einem Fluss in der Nähe und legten sie ihr auf den Körper. Oyet gab ihr Wasser und eine Schüssel Reis. Alle zwei Stunden tauchten sie ihre Kleider in Wasser und legten sie wieder auf sie. Sie lagerten dort am Wasser und Florence schlief die ganze Nacht.

Um fünf Uhr dreißig am Morgen wurden sie geweckt. Sie wollte sich das Funkgerät auf den Rücken setzen, doch Oyet hielt sie davon ab.

»In der Nacht sind weitere Rekruten gekommen«, sagte er. »Einer wird es tragen, Betty.«

»Danke«, sagte sie, hasste ihn aber noch immer. Er selbst hatte Owen achtzig Stockschläge gegeben und dabeigestanden, als Phillip sie fünfundvierzig Mal geschlagen hatte!

Florence blickte sich um und sah, dass Oyet die Wahrheit sagte. Mindestens einhundertfünfzig neue männliche und weibliche Rekruten zwischen zehn und fünfundzwanzig saßen am Fluss, zusammengebunden in Gruppen zu fünfzig.

Sie war zuerst nicht gebunden, sondern durfte zwischen zwei Reihen von Rekruten gehen, als sie sich nach Norden wandten, wieder durch hohes Gras. Schließlich kamen sie ungefähr zwei Stunden später aus dem Grasland in eine eher klassische Savanne mit niedrigerem Gras und wesentlich mehr vereinzelten Bäumen.

Eine dritte Gruppe Soldaten wartete mit Verschleppten, die größte Menge, die Florence bisher gesehen hatte, mindestens vierhundert Kinder, Teenager und junge Erwachsene, zusammengebunden in vier Reihen. Schließlich banden sie Florence an eine Reihe von zwanzig Rekruten vor Jasper und Owen. Sie gingen los und die LRA trieb die siebenhundert Entführten an, immer schneller zu gehen.

»Halte mit dem Tempo mit, Betty«, sagte Oyet, als er an ihr vorbei an die Front der Reihe eilte. »Wir sind fast an der Grenze zum Sudan.«

* * *

Drei Tage später kamen sie zu einer Stadt namens Ngomoromo in der Nähe der Grenze, die von Bäumen und Felsausläufern verdeckt war. Sie mussten einen offenen Bereich zwölfhundert Meter vor der Grenze überqueren. Die LRA-Soldaten gaben den Befehl zu sprinten. Doch wegen der Fesseln kamen sie bestenfalls mit schnellen Schritten ins Freie.

*Rumms! Rumms! Rumms! Rumms!*

Florence sah vier Lichter aus dem felsigen Hochland im Nordwesten aufsteigen, hörte die Granaten pfeifen und warf sich zu Boden, wobei sie Palmer und das Mädchen hinter sich mitzog, bevor die Raketen vor den vier Reihen einschlugen. Trümmer regneten auf sie herab.

Oyet kam zu ihrer Reihe gelaufen und schnitt die Mädchen frei.

»Das ist die UPDF«, rief er, als er die Seile zerschnitt. »Sie werden euch umbringen, weil ihr bei uns seid.«

Er zeigte nach Nordosten, weg von den Mörsern. »Lauf dahin, Betty.«

Florence wollte in genau die entgegengesetzte Richtung laufen, doch dann begann schweres Maschinengewehrfeuer vor ihnen und es flogen weitere Granaten. Drei trafen dicht neben eine Reihe Jungen, die ungefähr achtzig Meter vor ihr noch zusammengebunden waren.

»Lauf!«, rief Oyet.

Florence rannte schräg zu den letzten Einschlägen los und Palmer und zwei andere Mädchen folgten ihr. Sie blickte immer wieder in den Rauch der Granaten und sah Jungen in ihrem Alter, die tot waren oder blutend herumirrten. Entsetzt rannte sie schneller, war sich dabei bewusst, dass die LRA-Soldaten das Feuer erwiderten, während weitere ugandische Armeegranaten durch die Luft segelten.

Florence sprang über einen Baumstamm, ging in einen Graben hinunter und kroch an der anderen Seite wieder heraus, jetzt weniger als zweihundert Meter von einer Baumgruppe und echter Deckung entfernt.

»Betty, warte!«, rief Palmer.

Florence wurde langsamer und sah sich um, wo das andere Mädchen damit kämpfte, mitzuhalten. Sie nahm Palmer bei der Hand und drehte sich wieder zu den Bäumen, als sie Phillip zu dem Rauch und den verwundeten Jungen laufen sah. Eine Granate schlug fast unmittelbar vor ihm ein. Der Soldat, der sie verprügelt hatte, starb sofort.

Es erschreckte sie so sehr, dass sie abrupt stehen blieb. Doch Palmer tat das nicht, sondern packte sie am Handgelenk und zerrte sie vorwärts. Eine Minute später waren sie zwischen den Bäumen und ungefähr vierhundert Meter von dem Zentrum des Kampfes entfernt. Dutzende andere weibliche Verschleppte folgten ihnen in den Wald. Florence wurde etwas langsamer und sah dorthin, wo die meisten Granaten einschlugen und nichts als Gemetzel war.

* * *

Die Schlacht von Ngomoromo dauerte noch drei Stunden. Neun weitere LRA-Soldaten starben außer Phillip in dem Kampf. Von den siebenhundert Verschleppten, die unter dem Granatenfeuer in den Sudan zu kommen versuchten, überlebten dreihundertfünfzig. Mindestens fünfzig der Überlebenden waren verletzt, manche davon schwer.

Von ihrer Position an einem Hang ungefähr einen Kilometer nördlich des Grenzzauns beobachtete Florence den Kampf und fühlte sich wie betäubt, abgeschnitten von allem, was sie jemals gekannt oder geschätzt hatte, während sie die Überlebenden zwischen den Bäumen unter ihnen hervorhinken sah. Jasper tauchte kurze Zeit später auf, als sie sich gerade hingesetzt hatte. Ihr Cousin hatte eine üble Wunde an der Stirn und presste einen Lappen dagegen, während er den Hügel zu ihr hinauftrottete. Flo wollte erleichtert aufschluchzen, schaffte es aber, still zu bleiben, während ihr die Tränen über die Wangen liefen.

Jasper blieb bei ihr stehen, als wollte er sich hinsetzen.

»Nicht«, flüsterte sie und er ging weiter.

Sie musste eine quälende Stunde warten, bis Owen aus dem Wald kam. Ihr älterer Bruder war verschmutzt, hatte Schnittwunden und bewegte sich langsam.

Doch er war am Leben! Die Erkenntnis drang durch ihre Benommenheit. Es gab also einen Grund zur Hoffnung, oder nicht?

Oyet kam zwischen den Bäumen hervor, lief an Owen und dann Florence vorbei. Sie und Palmer standen auf und folgten ihm, ohne dass er etwas gesagt hatte. Sie ließen die Fessel bei ihr weg, gaben ihr aber wieder etwas zu tragen. Von da an musste jeder etwas nehmen.

Die Überlebenden gingen den ganzen Nachmittag in der sengenden Hitze des südlichen Sudan, kamen von einem Brunnen zum nächsten und stellten fest, dass sie ausgetrocknet waren. Verletzte brachen zusammen und starben. Florence verlor Jasper und Owen aus den Augen, weil sie gerade genug Kraft hatte, um nach vorn zu blicken und mit Palmer mitzuhalten, die vor ihr in der Reihe ging.

In Gedanken hörte Florence Miss Catherine, ihre Krankenschwester von der Masernstation, die ihr sagte, wenn sie ihren Weg zum Frieden in ihrem Herzen finden konnte, dann könnte sie zu Gott sprechen und um einen Ausweg aus dieser Hölle bitten, in die sie gezerrt worden war. Doch sosehr sie sich auch bemühte, Florence konnte keinen Frieden in ihrem Herzen finden. Es gelang ihr nicht, nachdem sie den rauen Trost des Hasses gefunden hatte, hinter dem sie sich verstecken konnte, und nicht nach all den Dingen, die sie erst an diesem Morgen gesehen hatte. Alles hatte sich so tief in ihr Gedächtnis eingebrannt, dass sie bezweifelte, jemals wieder wahren Frieden in ihrem Herzen empfinden zu können.

Dieses Gefühl verstärkte sich im Laufe des Tages, während sie immer tiefer in den südlichen Sudan und eine weite Wildnis marschierten.

»Lücke in der Reihe!«, rief jemand hinter ihr. »Schließt die Lücke!«

Schließlich sah Florence sich um und bemerkte die Lücke ungefähr fünfzig Personen hinter ihr und auch, wer dafür verantwortlich war. Owen kämpfte damit, mit Jasper Schritt zu halten, der sich den Lappen um den Kopf gewickelt hatte. Ihr älterer Bruder schaffte es zu ihrem Cousin und sie gingen weiter.

Die Dämmerung kam herab, als sie es erneut hörte. »Lücke! Schließt die Lücke in der Reihe!«

Sie sah sich um.

Ein LRA-Hauptmann trat neben Owen und schrie: »Beweg dich, Rekrut! Schließ die Lücke!«

Ihr Bruder starrte ihn ausdruckslos an, wurde aber nicht schneller, ging nur weiter mit seinem schwerfälligen Schritt. Er wirkte wie leer, sein Kiefer hing herab, seine Augen blickten unstet voraus, sein Kopf schwankte hin und her, als hätte er kein Gleichgewicht mehr.

»Beweg dich!«, schrie der Hauptmann.

Florence' Bruder versuchte es, doch er konnte nicht zu Jasper aufschließen. Der LRA-Mann verlor die Nerven und schlug Owen mit dem Gewehrschaft in die Seite. Ihr Bruder fiel zu Boden, krümmte sich und stöhnte.

Florence und die restliche Reihe blieben stehen.

Der Hauptmann schrie den Verschleppten hinter Owen zu: »Dieser Rekrut kann nicht mithalten. Wenn ihr an ihm vorbeikommt, tretet ihm auf den Kopf.«

Florence wimmerte: »Was? Nein!«

»Halt den Mund«, zischte Palmer, als sich Owen auf Hände und Knie erhob und aufzustehen versuchte.

Der Hauptmann kam vorbei, stellte ihm den Stiefel auf seinen von den Stockschlägen geschundenen Rücken und drückte ihn zu Boden. Er zeigte auf den ersten Jungen in der Reihe hinter Owen. »Du, tritt auf seinen Kopf. Fest! Jetzt!«

Florence konnte nicht hinsehen. Doch sie hörte das Geräusch und den schwachen Schrei ihres Bruders und jeden weiteren, während sie hilflos dort stand, zu Boden starrte und vor Schmerz innerlich zerrissen war.

Sie weinte, doch sie schluchzte nicht. Sie stand da, zitternd, trauernd, bat Gott um Mitleid für die gute Seele, die Owen immer für sie und für alle anderen gewesen war.

Als wäre ihr stummes Gebet erhört worden, sagte der LRA-Hauptmann zu jemandem, dass er es beenden sollte. Ein Schuss ging los. Sie zuckte zusammen, sah die Verzweiflung in Palmers Gesicht und dann bei Jasper und hatte das Gefühl, als hätte man ihr das Herz am Stück aus dem Leib gerissen.

# Zwanzig

***28. Februar 1998***
***Juba, südlicher Sudan***

Als Anthony sah, dass Joseph Kony eine Moschee verließ und einem hochrangigen Vertreter des sudanesischen Militärs die Hand schüttelte, nahm er das Funkgerät und sein Gewehr und lief zu dem weißen Hilux-Pick-up, der auf der anderen Straßenseite parkte. Er war auf der Ladefläche, bevor Kony die Straße überquert hatte. Yango und drei andere bewaffnete Leibwächter umgaben den Großen Lehrmeister, der jetzt keine Frauenkleidung trug, sondern wieder seine weiße Tunika und Hose.

Nachdem Kony eingestiegen war, blickte Yango zu Anthony und nickte. Anthony nickte zurück und hatte das Gefühl, als hätte sich sein Verhältnis zu Konys Sicherheitschef und den anderen hochrangigen Offizieren in Control Altar geändert. Er hatte nicht nur allen Widrigkeiten getrotzt und seine Probezeit als persönlicher Fernmelder des Großen Lehrmeisters überlebt, sondern auch bewiesen, dass er selbst unter großem

Druck einen kühlen Kopf bewahren konnte. Das hatten sogar die Ehefrauen bemerkt.

Yango setzte sich ans Lenkrad. Die anderen Leibwachen kletterten zu Anthony auf die Ladefläche.

Sie fuhren durch das geschäftige Treiben von Juba und schlängelten sich durch kleine Schwärme aus Motorrädern und Jitneys, die alle mit ihren Passagieren und den aufs Dach gebundenen Ziegen und Schafen auf dem Weg in die umliegenden Städte und Dörfer waren. Überall wimmelte es von lachenden, arbeitenden, streitenden Menschen, und Musik dröhnte aus den Geschäften, dazu gab es mehr Gerüche, als Anthony je an einem Ort erlebt hatte. Andererseits war Juba auch die größte Stadt, die er je gesehen hatte.

Das hatte er Kony erzählt, als sie an jenem Tag Juba erreicht hatten. Der Große Lehrmeister hatte laut gelacht und ihm erzählt, dass Kampala fünfmal größer wäre.

»Du wirst sehen, was das für eine großartige Stadt ist, wenn wir sie beherrschen, Opoka«, sagte Kony. »Von da werden wir um die Welt reisen und anderen unsere Philosophie erklären. Mit dir als meinem hervorragenden zukünftigen Kommunikationsminister!«

Der LRA-Oberbefehlshaber hatte ihn jetzt häufig so genannt. Sosehr er sich auch bemühte, fühlte sich Anthony dennoch nicht von dem Gedanken und dem Lob dahinter erwärmt.

Zu jenem Zeitpunkt war er seit ungefähr drei Monaten der Funker des LRA-Anführers. Während dieser Zeit hatte er gelernt, sich im Innern von Control Altar zu bewegen, hatte die ungeschriebenen Regeln und persönlichen Dynamiken gelernt, die Kony, seine Frauen und engsten Vertrauten umgaben, wobei er dasselbe physische Training durchlief wie die anderen Soldaten im persönlichen Kampfbataillon des Großen

Lehrmeisters. Und er hatte immer wieder seine verblüffende Fähigkeit bewiesen, sich nachts an den Sternen zu orientieren.

Trotz der vielen Schlaglöcher auf der Straße, die ihn auf der Ladefläche des Pick-ups herumschleuderten, gähnte Anthony und schloss die Augen. Er konnte sich nicht daran erinnern, schon einmal so müde gewesen zu sein, nicht einmal während der zwei Trainingslager in den Imatong-Bergen. Seit er in Konys innerem Kreis war, war er fast ständig unterwegs, marschierte manchmal dreißig bis vierzig Kilometer am Tag und blieb nie länger als zweiundsiebzig Stunden an einem Ort.

Im Grunde hatten sie auf ihrem Weg eine riesige Schlaufe gemacht, waren zunächst südlich an die Grenze Ugandas gegangen, wo der Große Lehrmeister seine Pläne aufgab, wieder ins Land zu kommen und den Kampf um Kampala zu beginnen. Es zeigte sich, dass die Region von UPDF-Streifen wimmelte, und Kony war fest davon überzeugt, dass ihn die ugandische Armee jetzt aktiv suchte.

»Wir dürfen ihnen nichts anbieten, worauf sie schießen können«, sagte Kony wiederholt während der drei Monate, an denen sie Tag und Nacht unterwegs waren und schließlich auf der Suche nach mehr Geld, mehr Waffen, mehr Munition und mehr Nachschub von der Regierung nach Juba zurückgekehrt waren. »Ich werde kein Ziel für sie sein.«

*Aber natürlich ist er ein Ziel,* dachte Anthony und fühlte sich schläfrig. *Was mich ebenfalls zum Ziel macht.*

Sein Kopf sank herab. Er döste, bis sie ein großes Loch in der Straße erwischten und er mit dem Kinn auf die Brust schlug und erwachte, wobei er sah, dass sie fast an dem neuen LRA-Lager südöstlich von Juba am Weißen Nil waren. Sie fuhren an LRA-Wachtposten vorbei und hielten kurz darauf im Schatten von Akazien und Dornbäumen. Sie parkten neben dem inneren Sicherheitsquadrat und stiegen aus.

Viele der besten Männer Konys warteten dort, darunter Anthonys alter Boss, Brigadegeneral Charles Tabuley, Major Okaya, ein gewiefter Kampfstratege, und General Otti Lagony, Stabschef der LRA.

General Lagony war in Konys Alter. Major Okaya war siebzig und hatte den Großteil der letzten fünfundzwanzig Jahre vor, während und nach dem ugandischen Bürgerkrieg kämpfend verbracht. Fatima war ebenfalls dort und verlangte noch vor den Kommandeuren nach der Aufmerksamkeit ihres Ehemanns.

»Was ist mit Essen?«, wollte die Hauptfrau wissen. »Wir haben nicht mehr viel übrig, und unsere Kinder werden hungern, wenn unsere Vorräte nicht gefüllt sind.«

»Morgen«, sagte Kony. »Da kommen Regierungslaster.«

»Und meine Medizin? Der Knöchel wird immer schlimmer.«

Fatima hatte sich unterhalb des rechten Knöchels an einem Dorn gestochen und es hatte sich entzündet. Der Knöchel war jetzt angeschwollen und nässte an der Wunde.

Kony griff in seine Hosentasche und zog zwei kleine Umschläge heraus. »Das hier ist ein Antibiotikum«, sagte er. »Nimm jetzt zwei und dann jeden Morgen und Abend, bis es weg ist. Das andere ist gegen die Schmerzen. Alle acht Stunden eine.«

Seine Hauptfrau nahm die Umschläge und wirkte erleichtert. »Danke, Joseph.«

»Ein Mann muss sich um seine Frau kümmern.«

Fatima nickte, bevor sie davonhumpelte, wobei sie die Medizin wie eine Trophäe hielt. Anthony sah sie gehen und wurde wütend. Als ihm fast der Arm abgerissen wurde, hatte er keine Antibiotika und Schmerzmittel bekommen.

Tatsächlich war ihm mehrfach gesagt worden, dass Kony gegen moderne Medizin war und stattdessen Behandlungen bevorzugte, die vom Geist Cilindi erdacht wurden. Tatsächlich hatte ihm Cilindis Anweisung mit Pappelwurzelwasser, Salz und magischen Pilzen geholfen. Doch während der letzten drei Jahre hatte er viele verwundete LRA-Soldaten an Entzündungen sterben sehen, die man mit Antibiotika hätte bekämpfen können, und andere, deren Leid mit Schmerzmitteln erträglicher gewesen wäre.

*Alles ist einseitig, jeder folgt den Regeln mit Ausnahme des Großen Lehrmeisters und seiner Frauen,* dachte er und verspürte eine besondere Verachtung für Fatima, Christin und Nighty. Bei Lily hatte er gemischte Gefühle. Die zweite Frau des Großen Lehrmeisters mochte es, ihn auf gutmütige Weise zu necken, und erst neulich hatte sie ihn übermäßig dafür gelobt, wie er sich bei Nacht orientieren konnte und mit dem Funk und ihrem Mann umging.

Doch soweit er das sehen konnte, taten Konys andere Oberfrauen – abgesehen von Lily – nichts anderes als zu lästern, mit den anderen zu gehen, wenn man es ihnen sagte, und aufzutauchen, wenn sie an der Reihe waren, bei dem Großen Lehrmeister zu schlafen. Bei den anstrengenden Märschen trugen sie keine Lasten. Sie wurden von den jüngeren Frauen und Rekrutinnen von vorn bis hinten bedient, die sie *ting ting* nannten und schrecklich behandelten, vor allem in Gegenwart ihres Ehemannes. Es war genauso, wie Yango es ihm am ersten Tag gesagt hatte: Die Frauen waren Königinnen, die sich davor fürchteten, vom Thron gestoßen zu werden.

* * *

Kony gab seinen Kommandeuren ein Zeichen und setzte sich vor eine Grashütte, die in der Nacht zuvor in der Mitte des inneren Quadrats von Control Altar errichtet worden war. Anthony nahm seine Position fünfzehn Meter von dem Großen Lehrmeister entfernt ein und sah zu, wie Major Okaya und

General Lagony den LRA-Oberkommandierenden grüßten und sich ihm gegenüber hinsetzten. Andere Leibwächter stellten gerade die Grashütte für Lily, die Bettpartnerin an diesem Abend, fertig und auch die für Nighty, die am folgenden Tag bei dem LRA-Anführer schlafen würde.

»Seid ihr mit den Arabern zu einer Übereinkunft gekommen, Lehrer?«, fragte General Lagony, der mit einer heiseren, tiefen Stimme sprach und die Angewohnheit hatte, Menschen lange anzustarren und nach ihren Schwächen zu suchen.

»Ich habe das mit einem Ausflug zum Mittagsgebet in die Moschee besiegelt«, sagte Kony und lachte.

Major Okaya, kahlköpfig mit einem weißen Bart und einem zerklüfteten, vernarbten und pockigen Gesicht, fragte: »Ist das genug, Lehrer?«

Konys Ausdruck wurde härter. »Der Wert von zwanzig Lastwagen, Major. Mörser. Munition. Alles, worum wir gebeten haben, dazu Lebensmittel, Wasserfilter und Medizin. Sie geben Control Altar außerdem eine bessere Unterkunft in ihrer Kaserne nördlich der Stadt.«

General Lagony fragte: »Im Gegenzug wofür?«

»Wir gehen doppelt so hart gegen die Dinka vor«, sagte Kony. »Museveni schickt der sudanesischen Volksarmee immer mehr Nachschub aus Uganda und die sudanesische Regierung will, dass das aufhört.«

Okaya wirkte angewidert. »Solange es ihre eigenen Soldaten nicht tun müssen.«

»Sie haben genug im Norden zu tun. Sie wollen, dass die Dinka aus dem Süden verschwinden und die Gesegneten Uganda übernehmen. Das ist für mich Grund genug. Und das sollte es auch für euch sein.«

Lagony räusperte sich. »Das ist Grund genug, Lehrer. Doch man kann von uns nicht erwarten, dass wir jetzt angreifen. Wir haben in den letzten sechs Monaten zu viele Leute verloren.

Wenn wir das tun sollen, dann brauchen wir mehr Rekruten als je zuvor.«

»Habe ich nicht vor drei Wochen Rekrutiergruppen in den Süden geschickt? Kommen sie nicht jetzt gerade mit siebenhundert Neuen nach Norden?«

Lagony nickte. »Wir brauchen trotzdem mehr, Lehrer.«

»Das verstehe ich«, blaffte Kony. »Doch konzentrier dich auf das, was auf dem Weg liegt. All die zwölf bis sechzehn Jahre alten Jungen. Der Verstand noch nicht vollständig geformt. Ihre Schwäche sichtbar, bereit für das Training. Ich meine, wenn du niemals irgendwas Gutes in deinem Leben hattest und plötzlich einer unserer Rekruten bist, die den Marsch hierher durchhalten und dann das Training und den ersten Kampf, dann weißt du genau, dass du von mir und von der LRA geschätzt wirst. Du weißt, dass man dich wahrnimmt. Du wirst für deine Handlungen belohnt. Du erhältst eine Familie und eine Vision für die Zukunft. Das ist genug und sie gehören uns. Das war auch genug für dich, Opoka, oder? Dass du hergekommen bist zu Control Altar?«

Anthony war verärgert über diese Bemerkungen, doch er verbarg es und nickte.

»Mehr als genug, Lehrer«, sagte er. »Es war eine Ehre.«

»Ganz genau«, sagte der Große Lehrmeister, sah von ihm weg und hob einen Zeigefinger. »Und deshalb, Lagony, werden wir diese siebenhundert trainieren, und wir werden in der Zwischenzeit weitere Rekrutierkommandos in den Süden schicken. General Vincent, du wirst mehr Ausbildungszyklen ablaufen lassen, während Major Okaya die Dinka mit Scharmützeln und Überfällen beschäftigt. Bis Ende August werden wir zwanzig Brigaden stark sein, und dann werden wir die sudanesische Volksbefreiungsarmee von der Erde wischen und unseren letzten Marsch nach Süden unternehmen und Museveni von der Macht und aus Kampala vertreiben.«

Die Generäle schienen von diesem Plan begeistert zu sein. Anthony blieb ausdruckslos, als er um die Rückseite der Hütte ging, um das Antennenkabel für den Funkspruch um sechzehn Uhr aufzuhängen, doch im Innern wurde er immer wütender über Konys Bemerkungen, dass er zwölf bis sechzehn Jahre alte Jungen verschleppen würde, weil er ihren Verstand formen konnte, indem er ihre Schwächen erkannte und sie nutzte, um sie so zu verdrehen, dass sie tun würden, was er wollte.

*Du weißt, dass du wahrgenommen wirst. Du wirst für deine Handlungen belohnt. Du erhältst eine Familie und eine Vision deiner Zukunft. Das ist genug, und sie gehören uns.*

Anthony starrte finster in die Ferne und fragte sich, welche Schwäche Kony bei ihm gefunden hatte und wie er sie gegen ihn nutzte.

Bevor er seine ganze Aufmerksamkeit darauf richten konnte, hörte er auf der anderen Seite der Hütte Major Okaya sagen: »Lehrer, ich verspreche, dass wir wie ein Rudel heulender Hunde für die Dinka sein werden, doch ich bitte im Gegenzug um einen Gefallen.«

»Sprich«, sagte der Große Lehrmeister

»Sind da viele Frauen unter den siebenhundert, die auf dem Weg nach Norden sind?«

»Mehr als einhundert unter den dreihundertfünfzig, die Ngomoromo überlebt haben.«

»Dann bitte ich um fünf von ihnen als Ehefrauen. Junge Frauen.«

»Fünf?«, lachte Kony. »Du bist siebzig Jahre alt und hast bereits acht Ehefrauen!«

Okaya lachte. »Das stimmt. Doch was soll ich sagen? Sie halten mich jung.«

»Dagegen kann ich nichts einwenden, Major«, sagte der LRA-Oberbefehlshaber und alle vier Männer lachten.

Anthony hätte am liebsten den faulen Geschmack ausgespuckt, den dieses Gespräch in seinem Mund hinterlassen hatte, als er die Batterien an das Funkgerät anschloss. Vergewaltigung war bei der LRA verboten. Doch die Vergabe junger, entführter Mädchen als »Ehefrauen« für alte Männer war für ihn fast dasselbe.

»Wo ist mein zukünftiger Kommunikationsminister?«, rief Kony.

Er eilte zurück um die Hütte. »Hier, Lehrer.«

Der Große Lehrmeister lächelte ihn an. »Mach das Funkgerät bereit.«

»Zehn Minuten, Lehrer«, sagte Anthony.

»Seht ihr?«, sagte Kony. »Der beste Fernmelder der LRA. Ein zukünftiger Minister in meiner Regierung.«

Ohne es zu wollen, spürte Anthony bei diesen Bemerkungen eine schwache Version jener seltenen Wärme. Lagony sah ihn finster an. Okaya betrachtete ihn misstrauisch, als Anthony zurück um die Hütte zum Funkgerät ging.

Als er es startete und die Frequenz einstellte, dachte er an seinen Vater, der ihm immer beigebracht hatte, genau das Gegenteil von einem Menschen zu sein, wie ihn Kony, Okaya, Lagony und Vincent wollten und wertschätzten und selber waren.

*Sie wollen, dass wir wie sie sind. Ungeheuer. Unmenschlich anstatt menschlich.*

Anthonys Augen trübten sich bei dem Bild von George, das in seinem Kopf erschien. Während seiner ersten drei Jahre bei der LRA – als er vor allem darum besorgt war, einen Tag nach dem anderen zu überleben – hatte er versucht, nicht an seinen Vater zu denken. Doch seit jenem Nachmittag, als er sich um den verletzten alten Ladenbesitzer gekümmert hatte, dachte er fast täglich an jene Abende, an denen er und sein Vater hinausgegangen waren, um die Sterne zu beobachten und darüber zu reden, was es bedeutete, ein guter Mensch zu sein. Er erinnerte sich, wie warm und erfüllt er sich gefühlt hatte, wie wahrgenommen und respektiert er sich gefühlt hatte, wie George alles an ihm zu verstehen schien und was einmal aus ihm werden würde. Dabei hatte es eine unglaubliche Sicherheit gegeben, eine völlige Abwesenheit von Furcht.

Anthony erkannte, dass er noch immer Recht von Unrecht unterscheiden konnte und noch immer wusste, was es hieß, ein guter Mensch zu sein, obwohl er jetzt in fast ständigem Kampf- oder Fluchtmodus lebte. Und er kam zu dem Ergebnis, dass alles an Kony und der LRA falsch bis hin zu böse war. Wie er es auch betrachtete, der Große Lehrmeister war ein Krimineller, ein Mörder und jemand, der Mord beförderte. Von Kindern. Durch Kinder. Und jetzt verwandelte er Jungen in Ungeheuer und Maschinen, indem er ihre Schwächen ausnutzte, und er gab alten Männern junge, entführte Mädchen und lachte darüber.

*Und wie würde er ein Land regieren? Auf dieselbe verdammte Weise.*

Anthony hatte oft den Tod gesehen, die Ermordungen, verursacht durch diesen Mann. Er war gezwungen worden, am Kampf teilzunehmen, und es machte ihn noch immer krank, machte ihn innerlich wütend. Doch er behielt es für sich, als Kony hinter der Hütte hervorkam.

»Sende das hier«, sagte der Große Lehrmeister. »Ich muss kacken.«

»Ja, Lehrer«, sagte er und sah, wie er davoneilte.

Er wusste, das konnte eine Weile dauern, da Kony zur Verstopfung neigte, deshalb stellte Anthony das Funkgerät an und setzte sich in den Schatten, den Rücken an einen Baum gelehnt.

* * *

Lily kam vorbei und grüßte: »Hallo, Fernmelder.«

»Hi, Lily«, sagte er und seine Stimmung hellte sich ein wenig auf.

»Wo ist der Große Lehrmeister?«

»Erleichtert sich gerade.«

»Das kann eine Weile dauern«, sagte Lily und verdrehte die Augen.

Anthony konnte nicht anders und grinste. »Ja.«

Sie betrachtete ihn einen Moment. »Du könntest mir nützlich sein, Fernmelder.«

Anthony gefiel es nicht, wie das klang, und er sagte: »Das versteh ich nicht.«

»Du hörst Dinge, die andere nicht hören«, sagte sie. »Ich will wissen, was du so hörst.«

»Das darf ich nicht.«

»Nicht über den Krieg oder anderes Kampfzeug«, sagte sie mit wegwerfender Geste. »Ich will wissen, was er zu Fatima sagt, zu Nighty und zu Christin. Kannst du das für mich tun?«

Er fühlte sich in die Ecke gedrängt und fragte: »Warum?«

Lily wirkte verärgert, als wäre es offensichtlich, sagte aber: »Falls du das nicht bemerkt haben solltest, er hat eine Menge Frauen. Wir sind ersetzbar. Ich will nicht ersetzt werden.«

Bevor er darauf noch antworten konnte, sah Anthony den Großen Lehrmeister aus dem Wald auftauchen, wo man die Latrine gegraben hatte. Lily sah ihn ebenfalls und sagte im Davonschweben: »Das war schnell. Ich verlasse mich auf dich, Fernmelder.«

Anthony antwortete darauf nicht, sondern stand auf und ging zum Funkgerät.

Kony kam mit einem Notizblatt in den Händen zu ihm. »Setz das in den TONFAS und schick es«, sagte er und reichte Anthony das Papier. »Ich bin nicht weit weg.«

»Sofort, Lehrer«, sagte er, nahm das Papier und sah, wie Kony davonging.

Beim Lesen der Anordnungen kehrte Anthonys Zorn mit voller Macht zurück, und er befürchtete zu explodieren. Am liebsten wäre er hinter dem LRA-Anführer hergelaufen und hätte ihn angegriffen, was seinen sicheren Tod bedeutet hätte. Stattdessen biss er auf die Innenseite seiner Lippe und verschlüsselte den Befehl für sechs Rekrutiergruppen, die nach Süden, nach Uganda gehen und viertausend neue Rekruten finden sollten.

*Viertausend Kinder wie mich.*

*Das ist falsch,* dachte er, als er das Mikrofon nahm. *Man kann einfach nicht damit davonkommen, Tausende Kinder zu entführen und Hunderte von ihnen zu ermorden, um die anderen gehorsam zu machen. Das darf man einfach nicht. Und man darf auch keine Mädchen entführen und dazu zwingen, alte Männer zu heiraten.*

Er versuchte, den stärker werdenden Zorn unter Kontrolle zu halten, doch das ließ seine Stimme beben, als er zweimal das Mikrofon klickte und sagte: »Hier spricht Nine Whiskey mit Six Bravo. Nine Whiskey mit Six Bravo. Bereithalten.«

* * *

Als die sechs Kommandeure die Anordnung zur Entsendung zum Ergreifen viertausend neuer Rekruten bestätigt hatten, stellte Anthony das Funkgerät ab und packte es ein. Seufzend schulterte er es, nahm sein Gewehr und machte sich auf die Suche nach Kony.

Er war halb um die Hütte gegangen, als er leises Gelächter hörte. Er machte noch ein paar Schritte und sah Kony dort mit Lily an der Hütte für die Frau dieser Nacht. Bis auf das Strohdach war die Hütte fertig.

Lily stand dicht neben dem Großen Lehrmeister, die Hand an seiner Schulter, und lachte über das, was auch immer er ihr gesagt hatte, wobei sie ihre Hüften langsam von einer Seite zur anderen bewegte. Sie summte leise, als Kony ihr mit einem Finger über den Bauch strich, wo er den oberen Rand ihres bunten Wickelrocks traf, und rückte näher. Er sagte etwas, das Anthony nicht hören konnte. Der Fernmelder senkte den Blick und näherte sich Kony und seiner Frau bis auf fünfzehn Meter, setzte sich dann mit dem Rücken zu ihnen, fühlte sich gedemütigt, klein und wertlos und hasste alles, was sie jetzt taten und zueinander sagten.

*Als wäre ich gar nicht da. Als würde ich nicht existieren.* Der Zorn in ihm glühte so stark, dass er sich schwor, er würde sein Gewehr nehmen und das Magazin auf sie leer feuern.

»Bist du da, Opoka?«, rief Kony.

Anthony drehte sich um und sah den Großen Lehrmeister mit dem Gesicht zu Lily, den Rücken zu ihm gedreht. Sie spähte aber über Konys Schulter und sah Anthony mit großem Interesse an.

»Ja, Lehrer.«

»Großartiger Fernmelder«, sagte er und kitzelte Lily wieder. »Hast du die Anordnungen verschickt?«

»Das habe ich, und ich habe auch die Bestätigungen erhalten. Sie ziehen nach Süden, während wir sprechen, Lehrer.«

»Der beste Fernmelder«, sagte der Große Lehrmeister.

Lilys Blick ruhte weiter auf Anthony. »Das ist er, oder?«

Anthony drehte ihnen wieder den Rücken zu. *Großartiger Fernmelder. Der beste Fernmelder. Zukünftiger Minister in meiner Regierung. Und was macht Lily? Sie spielt. Sie spielt und ich bin das Spielzeug.*

Ein metallischer Geschmack drang ihm in die Kehle. Er dachte, er müsste sich übergeben, und wusste nicht, warum.

Dann erkannte er, dass ihr Herumspielen zu seinem Tod führen konnte.

Kony rief: »Deine Mutter wäre stolz auf dich, Opoka. Stolz darauf, was aus dir geworden ist, trotz aller deiner Hindernisse.«

»Ja, Lehrer«, sagte Anthony und errötete vor Emotion. Er erinnerte sich an jenen ersten Tag im Innern von Control Altar, als der Große Lehrmeister ihn gefragt hatte, nach wessen Liebe er sich als Kind gesehnt habe.

Dann wurde er von einer lebendigen Erinnerung an Acoko übermannt und sah die Schwäche, die Kony gegen ihn ausnutzte. In seiner Erinnerung sprachen er und Acoko an jenem Abend vor dem Wettlauf gegen Patrick im Bezirkswettkampf. Seine Mutter war traurig, negativ, zeigte all die Möglichkeiten auf, an denen er scheitern konnte. Er war wütend auf sie gewesen.

*Ich werde nicht verlieren,* hatte er gesagt. *Jeder wird wissen, wer ich bin.*

Acoko schüttelte den Kopf. *Anthony, manchmal habe ich das Gefühl, dass du ständig von anderen hören musst, wie gut du bist und wie besonders.*

*Was ist daran falsch?*

*Du sollst wissen, wie gut du bist, ohne dass man es dir sagen muss. Das sollte aus deinem Inneren kommen.*

Während er dort saß, den Rücken zu Kony und seiner Frau gedreht, erinnerte sich Anthony daran, wie er sich ernüchtert gefühlt hatte, weil er erkannte, dass seine Mutter ihn nur selten lobte und stattdessen seine Unzulänglichkeiten hervorhob und sich ausdachte, wie seine Hoffnungen zerstört werden konnten.

* * *

Anthony starrte ins Leere und dachte nach. Meine Mom hatte recht und Kony hat es herausgefunden. Ich brauche Lob, weil sie mir nur selten welches gegeben hat. Ich muss hören, dass ich besonders bin. Dad hat es getan, doch sie sagte mir nur selten etwas in der Art. Und der bösartige Mistkerl benutzt das, um mich zu beherrschen.

Er fühlte sich hilflos bei dem Gedanken, dass der Große Lehrmeister so schnell und so tief in seinen Kopf gedrungen war. Während das Kichern und Scherzen hinter ihm fortfuhr, wurde er fast gelähmt von seinem Elend.

*Ich bin schwach,* dachte er. *Mom hatte recht. Kony hat recht. Ich war schon immer schwach gewesen.*

Verloren wollte er sich den Kopf halten und sich gegen die Wut wappnen, die ihn plötzlich zu durchfahren schien, da erkannte Anthony, dass er schrecklich litt. Er dachte wieder an den sterbenden Ladenbesitzer und daran, wie er die vier Stimmen des Leidens beschrieben hatte.

»Überprüfe deine Gefühle«, hatte Mr Mabior gesagt. »Sie werden dir sagen, welche Stimme du in deinem Kopf hörst.«

Anthony war sich jetzt kaum noch des Großen Lehrmeisters und seiner Frau bewusst, als er sich dazu zwang, genau das zu tun.

*Ich fühle immer wieder Wut, Ungerechtigkeit. Ich glaube, es ist* Gewalt. *Ich werde davon beherrscht.*

Er merkte, dass er recht hatte. Der alte Mann hatte die Stimme von *Gewalt* perfekt beschrieben. Anthony konnte sich fast an jedes seiner Worte erinnern.

»Diese Stimme ist nicht die äußerliche Gewalt von Kampf oder das Schreckliche, das du vielleicht in deinem Leben beobachtet hast, Anthony«, hatte der Ladenbesitzer gesagt, während er immer schwächer wurde. »Es ist die innere Gewalt, die kommt, nachdem dir ein schlimmes Ereignis widerfahren ist.«

Es war die Stimme der Wut, sagte er. Des Zorns. Der Ungerechtigkeit des Opfers. Die Stimme, die einem ständig sagt, dass man Unrecht erfahren hat, dass man vom Leben unfair behandelt wurde. Durch Ereignisse. Und womöglich durch eine bestimmte Person.

»Und aus dieser Wut erwächst Hass«, sagte Mr Mabior. »Und im Hass singt die *Gewalt* am lautesten in deinem Kopf und verstümmelt dich.«

*Gewalt*, so stellte sich heraus, konnte einen Menschen lähmen, unabhängig von ihrer Größe oder Richtung.

»Frustriert oder sogar traurig über das eigene Leben sein, das ist *Gewalt*, denn man befindet sich in einem inneren Krieg zwischen dem Universum und seinen persönlichen Gefühlen über das Leben«, sagte er.

Anthony sagte: »Es ist persönlich, wenn man einen Freund direkt vor sich sterben sieht.«

Der sterbende Ladenbesitzer hatte schwach die Hände gehoben. »Ich verstehe. Doch noch einmal, die Gewalt, von der ich spreche, ist nicht alles Ungerechte, was dir geschehen ist. Die Gewalt ist die Art, wie du denkst und handelst, nachdem dir etwas Ungerechtes geschehen ist.«

Anthony hatte die Stirn gerunzelt. »Ja, und?«

»Denke auf andere Art darüber«, sagte der alte Mann. »Wenn du auf die Stimme von *Gewalt* hörst, dann bist du abgeschnitten von Gott, dem Universum oder an welche höhere Macht du auch glaubst. Wenn du abgeschnitten bist, Anthony, dann denkst du schwach, du triffst schlechte Entscheidungen, und dann handelst du in direkter Opposition zu deinem wahren Selbst. Nimm einen eifersüchtigen Ehemann, der es hasst, dass seine Frau herumschläft, und sie schließlich umbringt. Ist dieser Mann verbunden mit dem Universum? Oder mit seinem eigenen Schmerz?«

»Mit seinem Schmerz.«

»Ja, Schmerz im Herzen und Ungerechtigkeit im Kopf sind die zwei Nährstoffe, von denen sich *Gewalt* immer ernährt. Sie machen die Stimme lauter und deine Handlungen schmerzvoller für dich und für andere.«

Anthony hatte darüber nachgedacht und dann gefragt: »Hören Sie diese Stimme nicht? Wurden Sie niemals böse verletzt? Oder ungerecht behandelt?«

Mr Mabior lachte und verzog das Gesicht. »Natürlich wurde ich schrecklich verletzt. Natürlich habe ich Ungerechtigkeit erfahren. Mein eigener Bruder hat mich vor langer Zeit mit meiner Verlobten betrogen. Ich habe mit Hass ihnen gegenüber eine lange Zeit gelebt, und es wurde langsam zu Hass gegenüber fast allem in meinem Leben. Doch schließlich habe ich gelernt, die Stimme der Gewalt zum Verstummen zu bringen, indem ich sie erkannt und beobachtet habe.«

»Und indem Sie ihr einen Namen gegeben haben?«, fragte Anthony.

»Indem ich sie mit ihrem Namen angesprochen habe«, korrigierte ihn der alte Mann. »*Gewalt.* Und allein dadurch, dass du die Augen schließt und tief atmest, wirst du sehen, wie die Stimme versucht, den Schmerz und Zorn in deinen Gedanken und deinem Körper zu behalten. Schon diese Beobachtung wird die Flamme des Zorns verringern, und während sie abkühlt, wirst du anfangen, dich wieder mit der Güte verbunden zu fühlen. Weniger hilflos, weniger gelähmt von Ereignissen, die in deiner Vergangenheit geschehen sind.«

Dann zeigte ihm der alte Mann erneut jene Atemfolge. Die Augen geschlossen. Die Hände an den Oberschenkeln. Sieben konzentrierte Atemzüge mit vollem Bauch, doch diesmal bei jedem Ein- und Ausatmen singend: »Da ist Frieden in meinem Herzen.« Dann sieben tiefe Atemzüge mit vollem Bauch und dazu singen: »Ich bin du. Du bist ich. Wir sind eins.«

* * *

Lily lachte leise, wie eine schnurrende Katze. Das Geräusch riss Anthony aus seinen Gedanken, bevor er mit der Atemfolge beginnen konnte.

Lily sagte: »Warte, bis meine Hütte fertig ist. Sie kommen mit dem Rest des Strohs zurück.«

»Richtig«, sagte Kony und machte eine Pause. »Ich glaube, dass ich in der Zwischenzeit noch einmal kacken muss.«

»Das könnte lang genug sein«, sagte sie und lachte.

»Manchmal bist du so witzig wie Fatima«, sagte er und eilte wieder in Richtung Latrine davon.

»Fernmelder«, sagte Lily.

Anthony fühlte sich erschöpft, als er aufstand, um sich zu ihr zu drehen.

»Das hat dir nicht gefallen, oder?«

Er sah sie aus halb geöffneten Augen an. »Das ist nicht meine Angelegenheit.«

»Herumspielen macht ihn glücklich«, sagte sie. »Und ich mag es, ihn glücklich zu machen.«

»Wie gesagt, der Lehrer hat viele Ehefrauen.«

»Ganz genau«, sagte sie, als vier Jungen auftauchten, die Arme voller Palmwedel für das Dach. »Sag ihm, dass ich gleich zurückkomme. Ich habe besondere Kleidung, die ich für ihn tragen will.«

Anthony nickte, dann spürte er den Zorn wieder in sich auflodern, als Lily davonging und dabei provokant mit den Hüften wackelte, bevor sie ihn über die Schulter anblickte und lachte.

*Sie spielt mit mir. Wenn sie damit weitermacht, dann bringt sie uns beide um.*

Bei dem Gedanken fühlte er sich hilflos und noch wütender, als er sich wieder zum Funkgerät setzte.

Doch er erkannte die Stimme, bevor sie singen konnte, und nannte sie bei ihrem Namen.

*Du bist* Gewalt, *und mein Herz wird nicht zulassen, dass du mich beherrschst,* dachte er, dann schloss er die Augen und begann tief und langsam zu atmen, während er sich sagte:

*Da ist Frieden in meinem Herz.*

*Da ist Frieden in meinem Herz.*

*Da ist Frieden …*

# Einundzwanzig

***19. März 1998***
***Südöstlich von Juba, südlicher Sudan***

Mehr als drei Wochen nach ihrer Entführung marschierten Florence, Palmer, Jasper und die anderen Überlebenden in ein riesiges LRA-Lager am Ufer des Weißen Nils, nicht weit entfernt von der Hauptstadt des südlichen Sudans.

»Hier müssen Hunderte von LRA-Soldaten sein«, flüsterte Palmer. »Zu viele, um von hier zu flüchten.«

»Ich bin froh, dass ich am Leben bin und etwas essen und Wasser trinken kann«, zischte Florence zurück.

Die Reihe stoppte. Sie blickte nach vorn und sah Oyet eindringlich mit einem kleinen, älteren, runzligen Soldaten sprechen. Beide gestikulierten mit den Händen.

Palmer flüsterte: »Ich wette, der alte Mann fragt, wie es sein kann, dass Oyet mit so vielen Kindern und Soldaten in Uganda losmarschiert ist und nur mit uns hier ankommt. Er wird wahrscheinlich erschossen oder man tritt ihm auf den Kopf.«

Florence drehte sich um, sah ihr ernst in die Augen und flüsterte barsch: »Das war mein großer Bruder, mit dem sie das gemacht haben.«

»Was?«, sagte Palmer. »Oh mein Gott, Betty, das tut mir so leid. Ich hatte ja keine Ahnung.«

»Das weiß ich. Es kommt mir auch gar nicht real vor. Es ist alles so unwirklich.«

Florence richtete ihre Aufmerksamkeit wieder auf Oyet, während sie versuchte, nicht an ihren verstorbenen Bruder zu denken, sondern zu genießen, dass der Mann, der sie aus ihrem Zuhause verschleppt und Owen achtzig Mal geschlagen hatte, jetzt von einem alten Mann ausgeschimpft wurde, der halb so groß war wie er.

Nach zehn Minuten salutierte Oyet dem älteren Offizier, bevor er mit den überlebenden LRA-Soldaten davonstampfte, die sie während des Marsches bewacht hatten. Andere Soldaten übernahmen diese Aufgabe im Lager.

»Ich bin General Otti Vincent«, sagte der ältere Mann mit lauter, autoritärer Stimme. »Ich bin zuständig für euer Training. Ihr werdet von euren Fesseln freigemacht und bleibt es auch. Aber versucht nicht zu fliehen. Ihr werdet erschossen. Oder schlimmer. Doch wenn ihr das Training annehmt, die Sache des Großen Lehrmeisters annehmt, dann wird euer Leben nie mehr das Gleiche sein wie vorher. Eines Tags werdet ihr Teil der herrschenden Klasse Ugandas sein als die Männer und Frauen, die für die Freiheit unseres Landes gekämpft haben.«

Palmer flüsterte: »Klar, aber ihr habt uns entführt, Arschloch. Wir haben uns nicht dafür gemeldet.«

Florence musste sich auf die Lippe beißen, um nicht loszulachen.

General Vincent fuhr fort. »Ihr werdet aufgeteilt, männlich und weiblich. Die Männer und Jungen zu mir. Die Frauen werden zum Baden gebracht, bekommen neue Kleider, essen und versammeln sich dann, um die Frau des Großen Lehrmeisters zu hören.«

* * *

Bewacht von bewaffneten LRA-Soldatinnen wurden die Mädchen zu einem abgeschiedenen Teil des Flusses gebracht, wo sie Seifenstücke erhielten und sich ausziehen und reinigen sollten. Jede erhielt einen Beutel mit neuer Unterwäsche, Kleidern, T-Shirts, Leinenschuhen und Sandalen, dazu grundlegende Toilettenartikel. Dann wurden sie zu einem an den Seiten offenen Pavillon mit Holztischen und Bänken gebracht, wo sie zwei verschiedene Sorten Eintopf mit Reis und kaltes, aromatisiertes Wasser in Flaschen erhielten.

»Daran könnte ich mich gewöhnen«, flüsterte Palmer.

Florence zuckte mit den Schultern. Sie genoss das Essen, vor allem das Fleisch, nachdem sie wochenlang nichts bekommen hatten. Doch abgesehen davon, dass sie sich seit ihrer Verschleppung zum ersten Mal wieder körperlich gut fühlte, kam sie innerlich nicht darüber hinweg, dass sie entführt und ihr Bruder ermordet worden war.

»Ich werde mich niemals daran gewöhnen«, flüsterte Florence schließlich zurück und legte ihren Löffel in die leere Blechschüssel, bevor ein viertüriger Hilux-SUV an der gegenüberliegenden Seite des Pavillons anhielt und eine LRA-Soldatin in eine Pfeife blies.

»Aufstehen!«, rief eine andere. »Fatima, eure Mutter, die Frau des Großen Lehrmeisters, ist gekommen, um zu euch zu sprechen.«

Florence stand auf und ärgerte sich ein bisschen, dass sie neugierig darauf war, die Frau dieses Großen Lehrmeisters zu sehen. Doch sie reckte den Hals, um sie über die Köpfe der anderen Mädchen hinweg zu sehen. Fatima war eine große

Frau, die hinten aus dem SUV stieg und in den Pavillon schwebte, wobei sie ein dunkelblaues Batik-Outfit mit passendem Kopfschmuck trug. Sie hatte große goldene Ohrringe und viele Armbänder, die rasselten, wenn sie die Hände bewegte, und sah auf die Verschleppten herab, als wären sie eine mindere Lebensform.

»Ihr seid alle vom Allmächtigen und den Geistern gesegnet, dass ihr hier seid«, begann Fatima, wobei sie den Kopf hoch erhoben hielt. »Wenn ihr Glück habt, dann werdet ihr eines Tages die Ehefrauen der Gesegneten sein, jener Soldaten, die Uganda umstürzen, der Männer, die unsere Nation zur Größe führen werden.«

Es folgte Stille, bis zahlreiche LRA-Soldatinnen zu klatschen begannen. Palmer warf Florence einen angewiderten Blick zu, bevor sie mit ihr klatschte.

Fatima schien nicht sehr erfreut über den schwachen Applaus. Ihr Ausdruck verhärtete sich.

»Ihr solltet euch sagen, dass ihr niemals zurückkehren werdet«, sagte sie. »Ihr solltet euch sagen, dass euer Ziel hier das Überleben ist, denn das ist die einzige Hoffnung, die ihr habt.«

Fatima pausierte theatralisch. »Der Weg zum Überleben besteht darin, den Regeln zu folgen. Es gibt für jeden bei der LRA Regeln, und es gibt besondere Regeln für Männer und für Frauen. Hier sind ein paar wichtige. Nummer eins: Hört auf die Frauen, die länger als ihr unter den Gesegneten sind. Sie werden euch beibringen, wie man bei uns lebt. Nummer zwei: Arbeitet hart. Wir tolerieren keine Faulheit. Wenn man euch sagt, ihr sollt etwas tun, dann tut es sofort. Nummer drei: Wenn ihr menstruiert, dann isoliert ihr euch. Nummer vier: Esst oder nutzt keine Sheabutter, wenn sie nicht vom Lehrer gesegnet wurde. Nummer fünf: Seid loyal zu eurem Beschützer. Nummer sechs: Streitet nicht mit euren Schwestern. Und Nummer sieben: Wenn ihr zum Kampf gerufen werdet, müsst ihr vergessen, dass ihr eine Frau seid. Nehmt euer Gewehr und kämpft.«

Palmer flüsterte: »Ich weiß gar nicht, wie man mit einem Gewehr schießt.«

»Still!«, zischte Florence. »Das werden sie uns beibringen.«

»Und wenn ich das gar nicht lernen will?«

Florence sagte nichts, denn Fatima schien sie und Palmer anzustarren. Florence senkte den Blick und war erleichtert, als die Frau des Großen Lehrmeisters wieder zu sprechen begann.

»Heute beginnen wir den Prozess der Zuteilung«, sagte Fatima. »Ihr werdet jemandem als Frau gegeben oder einem Offizier der Gesegneten übergeben, der euch beschützt, bis ein geeigneter Ehemann für euch gefunden wird. Beschwert euch nicht über den Mann, dem ihr gegeben werdet, nicht über ihn, nicht über seine Lebensumstände, nicht über seine Unterkunft. Habt ihr verstanden?«

Florence war von dem Gedanken entsetzt, dass sie jemandem zur Ehefrau gegeben würde. Sie war schließlich erst vierzehn und außerdem wollte sie Krankenschwester werden. Sie wollte weinen, doch sie nickte auf Fatimas Frage.

Genauso tat es Palmer, doch leise sagte sie: »Aber wenn er ein Schwein ist, hässlich und stinkend?«

Florence kniff dem kleineren Mädchen ins Bein und flüsterte: »Du bringst uns noch um.«

Fatima sagte: »Ihr werdet als eine Gruppe weggehen und die erste Phase der Zuteilung beenden, welches die Begutachtungsphase ist. Danach werdet ihr schlafen gehen und am Morgen die Ergebnisse der Begutachtung erfahren. Später am Tag werdet ihr zu eurem neuen Zuhause unter den Gesegneten gehen. Willkommen in der Lord's Resistance Army, meine Damen.«

Ohne weitere Umstände schwebte die Frau des Großen Lehrmeisters aus dem Pavillon und auf den Rücksitz des Hilux, der schnell davonfuhr.

»Ich mag sie nicht«, flüsterte Palmer. »Sie soll jetzt unsere Mutter sein?«

»Sie ist nicht meine Mutter«, flüsterte Florence zurück.

Eine der Soldatinnen kam zu ihnen. »Haltet den Mund, ihr beiden. Ihr könnt froh sein, dass heute die Begutachtung ist, denn sonst hätte ich euch windelweich geprügelt.«

* * *

Palmer und Florence wurden für den Gang durch das Lager getrennt. Sie spürten die Blicke Hunderter LRA-Männer auf sich, als sie vorbeigingen, doch niemand sagte ein Wort zu ihnen. Die Soldatinnen führten sie zu einem abgeschiedenen, grasbesetzten Bereich am Flussufer und befahlen ihnen, ihre T-Shirts und BHs auszuziehen. Es war ein heißer Tag, doch Florence fühlte sich dabei unwohl.

Palmer zog ohne langes Zögern beides aus. Für so eine kleine und junge Frau hatte sie große Brüste. Sie blickte zu Florence und zog eine Braue hoch.

Florence seufzte und zog zusammen mit den anderen siebenunddreißig jungen Frauen und Mädchen T-Shirt und BH aus. Sie standen stumm mit nacktem Oberkörper da, unsicher über das, was geschehen würde.

Nach ein paar Minuten hörten sie Männer sprechen und lachen. Dann tauchten ungefähr zwanzig in Uniform auf, alle älter, als Florence erwartet hatte, wesentlich älter. Die meisten hätten ihr Vater sein können. Manche sogar ihr Großvater.

Die Augen der Männer leuchteten auf, als sie die barbusigen Mädchen sahen, und sie gingen um sie herum. Die Frauen rückten zusammen, die Arme vor den Brüsten, bis eine Soldatin sagte: »Lasst die Arme runter und verteilt euch, damit sie euch sehen und mit euch sprechen können.«

Florence entfernte sich einen Meter von dem nächsten Mädchen und stand einfach da, als eine Gruppe Männer näher kam und sie von Kopf bis Fuß beäugte. Dann kam der älteste der Männer, ein kahlköpfiger LRA-Major mit einem schmuddeligen weißen Bart und einem vernarbten, faltigen Gesicht, mit vorgebeugten Schultern und einem Lächeln voller kaputter Zähne zu ihr.

»Wie alt bist du, Kind?«, fragte er mit einer Stimme wie Sandpapier.

»Vierzehn«, sagte Flo und fühlte, wie ihr der Atem knapp wurde und sie ihn nicht ansehen wollte.

»Hmm«, sagte er interessiert.

Er trat einen Schritt näher und sie roch seinen stinkenden Körper und Mundgeruch, als er sie nach ihrem Namen fragte.

»Betty«, sagte sie und hoffte, dass er sie nicht berühren würde, wie es einige Männer bei anderen Mädchen getan hatten.

»Es freut mich, dich kennenzulernen, Betty. Du kannst mich Okaya nennen.«

»Es freut mich auch, Sie kennenzulernen, Mr Okaya.«

»Einfach Okaya«, sagte er, dann atmete er scharf durch die Nase und ging davon.

Florence atmete aus und spürte ihre weichen Knie, als wäre sie von einer Hyäne umkreist und beschnüffelt worden. Sie sah, wie Okaya zu Palmer ging und auf ihre Brüste starrte. Ihre Freundin wirkte, als würde sie mit Übelkeit kämpfen, während sie sich unterhielten.

Okaya griff nach einer ihrer Brüste. Palmer schlug seine Hand beiseite.

»Das machen Sie nicht«, sagte sie laut. »Nein!«

Der alte Mann stand da und grinste. »Ich mag Temperament«, sagte er und verließ sie.

Die Begutachtung dauerte noch weitere zwanzig Minuten, wobei zwei andere Männer Florence nach ihrem Namen fragten und ihrem Alter und welche Fähigkeiten sie hatte.

Sie sagte beiden dasselbe: »Ich kann lesen, schreiben und mache Algebra und Geometrie. Ich kann kochen. Ich kann Landwirtschaft. Ich weiß eine Menge über Naturmedizin. Die Pflanzen. Die Kräuter.«

Eine weibliche Wache rief, dass die Begutachtung vorbei war. Die Männer gingen. Okaya hatte nicht mehr zu Florence geblickt, was sie ein wenig erleichterte.

Auf dem Weg zurück zum Pavillon trat Palmer neben Florence. »Hast du diesen Typ gesehen?«, flüsterte sie und erschauerte. »Sein Gesicht sieht aus, als wäre ein Laster drübergefahren, ihm fehlt die Hälfte der Zähne und sein Atem ist wie Hundescheiße, und er ist bestimmt siebzig.«

»Sei froh, dass er dich nicht umgebracht hat«, flüsterte Florence zurück.

»Tut mir leid, doch ich erlaube keinem widerlichen alten Mann, mich zu berühren. Und du hättest sehen sollen, wie er gegrinst und gelacht hat, als ich seine Hand weggeschlagen habe.«

»Das habe ich«, sagte Florence und spürte wachsende Sorge um ihre Freundin.

* * *

Die Sorge wurde sowohl für Florence als auch für Palmer real, als sie am nächsten Morgen erfuhren, dass sie beide an Major Okaya übergeben würden, der bald kommen und sie abholen würde.

Als sie allein waren, flüsterte Palmer: »Ich sage dir, wenn mich diese lebende Leiche berührt, dann werde ich ihn vollkotzen.«

Florence fühlte sich verbittert und fassungslos und sagte: »Ich sollte Krankenschwester werden und einen guten Mann finden, um mit ihm eine Familie zu gründen. Nicht das hier. Ich würde am liebsten davonlaufen. Selbst wenn sie mich erschießen, ich will einfach weg.«

»Pst«, ermahnte sie Palmer. »Nein, sag das nicht, Betty. Sprich das nie wieder aus.«

»Aber so empfinde ich«, flüsterte Florence und legte den Kopf auf die Knie. »Als wäre ich verdammt, und ich weiß nicht, warum.«

Beide schwiegen einen Moment.

»Ich weiß, warum«, flüsterte Palmer. »Es sind Okayas Zähne. Sie sehen wie die Tore der Verdammnis aus!«

Florence sah ihre Freundin an, wollte am liebsten weinen, musste aber kichern.

»Das *sind* die Zähne der Verdammnis«, flüsterte sie und schluckte ein lautes Schnauben hinunter. »Was haben wir nur angestellt, dass wir so etwas verdienen?«

Palmer begann ebenfalls zu lachen. Ein alter Land Rover kam den Weg entlang und parkte dort, wo Fatimas Auto gestanden hatte.

»Das ist das Auto von Major Okaya«, rief die Wache zu ihnen. »Holt eure Sachen.«

Widerwillig nahmen sie ihre Sachen und gingen am Pavillon vorbei zu dem Fahrzeug, als würden sie zu ihrer eigenen Beerdigung gehen. Die Tür an der Fahrerseite öffnete sich und ein Soldat in Uniform stieg aus. Er ging um das Auto und öffnete die Beifahrertür. Florence erinnerte sich an Okayas Zähne, Atem und Gesicht und atmete durch den Mund.

Doch der siebzigjährige Major stieg nicht hinten aus. Ein anderer Mann tat es. Mitte dreißig, breitschultrig und groß, mit einem markanten Kinn und glatt rasiert mit kurzen Haaren und einer sauberen neuen Uniform. Florence erkannte ihn nicht, bis sie den Namen auf der linken Brusttasche seines Hemdes las.

»Oyet?«, sagte sie und war überrascht, dass seine dreckigen Kleider, Dreadlocks und sein Bart verschwunden waren.

Er sah sie gleichmütig an. »Jetzt Hauptmann Oyet, Rekrutin Betty. Ich wurde befördert, weil ich euch alle sicher hergebracht habe. Steigt ins Auto. Alle beide.«

»Wir wurden nicht an Major Okaya übergeben?«, fragte Palmer erleichtert.

Florence verspürte einen Moment der Hoffnung.

Doch dann sagte Oyet: »Oh doch, das wurdet ihr. Doch der Major wurde nach Süden geschickt, um sich um die Dinka zu kümmern, während ihr ausgebildet werdet. In der Zwischenzeit wurde ich als euer Beschützer ausgewählt. Ihr werdet in meiner Unterkunft wohnen, unter meiner Führung, und euren jungfräulichen Status bewahren, bis Major Okaya bereit ist, euch als seine Frauen zu empfangen.«

»Jungfräulicher Status?«, sagte Palmer und wirkte sauer. »Gott. Also, ähm, wovon sprechen wir hier, Hauptmann? Ich meine, unsere Zeit bei euch? Wochen? Monate?«

»Um das Training zu beenden und bis zu seiner Rückkehr? Monate, denke ich.«

»Oh, das ist besser«, sagte Palmer, trat zur Hintertür des Land Rovers und öffnete sie. Sie blickte zurück zu Florence, die dort stand und sich kontrolliert fühlte, zugleich hilflos, irgendwas dagegen tun zu können. »Kommst du, Betty?«

# Zweiundzwanzig

***Ende August 1998***

In der Hitze des Tages arbeitete Florence angestrengt mit der Hacke und schlug auf das Unkraut ein, das zwischen niedrigen Maisreihen in einem kürzlich gerodeten Feld am Fluss wuchs, nicht weit entfernt von jener abgeschiedenen Stelle, wo sie dazu gezwungen worden war, barbusig an der Begutachtung teilzunehmen.

Obwohl sie in den vorhergehenden sechs Wochen sehr krank gewesen war, hielt sie das Gartenwerkzeug gern wieder in den Händen. Wenn sie die Augen schloss und einfach die Erde umgrub, deren Geruch einatmete und dem Wind in den Bäumen um sie herum lauschte, dann konnte sie fast glauben, sie wäre daheim in Amia'bil und würde ihren Teil des Okori-Gartens bearbeiten, während sie ihre Auberginen und Tomaten mit dem Morgentau auf der Schale reifen sah.

»Mach langsamer, Betty«, sagte Palmer und riss Florence aus ihrer wundervollen Fantasie.

Sie sah zurück zu ihrer Freundin ein paar Reihen weiter und gute fünfzehn Meter hinter ihr. Palmer sah sie indigniert an. »Du bist gerade wieder auf den Beinen und lässt mich hier schlecht aussehen. Ich kann da nicht mithalten.«

»Ich wollte gar nicht so weit vorausgehen«, sagte Florence. »Die Arbeit im Garten erinnert mich einfach an zu Hause und macht mich glücklich.«

Palmer verzog das Gesicht. »Denk nicht an zu Hause, Betty. Das existiert nicht mehr. Zumindest nicht so, wie wir uns daran erinnern. Und außerdem meint doch ›unsere Mutter‹, dass es uns besser geht, wenn wir vergessen, dass wir jemals ein Leben außerhalb der LRA hatten.«

Florence wusste, dass Fatima das gesagt hatte. Es war auch das, was Oyet ihnen während des ersten Monats, den sie mit Palmer in einer Hütte auf seinem Grundstück verbrachte, mehr als ein Dutzend Mal gesagt hatte. *Jenes Leben? Jene Person? Weg.*

Während des Trainings, das fünf harte Wochen gedauert hatte, hatte sie so zu leben versucht. Ihr wurde gezeigt, wie sie mit ihrem Gewehr – einem neuen russischen AK-47-Ableger – schießt, es auseinandernimmt und reinigt. Und sie hatte das zermürbendste körperliche Training ihres Lebens durchgemacht.

Am Ende jedoch wurde Florence, die sich bei den täglichen langen Wanderungen als so stark und ausdauernd erwiesen hatte, zusammen mit neunundvierzig anderen Rekruten, unter ihnen auch Palmer, als Teil eines Munitionszugs ausgewählt, der Kisten mit Munition von Juba zu abgelegenen LRA-Stellungen transportierte. Im Mai und Juni hatte sie in sechs verschiedenen Munitionszügen gearbeitet, die in der Regel beladen drei Tage für den Hinweg und dann zwei Tage für den Rückweg benötigten.

Dann hatte Florence schlechtes Wasser getrunken und war an Cholera erkrankt. Palmer ebenfalls sowie die Hälfte der anderen Kinder, die Kugeln und Mörser ins Feld schleppten. Glücklicherweise waren sie alle nicht irgendwo im Gelände, sondern im Hauptlager in der Nähe von Juba erkrankt, wo sie unter schwächendem Durchfall, Fieber und Schüttelfrost litten. Eines Nachts wachte sie auf und war überzeugt, dass sie sich wieder in der Masernstation des Krankenhauses in Lira befand, und hatte gerufen: »*Miss Catherine! Mein Engel! Bitte hilf mir!*«

Palmer hatte ihr die Hand schwach an die Schulter gelegt. *Hier ist kein Engel, Betty. Schlaf weiter.*

Die LRA-Sanitäter gaben ihnen keine Antibiotika, sagten ihnen nur, dass sie viel sauberes Wasser trinken, ihre Fäkalien vergraben und ihre Hände ständig waschen sollten. Die Latrinen wurden mit Bleichmittel und Wasser geschrubbt. Schließlich war der Cholera-Ausbruch gestoppt.

Obwohl Florence kurz so schwach war wie damals, als sie die Masern hatte, erholte sie sich schon in der dritten Juliwoche. Anfang August begann sie, in den Gärten zu arbeiten. Palmer war eine Woche später stark genug, um sich Florence anzuschließen.

»Ist dir klar, dass wir noch nie den Großen Lehrmeister gesehen haben?«, fragte Florence.

»Wir haben seine Frau gesehen.«

Florence nickte, horchte und sah dann ein Fahrzeug, einen kleinen Pick-up-Truck, der die Straße zu Oyets Unterkunft und dem Feld entlangfuhr. Er hielt außer Sichtweite.

Aus irgendeinem Grund und trotz Palmers Warnung dachte sie wieder an zu Hause und ihr altes Leben, als sie weitermachte mit dem Hacken. Sie erinnerte sich daran, wie sie ihr geliebtes Buch der Träume zurückgelassen hatte, als Oyet sie verschleppt hatte. Sie spürte, wie sie sich nach einem Stift und Papier sehnte, um ihre Hoffnungen niederzuschreiben, so wie sie es zu tun pflegte, um sie zu betrachten und an sie zu glauben.

Sie dachte an Kony. Sie hasste die Vorstellung, dass ein Mann so egoistisch war, dass er Jungen für seine Armee und Mädchen für seine Offiziere entführte. Sie hatte den Mann noch nie gesehen, doch sie verabscheute ihn trotzdem. Er hatte ihre Träume ruiniert und ihr die Zukunft gestohlen, und wofür das alles?

Sie sagte leicht verbittert: »Man sollte eigentlich annehmen, dass wir ihn inzwischen hätten sehen müssen, diesen Kony. Man sagt, er sei gigantisch.«

»Sie sagen auch, dass Geister durch ihn sprechen«, sagte Palmer und hackte ebenfalls.

»Vier von ihnen. Wie kann das sein?«

Ihre Freundin zuckte mit den Schultern. »Ich weiß es nicht. Vielleicht hat ihm sein örtlicher Medizinmann in seiner Jugend vier zum Preis von einem angeboten.«

Florence lachte schnaubend und sagte dann: »Nun, ich habe gehört, dass er von einem Schamanen ausgebildet wurde, womöglich vor seiner Zeit bei der verrückten Cousine, der Botschafterin oder so etwas in der Art.«

»Ich weiß«, sagte Palmer. »Deshalb habe ich ...«

Florence blickte zu ihrer Freundin, die mit dem Hacken aufgehört hatte und jetzt eindringlich nach hinten zur Unterkunft von Hauptmann Oyet blickte. Sie richtete sich auf, drehte sich um und sah ihren Beschützer am anderen Ende des Feldes stehen. Der siebzigjährige Major Okaya stand neben ihm in dreckigen, kriegsverschmutzten Kleidern, sein Bart länger und schäbiger, als sie in Erinnerung hatte.

»Betty, Palmer«, rief Oyet. »Euer Ehemann ist zurück vom Kampf. Es ist Zeit, dass ihr mich verlasst und zu ihm geht.«

* * *

Der LRA-Kommandeur sah zu, wie sie ihre Taschen und andere Dinge einluden, bevor sie auf die Ladefläche seines Pick-ups stiegen. Er betrachtete jede von ihnen ganz genau, bevor er grinste und auf den Beifahrersitz stieg. Als der Wagen sie von Oyets Unterkunft wegbrachte, spürte Florence säuerlichen Geschmack aus dem Magen kommen. Nach ihrem Gesichtsausdruck zu schließen, schien Palmer das Gleiche zu empfinden.

Sie fuhren nicht mehr als fünf Kilometer, bevor sie abbogen und unter einem Baum an einem Bambuszaun anhielten. Major Okayas ältere Ehefrau, eine sehr große und strenge Frau, wartete an einem offenen Tor im Zaun. Der Major selbst warf ihnen keinen zweiten Blick zu, stieg aus und ging auf sein Grundstück.

Mariama sah sie mit geblähten Nasenflügeln an. »Er braucht keine zusätzlichen Frauen.«

Palmer sagte: »Da stimmen wir zu.«

Florence nickte.

»Ihr seid nur zusätzliche Mäuler, die gefüttert werden müssen«, sagte Okayas Frau. »Die es den Kindern wegnehmen.«

Palmer ärgerte sich. »Wir haben nicht darum gebeten.«

Mariama schoss zurück: »Dann sind wir schon drei.«

»Sag uns, was wir machen sollen«, sagte Florence. »Wir sind hier, um dir zu helfen.«

Sie betrachtete sie misstrauisch. »Warum sagst du das?«

»Wir müssen zusammenleben, auch wenn wir das nicht mögen, deshalb können wir uns auch helfen, so gut es geht, bei allem, was wir können.«

»Hm«, sagte Mariama.

Nachdem sie ihnen ihre neu gebaute Hütte zeigte, wo sie ihre Habseligkeiten ließen, gab sie ihnen Arbeit und ließ sie Wassereimer vom Brunnen holen, was Florence tatsächlich genoss, denn es erinnerte sie daran, wie sie mit ihrer Mutter zum Fluss gegangen war. Mehr als fünf Monate waren vergangen, seit Oyet sie aus ihrem alten Leben in Amia'bil herausgerissen hatte, fünf Monate, seit sie von Josca und Constantine und dem Rest ihrer Brüder und Schwestern weggeschleppt worden war. Fünf Monate, doch sie konnte ihre Eltern noch immer frisch vor Augen sehen, wie sie lachten und klatschten und am letzten Weihnachtsfest sangen. Sie fragte sich, was sie sagen würden, wenn sie wüssten, dass sie einem alten Mann zur Frau gegeben worden war.

*Ich sollte Krankenschwester werden,* dachte sie wieder während des dritten Rückwegs vom Brunnen. Sie musste schwer schlucken bei dem Gefühl in ihrer Kehle und die Tränen zurückblinzeln, bevor sie in den Hof ging und das Wasser in große Keramikurnen goss, die Mariama neben dem Kochbereich hatte. Sie aßen an jenem Abend Reis mit Curry-Ziege, was köstlich war. Das sagte sie auch der älteren Ehefrau.

Mariama lächelte fast, bevor sie ihnen eine Liste weiterer Aufgaben gab, an deren Umsetzung sie sich sofort machten: Geschirr spülen, Töpfe reinigen und Feuerholz für den Morgen aufstapeln. Es war lange nach Einbruch der Dunkelheit, als sie fertig waren und zu ihrer Hütte gingen.

Florence legte sich hin, schlief sofort ein und rührte sich erst wieder, als sie die Hähne vor der Morgendämmerung krähen hörte. Palmer rührte sich ebenfalls.

»Wir sollten zuerst aufstehen«, sagte Florence. »Auf sie warten.«

Palmer stöhnte, nickte dann aber. Sie traten hinaus in das fahle Licht, zitterten bei der leichten Kühle der feuchten Luft und suchten in der Feuerstelle nach Kohle, die sie anblasen konnten. Ein paar Minuten später kam Mariama aus ihrer Hütte, sah das knackende Feuer, das sie angemacht hatten, und hätte fast wieder gelächelt.

Sie verbrachten den Tag damit, die Wünsche der älteren Frau Okayas so schnell und vollständig wie möglich zu erfüllen. Sie hatten den Major seit ihrer Ankunft nicht mehr gesehen und Palmer war recht erfreut, als sie an jenem Abend ihre Aufgaben erledigt hatten und zu ihrer Hütte zurückkehrten.

»Womöglich wurde er wieder zurück zum Kampf gerufen«, flüsterte sie im Kerzenschein.

»Das könnte sein«, sagte Florence. »So groß ist der Hof ja nicht.«

Gerade hatte sie das gesagt, als jemand an die Wand ihrer Hütte klopfte.

»Palmer!«, sagte Mariama.

Sie runzelte die Stirn. »Ja?«

»Du wirst zum Haus deines Ehemanns gerufen. Bring deine Schlafmatte mit.«

Zum ersten Mal, seit sie sie kannte, sah Florence nackte Verzweiflung in ihren Augen.

Palmer sagte: »Mariama, du musst wissen, ähm, jetzt ist keine gute Zeit. Wenn du weißt, was ich meine.«

Eine Pause, dann erwiderte Mariama: »Wenn das so ist, dann musst du dich absondern. So sind die Regeln.«

»Ich bin kurz davor, weißt du? Mein Bauch krampft.«

»Dann Betty«, sagte Mariama. »Bring deine Schlafmatte.«

Florence dachte an Okaya, an seine schlechten Zähne und seinen Mundgeruch. »Ich bin in derselben Zeit, Mariama. Wir dachten, wir würden uns zusammen absondern.«

Es folgte eine lange Stille, bevor die erste Frau sagte: »Wie ihr wollt.«

Palmer wartete, bis sie weggegangen war, um zu flüstern: »Betty, ich glaube, ich werde die längste Periode der Welt haben.«

Florence brach in lautes Lachen aus. »Und ich habe gehört, das sei ansteckend.«

* * *

Sie waren draußen und machten in der Morgendämmerung das Feuer. Mariama kam aus ihrer Hütte und sagte: »Ihr sollt euch absondern.«

»Ach ja«, sagte Palmer und sie kehrten zu ihrer Hütte zurück.

Sie legten sich auf ihre Matten und flüsterten, gratulierten sich gegenseitig und sagten sich, dass sie es unter Kontrolle hätten. Schließlich waren sie noch keine fünfzehn und er schon siebzig.

»Wir können ihn einfach hinhalten«, sagte Palmer. »Er wird erschossen oder greift sich irgendwann ans Herz.«

Es klopfte an ihrer Tür. »Kommt bitte raus«, sagte Mariama.

Die Mädchen sahen sich an, zuckten mit den Schultern, dann duckten sie sich unter der Decke hindurch, die als Tür diente.

»Euer Ehemann wünscht ein Wort mit euch zu sprechen«, sagte die erste Frau und zeigte zu der Hauptfeuerstelle, wo Major Okaya auf einem Stuhl saß, flankiert von zwei Soldaten, die trotz der frühen Stunde dunkle Sonnenbrillen trugen. Okayas andere sieben Frauen saßen auf dem Boden an seiner Seite.

Florence wusste, dass es übel aussah. Sie spähte zu Palmer und sah, dass ihre Freundin einen glasigen Blick hatte, als sie Mariama folgten, bis sie vor Okaya standen, der seiner ersten Frau zunickte.

Diese ging direkt zu Palmer, riss ihr das Wickelkleid herunter und schob die Hand zwischen die Beine der Vierzehnjährigen.

»Hey!«, rief Palmer und versuchte, die erste Frau wegzustoßen.

Mariama gab ihr eine Ohrfeige, die sie sprachlos machte, dann ging sie zu Florence. Sie sah sie finster an.

»Hast du? Oder nicht?«

Florence wusste, dass es besser war, nicht zu lügen, und schüttelte den Kopf. »Falscher Alarm.«

»Dummköpfe«, zischte Mariama leise. »Das habt ihr euch selbst eingebrockt.«

Florence hatte keine Ahnung, was geschehen würde, doch sie begann zu zittern, als sich die erste Frau zu den anderen sieben Frauen Okayas setzte.

Der Major starrte sie an und drohte mit dem rechten Zeigefinger. Die Männer legten ihre Waffen nieder, zogen ihre Gürtel aus und kamen zu ihnen.

Der Major brach die Stille. »Wenn ihr weglauft, wenn ihr euch windet, wenn ihr schreit, wird es noch schlimmer.«

Florence hatte gedacht, die Schmerzen von den Stockschlägen wären das Schlimmste, was sie je gefühlt hatte. Okayas Männer berührten nicht ihren Kopf, ihre Hände oder Füße. Doch sie peitschten sie und Palmer mit ihren Gürteln und schlugen sie mit den Fäusten am Oberkörper und Rücken. Florence hatte keine Ahnung, ob sie schrie oder versuchte, den Schlägen auszuweichen. Es ging immer weiter, bis sie das Bewusstsein verlor. Sie erinnerte sich nicht daran, in die Hütte gebracht worden zu sein.

Stunden später hörte sie Palmer wimmern: »Was willst du?«

Mariama sagte: »Euch das geben, was ich bekommen habe, als ich den gleichen Fehler wie ihr gemacht habe.«

Florence hob den Kopf, spürte das Pochen jeder Prellung und Beule auf ihrem Körper, ihren Armen und Oberschenkeln. Sie sah die ältere Ehefrau mit einem Eimer und ein paar Lappen.

»Es ist abgekocht worden und da ist Salz drin. Es wird brennen, doch ihr heilt damit schneller«, sagte Mariama. »Helft euch gegenseitig. Ich werde euch Essen und Trinken bringen, bis ihr es euch selbst holen könnt.«

»Danke«, sagte Florence.

»Ja, danke«, sagte Palmer.

»Ein Ratschlag«, sagte die Frau. »Wenn euer Ehemann das nächste Mal ruft, antwortet und gebt nach. Das ist eure einzige Hoffnung.«

Zehn Tage später waren sie ausreichend genesen, um ihre Hütte zu verlassen, steif zu gehen und sich vor Major Okaya zu stellen, der sie finster anblickte, bevor er sich die kaputten oberen Zähne leckte.

»Ihr findet mich abstoßend, nicht wahr?«, sagte er. »Nun, das spielt keine Rolle. Das nächste Mal, wenn ihr versucht, zusammen gegen mich zu agieren, dann werde ich dem Großen Lehrmeister sagen, dass ihr bei einem Fluchtversuch erschossen wurdet. Habt ihr verstanden?«

Florence schluckte schwer, doch sie nickte. Palmer ebenfalls.

Vier Tage später, als Mariama an die Außenseite ihrer Hütte klopfte und Florence sagte, dass ihr Ehemann sie rief, sah sie nicht zu Palmer, die die Nacht zuvor gerufen wurde und schluchzend zurückgekehrt war. Stattdessen sagte sich Florence, dass es besser war, als Prügel zu bekommen oder zu sterben. Sie nahm ihre Matte und ergab sich in ihr Schicksal.

* * *

Als Florence am Morgen in ihre Hütte zurückkehrte, warf sie einen Blick auf Palmer und brach in Tränen aus.

»Was hat er getan?«, fragte Palmer, eilte zu ihr und nahm sie in den Arm.

»Was immer er wollte«, schluchzte sie. »Ich tat, was Mariama gesagt hat. Ich gab nach.«

»Das war unsere einzige Hoffnung«, sagte Palmer und zog sie näher zu sich. »Unsere einzige Hoffnung.«

In den folgenden acht Nächten gingen sie abwechselnd zu Major Okayas Hütte. Doch in der neunten Nacht klopfte es nicht. Und als sie vor Morgengrauen aufstanden, um Feuer zu machen, war Mariama bereits auf. Das Feuer brannte und Wasser kochte im Topf.

»Packt eure Sachen«, sagte sie. »Okaya ist mit Hauptmann Oyet nach Süden gegangen, um sich auf einen Kampf vorzubereiten, der die Dinka-Revolte endgültig beendet. Wir ziehen um und sollen in dem Krankenhaus in Nesitu helfen. Sie erwarten viele Verletzte.«

Die Mädchen kehrten zurück zu ihrer Hütte und waren freudig aufgedreht.

»Wir sind dieses Schwein los!«, sagte Palmer. »Zumindest für eine Weile.«

Florence grinste. »Nicht nur das, sondern es klingt auch so, als würde ich endlich doch meinen Wunsch erfüllt bekommen. Ich werde Krankenschwester Betty sein.«

# Dreiundzwanzig

***11. April 1999***
***Neun Kilometer nördlich von Moli, südlicher Sudan***

An jenem Morgen kauerte der neunzehnjährige Anthony Opoka unter schwerem Mörserfeuer in einer tiefen Grube, die in die Ostseite einer der beiden Hügel gesprengt worden war, die die LRA-Soldaten als Jebel Lem oder Two Rock Hills bezeichneten.

»Six Bravo, Six Bravo, hier spricht Nine Whiskey, verstanden?«, rief Anthony in sein Cascina-Funkgerät, als Felsbrocken, Kiesel und andere Trümmer auf ihn herabregneten.

Er erwartete, dass ein junger Funker antworten würde, und war überrascht, als Joseph Kony selbst reagierte. »Nine Whiskey, hier spricht Six Bravo.«

»Six Bravo, Dinka schießen und sammeln sich für einen Angriff an der Ostseite von Jebel Lem«, sagte Anthony, ohne sich um eine TONFAS-Verschlüsselung zu kümmern. »Die Männer von Seven Delta haben schwere Verluste. Erbitte Erlaubnis zur Erwiderung des Feuers.«

Sie hatten ihre Granaten jetzt fast einen Tag rationiert.

»Erlaubnis erteilt, Nine Whiskey«, erwiderte Kony. »Sag Seven Delta, er soll die Straße halten. Wir haben sie nicht sechs Monate gehalten, um sie jetzt zu verlieren.«

»Verstanden, Six Bravo«, sagte Anthony, dann wechselte er die Funkgeräte, nahm jetzt das leichtere Racal-Kurzwellengerät wegen seiner Fähigkeit, die Frequenz im Nahkampf zu halten. Er veränderte die Frequenz. »Seven Delta, hier Nine Whiskey. Benötige Koordinaten. Over.«

Er erhielt keine Antwort. Bevor er es erneut versuchen konnte, kamen zwei LRA-Soldaten zu ihm in die Grube. Eine Mörsergranate explodierte oberhalb ihrer Position. Alle duckten sich und hielten die Arme über den Kopf, als sie von Trümmern übergossen wurden.

Es gab eine Pause im Trommelfeuer.

»Opoka?«, sagte einer der Soldaten. »Du bist am Leben?«

Anthony blickte auf und sah Patrick vor sich, der aus einer kleinen Wunde an der Kopfhaut blutete und grinste wie ein Idiot. Den anderen Soldaten erkannte er nicht, der dort neben ihm saß, vom Kampf verdreckt, mit langen Dreadlocks und einem beginnenden Bart.

Er grinste zu Patrick. »Ich lebe. Was machst du denn hier?«

»Matata ist jetzt im Kampf«, sagte Patrick. »Oder wird es sein. Wir haben vierhundert Mann, die uns folgen. Sie werden bis zum Morgen hier sein.«

»Wie hast du mich gefunden?«

Der andere Soldat sagte: »Wir haben einfach gefragt, wo wir den berühmten Nine Whiskey finden können, von dem wir die ganze Zeit über Funk hören, und sie haben uns hergeschickt.«

Etwas im Ausdruck seiner Stimme erwischte Anthony unvorbereitet und er starrte den Soldaten verwundert an.

»Hab ich mich so sehr verändert, Bruder?«, fragte der Soldat.

Anthony blieb der Mund offen stehen. »Albert?«

Sein Bruder grinste, kam angekrochen und umarmte den verblüfften Anthony.

»Lange Zeit«, sagte Albert. »Zu lange.«

Anthony lächelte und umarmte ihn auch. »Vier Jahre. Du bist groß geworden!«

»Nine Whiskey«, plapperte das Funkgerät. »Ich benötige die Koordinaten von Seven Delta.«

»Ich versuche es weiter«, sagte er und erhielt wieder keine Antwort.

»Seven Delta«, sagte Albert. »Das ist Okaya.«

»Seine Männer sind an der Front«, sagte Anthony und nickte. »Er ist bei ihnen.«

»Verrückter alter Mistkerl, oder?«, sagte Patrick.

»Immer«, sagte Anthony, bevor er den Ruf für Okayas Funker ein drittes Mal wiederholte.

Die Mörser feuerten erneut von der Dinka-Seite von jener Stelle, die einige der LRA-Männer inzwischen als die Todeskurve bezeichneten.

Diese Kurve lag zwischen den Hügeln des Jebel Lem, wo die Straße von Torit auf die A43 aus Uganda traf, und sie war wie ein Knick in einem Schlauch, wobei sich an der engsten Stelle die Kreuzung befand, die für den gesamten Nord-Süd-Verkehr entscheidend war. Die von Uganda unterstützten Dinka-Rebellen benötigten die Passage durch die Two Rock Hills, um weiterhin Nachschub und Munition zu erhalten und die Kontrolle über den südlichen Sudan zu gewinnen, und die sudanesische Regierung bezahlte die LRA dafür, die Dinka um jeden Preis zu bekämpfen.

In den sechs Monaten des wilden Kampfes um diesen kritischen Punkt der Nord-Süd-Verbindung hatte Konys Armee mehr als eintausend Kämpfer verloren, davon die meisten jünger als achtzehn. Die Rebellen hatten mindestens genauso viele Tote und Verletzte zu verschmerzen.

Viele von Anthonys Vorgesetzten in der Fernmeldetruppe waren bei Jebel Lem gestorben. Der Große Lehrmeister hatte keine andere Wahl gehabt, als seinen persönlichen Funker zum obersten Kommandanten und Leiter aller Funkeinheiten im Einsatz zu ernennen.

Der Neunzehnjährige berichtete nun direkt an Kony und General Vincent, der verantwortlich war für die Verteidigung der Hügel und der strategischen Straßenkreuzung darunter. Doch beide LRA-Anführer waren im Augenblick in Juba und verhandelten mit der Regierung Sudans über weitere Waffen und Munition, weshalb Major Okaya allein zuständig war für die Kampfhandlungen.

»Seven Delta, Seven Delta, hier spricht Nine Whiskey. Over«, rief Anthony erneut in das kleinere der beiden Funkgeräte in der Grube.

Doch noch immer hörte er nur Rauschen.

Ein mit Dreck und Blut bedeckter Mann sprang in die Grube. Patrick hob sein Gewehr.

»Stopp«, sagte Anthony. »Das ist Oyet. Okayas Stellvertreter.«

Der LRA-Hauptmann suchte in seiner Tasche und sagte: »Unser Funker ist tot und unser Funkgerät ist aus.«

»Verdammt«, stöhnte Anthony. »Wir haben letzte Woche schon zwei verloren.«

»Ich weiß«, sagte Oyet und reichte Anthony ein Stück Papier mit den Längen- und Breitenkoordinaten. Er stellte das leichte Funkgerät auf die Frequenz der Mörsereinheit und übertrug die Koordinaten. Innerhalb weniger Augenblicke begann das vertraute Donnern der 82-mm-Raketen an ihrer Seite, die Explosionen erfolgten in südlicher Schussrichtung.

»Das sollte sie aufweichen«, sagte Patrick.

»Aber nicht lange«, knurrte Hauptmann Oyet. »Sie haben Verstärkungen und Panzerung und sie bewegen sich. Ich kann nicht immer so hin- und herlaufen. Okaya braucht einen Funker an der Front, um unsere Koordinaten für die Mörser in Echtzeit zu übertragen. Er will dich.«

»Da kann ich nicht mehr mit Kony sprechen.«

»Du widersetzt dich einem direkten Befehl?«

»Ich unterstehe dem Großen Lehrmeister und General Vincent.«

»Heute nicht, da tust du das nicht. Oder willst du ihnen erklären, warum wir überrannt werden, warum wir die Kurve verloren haben?«

Anthony zögerte. Doch dann stellte er sich einen von Konys unbegreiflichen Wutanfällen als WerBistDu vor, wenn sie die Two Rock Hills verlieren würden.

»Ich werde gehen«, sagte Albert.

»Nein, wirst du nicht«, sagte Anthony sofort. »Okaya ist der Befehlshaber und er will mich. Du und Patrick bleibt hier mit dem Cascina. Du wirst meine Zwischenstation sein, falls ich eine Übertragung über weitere Entfernung benötige.«

Anthony packte schnell das leichtere Funkgerät auf den Rücken. Dann nahm er sein Gewehr und wartete mit Oyet auf eine weitere Feuerpause in den Wellen der Mörsergranaten, die über ihren Köpfen abgefeuert wurden.

Er spähte zu Albert, noch immer überrascht darüber, wie verändert sein jüngerer Bruder aussah, und lächelte. »Wir sprechen uns bald.«

»Für mich bist du längst tot«, sagte Patrick.

»Oh, danke.«

Die Mörser schwiegen.

»Jetzt«, sagte Oyet.

Sie krochen aus der Grube. Dann überquerten sie den steilen, kraterübersäten Hang und kamen immer näher zu dem sporadischen Maschinengewehrfeuer vor sich.

Wie er es für solche Situationen gelernt hatte, konzentrierte sich Anthony zu hundert Prozent auf seine Aufgabe. Er ließ seine Gedanken nicht zu Albert oder zu Patrick oder zu irgendeiner Sache wandern, sondern dachte nur daran, dass er ein Funker war, der einen Befehl und eine Aufgabe erhalten hatte.

»Geht vor«, sagte Anthony und ging in die Hocke, nachdem es der Hauptmann auch getan hatte. Im gebückten Entengang kamen sie zu einer Öffnung im Schützengraben, der ungefähr einen Meter tief in den Hügel gegraben wurde.

Mit gesenkten Köpfen gingen sie in dem Graben weiter vor auf das Gewehrfeuer zu und erreichten einen Abzweig, wo sich die Topografie änderte. Sie befanden sich jetzt hinter und oberhalb der Kurve, wo sie auf die Straße nach Torit traf, auf einer Anhöhe über einem Schluchtensystem von etwa sechshundert Metern Breite. Die Dinka waren dabei, sich zu sammeln und Mörser von einem Hügel auf der anderen Seite der Schlucht zu holen.

Gut einhundert Meter weit führte Oyet Anthony vorbei an zahlreichen LRA-Soldaten, die an der linken Wand des Grabens aufgestellt waren und auf die SPLA-Soldaten schossen. Der Hauptmann erkletterte eine Art Treppe über die Südwand des Grabens, der mit Baumstämmen verstärkt worden war.

Anthony blickte hinüber und sah Oyet die grob gehauenen Stufen zehn Meter hinunter zu einem befestigten Beobachtungsposten eilen, wo Major Okaya über die Felsen spähte und die feindliche Seite der Schlucht mit dem Fernglas absuchte. Der tote Funker lag noch auf dem Boden hinter dem Befehlshaber der Schlacht. Anthony wurde übel. Er hatte den Fünfzehnjährigen selbst trainiert.

Als Oyet es sicher in die vordere Position geschafft hatte, flaute das Schießen von beiden Seiten so weit ab, dass Anthony sich sicher genug fühlte, um die grobe Treppe zu erklettern und über die Grabenwand zu gelangen.

Auf der anderen Seite der Schlucht blitzte es. Ein Mörser donnerte.

Er setzte den rechten Fuß auf das obere Ende der Treppe und wollte gerade hinübersteigen und an der anderen Seite wieder hinunter, als er einen harten Schlag gegen die rechte Schulter bekam, unmittelbar über der vernarbten Raketenwunde. Der Einschlag der Kugel schleuderte ihn auf die rechte Seite und brachte ihn aus dem Gleichgewicht.

* * *

Anthony fiel in einer Spiralbewegung und hörte mitten in der Luft das Geräusch des Gewehrs, das ihn getroffen hatte, bevor er mit solcher Wucht auf dem Boden des Grabens aufschlug, dass ihm der Atem aus den Lungen gepresst wurde. Er rang um Luft und spürte, wie seine Schulter auf eine Weise brannte, die er vergessen hatte, so heiß, dass es keinen anderen Gedanken mehr gab und er am liebsten …

Zum zweiten Mal in seinem jungen Leben an derselben Schulter verwundet und beherrscht von den nur allzu bekannten Schmerzen, nahm Anthony dennoch das Pfeifen einer weiteren Granate der Dinkas wahr und erkannte am Klang, dass dieses Geschoss nicht an ihm vorbeisegeln würde. Diese Granate würde sehr nah kommen.

Er warf den gesunden Arm über den Kopf und einen Sekundenbruchteil später explodierte die Granate hangabwärts auf der anderen Seite der Grabenwand und war so laut, dass es ihm in die Ohren schlug, und so kraftvoll, dass der Boden unter ihm bebte, und nahe genug, um einen heftigen Schauer aus Felsen und Erdbrocken aufzuwerfen. Ein Teil der Grabenwand brach hinter ihm zusammen und vergrub seine Füße bis zu den Schienbeinen.

Erschrocken von der Stärke der Explosion und dass er schon wieder angeschossen worden war, stand er langsam und benommen auf und überlegte, was er tun sollte. *Gewehr,* dachte er. *Finde dein Gewehr. Lass dein Gewehr niemals zurück.*

Unter Schock sah er sich um, entdeckte es schließlich einen Meter vor sich. Er nahm es auf, blinzelte und schulterte es, während er überlegte, was er als Nächstes tun sollte.

*Zurück zu Patrick und Albert,* dachte er wie in Zeitlupe. *Sie werden dir helfen.*

Er orientierte sich, ging den Weg zurück durch den Graben, den er gekommen war, machte zwei Schritte in diese Richtung und sah nach rechts, wo die Wand eingebrochen war und ein klaffendes Loch hinterlassen hatte. Der vorgelagerte Beobachtungsposten am Hang war jetzt ein Bombenkrater. Er hatte einen direkten Treffer abbekommen. Okaya und Oyet gab es nicht mehr. Auch nicht die Leiche des toten Funkers.

Dann hörte er über das Dröhnen in seinen Ohren etwas anderes, bevor er die Bewegungen auf der anderen Seite der Schlucht bemerkte. Hunderte Dinka-Soldaten liefen dort jetzt hinunter. Die LRA-Soldaten in dem Graben begannen, wie wild auf sie zu schießen.

Er blickte auf seine Schulter und sah den größer werdenden Blutfleck, erkannte in seiner Benommenheit, dass er weitermusste oder sterben würde. Anthony ignorierte jetzt den Kampf, glitt hinter den schießenden Soldaten vorbei und schaffte es zum T im Graben, wo er sich nach links wandte. Bald ging er über den Wildpfad, der den steilen Hang überquerte, fühlte sich aber immer wackliger.

Der Kampf hinter ihm wurde stärker. Eine Granatenwelle von der LRA-Batterie donnerte und pfiff über seinen Kopf, um irgendwo draußen in der Schlucht zu landen. Er kümmerte sich nicht darum. Er wollte nur in die Grube gelangen, wo er seine

Funkstation aufgebaut und seinen Bruder und alten Freund zurückgelassen hatte.

Als er noch hundert Meter zu gehen hatte, fühlte sich Anthony schwindlig und völlig erschöpft. Als es noch fünfzig Meter waren, musste er sein Gewehr als Krücke benutzen, um auf den Beinen zu bleiben, und schlurfte so an den Rand der Grube. Vertraute schwarze Punkte sammelten sich vor seinen Augen, als er in das Loch hinabglitt und sah, wie sich Albert vom Funkgerät zu ihm wandte und Patrick mit großen Augen auf das Blut an der Vorderseite seiner Uniform starrte.

»Was? Schon wieder?«, sagte Patrick, bevor Anthony das Bewusstsein verlor.

* * *

### *13. April 1999*
### *Nesitu, südlicher Sudan*

Florence rannte durch das Feldlazarett der LRA und brachte Verbände, Desinfektionsmittel und Mullbinden zu den Sanitätern, die vor den beiden großen Zelten die neu eintreffenden Verwundeten einschätzten, die von den etwa sieben Kilometer südlich gelegenen Hügeln von Jebel Lem hergebracht wurden.

In den letzten Tagen waren sie rund um die Uhr angekommen, mehr als Florence in den sieben Monaten gesehen hatte, seit sie in Nesitu wohnte und arbeitete. Und wegen der ununterbrochenen Granatenangriffe der Dinka auf die LRA waren die Wunden grauenhafter als zuvor.

Verlorene Arme, verlorene Beine, verlorene Augen. Als Krankenschwester Betty hatte Florence alles gesehen und gehört, wie die Jungen stöhnten und nach Gott und ihren

Müttern riefen, so wie sie es als kleines Mädchen getan hatte, verloren und einsam auf der Masernstation, als sie sich fragte, warum sie verlassen worden war.

»Hilf mir, Betty«, krächzte ein Junge, als Florence vorbeikam.

Sie blickte auf ihn, der nicht viel älter war als sie, hinunter und sah, dass er von Schrapnellen gespickt und durchlöchert war, aber keine Druckverbände trug. »Wir kümmern uns um dich, so schnell es geht«, versprach sie ihm. »Wir warten nur auf einen Operationsraum, um dir das ganze Metall rauszuholen, okay?«

»Es tut so weh, Betty«, sagte er. »Es tut überall weh.«

Florence wusste nicht, was sie sagen sollte. Aus irgendeinem Grund dachte der Große Lehrmeister nicht daran, den Verwundeten Schmerzmittel oder Antibiotika zu geben. Was bedeutete, dass der Junge zu ihren Füßen an einer Infektion sterben konnte, selbst wenn die arabischen Chirurgen, die zur Unterstützung ins Krankenhaus gekommen waren, den Stahl aus ihm herausbekamen.

»Wir kümmern uns um dich«, versprach sie, eilte weiter und brachte das Material zu den Sanitätern.

»Wir brauchen mehr steriles Wasser«, sagte eine Sanitäterin namens Joyce, mit der Florence befreundet war.

»Ich hole es«, versprach sie der Frau, die zwanzig Jahre älter war, und eilte zurück durch das Zelt, wobei sie sah, dass der Junge mit den Schrapnellen noch immer dort lag.

»Wird es helfen, wenn ich bete, Betty?«, fragte er, als sie vorbeikam.

Sie erinnerte sich schlagartig an sich selbst mit fünf, als sie Miss Catherine die gleiche Frage gestellt hatte, und blieb stehen. Sie kniete sich neben ihn und wiederholte, was ihr die Krankenschwester gesagt hatte. »Natürlich wird das helfen. Doch wenn du willst, dass Gott deine Gebete erhört, dann muss dein Herz voll Frieden sein, wenn du den Kopf zum Gebet neigst, so schmerzhaft es jetzt auch sein mag. Okay?«

Tränen liefen dem Jungen aus den Augen, als er nickte.

»Ich komme zurück«, versprach sie und erhob sich.

Florence trat hinten aus dem Feldkrankenhaus, wo ein großes Feuer unter einem Zwanzig-Liter-Topf mit Wasser brannte. Der Mann, der sich darum kümmerte, zeigte auf einen großen Plastikkanister.

»Sauber?«, fragte sie.

»Und heiß«, sagte er.

Sie nahm den Kanister und ging zurück durch das Krankenhaus, sah den Schrapnell-Jungen mit geschlossenen Augen, die Hände über dem Herzen, ein schwaches Lächeln auf den Lippen. Sie fühlte sich besser, als sie mit dem sterilen Wasser weiterging und den Kanister auf einen Falttisch hievte, wo Joyce und die anderen Sanitäter ihn erreichen konnten.

»Mehr Mull, mehr Tupfer, mehr Bandagen«, sagte Joyce.

»Ich habe gerade welche gebracht.«

»Mehr Mull, mehr Tupfer, mehr Bandagen, Betty!«

Florence ging erneut nach hinten durch das Lazarett zum Vorratsraum. Sie spähte zu dem Schrapnell-Jungen auf dem Boden, bekam ein beklommenes Gefühl im Bauch und blieb stehen. Sein Kopf war auf die Seite gefallen, sein Mund stand offen, Blut tropfte ihm aus dem Mundwinkel. Sie musste ihm nicht den Puls fühlen, um zu überprüfen, ob er tot war.

*Er wusste es,* dachte sie. *Er wusste, dass er …*

»Betty!«, schrie jemand hinter ihr.

Sie erschrak, dachte, es wäre Joyce, sah dann aber hinüber und entdeckte Palmer, die grinsend auf sie zugelaufen kam und ein kleines Tänzchen vollführte. Ihre Freundin breitete die Arme weit aus und umarmte sie. »Miss Betty«, quietschte sie. »Es ist Zeit zu feiern!«

»Mein Patient ist gerade gestorben, Palmer.«

»Oh«, sagte sie, trat einen Schritt zurück und blickte hinunter auf den Schrapnell-Jungen. Sie sprach leiser und mitfühlender. »Das tut mir leid, Betty.« Die Freude in ihrem Gesicht verschwand jedoch nicht. »Aber Okaya und Oyet sind tot!«

So schlecht sie sich wegen des Schrapnell-Jungen fühlte, so schlug Florence' Herz jetzt doch höher. »Nein!«

»Ich habe es gerade von einem Augenzeugen gehört! Opoka, der Funker des Großen Lehrmeisters, sah vorgestern Morgen, wie eine Granate mitten auf ihnen gelandet ist! Geh und frag ihn, wenn du mir nicht glaubst!«

»Nein, ich glaube dir ja!«, sagte Florence, fühlte sich jetzt leicht und wollte ebenfalls herumspringen und jubeln und tanzen, als sie erkannte, dass Okaya sie niemals wieder missbrauchen würde. Und so zwiespältig ihre Gefühle auch gegenüber Oyet waren, so würde sie ihn ebenfalls nicht vermissen. Sie waren beide fort!

»Betty!«, rief Joyce von der Tür. »Material!«

»Ich komme!«, rief sie zurück und eilte mit Palmer an ihrer Seite durch den Bereich, wo sich die Männer von ihren Operationen erholten.

»Er ist da unten, südliches Ende, dritte Pritsche rechts«, sagte Palmer.

»Wer?«

»Opoka. Der Funker. Derjenige, der es gesehen hat.«

»Es interessiert mich eigentlich gar nicht, wer es gesehen hat, solange es stimmt«, sagte Florence, trat in den Vorraum, wo die Vorräte gelagert wurden, und nahm alles, was Joyce brauchte.

»Nimm das Gleiche, was ich nehme, und bring es zu Joyce«, sagte sie Palmer und lief los.

Zwei Krankenwärter trugen bereits die Leiche des Schrapnell-Jungen aus dem hinteren Flur. Sie sprach ein kurzes Gebet für ihn, als sie nach draußen ging und Mull, Bandagen und Tupfer auf den Tisch legte, wo Joyce es gern hatte. Sie half Palmer mit ihrer Ladung an Vorräten, überprüfte den Kanister und verkündete: »Ich hole mehr Wasser.«

Joyce hatte ihr den Rücken zugewandt, winkte aber kurz. Zum fünften Mal in zwanzig Minuten ging Florence durch den Bereich, wollte durch das Hauptkrankenhaus, als ein bewaffneter Soldat auftauchte und sie und Palmer anhielt.

»Was ist los?«, sagte Palmer. »Wir arbeiten hier. Wir sind Krankenschwestern.«

»Der Große Lehrmeister«, knurrte er. »Er ist hier, um die Verwundeten von Jebel Lem zu sehen.«

* * *

*Der Gigant?*, dachte Florence. *Er ist hier?*

Sie versuchte, an dem Leibwächter vorbeizublicken, wollte den Giganten sehen und fragte sich, ob er mit dem Kopf an die Zeltdecke stieß.

Palmer sagte: »Er ist hier, um Opoka zu sehen. Seinen Fernmelder. Wir sind Opokas Krankenschwestern und müssen seinen Verband wechseln. Tritt also bitte zur Seite.«

Florence war beeindruckt von der Unverfrorenheit ihrer Freundin, schon bevor der Soldat zögerte und dann einen Schritt an die Seite trat, um sie durchzulassen.

»Danke«, sagte Palmer und schob sich an ihm vorbei ins Hauptzelt des Lazaretts.

Viele Verwundete saßen aufrecht in ihren Betten und blickten zum südlichen Ende des Zeltes, wo eine Gruppe bewaffneter Männer um einen lächelnden Mann von bescheidener Größe stand, der eine weiße Tunika, Hose und Fes über einem spitzen Haaransatz trug. Er hob die Hände, die Innenflächen zu den Verwundeten ausgestreckt, nickte, schmunzelte, lachte.

»Ich hatte einen wunderbaren Tag«, verkündete er und lachte erneut. »Einen jener Tage, an denen man weiß, dass man von den Geistern gesegnet ist.«

Florence war verwirrt. »Wer ist das?«, flüsterte sie.

»Joseph Kony«, flüsterte Palmer, als wäre sie blöd.

»Oh«, sagte Florence und war ein wenig enttäuscht, denn sie hatte sich jemanden vorgestellt, der groß genug war, um vier Geister in sich zu haben, nicht diesen lachenden und klatschenden Mann in diesem Lazarett für Verwundete.

*Und was soll das Ganze? Lachen und jubeln für Jungen, die für dich angeschossen oder in die Luft gejagt wurden?*

Während Florence in den letzten Monaten im Lazarett gearbeitet hatte, hatte sie eine sinnvolle Aufgabe und einen gewissen Grad an Frieden gefunden. Doch als sie Kony so sah, aus der Nähe, lachend und jubelnd, spürte sie wieder die alte Verbitterung durch sich hindurchfließen.

»Lasst mich erzählen, was passiert ist, das Wunder«, sagte Kony und kicherte jetzt. »Heute Morgen war ich in unserem Lager im Norden von hier, kümmerte mich um meine Sachen und badete im Fluss. Ich habe Seife im Haar und aus dem Busch kommen drei große, starke Dinka mit Gewehren. Ich sehe sie an. Sie sehen mich an. Und wisst ihr, was passiert ist? Was sie gesagt haben?«

Er machte eine dramatische Pause, bevor er mit tiefer Stimme sprach: »Wo ist Joseph Kony? Wo ist die LRA?«

Menschen im Raum begannen zu lachen, und der Große Lehrmeister lachte mit ihnen.

»Sie hatten keine Ahnung, dass ich es war!«, gackerte Kony. »Sie hatten mich unvorbereitet erwischt, doch für sie war ich irgendein nackter Mann, der im Fluss badete! Ich hob meine Seife, zeigte damit flussabwärts und sagte: ›Mir hat man gesagt, dass Kony in dieser Richtung ist, unten an der Torit-Straße.‹ Dumme Dinka, sie dankten mir und gingen davon!«

Der Große Lehrmeister fuhr herum, die Arme weit ausgestreckt, noch immer gefangen vom Kitzel dieser Erfahrung, bevor er aufhörte und zu einem jungen verletzten Soldaten trat, der auf der dritten Pritsche rechts lag, und fragte: »Kannst du das glauben, Opoka?«

Der Soldat, ein gut aussehender junger Mann, dessen Schulter stark bandagiert war, bemühte sich und setzte sich auf, sagte dann: »Die Geister haben Euch beschützt, Lehrer!«

»Und dich, zukünftiger Kommunikationsminister von Uganda«, sagte Kony, salutierte, grinste und sah sich zu allen anderen um. »Anthony Opoka. Mein Fernmeldekommandeur. Der beste, den es gibt.«

Florence sah, wie Opoka schwach lächelte. »Danke, Lehrer.«

»Die Ärzte sagen, du wirst schon bald wieder an meiner Seite sein.«

Der Fernmelder räusperte sich, zuckte zusammen. »Ich freue mich darauf, Lehrer.«

Kony tätschelte ihm das Bein und ging zu dem nächsten Mann, sprach mit ihm, fragte ihn nach den Umständen seiner Verwundung und war sichtbar bewegt von dem, was er hörte. Je näher er kam, desto stärker spürte Florence die Energie, die von dem Mann ausging, so kräftig, dass es ihre Wut auf den Mann in Furcht verwandelte. Er schien einer dieser Menschen zu sein, die zu allem Bösen fähig schienen, und plötzlich wollte sie einen Grund haben, um von ihm wegzukommen. Doch dann blieb er ungefähr zwei Meter vor ihr stehen, drehte den Kopf und blickte Flo direkt in die Augen. Sie würde später sagen, es war hypnotisierend, als würde sie von einer Kobra fixiert, die ihr in die Seele blicken konnte und jede ihrer Schwächen erkannte.

Kony lächelte, als würde er sie bereits kennen, und ging weiter, ließ sie innerlich erbeben. Dann erinnerte sie sich, dass sie steriles Wasser für die Sanitäter holen sollte. Sie glitt fort, verließ das Zelt, holte einen weiteren Kanister Wasser und trug ihn den ganzen Weg um das Feldlazarett herum, anstatt hindurchzugehen.

»Er ist dadrin«, sagte sie Joyce, nachdem sie den Kanister auf den Tisch gestellt und den leeren entfernt hatte. »Der Große Lehrmeister.«

»Habe ich gehört«, sagte Joyce und trank etwas Wasser, während die anderen beiden Sanitäter an dem letzten Opfer arbeiteten, das vom Schlachtfeld am Jebel Lem gekommen war.

»Er ist kein Gigant.«

»Wer hat das denn gesagt?«

»Ich weiß nicht. Irgendwer, der ihn letztes Jahr gesehen hat.«

Palmer kam aus dem Wartebereich ins Feldlazarett. »Hast du schon gehört?«, fragte sie.

»Äh, nein«, sagte Florence.

»Wir sind jetzt offiziell Witwen«, verkündete Palmer. »›Die Witwen von Jebel Lem‹, so hat uns Kony genannt, ich meine, alle, deren Ehemänner dort gestorben sind. Und er will, dass wir alle auf einen Witwengang gehen.«

»Witwengang? Was zum Teufel ist …?«

»Hör zu! Er ist so glücklich, dass er heute Morgen den Dinka entkommen ist. Deshalb hat er beschlossen, dass es, wenn wir von unserem Witwengang zurückkehren, keine weitere Begutachtungszeremonie mehr für uns geben wird, für keine der Witwen von Jebel Lem.«

»Also, das ist gut.«

»Es ist sogar noch besser. Der Große Lehrmeister wird uns erlauben, uns unsere Ehemänner selbst auszuwählen, Betty.«

# Vierundzwanzig

***29. April 1999***
***Nesitu, südlicher Sudan***

Ungefähr achtzehn Tage, nachdem Anthony in den Hügeln von Jebel Lem angeschossen worden war, ging es seiner Schulter besser. Sie brannte nicht mehr so und es war mehr wie ein Schwelen, das aber immer wieder aus heiterem Himmel auflodern konnte.

Er trug den rechten Arm in einer Schlinge, während die neue Wunde verheilte. Da er bereits so geschickt darin war, seine Arbeit fast einhändig zu machen, konnte er bald schon wieder Antennenkabel aufhängen, Funkkomponenten zusammenbauen und die Batterien mit Solarzellen aufladen. Doch er ermüdete zu schnell, um in den Kampf zurückzukehren. Der Große Lehrmeister hatte ihm gesagt, dass er sich mindestens noch zwei Wochen Zeit nehmen sollte, bevor er sich wieder Control Altar anschloss.

Das Lager in Nesitu befand sich auf einem Hügel und das Feldlazarett lag etwas tiefer an der Ostseite, näher an der Straße nach Juba. In den letzten Monaten waren Hunderte

LRA-Hütten über die Spitze des Hügels und an der Rückseite gebaut worden, wo viele der Offiziere lagerten. Anthony war in eine Hütte auf einer bewaldeten Ebene ungefähr einen Kilometer nördlich des Lazaretts gezogen. Patrick und Albert, die seine Blutung gestoppt und ihn ins Lazarett gebracht hatten, hatten ebenfalls kurz dort gewohnt, bevor sie zurückgekehrt waren zu Jebel Lem, wo der Kampf weitertobte.

Wenn er seine Hütte für einen Spaziergang verließ, um seine Kondition zu verbessern oder um die Solarbatterien seines Funkgeräts zu laden, konnte er das ferne Dröhnen der Mörser hören und fragte sich, wie lange die LRA durchhalten konnte, da die Opferzahlen täglich stiegen. Was kümmerte es ihn noch, ob Kony gewann oder verlor? Abgesehen davon, dass er beim Sieg oder bei der Niederlage nicht getötet werden wollte und dies auch weder Patrick noch Albert wünschte, merkte er, dass ihn die Sache des Großen Lehrmeisters nichts mehr anging.

Überhaupt hatte er sich nicht für viele Dinge interessiert, seit er im Krankenhaus aufgewacht war, nachdem einer der arabischen Ärzte aus Juba sein Schlüsselbein repariert und die Schusswunde genäht hatte. Selbst der Besuch des Großen Lehrmeisters im Feldlazarett und dass er ihn als besten Fernmelder der LRA bezeichnete, hatte ihn nicht aufgemuntert. Er wusste, dass die Absicht des Mannes darin bestand, ihn durch Lob zu manipulieren.

Und nachdem Patrick und Albert wieder in den Kampf gezogen waren, fühlte er sich mehr als je zuvor allein und niedergeschlagen. Er war neunzehneinhalb und hatte nichts in seinem Leben, was nicht von Joseph Kony genehmigt worden war. Keine Familie. Keine Freundin. Kein Geld. Nichts außer seiner Uniform, den Stiefeln, seinem Funkgerät, dem Gewehr und seinem Essgeschirr. Ach ja, und die Reste seines rechten Arms.

»Ein ganz schönes Vermögen, Opoka«, murmelte Anthony zu sich selbst, als er zum Feldlazarett spazierte. Es war Zeit, den Verband an seiner Schulter überprüfen zu lassen.

Seine Gedanken begannen zu wirbeln und ihm aufzuzeigen, wo überall ihn das Leben enttäuscht hatte. Als er verschleppt wurde. Als die Raketenflosse durch seine Schulter schlug. Als er gezwungen wurde, mit Kony und seinen Frauen zu leben. Als er wieder angeschossen wurde und nichts im Leben vorzuweisen hatte.

Dann tauchte eine Liste aller Dinge in seinem Kopf auf, die er nicht hatte. Diese Liste und die Endlosschleife der schrecklichen Erlebnisse kreisten beim Gehen immer weiter durch seinen Kopf, sodass er sich immer elender fühlte. Auf halbem Weg zum Feldlazarett merkte er, dass er sich so schlecht fühlte, dass er den Schmerz in der Schulter fast vergessen hatte.

Er litt innerlich so sehr, dass er sich am liebsten hingesetzt hätte, um zu weinen. Dann erinnerte er sich an den alten Ladenbesitzer und seine Anleitung, um das Elend zu lindern. Anthony dachte an Mr Mabior und die vier Stimmen, konnte *Eile* und *Gewalt* sofort ausschließen. Jetzt hatte er es mit der dritten Stimme zu tun.

»Du bist die Stimme des *Mangels*«, murmelte er zu sich selbst, als er seine Solarplatten mit den Batterien ausspannte, bevor er sich auf einen flachen Fels in den Schatten einer Akazie setzte.

* * *

Anthony schloss die Augen, hörte die Granaten noch immer fallen und die Maschinengewehre rattern, dabei hörte er den sterbenden alten Mann sagen, dass *Mangel* immer davon sprach, was im Leben fehlte.

»*Mangel* beschäftigt sich damit, dass du von der eigenen Armut überzeugt bist«, hatte Mr Mabior gesagt, wobei er kurze, flache Atemzüge gemacht hatte. »*Mangel* nährt sich von dem, was du zu brauchen glaubst, um im Leben glücklich zu sein, dann zeigt es dir, dass du dieses Bedürfnis nicht befriedigt hast und deshalb nicht glücklich sein kannst.«

Der sterbende Ladenbesitzer hatte gesagt, dass *Mangel* sogar reichen Männern ins Ohr flüstert, die zu den traurigsten Menschen werden können, denen man begegnet, weil sie ihr ganzes Leben in dem Glauben verbrachten, sie würden das Glück finden, wenn sie nur eine gewisse Menge Geld hätten. Natürlich arbeiteten sie immer mehr und brächten Opfer und bekämen das Geld. Doch dann, nach einem Tag oder zwei, würden sie merken, dass sie noch immer unglücklich waren. Deshalb setzten sie sich ein neues Ziel, das sie erfüllen wollten, eine noch größere Summe, und *Mangel* würde stärker werden.

Mr Mabior sagte: »Die Stimme wird so laut, dass der reiche Mann schließlich nicht einmal mehr die Vögel singen hört, den Sonnenaufgang sieht oder den besten Wein schmeckt oder Schönheit berühren und über das Leben um ihn herum staunen kann. Und so hat er immer mehr Geld auf der Bank, doch er lebt niemals wirklich und stirbt deshalb als reicher Mann auf dem Papier, doch in Wahrheit bleibt er im Geiste ein Armer.«

Der Ladenbesitzer hatte ihm gesagt, dass das für viele Dinge im Leben galt, den Glauben zum Beispiel, dass Opoka glücklich sein würde, wenn nur seine Schulter wieder normal wäre.

»Das würde sicher helfen«, hatte der scharf bemerkt.

»Natürlich würde es helfen«, hatte Mr Mabior gesagt, wobei seine Stimme zittrig klang. »Doch würdest du aufhören, an *Mangel* zu leiden, die Stimme der Knappheit nicht mehr vernehmen?«

»Ob ich die Stimme nicht mehr hören würde?«

»Ganz genau.«

Anthony dachte darüber nach. »Wahrscheinlich nicht.«

»So ist es, wahrscheinlich nicht. *Mangel* ist eine der lautesten Stimmen. Sie hat mich jahrelang angebellt. Hat mir niemals etwas Gutes getan. Kannst du mir Wasser geben? Hinter der Theke.«

Anthony verließ ihn, ging hinter die Ladentheke und fand einen Tonkrug mit frischem Wasser darin sowie einen Becher. Er brachte beides zu Mr Mabior, der das Wasser trank und die Augen wegen eines inneren Schmerzes für einige Momente schloss.

Als er sie öffnete, fragte der sterbende Mann: »Willst du wissen, wie man *Mangel* zum Schweigen bringt und gute Dinge für sich beschwört? Wie man es schafft, dass sie auf fast magische Weise in deinem Leben auftauchen?«

Anthony zuckte mit den Schultern. Er glaubte nicht an Magie, sagte aber: »Sicher. Warum nicht?«

Mr Mabior lachte leise. »Du beginnst damit, dass du dir ansiehst, was du hast, Dinge, die dir erlauben, einen weiteren Tag zu leben, oder die dir Momente des Glücks beschert haben. Und du dankst den Sternen, dass sie es dir gegeben haben. Und dann suchst du nach etwas anderem oder nach jemandem, das oder der ein Geschenk in deinem Leben ist, und du dankst auch dafür.«

Der alte Mann sagte ihm, dass er sich für mindestens zehn Dinge bedanken sollte, und dann sollte Anthony mit glühendem Herzen die Augen schließen und sieben tiefe Atemzüge tun. Bei jedem langsamen Einatmen und jedem langsamen Ausatmen sollte er bei den guten Teilen seines Lebens verweilen und flüstern: »Da ist Überfluss.« Und dann sollte er sieben weitere Atemzüge machen. Beim Einatmen sollte er denken: *Ich bin du. Du bist ich.* Und beim Ausatmen sollte er flüstern: »Wir sind eins.«

* * *

Während Anthony ein paar Hundert Meter entfernt von dem Feldlazarett auf dem Felsen saß und genug davon hatte, auf *Mangel* zu hören, folgte er Mr Mabiors Anweisung, um diese Stimme des Leidens zum Verstummen zu bringen. Er dankte den Sternen dafür, dass er lebte. Dann dankte er dem Chirurgen, der ihn operiert hatte. Dann Patrick und Albert, dass sie ihn gerettet hatten. Dem Essen, dass er an jenem Morgen gegessen hatte. Der neuen Uniform und den Leinenstiefeln, die man ihm gegeben hatte. Der Brise auf seiner Haut. Das ging weiter, bis er zehn erreichte hatte, und dann elf – die Sonne am Himmel, die Sterne über ihm –, als er spürte, wie sich sein Herz erwärmte. Dann begann er das Atmen und die Spruchsequenzen.

Als er geendet hatte, folgte er den Anweisungen, die ihm der Ladenbesitzer gegeben hatte, um das Ritual zu vervollständigen. Er richtete seinen guten Arm und den anderen in der Schlinge so ein, dass er mit den Händen sein Herz bedeckte, links über rechts, die Daumen verschlungen.

Dann flüsterte er: »Du hast mir so viele Geschenke gegeben, und da ich sie mir jetzt angesehen habe, habe ich erkannt, wie gesegnet ich bin. Danke für mein Leben und dass mein Leiden aufhört.«

Ein paar Minuten später öffnete Anthony die Augen und merkte, dass er sich vollkommen anders fühlte als noch vor zwanzig Minuten, als er sich niedergesetzt hatte. Irgendwie leichter. Und das kam daher, erkannte er, dass er die nagende Stimme von *Mangel* überhaupt nicht mehr hörte.

Da erinnerte er sich daran, dass Mr Mabior etwas über das hereinströmende Universum gesagt hatte, sobald die Stimme aufhörte, und dass es häufig ein Geschenk machte, das man gerade am meisten benötigte.

Anthony stand von dem Fels auf, lächelte, hielt den Kopf höher und sah sich um, da er herausfinden wollte, ob es stimmte.

* * *

Etwas früher am selben Tag war Florence an der Rückseite des Hügels in Nesitu nervös auf dem Grundstück von Kommandeur Ossinga herumgegangen, der als ihr Beschützer fungierte, seitdem sie mit Palmer und den zweiundzwanzig anderen Witwen von Jebel Lem nach einem fast zweiwöchigen Marsch an die Grenze von Uganda wieder zurückgekehrt waren.

Ossinga, ein kleiner, gefühlskalter Mann in den Vierzigern, kam zu ihr.

»Ich öffne das Tor in fünfzehn Minuten, um neun Uhr. Bereit zum Reden?«

Florence nickte unsicher und er ging wieder.

Sie stand ihrem Dilemma weiterhin zwiespältig gegenüber. Auf der einen Seite war sie erst fünfzehn und davon überzeugt, noch immer viel zu jung für eine Ehe zu sein. Auf der anderen Seite befürchtete sie, dass jemand anderes die Wahl für sie treffen würde. Und dann war da noch die Furcht vor der Demütigung, dass überhaupt kein guter Mann sie haben wollte.

Anstatt sich weiter Sorgen zu machen, dachte Florence an den Witwengang, den sie zusammen mit allen anderen, die ihren Mann in Jebel Lem verloren hatten, zu gehen gezwungen war. Das Ritual musste in völliger Stille durchgeführt werden und sollte wie eine Wiedergeburt sein. Doch Palmer hatte sofort zu flüstern und zu plaudern begonnen und scharfe Kommentare zu allem abgegeben, was geschah. Bald flüsterten auch ein paar andere Frauen davon, wie leid sie das Leben bei der LRA waren und dass sie davonlaufen sollten, wenn sie in die Nähe der Grenze kämen.

Wenn sie am Abend anhielten, um sich auszuruhen, und sie müde von Palmers Geplapper war, legte sie sich nach dem Essen hin, schloss die Augen und dachte an ihr Buch der Träume und wie sie es geliebt hatte, sich die Worte anzusehen, die sie jeden Abend vor dem Schlafen aufgeschrieben hatte. In den ersten paar Nächten des Witwengangs war sie am Ende immer zutiefst traurig über den Verlust ihrer Notizbücher gewesen.

Palmer hatte Bemerkungen über ihre Laune gemacht, als sie am vierten Morgen losmarschierten. *Worüber bist du so stinkig?*

Florence zuckte mit den Schultern. *Ich hatte diese zwei Notizbücher, die ich meine Bücher der Träume nannte. Ich habe alles hineingeschrieben, von dem ich glaubte, dass es in meinem Leben geschehen würde. Ich habe eins verloren, als die verrücken Karimojong-Männer unsere Schule niedergebrannt haben, und das zweite, als Oyet mich aus meinem Zuhause gezerrt hat.*

*Oyet ist tot. Okaya ist tot. Sei froh darüber.*

*Das bin ich auch,* sagte sie. *Ich vermisse aber meine Traumbücher.*

Ungefähr eine Stunde später hatte die hinter Florence marschierende Palmer gesagt: *Wenn du deine Augen schließt, siehst du dann deine Traumbücher?*

*Ich muss nicht einmal die Augen schließen. Ich kann sie jetzt sehen.*

*Was hält dich davon ab, sie in Gedanken zu öffnen und hineinzuschreiben?*

Die Idee verblüffte Florence. Sie sah sich nach ihrer Freundin um. *Manchmal bist du richtig klug.*

*Manchmal?*

*Okay, meistens.*

*Immer,* antwortete Palmer.

Florence lachte und marschierte weiter. Dabei sah sie das Notizbuch in Gedanken vor sich und öffnete es. Sie sah deutlich, was sie hineingeschrieben hatte:

*Ich bin Florence Okori und das sind meine Träume. Niemand kann sie mir nehmen. Nur ich kann sie loslassen oder an ihnen festhalten. Nur ich kann sie aufschreiben. Nur ich kann sie laut aussprechen oder sie als Geheimnis in meinem Herzen bewahren. Nur Gott und ich können sie wahr werden lassen.*

Dann lächelte sie in sich hinein, schlug eine leere Seite auf und sah zu, wie ihr imaginärer Stift über das Papier tanzte und ihre Hoffnungen und Träume für sie aufschrieb.

*Ich werde davonkommen,* schrieb sie. *Ich werde nach Hause kommen. Ich werde bei meinen Eltern sein. Ich werde wieder in die Schule gehen und Krankenschwester werden.*

Sie schrieb weiter, während sie marschierte, doch seltsamerweise schrieb sie nichts über ihre anstehende Wahl eines Ehemanns. Es war fast so, als hätte sie das völlig aus ihren Gedanken gelöscht.

Florence sagte Palmer nichts davon, doch als sie sich der Grenze Ugandas näherten, beschloss sie, einen Fluchtversuch zu unternehmen, obwohl die vier LRA-Soldaten, die sie bewachten, wahrscheinlich auf sie schießen würden. Doch als sie schließlich auf einem Felsrücken oberhalb des Grenzübergangs in Nimule gestanden und gesehen hatte, wie die Wachtposten dort jeden nach seinen Dokumenten überprüften, erkannte sie, dass sie und die anderen eingesperrt und dazu verdammt waren, nach Norden zurückzukehren.

Sie hatte versucht, sich damit zu trösten, dass sie auf dem Rückweg an ihr imaginäres Traumbuch dachte, doch die wieder aufgekommene Traurigkeit trübte immer wieder das Bild. Als der Marsch schließlich beendet war, wurden Florence und Palmer voneinander getrennt und zu verschiedenen Beschützern geschickt. Sie waren beide wütend darüber. Seit den ersten Stunden von Florence' Verschleppung waren sie nicht mehr getrennt gewesen und hatten angefangen, sich aufeinander zu verlassen.

Doch Flo hatte nur wenig Zeit gehabt, um an ihre Freundin zu denken, nachdem Palmer weggeführt worden war. Ossingas Frauen hatten ihr die Haare abgeschnitten und den Kopf rasiert, damit jeder sehen konnte, dass sie eine Witwe war. Dann hatte sie gebadet und sich mit der von Kony gesegneten Sheabutter gesalbt, der inzwischen öffentlich erklärt hatte, dass die Witwen von Jebel Lem frei waren, sich selbst einen Ehemann auszuwählen.

Der Große Lehrmeister hatte den Witwen eine Woche Zeit gegeben, um eine Auswahl unter den verfügbaren Kandidaten zu treffen. Wenn die Witwe sich innerhalb von sieben Tagen nicht entscheiden konnte, dann würden sie das Begutachtungsritual wiederholen, bei dem sie auch ihren ersten Ehemann gefunden hatten, womit ihnen die Wahlmöglichkeit genommen war.

* * *

Am ersten Tag der Woche hatte sich das Tor pünktlich um neun Uhr geöffnet und ein fetter Sergeant in den Zwanzigern kam mit einem künstlichen Bein herangehumpelt. Sein Name war Samuel. Drei Jahre zuvor hatte er seinen Unterschenkel wegen einer Landmine verloren und arbeitete jetzt als Koch für die Krankenhausmitarbeiter.

Florence dankte ihm für seine Zeit und sagte ihm, dass sie sich melden würde, wenn sie interessiert wäre.

Am nächsten Tag kam Oberst Joseph zu ihr, ein Artillerie-Kommandeur in den Fünfzigern und Freund von Ossinga. Sie bemerkte schnell, dass ihm zwei Finger an der linken Hand fehlten und er von den vielen Jahren neben den Kanonen praktisch taub war. Sie musste schreien, damit er sie verstand.

Auch bei ihm bedankte sie sich und sagte, sie würde sich melden, wenn sie mehr mit ihm reden wolle. Ossinga war verärgert, doch sie sagte: *Ich will mein Leben nicht schreiend verbringen. Und der Große Lehrmeister hat gesagt, es wäre meine Entscheidung. Nicht Eure, Commander Ossinga.*

Am dritten Tag, als sich das Tor um neun Uhr öffnete, wartete auf sie eine Dschungelratte in den Zwanzigern, die seit Wochen nicht mehr gebadet hatte. Sie warf ihm einen Blick zu, erinnerte sich an Hauptmann Oyet an jenem Tag, als sie verschleppt wurde, und dankte der Ratte für ihre Zeit.

Ihr Beschützer war wütend. »Du hast nicht einmal nach seinem Namen gefragt!«

»Ich habe seinen Namen nicht gebraucht«, sagte Florence. »Ich hatte bereits alles, was ich wissen musste.«

Später an jenem Tag war Ossinga stinksauer, als sie auf Kandidat vier und fünf verzichtete, die beide fast so alt wie Okaya waren und zahlreiche Frauen hatten.

»Ich wäre für beide die unterste Frau gewesen«, sagte sie Ossinga. »Ich wäre misshandelt worden und gezwungen, alle Arbeit zu tun. Und sie sind doppelt so alt wie Ihr!«

»Ich habe nicht darum gebeten, dass du hier wohnst, und jetzt hast du nur noch vier Tage Zeit, um jemanden zu finden«, sagte ihr zugewiesener Beschützer, wobei er immer wieder die Fäuste ballte. »In der Zwischenzeit lasse ich dich arbeiten. Geh zum großen Wasserloch neben dem Krankenhaus und fülle diese beiden Kanister.«

Das Wasserloch neben dem Krankenhaus lag weit entfernt auf der anderen Seite des Hügels, und es gab ein anderes, das viel näher war. Doch Ossinga bestrafte sie, weil sie seine Zeit verschwendete.

Sie holte aber die beiden Zwanzig-Liter-Kanister und machte sich auf den Weg.

* * *

Da sie wusste, dass Ossinga sie wahrscheinlich beobachten würde, stieg Florence über den Hügel, wobei sie die taxierenden Blicke einiger LRA-Soldaten ignorierte, die ebenfalls in der Gegend lagerten.

Das große Wasserloch war ein tiefes und breites Becken in einem Fluss, der die Ebene durchquerte, die sich ungefähr einhundertfünfzig Meter südlich des Feldlazaretts befand. Als sie den Hügel zu jener Ebene herabkletterte, konnte sie das Grollen der anhaltenden Schlacht bei Jebel Lem hören. Und jetzt sah sie auch zahlreiche Männer und Frauen, die mit Eimern oder Kanistern in den Händen oder auf dem Kopf ebenfalls zum Wasserloch gingen.

Zu ihrer angenehmen Überraschung war auch Joyce darunter, die mit ihr befreundete Sanitäterin, die sie nicht mehr gesehen hatte, seit sie von ihrem Witwengang zurückgekehrt war. Sie eilte den Hügel hinab und hoffte, sie abfangen zu können.

Joyce hatte gerade ihren eigenen Kanister gefüllt und wandte sich vom Fluss weg, als Florence sie fast atemlos erreichte. Zunächst erkannte Joyce sie mit dem rasierten Kopf gar nicht, doch dann umarmten sie sich und tauschten sich über ihr Leben der vergangenen Wochen aus, einschließlich Florence' Suche nach einem Ehemann.

Joyce fragte: »Hast du ein Auge auf jemanden geworfen, Betty?«

»Nein«, sagte Florence. »Und mir gefallen die Augen nicht, die auf mir sind.«

»Noch vier Tage bis zur Entscheidung?«

»Das sagt mir Commander Ossinga ständig«, sagte sie und fühlte sich ängstlich. »Er hat mich bis hierher zum Wasserholen geschickt, obwohl es auch hundert Meter von seiner Hütte entfernt Wasser gibt.«

»Und langes, schweres Schleppen von hier zurück.«

»Den Hügel hinauf«, seufzte Florence.

»Lass mich wissen, wie du dich entscheidest«, sagte Joye und ging mit ihrem Kanister davon.

Als sich Florence umdrehte, war niemand mehr am Wasserloch, sodass sie ans Wasser trat und Ossingas Kanister füllte.

Sie war gerade dabei, den zweiten zu füllen, als sie Schritte näher kommen hörte und dann eine angenehme, seltsam vertraute Stimme, die zu ihr sagte: »Hallo. Wie geht es dir heute?«

* * *

Zehn Minuten zuvor hatte Anthony das Feldlazarett verlassen, nachdem eine Krankenschwester den Verband an seiner Schulter gewechselt hatte. Er war nach Süden gegangen, da er dort auf einer Anhöhe seine Solarkollektoren ausbreiten wollte, wo den ganzen Tag die Sonne schien, um dann an seinem Funkgerät zu arbeiten. Er war guter Laune. Kein Leiden. Und während er ging, achtete er aufmerksam auf seine Umgebung und rechnete fest damit, dass vor ihm das Geschenk auftauchen würde, das er am meisten brauchte.

Und da kam Joyce, die Medizinerin, die Patrick und Albert dabei geholfen hatte, Anthony von der Ladefläche eines Pick-ups zu holen und zu stabilisieren, bevor er in einen Operationsraum gebracht wurde.

»Joyce!«, rief er aus. »Wie geht es dir?«

Die Sanitäterin schien zunächst erstaunt über seinen Enthusiasmus, doch dann lächelte sie. »Mir geht es gut, Fernmeldekommandeur Opoka. Was macht die Schulter?«

»Mit jedem Tag wird es besser.«

»Das ist schön. Wohin des Wegs?«

»Oh«, sagte Anthony. »Ich bin auf der Suche nach einem Geschenk!«

»Okay«, sagte sie verwundert. »Sag Bescheid, wenn du es gefunden hast.«

»Das werde ich, meine gute Freundin!«, sagte er grinsend und eilte zu dem Wasserloch und der Erhebung dahinter, wo er die Sonnenkollektoren ausbreiten wollte.

Als er dort durch die vereinzelt stehenden Bäume kam, sah Anthony eine junge Frau, die fast ganz von ihm weggedreht war, im Wasser hockte und einen Kanister füllte. Die Sonne schien auf sie. Er bemerkte, dass ihr Kopf rasiert war.

*Sie ist eine Witwe,* dachte er. *Eine der Witwen von Jebel Lem.*

Als sie sich drehte, um den Kanister ans Ufer des Flusses zu stellen, war ihr Gesicht in Sonnenlicht getaucht, und er sah, wie schön sie war. In diesem Augenblick wurde der Fernmelder glücklicher, als er jemals gewesen war, soweit er sich bis zurück zu jener Zeit erinnern konnte, als er Patrick im Wettlauf besiegt hatte.

*Sie ist das Geschenk,* dachte er und fühlte sich atemlos. *Das, was ich jetzt am meisten brauche.*

Bevor sich die Stimme von *Furcht* melden und mit ihm sprechen konnte, ging Anthony direkt zu ihr und sagte: »Hallo. Wie geht es dir heute?«

* * *

Florence war noch immer im Wasser und blickte auf in das grelle Licht, sah dort einen von hinten beleuchteten Mann in respektvollem Abstand stehen. Sie trat aus dem Wasser, schirmte ihre Augen vor der Sonne ab und sah, dass es ein junger, gut aussehender Mann war, der schick in einer sauberen Uniform und neuen Stiefeln angezogen war und den rechten Arm in einer Schlinge hielt, während er sie dümmlich angrinste.

»Mir geht es gut«, sagte sie und erkannte ihn jetzt. »Und selbst?«

»Als wäre mir ein Geschenk gemacht worden!«, sagte er. »Wie ist dein Name?«

»Betty.«

»Betty«, sagte er und lächelte. »Ich bin …«

»Opoka, der Fernmelder des Großen Lehrmeisters. Du hast meiner Freundin Palmer vom Tod unseres Ehemanns Okaya und von Hauptmann Oyet erzählt.«

»Ach ja, jetzt verstehe ich. Ja, ich kenne Palmer. Eine Krankenschwester. Bist du auch eine Krankenschwester, Betty?«

»So eine Art«, sagte sie und lächelte.

Opokas Augen erschienen ihr sehr gütig und sein Lächeln war strahlend und aufrichtig. Sie mochte auch seine Stimme – leise, wissend, bescheiden. Sie spürte eine wachsende Anziehung für ihn und schämte sich ein wenig, deshalb sah sie zu Boden.

»Wo wohnst du, Schwester Betty?«, fragte er.

»Bei Commander Ossinga«, sagte sie und blickte noch immer nicht zu ihm auf.

»Kommandeur der rückstoßfreien Geschütze. Two Foxtrot. Sehr gut.«

Und dann hörte sie das Knirschen seiner Stiefel.

Florence runzelte die Stirn, hob den Kopf und sah, dass der Funker sich umgedreht hatte und davonging.

Und er drehte sich nicht wieder um!

# Fünfundzwanzig

*Was?*, dachte Florence, als Konys Fernmelder zwischen den Bäumen südlich des Wasserlochs verschwand. *»Kommandeur der rückstoßfreien Geschütze. Two Foxtrot. Sehr gut.« Etwas anderes hattest du mir nicht zu sagen?*

Sie war ein wenig empört und dann etwas mehr als verletzt, als sie zu Ossingas Grundstück zurückkehrte. An der Spitze des Hügels hatte sich die Verletzung in Zorn verwandelt. Auf Opoka. Und dann auf das Leben.

Alles in ihrer Existenz fühlte sich unfair an, ungerecht, und als sie das Grundstück ihres Beschützers erreichte, hatte sie sich dazu gezwungen, ihr Buch der Träume zu sehen und zu öffnen und schreckliche Fantasien über ihre Zukunft aufzuschreiben.

*Ich werde keinen guten Ehemann finden, denn ich will keinen. Doch dann werden sie mir einen geben.*

*Er ist wahrscheinlich achtzig und hat ein Gesicht wie ein getrockneter Kuhfladen.*

Florence war missmutig, als sie schließlich die vollen Kanister in den Kochbereich von Ossingas Hof stellte. Ihre Stimmung wurde während des Abends immer schlechter und auch vom Schlaf nicht besser. Sie wurde noch schlimmer, als am vierten Tag die neunte Stunde kam und niemand vor dem Tor stand.

* * *

Anthony eilte an jenem Morgen gegen elf zum Feldlazarett und war froh, dass er Joyce an ihrem üblichen Platz fand, wo sie die Verletzungen begutachtete.

»Opoka«, sagte sie, als sie ihn sah. »Hast du dieses Geschenk gefunden?«

Er grinste. »Vielleicht. Was denkst du über Schwester Betty? Sie arbeitet doch hier, oder?«

Joyce wirkte amüsiert und sagte: »Das hat sie, bevor ihr Mann gestorben ist. Und sie ist nicht nur hübsch, Opoka, sie ist auch eine sehr harte Arbeiterin. Und klug. Sie hat viel gelernt, um in der richtigen Welt eine echte Krankenschwester zu werden.«

Opoka gefiel die Idee einer klugen Frau. »Kannst du mit ihr über mich reden? Nachforschen, ob es sich lohnt, dass ich ihretwegen mit Ossinga rede?«

Er merkte, dass sie versuchte, nicht zu lächeln, dann tat sie es aber doch. »Ich sehe so viel, was nicht gut ist, Opoka. Das hier fühlt sich gut an. Deshalb, Fernmelder, werde ich es für dich tun.«

* * *

An jenem Abend tauchte Joyce kurz vor Einbruch der Dunkelheit an Ossingas Tor auf und fand Florence zutiefst betrübt.

»Hallo, Betty«, sagte Joyce. »Wir vermissen dich im Lazarett.«

»Sie lassen mich nicht zurück zur Arbeit, bis ich einen Ehemann gewählt habe«, sagte Florence und ihre Stimme bebte leicht. »Und heute ist niemand gekommen, um mit mir zu reden.«

»Ich kenne jemanden, der kommen und mit dir reden will«, sagte Joyce.

»Ja klar, wer soll das sein? Ein Achtzigjähriger?«

»Opoka. Derjenige, den sie Commander Tony nennen.«

Florence drehte blitzartig den Kopf und war überrascht, wie schnell sich ihre Stimmung gebessert hatte. Doch andererseits war er von ihr weggegangen. Und hatte sich nicht mehr umgeblickt.

»Was ist denn mit ihm?«, sagte sie und versuchte, kühl und desinteressiert zu wirken.

»Er ist Fernmeldekommandeur in der LRA, Konys persönlicher Funker, und er ist noch keine zwanzig«, sagte Joyce. »Er ist dort hingekommen, weil er klug ist, schwer arbeitet, bescheiden und ein guter Mann ist. Er wäre ein netter Ehemann, Betty.«

Florence wartete einen Moment, bevor sie sagte: »Dann kannst du ihm sagen, dass er mal vorbeikommen soll.«

Joyce klatschte in die Hände und lachte. »Das ist der größte Spaß, den ich seit Langem habe.«

* * *

Doch an dem fünften der sieben Tage, die Florence bekommen hatte, um einen passenden Ehemann zu finden, stand um neun Uhr morgens wieder niemand am Tor. Sie konnte es nicht glauben und wäre fast durchgedreht, als Opoka elegant durch das Tor trat, dabei eine frisch gewaschene und gemangelte Uniform trug. Seinen rechten Arm trug er nicht mehr in der Schlinge.

Der Fernmeldekommandeur überflog mit seinen Blicken das Grundstück, sah sie, lächelte und ging dann direkt zu Ossinga, der im Schatten saß und ihn begrüßte.

»Kommandeur«, sagte Anthony. »Es ist eine Weile vergangen.«

»Erster Monat bei Jebel Lem«, sagte Ossinga. »Ich war froh zu erfahren, dass du den letzten Schlag überlebt hast.«

»Das bin ich auch«, sagte Anthony. »Das war ich eine ganze Weile nicht. Doch jetzt bin ich es, was mich auch herbringt. Ich glaube, ich habe mich in eure Pflegetochter, Krankenschwester Betty, verliebt. Ich habe mich nach ihrem Charakter erkundigt und bewundere sie sehr.«

Ossinga lächelte erleichtert. »Sie ist eine gute junge Frau. Ich habe fünf Männer zu ihr kommen sehen, und alle fünf hat sie nach Hause geschickt. Ich will sie dir gern sofort geben, doch es gibt Regeln. Aber ich würde sagen, wenn ich dich hier unangekündigt auf meinem Grundstück sehe, dann ist das okay.«

Anthony nickte. »Danke, Sir.«

Der Kommandeur der rückstoßfreien Geschütze winkte zu Florence. Sie stand auf, wobei sie Kleidung trug, die ihr eine von Ossingas Ehefrauen geliehen hatte. Sie kam zu ihnen.

»Betty«, sagte Ossinga. »Du erinnerst dich an Fernmeldekommandeur Opoka. Er sagt, er hat dich neulich am Wasserloch getroffen.«

Florence lächelte ihn strahlend an, erinnerte ihn dabei genau daran, wie schön sie war, und sagte: »Ich erinnere mich an den Funker.«

Dann drehte sie ihm den Rücken zu und ging davon.

Sie sah kein einziges Mal zurück, bevor sie durch das Tor verschwand.

* * *

In der einen Sekunde hatte Anthony sich in Bettys umwerfendem Lächeln gesonnt und sich gefühlt, als wäre wieder alles im Leben möglich, und in der nächsten sah er sie davongehen.

Verblüfft sah er zu Ossinga. »Ähm, warum ist sie einfach so gegangen?«

Florence' Beschützer sah aus, als wollte er ihm etwas mitteilen. »Wer weiß? Immerhin ist sie eine Frau. Womöglich kennt sie selbst gar nicht den Grund.«

Anthony fühlte sich abgewiesen, entmutigt und verwirrt, als er fortging, und dachte: *Warum lächelt sie mich an und geht dann einfach davon?*

Er ging zu Joyce und erzählte ihr, was geschehen war. Sie lachte und erklärte, dass er an jenem Tag am Wasserloch das Gleiche mit Florence gemacht hatte.

»Das habe ich? Oh. Das wollte ich gar nicht. Ich war wahrscheinlich völlig durcheinander, weil sie so hübsch war und es mich so glücklich machte, als ich sie sah.«

»Geh zurück und triff dich morgen früh mit ihr. Entschuldige dich dafür, dass du am Wasserloch davongegangen bist, und sag ihr, was du empfindest.«

»Das soll ich ihr einfach sagen?«

»Frauen möchten das gern wissen. Es hilft.«

* * *

Am sechsten Morgen stand Opoka um neun früh am Tor. Er winkte zu Ossinga und ging direkt zu Krankenschwester Betty, die einer der Frauen bei der Wäsche half.

»Es tut mir leid, dass ich am Wasserloch davongegangen bin«, sagte er und sah zu Boden. »Du bist so schön und so überraschend. Ich war verwirrt.«

Florence konnte nicht anders und lächelte.

Dennoch kam das, was sie dann sagte, aus ihrem Herzen: »Okaya. Er … hat mich und Palmer missbraucht. Ich weiß, du bist ein guter Mensch, Fernmeldekommandeur Opoka, doch ich bin erst fünfzehn. Ich bin noch nicht bereit für einen Mann.

Ossinga und seine Frauen haben sich um mich gekümmert. Ich sammle Holz und trage für sie Wasser, und ich hoffe, dass ich zum Lazarett zurückkann, doch ich bin jetzt einfach nicht daran interessiert, deine Frau oder die Frau von irgendwem zu sein.«

Sie sah die Hoffnungen des Fernmelders zerbrechen und wandte sich von ihm ab, da sie nicht mitansehen wollte, wie er ging.

* * *

Niedergeschlagen begann Anthony, sich von dem Gedanken zu verabschieden, dass Betty jenes Geschenk war, das er im Augenblick am meisten benötigte. Wann immer er sie nach der ersten Begegnung am Wasserloch getroffen hatte, hatte er sich im Anschluss niedergeschlagen, ungewollt und wieder allein gefühlt.

Als Joyce ihn zurück zum Lazarett trotten sah, legte sie sofort alles hin, womit sie gerade beschäftigt war, und kam an seine Seite.

»Nein?«

»Sie sagte, wegen dem, was Okaya ihr angetan hätte, wäre sie nicht daran interessiert, von irgendwem die Frau zu werden.«

»Die Dinge sind selten einfach«, seufzte Joyce. »Ich werde mit ihr reden, wenn ich hier fertig bin.«

* * *

Für den Rest des Tages hackte Florence Unkraut in Ossingas Garten, spähte immer wieder zum Tor, sah dort niemanden und fragte sich, ob sie die richtige Entscheidung getroffen hatte, Opoka abzuweisen. Fast war sie erleichtert, als Joyce gegen sechs Uhr abends auf das Grundstück kam.

»Wie alt bin ich deiner Meinung nach?«, fragte Joyce, anstatt sie zu grüßen.

Sie zuckte mit den Schultern. »Keine Ahnung.«

»Fünfunddreißig«, sagte Joyce. »Ich wurde von der LRA verschleppt, als ich dreiundzwanzig war. Sie ermordeten meinen Mann und gaben mich einem Alten, ähnlich wie Okaya. Er hatte mich länger, als Okaya dich und Palmer hatte. Als er im Kampf starb und mich nach drei Jahren ohne Kinder zurückließ, hielt man mich für unfruchtbar und niemand wollte mich. Um zu verhindern, dass Kony mich umbrachte, sagte ich ihm, dass ich mein restliches Lebens als Sanitäterin arbeiten und die Leben der Gesegneten retten würde. Er akzeptierte es.«

Florence wusste nicht, was sie dazu sagen sollte, und schwieg.

Joyce fuhr fort. »Verstehst du nicht, Betty? Ich hatte keine Wahl. Aber du hast sie. Wenn du dich in irgendeiner Weise zu Opoka hingezogen fühlst, dann solltest du handeln. So eine Gelegenheit wirst du bei der LRA nicht mehr bekommen. Wenn du dich bis morgen zum Sonnenuntergang nicht entschieden hast, dann verspreche ich dir, dass sie dich abholen werden und du schließlich bestürzt feststellen wirst, dass du wieder die Frau eines Siebzigjährigen geworden bist. Oder schlimmer.«

* * *

Am siebten Morgen um neun Uhr schloss Anthony die Manschetten seiner frisch gemangelten Uniform, schluckte seinen Stolz hinunter und ging erneut durch das Tor von Ossingas Grundstück.

»Hallo, Krankenschwester Betty«, sagte er, als sie ihn sah, aufstand und zu ihm kam.

»Hallo, Commander Tony«, sagte sie leise.

»Ich will, dass du dich entscheidest. Selbst, wenn ich es nicht bin, sorge dafür, dass du etwas in deinem Leben zu sagen hast.«

Sie wirkte überrascht von dem letzten Teil. *Etwas in meinem Leben zu sagen haben.*

Mit dem Blick zu Boden gerichtet sagte sie: »Ich bin traumatisiert.«

»Das sehe ich bei dir«, sagte er.

Florence hob den Kopf, um ihn anzusehen. »Das tust du?«

Er nickte und lächelte. »Trotzdem glaube ich, dass du das schönste Mädchen bist, dem ich jemals begegnet bin.«

Betty lächelte schüchtern und sagte: »Das Trauma war der Grund, weshalb ich hier länger bleiben wollte, doch weil ich mich von dir angezogen fühle, Opoka, werde ich einwilligen, deine Frau zu werden.«

»Du fühlst dich angezogen?«

Sie kicherte. »Du bist sehr attraktiv.«

Er war verdutzt darüber, doch zugleich wahnsinnig glücklich. »Bist du sicher?«

Sie lachte. »Dass du sehr attraktiv bist? Ja, ich bin mir sicher.«

»Ein Geschenk also!«, sagte er und lachte mit ihr. »Du bist ein Geschenk, Betty! Das Geschenk, das ich jetzt am meisten in meinem Leben gebraucht habe!«

Florence hatte das nicht erwartet, doch ihr gefiel der Gedanke. »Natürlich bin ich das«, sagte sie.

»Dann kann ich es Ossinga sagen?«

»Nein, ich werde es ihm sagen. Du bist *meine* Wahl, Commander Tony.«

»Danke dafür, Schwester Betty«, sagte er, grinste und verneigte sich vor ihr. »Und ich glaube, du kannst mich ab sofort Anthony nennen.«

* * *

In der Acholi-Kultur sind die Tage vor einer Hochzeit normalerweise erfüllt von großen Vorbereitungen, und die Rituale und Feierlichkeiten selbst sind großartige, mehrtägige Angelegenheiten. Doch bei der LRA und besonders während der Schlacht bei Jebel Lem wurde die lange Abfolge der üblichen Abläufe auf eine Handvoll zusammengestutzt.

Sobald Anthony den Hof verlassen hatte, ging Florence zu Kommandeur Ossinga und teilte ihm mit, dass sie Opoka als Ehemann ausgewählt hatte. Ossinga nahm die Neuigkeit erleichtert auf und sagte ihr, dass sie eine gute Wahl getroffen hätte und sich darauf vorbereiten sollte, innerhalb der Woche umzuziehen.

Anthony ging zu Joseph Kony in seinem Lager nördlich von Nesitu und fand ihn auf einer Bank neben seiner Hütte, wo er ein erhitztes Gespräch mit General Lagony führte, seinem Stabschef. Als er merkte, dass sie stritten, hielt er sich respektvoll zurück, wobei er nur ein paar Worte aufschnappte: *Opfer, unsere Daseinsberechtigung!* und *die Gefahr einer Zweckverlagerung.*

»Genug davon!«, brüllte der Große Lehrmeister. »Ich kann dir nicht mehr zuhören, Lagony.«

Sein Stabschef wirkte, als wollte er ihn ignorieren und weitersprechen, doch Kony sah ihn finster an und sagte leise etwas, das Anthony nicht verstehen konnte. General Lagony verstand jedoch die Botschaft, erstarrte, drehte sich auf dem Absatz um und marschierte an Anthony vorbei. Dabei fixierte er den Funker mit seinem typischen Blick.

Nachdem er ein paar Minuten gewartet hatte, bis Kony sich beruhigte, nahm Anthony eine demütige Haltung an und ging zu dem Großen Lehrmeister. Als Kony seinen Fernmelder sah, runzelte er die Stirn und sagte: »Ich habe dir doch gesagt, zwei weitere Ruhewochen, Opoka.«

»Ja, Lehrer, es geht um etwas anderes. Ich möchte heiraten. Ihr Name ist Betty. Sie arbeitet als Krankenschwester im Lazarett. Ich möchte Euren Segen.«

»Du? Heiraten? Nein.«

Anthony spürte, wie sich sein Magen zusammenzog. »Nein, Lehrer?«

»Du wärst viel zu abgelenkt. Ich brauche keinen abgelenkten Fernmelder.«

Kony wollte sich abwenden, als wäre das Thema damit erledigt.

Anthony rief ihm hinterher: »Aber Betty ist eine der Witwen von Jebel Lem. Sie hat mich ausgewählt.«

Der Große Lehrmeister sah ihn wieder an und seine Züge wurden etwas milder. »Ich wusste nicht, dass sie eine Witwe von Jebel Lem ist. Das hättest du sagen sollen. Wer war ihr Ehemann?«

»Major Okaya«, sagte Anthony und betete, dass es seine Meinung ändern würde.

»Okaya«, sagte Kony und sein Gesicht verzog sich ein wenig, während er eine lange Pause machte. »Nun, ich erwarte, dass du sie besser behandelst, als er es getan hat.«

»Ja, Lehrer. Sie ist ein Geschenk.«

»Ein Geschenk?«, sagte er und schnaubte. »Willst du damit sagen, du bist verliebt, Opoka?«

»Ich glaube, das bin ich, Lehrer«, sagte Anthony ängstlich.

Der LRA-Oberkommandierende sagte eine Weile nichts.

»Wer ist der Beschützer dieser Betty?«

»Two Foxtrot. Kommandeur Ossinga. Rückstoßfreie Geschütze.«

Nach einer weiteren längeren Stille fragte Kony: »Hast du Geld, um Essen und Geschenke für Ossinga zu kaufen? Für Flitterwochen?«

Anthony befürchtete, dass es eine Fangfrage war, denn Geldbesitz wurde als Vergehen betrachtet.

»Nein, Lehrer.«

»Dann werde ich dir das Geld geben. Betrachte es als mein Hochzeitsgeschenk für dich.«

Anthony grinste von einem Ohr zum anderen, während er heftig nickte und sagte: »Ihr seid zu gütig, Lehrer.«

Kony machte eine wegwerfende Geste. »Wenn ich es mir genau überlege, dann ist es gut, wenn du verheiratet bist. Da wirst du weniger auf dumme Gedanken kommen und versuchen, mich zu verlassen. Du hast doch keine dummen Gedanken, oder, Kommandant Tony?«

»Niemals, Lehrer«, sagte er und sah dem LRA-Anführer in die Augen. »Ich bin Euer Fernmelder. Ich gehöre an Eure Seite.«

* * *

Den Rest der Woche verbrachten Anthony und Florence voneinander getrennt.

Der Fernmelder akzeptierte Konys Geld und fuhr mit einem Jitney-Minibus in Richtung Norden nach Juba, um Essen und Geschenke zu kaufen, die er Betty und Ossinga, ihrem »Vater« bei der LRA, geben wollte. Er machte ebenfalls einen im Sudan verpflichtenden Bluttest auf Geschlechtskrankheiten und HIV, bevor er nach Nesitu zurückkehrte.

Florence war aufgeregt und fühlte sich von Kräften ergriffen, die sie nicht kannte. Ossinga hatte eine seiner Frauen angewiesen, ihr ein schönes neues Batik-Outfit in Blau- und Rottönen zu kaufen, als sie ihren Bluttest machte.

Die Ergebnisse beider Tests waren negativ. An jenem Sonntag verheiratete Kony in dem Pavillon des LRA-Lagers am Weißen Nil südlich von Juba die vierundzwanzig Witwen von

Jebel Lem, darunter auch Palmer, die einen Major ausgewählt hätte, der Ende dreißig war.

Anthony rechnete fest damit, dass Kony seine weiße Robe tragen und während der Zeremonie vom Geist von Cilindi inspiriert sein würde, doch der Große Lehrmeister trug seine Uniform, wirkte abgelenkt und verheiratete sie alle selbst in einem Sheabutter-Ritual, bei dem er die Witwen die »Heldinnen der heutigen LRA« nannte. Fatima war dort und verdrehte die Augen. Doch sie wirkte ebenfalls angespannt.

Lily kam vorbei, blickte zu Florence und lächelte Anthony an. »Gut gemacht, Commander Tony.«

Anthony grinste breit. »Danke schön.«

Als Anthony nach der Zeremonie mit seinem alten Boss General Tabuley sprach, erfuhr er, warum Fatima und Kony so aufgewühlt wirkten. Die Nachschublinien der Dinkas wurden stärker und sie schickten immer mehr Männer in den Kampf. In den vier Tagen von Anthonys und Florence' kurzer Verlobung hatte es so viele Opfer gegeben, dass die LRA kaum noch die Position halten konnte.

Tabuley senkte die Stimme und sagte: »General Lagony denkt, dass die Hügel bereits verloren sind. Er glaubt, es wäre an der Zeit, mit Museveni einen Waffenstillstand zu vereinbaren.«

Tabuleys Aussage überraschte Anthony. Er war so auf seine Heirat mit Florence konzentriert gewesen und jetzt behandelte ihn der General, als wäre er ebenbürtig, indem er ihm diese Informationen mitteilte.

»Weiß der Lehrer davon?«

»Lagony hat versucht, ihn dazu zu bringen, von allein darauf zu kommen«, sagte Tabuley.

»Was glaubt Ihr?«

»Niemals. Nicht in einer Million Jahren. Eines weiß ich genau über Joseph Kony: Dieser Mann hat noch nie aufgegeben und wird es auch niemals tun.«

* * *

Weil an jenem Tag so viele Witwen verheiratet wurden, gestattete der Große Lehrmeister den Gesegneten ein seltenes Fest. Für die verheirateten Paare wurde eine Hochzeitsfeier am Pavillon abgehalten, mit drei über einem offenen Feuer gegrillten Ziegen, frischem Wurzelgemüse und einem Punsch aus Trauben- und Zitronensaft. Die Leute aßen höflich, warfen dabei ständig Blicke zu Kony, der mit Fatima und Lily bei der Feier geblieben war, die beide verärgert schienen, dass die Aufmerksamkeit nicht bei ihnen lag.

Anthony hatte nur Augen für Betty. Er konnte sein Glück nicht fassen, nachdem er so lange Zeit ohne jede Freude gewesen war. Sie war das schönste Mädchen überhaupt, innerlich wie äußerlich.

*Ich bin gewiss der glücklichste Mann auf der Welt,* dachte er und sah sie sehnsüchtig über den Tisch hinweg an, während sie mit ihrer Freundin Palmer plauderte und lachte.

Es stellte sich heraus, dass Palmers neuer Ehemann Major Thomas im selben Bataillon wie Anthonys Bruder Albert war. Da niemand bei der LRA wusste, dass sie Brüder waren, fragte er Palmers Ehemann nebenbei nach Albert.

»Sehr clever«, sagte Thomas. »Sehr gut mit dem TONFAS. Wie du, Opoka.«

»Wir wurden zusammen als Fernmelder ausgebildet«, sagte Anthony. »Auch damals war er schon sehr gut.«

Abgesehen davon hielt sich Anthony zurück, weiter nach ihm zu fragen oder darauf hinzuweisen, dass er irgendein anderes Interesse an dem Schicksal einer zufälligen Bekanntschaft hatte.

* * *

Auf der anderen Seite des Tisches genoss Florence Palmers Kommentar zu dem Tag.

»Wenn wir nur Kony und seine Frauen loswerden könnten! Bestimmt würden wir die Leute zum Tanzen bringen«, murmelte Palmer.

Florence kicherte. »Ist denn Tanz bei der LRA erlaubt?«

»Oh, nichts ist erlaubt bei der LRA«, sagte Palmer angewidert. »Abgesehen vom Töten oder Entführen und Versklaven von Menschen.«

»Sprich leiser«, sagte Florence.

Palmer war einen Moment still und nestelte mit ihren Fingern herum.

»Was ist los?«

»Ich mache mir Sorgen. Wegen ... du weißt schon, was wir mit Okaya durchgemacht haben.«

»Ich glaube nicht, dass es immer so sein muss.«

»Das weißt du aber nicht.«

»Ich habe Joyce gefragt und sie meinte, es sollte überhaupt nicht so sein, wie es mit Okaya war. Sie sagte, es könnte sogar, na ja, manchmal ganz schön sein.«

»Manchmal ganz schön«, schniefte Palmer nicht sehr überzeugt. »Nun, eine Sache ist ganz gut für mich, denn er hat noch zwei andere Frauen, womit diese Aufgaben auf drei verteilt sind. Aber du, Betty, du musst das alles ganz allein aushalten. Andererseits, wenn du die erste Frau eines Ministers in Kampala bist, dann kannst du jüngere Ehefrauen wie mich misshandeln.«

»Keine jüngeren Frauen. Ich bin die einzige Frau.«

Sie warf den Kopf zurück und lachte. »Na, viel Glück dabei!«

Florence antwortete nicht, sondern konzentrierte sich auf einen Land Rover, der am Pavillon hielt.

Yango, Konys Sicherheitschef, stieg aus.

* * *

Anthony bemerkte ebenfalls Yangos Ankunft und hörte zu reden auf, genau wie Palmers neuer Mann.

General Lagony, der LRA-Stabschef, stieg aus dem Land Rover und blieb daneben stehen, als der Sicherheitschef zum Großen Lehrmeister ging und ihm etwas ins Ohr flüsterte. Dann griff Yango in seine Tasche und reichte Kony mehrere Papiere. Der LRA-Anführer überflog sie, blätterte jede Seite langsam um. Er sah sich alle Blätter erneut an und faltete sie zusammen, bevor er sich vorbeugte und etwas zu Fatima sagte. Sie erstarrte, nickte aber. Dann sprach sie mit Lily. Die beiden Frauen standen auf und verließen den Pavillon auf der anderen Seite des geparkten Land Rovers.

Yango ging zum Fahrzeug und General Lagony und der Große Lehrmeister folgten ihm. Etwas hatte sich bei Lagony seit seiner Ankunft verändert. Normalerweise war Konys Stabschef ruhig in seiner Körperhaltung und mit seinen Worten, und er hatte die nervenaufreibende Angewohnheit, sein Gegenüber lange anzustarren, ohne ein Wort zu sagen. Doch jetzt bemerkte Anthony, wie der Mann auf den Fußballen wippte und immer wieder mit dem Kiefer mahlte.

»Was ist los?«, fragte Betty, als sie neben ihm erschien.

»Ich weiß es nicht«, sagte Anthony und nahm ihre Hand. »Ich habe noch nie …«

Kony schüttelte die Papiere und schrie Lagony an: »Du hast diese Notizen deines Verrats einfach offen herumliegen lassen, wo Yango sie finden konnte!«

Jede Stimme im Pavillon verstummte. Alle Blicke der Hochzeitsgäste wandten sich zu dem Drama, das sich draußen abspielte, zu General Lagony, der mit dem Rücken zu dem Land Rover stand, und dem Großen Lehrmeister ein paar Meter entfernt, der über dem Kopf mit den Papieren wedelte.

Konys Stabschef sagte: »Das war eine Übung, Lehrer. Ein Szenario, von dem ich dachte, dass es berücksichtigt werden müsste, um …«

»Aufgeben und nach Hause gehen?!«, donnerte Kony. »Das ist das Szenario? Mit Museveni reden? Um seine Gnade bitten, wenn man weiß, dass es keine gibt? Wer bist du? Wer bist du über dem Gesetz der Lord's Resistance Army?«

»Lehrer, ich bin Euch von Anfang an gefolgt«, sagte Lagony mit bebender Stimme, laut genug, um im ganzen Pavillon gehört zu werden. »Ich war während der ganzen schwierigen Zeiten dabei, doch wir haben fast fünfzehnhundert Männer in Jebel Lem verloren und weitere siebenhundert sind verwundet.«

Der Große Lehrmeister reichte Yango die Papiere. »WerBistDu interessiert das nicht. Was du aufgeschrieben hast, ist eine Strategie zur Aufgabe, was dich zu einem Verräter an der Sache der LRA macht. Du wirst hiermit für schuldig erklärt« – Anthony spürte, was kommen würde, und zog Betty mit seinem gesunden Arm zu sich heran und bedeckte ihre Augen – »und zum Tode verurteilt.«

Anthony neigte den Kopf zu ihr und sagte: »Sieh nicht hin, Betty.«

Ein Pistolenschuss war zu hören. Und dann ein weiterer.

Als Anthony sich schließlich zu sehen erlaubte, schob Kony seine Pistole ins Holster und Lagony lag tot auf dem Boden. Was ihn dabei am meisten aufwühlte, war die Stille. Niemand weinte. Niemand war schockiert genug, um auch nur zu wimmern.

*Er hat uns alle in gefühllose Ungeheuer verwandelt,* dachte Anthony.

»Danke«, flüsterte Betty und zog sich mit einem dankbaren Lächeln aus seiner Umarmung. »Dass du an mich gedacht hast.«

»Du hast noch Gefühle.«

»Und du auch«, sagte sie.

Er grinste ein wenig. »Vermutlich habe ich das.«

* * *

Yango kam zu Anthony, nachdem die Leiche des Generals entfernt worden war und Kony das Lager verlassen hatte. Für einen Moment war sich Anthony sicher, dass der Sicherheitschef ihn fragen würde, ob General Tabuley ihm von Lagonys Plan zur Aufgabe erzählt hatte. Doch der Sicherheitschef sagte ihm, dass die obersten Kommandeure beschlossen hatten, dass er und Betty Flitterwochen verdient hätten. Sie überließen ihnen ein kleines Haus auf dem Stützpunkt der sudanesischen Streitkräfte außerhalb von Juba.

»Für zehn Tage gehört es euch«, sagte Yango und tat so, als wäre die Ermordung von Lagony ein Ereignis, das schon lange vergessen war.

Anthony starrte ihn an. Er hatte niemals an Flitterwochen gedacht. Vor allem, da noch immer in den Bergen von Jebel Lem gekämpft wurde.

»Zehn Tage«, sagte er erstaunt.

»Außer, wenn der Große Lehrmeister dich früher braucht.«

Er erzählte es Betty, die noch nie in Juba gewesen war, und sie wurde ganz aufgeregt. Yango kümmerte sich darum, dass ein Pick-up sie abholte, und gab Anthony einen Umschlag mit Bargeld darin, als Geschenk der höheren Offiziere.

Sie setzten sich für den Weg zusammen hinten in den Pick-up. Anthony sagte: »Wir werden wie König und Königin essen!«

Betty lachte und erzählte ihm, was Palmer gesagt hatte, dass es nicht richtig wäre, bei einer Hochzeit nicht zu tanzen.

»Da hat sie recht«, sagte Anthony und versuchte sich daran zu erinnern, wann er das letzte Mal getanzt hatte, und dann sah er sich auf dem Hügel über der Koromush-Kaserne singen und tanzen, nachdem er seinen ersten Kampf überlebt hatte. Er wollte es ihr zunächst erzählen, entschied sich dann aber dagegen.

»Wie war eine Hochzeit in deiner Familie, als du aufgewachsen bist?«, fragte er stattdessen.

»Oh, eine riesengroße Feier«, sagte sie. »Viele Leute kamen und gingen und tanzten und aßen und tranken und sangen für drei ganze Tage!«

»Wow«, sagte er. »Drei Tage?«

Sie hob die Hände und sagte: »Ja, das schwöre ich. Meine Mutter ist eine Wiedergeborene und trinkt nicht mehr. Mein Vater ist katholisch und trinkt. Nach den Hochzeiten meiner beiden älteren Schwestern konnte er eine Woche nicht auf den Beinen stehen.«

Sie fuhren durch ein Tor, das von sudanesischen und LRA-Soldaten bewacht wurde, und hielten bald vor einer kleinen Hütte. Auf der anderen Seite des nicht asphaltierten Weges lebten zahlreiche andere Kommandeure von Kony mit ihren Frauen und Kindern in einer Gruppe von Hütten. Sie sahen zu, als Anthony dem Fahrer dankte, ausstieg und um das Fahrzeug lief, um Betty die Tür zu öffnen.

Sie kicherte, als sie ausstieg, und sagte: »Danke, Commander Tony.«

»Gern geschehen, Schwester Betty«, sagte Anthony, bevor er ihr den Ellbogen bot.

Sie nahm ihn und sie gingen zur Eingangstür. Betty sah ihn an und er sah Furcht in ihren Augen.

»Nicht, bevor du bereit bist«, sagte er. »Okay?«

Betty lächelte. »Okay.«

»Und noch eine Sache, die du wissen solltest, bevor wir hineingehen.«

»Ja?«

»Heute war keine richtige Hochzeit oder ein richtiges Fest. Doch ich verspreche dir, eines Tages, wenn Kony und die LRA und all das hinter uns liegen, dann werden wir richtig heiraten und wir werden tanzen und singen und speisen und drei Tage lang feiern.«

Anthony sagte das mit solcher Überzeugung in der Stimme und Liebe in seinem unschuldigen Lächeln und seinen sehnsüchtigen Augen, dass sich die ihren mit Tränen füllten.

»Ich weiß nicht, warum, doch ich glaube dir«, sagte sie. »Noch eine Sache, die du wissen solltest, bevor wir hineingehen.«

»Ja?«, sagte er und wischte ihr eine Träne von der Wange.

»Betty ist nicht mein richtiger Name«, sagte sie leise. »Er ist Florence.«

Jetzt wurden Anthonys Augen feucht. »Florence. Das ist der Name meiner Mutter. Acoko Florence.«

»Nein, ist er nicht.«

»Doch, das schwöre ich«, sagte er und öffnete die Tür. »Es ist, als wären wir füreinander bestimmt.«

# Sechsundzwanzig

Florence betrat das kleine Haus und war zum ersten Mal seit ihrer Verschleppung zutiefst glücklich. Anthony war nicht nur ein anständiger Mensch, sondern sie hatte ihn auch ausgewählt. Sie war nicht dazu gezwungen worden, und das machte für sie einen großen Unterschied.

Und während Okaya jemand gewesen war, der nicht reden wollte, so schien der Fernmelder aufrichtig an ihr interessiert zu sein.

»Aber was ist deine Lieblingserinnerung aus der Zeit vor der LRA?«, hatte er sie gefragt, als sie ein pikantes Essen aus Hühnchen und Reis zubereitete.

Sie dachte darüber nach und beschrieb dann den Weihnachtsabend, als Josca sie von der Masernstation abgeholt und nach Hause getragen hatte.

»Ich sagte ihr, sie sollte mich absetzen und eine Pause machen. Sie sagte: ›Du bist meine Tochter, Florence. Ich liebe dich aus ganzem Herzen und ganzer Seele. Und Liebe ist die stärkste Kraft der Welt. Wenn ich müsste, dann würde ich dich für immer tragen.‹ Das ist meine liebste Erinnerung.«

»Das ist eine tolle Erinnerung und sie klingt nach einer wunderbaren Mutter.«

Sie bemerkte kaum, dass er etwas trauriger geworden war. Die letzten vierzehn Monate, in denen sie ihre Gefühle für sich behalten hatte, still zu allem geblieben war, alles eingeschlossen hatte, führten dazu, dass Florence jetzt zu schluchzen begann. »Ich vermisse sie. Ich vermisse sie alle, einfach alles in meinem Leben.«

Anthony strich ihr über den Rücken, während sie weinte, und sagte ihr, wie sehr er ebenfalls sein altes Leben vermisste. Er beschrieb seinen Vater und wie er ihm als kleiner Junge erklärt hatte, wie man sich nachts an den silbernen Sternen orientierte, und er erzählte ihr von seiner Mutter, Acoko Florence, die genauso problembeladen wie schön war.

»Ist sie jemals zurückgekehrt?«

»Nicht, dass ich wüsste«, sagte er. »Doch sie hat darum gebeten, mich zu sehen, nachdem ich monatelang nichts von ihr gehört hatte. Das geschah an dem Tag, bevor ich verschleppt wurde.«

»Dann gab es Hoffnung?«

»Ich glaube, die gab es an diesem Tag.«

»Ist das deine Lieblingserinnerung?«

Er dachte darüber nach. »Ich glaube, es ist eine meiner liebsten. An dem Tag, als ich erfuhr, dass sie mich sehen wollte, wurde ich an meiner Schule zum Schülersprecher gewählt.«

Bei der Erwähnung der Schule strahlte Florence und erzählte ihm, dass sie Krankenschwester werden wollte, und aus irgendeinem Grund auch die Geschichte der Karimojong-Räuber, die zu ihrer Schule gekommen waren.

»Sie sind einfach nackt auf den Schulhof gekommen?«, fragte Anthony laut lachend.

»Nackt mit Gewehren«, sagte sie. »Es war erschreckend. Sie brannten die Schule nieder.«

»Oh«, sagte er. »Wie weit bist du gekommen? In der Schule?«

»Ich habe die Aufnahmeprüfungen für Stufe zwei gemacht, doch ich wurde entführt, bevor ich die Ergebnisse bekommen habe«, sagte Florence und war wieder wütend auf Joseph Kony und die LRA.

»Das hätte schlimmer sein können.«

»Wie denn? Ich weiß in meinem Herzen, dass ich diese Prüfungen gut bestanden habe. Ich weiß auch, dass ich gut genug war, um eines Tages auf die Universität zu gehen und Krankenschwester zu werden. Doch dann wurde ich verschleppt. Wie könnte es schlimmer sein?«

»Ich bin nicht einmal dazu gekommen, meine zweite Stufe zu machen«, sagte Anthony. »Ich habe für sie gelernt, als ich drei Monate vor den Prüfungen entführt wurde.«

Das hatte Florence nicht erwartet. »Du hast recht. Das ist schlimmer. Es tut mir leid.«

»Das tut es mir auch, doch ich hätte das niemals gegenüber Kony oder irgendwem sonst bei der LRA zugegeben.«

»Du behältst auch Geheimnisse für dich?«

»Wenn ich das nicht getan hätte, dann wäre ich jetzt wahrscheinlich schon wahnsinnig.«

Sie betrachtete sein Gesicht. »Kann ich dir vertrauen, Commander Tony?«

»Ich sagte dir, du kannst mich Anthony nennen, und noch nicht, nein, du kannst es nicht, Schwester Betty. Vertrauen ist etwas, das man sich verdient. Mein Vater hat mir das beigebracht.«

»Ich glaube, das stimmt. Doch wie verdient man sich Vertrauen?«

»Ich habe dir gerade ein Geheimnis verraten, das ich niemandem sonst bei der LRA erzählt hätte. Ich gab dir Vertrauen. Du hast es dir verdient. Jetzt kannst du ein Geheimnis teilen, das du sonst niemandem bei der LRA sagen würdest. Du wirst Vertrauen schenken. Ich werde es mir verdienen.«

Florence zögerte. Sie hatte Geschichten von LRA-Kommandanten gehört, die ihre Frauen bei Kony und

WerBistDu denunziert und verraten hatten, dass sie zugaben, sie würden ihr Leben hassen und fliehen wollen.

Anthony sagte: »Es muss kein großes Geheimnis sein.«

Er war so aufrichtig, dass sie sagte: »Auf dem Marsch nach Norden, nach meiner Verschleppung, gab es einen jungen Mann, der immer wieder zurückblieb. Sie warnten ihn immer wieder, und schließlich haben sie …«

Anthony sah das Entsetzen auf ihrem Gesicht und wusste Bescheid. »Sie haben andere Rekruten gezwungen, auf ihn zu treten.«

Sie nickte und schluchzte, dann sagte sie: »Das war mein älterer Bruder Owen. Er hatte Herzprobleme und konnte nicht mithalten. Und ich konnte nicht weinen. Ich durfte nichts sagen. Ich konnte es nicht mitansehen.«

Anthony strich ihr erneut über den Rücken, bis Florence nicht mehr weinte. Dann erzählte er ihr die Geschichte von dem Daumenlutscher und dann von dem Bajonettieren.

»Direkt neben dir?«, sagte Florence. »Oh mein Gott, du musst verrückt geworden sein.«

»Fast eine Woche lang«, gestand Anthony, als sie das Essen servierte.

Er nahm einen Bissen und stöhnte. »Das ist ja so lecker! Wo hast du gelernt, so zu kochen?«

»Joscas Café der feinen Küche«, sagte sie und grinste.

»Café der feinen Küche?«, fragte er und lachte.

»Das Liebescafé. So hatte Jasper es genannt.«

»Perfekt«, sagte Anthony und nahm noch einen Bissen. »Frisches Essen vom Liebescafé. Wer ist Jasper?«

»Mein Cousin«, sagte sie. »Er wurde in derselben Nacht entführt wie ich. Er könnte dir den Titel von jedem Song nennen, den er je im Radio gehört hat. Und wer ihn gesungen hat.«

»Was ist mit ihm passiert?«

»Ich weiß es nicht«, sagte sie. »Sie haben ihn zum Training mitgenommen, und seitdem habe ich ihn nicht mehr gesehen.«

»Ich habe einen Bruder in der LRA«, sagte Anthony. »Ich kann aber nicht mit ihm reden.«

»Sicher nicht. Sie würden es gegen euch beide benutzen.«

Sie blieben bis spät in die Nacht wach, unterhielten sich, tauschten sich weiter über ihre Vergangenheit aus, ihre Lieblingsspeisen, Lieblingsmusik und ein Dutzend anderer Themen. Florence erzählte ihm von ihrem Traumbuch und wie sie in Gedanken hineingeschrieben hatte. Er erzählte ihr von seinem Wettlauf mit Patrick. Als sie schließlich zu müde waren, um weiterzureden, legte Anthony zwei Matten in respektvollem Abstand voneinander aus und legte sich sofort unter seine Decke, bevor er sich Hose und Shirt auszog.

Florence tat das Gleiche. »Gute Nacht, Commander Tony … tut mir leid, Anthony.«

»Gute Nacht, Schwester Betty … tut mir leid, Florence.«

Florence kicherte und schloss die Augen, während sie dachte, dass sie noch nie jemanden wie ihn getroffen hatte.

Auf der anderen Seite des kleinen Raums dachte Anthony ungefähr das Gleiche. Ein Gefühl in seinem Herzen erinnerte ihn daran, wie er Patrick verlassen hatte, nachdem er ihn aus dem Fluss gerettet hatte, wie er merkte, dass er einen engen Freund bekommen hatte, jemanden, der wichtig in seinem Leben sein würde.

Während er einschlief, merkte er, dass er genau das Gleiche bei Florence empfand.

* * *

Diese Gefühle verstärkten sich in den folgenden Tagen, als sie weitere Geschichten ihrer vorherigen Leben und Träume austauschten. Der Krieg und ihre Gefangenschaft in der LRA waren weiträumig vergessen.

Florence hatte noch nie jemanden gekannt, mit dem sie so leicht reden konnte. Anthony respektierte sie und unterbrach sie nicht. *Er sieht mich*, dachte sie mehrmals in dieser ersten gemeinsamen Woche. *Er hört mich auch.*

Anthony liebte es, wie aufmerksam sie sich seine Geschichten anhörte und ihm dann Fragen stellte, um sich zu vergewissern, dass sie ihn verstand. Sie war fasziniert von der seltsamen inneren Welt von Control Altar und dem Großen Lehrmeister.

»Glaubst du, dass Kony von den Geistern besessen ist?«, fragte sie eines Tages leise, als sie vom Markt zurückgingen, mit ein paar LRA-Soldaten aus dem Lager hinter ihnen, wie sie es immer taten, wenn sie das sudanesische Armeelager verließen.

Er spähte über die Schulter zu den Soldaten, die miteinander sprachen. »Du darfst das nicht wiederholen.«

»Wir bauen Vertrauen auf.«

Nachdem er beschrieben hatte, wie das Gewitter in jener ersten Nacht gekommen war, als er Kony von den Geistern besessen gesehen hatte, erzählte er ihr, dass sich der Große Lehrmeister die ganze Zeit Wetterberichte über Kurzwelle anhörte.

»Vermutlich, um die Kampfbedingungen vorherzusehen«, sagte Anthony. »Doch dann bemerkte ich, wann immer Gewitter vorhergesagt wurden, ließ er plötzlich eine Versammlung zusammenkommen, auf der er eine wichtige Nachricht aus der Geisterwelt preisgab.«

»Und alle dachten, Kony hat den Sturm gerufen.«

»Jedes Mal. Ich glaube, er ist genauso ein Hochstapler, wie er ein Mörder ist.«

Diesmal blickte Florence über die Schulter zu ihren Bewachern, noch immer verloren in ihrem eigenen Gespräch, bevor sie sich wieder zu Anthony drehte.

»Das werde ich ganz sicher niemandem in der LRA erzählen«, sagte Florence.

»Tu das nicht, sonst sind wir beide tot.«

* * *

Zum Ende der ersten Woche erfuhren sie, dass die Hügel von Jebel Lem verloren waren. Es war die größte Niederlage in dem langen Kampf der LRA mit den Dinka, und Kony war natürlich schlecht gelaunt und hatte sich zurückgezogen.

Inzwischen hassten es Anthony und Florence, länger als ein paar Minuten ohne den anderen zu sein. Und wenn sie wieder zusammenkamen, dann begannen sie fast sofort zu lachen oder wenigstens zu schmunzeln.

Eines Abends, als sie spät in der Nacht noch draußen saßen und zu den Sternen aufblickten, erzählte ihr Anthony von den Lektionen seines Vaters über die Navigation nach den Sternen und wie ihm ein Medizinmann gesagt hatte, dass die Geister von den Sternen kämen und dorthin zurückkehrten.

»Dann ist es so, als würden wir zu den Seelen unserer Vorfahren aufblicken und unsere Kinder leuchten zurück zu uns.«

Flo lächelte. »Das gefällt mir. Und ich glaube, ich würde deinen Vater mögen.«

»Du würdest ihn genauso lieben, wie ich es tue«, sagte Anthony. »Wenn Omera George sagte, dass er dich liebt, dann zeigte er es dir und gab dir das Gefühl, als wärst du der einzige andere Mensch auf der Welt. Und er wollte nicht, dass ich ein besserer Mann werde. Er wollte, dass ich ein besserer *Mensch* werde, dass ich wirklich darüber nachdenke, wer ich bin und wer ich werden will. Er dachte, es wäre wichtig, Werte und Regeln zu haben, die einen durchs Leben führen. Und er brachte mir bei, nach dem Menschlichen in der anderen Person zu suchen, selbst bei einem Feind. Er sagte immer: ›Man weiß nie, was ein anderer Mensch innerlich durchmacht, behandle ihn deshalb wie einen Mitmenschen, und du wirst niemals falschliegen.‹ Er sagte mir auch, dass ich mir eine einfache Frage stellen sollte, wann immer ich nicht wusste, was ich tun sollte: Was würde ein guter Mensch tun?«

Florence gefiel das und sie sagte es. »Meine Mutter und mein Vater hatten ebenfalls Regeln. Doch es gab eine Regel, die über allen stand. ›Es gibt nichts Stärkeres als die Kraft der Liebe.‹ Josca pflegte zu sagen, was immer dein Problem ist, es kann dadurch gelöst werden, dass man sich an die Liebe als Antwort wendet.«

Aus Gründen, die sie nicht ganz verstanden, riefen sie immer mehr Lektionen aus ihrer Kindheit hervor und suchten nach denjenigen, die sie immer noch in schwierigen Zeiten nutzten. Er erzählte ihr, wie er Mr Mabior getroffen hatte und von den vier Stimmen des Leidens erfahren hatte. Er erklärte sie ihr so deutlich, dass Florence es sofort verstand. Als sie nach drinnen gingen, begann Florence im Laternenlicht die Lektionen auf ein Stück Papier zu schreiben, hörte aber auf, als sie gerade geschrieben hatte *Vermeide die Stimmen von* Furcht, Mangel …

Da sah sie ihn besorgt an. »Wann wurde der Verband an deiner Wunde das letzte Mal gewechselt?«

Anthony runzelte die Stirn. »Ich weiß nicht mehr. Letzte Woche?«

»Letzte Woche! Was hast du dir nur gedacht?«

Er blinzelte. »Ähm, na ja, ich denke, ich habe an dich gedacht?«

»Oh. Na ja, das ist verständlich. Zieh das Shirt aus. Ich habe Verband und Klebeband in dem Schrank im Badezimmer gesehen.«

Florence verließ den Raum und kehrte zurück, doch Anthony stand unbeholfen da.

»Was ist los?«, fragte sie. »Zieh dein Hemd aus. Es ist ja nicht so, als hätte ich noch keine Schusswunden gesehen.«

»Aber du hast wahrscheinlich noch keine Wunde von der Flosse einer Panzerfaust gesehen«, sagte er. »Ich wollte nicht, dass du es siehst und … du weißt schon.«

»Ich komme damit klar«, sagte Florence. »Wirklich, lass Schwester Betty helfen.«

»Commander Tony kann das selbst machen«, sagte er seufzend, öffnete die Knöpfe seines Uniformhemdes und zog dann sein Unterhemd aus.

Flo war schockiert, als sie das Ausmaß der Vernarbung und gebrochenen Knochen sah, die niemals richtig verheilt waren, und den wesentlich kleineren Wundverband darüber.

»Mein Gott, wie hast du damit überlebt?«, fragte sie und kam näher.

Er erzählte ihr, wie Patrick ihn vom Schlachtfeld getragen hatte und wie der Geist von Cilindi vorgeschrieben hatte, dass magische Pilze und Salz in die Wunde getan und diese dann vernäht werden sollte.

»Wirklich?«

»Keine Schmerzmittel. Keine Antibiotika. Für uns glaubt er nicht an sie, doch er glaubt gewiss an sie, wenn es um ihn und seine Frauen geht.«

Er sagte das mit mehr als nur ein wenig Groll in der Stimme.

Florence entfernte den alten Verband vollständig und untersuchte die Wunde.

»Keine Rötung. Keine Schwellung. Das wird wahrscheinlich der letzte Verband sein, den du benötigst.«

Sie legte einen neuen Verband an und klebte ihn fest. Sie wollte ihm gerade sagen, dass er sein Hemd wieder anziehen sollte, als sie an die Aussage von Anthonys Vater dachte, dass man nie wusste, was ein anderer Mensch durchmachte, weshalb man ihn vor allem als einen Mitmenschen behandeln sollte.

Florence spürte, wie sensibel Anthony wegen seiner Verunstaltung war.

*Behandle ihn so, wie du behandelt werden wolltest, Flo.*

Sie streckte den Arm aus und legte die Hände sanft auf die verletzte und vernarbte Region, spürte dabei, wie er verspannte und fast aufgesprungen wäre.

»Es ist gut«, flüsterte sie und strich mit ihren Fingern weiter leicht über die Haut, spürte, wie die Muskeln und Knochen verrutscht waren.

Dann stellte sie sich vor ihn, die Hände noch immer auf ihm, und betrachtete die Wunde von dieser Seite.

»Es ist schön«, sagte sie schließlich.

»Das ist nicht schön«, sagte er. »Du bist schön.«

»Es hat dich zu dem gemacht, was du bist, und ich finde, du bist schön und attraktiv, und genauso ist deine Schulter schön und attraktiv.«

Sie konnte sehen, wie er ihr das unbedingt glauben wollte, und spürte, dass sie es ihm zeigen musste.

Florence beugte sich vor und küsste Anthony.

Das Gefühl begann in seiner Atemlosigkeit, breitete sich in seiner Brust aus, füllte seine Lungen und seinen Bauch und summte in seinem Kopf.

Als sie sich voneinander lösten, sagte er: »Ich …«

»Was?«

»Als ich sieben war, hat mein Vater mir von den Sternen erzählt, und er sagte mir, ich wäre besonders, und ich wurde erfüllt von dieser … dieser seltenen Wärme, die ich nur mit ihm fühlte. Wenn ich dich ansehe, Florence, dann spüre ich die gleiche seltene Wärme überall, innerlich und äußerlich.«

»Denn diese seltene Wärme, die du fühlst, das ist wahre Liebe, Fernmelder«, sagte sie und küsste ihn erneut.

# Siebenundzwanzig

***22. August 1999***
***Amia'bil, Uganda***

Zu dem Zeitpunkt war Florence seit achtzehn Monaten fort von ihrer Mutter. Die Frauen im Dorf hatten Josca immer wieder daran erinnert, dass die von der Lord's Resistance Army verschleppten Kinder nur selten zurück nach Hause kamen. Und wenn sie es schafften, dann waren sie schwer geschädigt, jenseits von jeder Hilfe oder Heilung.

*Vergiss Florence,* sagten sie ihr. *Vergiss auch Owen und Jasper. Du solltest sie alle als tot betrachten und nach vorn sehen.*

Doch Josca konnte nicht nach vorn sehen und Constantine konnte es ebenfalls nicht. Ihr ältester Sohn, ihre kluge Tochter und ihr Lieblingsneffe lebten in ihren Herzen weiter.

Wenn Josca die Augen schloss, dann konnte sie sie dort spüren. Und dann stellte sie sich vor, wie sie lebten und verzweifelt versuchten, nach Hause zurückzukehren, und wie sie über die Straße von Lira kamen und sie mit weit geöffneten Armen begrüßten.

Sie versuchte, sich diese Szene in lebendigen Farben auszumalen, mit Musik hinter dem Gejubel und den Willkommensrufen voller Freude und Erleichterung. Wenn diese Bilder am deutlichsten waren und sie mit Freude erfüllten, dann senkte sie den Kopf und betete, dass ihr Traum zur Wirklichkeit werden, dass sie irgendwann bald schon Owen, Florence und Jasper wieder in den Armen halten würde.

Josca wiederholte dieses Ritual zweimal täglich und am Sonntag sogar dreimal, wenn sie in den evangelikalen Gottesdienst ging und am stärksten dafür betete, dass ihre Vision Wirklichkeit würde.

Als sie Constantine an jenem Sonntagmorgen vor der Kirche fand, um sie nach Hause zu begleiten, sagte sie: »Florence ist fast sechzehn. Ich bat Jesus, sie vor ihrem Geburtstag nach Hause zu schicken.«

Florence' Vater sah seine Frau ein wenig verwundert an, sagte aber dann: »Das würde ihr gefallen.«

»Mir auch.«

»Würde es nicht allen so gehen?«, fragte er und schob sich durch die Menschenmenge, die aus der Kirche kam. »Ich vermisse ihren Eifer.«

Josca nickte und kam mit ihm. »Sie hat einfach das Leben geliebt und freute sich auf alles Neue. Glaubst du, es ist noch Zeit, wenn sie vor ihrem Geburtstag zurückkehrt?«

»Wofür?«

»Um auf die Universität zu gehen. Um Krankenschwester zu werden. Sie hat bereits achtzehn Monate verpasst.«

»Sie hat auch die ersten zwei Jahre der Grundschule verpasst und du weißt ja, was sie danach getan hat.«

»Das stimmt. Wenn sie sich etwas in den Kopf gesetzt hat, dann ist sie zu allem fähig.«

»Was auch immer man sich vorstellen kann«, sagte Constantine. »Florence ist ein ganz besonderes Mädchen.«

Josca schluckte. Ihre Schultern bebten und sie begann dort auf der Straße zu weinen.

»Was ist los?«, fragte ihr Mann und kam näher.

»Sie fehlt mir so sehr«, schluchzte Josca. »Und ich hasse es, was ihr geschehen ist. Uns. Nach ihrer ganzen harten Arbeit wurde sie geraubt, Constantine. Und Gott weiß, was ihr seitdem noch alles widerfahren ist.«

»Das ist ungerecht«, sagte Constantine. »Aber so ist das Leben, Josca.«

»Das weiß ich«, sagte sie schließlich, wischte sich die Tränen ab und sah sich um, ob irgendeine Dorffrau ihren Zusammenbruch bemerkt hatte. »Wichtig ist, niemals aufzugeben. Hast du das nicht immer zu Florence gesagt?«

Er nickte. »Ich kenne das Mädchen so gut, wie ich dich kenne. Und sie wird niemals aufgeben.«

Josca schniefte und lächelte schließlich. »Dann werde ich das auch nicht tun.«

* * *

***Rwotobilo***

Am selben Sonntag ging George Opoka im abendlichen Zwielicht über die staubige rote Straße zum Familienhof und trug einen Rucksack. Er sah sonst niemanden und war darüber nicht erstaunt.

Wegen der zunehmenden Schwere der Zusammenstöße zwischen der Lord's Resistance Army und der ugandischen Armee, der Uganda Peoples' Defence Forces, hatten die meisten Nachbarn aufgegeben und waren in eins der unzähligen Lager für Binnenflüchtlinge gezogen, die die Regierung in der Nähe von Gulu und anderen Städten im Norden errichtet hatte.

Anthonys Vater hatte sich dem Umzug widersetzt, solange er konnte. Vor zwei Tagen jedoch war ihm von Regierungssoldaten mitgeteilt worden, dass die Evakuierung aus diesem Teil des ländlichen Acholi zum Ende des Monats verpflichtend sein würde.

Um die Dinge noch schlimmer zu machen, war George von der Polizei drangsaliert worden, die ihm vorwarf, er wollte in dem Dorf bleiben, weil er Geld von Anthony bekam!

Sein ältester Sohn war seit fast fünf Jahren fort, und er hatte nirgendwo auch nur ein Flüstern von ihm gehört. Der Gedanke, dass Anthony ihm Geld brachte, war, gelinde gesagt, dumm.

Und schmerzlich, wie George sich eingestehen musste, als er den Pfad zu Acoko Florence' alter Hütte ging. Im letzten Jahr hatte er Tage in Folge gehabt, an denen er nicht an Anthony oder Albert gedacht hatte. Doch die letzte Schikane der Polizei hatte das geändert, sodass er den Verlust seiner Söhne wieder durchlebte. Er war so mit seinen Gedanken beschäftigt, dass er gar nicht den Geruch von Rauch und Knoblauch in der Luft bemerkte.

Anthonys Mutter saß auf einer Bank vor ihrer alten Hütte und kümmerte sich um ein Feuer unter einem gusseisernen Topf. Georges fünfundsiebzigjähriger Vater John saß neben ihr und rauchte eine Zigarette.

»Die letzten Verweigerer«, sagte George und grinste sie an. Seine anderen beiden Frauen waren bereits gemeinsam mit der Familie seines Bruders Paul zu einem der Lager gezogen.

»Ich gehe am Morgen nach Gulu«, sagte John. »Ich muss mich nur noch um die letzten Sachen deiner Mutter kümmern.«

Georges Mutter war vor ein paar Monaten an Lungenentzündung gestorben. Sein Vater wirkte ohne sie wie verloren.

»Ich gehe mit dir, George«, sagte Acoko.

»Ich ernte den Yams und dann können wir gehen«, sagte George. »Übermorgen, spätestens Mittwoch.«

»Ich werde dir helfen, dann geht es schneller.«

»Was kochst du?«

»Eins der Perlhühner des Nachbarn«, sagte John und lachte heiser.

Acoko lachte mit ihm. »Sie haben einfach ein paar von ihnen herumlaufen lassen, als sie in die Stadt gegangen sind. Wir dachten, das wäre besser, als wenn irgendwelche Tiere sie kriegen.«

»Was sie tun werden«, sagte John.

George konnte sich dieser Logik nicht widersetzen, vor allem, da sie so köstlich roch wie dieses Perlhuhn.

»Ich glaube, die hier werden gut dazu schmecken«, sagte er und öffnete den Rucksack, um sechs große Flaschen Nile-Bier herauszuholen, die noch immer etwas kalt waren. »Das letzte Bier im letzten Laden. Sie machen jetzt alle zu.«

Er öffnete eins und reichte es Acoko, die sagte: »Was für eine perfekte Idee.«

»Hin und wieder hab ich mal eine«, sagte George und zwinkerte ihr zu.

Er öffnete ein weiteres für seinen Vater, der sagte: »Das letzte Bier aus dem letzten Laden für meinen letzten Abend.«

»Cheers«, sagte George und sie schlugen die Flaschen gegeneinander und tranken.

Nach der anstrengenden körperlichen Arbeit und dem langen Weg zum letzten offenen Laden in der Region und zurück kam das Bier genau richtig. George trank ein paar große Schlucke und seufzte.

»Das Essen ist fertig«, sagte Acoko und stand auf, um drei Blechschalen und Löffel zu holen.

Sie lud dampfende Stücke des Perlhuhns in Knoblauch-Tomaten-Soße in die Schalen und reichte sie George und seinem Vater, bevor sie sich selbst davon nahm.

George probierte einen Bissen und stöhnte. »Das schmeckt noch besser, als es riecht, und es riecht schon unglaublich.«

Acoko lächelte. »Ich habe eigentlich nur das benutzt, was wir noch übrig hatten.«

Die drei aßen, bis sie keinen Bissen mehr runterbekamen. Acoko stellte einen weiteren Topf mit Wasser auf, um das Geschirr zu säubern. John trank sein Bier aus und öffnete eine weitere Flasche.

Als er halb ausgetrunken hatte, begann er einzunicken. George schüttelte seinen Arm.

Anthonys Großvater wachte erschrocken auf.

»Dad, geh schlafen, bevor du noch von der Bank fällst und dir wehtust.«

John nickte schläfrig, dann ging er zu der Hütte, die er nutzte, wenn er die Familie seines Sohns besuchte.

George half Acoko beim Waschen des Geschirrs und der Töpfe und saß dann bei ihr und öffnete eine der beiden letzten Bierflaschen, um sie gemeinsam mit seiner Frau zu trinken, während das Feuer bis auf die Glut herunterbrannte.

»Ich habe heute wieder an Anthony gedacht«, sagte Acoko wehmütig.

»Das habe ich auch, auf dem Weg nach Hause. Fünf Jahre.«

»Fast sechs für mich«, sagte sie und ihre Stimme brach. »Er muss jetzt ein Mann sein, wenn er noch lebt.«

»Er lebt«, sagte George sofort. »Und auch Albert. Ich fühle das einfach.«

Seine Frau trank von dem Bier. »Das hoffe ich. Ich fühle mich sehr schuldig, dass ich Anthony nicht mehr gesehen habe, bevor er verschleppt wurde.«

»Und ich fühle mich sehr schuldig, weil ich nicht früh genug aufgewacht bin, um hier zu sein, als die LRA kam.«

Acoko blickte in die Flammen. »Er ist mein einziger Junge, George.«

Er legte den Arm um sie. »Ich weiß.«

»Ich will nicht traurig werden, doch ich tue es.«

»Ich auch«, sagte er und drückte sie fest.

Von der Hütte, wo sein Vater schlief, hörten sie plötzlich einen überraschten Ruf, einen Schlag und dann ein Schmerzstöhnen.

»Was war das?«, fragte Acoko und wich erschrocken zurück.

»Das klang so, als wäre jemand, der schon eine Weile kein Bier mehr getrunken hat, gestolpert und über etwas gefallen«, sagte er, zog den Arm zurück und stand auf. »Ich werde mal nachsehen und dann schlafen gehen.«

Acoko sah ihn an. »Du könntest auch zurückkehren und hier schlafen.«

»Das würde mir gefallen.«

»Wir sehen uns gleich«, sagte sie und lächelte.

Er nahm eine Taschenlampe, stellte sie an und ging zur Hütte seines Vaters, dabei rief er: »Dad? Alles okay bei dir?«

George hörte nichts als die Nachtvögel und das Rascheln des Windes in den Blättern. Er nahm einen Weg zu seiner Rechten, machte zehn Schritte und leuchtete mit der Lampe in Richtung Hütte.

Sein Vater lag auf dem Boden. Ein LRA-Soldat mit kurzen Dreadlocks, die ihm vom Kopf abstanden, hatte seinen Stiefel auf Johns Rücken gestellt und blinzelte in das helle Licht. Er hob sein Gewehr gegen George.

George duckte sich und fuhr herum, stellte das Licht kurz vor dem Schuss aus, der danebenging. Er rannte los, fast blind.

»Flüchtiger!«, hörte er den Mann hinter sich rufen.

»Nein!«, schrie Acoko vor ihm.

George merkte, wie der Pfad in einen breiteren Weg überging, bog nach links und rannte zu Acokos Hütte. Im letzten Licht des Feuers sah er, wie seine angetrunkene, entsetzte Frau eine Hacke in der Hand hielt und sie gegen einen zweiten LRA-Soldaten schwang, einen großen muskulösen Mann mit Afro und einer bösen Narbe über der rechten Wange.

»Was habt ihr mit meinem Sohn gemacht?«, schrie sie.

Der Soldat lachte. »Mit wem?«

»Anthony! Anthony Opoka!«

Er starrte sie einen Moment an, runzelte die Stirn, bevor er George näher kommen sah. Acoko holte aus und traf ihn unter dem linken Auge im Gesicht, sodass sich eine klaffende Wunde öffnete. Doch der Schlag betäubte ihn nicht, sondern machte ihn wütend. Als Acoko erneut ausholte, parierte er den Schlag mit dem Gewehrlauf, trat vor und schlug ihr den Gewehrkolben kräftig gegen die Stirn.

George sah, wie seine Frau zusammenbrach. Er blieb stehen. Der Soldat schwang sein Gewehr gegen ihn und sagte: »Lass die Hände, wo ich sie sehen kann, sonst stirbst du jetzt.«

»Lass mich ihr bitte helfen.«

Der LRA Mann schnaubte. »Nein. Wir gehen. Jetzt.«

Der Mann mit den winzigen Dreads kam hinter George heran. »Gib mir die Taschenlampe. Die Hände nach vorn. Keine krummen Sachen.«

»Bin ich nicht zu alt?«

»Wir kratzen den Bodensatz aus dem Fass, was, Sergeant Bacia?«, sagte Kleine Dreads und lachte.

»Nein, diese Schlampe war der Bodensatz«, sagte der blutende Vernarbte. »Taschenlampe. Hände.«

Mit den zwei auf sich gerichteten Gewehren gab George ihm die Taschenlampe und streckte die Hände aus. Kleine Dreads trat mit einem Stück Seil vor und band Georges Handgelenke zusammen.

»Beweg dich«, sagte Bacia, gestikulierte mit seiner Waffe und dem Strahl der Taschenlampe, jedoch nicht in Richtung Süden zur Straße, sondern nach Norden zum Rand des Felsens und jenes steinigen Vorsprungs, wo er dem siebenjährigen Anthony die Feinheiten des afrikanischen Nachthimmels erklärt hatte.

George warf einen letzten Blick auf Acoko, die dort reglos lag, dann ging er nach Norden, gefolgt von Sergeant Bacia und Kleine Dreads. Anthonys Vater ging über Wege, die er auswendig kannte, hörte das tote Laub unter seinen Füßen knirschen, ein Zeichen dafür, wie trocken es in letzter Zeit gewesen war. Trocken und staubig.

Als er sich daran erinnerte, dass direkt vor ihnen in der Nähe der Felszunge ein ordentlicher Abhang war, formte sich ein Plan in seinem Kopf. George täuschte ein Stolpern und Hinfallen vor und bemühte sich, sich mit seinen gebundenen Händen aufzurichten.

Kleine Dreads packte ihn hinten am Hemd und riss ihn hoch.

»Beweg dich«, sagte er. »Wir müssen rechtzeitig am Treffpunkt sein.«

George wartete, bis er die Felszunge zu seiner Rechten sehen konnte, bevor er zögerte.

»Was ist los?«, fragte Bacia.

»Hier wird es richtig steil, und ich kann den Weg nach unten nicht sehen. Kannst du das Licht anmachen?«

Er stand da, bis die Taschenlampe anging. Er kniff die Augen zusammen, sodass er den Lichtstrahl kaum sehen konnte, und wartete, bis der Vernarbte um ihn herumging, um mit dem Licht den Hang hinunterzuleuchten.

George machte einen respektvollen Schritt zurück, als Bacia rechts an ihm vorbeiging, wobei er das Gewehr in der linken Hand hielt und die Taschenlampe rechts. Seine linke Wange blutete und sein linkes Auge war von Acokos Schlag fast zugeschwollen. Genauso, wie George es gehofft hatte.

Der vernarbte LRA-Soldat richtete die Taschenlampe über den Hang. In der Sekunde, als er das tat, riss George beide Hände hoch und schaufelte Bacia zerbröselte Blätter, Kiesel und Staub direkt in die Augen.

Der Soldat heulte vor Überraschung und Zorn auf. George sprang über den Rand des Vorsprungs und sprintete den Hang hinunter in die Dunkelheit.

Er hörte, wie Kleine Dreads etwas rief, und dann gab es zwei Schüsse, die George nur noch weiter antrieben. Er schlug mit dem Knöchel gegen einen Baumstamm, taumelte vorwärts und schlug mit den Rippen gegen irgendwas.

Keuchend ignorierte er den Schmerz, sprang wieder auf die Beine und lief weiter. Erst als er eins der Nachbarfelder am Boden des Hangs erreichte, blieb er stehen und horchte. Er sah niemanden hinter sich oder Licht oben am Felsvorsprung.

Doch er hörte, wie sie stritten. Das war genug, um ihn direkt nach Westen über das Feld zu einer ungefähr zweihundert Meter entfernten Baumreihe zu treiben. Er ging in den Wald, drehte sich um und stand da, spähte zurück über das Feld und hoffte, sie in dem schwachen Mondlicht sehen zu können.

George blieb unbeweglich stehen, bis der Himmel aufklarte. Dann fand er einen scharfen Stein, mit dem er das Seil an seinen Handgelenken durchschneiden konnte. Er ging einen anderen Weg zurück auf den Vorsprung und dann in einem Bogen langsam zum Familiengrundstück zurück, machte einen Schritt unter die drei großen Bäume, horchte, sah sich um und machte einen weiteren Schritt.

Er fand seinen Vater mit dem Gesicht nach unten tot neben der Hütte, in die er zum Schlafen hatte gehen wollen. Voll Trauer zwang er sich dazu, nach Acoko zu sehen. Er rechnete schon fest damit, dass sie auch gestoben war, bemerkte aber dann erschüttert, dass seine Frau zwar bewusstlos war und aus dem rechten Ohr blutete, aber noch atmete.

George hockte sich hin, stöhnte über den Schmerz an seinen Rippen, schob aber den Arm unter den Nacken und die Kniekehlen seiner Frau, bevor er sie hob. Ihre Augenlider öffneten sich und ihre Augen bewegten sich unkoordiniert.

»Passiert?«, fragte Acoko mit lallender Stimme.

»Der LRA-Mann, den du umbringen wolltest, hat dich geschlagen«, sagte er und ging in Richtung Straße. »Ich bringe dich nach Gulu ins Krankenhaus.«

# Achtundzwanzig

***12. September 1999***
***Nesitu, südlicher Sudan***

Anthony meldete sich im Feldlazarett. Dort erfuhr er, dass Florence bereits nach Hause gegangen war, weshalb er den einen Kilometer nach Norden zu ihrer Hütte lief, noch immer erfüllt von der seltenen Wärme wahrer Liebe und noch immer mit dem Gefühl, dass er der glücklichste junge Mann auf der Welt war.

Er fand Florence, wie sie gerade feuchte Wäsche auf die Leine hängte, die er zwischen zwei Akazien gespannt hatte.

»Betty!«, rief er. »Ich habe sehr gute Nachrichten!«

Florence drehte sich um und schenkte ihm ein mattes Lächeln. »Was hast du für gute Nachrichten?«

»Kony geht mit Control Altar nach Norden in eine Stadt namens Rubangatek«, sagte er. »Wegen der Schmerzen in meiner Schulter muss ich nicht mitgehen! Sie schicken einen anderen Funker. Wir können hierbleiben! Ist das nicht toll?«

Sie nickte ohne jede Begeisterung.

Er wurde besorgt. »Geht es dir gut?«

Florence schluckte den metallischen Geschmack in ihrem Hals hinunter und zwang sich zu einem Kopfnicken. »Ich habe nur das Gefühl, als hätte ich etwas Schlechtes gegessen. Vielleicht die Eier gestern Abend.«

»Ich hänge den Rest auf«, sagte er. »Setz dich da drüben in den Schatten, und ich mache das für dich fertig.«

Florence sah ihn erleichtert an und ging, um sich unter einen Dornenbaum zu setzen, während Anthony die restlichen Kleider aus dem Korb nahm und auf die Leine hängte, wobei er sich komisch fühlte, ohne den Grund genau zu wissen. Dann merkte er, dass die LRA zum ersten Mal, seit er sich daran erinnern konnte, im Frieden war oder zumindest nicht aktiv den Kampf suchte.

Nach der verheerenden Niederlage bei den Hügeln von Jebel Lem, womit die Dinka die Kontrolle über die Kreuzung der beiden Nord-Süd-Straßen im südlichen Sudan erhielten, gab es Gerüchte, dass die Geister den Großen Lehrmeister verlassen hatten, der sich zurückgezogen hatte und paranoid wurde. Die arabische Regierung in Khartum hatte das Vertrauen in seine Fähigkeit verloren, die SPLA zu besiegen, und hielt Waffen und Nachschub zurück, weshalb Kony nach Rubangatek ging, näher an Juba, und darauf hoffte, ihre Vereinbarung neu verhandeln zu können.

Als Anthony fertig war, sah er zu Florence und sofort tauchte ein Lächeln auf seinem und auf ihrem Gesicht auf.

»Du bist ein guter Mensch, Krankenschwester Betty.«

»Du auch, Commander Tony«, sagte sie.

»Ich bin dankbar für dich.«

In der kurzen Zeit, die sie verheiratet waren, hatten sich Anthony und Florence nicht nur stark ineinander verliebt, sie hatten auch die tiefsten Geheimnisse und Träume des anderen erfahren und bewahrt. Das Vertrauen zwischen ihnen war gewachsen und zu einer unerschütterlichen Verbindung geworden. Sie hatten sich eine eigene Welt in und um ihr kleines Zuhause geschaffen, sodass sich Anthony so gefestigt und verwurzelt wie seit fünf Jahren nicht mehr fühlte. Es war nicht nur so, dass sie jetzt für die nächste Zukunft an einem Ort bleiben konnten. Während sie sich gegenseitig die Geschichten ihrer vorherigen Leben erzählten, waren sie immer wieder überrascht über die Parallelen, wie sie erzogen worden waren.

Familie war ein wesentlicher Punkt. In der Familie unterstützte man sich gegenseitig und kämpfte für jeden anderen. Man sollte freundlich zueinander sein. Man sollte höflich und entgegenkommend sein. Man sollte andere behandeln, wie man selbst behandelt werden wollte. Man machte seine Aufgabe ohne Diskussion. Man versuchte sein Bestes. Man glaubte an die Macht der Liebe. Man war bescheiden im Sieg und gnädig in der Niederlage. Man war Gott und dem Universum dankbar für alles, was man erhalten hatte.

Diese letzte gemeinsame Lektion hatte sich als der stabile Kern ihrer Beziehung erwiesen. Eines Nachts in der zweiten Woche ihres Ehelebens hatten sie darüber gesprochen, wie George und Josca ihnen ständig gesagt hatten, dass sie dankbar für ihr Leben sein sollten, ihre Gesundheit, ihr Essen, für das Dach über ihrem Kopf.

»Und dabei haben sie uns ein warmes Gefühl im Innern gegeben, oder?«

Florence dachte an ihre Mutter, die sie als kleines Mädchen von der Masernstation nach Hause getragen hatte, und wie ihr Josca das Gefühl gab, zutiefst geliebt zu werden. »Ja, das haben sie. Als wäre ich in grenzenlose Liebe eingehüllt.«

Jetzt war es zu einem täglichen Bestandteil ihres Lebens geworden, sich zu bedanken und Liebe zu zeigen.

»Warum bist du so dankbar für mich?«, neckte ihn Florence.

»Weil du alles dafür tust, dass ich mich nicht schlecht fühle wegen meiner Schulter. Für dein Lächeln. Für deine Klugheit. Für deine Schönheit. Dafür, dass du mich lustig findest.«

»Ich finde dich lustig?«

»So sehr, wie ich auch glaube, dass du lustig bist.«

»Nun, dafür bin ich dankbar. Und dafür, wie du um mich gekämpft hast. Und wie gut du mich behandelst und wie du dafür sorgst, dass ich mich behütet fühle.«

Anthony nahm den leeren Korb und stellte ihn in ihre Hütte. Als er wieder herauskam, stand Florence und lehnte mit dem Kopf nach unten an dem Baum.

Dann beugte sie sich vor und erbrach sich heftig. Er lief zu ihr.

Florence würgte und zitterte. Sie sah ihn mit erschrockenem Blick an. »Irgendwas stimmt da nicht, Anthony. Ich fühle mich nicht gut.«

»Wir gehen jetzt sofort zum Lazarett. Der arabische Doktor ist heute da. Ich habe ihn gesehen.«

* * *

Palmer arbeitete in der Aufnahme des Feldlazaretts, wo es derzeit ruhig zuging, da es eine Flaute im Kampf gab.

»Ich fühle mich, als hätte ich wieder Cholera«, sagte Florence zu ihr. »Oder die Ruhr. Ich bin ganz schwach. Habe Schüttelfrost. Kann nichts bei mir behalten.«

Dem Arzt erzählte sie das Gleiche. Er ordnete eine Blutuntersuchung an und ließ sie auf eine Pritsche legen und gab ihr in Wasser aufgelöste Elektrolytsalze zu trinken. Davon wollte sie sich wieder übergeben.

Anthony saß an ihrer Seite und hielt ihr die Hand, während sie die Augen zu schließen versuchte.

Zwei Stunden später kehrten Palmer und der Doktor lachend zurück.

Palmer sagte: »Du hast keine Cholera, Ruhr oder Giardiose.«

Der Doktor verkündete: »Sie sind schwanger, junge Dame.«

»Schwanger?«, sagte Florence und fühlte sich, als wäre eine ferne Tür plötzlich zugeschlagen.

»Ich werde Vater?«, fragte Anthony.

»So funktioniert es normalerweise, wenn deine Frau schwanger ist«, sagte Palmer und klatschte lachend in die Hände.

Anthony ignorierte die vorlaute Bemerkung, ballte seine gute Hand zur Faust und stieß sie in die Luft. »Ich werde Vater! Die Opoka-Linie setzt sich fort!«

Palmer kam an Florence' Seite. »Betty, du wirst Mama.«

Florence lächelte, aber nur halbherzig. »Eigentlich wollte ich zuerst eine richtige Krankenschwester werden.«

»Du kannst hier immer noch arbeiten, wenn du schwanger bist«, sagte Palmer.

»Das stimmt«, sagte Florence und setzte sich auf. »Das habe ich vergessen. Wir sollten gehen, Anthony. Ich muss das Essen vorbereiten.«

Anthony fühlte sich, als würde seine Brust vor Stolz platzen, und war dann überwältigt von Sorgen um Florence' Wohlbefinden. Er half ihr auf die Beine und hielt ihr den Ellbogen, als sie Palmer und dem Arzt dankten und gingen.

Auf dem Rückweg zu ihrem Zuhause war Florence still.

»Bist du nicht glücklich?«, fragte Anthony.

»Ich bin nicht *nicht* glücklich«, sagte sie.

»Was heißt das?«

»Das heißt, dass ich nicht genau weiß, wie ich mich jetzt gerade fühle, Anthony. Ich hatte gehofft, dass wir nach dem Ende der Schießereien womöglich auf eine Mission geschickt würden, um Lebensmittel aus Uganda zu holen, bei der wir hätten flüchten und nach Hause gehen können.«

»Ich weiß«, sagte er leise.

Sie hatten neulich nachts über diese Idee diskutiert, eins der wenigen Male, wo sie seit ihrer Heirat ernsthaft darüber gesprochen hatten zu fliehen.

»Das ist jetzt vorbei«, sagte sie. »Eine schwangere Frau werden sie wohl kaum auf eine Lebensmittelreise schicken.«

Sie begann zu weinen.

Anthony wusste, dass sie recht hatte, und legte die Arme um sie. Jetzt hatte er Anlass, darüber nachzudenken, dass ein Baby auf dem Weg war, und er wollte nicht, dass dieses Baby in der Lord's Resistance Army aufwuchs.

»Wir überlegen uns eine andere Möglichkeit«, flüsterte er. »Ich weiß noch nicht, wie. Ich weiß auch nicht, wann. Doch ich verspreche dir, dass wir nach Hause gehen werden.«

Florence hängte sich fester an ihn. »Danke, Anthony.«

* * *

Während der ganzen Schwangerschaft blieben Florence und Anthony in Nesitu. Im zweiten Trimester hatte die morgendliche Übelkeit aufgehört und Florence arbeitete weiter mit Palmer und Joyce im Lazarett, lernte, wie man gebrochene Knochen schiente, Wunden vernähte und Verbrennungen reinigte, bis am Abend des 1. Mai 2000 ihre Fruchtblase platzte.

Obwohl sie so viel Zeit im Krankenhaus verbracht hatte – und auch in ihrem Leben damals in Amia'bil –, hatte sie noch nie eine Geburt miterlebt. Sie hatte keine Ahnung, was ihr bevorstand.

Der Schmerz begann in den Hüften, zunächst dumpf und schwer. Dann begannen die Kontraktionen und Florence war entsetzt. Der Wehenschmerz wurde brutal. Im Liegen konnte sie es nicht aushalten. Es fühlte sich an, als würde ihr jemand in die Wirbelsäule stechen, wann immer eine Wehe kam. Sie verbrachte die Nacht damit, im Lampenschein auf ihrem Hof herumzugehen. Anthony, Palmer und Joyce unterstützten sie abwechselnd. Als Florence immer weiter litt und ihre Kräfte in der Morgendämmerung nachließen, brachten sie sie zum Feldlazarett.

Der Arzt untersuchte sie und stellte fest, dass das Baby in Steißlage war, was die Geburt schwierig und Florence schwächer machte. Doch um elf Uhr an jenem Morgen glitt ein Sohn aus ihr heraus und ihr liefen die Tränen übers Gesicht.

Sie reinigten ihn und legten ihn Florence an die Brust. Seine Augen waren geöffnet und er schien sie direkt anzusehen. In diesem Moment spürte sie die überwältigende Macht der Liebe und die pure Verbindung auf eine Weise, die sie niemals für möglich gehalten hätte, und sie begann aus reinem Glück zu schluchzen.

»Kannst du sehen, wie schön unser Baby ist, Anthony?«

»Ich sehe, wie hübsch unser Sohn ist!«, sagte Anthony, und auch ihm liefen die Tränen über die Wangen. »Er sieht genauso aus wie ich!«

Florence lachte, bevor sie die schlimmste Kontraktion erlebte.

»Ich dachte, es sei geschafft«, japste sie, als es vorbei war.

»Das ist die Plazenta«, sagte Joyce. »Du musst das aus dir rausbekommen, Betty.«

Palmer sagte: »Sie hat recht. Du verlierst viel Blut. Du musst pressen.«

Florence presste weitere zwei Stunden. Eine Weile befürchtete der Arzt, dass sie eine Infektion bekommen würde. Doch schließlich kam die Plazenta heraus und Florence wurde ohnmächtig.

Anthony saß an ihrer Seite, hielt das Baby und beobachtete Florence, die schließlich eine Stunde später die Augen öffnete, als das Baby zu jammern und zu weinen begann.

»Ich glaube, er muss essen«, sagte Joyce und zeigte ihr, wie sie das Baby halten musste, damit es ihre Brust fand. Es saugte sich so an ihrer Brustwarze fest, dass sie zusammenzuckte. Doch dann hörte der Schmerz auf und sie fand es wesentlich angenehmer, als sie je erwartet hatte, eine Fortsetzung und Erweiterung jenes Gefühls der unmittelbaren Verbindung, die sie bei ihrer ersten Berührung gehabt hatte.

»Habt ihr schon einen Namen?«, fragte Palmer.

»Nein«, sagte Anthony.

»Kenneth«, sagte Florence.

»Kenneth?«

»Als ich ein Mädchen war, hatten wir einen Freund namens Kenneth. Er half unserer Familie viel. Er war ein guter Mensch, Anthony.«

Er lächelte. »Was könnte ein besserer Grund für einen Namen sein?«

»Kenneth«, sagte Florence und strich dem Baby über den Rücken. »Willkommen auf der Welt.«

»Kenneth Opoka«, sagte Anthony und berührte seinen Kopf. »Wir sind so dankbar für dich.«

* * *

An jenem Nachmittag kam Patrick gegen siebzehn Uhr in das Krankenhaus geeilt.

»Da bist du ja«, sagte er zu Anthony, der mit dem Rücken zu ihm auf einem Stuhl an Florence' Bett saß. »Ich habe dich schon überall gesucht.«

»Wir waren hier«, sagte Anthony und stand mit Kenneth im Arm auf. »Wir haben einen Sohn.«

In all der Zeit, die Anthony Patrick schon kannte, hatte er ihn fast niemals nervös erlebt. Doch der Anblick von Kenneth in den Armen seines Freundes reichte aus, dass er einen Schritt zurücktrat.

»Ich kann nicht mit Babys«, sagte er.

»Aber er sieht aus wie ich.«

»Ist mir egal«, sagte Patrick. »Die Dinka sammeln sich wieder. Unsere Scouts haben zahlreiche Kolonnen aus Uganda kommen gesehen, um die SPLA neu zu bewaffnen. Die Araber wollen, dass wir wieder kämpfen. Kony will, dass wir alle nach Rubangatek ziehen. Sofort.«

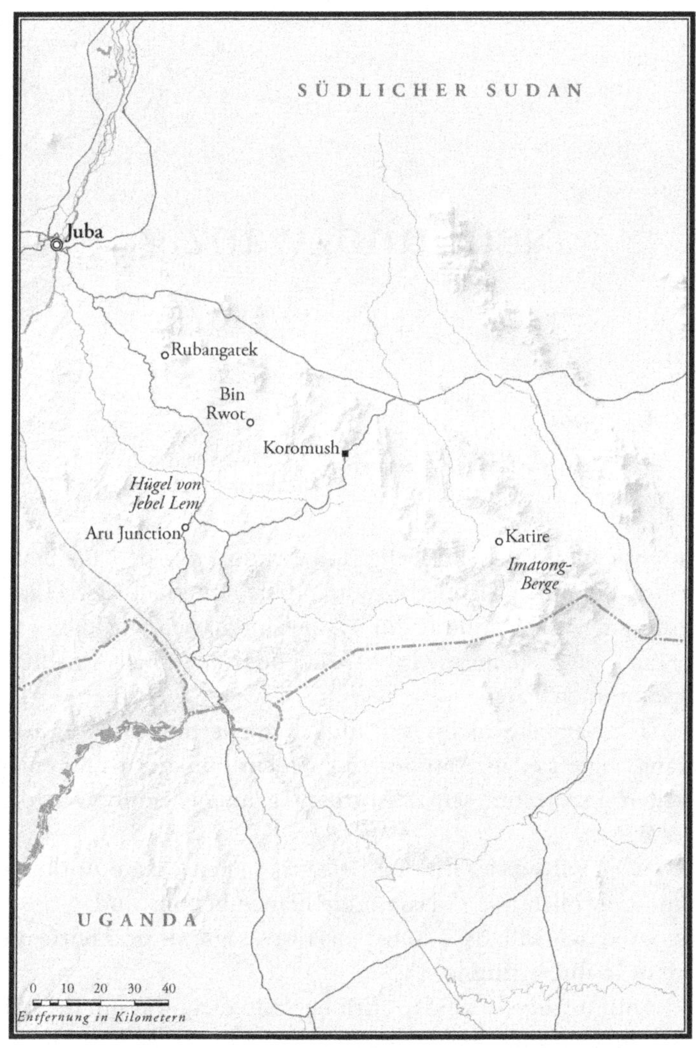
SÜDLICHER SUDAN
Juba
Rubangatek
Bin
Rwot
Koromush
Hügel von
Jebel Lem
Aru Junction
Katire
Imatong-
Berge
UGANDA
0 10 20 30 40
Entfernung in Kilometern

# Neunundzwanzig

***30. Mai 2000***
***Rubangatek, südlicher Sudan***

Florence fühlte sich kribbelig, ungeschützt mit dem in ihren Armen dösenden Kenneth, während sie außerhalb der Hütte herumging, die Anthony für sie gebaut hatte, sobald sie an diesem neuen, kleineren LRA-Stützpunkt außerhalb von Juba angekommen waren.

»Ich verstehe nicht, warum ich nicht mit dir kommen kann«, sagte sie, als Anthony mit seinem Funkgerät und einer zweiten Tasche mit seiner Ausrüstung und Kleidung aus der Hütte kam.

»Weil wir wieder für den Krieg trainieren«, sagte Anthony. »Und sie wollen nicht, dass unsere Frauen bei uns sind.«

»Aber ich will, dass du bei uns bist«, sagte sie und hörte die Furcht in ihrer Stimme.

Anthony hörte es auch. »Erinnerst du dich, was mir der alte Ladenbesitzer über *Furcht* gesagt hat?«

Florence zuckte mit den Schultern. »Dass es nur eine Stimme des Leidens ist.«

»Ganz genau. Sie ist in unserem Kopf und versucht uns zu überzeugen, dass wir nicht genug sind, um mit allem umgehen zu können, was wir müssen …«

Bevor er enden konnte, hörte er Fatima mit ihren Kindern schreien, weil sie wissen wollte, wer ihren Lehmtopf zerbrochen hatte, und mit der Hölle, Verdammung und einem Besuch von WerBistDu drohte, falls es niemand zugeben würde. Fatima, Nighty und Christin wohnten nicht mehr als hundertfünfzig Meter entfernt auf der anderen Seite eines sumpfigen Flussbetts an einem trockenen, grasbedeckten Hang. Lily hatte sich das Bein verletzt und war mit ihren Kindern in Nesitu zurückgeblieben.

»Da ist immer irgendwas mit ihr«, sagte Florence, als Fatima weiterschimpfte. »Sie wird weitermachen, selbst wenn eins der Kinder es zugibt. Wie kannst du *diese* Stimme des Leidens zum Schweigen bringen?«

Anthony grinste. »Ich habe keine Ahnung. Mr Mabior hat Fatima nicht erwähnt.«

Ein Pick-up-Truck kam heran. Patrick saß auf dem Beifahrersitz.

»Meine Mitfahrgelegenheit«, sagte Anthony.

Florence wollte es nicht, doch die Tränen liefen ihr über die Wangen. »Du wirst uns fehlen.«

»Du hast ja keine Ahnung«, sagte Anthony und blendete Fatima aus, die ihr Toben noch weiter gesteigert hatte. »Ich liebe dich. Ich bin dankbar für dich. Und ich verspreche, dass ich dir Geld für Babykleider schicken werde.«

Patrick rief: »Wird das dieses Jahr noch was, Opoka?«

Anthony küsste Florence und Kenneth auf die Stirn.

»Bleib am Leben«, sagte sie, als er seine Sachen nahm und sie hinten in den Pick-up warf. »Ich weiß nicht, was ich ohne dich tun würde.«

»Das musst du auch nicht«, sagte er und stieg hinten ein. »Und jetzt lächle, damit ich diese Erinnerung mit mir nehmen kann.«

»Du aber auch«, sagte Florence und korrigierte Kenneths Position auf ihrem Arm, der schon wieder zu zappeln begann. Sie blickte hinunter auf das Baby. »Sag Daddy Lebewohl!«

Dann gab sie sich die größte Mühe, um Anthony anzulächeln und seinen Blick zu erwidern, als der Pick-up davonfuhr.

Als er und der Truck außer Sichtweite waren und sie nur noch hören konnte, wie Fatima wieder lauter wurde, kämpfte sie die Gefühle in ihrem Hals zurück und blickte auf ihren Sohn, der so sehr wie Anthony aussah, dass es ihr im Herzen wehtat.

»Jetzt sind es nur noch du und ich, kleiner Mann«, sagte sie. »Du und Mami gegen den Rest der Welt.«

* * *

Mehrere Monate trainierten Anthony und die Fernmelder von drei ganzen Bataillonen von LRA-Soldaten unter Nahkampfbedingungen in der Wildnis südwestlich von Juba. Der beste Teil daran war, dass auch Albert dort war. Als er erfuhr, dass Anthony verheiratet war und einen Sohn hatte, war er sprachlos.

»Ich bin Onkel?«, fragte Albert.

»Das bist du.«

»Wann lerne ich ihn kennen?«

»Je eher, desto besser«, sagte Anthony, bevor er davoneilte, um als Konys Fernmelder zu dienen.

Am Ende jedes Tages, wenn seine Fernmeldekollegen ihr Abendessen einnahmen und sich entspannten, nahm Anthony eine Axt mit einem Griff, den er gekürzt und etwas verändert hatte, damit er sie einhändig schwingen konnte, wobei er mit seiner eingeschränkten rechten Hand dabei half, die Klinge zu lenken. Albert kam ebenfalls. Jeden Abend hackten sie Holz, sammelten es und verkauften es einem Händler auf dem örtlichen Markt.

Er und Albert erzählten einander von ihrem Leben bei der LRA. Albert sagte, dass General Matata ein recht anständiger Anführer wäre.

»Patrick hat ihn immer gemocht«, sagte Anthony.

»Und zum Glück ist er nicht so verrückt wie Brigadekommandeur Ongwen.«

»Den kenne ich nicht.«

»Dieser Mann ist kein guter Mensch.«

»Sind wir das denn?«

Albert hörte zu hacken auf und starrte in die Ferne. »Ich habe versucht, es zu sein.«

»Das habe ich auch«, sagte Anthony. »Es wurde leichter, als Florence gekommen ist, und ganz bestimmt mit Kenneth. Es ändert sich die Art, wie man denkt.«

»Das hoffe ich. Manchmal denke ich nicht so gut.«

Beim Holzhacken erzählte Anthony Albert von den Dingen, die ihm der sterbende Ladenbesitzer über das Leiden beigebracht hatte, und es schien seinem jüngeren Bruder zu helfen. Einmal im Monat überbrachte er Florence das verdiente Geld, wenn er zwei Tage Urlaub bekam, um sie und das Baby zu besuchen. Das waren zwei wunderbare Wiedersehen und zwei schreckliche Abschiede in den folgenden Monaten. Jedes Mal, wenn er gezwungen war, sich von Florence und Kenneth zu trennen, ging er überzeugter als je zuvor, dass er ein sehr glücklicher Mann war.

* * *

Fast sechs Monate sah er seine Familie nicht, bis Kony ein Herz zeigte und Anthony erlaubte, mit ihm an Weihnachten 2000 nach Rubangatek zurückzukehren.

Doch an dem Abend, bevor sie zum LRA-Lager und ihren Frauen aufbrachen, warnte ihn Kony erneut davor, wegzulaufen.

»Du weißt zu viel, Opoka«, sagte er. »Das TONFAS. Mich. Unsere Methoden. Wenn du jemals zu flüchten versuchst, dann würden wir dich jagen müssen, Fernmelder. Egal, wohin du gehst. Wir müssten dich für immer zum Schweigen bringen.«

»Ich habe keinen Grund zum Fliehen, Lehrer«, erwiderte Anthony. »Meine Familie ist hier.«

Schmutzig, durstig und hungrig kam Anthony im Lager an, doch vor allem war er dankbar, Florence zu sehen.

»Du stinkst«, sagte sie, als er sie umarmen wollte. »Ich werde dir Wasser heiß machen und dir eine Waschschüssel und etwas Seife besorgen.«

»Aber zuerst muss ich Kenneth sehen.«

Florence lächelte und küsste ihn erneut. »Aber du musst leise sein.«

»Wie die kleinste Maus«, flüsterte er.

Sie gingen zum Eingang. Florence hob vorsichtig die Decke, und Anthony bückte sich und blickte hinein und sah Kenneth schlafend auf dem Rücken liegen.

»Wow«, sagte er laut. »Er ist groß!«

Florence schlug ihm auf den Arm, legte den Finger an die Lippen, während sich Kenneth in eine neue Position drehte und dann wieder ruhig war. Sie senkte die Decke und winkte Anthony, ihr zu folgen.

»Wie ist er denn so groß geworden?«, flüsterte er hinter ihr.

»Sie wachsen in dem Alter so schnell«, flüsterte sie zurück. »Und du warst lange weg.«

»Zu lange«, sagte er und versuchte erneut, sie zu küssen.

Florence wehrte ihn ab und sagte: »Du stinkst.«

»Ich glaube, du musst diese Uniform auskochen.«

»Doppelt«, sagte sie und lachte.

* * *

Anthony ging hinunter ans Flussbett in der Nähe der Hütte, trug einen Eimer mit heißem Wasser, ein Handtuch, seine zweite Uniform, einen Rasierer und Seife in einem Waschbottich. Er stellte alles an den Fluss, zog sich aus und stieg bis zu den Beinen ins Wasser. Nachdem er untergetaucht war, nahm er das Seifenstück, tauchte es in das heiße Wasser und seifte jeden Zentimeter seiner Haut ein. Er wusch sich den Seifenschaum ab, rasierte sich, tauchte wieder unter, stieg dann aus dem Bottich und goss den Rest heißes Wasser aus dem Eimer über sich.

Nachdem er sich abgetrocknet hatte, zog er sich an, ließ die benutzte Uniform zurück und nahm den Eimer und den Bottich. Als er vom Flussbett hochkam und um die Hütte ging, sah er Florence und wurde ergriffen von der Tatsache, dass er nach einer gefühlten Ewigkeit endlich wieder bei dem Mädchen war, das er liebte.

»Du siehst besser aus«, sagte Florence, als sie ihn sah. »So attraktiv.«

Anthony grinste. »Und du bist die schönste, lustigste und klügste Frau, die ich kenne.«

»Du kommst ja nicht viel herum.«

Das Baby begann zu quäken.

»Du musst den Topf umrühren, während ich ihn stille und sauber mache«, sagte sie.

»Das mache ich mit einer Hand.«

»Ha ha«, entgegnete Florence und holte Kenneth.

»Da ist unser großer Junge«, sagte sie, als er sich an ihren Hals kuschelte. »Siehst du Daddy, Kenneth?«

Anthony war entzückt und fasziniert, als er näher kam, um seinen kleinen Jungen aus der Nähe zu sehen. Kenneth sah ihn und wich leicht zurück.

»Das ist okay«, beruhigte sie ihn.

Kenneth warf immer wieder Blicke zu seinem Vater, der den Finger in seine kleine Hand legte.

»Du bist so groß«, flüsterte er. »Ich wette, du kannst schon gehen.«

»Wir krabbeln noch nicht einmal«, sagte sie. »Fast, aber noch nicht ganz.«

Kenneth fing an, sich auf ihren Armen zu winden.

»Willst du runter?«, fragte sie, drehte ihn und setzte ihn auf alle viere.

Er schaukelte vor und zurück und gluckste.

»Das ist alles, was er macht!«, sagte Florence und lachte. »Er will gehen, doch er macht nur dieses Schaukelding.«

»Lass mich mal versuchen«, sagte Anthony und ging auf allen vieren auf die Matte neben Kenneth.

Das Baby wusste nicht, was es davon halten sollte, und hörte mit dem Schaukeln auf.

»Nein, das Schaukeln ist gut«, sagte Anthony und ahmte die Bewegung nach.

Kenneth grinste und schaukelte wieder. Dann krabbelte Anthony herum, was den Jungen dazu brachte, mit dem Schaukeln aufzuhören und ihn genau zu beobachten.

»Siehst du?«, sagte Anthony und sah ihn von einem Meter entfernt an. Dann setzte er sich zurück auf die Beine, grinste und streckte die gesunde Hand aus. »Komm zu Daddy.«

Kenneth stieß sich ab und versuchte es erneut, wobei er bei jeder wackligen Bewegung gluckste.

»Komm zu Mami und Daddy, Kenneth«, sagte Florence und kam herunter zu Anthony.

Das Baby wurde aufgeregt, als es die ausgestreckten Arme sah. Es bewegte eine Hand vorwärts, dann das andere Knie, dann die andere Hand und hatte das zweite Knie gehoben, als es umfiel und zu weinen begann.

»Das war ein Krabbeln!«, sagte Florence und ging, um ihn hochzunehmen. »Du hast es geschafft! Du bist für Daddy zu Weihnachten vorwärtsgekrabbelt!«

Einen solchen Meilenstein in Kenneths Leben zu sehen, nachdem er so lange nicht da gewesen war, ließ Anthony den Kopf zurückwerfen und leise jubeln, weil er sich so sehr freute, dass es ihn selbst überraschte.

Er beugte sich vor, ergriff Florence' Hand und legte sie auf sein Herz, dabei merkte er, wie ihm die Tränen in die Augen traten, was ihn aber nicht kümmerte.

»Was ist?«, fragte sie.

»Siehst du mein Glück?«, flüsterte er.

Flo neigte den Kopf und nickte dann und die Emotionen überfluteten sie. »Ich sehe es.« Dann nahm sie seine kranke Hand und legte sie über ihr Herz. »Siehst du mein Glück?«

»Ich sehe es, ich fühle es«, sagte er. »Es ist wie ein Wunder, oder nicht? Dass wir hier so zusammen sind?«

»Das beste Geschenk, das ich mir wünschen könnte«, sagte Florence.

Nachdem sie gegessen hatten, waren sie allein in ihrer Hütte, hielten einander und sangen leise Weihnachtslieder, an die sich Anthony kaum noch aus der Kirche erinnerte. Doch Florence kannte sie noch alle und brachte sie ihm bei.

Sie erzählte die Geschichte ihres liebsten Weihnachtsfestes. Sie war fünf. Es war der Tag, nachdem Josca gekommen war, um sie von der Masernstation nach Hause zu bringen.

»Ich dachte, ich würde niemals wieder nach Hause kommen«, sagte sie und Tränen sammelten sich in ihren Augen, als sie bei der Erinnerung lächelte. »Aber meine Mutter hat mich nicht vergessen.«

»Das war das Weihnachten, wo sie dir gesagt hat, sie würde dich für immer tragen.«

»Das stimmt«, sagte Florence und umarmte ihn. »Danke, Anthony.«

»Wofür?«

»Dass du dich erinnerst. Dass ich dir etwas bedeute, mein Leben.«

»So ist es.«

»Was war dein schönstes Weihnachten?«

Anthony schloss die Augen und dachte eine Weile darüber nach.

»Es ist witzig«, sagte er. »Als mich die LRA mitnahm, da sagten sie mir immer, dass ich mein altes Leben vergessen sollte. Dass die Mission des Großen Lehrmeisters das Einzige wäre, was wichtig ist. Wahrscheinlich hat das ein wenig funktioniert. Ich kann nicht sagen, dass ein Weihnachtsfest herausragt. Doch ich erinnere mich, dass es immer ein Tag war, an dem wir alle zuerst in die Kirche gingen. Dann kamen wir nach Hause, und es wurde gesungen und getanzt und es gab ein Festessen, wo sie eine Ziege schlachteten und grillten. Ich erinnere mich an den Geruch, an die Geräusche.«

»Du wirst alles wieder riechen und hören.«

»Das werden wir«, sagte Anthony und umarmte sie fest. »Eines Tages.«

# Dreissig

Der wie immer sprunghafte Joseph Kony änderte über Nacht die Pläne. Er befahl allen Mitgliedern von Control Altar, einschließlich Anthony, näher an die gewaltigen Imatong-Berge zu ziehen.

»Warum?«, fragte Florence.

»Ich habe gehört, wie er General Vincent und General Tabuley erzählt hat, dass er den arabischen Anführern nicht traut«, sagte Anthony. »Er glaubt, dass sie mit Museveni verhandeln, um die UPDF in den Sudan zu lassen, damit sie uns jagen. Wenn sie das tun, wird er sich tief ins Gebirge zurückziehen.«

»Ist das wahr? Die UPDF kommt in den Sudan?«

»Ich weiß es nicht. Doch er glaubt es.«

»Warum will er denn, dass auch Kenneth und ich umziehen? Ich dachte, hier wäre es sicherer.«

»Diskutiere nicht, Flo«, sagte Anthony. »Wir werden noch für mindestens einen Monat zusammen sein, während wir eine neue Kaserne in einer abgelegenen Region namens Bin Rwot errichten. Niemand wird wissen, dass wir dort sind. Es wird für uns sicherer sein. Und wir werden diese Hütte behalten, falls wir zurückkehren müssen.«

Florence sah sich um und empfand einen Schmerz angesichts der schönen Erinnerungen, die sie und ihr Baby hier gemacht hatten. Doch sie musste auch zugeben, dass selbst die schönsten Momente durch Anthonys Fehlen geschmälert wurden.

»Okay«, sagte sie und freute sich über die Vorstellung, einen weiteren Monat mit ihm zu verbringen. »Wann gehen wir los?«

Anthony, Florence, Kenneth und der innere Kern von Control Altar verließen früh am nächsten Morgen das Lager in Rubangatek. Niemand aus dem tausend Mann starken Bataillon, das Kony normalerweise umgab, kam mit ihnen. Doch die hundert Leibwächter begleiteten sie.

Trotzdem waren sie eine bewaffnete Gruppe von insgesamt fast dreihundert Menschen, die nach Ost-Südost durch den Busch in Richtung der Imatongs zog. Selbst Florence trug eine AK-47-Kopie, das erste Mal, seit sie vor zwei Jahren zur Arbeit im Krankenhaus von Nesitu abgestellt worden war. Sie marschierte recht weit hinten in der mittleren der drei Reihen und trug außerdem schweres Gepäck und Kenneth vor der Brust.

An der Spitze der mittleren Reihe ging Anthony vor Joseph Kony zwischen Yango als Anführer der rechten Reihe und Brigadegeneral Dominic Ongwen vor der linken. Die Leibwächter des Großen Lehrmeisters überwachten sie von den Flanken und überprüften den Weg voraus.

Sie erreichten Bin Rwot, oder »Komm, Gott«, kurz nach Einbruch der Dunkelheit. General Vincent hatte Männer vorausgeschickt, um Unterkünfte für Kony und die Ehefrau zu bauen, die in jener Nacht bei ihm schlafen würde, und auch für die Frau, die er für die folgende Nacht ausgewählt hatte. Florence und Kenneth schliefen mit Anthony fünfzehn Meter entfernt hinter der Hütte des LRA-Oberbefehlshabers. Sie waren so müde, dass sie kaum hörten, wie Kony lachte und eine seiner Hauptfrauen kicherte.

* * *

Am nächsten Tag begannen Anthony und Florence damit, sich ein Zuhause außerhalb von Control Altar zu bauen, doch noch im Innern des Bereichs, der von den Leibwächtern bewacht wurde. Innerhalb von einer Woche waren sie damit fertig und hatten sogar einen Bambuszaun mit einem Tor errichtet, das an Seilen aufschwang.

Der Große Lehrmeister beschloss, zwei Funker im Wechsel zu nutzen. Anthony würde eine Woche damit verbringen, Kony zu begleiten, und dann würde er eine Woche von seinem Boss ersetzt werden, Fernmelde-Oberbefehlshaber Charles Joura.

Anthony verbrachte die ersten beiden freien Wochen mit Florence und Kenneth, und sie würden sich lange an jene vierzehn Tage im Januar 2001 als einige der schönsten ihres Lebens erinnern. Florence' Freundin Palmer war ebenfalls dort und machte ein Foto von den drei und Kenneth strahlte in die Kamera ihres Mannes. Als Palmers Ehemann nach Juba ging, ließ er die Fotografie dort entwickeln und machte zwei Abzüge.

»Wenn wir mal auseinander sind«, sagte Anthony zu Florence, als er ihr einen Abzug gab. »Damit du dich daran erinnerst, wie attraktiv ich bin.«

»Und du erinnerst dich, wie schön ich bin?«

»Um mich daran zu erinnern, brauche ich keine Fotografie. Deine Schönheit ist in mein Gehirn eingebrannt.«

»Gute Antwort.«

»Das habe ich mir auch gedacht«, sagte er lachend und küsste sie.

Anthony wurde in den folgenden freien Wochen anderen hochrangigen LRA-Befehlshabern zugeteilt, in denen für eine Kampfweise mit schnellen Überfällen, ständiger Bewegung und Guerillataktiken mit Konys persönlichem Bataillon trainiert wurde, das Ende Januar in das Gebiet verlegt wurde. Im

Februar kamen weitere Bataillone an, die alle dasselbe Training absolvierten und dann zu anderen entlegenen Orten weiterzogen, damit die gegenwärtige Armee des Großen Lehrmeisters mit ihren zwanzigtausend Kindersoldaten niemals an einem Ort angetroffen werden konnte.

Kony wurde immer misstrauischer gegenüber den Regierungsvertretern in Juba und Khartum. In einem Anfall von Verfolgungswahn beschloss er, Bin Rwot mit seinen Frauen und Kindern zu verlassen und tief ins Imatong-Gebirge zu ziehen, bis er sich seiner Lage sicherer war. Anthony fürchtete sich davor, mit ihm gehen zu müssen, fand dann aber heraus, dass er im Wechsel für einen Monat in Konys Lager und dann wieder zurück sein würde.

Zunächst ging Charles Joura mit dem Großen Lehrmeister, seinen Frauen und Kindern, einhundert Leibwächtern und allem, was sie auf dem Rücken tragen konnten, in die Imatongs. Als Anthony Kony fragte, wohin genau sie gehen würden, zeigte er auf einen der höchsten Gipfel auf der Karte.

»Da oben werde ich nachdenken können«, sagte er. »Dort kann ich die Geister besser hören.«

Im März war Anthony Dominic Ongwen und seinem alten Boss, Charles Tabuley, zugeteilt worden und reiste zwischen ihren Lagern hin und her, um Nachwuchsfernmelder anzulernen. Oder zumindest war das die Idee.

Doch dann wurde Kommandeur Ongwen im April von Dinka-Streitkräften angegriffen. Und in einer Entwicklung, die alle schockierte, geriet General Tabuleys Bataillon im Mai gute achtzig Kilometer tief im Sudan unter Beschuss von ugandischen Armeesoldaten, die von Hubschraubern unterstützt wurden.

Zu dem Zeitpunkt befand sich Anthony bei Tabuleys Soldaten, denen es gelang, vor dem Angriff zu flüchten, ohne allzu große Verluste zu erleiden. Doch er wusste, was das bedeutete. Die UPDF respektierte nicht länger die Grenze. Mit oder ohne Erlaubnis jagte die ugandische Armee jetzt Kony und die LRA, wo auch immer sie sich versteckten.

Die Geheimdienstler der Rebellengruppe erfuhren schnell von Hunderten von Soldaten, die aus Uganda nach Norden strömten. Die Grenzposten winkten sie einfach durch.

Über Kurzwelle hörte Anthony, wie Kony einen Nervenzusammenbruch hatte und die sudanesische Regierung beschimpfte als »ein Haufen arabischer Verräter, die mir nicht einmal am Telefon sagen wollen, warum sie das getan haben. Es gibt keine Kommunikation«.

»Wie lauten eure Befehle, Lehrer?«, fragte General Tabuley.

»Kämpft«, sagte Kony. »Lasst sie dafür bezahlen.«

* * *

Was danach folgte, war die schwierigste Zeit, die Anthony und Florence jemals erlebt hatten. Sie waren für fast sieben Monate voneinander getrennt. Mit zunehmenden Angriffen wurde beschlossen, Anthony außerhalb der Imatong-Berge zu lassen. Als Leiter aller Kampffernmelder war Anthony täglich in oder zumindest in der Nähe von Kämpfen.

Er war auch fast ständig unterwegs und wusste nie, wo er schlafen würde. Sein einziger Kontakt mit Florence war ein kurzer Anruf innerhalb von drei Monaten. Er ging zu Kommandeur Ongwen und bat um eine Woche Urlaub im Juni, was aber abgelehnt wurde.

Im Juli sah es so aus, als würden Konys Bemühungen, die sudanesische Regierung einzubeziehen, Früchte tragen. Sie erhielten mehr Lieferungen für Nahrung und Ausrüstung.

Ende August wurde Anthony zum vierten Mal im Kampf mit den Dinka angeschossen. Die Kugel ging durch seinen rechten Oberschenkel und verpasste nur knapp den Oberschenkelknochen und die Arterie.

Die Wunde war jedoch schlimm genug, dass er ins LRA-Feldlazarett geschickt wurde, das man nach Bin Rwot verlegt hatte. Während der Genesung waren Florence und Kenneth an seiner Seite.

Die Angriffe aus Uganda wurden spärlicher, als es September wurde. Doch verschiedene LRA-Gruppen waren noch immer in der Nähe der Grenze in Kämpfe mit den Dinka verwickelt. Anthony hörte die Funksprüche aus dem Süden, denn er hörte häufig seinen jüngeren Bruder Albert, der jetzt die ganze Zeit Funker für General Matata war, jenem Kommandeur, unter dem Patrick meistens gekämpft hatte.

Dann, im Nachgang zu den Angriffen auf die Vereinigten Staaten vom 11. September 2001, hörte Anthony, dass die USA die Lord's Resistance Army als »Terrororganisation« bezeichnet hatten, weshalb die sudanesische Regierung versprochen hatte, alle Verbindungen zu Kony abzubrechen. Der Große Lehrmeister rastete aus. Da seine Männer schnell hungrig wurden, befahl er zahlreiche Angriffe auf Dörfer um die Imatong-Berge, wo Lebensmittel und Getreide geplündert und ins Lager geschafft wurden.

In den angespannten Monaten danach ging immer wieder ein Gerücht durch das Lager in Bin Rwot. Sie würden bald einen wichtigen Besucher bekommen. Anthony und Florence wurde mitgeteilt, dass sie ihre Gewehre reinigen und bereithalten sollten. Und trotzdem verbrachten sie ruhige Weihnachten, und die Jahreswende 2001/2002 kam ohne bedeutende Besucher und Hinweise auf Kampf.

Das sollte sich ändern.

Mitte Januar 2002 berichteten Konys Geheimagenten im nördlichen Uganda über eine riesige Ansammlung von UPDF-Soldaten und Ausrüstung an der Grenze. Der Große

Lehrmeister kam am 20. Januar nach Bin Rwot. Zu Anthonys Überraschung sah er Lily bei ihm. Zunächst hätte er sie fast gar nicht erkannt. Sie war nach einem komplizierten Beinbruch krank gewesen und sichtlich gealtert.

Kony warnte sie, dass sie von einhunderttausend Mann gnadenlos angegriffen werden würden.

»Sie werden kommen, und sie werden nach Rubangatek kommen und versuchen, uns auszulöschen«, sagte Kony in seiner Kampfmontur. »Doch ich habe mich mit den Geistern auf dem Berg beraten. Jumma Driscer hat geraten, dass ich dieses Lager und Rubangatek leere und wir in die Offensive gehen sollen, lange bevor sie herkommen. Wir werden heute die sudanesische Regierung angreifen, denn sie schließt sich der UPDF an, um gegen uns zu kämpfen. Wir werden gegen die Sudanesen, die Dinka und die ugandische Armee kämpfen müssen. Alle auf einmal, wir alle, allein. Wen auch immer ihr auf den Schlachtfeldern neben der LRA sehen werdet, ist euer Feind. Jeder Mensch außer den Gesegneten ist euer Gegner.«

Anthony sah sich um und bemerkte, dass an jenem Tag rund fünfhundert LRA-Soldaten dort waren. Die restlichen Soldaten des Großen Lehrmeisters waren in den Imatongs und östlich davon verteilt. Wie sollten sie gegen einhunderttausend Soldaten kämpfen?

Es stellte sich heraus, dass sie es nicht taten.

Konys Plan sah vor, dass sich alle fünfhundert Soldaten in Bin Rwot in drei Gruppen bereithalten sollten. Zweihundert würden mit General Vincent gehen. General Tabuley erhielt einhundertfünfzig Männer. Ebenso General Bunyi.

Der Große Lehrmeister wies jeder Gruppe drei Fernmelder zu. Anthony würde mit General Tabuley gehen, der Kommandierende aller Fernmelder, Charles Joura, mit Bunyi. Die Strategie verlangte, dass die drei Gruppen in schneller Abfolge und aus drei verschiedenen Richtungen die Hügel von Jebel Lem angreifen sollten, die kleine südsudanesische Armeekaserne in Aru Junction und die größere Kaserne in Moli.

Vincent und seine Männer würden vom Nordwesten herankommen. Tabuley würde von Norden angreifen. Bunyi würde vom Osten marschieren und direkt zu dem entscheidenden Knotenpunkt der Nachschubrouten gehen, bevor er direkt südlich nach Moli weiterzog. Kony würde nach oben gehen, wo er das ganze Schlachtfeld überblicken und Korrekturen befehlen konnte.

»Ihr werdet entlang einer zehn Kilometer langen Kampflinie angreifen«, sagte Kony. »Aber die Überraschung ist auf unserer Seite. Die Geister haben gesagt, dass der Herr mit uns ist und dass wir siegen werden.«

Bevor sie das Lager verließen, wurde ihnen befohlen, alle verfügbaren Nahrungsmittel in Höhlen zu verbergen. Dann wurden die Frauen und Kinder näher an die relative Sicherheit der Imatongs geschickt.

»Ich werde kommen und euch finden«, sagte Anthony zu Florence, als er herumeilte und packte.

Florence war besorgt. »Einhunderttausend Soldaten jagen uns?«

»Nicht heute«, sagte er. »Und wenn sie kommen, dann versteckst du dich mit Kenneth.«

Sein kleiner Junge war auf und lief herum, ein Kleinkind, das Unfug machen wollte.

Anthony küsste Florence zum Abschied, dann nahm er seinen Sohn hoch, kitzelte und umarmte ihn.

Als er davonging zum Lager von General Tabuley, fragte sich Anthony, wann und für wie lange sie wieder zusammen sein würden.

*Ich vermisse sie bereits. Ich habe Flo und Kenneth gerade erst gesehen und sie fehlen mir schon jetzt.*

»Was macht deine Wunde, Opoka?«, fragte Tabuley, als er ankam.

»Sie ist fest, General, aber sie wird sich lockern, wenn wir marschieren.«

Der General wirkte aufgewühlt, sagte aber für ein paar Minuten nichts.

Schließlich sagte er mit leiser Stimme: »Mir gefällt dieser Plan des Großen Lehrmeisters nicht.«

Anthony runzelte die Stirn und spähte zu ihm, während er dachte, dass der General nur selten anderer Meinung war als Kony.

»Sir?«

»Wir wissen nicht, wie viele Sudanesen dort bei Aru Junction sind, und wir wissen nicht, wie viele UPDF bereits im Land und in der Region sind. Man hat uns keine Zeit für eine angemessene Aufklärung gegeben.«

* * *

Die Instinkte des Generals waren goldrichtig. Während die fünfhundert Soldaten der Lord's Resistance Army den sudanesischen Kräften in Aru Junction weit überlegen waren, waren sie nur schlecht vorbereitet, um sich der vollen UPDF-Brigade zu stellen, die bereits in Moli lagerte und sich darauf vorbereitete, nach Norden zu gehen.

Die ugandischen Armeesoldaten und die Sudanesen in Moli hörten die Kämpfe neun Kilometer nördlich in Aru Junction und waren bereit, als der Angriff auf ihre Position erfolgte. Der Kampf war brutal, beide Seiten benutzten Mörser, schwere Maschinengewehre und rückstoßfreie Geschütze. Die Ugander hatten ebenfalls Panzerabwehrraketen, die sie auf die LRA schossen.

Anthony, der den Großteil des Tages mit Tabuley im Kampf war, wurde wieder verwundet. Diesmal riss ein Schrapnell seine Haut auf und schlitterte fast zwanzig Millimeter über die linke Seite seines Brustkorbs.

Nach stundenlangem intensiven Kampf zwang die erprobte LRA die sudanesischen und ugandischen Soldaten nach schweren Verlusten zum Rückzug aus Moli. Sie nahmen die Kaserne dort ein, doch zu hohen eigenen Kosten. Einhundertdreißig Kindersoldaten starben.

Fünf der erfahrensten Feldkommandeure des Großen Lehrmeisters fielen ebenfalls im Kampf, darunter Anthonys Vorgesetzter Charles Joura, der bei einer Explosion starb, sodass das Fernmeldekorps ohne Kommandeur war. Joura war an jenem Tag der einzige Gefallene unter den Funkern, doch seltsamerweise wurden fünf andere Funker mit Wunden am Unterschenkel aus dem Kampf geholt.

Konys ursprünglicher Plan sah vor, dass die LRA Aru Junction und Moli halten und sechs Brücken zwischen den Städten sprengen würde, um die Nachschublinien der UPDF nach Norden zu verlangsamen. Doch nachdem er die Opferzahlen hörte, revidierte der Große Lehrmeister seinen Plan und befahl den Rückzug.

»Wir werden uns neu formieren und dann Truppen nach Uganda schicken«, sagte er. »Wir werden den Angriff zu ihnen bringen und sie leiden lassen, weil sie hinter uns her sind.«

Kony schickte General Bunyi und seine Männer runter ins nördliche Uganda, um Chaos zu stiften als Vergeltung für das, was im Radiosender Jubas als »Operation Eiserne Faust« bezeichnet wurde. Er befahl auch Anthony, sich wieder Control Altar anzuschließen, nicht als sein persönlicher Funker, sondern als Kommandeur aller Fernmelder der LRA.

»Du bist jetzt ein echter Oberkommandierender, Commander Tony«, sagte Kony, strahlte und schlug Anthony auf den Rücken. »Ich wusste, dass du derjenige sein würdest, der unsere Kommunikation leitet. Hier und in Kampala!«

* * *

Anthony spürte dieselbe seltene Wärme, die er immer verspürte, wenn jemand ihn lobte oder für ihn eine rosige Zukunft vorhersah. Doch er wusste auch, dass Kony dabei den Hintergedanken verfolgte, ihn zu kontrollieren, und er tat alles, um die Wärme auszulöschen, indem er sich sagte, dass er so immer tiefer in den Albtraum des Großen Lehrmeisters gezogen wurde.

Wenn es irgendeinen Trost gab, dann bestand er darin, dass Kony Ende Februar 2022 beschloss, mit seinen Ehefrauen die Frauen, Kinder und Verwundeten seiner Truppe zu begleiten, was bedeutete, dass Anthony Florence und Kenneth vorausgehen würde, wenn auch nicht weit von ihnen entfernt. Und er würde nachts bei ihnen schlafen und auf sie achtgeben können.

»Wohin gehen wir, Lehrer?«, fragte Anthony am Ende des ersten Tagesmarsches.

»Sicherheit«, sagte der.

Als er zu Florence und Kenneth kam, schlief sie mit ihrem kleinen Jungen im Arm. Florence rührte sich, als Kenneth aufwachte und in die Arme seines Vaters wollte.

»Wie war der Weg?«

»Lang«, sagte sie mit säuerlichem Ausdruck. »Mir ist zweimal schlecht geworden.«

»Geht es dir gut?«

Sie flüsterte: »Ich glaube, ich bin schon wieder schwanger, Anthony.«

Anthony grinste. »Wirklich?«

»Das ist nicht gut, Anthony.«

Er reagierte bestürzt.

Florence sagte: »Nein, nein, ich meine, ich freue mich, dass wir ein zweites Kind bekommen werden. Doch das bedeutet, wir werden ein weiteres Baby in der LRA haben, was ein weiteres Ziel für Konys Feinde bedeutet.«

Anthony spürte das auch, die plötzliche Bedrohung, die auftauchte, wenn es um ihre tägliche Lebensweise ging. Sie waren ständig bewegliche Ziele. Zwar ohne eigene Schuld, doch man konnte nicht verleugnen, was Florence sagte.

»Das sehe ich auch«, flüsterte er. »Aber dass du und ich jetzt davonzulaufen versuchen? Von tief hier drinnen? Wir könnten nicht sicher sein, ob du und Kenneth das überleben würdet. Oder ich. Lass uns warten, bis wir nach Uganda kommen.«

»Wenn wir überhaupt nach Uganda kommen.«

* * *

Museveni spürte, dass Kony auf der Flucht war, und schickte weitere Soldaten, mehr Hubschrauber und mehr Raketen und Munition nach Norden in den Sudan. Kony erkannte, dass Museveni damit seine hinteren Einfallstore nicht mehr konsequent bewachte, und schickte Hunderte LRA-Soldaten der Hauptgruppe voraus nach Uganda, darunter Dominic Ongwen, die den Auftrag hatten, mit dem Töten von Zivilisten zu beginnen.

Gejagt und ständigen Angriffen von oben ausgesetzt, brauchte die Hauptgruppe fast einen Monat, um in die Nähe der ugandischen Grenze zu kommen. Sie marschierten in drei Reihen. Zum Glück wurde Anthony an die Spitze von Florence' Reihe kommandiert, »die Reihe der schwangeren Frauen«, wie sie es nannte, und er konnte nachts bei ihr und Kenneth schlafen. Sie begannen und beendeten jeden Tag als Familie, glücklich, dass sie gelebt hatten, und glücklich, dass sie nach Hause gingen.

Doch dann zirkulierten grauenhafte und barbarische Berichte über die Kurzwellengeräte der LRA. Soldaten unter Befehl des Brigadegenerals Ongwen hatten sich von der Hauptgruppe entfernt. Sie trafen auf eine Beerdigungsfeier mit sechzig Trauergästen. Einer der Gäste stahl einem LRA-Soldaten das Gewehr. Als Ongwen davon hörte, befahl er dem Soldaten, die Waffe zurückzuholen. Da keiner der Gäste vortrat, um die Waffe abzugeben, zwang der Soldat die sechzig Trauernden, die Leiche zu kochen und zu essen. In dem Glauben, dass sie mit dem Leben davonkommen würden, folgten die Trauernden der Aufforderung, nur um anschließend exekutiert zu werden. Schließlich fand man das Gewehr und Ongwen drückte seine Zufriedenheit aus. Ebenso Kony.

Ende April trafen sie mit den Truppen unter Leitung von General Tabuley zusammen und gingen unter dem mondhellen Nachthimmel direkt nach Süden. Kony glaubte, dass er den Krieg nach Uganda bringen musste, wenn er Musevenis Strategie kontern wollte.

Während die Reihen über die Savanne marschierten, wusste Florence beim besten Willen nicht, wie sie es schwanger so weit geschafft hatte. Doch dann bewegte sich der schlafende Kenneth in ihren Armen und sie wusste es wieder.

*Liebe,* dachte Florence und küsste ihrem kleinen Jungen auf den Kopf. *Wir haben es wegen der Liebe geschafft, und wir werden wegen der Liebe überleben und entkommen.*

In den nächsten fast zwei Wochen schrieb Florence diese Worte immer wieder in ihr geistiges Buch der Träume, während sie wiederholt versuchten, nach Uganda zu kommen und immer wieder davon abgehalten wurden durch die Präsenz von UPDF-Patrouillen in der Nacht und Hubschraubern, die tagsüber nach ihnen suchten, weshalb sie sich außer deren Sichtweite verbergen mussten. Beim vierten gescheiterten Versuch, den südlichen Sudan zu verlassen, begann sie daran zu zweifeln, ob eine Grenzüberquerung überhaupt möglich wäre.

Dann verschwand Patrick eines Tages tief in einer wilden Region und kehrte ein paar Stunden später zurück mit der Information, dass ungefähr zwei Kilometer entfernt an der Grenze ein hoher Stacheldrahtzaun mit unbefestigten Straßen zu beiden Seiten war. Dort gab es ein Tor, das den Lasterverkehr zwischen den beiden Ländern ermöglichte und das von Soldaten in kleinen Schuppen mit Blechdächern bewacht wurde. Auf beiden Seiten der Straße standen Kasernen voller ugandischer und sudanesischer Soldaten. Doch ungefähr zweihundertfünfzig Meter westlich des Tors hatte Patrick einen fast blinden Fleck entdeckt und er glaubte, dass sie dort unentdeckt durch den Zaun konnten.

»Wenn östlich vom Tor richtig was passiert«, ergänzte er. »Zum Beispiel ein Ablenkungsmanöver, bei dem die Kasernen mitten am Tag angegriffen werden, wenn niemand damit rechnet.«

Kony, Tabuley, Vincent und Ongwen hörten ihm zu. Gegen sechzehn Uhr an jenem Nachmittag befahlen sie die Reihen vorwärts, und den Frauen wurde gesagt, dass sie mit dem Großen Lehrmeister beten sollten. Flo weigerte sich, mit ihm zu beten. Sie sagte sich, dass sie geschützt wäre.

Leise bewegten sie sich durch das dichte Unterholz, bis sie eine Kuppe erreichten, wo der Grenzzaun ein paar Hundert Meter unter ihnen war. Anthony, Patrick und zwei andere Kämpfer schlichen vor, während andere LRA-Jungen auf ihre Positionen gingen.

Florence saß an dem bewaldeten Hang mit Kenneth auf dem Schoß und wusste, dass sie jetzt allein war und dass sie aufstehen und laufen sollte, als sie die Schüsse hörte, und sie sagte sich immer wieder, dass sie wegen der Macht der Liebe überleben und gedeihen würden.

Sie war sich sicher.

Ein paar Momente später hörte sie über dem Blätterdach des Waldes ein gewaltiges Krachen, sodass sie schon befürchtete, es wäre eine Rakete. Doch dann wurde es zu Blitz und Donner und ein kräftiger Wind blies einen so stark herunterprasselnden Regen heran, wie sie ihn noch nie gesehen hatte.

* * *

Der Regen kam so plötzlich und heftig, dass er Anthony, Patrick und die Wachen zu beiden Seiten des Grenzübergangs überraschte. Er wurde immer stärker und fiel in wogenden Vorhängen herab. Das Blitzen und Donnern wurde so gewaltig, dass die Grenzsoldaten ihre Posten in den Schuppen verließen und zum Schutz in die Kasernen liefen.

»Los«, sagte Patrick und tippte Anthony an die Schulter.

Sie gingen an den Zaun und hatten ihn innerhalb von Sekunden durchgeschnitten.

In der folgenden Stunde, als der Sturm weitertobte, hielten sie nach Aktivitäten bei den Kasernen Ausschau, während Hunderte und dann mehr als Tausende der zurückweichenden LRA-Kolonne durch den Zaun nach Uganda schlüpften.

Florence eilte frühzeitig hindurch, hielt dabei eine Decke über Kenneth und lächelte, als Anthony vorbeikam. »Nach allem gehen wir jetzt einfach hindurch.«

»Manchmal haben wir eben Glück«, antwortete er und grinste zurück.

Während der Nacht marschierten sie nach Süden und weiter nach Uganda hinein. Es war das erste Mal seit fast acht Jahren, dass Anthony wieder in seinem Heimatland war, und er konzentrierte sich auf diesen schönen Gedanken. Florence tat es ebenfalls, schrieb in ihr geistiges Buch der Träume, dass sie jetzt fast zu Hause war. Sie hielten nach dem Morgengrauen, ungefähr zehn Kilometer von der Grenze entfernt. Die Jungen und Männer fanden trockenes Holz und brachten Wasser. Die Mädchen und Frauen zündeten Feuer an und bereiteten das Essen zu.

Florence half, während sie ein Auge auf Kenneth hatte, der mit einem anderen kleinen Jungen spielte. Sie hatten gerade die Töpfe auf die Feuer gehängt, als sie wieder das Dröhnen näher kommender Hubschrauber hörten.

»Lauf!«, rief Anthony ihr zu.

Florence packte ihr Gepäck, das Gewehr und Kenneth und raste ihrem Ehemann hinterher tiefer in den Wald, während sie hinter sich Maschinengewehrfeuer hörte.

Obwohl sie den ganzen Tag von den Hubschraubern und Bodentruppen verfolgt wurden, die sie abzufangen versuchten, gelang es ihnen, in der Abenddämmerung den Fluss Achwa zu überqueren und weiter ins Land zu kommen. Kony schien erschüttert, als er hörte, wie viele seiner entführten Jungen und Mädchen bei den letzten Angriffen gestorben waren, und er befahl, keine Feuer anzuzünden.

Von den ugandischen Armeepatrouillen gezwungen, im Tageslicht weiterzugehen, wurden sie am folgenden Tag noch zweimal angegriffen und schliefen die nächste Nacht in tiefer Deckung. Am Morgen gestand der Große Lehrmeister schließlich die Gefahr ein, die für jeden bestand, der ihm weiter folgte, wie auch die Last, eine so große Gruppe zu ernähren.

»Jede Frau mit zwei oder mehr Kindern und jede Frau mit einem Kind, deren Ehemann im Kampf gestorben ist, kann gehen«, erklärte er. »Niemand kann euch hier beschützen. Ihr seid frei.«

Zu jenem Zeitpunkt, Anfang Mai 2002, war Florence schon mehr als drei Monate schwanger. Anthony ging sofort zu General Tabuley und diskutierte mit ihm über ihre Freilassung.

»Sie hat zwei Kinder«, sagte er. »Eins drinnen und eins draußen.«

»Nettes Argument, Opoka«, entgegnete der General. »Doch der Lehrer und General Vincent und ich glauben, dass du Betty zu folgen versuchen wirst, wenn wir sie entlassen. Wir haben daher beschlossen, dir einen Aufseher an die Seite zu stellen, der ab jetzt ein Auge auf dich haben wird.«

Anthony schluckte seinen Zorn hinunter und sagte: »Ich habe nichts getan, um euch misstrauisch gegen mich zu machen, General. Ich war nichts als ein treuer Soldat der LRA. Ich will nur, dass Betty und …«

»Die Geister, die in Kony hausen, sind anderer Meinung«, sagte Tabuley und wandte sich ab.

Er ging und fand den Großen Lehrmeister mit seiner Frau Evelyn, die ihn ohne Erfolg anflehte, sie gehen zu lassen, da sie zwei seiner Kinder hatte. Anthony wartete, bis sie davonstampfte, erzählte ihm von seiner Situation und fragte, warum Florence nicht zusammen mit den anderen Frauen entlassen wurde, da sie schon sichtbar mit ihrem zweiten Kind schwanger war.

Der LRA-Anführer lächelte ihn an. »Sie kann nicht gehen, weil du wichtig für mich bist, für die Sache, Opoka. Und weil du zu viel weißt. Über mich. Das TONFAS. Wie ich Krieg führe.«

»Ich verspreche dir, Lehrer, dass ich nirgendwohin gehe, außer du sagst es mir«, beharrte Anthony mit gesenktem Kopf. »Bitte, ich flehe zu dem Guten in …«

Kony wurde wütend und schrie: »Bist du derjenige, der Bettys Entführung befahl? Warst du derjenige, der beschloss, dass sie schließlich selbst einen Ehemann auswählen sollte? Du? Nein. Ich tat all das und ich entscheide, ob und wann deine Frau entlassen wird. Jetzt verschwinde aus meinen Augen. Du und deine Frau sollen getrennt werden. Und du behältst deinen Rang, wirst aber jetzt permanent Tabuley zugeordnet, Commander Tony.«

# Einunddreissig

***9. Oktober 2002***
***Nördlich von Aringa, nördliches Uganda***

Etwa in der Mitte ihrer Schwangerschaft war Florence' Gang eher ein Watscheln als ein Trotten, als sie mit Kenneth und einhundert anderen Moms, Kindern und LRA-Jungen schnell und leise einem abgelegenen Wildpfad folgte, der von Elefanten, Kaffernbüffeln, Löwen und Leoparden genutzt wurde. Sie war nervös und konnte sich nicht freimachen von der Anspannung der Situation. Sie hatten erst wenige Minuten zuvor ein paar sehr große Tiere im Busch aufgeschreckt. Seit dem Morgengrauen waren sie zweimal von Hubschraubern beschossen worden. Und hinter ihnen jagte sie eine ugandische Armeepatrouille auf dem Boden. Sie war zur Sanitäterin ernannt worden. Seit der Morgendämmerung hatte sie dreimal verwundete Männer verbunden, was sehr erschöpfend war.

Der jetzt zweijährige Kenneth zog an ihrer Hand.

»Mama, wohin gehen wir?«, fragte er.

»Ich weiß es nicht, mein Baby«, sagte sie. »Man hat mir nichts gesagt.«

Das stimmte. Seit inzwischen fast fünf Monaten, kurz nachdem Kony befohlen hatte, dass sie von Anthony getrennt wurde, war sie blindlings einem ausfälligen und unkommunikativen LRA-Kommandeur nach dem anderen gefolgt.

Am Anfang ihrer Tortur hatte sie genau gewusst, wo sie war. Ihre ursprüngliche Gruppe, fünfhundert Personen stark, war von General Vincent angeführt worden. Sie hatten an dem Tag, nachdem sie und Anthony voneinander getrennt wurden, zwei weitere Flüsse überquert. Konys Jungen griffen ein Flüchtlingslager an, beschafften Essen und dann verschmolzen alle wieder mit dem Busch.

Doch von dem Punkt an wurde alles verschwommen für sie. Das geraubte Essen war nach wenigen Tagen aufgebraucht und sie waren gezwungen, auf Adyebo-Blätter, wilden Yams und rote Chilipflanzen zurückzugreifen. Sie hatten einen Stamm der Madi angegriffen, um etwas Essbares zu erbeuten. Und dann waren sie fast zwei Wochen in der Nähe des Flusses Ayugi geblieben, eines Nebenflusses des Weißen Nils. Florence wurde zur Feldmedizinerin gemacht, was sie dazu zwang, sowohl medizinisches Material als auch Lebensmittel und Kenneth zu tragen, wenn er zu müde zum Gehen war.

Doch dann hörte sie, dass Kony andere LRA-Gruppen zu den Flüchtlingslagern geschickt hatte, die erst aufgrund seiner gewaltsamen Übergriffe in Uganda eingerichtet worden waren. Jene Angriffe hatten die UPDF mit verstärkten Kräften zurück in die Region geholt, die Menschen wurden aus dem Flussbett des Ayugi vertrieben und waren seitdem auf der Flucht.

Im August hatte sie gehört, dass die Stadt Torin im südlichen Sudan von den Dinka-Rebellen eingenommen worden war und dass es Gespräche darüber gab, die LRA wieder zurück ins Land zu holen, um sie zu bekämpfen. Kürzlich hatte sie in einem FM-Radio einen Bericht gehört, demzufolge die

Regierung Ugandas alle Zivilisten nördlich von Gulu in Lager befohlen hatte, während die LRA gejagt wurde.

*Einer nach dem anderen,* sagte Museveni in einer Aufzeichnung. *Wir werden sie einen nach dem anderen jagen, bis es sie nicht mehr gibt.*

Da die ugandische Armee sie fast ständig bedrängte, hatte Florence über die Tage hinweg völlig den Überblick über Zeit und Ort verloren. Doch als sie an jenem Tag über den Wildpfad eilten, kamen sie an eine Lichtung, die ihr den Blick auf einen kleineren Fluss gewährte, der in einen großen floss.

*Das muss wieder der Ayugi sein,* dachte sie. *Der große Fluss ist der Weiße Nil.*

Obwohl es in dem Moment nicht regnete, hatten die Gewitter von Ende September und Anfang Oktober dazu geführt, dass beide Flüsse angestiegen und über ihre Ufer getreten waren. Der untere Ayugi war achtzig Meter breit gewesen, als sie ihn das letzte Mal überquert hatte. Jetzt war er doppelt so breit. Dasselbe galt für den Weißen Nil, einhundert Meter breit und relativ träge, als sie das letzte Mal an seinem Ufer entlanggegangen war, und jetzt eine rasende, donnernde Bestie, mindestens zweihundert Meter breit, mit einer aufgewühlten und schaumenden Mitte.

Eine Stunde vor Sonnenuntergang erreichten sie das Westufer des Ayugi-Flussbetts. Ein Hubschrauber kam in ihre Richtung, der dritte an diesem Tag. Florence packte Kenneth und lief zu einer Grube, wo jemand Müll abgeladen und verbrannt hatte. Sie schob ihren Sohn hinunter und verbarg ihn, so gut es ging, bevor die Schüsse begannen – wiederholter Maschinengewehrbeschuss aus dem Hubschrauber und dann leichte Waffen der LRA und von der UPDF-Patrouille auf einem Felsvorsprung. Als die Dämmerung anbrach, flog der Hubschrauber davon und die Patrouille bekam Verstärkung.

Florence hörte Leute rufen, dass sie zum Weißen Nil gehen sollten.

Sie brachte Kenneth in die Hocke, wobei sie bemerkte, dass sie auf fünf oder sechs leeren Plastikflaschen zwischen vollen Plastiktüten und anderem losen Müll gelegen hatten, der noch nicht verbrannt worden war.

»Mama?«, jammerte Kenneth. »Ich mag kein Schießen.«

»Mama mag das auch nicht«, sagte Florence. »Aber wir müssen jetzt tapfer sein, okay? Bist du Mamas tapferer kleiner Junge?«

Er nickte. Sie nahm ihn an der Hand, ohne zu bemerken, dass Kenneth eine kleinere Plastikflasche aufgehoben hatte. Sie liefen zwischen den vereinzelt stehenden Bäumen in der Nähe der Überflutung des Ayugi hindurch, bis sie an einer Reihe von LRA-Jungen vorbeikamen, die Stämme und Äste als Deckung verbanden, und schließlich die Hauptgruppe erreichten. Sie erfuhr, dass man vorhatte, den Ayugi zu überqueren. Das war ihre einzige Chance.

*Den Fluss überqueren?*, dachte sie und geriet sofort in Panik. *Ich kann nicht schwimmen. Kenneth kann auch nicht schwimmen. Wie in Gottes Namen sollen wir über den Ayugi kommen?*

Sie ging davon und fühlte sich, als wäre sie wieder im ersten Trimester ihrer Schwangerschaft und würde sich jeden Moment die Seele aus dem Leib kotzen.

*Ich schaffe das nicht. Ich kann nicht, und ich werde sterben und genauso mein Junge und mein Baby!*

Florence blickte in dem schwindenden Licht hinaus auf den Zusammenfluss der beiden rasenden und schäumenden Gewässer und schüttelte den Kopf angesichts der Unmöglichkeit dieses Plans. *Doch was ist mit diesen Jungs, die bereits dort draußen sind?* Sie legte die Hand an die Augenbraue und sah die undeutlichen Umrisse von Soldaten, die oberhalb des Zusammenflusses schwammen, wo sich der Ayugi um eine

Art Insel mit ein paar Bäumen und Büschen, Gräsern und Binsen teilte. Die Jungen im Wasser hatten aus mehreren Seilen zusammengebundene Stricke, die sie hinter sich herzogen.

Die Idee war, dass sie eine Sicherheitsleine vom westlichen Ufer bis zu der Insel spannen wollten und dann eine zweite von der Insel zum Ostufer des Flusses. Jeder würde sich einzeln an die Leine binden und sich dann seitlich am Seil entlang die achtzig Meter bis zur Insel ziehen, wo man das Seil löste und sich in gleicher Weise an das zweite band.

Doch was war mit Kenneth? Wenn sie an die Sicherheitsleine gebunden war und sich daran festhielt, dann musste sie ihn an sich binden, oder? Florence würde darauf bestehen, wenn sie an der Reihe wäre, doch wie sollte sie den Kopf ihres kleinen Jungen über Wasser halten, wenn sie ihre Hände benötigte, um sich am Seil entlangzuziehen?

Wenn sie ihre Hände nicht benutzen konnte, dann könnte sie den Fluss nicht überqueren, denn Kenneth würde wahrscheinlich auf dem Weg ertrinken. Und wenn sie ihn nicht überqueren konnte, dann würden sie wahrscheinlich von der UPDF erschossen, wie so viele andere Frauen und Mädchen, die das Pech hatten, Sklaven der LRA und des Großen Lehrmeisters zu sein.

Eine nie da gewesene Furcht ergriff Florence. Ost oder West, in beiden Richtungen drohte nicht nur ihr und ihrem ungeborenen Baby, sondern auch Kenneth der Tod. Und dann sah sie ihren Sohn auf den feuchten Blättern sitzen, wie er, nichts ahnend von der großen Gefahr, mit der Plastikflasche spielte. Sie erinnerte sich an die größeren Flaschen in der Müllgrube.

Ihr kam eine Idee.

»Kenneth, Mama will, dass du kurz hierbleibst. Rühr dich nicht, bis ich zurück bin, ja?«

Das gefiel ihm nicht, doch er nickte. Florence wandte sich um und ging in ihrem schnellen Watschelschritt davon. Ein

LRA-Soldat wollte sie davon abhalten, hinter die Barrikade zu gehen, doch sie ignorierte ihn und ging weiter, obwohl ständig von oben an der Klippe geschossen wurde. Sie hielt sich an die Schatten im Flussbett und ging dahin zurück, wo sie sich ihrer Erinnerung nach versteckt hatten. Sie konnte die Grube zunächst nicht finden, bis sie schließlich den Brandgeruch bemerkte und dann doch die Müllgrube fand. Sie leerte zwei größere Müllsäcke und tat so viele Plastikflaschen hinein, wie sie finden konnte, bevor sie die beiden in andere Müllsäcke tat und dann im letzten schwachen Licht zurück zu den Barrikaden watschelte.

Es dauerte mehr als zwei Stunden, die Seile über den Ayugi zu bekommen. Der Erste für den Übergang war ein LRA-Junge, der sich gegen achtzehn Uhr dreißig an jenem Abend im Schein einer roten Lampe an die Sicherheitsleine band.

Florence sah zu, wie er hinaus ins Flutwasser watete. Er verschwand fast sofort im dunklen Schatten. Die Wolken hatten sich ein wenig geöffnet und zeigten den Mond in seiner zunehmenden Sichel, der kaum genug Licht gab, um die Umrisse des Jungen zu beleuchten, der um seinen Halt zu kämpfen schien, bevor er in der Schwärze des Flusses und der Nacht verschwand.

Die UPDF-Patrouille verließ die Klippe und griff ungefähr zu dem Zeitpunkt an, als die zehnte Person an die Sicherheitsleine ging. Die Ugander begannen, Mörsergranaten in die Bäume zu schießen. Blitze und Detonationen. Feuer und Zerstörung. Während des Beschusses hielt Florence Kenneth fest im Arm, tröstete ihn und wartete, dass sie an der Reihe waren, wobei sie inständig hoffte, dass ihre Liebe ausreichend war, um sie beide trotz fehlender Schwimmkenntnisse sicher auf die andere Seite zu bringen.

Gegen einundzwanzig Uhr wurde ihr gesagt, dass sie wahrscheinlich gegen Mitternacht in den Fluss gehen würden. Sie kümmerte sich darum, dass Kenneth gefüttert wurde, und legte ihm die einzige kleine Decke, die sie hatte, über die Schultern, dann machte sie sich im Licht einer kleinen Taschenlampe, die Anthony ihr geschenkt hatte, an die Arbeit. Sie blies Luft in die zerdrückten Plastikflaschen, bis sie sich ausbeulten, und schraubte die Deckel fest zu. Sie hatten sechs große Flaschen und vier kleine. Sie verteilte die großen Flaschen gleichmäßig zu beiden Seiten in einen der Müllsäcke, bevor sie ihn oben zuband und mit einem Faden in der Mitte zusammenschnürte, sodass sie zwei Flügel mit Luftflaschen hatte. Die vier kleinen Flaschen tat sie in den zweiten Müllbeutel und band ihn auf dieselbe Weise zusammen. Als sie fertig war und glaubte, dass es vielleicht funktionieren würde, legte Florence ihre Erfindung beiseite und stellte die Taschenlampe aus, da sie die Augen schließen wollte, bis sie gerufen wurden.

Und dann kam die erste Wehe.

Sie war kurz, und sie biss die Zähne zusammen, während sie annahm, dass sie genau wie die anderen war, die sie während des letzten Monats immer wieder einmal gehabt hatte. Ungefähr dreißig Minuten später spürte sie eine weitere und eine dritte erneut eine halbe Stunde später, bevor ihre Fruchtblase platzte und sie angesichts der Unmöglichkeit ihrer Situation aufstöhnte. Ausgerechnet jetzt mussten die Wehen kommen!

* * *

Gegen Mitternacht lag Florence neben Kenneth und rang nach der bisher längsten Kontraktion nach Luft. Die Abstände waren noch immer recht groß, zwanzig Minuten nach ihrer letzten ungefähren Zählung. Die Granaten fielen weiter und der Kampf kam näher, als eine andere Frau mit einer großen Taschenlampe kam und sie schüttelte und sagte, sie wären bald an der Reihe für die Überquerung. Oder sie könnte bis zum Ende warten.

Sie überlegte, dass sie wahrscheinlich fünfzehn, vielleicht auch achtzehn Minuten bis zur nächsten Wehe hätte. Florence sagte: »Wir gehen jetzt.«

Bevor sie es sich noch überlegen konnte, weckte sie Kenneth, legte seine Decke in ihren Rucksack, band das Gewehr daran fest und tat ihn sich auf den Rücken. Dann nahm sie ihre Erfindung und streckte die Hand nach Kenneth aus.

»Wohin gehen wir, Mama?«, gähnte Kenneth, als das Gewehrfeuer hinter ihnen stärker wurde.

»Zu einem sicheren Ort«, sagte sie und drückte seine Hand. »Wo uns die Kugeln nicht finden können.«

Am Rand des Flutwassers waren weitere Taschenlampen und sie konnte den Soldaten dort zeigen, was sie für sie tun sollten. Sie steckten ihn mit den Beinen und dem Körper in die Mülltüten und banden sie unter den Achseln fest. Sie hielten Florence' großes, improvisiertes Schwimmgerät hoch und banden ihn mit einem Seil daran fest, den Bauch nach unten, dann knüpften sie ein ungefähr ein Meter langes zweites Stück von seiner Brust aus an das Band, das um Florence' oberen Rücken gebunden war. Mit einem letzten Stück Seil war sie mit der Sicherheitsleine über dem Kopf verbunden. Dann nahmen sie das kleinere Floß und befestigten es unter Kenneths Brust und Kinn, damit er das Gesicht aus dem Wasser hatte.

»Wohin gehen wir, Mama?«, fragte Kenneth und die Angst war in seiner Stimme zu hören.

»Auf ein Abenteuer.«

»Was ist das?«

»Das hier.«

»Bereit?«, fragte einer der LRA-Jungen.

»Nein, aber wir gehen trotzdem. Kannst du ihn zu mir heben?«

Er nickte. Florence griff ihren Sohn unter den Flößen und watete mit ihm hinaus in das Flutwasser und die Dunkelheit, spürte das Zerren des Seils, das sie mit der Sicherheitslinie verband, und sagte sich, dass sie es schaffen würde. Prompt versank sie knietief in einem Morast aus Schlamm, Rohrkolben und Schilf. Zweimal kippte sie fast um, als sie versuchte, sich zu befreien. Dreimal ließ sie Kenneth fast fallen.

Nach fast dreißig Metern im Flutwasser hörte sie das rauschende Wasser in dem Kanal vor sich und spürte, wie die Angst in ihr wuchs. Doch anstatt sich ihr zu ergeben, erinnerte sie sich daran, was Anthony von dem sterbenden Ladenbesitzer gelernt hatte: dass es vier Hauptstimmen des Leidens gab und dass *Furcht* die schlimmste war, die dich von Gott abschnitt, von dem Universum, das Elend, das sagte, dass man keinen Kräften jenseits von sich selbst traute, dass man nicht glaubte.

»Ich glaube«, flüsterte sie sich zu. »Ja, das tue ich.«

»Mama«, begann Kenneth.

»Halte dich an diesem Seil fest und heb den Kopf hoch, jetzt«, sagte Florence und setzte ihn mit dem Bauch nach unten aufs Wasser, wobei sie mehr fühlte als sah, dass es klappte und ihr Junge mit der Strömung schwamm. »Wenn du unter Wasser kommst, dann halte die Luft an. Mama holt dich wieder hoch.«

Urplötzlich und aus einem Winkel vom Nil her, mit dem sie nicht gerechnet hatte, begann schweres Maschinengewehrfeuer. Weiß glühende Leuchtspurgeschosse rissen durch die Bäume.

»Mama!«

»Halt dich an dem Seil fest. Mama hat dich.«

Die LRA-Jungen erwiderten das Feuer. Schnell war es ein richtiger Krieg, der sich keine zweihundert Meter von ihnen entfernt entfaltete. Kugeln sausten an ihren Köpfen vorbei.

»Ich glaube«, sagte sie und hielt sich mit der rechten Hand an der Sicherheitsleine fest und mit der linken an dem Seil, das sie mit Kenneth verband. Sie watete in die volle Strömung des Flusses.

Fast sofort verloren ihre Füße unter ihr den Halt und sie kämpfte gegen das Schreien an, als sich ihre Füße, Beine und der Unterkörper von der rasenden Strömung anhoben, die sie den Fluss hinunter zum Zusammenfluss mit dem Nil zu zerren versuchte. Florence baumelte mit der rechten Hand an der Sicherheitsleine. Ihre Füße und unteren Beine fanden die Flügel von Kenneths großem Floß. Sie drückte ihre Schenkel fest gegen die Seiten und rief: »Kenneth, geht es dir gut?«

»Hab Angst!«, rief er.

»Musst du nicht, Mama hat dich«, sagte Florence, nahm die linke Hand von seiner Leine und packte die Sicherheitsleine. Dann glitt sie zuerst mit der linken Hand an dem Seil entlang, dann mit ihrer rechten, wobei sie sich immer weiter hinaus in den Hauptkanal des Flusses zog.

Es begann zu regnen. Während der folgenden siebzig Meter kam sie zweimal in eine stehende Welle im Fluss. Das Wasser lief ihr über die Schultern und dann über das Gesicht, sodass sie die Luft anhalten und wild ziehen musste, um freizukommen und spuckend nach Luft zu ringen.

»Kenneth!«

»Bin hier!«, rief er zwischen ihren Beinen.

Als es das zweite Mal geschah, war sie überraschter als zuvor. Die Strömung drehte ihr die Schultern, drückte sie nach unten und ihre Füße hätten fast die Flügel von Kenneths Floß verloren. Fast wäre ihr auch die Sicherheitsleine aus der Hand gerutscht, doch dann tat sie das Richtige und glitt mit ihren Händen darüber und zog sie immer weiter.

»Oh Gott, bitte«, keuchte sie, als sie aus der zweiten Welle kam. »Nicht mehr.«

Nach zwei weiteren Zügen spürte sie, dass sie in eine Art Kehrwasser und aus der Strömung gekommen waren, und sie versuchte, die Füße nach unten zu bringen. Fast sofort versank sie bis über die Knie in Schlamm. »Wir haben es geschafft!«

»Still!«, flüsterte eine männliche Stimme in der Dunkelheit.

Sie wollte schreien und rufen, tat aber, wie man ihr gesagt hatte. Sie ging weiter an der Leine entlang, ließ Kenneth treiben, bis sie ihn hochnehmen musste, während sie gegen den Schlamm und das Schilf und die Nacht und das Gefecht hinter ihr kämpfte. Sie spürte festen Boden. Eine Hand streckte sich ihr entgegen, um ihr hochzuhelfen.

»Das hast du gut gemacht«, sagte der Junge mit der Taschenlampe zwischen den Zähnen, der nicht älter als dreizehn war, und löste ihr Seil von der Sicherheitsleine. »Bringen wir dich zur zweiten Leine. Das Wasser fließt dort schneller, doch es ist nicht so weit bis zur anderen Seite.«

»Noch schneller?«, fragte Florence und wollte weinen.

Die Strömung war so stark, dass sie in dem Moment, als Florence an der gegenüberliegenden Seite der Insel ins Wasser kam, ihren Unterkörper und Kenneth und seinen Schwimmer packte und an die Oberfläche beförderte, wobei sie heftig an ihren Händen und Schultergelenken zerrte, während sich Florence an die Sicherheitsleine klammerte. Doch es war tatsächlich kürzer, weniger als siebzig Meter. Durch den Regen konnte sie den schwarzen Fleck des Ostufers direkt vor sich sehen, und als sie Kenneth mit den Füßen stabilisiert hatte, begann sie damit, sich mit stärkerer Zuversicht seitlich zu ziehen. Nach etwas mehr als der Hälfte des Weges über den Kanal traf sie die nächste Wehe wie ein Tritt in den Bauch und breitete sich in ihrem Rücken und ihren Beine nach unten aus. Sie konnte nichts tun. Sie zog die Beine zurück, verlor die Kontrolle über Kenneth und schrie während des schmerzhaftesten Teils, während sie beide dort im tosenden Wasser baumelten.

Schließlich endete die Kontraktion.

Sie rang nach Luft, dann rief sie: »Kenneth?«

»Mama! Ich halte die Luft an. Können wir jetzt aus dem Wasser?«

Florence wollte am liebsten den Kopf zurückwerfen und vor Freude weinen, doch stattdessen fand sie wieder die Seiten der Flügel am Floß, drückte die Füße dagegen, spürte Kenneths Körper und riss sich immer weiter zur Seite, während sie sagte: »Ja, wir können aus dem Wasser. Jetzt gleich.«

Ein paar Meter entfernt tauchte eine Taschenlampe mit einem roten Filter auf. »Du bist fast da«, sagte eine Frau. »Noch zweimal ziehen und du kannst nach meiner Hand greifen.«

Florence tat es, sah die ausgestreckte Hand der Frau und griff danach, als zur gleichen Zeit der Knoten, der sie mit der Sicherheitsleine verband, aufging. Die Finger der Frau glitten ihr aus der Hand. Sie trennten sich.

»Nein!«, schrie Florence und warf beide Hände zum Ufer, bevor sie unterging. Ihre Finger fanden feste Wurzeln. Sie hielt sich an ihnen fest, als wären sie das Letzte, was sie am Leben hielt, und griff höher, fand andere Wurzeln und zog sich an die Oberfläche.

»Kenneth!«

Sie hörte keine Antwort. »Kenneth!«

Die Frau griff nach unten, packte Florence' Seil und zog sie hoch ans Ufer, Kenneth mit ihr. Der kleine Junge war untergegangen und hatte Wasser geschluckt, begann aber fast sofort zu husten und zu würgen.

Die Frau brachte beide hoch an einen massiven Baumstamm, der weg vom Fluss und dem anhaltenden Kampf stand.

»Er wird schon wieder«, sagte die Frau. »Nur ein Schreck.«

»Ich habe Wehen.«

»Lass mich dich untersuchen.«

»Bist du Krankenschwester?«

»Wie du sie dir nur wünschen kannst.«

»Kennst du Joyce?«

»Ja.«

»Ich habe in Nesitu für Joyce gearbeitet.«

»Ich bin Ellen und habe damals in Uganda mit Joyce gearbeitet.«

Ellen überprüfte Florence' Muttermund und sagte: »Nicht heute Nacht. Du bist erst zwei Zentimeter geöffnet. Vielleicht morgen zum Mittag. Ruh dich ein wenig aus. Ich komme zurück, um dir zu helfen, weiter von hier wegzukommen.«

Florence seufzte erleichtert und tröstete Kenneth, bis er alles Wasser ausgespuckt hatte und sich zitternd an sie klammerte. Sie umarmte ihn fest und war glücklich, dass sie das Baby noch nicht sofort bekam. Beide schliefen ein.

* * *

Es fühlte sich ewig an, obwohl es wahrscheinlich eher zwanzig Minuten waren, als erneut schweres Maschinengewehrfeuer begann, das vom westlichen Ufer des Flusses in Richtung der Insel und der Ostseite des Ayugi kam, wo sie lagen. Querschläger trafen in den riesigen Baum, hinter dem sie sich versteckten, und warfen Blätter und Zweige um sie herum auf den Boden.

»Mama!«, schrie Kenneth.

»Alles gut«, sagte sie mit zitternder Stimme und hielt ihn fest. »Mama ist bei dir.«

Der Regen hörte auf. Die Schüsse wurden seltener.

Sie spähte um den Baum und sah Lichter am Westufer, wo sie Kenneths Floß gebaut hatte. Das Maschinengewehr begann erneut zu feuern. Leuchtmunition riss durch die Vegetation der Insel. Die LRA-Soldaten, die sich noch immer dort befanden und darauf warteten, den letzten Flussteil zu überqueren, erwiderten das Feuer. Ebenso die Soldaten, die bereits am Ufer waren. Fast alle liefen an ihnen vorbei, sahen sie entweder nicht oder ignorierten sie, während sie sich in eine neue Kampfposition begaben.

Als sich Florence wieder hinter den Baum zurückzog, spürte sie, wie sich etwas in ihr rührte, bevor sie von einer riesigen Wehe erfasst wurde, die sie gefangen nahm, sodass sie weder das Weinen ihres Sohnes hörte noch das Rattern des Gewehrfeuers oder die Einschläge der Kugeln in den Bäumen um sie herum. Als die Wehe aufhörte, brach sie schweißnass zusammen.

»Mama?«, wimmerte Kenneth. »Was ist los?«

»Es interessiert mich nicht, was diese Frau gesagt hat. Dieses Baby kommt heute Nacht, kleiner Mann«, keuchte sie, als der Kampf hinter ihr hitziger wurde und die nächste Wehe begann.

Die Kontraktion ließ nach. Sie zeigte ihm mit der kleinen Taschenlampe eine tiefer gelegene Stelle an dem großen Baum, wo er von den Wurzeln geschützt war.

»Klettere dort hinein und halt den Kopf unten. Mama wird ein bisschen schreien, aber es ist nicht schlimm. Du bleibst einfach dort unten, bis ich dir sage, dass du rauskommen kannst.«

»Okay«, sagte er, doch als sie ihm mit der Lampe ins Gesicht leuchtete, bemerkte sie, dass er weinte.

Das arme kleine Kind sah schrecklich aus – so erschrocken, hungrig und erschöpft –, dass sich Florence ganz hilflos angesichts ihrer Lage fühlte. Doch sie ließ das Licht an, bis er den Kopf in die kleine Tasche zwischen den Baumwurzeln gesteckt hatte und sich in Embryohaltung zusammenkuschelte.

»Ich liebe dich, Kenneth«, sagte sie.

»Lieb dich, Mama«, sagte er schniefend.

Florence knipste die Lampe aus, legte sie beiseite, rollte sich auf die Knie und stand auf. Mit beiden Händen hielt sie sich am Baum fest, legte den Kopf an den Stamm und wartete auf die nächste Kontraktion, von der sie genau wusste, dass sie eher bald als später kommen würde.

*Das ist nur neue Liebe, die in dein Leben kommt,* sagte sich Flo. *Das ist alles, und was könnte schöner sein?*

Der Schmerz, der sie als Nächstes durchfuhr, war so erschreckend, dass sie befürchtete, das Bewusstsein zu verlieren. Doch dann flachte es wieder ab und sie schaffte es, sich an dem alten Baum festzuhalten und langsam in den Rest der Wehe zu hocken. Als sie vorbeiging, stand sie auf, lehnte sich gegen den Baum, während ihr der Schweiß aus den Poren drang, bis die nächste Runde begann und sie sich wieder hockte. Diesmal presste und schrie sie die ganze Zeit.

Die Zeit schien sich zu verflüchtigen.

Der Kampf schien zu verschwinden.

Da waren nur noch Florence und die Nacht und das Geben neuen Lebens. Als sie sich das vierzehnte Mal hockte und presste, spürte sie am Ende der Kontraktion den Kopf des Babys herauskommen. Es begann wieder zu regnen, was ihren Körper etwas abkühlte und ihr die Lippen befeuchtete.

»Okay, okay, okay«, flüsterte sie sich zu, als sie den Kopf und die Arme gegen den Baum lehnte, während vereinzelte Kugeln noch immer gegen die Rückseite des Stammes schlugen und die Erde am Boden aufwühlten. »Du schaffst das, Flo. Nur noch einmal.«

Beim ersten Spüren einer Kontraktion hielt Florence den Atem an und ging in die Hocke. Sie presste, so fest sie konnte, schrie auf, als der Kopf des Babys herauskam. Grunzend und hechelnd zwang sie sich, noch einmal tief Luft zu holen und zu pressen, bis sie nicht mehr konnte und immer weiter schrie, bis sie die Schultern hindurchkommen spürte.

Mit dem Kopf gegen den Baum griff sie zwischen ihre Beine, geleitete das Baby ganz heraus und nahm es hoch in die Arme.

»Oha«, krächzte sie und spürte eine riesige Erleichterung. »Du bist aber glitschig, was?«

Dann hörte sie ein leises Hüsteln. Sie schlug dem Neugeborenen zweimal auf den Po und wurde mit einem Quaken und Schreien belohnt, das Florence breit grinsen ließ.

»Was ist das, Mama?«, fragte Kenneth in der Dunkelheit.

Florence fühlte um das weinende Baby herum und lachte. »Du hast einen kleinen Bruder.«

* * *

Eine weitere Wehe traf sie, schwächer als die zuvor, doch es machte sie noch immer wacklig, sodass sie sich umdrehte und mit dem Rücken am Baum herunterrutschte. Ihr zweiter Sohn quakte erneut, verkündete der Welt seine Existenz mitten in einem Kampf, der weiter um sie herum tobte. Sie wusste von Kenneths Geburt gut genug, dass sie noch nicht fertig und auch noch nicht außer Gefahr war.

Wie zuvor kam die Plazenta nicht so schnell. Zwischen den Wehen nahm sie die kleine Taschenlampe, stellte sie an, bewunderte ihr Baby für eine Sekunde, noch immer blutverschmiert, bevor sie die Lampe in den Mund steckte und in ihrem Gepäck nach der Sanitätsausrüstung suchte. Sie fand eine Schere, Alkoholtupfer und chirurgischen Bindfaden, womit sie die Nabelschnur reinigte und an zwei Stellen abband, bevor sie sie in der Mitte durchschnitt.

Ein LRA-Soldat kam das Ufer zu ihrer Linken heran, drehte sich und eröffnete das Feuer auf die gegenüberliegende Seite des Flusses, bevor er davonlief. Die nahen Schüsse erschreckten das Baby, das wieder zu schreien begann.

»Ja, ja«, sagte sie, ebenfalls erschrocken, und versuchte, das Kleine zu beruhigen. »Mama ist ja hier.«

Eine weitere Wehe setzte ein. Sie grub die Fersen in den Boden des Flussufers und presste und presste, bis sie die ganze Plazenta herauskommen spürte. Florence fiel in völliger

Erleichterung und Erschöpfung zurück gegen den Baum. Das Tempo der Schießerei hatte wieder nachgelassen, es gab diesmal nur noch vereinzelte Schüsse und dann nichts mehr.

Sie wusste nicht, warum. Es war ihr auch egal.

In der gesegneten Stille rührte sich das Baby. Sie stellte die Taschenlampe an und sah, wie es mit dem Mund nach ihrer Brust suchte. Sie bewegte es an ihre Brustwarze, fühlte fast sofort, wie es sich festsaugte. Florence wunderte sich, wie das mitten in einer Schießerei möglich war.

Doch das tat es. Das Baby trank.

Und in dem Moment wurde sie von einer Gefühlsflut überwältigt, die sie in dem Wissen zurückließ, dass er zwar erst weniger als eine Stunde alt war und unter den widrigsten Umständen geboren wurde, sie ihren zweiten Sohn aber so sehr liebte wie ihren ersten.

Florence schlief ein paar Minuten später mit Kenneth an ihrer Seite ein, versteckt zwischen den Baumwurzeln, und ihr neuer Sohn lag auf ihrer Brust, geschützt in ihren Armen.

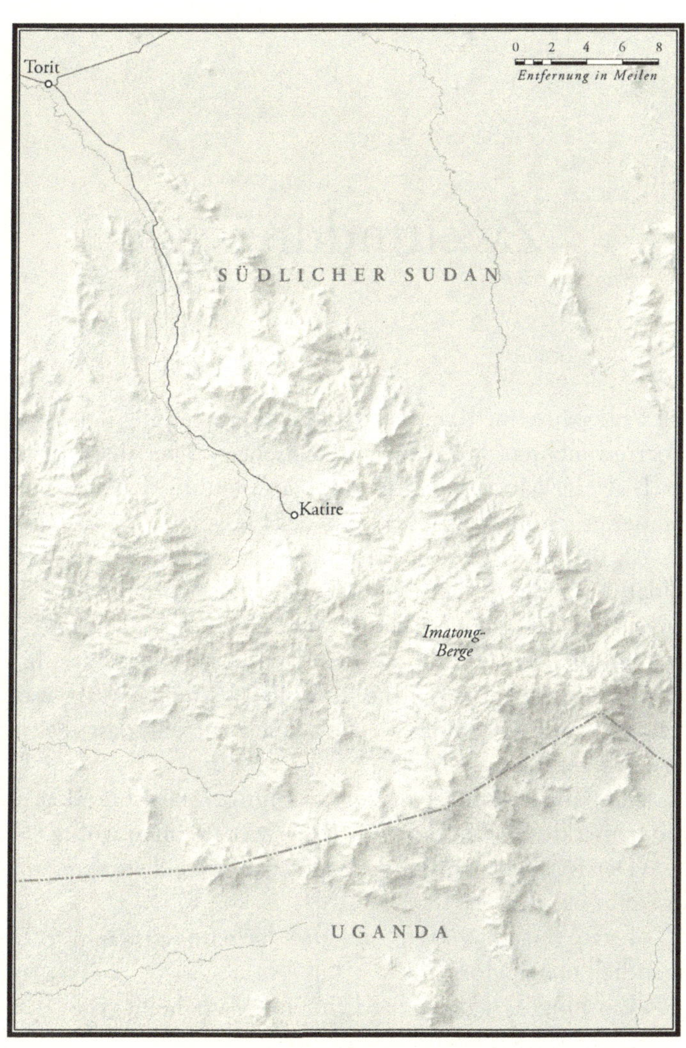

Torit
0 2 4 6 8
Entfernung in Meilen
SÜDLICHER SUDAN
Katire
Imatong-
Berge
UGANDA

# Zweiunddreissig

Die Ruhepause im Kampf und die Unterbrechung des Regens dauerten mehrere Stunden, und Florence schlief tief und fest. Doch als der Morgen dämmerte, begannen die Schüsse erneut von der gegenüberliegenden Seite des Flusses.

Als sie um den Baum spähte, sah sie, dass die letzten LRA-Soldaten an der Sicherheitsleine über den Fluss kamen. Ein Junge kam das Ufer hoch und trug einen Rucksack und ein Gewehr. Sie erkannte ihn als den Dreizehnjährigen, der ihr in der Nacht zuvor über die Insel geholfen hatte. Im Wald waren jetzt andere LRA-Soldaten, die allen zuriefen, dass sie sich zurückfallen lassen sollten.

Das Baby begann zu quäken. Der Junge sah in ihre Richtung und bemerkte Florence, die ihr Baby wieder stillen wollte.

»Der ist aber noch jung!«, sagte er mit leuchtenden Augen und kam näher.

»Letzte Nacht«, sagte sie und lächelte schwach. »Oder eigentlich heute Morgen.«

»Ein Junge«, sagte er anerkennend. »Wie heißt er?«

»Das weiß ich noch nicht.«

»Du solltest ihn Boniface nennen.«

»Boniface?«

»Das bedeutet Jemand, der Gutes tut«, sagte er und lächelte.

»Oh.«

»Du musst hier weg. Die UPDF kommt.«

»Ich weiß nicht, ob ich schon laufen kann«, sagte sie.

Jemand rief: »Boniface, zurück!«

Der Junge lachte. »Ich heiße auch so.«

Dann stand er auf und machte zwei Schritte neben den Baum, als ein schweres Maschinengewehr von der Insel das Feuer eröffnete, keine siebzig Meter entfernt. Die schweren Patronen trafen Boniface von beiden Seiten, dann pfiffen sie an Florence vorbei und schlugen in die Baumstämme. Sie starrte entsetzt auf das, was von dem Jungen übrig war, der noch vor einer Minute entzückt war über die Präsenz des Neugeborenen mitten im Kampf und der in der nächsten nicht mehr lebte.

LRA-Soldaten eröffneten das Feuer aus tiefer Deckung. Ihre Kugeln sausten an ihr vorbei und flogen in die andere Richtung. Sie war mitten im Kreuzfeuer.

»Mama!«, schrie Kenneth.

Florence glitt nach unten, bis sie flach auf dem Rücken lag, den Kopf an die Baumwurzeln gelehnt, wobei sie ihr Baby hielt, das nach ihrer Brust suchte.

*Wir werden hier sterben. Wir alle.*

Trotz ihres angeschlagenen Zustands und trotz der lähmenden Angst wusste sie, dass sie hier wegmusste. Sie musste ihre Jungen retten.

*Meine Jungen! Anthonys Jungen! Unsere Jungen!*

Doch sie wusste wirklich nicht, ob sie die Kraft dazu hatte, auf die Beine zu kommen, geschweige denn, ob sie laufen und dabei zwei kleine Kinder durch eine Kampfzone tragen konnte. Das schwere Maschinengewehr schwang wieder zurück in ihre Richtung, nagte an der anderen Seite des Stammes, bevor es weiter seitlich am Ufer entlang in Richtung Zusammenfluss mit dem Nil feuerte. Sie spürte den Einschlag der großen Munition in den Baum, was sie erneut mit Furcht erfüllte. Für ihre Söhne. Für sich.

Doch als sie auf ihren trinkenden Neugeborenen blickte, dann auf den kleinen Kenneth, der zusammengerollt unter den Wurzeln lag, die Arme über dem Kopf, da änderte sich etwas in Florence. Ihre Liebe für sie weckte Instinkte tief in ihren Genen, Mutterinstinkte, die ihr die Furcht nahmen, die durch jede ihrer Zellen strömte und sie in pure, brennende Wut verwandelte.

Flo setzte sich mit wildem Blick auf, hielt ihr Neugeborenes unter dem einen Arm und nahm ihr AK-47 von ihrem Rucksack, bevor sie ihr ganzes Gepäck auf den Boden ausleerte. Sie nahm die zwei geladenen Magazine für das Gewehr, legte sie daneben und fand zwei Stofflängen, die sie als zusätzliche Röcke benutzte, nahm die eine, um sich das Baby vor die Brust zu binden. Die andere faltete sie und schob es zur Stütze an den Kopf. Sie schob zwei Packungen gekochten Reis und Bohnen zurück in den Rucksack zu ihrer Trinkflasche und dem Sanitätspack und ließ den Rest auf dem Boden.

»Kenneth«, rief sie, als das Maschinengewehr zum Nachladen verstummte. »Krabbel raus!«

Ihr ältester Sohn zögerte, bis sie an seinem Fuß zog. »Jetzt!«

Er krabbelte rückwärts aus den Baumwurzeln, setzte sich auf und blickte zu dem Baby, dann mit bleichem Ausdruck über ihre Schultern zu dem toten Jungen.

»Guck da nicht hin«, sagte Florence. »Du steigst jetzt in den Rucksack.«

»Da rein?«

»Ja.«

Kenneth nickte. Das Maschinengewehr feuerte wieder los und schoss in ihre Richtung zurück. Sie packte ihren Sohn und drückte ihn an den Baum, als die Kugeln in den Stamm schlugen.

»Mach dich klein«, sagte sie, setzte sich mit dem Rücken vor den Rucksack, damit sie ihre Arme durch die Schultergurte schieben und ihn hochnehmen konnte. »Halt dich fest.«

Florence band den Hüftgurt nur locker, schob die Magazine zwischen ihre Hüften und den Riemen und zog ihn fester. Dann nahm sie das Gewehr und nutzte es zum Aufstehen.

Jeder Zentimeter war pure Qual. Ihr Bauch, ihre Beine, ihr Innerstes, ihr ganzer Körper fühlten sich angeschlagen und zittrig an. Doch als das Maschinengewehrfeuer wieder den Fluss hinaufkam, wurde sie erneut von jenem Mutterinstinkt erfasst. Als die Kugeln in die andere Seite des Baums einschlugen, füllte Florence ihren mütterlichen Zorn mit der Liebe für ihre Söhne, bis sie von Kopf bis Fuß voller Mordlust war.

Vor diesem Augenblick war Florence in ihrem bisherigen Leben nur Zeugin von Kampf gewesen. Sie hatte noch nie ihr Gewehr außerhalb des Trainings abgefeuert. Doch jetzt erinnerte sie sich wieder an das Erlernte.

Florence legte den Sicherheitshebel um und hob das AK-47 an die Schulter. In dem Moment, als die Maschinengewehrschüsse den Fluss weiter hinauf einschlugen, trat sie hinter dem Baum hervor, der ihr und ihrer Familie Schutz und Unterschlupf gewährt hatte.

»Ich habe jetzt genug!«, schrie sie.

Flo drückte den Abzug und feuerte den Großteil der zweiunddreißig Patronen aus dem Magazin in kurzen Salven auf die Blitze und das Feuer, das jetzt aus der Mündung des schweren Maschinengewehrs auf der Insel kam. Als ihr Verschluss aufklappte und Rauch aus dem Lauf quoll, war das große Gewehr verstummt.

Aus der Tiefe ihrer Seele schrie Florence zu dem Schilf, aus dem der Maschinengewehrschütze gefeuert hatte, und ließ ihre ganze Wut und ihren Triumph heraus.

»Ich bin ihre Mutter! Ich trage sie auch für immer!«

Sie hörte das Dröhnen eines herankommenden Hubschraubers. Andere Gewehre auf der Insel begannen zu feuern.

Florence drehte sich um und rannte mit ihren Söhnen los, während Kugeln hinter ihren Absätzen einschlugen.

* * *

Der bleierne Himmel öffnete sich erneut und spuckte eine Regenflut aus, die es noch schwieriger machte, im dichten Buschwerk zu sehen, während Florence sich an den Lianen festkrallte und wild vorwärtsrannte, Kenneths verängstigtes Quieken ignorierte und versuchte, ihre Jungs weit weg vom Flussufer und dem Kampf zu bekommen. Als sie endlich langsamer wurde, merkte sie, dass sie keine Ahnung hatte, wo sie war.

»Bin nass, Mama«, sagte Kenneth.

»Mama auch«, sagte sie und bedeckte den Kopf ihres Neugeborenen mit dem gefalteten Rock.

»Hab Hunger, Mama.«

»Das glaube ich gern«, sagte sie. »Greif nach unten in den Rucksack. Da ist Essen und Wasser.«

Einen Moment später sagte er: »Gefunden.«

»Gut. Iss nicht alles.«

»Okay.«

Florence beschirmte ihre Augen und versuchte zu sehen, wo sie war und in welche Richtung sie gehen sollte. Doch der Regen fiel so kräftig und das Blätterdach des Dschungels war so dicht, dass sie überhaupt keinen Orientierungspunkt fand. Sie schloss die Augen, um auf die Flüsse zu horchen, doch das Regentrommeln übertönte alle Geräusche.

*Nimm irgendeine Richtung und geh los. Solange es nicht wieder losgeht.*

Sie erinnerte sich lebhaft an die Nacht zuvor – die Überquerung des Flusses, die Entbindung, das Freikämpfen mit einem Sohn auf dem Rücken und einem Neugeborenen vor der Brust – und sie wusste, dass sie hundertprozentig fertig war mit der LRA, mit Kony, mit alldem.

Jemand hatte ihr einmal gesagt, dass Menschen nur dann Veränderungen riskieren, wenn sie genug haben von dem Schmerz ihres gegenwärtigen Lebens. Sie wissen, dass die Veränderung wehtut, doch sie glauben daran, dass es weniger schmerzhaft ist, als derselbe zu bleiben. Florence hatte mehr als genug davon, war mehr als bereit zur Veränderung. Als sie dort tief im Busch mitten im strömenden Regen stand, beschloss sie, dass sie ihre Söhne nehmen und nach Hause gehen würde. Jetzt.

*Sollen sie mich jagen. Sollen sie auf mich schießen. Es ist mir egal. Ich bringe meine Jungen hier heraus.*

Als sie diese Entscheidung getroffen hatte, spürte Florence eine seltsame Ruhe mit dem Regen auf sie herabkommen. Sie hörte Anthonys Stimme in ihrem Kopf, die ihr sagte, dass sie genau überlegen sollte, bevor sie handelte.

Ausgehend von da, wo sie den Ayugi überquert hatten, nahm sie an, dass sie vier Tage brauchen würde, um einen Weg über den Weißen Nil zu finden und dann nach Süden aus der Wildnis zu kommen. Sie würde eine Straße finden und jemanden, der ihr helfen konnte.

Doch ging sie nach Süden? Zum Nil? Es fühlte sich so an, deshalb beschloss sie, weiter in diese Richtung zu gehen, der sie gefolgt war, seit sie vom Kampf flüchtete.

»Lass uns nach Hause gehen«, sagte sie zu sich und schob sich weiter durch den Dschungel.

Nach einer Weile kam sie in der triefenden Wildnis an eine Lichtung, die aussah, als hätte es dort im vergangenen Jahr gebrannt. Während sie durch den starken Regen nach vorn spähte, entdeckte sie einen Pfad, der sich auf der anderen Seite der verbrannten Fläche an einem verkohlten kleinen Hügel entlangschlängelte.

*Wenn ich dort hochkomme, dann sollte ich sehen können, wo die Flüsse sind,* dachte sie. Anstatt direkt über die Brandstelle zu gehen, hielt sich Florence an den Rand und blieb gerade jenseits der Baumlinie, bis sie den Pfad erreichte, der zu der Anhöhe führte.

Mit gesenktem Kopf ging sie im Regen über den Pfad auf der anderen Seite jener Stelle und erreichte den Fuß des Hügels zur gleichen Zeit, als zwei Frauen und drei bewaffnete Männer aus dem Busch auf die Lichtung traten. Eine der Frauen war Ellen, die Sanitäterin. Einer der drei LRA-Soldaten war Florence' Kommandeur, David Lakwall.

Am liebsten wäre sie weinend über diese Ungerechtigkeit zusammengebrochen. Zugleich wollte sie wieder ihrem mütterlichen Zorn nachgeben und Lakwall umbringen, die anderen zwei LRA-Jungen und zur Not auch Ellen, um ihren Weg zurück nach Amia'bil und ihrem Zuhause fortzusetzen. Doch sie zwang sich dazu, ruhig zu bleiben, bereit zur Flucht. Anstatt weiter in Gedanken bei ihrem Pech zu verweilen, wollte sie sich darauf konzentrieren, sich um ihre Jungen zu kümmern, bis sie eine andere Chance zur Flucht bekam.

Doch in Florence' Kopf und in ihrem Herzen war sie bereits fort.

* * *

Am selben Abend kauerte sich Anthony unter eine Plane und fühlte sich so schlecht wie schon lange nicht mehr. Wegen der Angriffe der ugandischen Armee auf die LRA war der Große Lehrmeister dreimal zu Friedensverhandlungen gezwungen worden. Nur ein paar Minuten zuvor hatte Anthony eine Nachricht von Kony an die sudanesische und die ugandische

Regierung geschickt, womit er die dritte Serie von Gesprächen zum Waffenstillstand abbrach. Es würde keinen Frieden geben, keine Aufgabe, keine freie Passage nach Hause.

*Nur noch mehr Krieg,* dachte Anthony dumpf. *Noch mehr Sterben. Er kann einfach nicht aufgeben. Er ist wie ein Hund. Doch niemand würde so einen verrückten Hund bei sich behalten wollen. Man würde ihn erschießen.*

Während er in die Dämmerung hinausblickte, fantasierte er wieder darüber, Kony eine Waffe an den Hinterkopf zu halten und sie zu beenden, seine Herrschaft des …

»Findest du nicht, dass es Zeit ist, das Funkgerät für die Nacht auszustellen, Commander Tony?«

Anthony blickte über die Schulter zu Corporal Leonard, seinem Aufseher, größer, muskulöser und zehn Jahre älter als er, dafür mit einem nur halb so hohen Dienstgrad und einer spöttischen, herablassenden Haltung, die zeigen sollte, dass er zwar glaubte, unter seinem Niveau zu handeln, zugleich aber dafür sorgen würde, dass der oberste Fernmelder und TONFAS-Kodierer der LRA nicht in Versuchung kam, in die Freiheit zu fliehen. Immerhin hatte Leonard einen gewissen Ruf. Jahrelang war er einer der besten Spurensucher Konys. Genau wie Sergeant Bacia jagte er jene Gesegneten, die zu fliehen versuchten.

»Du hast überhaupt keine Ahnung von Funkgeräten, Corporal«, sagte Anthony. »Wenn du willst, dass sie lange halten, dann musst du sie erst ein wenig abkühlen lassen, bevor du sie ausmachst.«

Natürlich war das Blödsinn, doch Anthony verspürte wenig Dringlichkeit, da Kony die letzten Friedensvorschläge verworfen hatte. Am nächsten Morgen würden sie loslaufen und sich irgendwo anders verstecken, dann am nächsten Tag weiterlaufen und sich wieder irgendwo verstecken und auch am übernächsten Tag, bis sie irgendwann auf die ugandische Armee stießen und die Schießerei und das Chaos wieder von vorn beginnen würden. Wenn das geschah, dann hätte er fünfhundert Tage unter Beschuss hinter sich. Er zählte es seit dem ersten Mal bei der Koromush-Kaserne. Seit seiner Entführung war Anthony Opoka vierhundertneunundneunzig Mal in den Kampf gezogen.

*Fünfhundert Mal. Was macht das mit dir? Verwandelt es dich in einen verrückten Hund wie …?*

Sein Funkgerät knackte.

»Nine Whiskey, Nine Whiskey, hier spricht Two Bravo, bitte melden, over.«

Anthony hätte fast gelächelt. Two Bravo war die Bezeichnung des Fernmelders von David Lakwall, Florence' neuem Kommandeur. Er hatte seine Frau seit fast fünf Monaten nicht mehr gesehen und wollte unbedingt wissen, wie es ihr und Kenneth ging.

»Two Bravo, hier spricht Nine Whiskey, over.«

»Nine Whiskey, du hast einen neuen Jungen.«

Als er spürte, wie sein Grinsen von einem Ohr zum anderen ging, warf Anthony den Kopf zurück und jubelte. »Einen Sohn! Ich habe einen weiteren Sohn!«

Corporal Leonard sagte: »Und was ist daran so toll?«

»Nine Whiskey?«

Anthony ignorierte seinen Aufpasser und nahm das Mikrofon wieder an den Mund. »Hier Nine Whiskey. Wie heißt er?«

»Boniface.«

Er runzelte die Stirn. »Boniface?«

»Boniface?«, sagte auch Leonard und schnaubte.

Two Bravo sagte: »Betty meint, es bedeutet Jemand, der Gutes tut.«

»Jemand, der Gutes tut«, sagte Anthony und ignorierte seinen Aufpasser, der die Augen verdrehte. »Boniface.«

Er betätigte das Mikrofon: »Sag ihr, dass ich den Namen sehr mag. Kann ich mit Betty sprechen, Two Bravo?«

»Negativ, Nine Whiskey. Dem Baby geht es gut, aber Betty und Sohn Nummer eins hatten eine schwierige Zeit. Beide sind auf der Krankenstation, ruhen sich aus und kommen wieder zu Kräften. Over.«

Anthony war besorgt und enttäuscht. »Verstanden. Sag Betty, dass Nine Whiskey wünschte, sie könnte seine Freude sehen.«

»Verstanden, Nine Whiskey. Two Bravo aus.«

»Deine Freude sehen?«, sagte Leonard und schnaubte erneut.

»Corporal?«, sagte Anthony und nahm sein Gewehr. »Du bist vielleicht ein Spurenleser und ich schieße vielleicht nur mit anderthalb Armen, aber ich werde deine Knie nicht verfehlen, wenn du mit deinen Bemerkungen über mein Privatleben fortfährst.«

Leonards Blicke gingen nach links und nach rechts. »Das würdest du nicht tun.«

»Nein, aber Commander Tony würde es tun, und Commander Tony kennt den Großen Lehrmeister schon lange Zeit. Kony wird sein Motiv akzeptieren, dass er dich in einer Frage der Ehre verstümmelt. Spurensucher oder nicht.«

Er wartete nicht auf die Reaktion, stellte das Funkgerät aus, packte es wieder ein und breitete seine Matte aus, um dort zu schlafen. Leonard sagte lange nichts, dann verließ er den Schutz der Plane und ging zu einer anderen, die er ungefähr zehn Meter entfernt aufgespannt hatte.

Anthony war froh, dass er endlich ein wenig allein war, legte sich in der zunehmenden Dunkelheit hin, dachte an seine Mutter und seinen Vater, versuchte sich an sie zu erinnern, wie er sie gesehen hatte, als sie das letzte Mal zusammen waren, und wollte ihnen sagen, dass sie einen weiteren Enkel hatten.

*Ein Junge, dem ich beibringen kann, zu einem guten Menschen zu werden, wie es zu seinem Namen passt. Boniface.*

Anthony seufzte und schloss die Augen, wobei er sich eingestehen musste, dass dies für den Moment nur Träume waren. Träume, die damit begannen, dass er endlich wieder bei seiner eigenen Familie war und Florence, Kenneth und jetzt auch Boniface in den Armen hielt.

Commander Tony schlief ein mit der Überzeugung, dass, wenn diese Vision Wirklichkeit wurde, sich auch alles andere in seinem Leben ergeben würde.

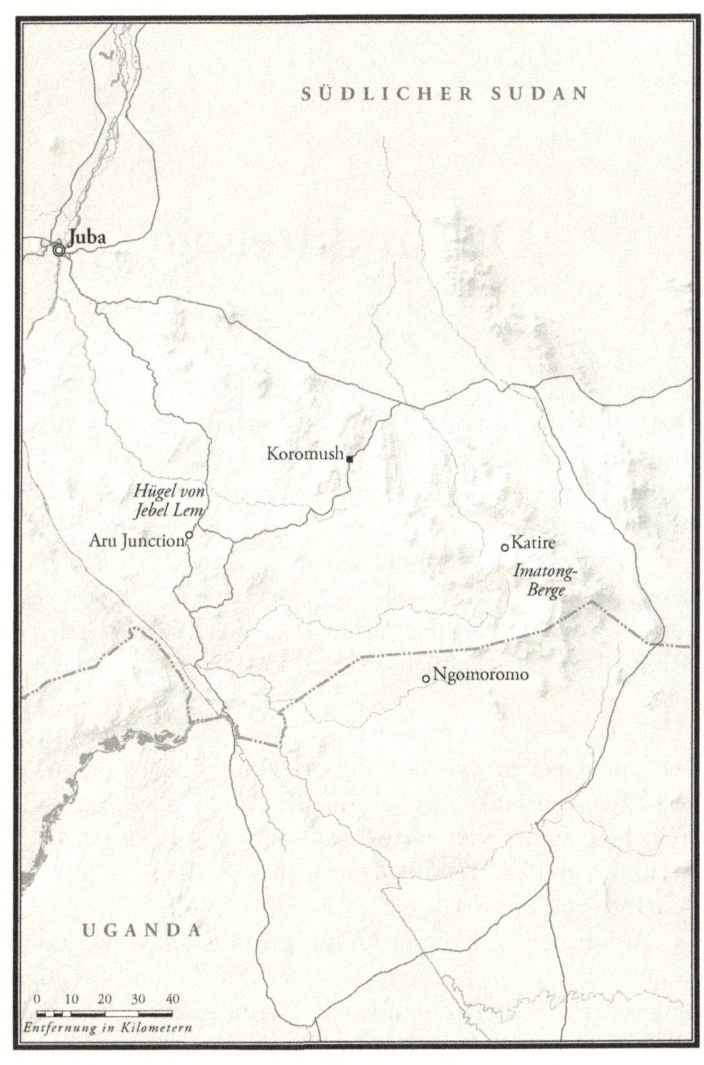
SÜDLICHER SUDAN
Juba
Koromush
Hügel von
Jebel Lem
Aru Junction
Katire
Imatong-
Berge
Ngomoromo
UGANDA
0 10 20 30 40
Entfernung in Kilometern

# Dreiunddreissig

Doch in den folgenden Wochen ergab sich gar nichts für Anthony oder die LRA.

Erbost über die Weigerung des Großen Lehrmeisters, sich zu ergeben, verdoppelte der Präsident Ugandas seine Bemühungen. Da der Großteil des ländlichen Nordens von Uganda menschenleer war und die Bevölkerung in Vertriebenenlagern lebte, befahl Museveni, dass mit Ausnahme seiner Soldaten jeder, der sich in dieser Zone aufhielt, bei Sichtkontakt erschossen werden sollte.

Kony kleidete sich jetzt fast ständig als Frau und trennte sich von General Tabuleys Gruppe, ging nach Norden und versuchte, die Sudanesen davon zu überzeugen, dass die im südlichen Sudan versteckten LRA-Jungen im Gegenzug für Munition und Verpflegung dabei helfen könnten, die Kontrolle von Torit zurückzuerlangen.

Als er ging, befahl der Große Lehrmeister, dass Dominic Ongwen in Uganda bleiben und weitere Flüchtlingslager angreifen, weitere Zivilisten ermorden und weitere neue Rekruten entführen sollte. Hunderte Unschuldiger starben unter Ongwens Befehl. Und neunhundert weitere Kinder wurden in das albtraumhafte Leben bei der Lord's Resistance Army verschleppt.

Über Kurzwelle hörte Anthony Kony zu, der in seinen Funksprüchen an die Soldaten nach wie vor angriffslustig klang und noch immer erklärte, dass seine »wachsende« Armee eines Tages Kampala erobern würde.

Doch der Fernmeldekommandeur wusste, dass die LRA nicht wuchs. Der Große Lehrmeister hatte noch immer fünfzehntausend Jungen unter Waffen, doch die erbarmungslosen Luft- und Bodenangriffe der ugandischen Armee töteten mehr seiner Kindersoldaten, als er entführte. Im Bemühen, die hohen Opferzahlen aufgrund der Bombardierungen aus der Luft zu vermeiden, befahl er, dass alle größeren Gruppen, die unterwegs waren, sich in kleinere aufteilen sollten.

Doch die Strategie ging nicht auf. Anthony war bei General Tabuley und fünfzig seiner besten Jungen geblieben, die sich fast ständig in den weiten straßenlosen Regionen des nördlichen Ugandas bewegten. Dennoch wurden sie fast täglich in Kämpfe mit der ugandischen Armee verwickelt.

Dann berichtete Kony über Funk, dass er wieder von dem Geist Jumma Driscer besucht wurde, dem sudanesischen Strategen, der nun befahl, dass jeder Angriff auf LRA-Soldaten mit einem rücksichtslosen Gegenangriff beantwortet würde. Es sollten keine Verteidigungspositionen eingenommen werden. Gegenangriff und Abzug waren das Gebot der Stunde.

Anthonys Tage im Kampf waren Anfang Dezember auf fünfhundertzwanzig angewachsen, als General Vincent und fünfzig seiner erfahrensten Kämpfer mit Tabuleys Gruppe zusammenkamen. Vincent erzählte Tabuley, dass LRA-Soldaten der sudanesischen Armee dabei halfen, die Stadt Torit zurückzuerobern, und dass der Große Lehrmeister als Belohnung mit Munition und Nachschub nach Süden kam. Sie sollten alle gemeinsam zwei Tage nach Norden marschieren und ihn an der Grenze treffen.

Anthony fürchtete sich vor dem Gedanken, dass sie womöglich wieder zurück in den Sudan gingen, weshalb er am ersten Tag des Marsches davonlaufen wollte. Doch Corporal Leonard war direkt hinter ihm, als Vincents und Tabuleys Soldaten in zwei UPDF-Patrouillen rannten, was kurze, heftige Gegenangriffe provozierte, bevor sie sich zurückzogen und in die dichteste Deckung gingen, die sie finden konnten.

Anthony konnte kaum schlafen und war unruhig und angespannt, als sie am zweiten Tag aufstanden und losgingen. Beide Generäle wirkten ebenfalls besonders wachsam.

Gegen neun Uhr kamen sie an jenem Morgen aus dem dichten Dschungel in eine Übergangszone vor der reinen Savanne, mit vereinzelten Lichtungen mit hohem Gras zwischen den Bäumen. Er hörte General Tabuley sagen: »Ich werde das Gefühl nicht los, dass wir beobachtet werden.«

»Oder sie benutzen Wärmesensoren, um uns zu entdecken«, sagte General Vincent, »was es ihnen leichter macht, uns in einen Hinterhalt zu locken.«

»Sie scheinen genau zu wissen, wo wir …«

Von der Rückseite einer der grasbedeckten Flächen zu ihrer Rechten gingen kurz hintereinander drei Gewehrschüsse los. Die zwei Soldaten vor Anthony fuhren herum, gingen in die Knie und feuerten auf die Stelle. Automatische Waffen schossen in Salven zurück.

»Angriff!«, schrie General Vincent.

Anthony stemmte seine Maschinenpistole an die linke Hüfte und begann zu schießen, genau wie alle LRA-Soldaten bei ihm, die das Gras und die Schösslinge niedermähten. Das Gegenfeuer war genauso wild. Einer von General Vincents Jungen neben Anthony bekam eine Kugel direkt in den Hals. Anthony hörte mit dem Schießen auf, als er sein Funkgerät krächzen hörte.

»Nine Whiskey, Nine Whiskey, bitte kommen!«

Er tauchte auf den Boden, nahm den Rucksack ab und zog das Kurzstreckenfunkgerät heraus.

»Nine Whiskey. Bitte identifizieren.«

»Two Bravo. Wir sind unter UPDF-Beschuss. Erbitten Unterstützung. Over.«

»Negativ, Two Bravo. Wir stehen ebenfalls unter UPDF-Beschuss. Over.«

Die Schüsse um ihn herum nahmen zu. Dann begann die nächste Meldung: »Nine Whiskey …«

Anthony hörte nicht mehr auf die Worte, die über Funk kamen. Er horchte auf den Hintergrundlärm.

»Feuer einstellen!«, rief er plötzlich hinter General Vincent und General Tabuley.

Tabuley drehte sich zu ihm. »Was?«

Anthony stellte das Mikrofon an und rief: »Eigenbeschuss, Two Bravo! Feuer einstellen, Two Bravo! Wiederhole, Eigenbeschuss! Wiederhole, Eigenbeschuss! Feuer einstellen!«

Tabuley begann zu rufen: »Feuer einstellen! Eigenbeschuss!«

Das Schießen ließ nach und hörte auf. Anthony, der wegen des Adrenalins in seinem Körper keuchte, hatte gemerkt, dass sie im Kampf mit einer anderen LRA-Einheit standen, als er über Funk dieselben Schussfolgen hörte. Doch erst da wurde ihm bewusst, dass Two Bravo die Bezeichnung des Fernmelders von Florence' Kommandeur war.

»Florence?«, flüsterte er, entsetzt über die pure Anzahl der Kugeln, die sie gerade in Richtung seiner Frau und seiner Kinder geschossen hatten.

Er sprang auf die Beine, schulterte seinen Rucksack und sein Gewehr und rannte los, dabei schrie er immer wieder: »Betty! Betty!«

Er drängte durch die kugelzerfetzte Vegetation am anderen Ende der Lichtung, sah zwei LRA-Soldaten, die er kannte, tot in den Bäumen liegen, und andere, die dort fassungslos standen. Hinter ihnen konnte er eine Gruppe Frauen ausmachen, die eine andere Frau trösteten, die auf Händen und Knien abgestützt über ein kleines totes Kind trauerte. Sie hatte das Gesicht von Anthony abgewandt, und für einen kurzen herzzerreißenden Moment dachte er, es wäre Florence.

»Betty!«, rief er. »Betty!«

Die Frau auf dem Boden reagierte nicht auf seine Rufe, doch eine Frau weiter hinten in der Gruppe tat es. Sie wirkte verwirrt, benommen, als sie nach der Stimme suchte, die ihren Namen rief. Doch dann sah Florence Anthony und begann zu weinen.

Zum ersten Mal, seit Patrick ihm Jahre zuvor gesagt hatte, dass er niemals vor anderen LRA-Soldaten Gefühle zeigen sollte, hatte Anthony Tränen in den Augen, als er jetzt zu Florence rannte. Als er sah, dass sie das Baby hielt und sich die kleinen Ärmchen bewegten und dass der kleine Kenneth dort stand und sich an den Knien seiner Mutter festhielt, erkannte er, wie nah sie alle dem Tod gekommen waren. Er selbst hätte sie erschießen können. Das Gewicht dessen, was hätte geschehen können, brach Anthony das Herz, und er ließ sich schluchzend in Florence' Arme fallen.

Sie standen lange da und hielten einander und weinten beide. Anthony hörte schließlich auf und wich sanft zurück. Als er Boniface sah, schien sein Herz fast sofort zu heilen und zu wachsen, und er begann erneut zu weinen, was bei ihr auch wieder Tränen auslöste. Dasselbe geschah, als er Kenneth hochnahm und Florence Anthonys kranken Arm anhob und sich um die Schulter legte. Doch jetzt lachten Florence und dann Anthony durch ihre Tränen hindurch.

»Opoka!«, rief General Tabuley zwischen den Bäumen hinter ihm. »Wo ist mein Fernmelder? Wir ziehen weiter!«

»Sofort, General!«, rief Anthony zurück, stellte Kenneth auf den Boden, dann flüsterte er zu Florence: »Siehst du meine Freude?«

»Siehst du meine Freude?«, antwortete Florence, lächelte und legte die Hand an seine Wange. »Geh jetzt. Wir sind hier hinten und warten auf dich.«

»Ich habe dir viel zu erzählen.«

»Ich auch.«

* * *

Anthony war im siebten Himmel, als die Reihen wieder losmarschierten. Sie verließen den Übergangsbereich und kamen in die offenere Savannen-Landschaft. Der Fernmeldekommandeur hätte mit höchster Aufmerksamkeit nach Hubschraubergeräuschen in der Luft horchen sollen. Doch das tat er nicht. Er marschierte vor General Tabuley und General Vincent, träumte von Florence und wie sie ihn jedes Mal mit solcher Freude erfüllte, wenn er sie sah. Wie groß Kenneth geworden war! Und wie Boniface mit seinen winzigen Händchen in die Luft geschlagen hatte!

*Ich bin so ein glücklicher Mann. Das hätte es gewesen sein können. Das Ende meines Lebens.*

In der Sekunde, als ihm dieser Gedanke kam, wusste er, dass es stimmte. Florence war nicht nur die einzige Person, die ihn noch mit einem Hauch von Normalität verband. Sie war die Mutter seiner Kinder und die Liebe seines Lebens. *Ohne sie und ohne die Jungen wäre ich nichts.*

Doch zum Glück musste er nicht länger in diese Richtung denken. Florence war mehr als lebendig. Sie war in der Reihe irgendwo hinter ihm. Ebenso seine Söhne.

Der Rest des Tages verlief in einer angenehmen Unschärfe und wurde sogar noch angenehmer, als sie den Treffpunkt erreichten und Kony in einem abgelegenen Hain mit zahlreichen jüngeren Ehefrauen antrafen, darunter auch Evelyn, und mehr als zweihundert LRA-Jungen, die mit Kisten voller Munition und Nachschub einschließlich Reissäcken und Kartons voller Sardinendosen auf sie warteten. Die Männer und Jungen sammelten Holz. Die Frauen und Mädchen bereiteten das Essen vor. General Tabuley und General Vincent wollten allein mit Kony sprechen. Für die Zeit wurde Anthony nicht benötigt.

Anthony verließ Control Altar, als Corporal Leonard ihm den Rücken zuwandte, und suchte zwischen den Bäumen und Frauen und Kindern, bis er Florence in der Hocke sah, wie sie mit einem Feuerstein ein Feuer anzünden wollte. Das Baby war gewickelt und lag auf dem Boden neben Kenneth, der zusammengerollt dalag und nach dem langen Fußmarsch und dem Schrecken der Schießerei schlief. Als Florence aufstand und ihn dort stehen sah, wirkte sie ein wenig verschämt, als sie ihn anlächelte.

»Wie lange stehst du schon da?«, fragte sie.

»Lange genug, um zu wissen, dass du das schönste Mädchen bist, das ich je gesehen habe.«

Sie lachte. »Jetzt hör dich nur an.«

»Hör *du* mich an, Schwester Betty.«

»Das tue ich, Commander Tony.«

Sie standen dort und himmelten einander eine Weile an. Anthony wollte zu ihr gehen, blieb aber stehen, als er eine Stimme hörte: »Flo? Bist du das?«

Sowohl Florence als auch Anthony sahen zu dem großen, dünnen Mann mit den kurzen Dreadlocks und dem Bart, der auf sie zukam, sein AK-47 über der Schulter, ein Bein dick bandagiert und mit einer Krücke balancierend. Er starrte Florence an, die nicht so recht wusste, wie sie reagieren sollte.

»Mein Name ist Betty«, sagte sie.

»Wie auch immer du dich in dieser gottverdammten Armee nennst. Ich bin's, Jasper.«

Florence blieb die Luft weg. Sie hob die Hand vor den Mund. »Jasper, bist du das wirklich?«

Er nickte und sie wären fast aufeinander zugegangen und hätten sich umarmt, stoppten aber rechtzeitig. Anthony war irritiert, bis Florence ihn ansah und flüsterte: »Das ist mein Cousin! Weißt du, derjenige, der immer die neuste Musik im Radio hört!«

»Und vor langer Zeit einer ihrer besten Freunde«, sagte Jasper lächelnd.

Anthony spürte, wie sich die Anspannung in ihm löste, als Florence sagte: »Das hier ist Fernmeldekommandeur Opoka, mein Ehemann und bester Freund.«

Jasper sah Anthony respektvoll an. »Commander Tony.«

Anthony lächelte. »Sie sagt, du kanntest alle Musik.«

»Das war einmal«, sagte Florence' Cousin.

Aus irgendeinem Grund dachte Anthony zurück an jenen ersten Kampf, als er sich seinen Weg in den Kampf gesungen hatte und den Gettoblaster fand und wie sie dann alle gesungen und getanzt hatten.

Er erzählte ihnen davon und sagte: »Aber ich kannte den Song gar nicht und wusste auch nicht, wer ihn gesungen hatte.«

»Wie ging er denn?«

Anthony sang den Refrain, wie er sich daran erinnerte.

Jasper lachte. »Das ist ›Somebody's Watching Me‹ von Rockwell. Ein großer Hit. Dazu habt ihr getanzt? Bei der LRA?«

»Das war der erste Song auf dem Mixtape«, sagte Anthony ebenfalls lachend.

Florence grinste Anthony an. »Ich hab dir doch gesagt, er kennt alle Songs. Und jetzt sind zwei meiner liebsten Menschen am gleichen Tag zurück in mein Leben gekommen. Wie glücklich bin ich nur!«

Anthony hörte einen dumpfen Ton in der Ferne. Er hob die Hand, um zu horchen. Sie verstummten und er hörte, wie sich das Geräusch verstärkte und dann zu einem leisen Flattern wurde.

Jasper rief: »Hubschrauber!«

Anthony nahm seinen Rucksack, sein Gewehr und Kenneth. Florence nahm Boniface und ihr Gewehr.

»Wohin?«, fragte sie voller Panik.

»Folgt mir«, sagte Anthony und eilte zu dem dichtesten Dickicht, das er sehen konnte. Sie stürzten hinein und Jasper humpelte hinterher.

Drei ugandische Armeehubschrauber dröhnten über das Wäldchen mit den vereinzelt stehenden Bäumen. Bis dahin hatte die UPDF Maschinengewehre benutzt, die hinter den Piloten in den offenen Türen der Hubschrauber aufgebaut waren. Doch jetzt feuerten die Piloten ihre eigenen Waffen ab, die auf den Landekufen befestigt waren: doppelläufige 20-mm-Maschinenkanonen, verheerende Waffen, die für gepanzerte Fahrzeuge gedacht waren, nicht für entführte Menschen, die um ihr Leben rannten.

Die Maschinenkanonen machten einen schrecklichen, stakkatoartigen Lärm, der ihnen immer wieder in die Ohren schlug, sodass sie strauchelten und ihren Weg in den dichten Busch suchten und immer weiterliefen. Anthony stellte Kenneth auf die Beine, ging an Florence vorbei nach vorn und begann, einen Weg vorwärts und weg von dem Luftangriff freizuschlagen.

»Ich bleibe hier«, sagte Jasper atemlos. »Ich kann nicht mehr.«

Florence sah zu Anthony.

»Nur noch ein bisschen«, sagte er.

Sie nickte, doch dann rief sie zu ihrem Cousin: »Wir sind nicht weit, Jasper. Das verspreche ich dir.«

* * *

Als sie sich schließlich hinsetzten und Atem schöpften, konnten sie noch immer den anhaltenden Angriff und das Gegenfeuer der LRA-Jungen hören. Boniface begann zu quengeln. Florence stillte ihn. Kenneth lag zum Schlafen neben ihr. Anthony beobachtete alles mit sanftem Lächeln.

Florence sah ihn an. Sie verzog leicht den Mund, wollte sprechen, doch das Zittern in ihrer Stimme verhinderte das. Sie schloss die Augen. Tränen liefen ihr über die Wangen. Schließlich räusperte sie sich und sah ihn mit einem herzzerreißenden Ausdruck an.

»Ich halte das nicht mehr aus, Anthony«, flüsterte Flo. »Ich sage mir immer wieder, ich kann es, doch ich kann es nicht. Das Leben sollte nicht so sein. Man sollte nicht dreimal am Tag vor Soldaten weglaufen müssen. Man sollte kein Kind auf die Welt bringen müssen, während jemand versucht, dich mit einem Maschinengewehr zu zerstückeln.«

Anthonys Lächeln war längst verschwunden. Sanft sagte er: »Ist das passiert?«

Sie nickte und weinte wieder und erzählte ihm von dem Abend, an dem sie ihre Wehen bekommen hatte, bevor sie mitten in der Nacht einen angeschwollenen Fluss an einer Sicherheitsleine überqueren mussten, wie sie sich hinter einem großen Baum verborgen hatten und wie sie dort am Flussufer das Baby auf die Welt gebracht hatte.

»Überall flogen Kugeln herum«, sagte sie. »Und Kenneth weinte und ich hatte niemanden, der mir half, und nichts außer meiner Liebe für dich und für Kenneth, um es durchzustehen.«

Sprachlos über ihre innere Stärke hörte Anthony ehrfürchtig zu, als Florence die ganze Geburt in allen Einzelheiten beschrieb, wie die Morgendämmerung kam und dazu ein junger Teenager, der von der Anwesenheit des Neugeborenen unter so vielen Toten berührt war, nur um kurz darauf zu sterben, als die ugandische Armee ihr schweres Maschinengewehr auf die Insel gebracht hatte.

»Sein Name war Boniface«, sagte sie. »Er wollte, dass unser Baby seinen Namen trägt, denn es bedeutet Jemand, der gute Dinge tut. Ist das nicht so süß und zugleich so traurig?«

»Es ist nicht nur traurig, es ist so verkehrt.«

»Er war dreizehn. Wird Boniface am Leben bleiben, bis er dreizehn ist? Und Kenneth? Wirst du noch leben, wenn sie dreizehn werden? Werde ich es tun?«

Anthony traf jede Frage wie ein Schlag vor den Kopf und ins Herz. »Das kann ich dir nicht sagen.«

»Ich kann es. Wenn wir hierbleiben, dann lautet die Antwort auf alle diese Fragen Nein.«

Wie bereits nach dem Zwischenfall mit dem Eigenbeschuss ein paar Stunden zuvor brach es auch jetzt Anthony das Herz, denn er wusste, dass sie recht damit hatte. Wie die Dinge liefen, war es nur eine Frage der Zeit, bevor eine Kugel oder eine Bombe oder eine Rakete oder eine Granate Florence, Kenneth, Boniface oder ihn treffen würde. Wenn sie so weitermachten, dann waren sie alle dazu verdammt, im Busch zu sterben.

»Was willst du tun?«

Florence schluckte. »Ich will es beenden. Ich will flüchten und weglaufen. Und zwar jetzt.«

Anthony schloss die Augen, dann öffnete er sie. »Glaubst du, dass ich ein mutiger Mann bin?«

»Ja, aber …«

»Glaubst du, dass ich dich liebe?«

»Das tue ich, aber …«

»Ich habe keine Angst vor dem Davonlaufen. Doch ich habe schreckliche Furcht davor, dich zu verlieren. Und Kenneth. Und Boniface.«

»Und ich sage dir, dass genau das passieren wird, wenn wir nicht weglaufen.«

»Und ich sage dir, wenn der Große Lehrmeister diesen Angriff überlebt und entdeckt, dass du und ich weg sind, dann wird er uns jagen. Er wird seine besten Spurenleser schicken. Leonard und wahrscheinlich Bacia.«

»Warum würde er das tun?«

»Ich könnte dir zehn Gründe nennen. Der TONFAS. Was ich über alles weiß. Doch vor allem würde er es aus Boshaftigkeit tun, um zu sehen, wie wir vor WerBistDu geschleppt und dann exekutiert werden.«

Florence saß lange schweigend da, bevor sie sagte: »Finde einen Ausweg für mich. Ich habe keine Angst zu gehen, wenn ich den Ausweg kenne.«

Anthony dachte erneut nach und hörte dann auf sein Herz. »Ich werde etwas Besseres machen. Ich werde jemanden finden, dem ich vertrauen kann, dass er dich herausführt. Wenn du sicher bist, dann werde ich auf meine Chance warten und dir folgen.«

Sie wirkte davon nicht überzeugt. »Wem in der LRA kannst du ausreichend vertrauen, um das zu tun?«

»Da gibt es nur zwei.«

# Vierunddreissig

Wie eine Katze in ihrem dreizehnten Leben überlebte Joseph Kony tatsächlich auch den Angriff mit den Maschinenkanonen, bei dem die UPDF gehofft hatte, die Führung der LRA zu vernichten. Stattdessen zwang sie den Großen Lehrmeister zur Änderung seiner Taktik und dauerhaften Teilung seiner Armee.

Vorbei waren die Tage, an denen Reihen von tausend und mehr LRA-Soldaten schamlos durch die Savanne marschierten und sich, besessen von den Geistern, singend kopfüber in die Schlacht stürzten. Sie wurden mehr wie eine traditionelle Guerilla-Armee, die in den südlichen Sudan und den Norden Ugandas hinein- und herausschlüpfte und brutal und häufig angriff.

Anthony konnte nur für einen Tag mit Florence, Jasper und den Jungen gehen. Am zweiten Tag befahl der Große Lehrmeister, die Verwundeten in ein Feldlazarett zu bringen, das sich näher am südlichen Sudan befand, um dort zu genesen, anstatt die marschierenden Reihen zu verlangsamen. Das bedeutete für Jasper, dass er in dieses Lazarett musste.

»Sie brauchen Krankenschwestern«, sagte Anthony zu Florence. »Ich glaube, du solltest dich freiwillig melden und gehen.«

»Ganz bestimmt nicht«, sagte sie. »Ich will nach Hause, nicht in die entgegengesetzte Richtung.«

»Die UPDF ist jetzt auf uns fixiert. So hättest du die Jungen in Sicherheit, bis ich jemanden für dich gefunden habe.«

»Es sei denn, ich finde selbst jemanden, oder?«

Er starrte sie an und lächelte etwas traurig. »Es sei denn, du findest selbst jemanden.«

Jasper sagte: »Ich passe auf sie auf, Commander Tony.«

Diesmal gab es keine der üblichen, gut gemeinten Neckereien zwischen ihm und Florence, bevor sie sich verabschiedeten. In ihrer Trennung lag eine Schwere, denn beide fragten sich, ob sie sich das letzte Mal sahen.

* * *

Erneut war Anthony dem Großen Lehrmeister als Fernmelder zugeteilt worden. Kony war hinter ihm in der Reihe, als die Nachricht kam, sie sollten zurück nach Norden in den Sudan gehen. Für den Funker war es wie ein Schlag in die Magengrube, als er erfuhr, dass sie nach Rubangatek zurückkehrten. Da der Große Lehrmeister jetzt wieder in der Gunst des Sudans stand, wollte er Weihnachten mit Fatima und den anderen älteren Ehefrauen und Kindern verbringen.

Sie marschierten wieder durch die Wildnis, fünf Reihen aus zwanzig bis vierzig Männern, Frauen, Jungen, Mädchen und kleinen Kindern. Anthony und Kony – wieder einmal als Frau gekleidet – und seine Frauen marschierten ein ganzes Stück hinter dem Anfang der dritten Reihe. Evelyn, die junge Ehefrau mit dem Baby und dem Kleinkind, verstauchte sich das Knie und benötigte Hilfe, sodass sie langsamer vorankamen.

Sie lagerten insgesamt vier Nächte, bis sich Evelyns Knie erholt hatte, und zogen dann weiter nach Norden. Nachdem er bereits mehr als drei Monate marschiert war, fühlte sich

Anthony erschöpft und begann zu zweifeln, ob er es den ganzen Weg zurück bis Rubangatek schaffen würde.

Dann erkannte er, dass er wieder auf eine Stimme des Leidens hörte, diesmal war es *Furcht,* die er mit der Atemtechnik und den Sprüchen auf Abstand hielt, die Mr Mabior ihm beigebracht hatte. Am Ende von jedem Zyklus sah er in Gedanken seine Frau und Söhne, die auf ihn warteten, und das war für ihn genug, um weiter einen Fuß vor den anderen zu setzen.

Beim Marschieren bemerkte Anthony, wie trocken das Grasland südlich und westlich der Imatong-Berge geworden war, und ihm wurde bewusst, dass es schon seit Wochen nicht mehr geregnet hatte. Kony bemerkte es ebenfalls. Er sagte, Dürre wäre ein schlechtes Omen. Dann berichtete er, die Geister hätten ihm nachts gesagt, dass er kurz vor einem schweren Verlust stehen würde.

Auch wenn manche Leute behaupteten, dass die Geister aufgehört hatten, den Großen Lehrmeister zu besuchen, hatte Anthony gelernt, zumindest auf Konys Instinkt im Hinblick auf kommende Ereignisse zu hören. Der LRA-Oberkommandant hatte vor Anthonys erstem Kampf den Sieg bei den Koromush-Kasernen vorhergesagt. Vor dem Kampf in Puge, bei dem Anthony von dem Flügel der Panzerfaust getroffen wurde, hatte er auch beschrieben, dass er »dunkle Visionen« hatte. Und schließlich hatten die Geister auch Konys Niederlage in Jebel Lem vorhergesehen.

Je weiter sie nach Norden marschierten, desto ausgedörrter wurde das Land. Sie gingen durch hohe, vertrocknete Bestände von Elefantengras, das im Vorbeigehen an ihnen scheuerte, wobei kleine Partikel in die Luft stiegen und bei ihnen Juckreiz, Niesen und Husten auslösten. Konys Laune verschlechterte sich, denn die sudanesische Regierung hatte erneut ihre Unterstützung eingestellt. Yango erzählte Anthony, dass der

LRA-Anführer nur wenig schlief und von Albträumen geplagt wurde, die er nicht unterbinden konnte.

Am 19. und 20. Dezember gerieten sie in einen Hinterhalt von Dinka-Rebellen. Fast zwanzig Kindersoldaten starben. Seltsamerweise schien das Konys Laune zu verbessern.

»Ich glaube, das ist das Pech, das mir vorhergesagt wurde«, sagte er Anthony. »Und ab jetzt werde ich wieder gut schlafen.«

In den Nächten des 22. und 23. Dezembers schlief der Große Lehrmeister so gut, dass er den Reihen befahl, noch schneller zu marschieren. Am Heiligabend brachen sie das Lager ab und machten sich in rasantem Tempo auf den Weg. Müde und noch immer nicht ganz gesund, hielt Anthony durch, indem er sich immer wieder daran erinnerte, dass sie sich mit jedem Schritt Rubangatek näherten. Gegen Mittag sahen sie an jenem Tag schwarze Wolken, die aufkamen und sich im Norden sammelten. Der Wind drehte und sie konnten Rauch riechen.

Als sie anhielten, um zu essen und für die Nacht zu ruhen, stieg Anthony auf einen Hügel in der Nähe und blickte nach Norden, wo er ungefähr zehn Kilometer entfernt eine Feuerwand sah, die im Südwind nach Norden trieb.

»Ich glaube, wir sollten uns zunächst nach Osten wenden, um das Feuer zu umgehen, und danach weiter nach Norden«, sagte er Kony, während er die Antennen für den abendlichen Funkspruch vorbereitete.

»Wie groß ist es?«

»Das größte Feuer, das ich je gesehen habe, Lehrer«, sagte Anthony.

Kony ließ ihn den Fernmelder in Rubangatek rufen und bat ihn, seine Frau Fatima ans Funkgerät zu holen und zurückzurufen. Ungefähr fünfzehn Minuten später tat sie das.

»Wo bist du?«, fragte sie. »Die Kinder fragen ständig und sind sehr aufgeregt, dich zu sehen. Ich kann es auch kaum erwarten.«

»Ich hatte gehofft, dass wir bis mittags dort sind«, sagte Kony. »Doch da ist ein großer Buschbrand nördlich von uns und westlich von euch. Wir müssen das Feuer umgehen.«

»Ruf an, wenn du nah bist, damit wir mit dem Kochen beginnen können«, sagte Fatima.

Kony versprach es ihr und Anthony beendete das Funkgespräch. Der Große Lehrmeister stand anschließend da und blickte nach Norden zu dem Glühen des Feuers, bevor er ohne ein Wort ging.

* * *

In der Nacht kam Wind auf, blies jetzt vom Südwesten und trieb das Feuer in nordöstliche Richtung. Als der Morgen dämmerte, wurde der Wind unberechenbar, drehte wieder nach Süden und dann nach Südosten und schickte die Flammen mit jedem Wechsel in eine andere Richtung.

Sie standen im Dämmerlicht auf und machten sich auf den Weg. Jede Person in den Reihen wusste, dass sie kurz vor einer langen und wohlverdienten Ruhepause waren, und ihr Tempo war von Anfang an schnell.

Als sie zahlreiche Hügel überquert hatten, konnte Anthony die Flammen sehen, die den Rauch hoch in den Himmel bliesen, während der Wind wieder drehte, jetzt aus dem Südwesten kam, sodass er das Feuer erneut nach Nordosten drückte. Er beobachtete es weiter, stellte Berechnungen an und kam auf Grundlage der Karten, die er am Abend zuvor mit Kony durchgesehen hatte, zu dem Ergebnis, dass das Feuer ein gutes Stück nördlich von Rubangatek vorbeiziehen würde.

Dennoch wählten sie eine andere Route, marschierten in Richtung Osten und dann nach Norden und umgingen so das Feuer. Sie überquerten einen Fluss und verliefen sich im Wald auf der anderen Seite, bevor sie schließlich gegen halb eins wieder auf die Savanne kamen.

Entfernt tanzten Flammen in und über dem Grasfeuer und verteilten nördlich, westlich und südöstlich von ihnen dichten Rauch. Kony befahl abrupt einen Halt und ließ Anthony den Antennendraht aufhängen. Er rief Fatima an und sagte ihr, dass es im Augenblick zu schwierig sei, am Feuer vorbeizukommen, und dass sie warten würden, bis sich ein freier Weg öffnete. Fatima antwortete, dass sie ebenfalls wegen des Feuers nervös waren, bis sich der Wind gedreht hatte. Gegenwärtig war das Feuer ein paar Kilometer nordwestlich von Rubangatek und brannte von ihnen weg. Sie und die anderen Frauen würden in zwei Stunden anfangen, das Weihnachtsessen zu kochen.

»Sag den Kindern, dass wir bald da sind«, sagte Kony und beendete das Gespräch.

Der Große Lehrmeister trug Evelyn und einer anderen Frau auf, ihm etwas zu essen zu kochen, während sie warteten, und dann stand er daneben, während sie das taten, und starrte wieder nach Norden zu den Flammen und dem Rauch.

Es verging etwas Zeit, bevor er verkündete, dass er nicht länger hungrig wäre und jetzt mit Evelyns junger Tochter Bakita zu Fatima gehen würde. Evelyn versuchte, es ihm auszureden, doch er ging einfach mit dem Mädchen auf den Schultern davon.

Anthony sprang auf, nahm seinen Rucksack mit dem Funkgerät, an den das Gewehr gebunden war, und eilte dem Großen Lehrmeister hinterher, da er nah bei ihm bleiben musste.

Fünfzehn Minuten später drehte sich der Wind erneut, kam jetzt aus West-Nordwest und begann zu stürmen und zu toben.

# Fünfunddreissig

***25. Dezember 2002***
***Rubangatek, südlicher Sudan***

Sie waren zwei Kilometer von Rubangatek entfernt und erstiegen einen kleinen Hügel, der ihnen die Sicht versperrte, als Anthony Töpfe schlagen hörte. Kony hörte sie ebenfalls. Sie eilten auf die Spitze des Hügels, blickten über das hügelige Tal zum Dorf und dann zu den Flammen, die oberhalb jener Ebene den Hang herunterkamen, wo die Familie des Großen Lehrmeisters wohnte.

»Fatima!«, rief Kony, dann übergab er Anthony Bakita, das kleine Mädchen, und sprintete den Hügel hinab.

Das Kind begann zu weinen, als Anthony versuchte, mit dem Großen Lehrmeister Schritt zu halten. Anthony wurde etwas langsamer, um es zu beruhigen und Kony weiter im Blick zu behalten. Für den ersten Kilometer konnte er nur daran denken, ob das Feuer wohl den Fluss überqueren und das Haus erfassen würde, das er vor langer Zeit für Florence gebaut hatte. Doch dann, als er gerade seine alte Hütte in den Blick bekam, drehte sich der Wind um fast einhundertachtzig Grad.

Er sah Kony an einer Frau vorbeilaufen, die mit dem Topf Alarm geschlagen hatte und jetzt zu einem Pfad eilte, der das Flussbett überquerte. Er sah die Flammen über den Hang zurückweichen und das Feuer in der Ebene darunter abebben.

»Hier«, sagte er zu der Frau mit dem Topf. »Kannst du sie nehmen? Evelyn, die Frau des Lehrmeisters, wird bald hier sein.«

Er gab ihr das Mädchen und wandte sich ab, um Kony zu folgen.

»Was machst du denn? Da brennt es noch«, rief sie ihm hinterher.

»Es ist meine Aufgabe, nah bei ihm zu bleiben«, sagte er und lief nach Osten zu dem Pfad.

Er erreichte ihn und sah Kony auf einem Baumstumpf sitzen und über das Flussbett blicken, wo das Feuer so gut wie erloschen war und nur noch aus Rauch, Asche und Hitze bestand.

Der Große Lehrmeister bemerkte Anthony, blinzelte dumpf und schüttelte dann leicht den Kopf, wie bei einem beunruhigenden Insekt.

»Meine Frauen und Kinder«, sagte er mit benommener Stimme. »Ich bin mir sicher, dass es schlimm ist, Opoka, und ich kann nicht … Kannst du gehen und nachsehen, ob man irgendwas für sie tun kann? Hier, nimm das.« Er hielt ihm eine Zahnpastatube entgegen. »Sie sollen es auf ihre Haut tun. Cilindi sagt, dass es hilft.«

Anthony hatte so etwas noch nie gehört, nahm deshalb die Zahnpasta nicht an sich und ging den Pfad entlang, während er sich für das Kommende stählte. Er überquerte den Fluss, spürte die Hitze zunehmen und mit jedem Schritt stärker werden.

Dann hörte er einen Jungen mit verwirrter Stimme jammern. »Mami! Mami, ich kann nichts sehen!«

Anthony ging schneller. Er kletterte auf der anderen Seite die Uferböschung hinauf. Vor ihm breitete sich eine Vision der Hölle aus.

* * *

Alles, was zuvor auf der Ebene gestanden hatte, war zu Asche und Kohle verbrannt: das Gras selbst, das an manchen Stellen brusthoch gewachsen war, und die mit Grasdach und Graswänden gebauten Hütten, in denen Fatima, Nighty und Christin mit ihren Kindern zu schlafen pflegten. Zwischen den verkohlten Ruinen der Hütten lagen gruppenweise Körper. Vier von Fatimas Kindern lagen tot in einem Kreis direkt vor ihm. Es sah aus, als hätten sich alle vor dem Feuer schützen wollen und waren unvorbereitet von den Windwechseln und der Feuersbrunst, die den Hügel hinuntergekommen war und die Hütten umfasst hatte, erwischt worden und lebendig verbrannt.

»Mami!«

Da bemerkte Anthony schockiert einen von Fatimas kleineren Jungen, allerdings konnte er nicht sagen, wer es war, denn das arme Kind war völlig verbrannt. Er ging im Kreis herum und griff immer wieder um sich.

»Es tut so weh, Mami.«

Evelyn kam angehumpelt, ihr Baby auf dem Rücken, die Zahnpasta in der Hand. Andere Frauen, Männer und Kinder folgten. Sie und ein paar andere gingen zu dem Jungen, um ihn zu trösten, doch er ließ sich nicht beruhigen.

Ein anderer Junge von Fatima kam angestolpert. Er hatte kleinere Verbrennungen hinten an den Beinen und Armen, wirkte ansonsten aber körperlich unversehrt. Wie es um seinen Geist stand, war schwer zu erkennen. Er schrie, dass seine Mutter tot sei.

»Wo ist sie?«, fragte Anthony.

Das Kind zeigte zurück zu einer Rauchsäule, die von einem Körper aufstieg, der am anderen Ende der Ebene in einem Graben lag. Anthony war so schockiert über Fatimas schreckliches Schicksal, dass er einfach dort stehen blieb und das

Ausmaß der Tragödie und ihren zufälligen Grund nicht erfassen konnte. Der Wind hatte gedreht, und acht Kinder, drei Frauen und ein Leibwächter waren tot.

Sie trugen den erblindeten Jungen auf einem Laken. Als sie das Wasser erreichten, versuchten sie, feuchte Tücher und Wasser auf ihn zu legen. Er begann heftig zu zittern, dann wich das Leben aus ihm und er starb. Neun Kinder waren tot.

* * *

Dann ging Anthony davon. Es gab nichts mehr zu tun, als die Toten zu begraben, und mit seinem Arm war er dafür nicht der richtige Mann.

Kony saß noch immer auf dem Baumstumpf. Der Große Lehrmeister sah ihm in die Augen. »Sag es mir.«

»Fatima, Nighty und Christin sind alle tot. Fünf deiner Kinder von Fatima sind tot, darunter der kleine Kony. Zwei deiner Kinder von Nighty. Und zwei von Christin.«

Der LRA-Anführer starrte Anthony an, als hätte er in einer fremden Sprache gesprochen. Dann flüsterte er: »Wie kann das sein?«

Anthony wusste nicht, was er sagen sollte, deshalb stand er nur da, während Unglaube und Trauer sich auf Konys Gesicht abzeichneten.

»Neun Kinder?«, flüsterte der Große Lehrmeister.

»Ja.«

Er runzelte die Stirn. »Ich weiß nicht, wie ich ohne Fatima leben soll. Sie ...«

Sein Unterkiefer bewegte sich leicht nach links und nach unten, wie es Anthony schon beobachtet hatte, wenn der Geist von WerBistDu die Kontrolle über ihn übernahm. Kony schloss die Augen und begann zu zittern und zu schwitzen.

Anthony wurde nervös, da er wusste, dass der Große Lehrmeister durch das, was mit seiner Familie geschehen war, leicht zu einem Mord neigen konnte. Dann wollte er nicht in seiner Nähe sein.

Doch dann öffnete der LRA-Anführer seine blutunterlaufenen Augen und stand wackelig auf. »Geh zu deiner Frau und deinem Sohn. Wenn ich dich brauche, dann schicke ich jemanden.«

Florence befand sich in dem Krankenhaus im Busch des nördlichen Ugandas, doch Anthony nickte und senkte dann den Kopf. »Es tut mir sehr leid für das, was Euch geschehen ist, Lehrer. Kein Mann sollte so etwas durchmachen müssen.«

»Doch ich muss es, Opoka«, sagte er und ging zu dem kleinen Hof, wo er immer wohnte, wenn er in Rubangatek war.

Anthony sah ihm einen Moment nach, bevor er in die entgegengesetzte Richtung ging. Zwei Männer eilten zu ihm. Einer war General Vincent, der andere Patrick Lumumba.

Monate waren vergangen, seit er einen von ihnen zuletzt gesehen hatte, doch es gab keine lange Begrüßung.

»Wie schlimm?«, fragte Vincent. Der hagere Stellvertreter des LRA-Kommandeurs agierte immer engagiert, doch auch pragmatisch. Häufig hatte Anthony erlebt, wie Vincent Kony etwas ausgeredet hatte, wenn er verrückte Vorschläge machte wie Missionen zum Massenselbstmord. Er war einer der wenigen Leute, die unverblümt mit dem Großen Lehrmeister reden konnten, und Anthony mochte ihn dafür.

Anthony nannte ihnen dieselbe Zahl an Toten wie Kony.

Der General war bestürzt. »Wo ist er?«

»In seiner Hütte«, sagte Anthony und zeigte durch die Bäume auf dieser Seite des Flussbetts.

Patrick ergänzte: »Wo er seine Waffen aufbewahrt.«

Vincent schien von der Idee beunruhigt. »Du hast recht, Sergeant. Ein Mann, der so viele Frauen und Kinder auf einmal verliert, der ist kaum noch Herr seiner Sinne. Ich werde mit ihm sprechen und ihn dazu überreden, mit mir zu kommen. Wenn wir weggehen, dann entfernt seine Waffen und bringt sie in meine Hütte.«

»Sofort«, sagte Patrick. »Opoka wird mir dabei helfen.«

* * *

Kony war gerade auf der Latrine, als sie Control Altar betraten, zu seiner Hütte gingen und seine Waffen nahmen, darunter auch seine geliebte Beretta, die er häufig bei sich trug. Sie schlüpften wieder davon, ohne dass er überhaupt merkte, dass sie dort gewesen waren. Evelyn kam herein, als sie gingen.

Draußen flüsterte Anthony: »Ich sollte dich das nicht fragen, denn ich weiß, dass du dich bereits mehrmals revanchiert hast, doch ich brauche deine Hilfe, Patrick.«

»Worum geht es?«

»Kannst du Florence und meine Söhne rausbringen? Ihnen bei der Flucht helfen?«

Patrick reagierte verärgert. »Du hast recht. Du hättest mich nicht fragen sollen. So eine Hilfe könnte mich umbringen, dazu dich und deine Frau und Kinder. Also nein.«

Er ging davon, bevor Anthony etwas erwidern konnte. Dieser setzte sich in den Schatten außerhalb von Control Altar und merkte, dass er besser nicht gefragt hätte und damit ihre Freundschaft in Gefahr brachte, die noch aus einer anderen Zeit stammte. General Vincent und Yango gingen hinein.

Anthony schlief in jener Nacht unruhig außerhalb des Grundstücks, hörte Kony jammern, zetern, weinen. General Vincent weckte ihn am nächsten Morgen.

»Wir brauchen dich dadrin«, sagte Vincent. »Er vertraut dir und ich vertraue darauf, dass du ihn beruhigst.«

Anthony erinnerte sich an den verwirrten Ausdruck auf Konys Gesicht, als er auf diesem Baumstumpf am Weg gesessen hatte, der zu der verbrannten Lichtung führte, wo Fatima und seine Kinder gestorben waren. Er erinnerte sich auch daran, wie er ihm Zahnpasta als Brandsalbe angeboten hatte.

»Okay«, sagte Anthony und seufzte. »Ich gehe wieder rein.«

General Vincent räusperte sich. »Da ist noch mehr, Commander.«

»Sir?«

»Er verfällt immer wieder in lange Momente des Schweigens, in denen er einfach nur vor sich hinstarrt. Dann fragt er nach einer Pistole und wird sehr wütend, wenn wir ihm keine geben. Ich will, dass du dafür sorgst, dass er keine bekommt. Zumindest nicht so bald.«

»Ich, Sir?«

»Drei Hauptfrauen sind tot, Opoka. Und Lily ist sehr krank und kann nicht kommen. Er hat Yango. Er hat mich. Er hat Evelyn und die jüngeren Frauen, und er hat dich. Doch von uns allen bist du derjenige, der fast immer bei ihm sein wird. Du bist in der größten Gefahr.«

Anthony erkannte das und sagte: »Keine Pistolen. Dafür werde ich sorgen.«

Er ging zum Eingang von Control Altar.

Der Wachtposten erkannte ihn und salutierte. »Commander Tony.«

Er erwiderte den Gruß, dachte gar nicht darüber nach, wie schnell er in den Rängen der Lord's Resistance Army aufgestiegen war. Er stählte sich dafür, bei Kony zu sein, wenn der am unberechenbarsten war.

Anthony hatte bereits Eindrücke vom puren Wahnsinn des Mannes bekommen. Er sah es zum ersten Mal, als Kony mit dem Geist WerBistDu sprach. Er hatte es schon ein Dutzend weitere Male beobachtet, wenn der Große Lehrmeister von einem Rückschlag erfuhr, völlig ausrastete und damit drohte, zur Vergeltung viele Menschen zu töten. Irgendwie hatte Anthony es immer geschafft, nicht in Konys Visier zu geraten, indem er einfach seine Aufgaben korrekt erfüllte und nicht zu genau hinhörte, wenn ihn der Große Lehrmeister mit Lob überschüttete. Jetzt wollten die Generäle, dass Anthony die ganze Zeit im Blick des LRA-Oberkommandeurs blieb.

Er fand das innere Heiligtum von Control Altar wie immer vor, mit neun Grashütten in drei Dreierreihen. Doch die Hütten in der dritten Position der ersten und dritten Reihe waren leer. Sie hätten voller Frauen und Kinder sein sollen.

Anthony sah niemanden, bis er Kony auf einem Stuhl vor seiner Hütte entdeckte, zusammen mit Yango, General Vincent und seiner jungen Frau Evelyn, die auf Knien weinte.

»Bitte, Lehrer«, sagte Evelyn. »Bitte. Bitte entlasse mich. Lass mich meine Babys nach Hause bringen.«

Konys Augen waren rot, feucht und geschwollen und blinzelten ständig, wie bei einem alten Hund, während er mit seiner linken Hand Gebetsperlen bewegte und sagte: »Unsere Babys, Evelyn. Also nein.«

Sie wurde lauter und verstärkte ihr Bitten. »Willst du, dass sie genauso sterben, wie deine neun Kinder gerade gestorben sind? Willst du, dass ich wie deine drei anderen Frauen ende?«

Er sah sie für einen Moment so hasserfüllt an, dass Anthony befürchtete, Evelyn wäre zu weit gegangen, dass er aufstehen und sie niederschlagen, ihr zumindest eine Ohrfeige geben würde.

Doch dann fiel er in sich zusammen und sagte: »Das will ich nicht. Kann mir jemand meine Beretta holen?«

Evelyn erschauerte und sagte: »Joseph, lass mich frei. Lass mich nach Hause gehen.«

»Nein«, sagte er fest. »Du bist jetzt alles, was ich noch habe, Evelyn. Siehst du das nicht? Kann mir jemand meine Pistole holen?«

Bevor Yango oder General Vincent antworten konnten, trat Anthony vor und sagte: »Hallo Lehrer. Ihr habt nach mir gefragt?«

Kony schien wieder zurück im Dunst der Trauer und des fehlenden Schlafes zu sein. Er starrte Anthony mit einem verwirrten und erschöpften Ausdruck an.

»Der einarmige Fernmelder kehrt zurück«, sagte er. »Der einzige Zurechnungsfähige in dem Haufen.«

Anthony ignorierte das und sagte: »Lehrer, werdet Ihr um neun Uhr senden?«

Er dachte darüber nach, bevor er den Kopf schüttelte. »General Vincent wird das heute machen. Und vor und zwischen den Sendungen, Commander Opoka, wirst du mir meine Pistole holen, die Beretta.«

Anthony spähte zu dem Sicherheitschef und dem Stabschef des Großen Lehrmeisters, die beide leicht den Kopf schüttelten.

»Mir wurde gesagt, dass es damit mechanische Schwierigkeiten gab, Lehrer«, sagte Anthony.

»Was für Schwierigkeiten mit der Mechanik?«, fragte er skeptisch. »Das ist eine Beretta.«

»Sand ist in den Verschluss geraten, Lehrer. Der Abzug ist gebrochen. Der Schlagbolzen wurde beschädigt, doch sie glauben, das lässt sich reparieren. Es dauert nur ein wenig.«

Evelyn sagte: »Ich appelliere an deine Barmherzigkeit, Lehrer. Bitte, lass mich gehen.«

Kony ignorierte sie, starrte Anthony an und wurde zornig. »Dann besorg mir eine andere Pistole, Opoka. Geladen. Mit Ersatzmagazinen.«

Yango sagte: »Ich werde für Euch suchen, Lehrer.«

General Vincent sagte: »Aber Ihr wisst, dass unsere Waffenkammer in allem sehr knapp ist.«

Die Augen des LRA-Anführers blinzelten langsam. Dann sagte er verächtlich: »Das weiß ich. Deshalb sind wir hier. Um neue Waffen zu bekommen. Weshalb denkst du, ich wüsste das nicht, General Vincent?«

Vincent sah aus, als wäre er lieber woanders.

Anthony sagte: »Lehrer? Ihr müsst schlafen. Die Beerdigung für Eure Frauen und Kinder ist am Nachmittag.«

Kony sagte: »Bevor die Sonne untergeht.«

»Ganz genau. Schlaft deshalb jetzt.«

Der Große Lehrmeister nickte, stand auf und ging zum Eingang seiner Hütte.

Evelyn rief hinter ihm her: »Lehrer, kannst du …«

Anthony packte sie an der Schulter und drückte mit seiner gesunden Hand. Kräftig.

Sie jaulte auf, dann sah sie ihn an und zischte: »Das darfst du nicht. Ich bin seine Frau.«

»Eine Frau, die entlassen werden will«, sagte Anthony leise. »Lass ihn fürs Erste in Ruhe. Lass ihn das hinter sich bringen. Hilf ihm dabei, und vielleicht wird er dir dann deinen Wunsch erfüllen.«

Evelyn sah aus, als wollte sie mit ihm streiten, doch dann gab sie nach und nickte.

Kony schlief mehrere Stunden und schien klarer im Kopf, als er wieder aus seiner Hütte kam. Doch je näher die Beerdigung rückte, desto mehr kehrte der Nebel der Benommenheit wieder zurück über den Großen Lehrmeister. Zweimal fragte er Anthony, ob der ihm schon eine Ersatzpistole beschafft hatte.

Während der Zeremonie an den Gräbern wirkte Kony stumpf und fast abwesend. Er starrte auf den Boden, als die Namen der Toten ausgerufen wurden. Er zeigte keine Gefühle, bis die Namen von Fatima und seinem Lieblingssohn Kony genannt wurden. Er schluckte und ließ den Kopf hängen. Seine Schultern bebten mehrfach, bevor es aufhörte.

Er stand auf, ging stumm zu jedem Grab, segnete sie mit Sheabutter, stand betrübt vor den Gräbern von Christin und Nighty und schluckte wieder vor Fatimas letzter Ruhestätte. Doch dann ging er einfach mit zwei Leibwächtern davon, und Anthony eilte hinter ihm her.

»Ich verdiene es nicht zu leben, Opoka«, sagte Kony, als sie sicher in Control Altar waren. »Die Geister haben mich verlassen. Selbst der einfältige Cilindi will nicht mehr mit mir sprechen. Bring mir eine Pistole und lass mich mein Elend und das aller anderen beenden.«

# Sechsunddreissig

Für einen wirklich langen Moment überlegte Anthony, genau das zu tun: in eins der Waffenlager zu gehen und eine geladene Pistole zu holen, um sie dem Großen Lehrmeister zuzustecken. Doch er hätte sich damit einem direkten Befehl von General Vincent widersetzt, dem Mann, der die LRA anführen würde, wenn Kony nicht mehr wäre. Anthony wusste, er könnte die Welt von Jumma Driscer, WerBistDu und sogar dem albernen Cilindi befreien, könnte sie von dem verrückten Hund befreien, der von diesen Geistern besessen war, einem Höllenhund, der schon vor Ewigkeiten hätte zur Strecke gebracht werden sollen.

Doch Anthony wusste genau, dass er sich damit auch selbst töten würde. Und was würde dann mit Florence, Kenneth und Boniface geschehen?

»Opoka?«, sagte Kony.

»Lehrer«, erwiderte Anthony schließlich. »Ihr leidet. Ich will niemandem eine Waffe geben, dem es so schlecht geht wie Euch.«

Der Große Lehrmeister kniff die Augen zusammen und seine Züge verhärteten sich. Anthony dachte, er hätte sich verkalkuliert. Er hatte mit Mitgefühl gesprochen, doch vielleicht wollte Kony kein Mitgefühl, vielleicht würde er wie ein Hund attackieren, der zuvor im Leben geschlagen wurde.

»Wenn ich dir einen direkten Befehl gebe?«

Anthony schluckte, spähte zurück zu dem Kriegsherrn. »Bitte nicht, Lehrer.«

Kony sah schließlich weg, spuckte auf den Boden und setzte sich dann auf die Bank vor seiner Unterkunft. Er legte den Kopf in die Hände und stöhnte: »Wie soll ich dann dieses Leiden beenden, Opoka? Es ist überall und es ist endlos. Ihr Verlust ist endlos. Es gibt überhaupt keine Gerechtigkeit dabei.«

Anthony erinnerte sich zurück an seinen Nachmittag mit Mr Mabior und glaubte, er verstand die Stimmen, die den Großen Lehrmeister quälten. *Mangel* reizte ihn mit der Ungeheuerlichkeit seines Verlustes, der Endgültigkeit darin. Wenn *Mangel* nicht sprach, dann war es *Gewalt,* die ihn mit seiner Unfähigkeit konfrontierte, das Unabänderliche zu akzeptieren, um Gerechtigkeit von der Natur zu bekommen. Und wie falsch das für einen Mann war, der mit Geistern sprach. Und wie unfair das für einen Mann war, der Gewitter heraufbeschwor.

Der junge Fernmeldekommandeur stand da und sah den LRA-Oberkommandeur leiden. Er wusste, dass er womöglich Konys Schmerz lindern konnte, wenn er ihm beibrachte, wie man die vier Stimmen des Leidens erkannte, die Bedeutung, ihnen einen Namen zu geben, und die einfachen Methoden, die ihm der Ladenbesitzer gezeigt hatte, um sie ausreichend zu beruhigen, damit man klar denken konnte.

Doch Anthony sagte nichts und tat auch nichts, um dem Großen Lehrmeister zu helfen. Obwohl ihm jeder leidtat, der in der Feuersbrunst gestorben war, spürte er kalte Gleichgültigkeit gegenüber dem, was Kony durchlitt. Nach allem, was in seinem Namen geschehen war – die Entführungen, die Ermordungen, die Verstümmelungen –, schien es ihm, als würde der Mann seinen gerechten Lohn bekommen.

In den folgenden Tagen schwankte Konys Laune ständig von jämmerlichem Kummer bis zu unverhohlenem Zorn. Auf den Höhen und Tiefen seiner Emotionen verlangte er nach einer Pistole, um das Leben eines erfundenen Feindes zu beenden oder sein eigenes auszulöschen. Jedes Mal weigerte sich Anthony, was den Großen Lehrmeister einmal so verärgerte, dass er seinem Fernmelder durch den ganzen Control Altar folgte, wobei er wie ein spielendes Kind mit der rechten Hand eine Pistole formte.

»Peng!«, sagte Kony und stieß mit dem Lauf seiner eingebildeten Waffe gegen Anthonys Stirn. »Peng, du bist tot, Commander Tony. Sobald ich eine Pistole bekomme, peng, dann bist du tot!«

»Ja, Lehrer«, sagte Anthony und wartete, bis er davonging, worauf er seinen Körper ein paar Sekunden zittern ließ, bevor er sich wieder fasste.

* * *

Florence war so sehr damit beschäftigt, sich um ihre Kinder zu kümmern und im Krankenhaus zu arbeiten, wo schwer verletzte LRA-Soldaten behandelt wurden, dass sie kaum Zeit fand, um über sich selbst nachzudenken oder etwas für sich zu tun. Und auf persönlichen Befehl des Großen Lehrmeisters wurde sie ständig von LRA-Wachen beobachtet.

Sie wusste, warum Kony sie gefangen halten wollte. Es belastete sie, während sie arbeitete, und sie spürte, wie ihr Wille schwand, das alles weiterhin mitzumachen. Ihre Stimmung verschlechterte sich immer, wenn sie Nine Whiskey morgens und nachmittags die Funksprüche übertragen hörte, wo er einen Kampf und Rückzug nach dem anderen beschrieb.

Sie fragte sich, ob Anthony schon jemanden gefunden hatte, der ihr bei der Flucht helfen konnte, oder ob das nur etwas war, an das man sich klammern konnte, während die Tage im Busch zu Wochen und dann zu Monaten wurden. Sie flehte ihren Kommandeur, David Lakwall, mehrmals an, sie freizulassen. Jetzt hatte sie zwei Kinder. Kony sollte sie endlich gehen lassen.

Doch als Lakwall mit Nine Whiskey funkte, um nach der Genehmigung des Großen Lehrmeisters zu fragen, hörte sie Anthonys grimmige Stimme: »Lehrer verweigert die Genehmigung. Betty ist zu wichtig für die Sache. Over.«

*Ich bin Anthonys Kette,* dachte sie nachts verbittert. *Ich halte ihn fest an Konys Seite.*

* * *

Wann immer Anthony die Ablehnung des Großen Lehrmeisters über die Freiheit seiner Frau und seiner Söhne übermitteln musste, konnte er Florence vor seinem inneren Auge erkennen, wie sie dort am Funkgerät saß, hoffte, betete, dass dies der Tag sei, an dem Kony entschied, sie freizulassen, nur um ihre Träume erneut zerbrechen zu sehen.

Er hatte miterlebt, wie Kony das Gleiche mit seiner Frau Evelyn nach Fatimas Tod getan hatte. Er gab ein Versprechen, dann brach er es. Gab Hoffnung, um sie dann wieder auszulöschen. Er glaubte, dass der Große Lehrmeister tief im Innern seine kleinen und großen Grausamkeiten genoss.

Seine eigene Beziehung zu Kony war ein ständiges Auf und Ab. An einem Tag war er noch dazu bestimmt, Kommunikationsminister in seiner Regierung in Kampala zu werden. Am nächsten verbannte ihn der Große Lehrmeister aus seinen Augen und verschwand manchmal tagelang.

Kony blieb mehr als zwei Monate nach dem Brand in Rubangatek. Doch Ende Februar waren sie wieder unterwegs, gingen in den Süden und schlüpften wieder nach Uganda. Zu Anthonys Überraschung verkündete der Große Lehrmeister nach der Überquerung der Grenze, dass er sich mit Florence' Kommandeur bei dem Krankenhaus im Busch treffen würde.

Sie erreichten das Lager mit dem Krankenhaus Mitte März. Anthony kümmerte sich um Konys Funksprüche, dann ging er, um Florence und die Jungen zu finden, während ein Hilux-Fahrzeug kam und mit dem Großen Lehrmeister davonfuhr.

* * *

Zur gleichen Zeit war Florence ungefähr einen Kilometer entfernt auf einem Feld und jätete das Unkraut zwischen Reihen von fast erntereifem Kohl und Maisstängeln, die kaum aus der dunklen Erde gekommen waren. Kenneth, der fast drei Jahre alt war, spielte auf dem Boden etwa sechzig Meter von ihr entfernt neben dem Feldweg, der zurück zum Lager und zum Ufer des Flusses führte.

Der fünf Monate alte Boniface war auf ihren Rücken gebunden und schlief. Sie genoss die Feldarbeit, die sie an ihr Zuhause erinnerte, als sie ein näher kommendes Auto hörte, einen Hilux-Pick-up, der über den holprigen Weg kam, der vom Krankenhaus zu den Feldern führte. Auf der Ladefläche saßen fünf LRA-Soldaten mit Gewehren. Vorn auf dem Beifahrersitz saß eine Frau. Sie hatte einen weißen Schal vor dem Gesicht.

Der Fahrer schaltete einen Gang herunter, als er sich einem Schlagloch voller Regenwasser näherte, und gab Vollgas, als die Reifen wieder herauskamen, wodurch der Auspuff kurz unter Wasser kam und der Motor eine Fehlzündung hatte. Florence erschrak. Kenneth war näher an dem Geräusch und begann vor Angst zu schreien.

Bevor sie bei ihm war, blieb der Wagen stehen und die Frau stieg aus. Sie ging direkt zu Kenneth, ließ den Schal vom Gesicht fallen und nahm Florence' Sohn hoch, der noch lauter heulte.

Florence lief mit ihrer Hacke zu ihnen und hörte, wie die Frau mit einer tiefen und seltsam vertrauten Stimme sagte: »Alles ist gut, mein lieber Junge. Da ist nichts, wovor du dich fürchten musst.«

Florence blieb stehen und sah, dass es der verkleidete Joseph Kony war. Der Große Lehrmeister schien sie gar nicht zu beachten, sondern konzentrierte sich allein auf Kenneth.

»Ich hatte kleine Jungen in deinem Alter«, sagte er in tröstendem Ton. »Sie haben sich alle erschreckt, aber du musst das nicht.«

Florence wusste nicht, warum, war aber plötzlich beunruhigt, dass Kony ihr Baby hielt. Er hatte gerade erst den Großteil seiner Familie verloren, doch Florence empfand kein Mitleid für ihn.

*Tu meinem Baby nicht weh,* dachte sie und versuchte, ihren Atem unter Kontrolle zu bringen. *Tu ihm bitte nicht weh.*

Der Große Lehrmeister begann, für Kenneth eine Melodie zu summen, sodass sein Weinen nachließ. Dann begann Kony, leise zu singen. »Weine nicht, kleiner Junge. Der Lehrer ist keine Hyäne, die dich verschleppen will.«

Dazu wiegte er Kenneth und drehte sich in kleinen Kreisen, summte weiter, bevor er das Baby plötzlich hoch über den Kopf hob. »Er ist ein braver kleiner Junge«, sang er. »Ein braver kleiner Junge.«

Florence sah die Emotionen über das Gesicht des Großen Lehrmeisters wandern: Freude und Trauer und Zorn, eins nach dem anderen, während er den Jungen hochhielt und schaukelte.

Schließlich ließ Kony Kenneth langsam herunter, hielt die Wange des Jungen an seine eigene und sang: »Der Lehrer hatte brave kleine Jungen, die waren wie du. Genau wie du.«

Er strich Kenneth über den Rücken und drehte sich weiter, bis er Florence sah und innehielt. Für einen Moment erkannte sie nichts Vertrautes, nichts Menschliches in seinen Augen. Es war, als würde sie in dunkle Brunnen blicken, die keinen Boden hatten.

Der Große Lehrmeister lächelte sie seltsam an. »Ich erinnere mich an meine Jungen in dem Alter. Da ist etwas Besonderes. So unschuldig, zugleich so bereit, in Schwierigkeiten zu geraten.«

Florence nickte. »Ja, Lehrer.«

»Wie heißt er?«

»Kenneth, Lehrer.«

»Ah. Und wer ist sein Vater?«

Sie schluckte und sagte: »Commander Opoka. Euer Fernmelder. Ich bin Betty, seine Frau.«

Konys Augen wurden wieder dunkel und bodenlos.

»Wessen Liebe hast du als Kind ersehnt, Betty?«

»Lehrer?«

»Nach wessen Liebe hast du dich gesehnt? Deines Vaters? Oder deiner Mutter? Die Liebe, von der du nicht genug bekommen hast. Antworte schnell. Es gibt kein richtig oder falsch.«

»Meines Vaters, denke ich«, sagte sie und fühlte sich unbehaglich. »Meine Mutter und ich standen uns sehr nah.«

»Hm«, sagte er, nickte und hob Kenneth noch einmal hoch und wieder runter. »Ich erinnere mich gar nicht, dass meine Jungen so schwer waren. Wie alt ist er?«

»Fast drei, Lehrer.«

»Drei und noch immer so eine pummelige Wange«, sagte er mit verstellter Stimme zu Kenneth. »Würde Kenneth gern mit dem Lehrer nach Hause kommen? Möchte er das?«

Eine Grube tat sich in Florence' Bauch auf. Sie wurde riesig, als er sie seltsam anlächelte.

»Was glaubst du, Betty, Frau von Commander Tony, die sich nach der Liebe ihres Vaters gesehnt hat?«

Sie wusste zuerst nicht, was sie sagen sollte, doch dann erwiderte sie: »Ich glaube, ein Kind gehört zu seiner Mutter und seinem Vater, Lehrer.«

»Aber er ist so ein großer Junge. So schwer. Der Lehrer könnte ihn dir aus den Händen nehmen. Dir eine Ruhepause gönnen, ihn allein aufzuziehen. Ihm die Liebe eines Vaters geben, damit er sich nicht später im Leben danach sehnen muss.«

Florence hatte Probleme beim Atmen. »Für mich ist er nicht schwer, Lehrer. Ich würde ihn auch ewig und einen Tag tragen, wenn ich es tun müsste. Und genauso würde es auch Commander Opoka tun.«

Kenneth begann, sich in Konys Armen zu winden und die Arme nach ihr auszustrecken. Das Lächeln des Großen Lehrmeisters erstarb. Es folgte ein Moment, in dem sie nicht wusste, was er tun würde. Dann hielt er ihr Kenneth entgegen. »Ein kleiner Junge braucht seine Mutter. Und seinen Daddy. Opoka ist übrigens auch hier.«

Florence war glücklich darüber, als sie vorsichtig näher kam, die Hacke fallen ließ und Kenneth in die Arme schloss. Plötzlich bebte sie innerlich so stark, dass sie glaubte, ihr würde schwindlig werden und sie müsste umkippen.

»Darf ich deine Hacke benutzen?«, fragte Kony.

Es dauerte einen Moment, bis die Frage ihren Verstand erreichte: »Hacke, Lehrer?«

»Du hast gejätet.«

Sie nickte in Panik. »Ja. Ich muss jetzt weiterarbeiten.«

Er sagte: »Ich mache das für dich. Geh nach Hause zu deinem Mann. Genieße deinen kleinen Jungen. Sie wachsen in dem Alter so schnell. Und sag deinem Mann, dass wir am Morgen gehen, wunde Schulter oder nicht.«

Damit bückte sich der Große Lehrmeister, nahm die Hacke, ging zu dem Kohlfeld und begann, das Unkraut zu jäten, zunächst geschickt mit kurzen Bewegungen aus dem Handgelenk, und dann immer wilder, während Florence unter den wachsamen Blicken der Leibwächter davonging. Das Letzte, was sie von Kony sah, war, dass er die Hacke wie eine Axt über den Kopf schwang und dann auf die Kohlköpfe herabfallen ließ, einen nach dem anderen.

* * *

»Ich glaube, er verliert den Verstand, Anthony«, sagte Florence an jenem Abend, nachdem sie wieder zusammengekommen waren und die Jungen schliefen.

»Ich glaube, den hat er schon vor langer Zeit verloren«, antwortete Anthony und rieb sich die Schulter, die ihn seit dem Feuer quälte.

Florence spürte, wie ihre Verärgerung wuchs, und sagte: »Er hat mich verspottet, Anthony. Er hat damit gedroht, uns Kenneth wegzunehmen und zu adoptieren.«

»Oder er trauert nur noch über die vielen kleinen Jungen, die er verloren hat«, sagte Anthony.

»Eine seltsame und kranke Art, das so zu tun.«

»Da muss ich dir recht geben.«

»Er hat mich immer wieder gefragt, wessen Liebe ich als kleines Mädchen ersehnt habe.«

»Das hat er mich auch gefragt, als ich ihn das erste Mal getroffen habe. Er hat versucht, in deinen Kopf zu gelangen, um herauszufinden, was dich ausmacht.«

»Ich will ihn nicht in meinem Kopf haben«, beharrte Florence. »Das ist nicht gut, Anthony. Wir leben unter ihm, unter seinen Geistern, ohne Kontrolle über unser eigenes Leben. Wie wird Kenneth zur Schule gehen? Was für ein Leben werden wir haben, wenn wir bleiben?«

Seit er wieder mit Kony im Control Altar gewesen war, wurde Anthony immer wieder von solchen Fragen gequält. Er wollte nicht, dass Florence, Kenneth oder Boniface länger unter der Herrschaft des Großen Lehrmeisters lebten, als unbedingt nötig war.

»Er sagt, wir ziehen morgen weiter«, sagte Anthony. »Ich weiß noch nicht, wie, doch ich werde nach dir schicken, um dich hier rauszuholen.«

»Aber was ist mit dir?«, wollte Florence wissen.

In Erinnerung an das Versprechen des Großen Lehrmeisters, ihn überall zu verfolgen, wohin er auch gehen würde, sagte Anthony: »Wenn du und die Jungen draußen seid, dann werde ich folgen.«

* * *

Anfang April 2003 befahl Kony den umherziehenden Gruppen des Bataillons von General Matata, sich mit General Tabuleys Soldaten in den Bergen westlich von Agoro in Uganda zu vereinen. Monatelang hatte er sie in kleinere Kampfeinheiten aufgeteilt, doch jetzt wollte der LRA-Oberkommandeur mindestens zwei vollständige Bataillone zur Verfügung haben, um wieder zuzuschlagen.

General Tabuley hatte einen weiteren Fernmelder verloren, deshalb diente Anthony zwei Herren und hatte nur wenig freie Zeit, um herumzugehen. Doch am dritten Tag nach seiner Ankunft in den Agoro-Bergen ging er durch die verschiedenen Lager, Corporal Leonard immer hinter ihm.

In der Nähe von General Matatas Lager traf er auf Patrick.

»Ich dachte, du wärst tot!«, sagte Patrick, als er Anthony sah.

»Ich habe das Gleiche von dir gedacht!«, sagte Anthony und lachte, glücklich darüber, dass sie noch immer Freunde und am Leben waren. Er senkte die Stimme. »Wo ist Albert?«

Patrick sah an ihm vorbei und bemerkte, dass Leonard ungefähr zwanzig Meter entfernt stand, und begriff. Er drehte den Kopf, damit Anthonys Aufpasser seinen Mund nicht sehen konnte, und flüsterte: »Er funkt. Bevor ich das vergesse, wie war der Name deines Dorfes zu Hause?«

»Rwotobilo.«

»Das habe ich mir gedacht«, sagte Patrick und zeigte zu einem Mädchen von ungefähr vierzehn Jahren, das über einen Kochtopf bei General Matatas Unterkunft gebeugt war. »Iris. Ich glaube, sie ist von dort.«

Anthony runzelte die Stirn. Er erinnerte sich an keine Iris in Rwotobilo. Er ging zu ihr und war froh, dass Patrick Leonard aufhielt und ihm Fragen stellte.

»Du bist Iris?«, fragte Anthony leise das Mädchen.

Sie sah zu ihm auf, erkannte seinen Rang und wurde nervös. »Ja, Commander.«

»Wie lange bist du schon bei der LRA?«

»Drei Monate.«

»Wo wurdest du ergriffen?«

»Sie nahmen mich von einem Flüchtlingslager außerhalb von Gulu.«

»Nicht Rwotobilo?«

»Meine Familie lebte in der Nähe der Grundschule von Rwotobilo, bevor wir ins Lager kamen.«

Anthony wurde aufgeregt und sagte: »Ich bin dort auf die Schule gegangen. Kanntest du die Familie Opoka?«

Iris nickte. »George Opoka hat einen Laden neben der Schule gehabt.«

Anthony strahlte sie an. »Das ist mein Vater! Hast du ihn gesehen?«

»Ich habe ihn am Tag vor meiner Verschleppung gesehen. Bist du Anthony oder Albert?«

Er fühlte sich gut und warm im Innern und sagte: »Anthony. Geht es ihm gut, meinem Vater?«

Sie lächelte. »Er sagte meinem Vater, dass er wieder auf seine Felder will, so wie wir alle.«

Davon fühlte sich Anthony noch besser. »Ich nehme an, dass du meine Mutter nicht kennst. Acoko Florence? Sie war von Rwotobilo weggegangen, als ich verschleppt wurde.«

Iris wirkte betroffen. »Sie kehrte an einem Weihnachtsabend zu deinem Vater zurück.«

Anthonys Herz wurde schwer und ihm traten Tränen in die Augen. »Das hat sie getan?«

Iris nickte. Ihre Augen waren ein wenig dumpf geworden. »Doch vor ungefähr vier Jahren hat ein LRA-Soldat mit einer großen Narbe im Gesicht euren Hof angegriffen.«

Anthony erinnerte sich an die große Narbe und dachte: *Bacia!*

»Dein Vater entkam«, fuhr Iris fort. »Dein Großvater starb. Acoko schaffte es, den vernarbten Mann mit ihrer Hacke zu schlagen, doch er hat ihr übel mit dem Gewehr auf den Kopf gehauen. Omera George hat sich im Lager um sie gekümmert, doch sie ist schließlich vor ungefähr zwei Jahren an den Verletzungen gestorben.«

In vier Sätzen entstand das Bild von seinen wiedervereinten Eltern, seiner Mutter und seinem Vater, jenes Bild, das sich ihm lange vor seiner Entführung eingeprägt hatte, und dann war es wieder fort. Seine Mutter war fort. Sie war in den Sternen. *Und Bacia war dafür verantwortlich.*

»Es tut mir leid, Anthony«, sagte Iris.

»Mir auch«, sagte er und schluckte einen wachsenden Kloß aus Trauer und Wut hinunter. »Aber danke, dass du es mir gesagt hast.«

Er drehte sich um und ging davon, wollte für sich allein sein, um zu trauern.

Doch als er gerade General Tabuley bitten wollte, für ein paar Stunden einen anderen Fernmelder zu nehmen, hörte er einen Düsenjet herankommen, und dann einen weiteren. Er und alle anderen LRA-Soldaten auf dem Hügel gingen in Deckung.

Insgesamt feuerten sieben Jets vierzehn Raketen auf die Befestigungen, die Kony vor dem Auftauchen der Flugzeuge hatte bauen lassen, UPDF-Scharfschützen erschossen LRA-Jungen aus großer Entfernung, und unbemerkt in die Region gekommene Kampfgruppen begannen mit Mörserbeschuss.

»Opoka!«, rief General Tabuley.

Anthony wusste, dass er jetzt keine Zeit zum Trauern oder zur Wut hatte. Er lief zu seinem Kommandeur, war bereits wieder in seiner Rolle als Leiter der gesamten Kampfkommunikation. Es war ein Job, in dem er von Natur aus gut war, und er war schnell gefangen in dem Auf und Ab des Kampfes.

Doch dann wurde die Schlacht immer wilder, mit Nahkämpfen auf den Hängen und Bomben von oben, bevor wieder die Hubschrauber mit ihren Maschinenkanonen kamen und reihenweise junge und alte LRA-Männer töteten, während Kony Befehle von einem höheren Lager aus funkte, wie gewöhnlich geschützt mit seinen Frauen.

Am zweiten Morgen, als die LRA schnell an Boden verlor, verkündete der Große Lehrmeister, dass er nach Norden gehen würde, tiefer in die Berge, wo er die Geister besser hören würde, sodass er Tabuley und Matata für einen Gegenangriff und anschließendes Untertauchen zurückließ. Dann befahl er Anthony, bei Tabuley zu bleiben.

Sein Davongehen war der entscheidende Schritt, der das zerbrach, was Kony bis dahin noch immer an Macht über Anthonys Willen und Verstand hatte. *Er ist ein Feigling,* dachte er. *Er ist kein Kampfhund. Er ist ein ausgemachter Feigling und könnte sich nicht einmal aus einem Schweinestall freikämpfen.*

* * *

Am folgenden Abend während einer Kampfpause entschlüpfte Anthony der Beobachtung von Corporal Leonard und traf Patrick und Albert. »Ich muss mit euch beiden reden«, sagte er. »Privat.«

Sein alter Freund sah sich um, zuckte mit den Schultern und zeigte zu einer Baumgruppe am Hang. Als sie außer Hörweite waren, blickte Anthony zu Albert. »Meine Mutter ist tot.«

Sein Halbbruder machte große Augen. »Acoko Florence? Nein.«

»Vor zwei Jahren«, sagte er. »Bacia schlug sie mit dem Gewehr, als er und ein anderer unseren Dad zu entführen versuchten.«

»Das tut mir leid«, sagte Albert. »Und Dad?«

»Er ist Bacia entkommen.«

»Das sagt viel«, sagte Patrick. »Bacia wird zum Psycho, wenn Leute davonlaufen. Doch es tut mir leid wegen deiner Mom, Opoka. Das ist hart.«

Anthony schluckte schwer. »Du hast mich schon so oft gerettet, ich habe wahrscheinlich kein Recht dazu, dich erneut darum zu bitten, Patrick. Und schon durch das Fragen bringe ich dein Leben in Gefahr, Albert.«

»Heraus damit«, sagte Albert. »Ich muss zurück.«

»Ich will, dass du Betty und meinen Söhnen bei der Flucht hilfst.«

Patrick reagierte beleidigt. »Ich habe es dir schon mal gesagt: Nein. Sie werden getötet. Wir werden getötet.«

»Bitte, sie werden sterben, wenn sie *nicht* flüchten«, beharrte Anthony. »Museveni wird nicht aufgeben. Das ist eine verlorene Sache, doch Kony wird Betty niemals entlassen. Meinetwegen.«

Patrick sagte: »Er denkt, du würdest fortlaufen, wenn sie weg ist.«

Anthony nickte.

Patrick sagte: »Ich kann das einfach nicht tun.«

»Ich auch nicht«, sagte Albert.

Anthony erinnerte sich für einen Moment an den sterbenden Ladenbesitzer, bevor er sagte: »Ich habe immer an den Großen Lehrmeister als einen riesigen, wilden Hund mit Konys höhnischem Kopf gedacht. Doch jetzt ist er einfach ein Mann, der alles, was er immer haben wollte, durch Angst bekommen hat. Die Wahrheit ist, dass er ein Feigling ist, der als Erster vom Kampf wegläuft. In der Sekunde, in der die Leute keine Angst mehr vor ihm haben, ist er erledigt. Doch es tut mir leid, dass ich gefragt habe, meine Brüder. Wie gesagt, ich hatte kein Recht dazu.«

Er drehte sich um und ging.

»Hey, Anthony«, rief Albert hinter ihm her. »Ich habe verstanden. Ich werde mir einen Weg überlegen.«

Patrick sagte: »Yeah, ich weiß nicht, wann. Ich weiß auch nicht, wie. Doch wir werden jeden Trick nutzen, um Betty und deine Jungen rauszubekommen.«

# Siebenunddreissig

***8. Juni 2004***
***Tief im Busch, südwestlich von Aruu Falls, Uganda***

Vierzehn lange Monate später bückte sich Florence wieder in drückender Hitze und Feuchtigkeit und jätete die Reihen eines neuen Yamsfeldes mitten im Busch hinter dem neusten LRA-Zentrum für Verletzte.

Zu jenem Zeitpunkt war sie fast einundzwanzig, seit mehr als sechs Jahren eine Gefangene und zutiefst verzweifelt, da sie glaubte, dass die Macht der Liebe sie im Stich gelassen hatte und sie und ihre Jungen womöglich niemals der Kontrolle von Joseph Kony und der Lord's Resistance Army entkommen würden.

In den vergangenen anderthalb Jahren hatte sie Anthony nur dreimal gesehen und ihr letztes Treffen lag fast sieben Monate zurück. Und jedes Mal, wenn sie sich sehen konnten, war der Trottel Corporal Leonard in der Nähe geblieben und hatte Anthony beobachtet und versucht, ihre Gespräche zu belauschen.

Er versicherte ihr immer wieder, dass sein Bruder und Patrick an ihrer Flucht arbeiten würden.

»Ich habe Patrick wieder vor ein paar Wochen gesehen«, hatte Anthony gesagt. »Er und Albert glauben, dass sie eine Möglichkeit gefunden haben. Jetzt müssen sie nur noch einen Grund finden, um dort zu sein, wo du bist.«

Florence zerhackte einen Erdklumpen und lachte verbittert in sich hinein. *Einen Grund, um dort zu sein, wo ich bin.* Sie wusste nicht einmal, wo sie war, zumindest nicht genau. Seit mehr als einem Jahr waren sie und die Jungen und ihre Gruppe von Frauen, Kindern und Wächtern von einem geplant dauerhaften Lager ins nächste verjagt worden.

Deshalb hatten ihre Söhne überhaupt keine Routine, keine Sicherheit in ihrem Leben, abgesehen von der Liebe ihrer Mutter. Monatelang hatte sie keine Ahnung gehabt, wo sie ihre nächste Mahlzeit einnehmen oder wo ihr Bett stehen würde. Und die UPDF jagte sie unbarmherzig weiter, denn Kony brachte weiterhin unschuldige Menschen um. Im Februar hatte eins seiner Bataillone ein Flüchtlingslager nördlich von Lira, in der Nähe ihrer Heimatstadt, angegriffen und zweihundert Unschuldige getötet.

Nach einem Jahr fast ununterbrochener Angriffe und Fluchten hatten sie schließlich die ugandischen Armeepatrouillen abgeschüttelt, die sie gejagt hatten, und waren hierhin gekommen, an einen Ort, der denkbar weit entfernt von irgendeiner Straße war. Man baute Hütten für die Frauen und dann das kleine Lazarett für die Langzeitverletzten. In dem Lager lebten zweihundert Menschen. Wenn man es leben nennen konnte.

Sie und die Jungen ernährten sich die halbe Zeit von Adyebo-Blättern. Mit jedem weiteren Tag und jedem weiteren Monat waren der Hunger, die Last und der unerbittliche Überdruss über ihre Situation überwältigend geworden. Florence hatte an jedem Tag das Gefühl, als würde sie von Sonnenaufgang bis

Sonnenuntergang leiden. Sooft sie auch versuchte, einige der Dinge zu tun, die der sterbende Ladenbesitzer Anthony beigebracht hatte, um ihr Elend zu bekämpfen, so fand sie doch keine Erleichterung. Oder machte sie es vielleicht nicht richtig? Florence wusste es nicht, und sie hätte sich am liebsten hingesetzt und geweint, und …

»Betty?«

Sie hörte die Männerstimme leise aus dem Wald zu ihrer Rechten rufen und bekam Angst.

»Wer ist da?«

»Ruhig. Ich bin Anthonys Freund.«

Fast hätte sie gekreischt: »Patrick?«

»Pst«, sagte der große Mann und machte einen Schritt aus dem Dunkeln heraus, damit er sie sehen konnte. »Willst du immer noch fort?«

Sie ließ ihre Hacke fallen. »Jetzt sofort?«

»Morgen«, sagte er. »Ich muss heute Abend mit meinem neuen Kommandeur und seinen Männern hier sein. Halte dich heute und auch morgen früh an deine übliche Routine. Sei gegen zehn Uhr bei dem Wachtposten im Südwesten, aber zieh keine Aufmerksamkeit auf dich. Du gehst mit deinen Kindern raus. Du hast dein Gewehr und deine Hacke dabei. Diese Dinge erwarten sie. Aber kein Gepäck. Keine Tasche. Nichts, das darauf hinweist, dass du irgendwohin gehst. Verstanden?«

»Ja«, sagte Florence. »Was ist mit Albert?«

»Er musste bei General Matata bleiben, doch er wünscht dir viel Glück. Ich werde pfeifen, wenn es Zeit zu gehen ist. Und du musst immer alles tun, was ich dir sage. Okay?«

Sie nickte.

»Wir werden etwas rennen müssen.«

Florence lächelte. »Gut. Ich bin bereit.«

Er wandte sich ab, verschwand ohne ein weiteres Wort und ließ Florence atemlos zurück.

* * *

Sie würde nach Hause kommen! Und die Jungen ebenfalls!

*Wie wird Patrick das machen? Wie weit werden wir laufen müssen? Wird er dabei helfen, Kenneth zu tragen, wenn er nicht mithalten kann?* Ihr Ältester war schließlich gerade erst vier geworden. Jene unbeantworteten Fragen und ein Dutzend weitere beschäftigten sie für den Rest des Tages und ein gutes Stück in die Nacht hinein, während sie doppelte Portionen ihres verbliebenen Essens kochte, Nahrung für sich und die Jungen. Kenneth und Boniface, der jetzt ein Kleinkind war, schliefen bald darauf ein. Doch sie fühlte sich so voll nach dem Essen, dass sie Schwierigkeiten beim Einschlafen hatte. Sie drehte sich hin und her, obwohl sie genau wusste, dass sie sich ausruhen musste, da sie einen langen Weg zu laufen hatte.

*Aber warum am Morgen? Warum nicht in der Nacht? Der Mond ist fast halb voll. Wenn wir müssten, dann könnten wir ganz gut sehen.*

Schließlich beruhigte sich Florence, indem sie sich an eine Erinnerung klammerte, die ihr während des letzten Jahres der Trennung geholfen hatte. Sie dachte an Anthonys Lächeln, als sie sich das erste Mal an der Wasserstelle in Nesitu getroffen hatten, und wie empört sie war, als er einfach wieder gegangen war. Sie erinnerte sich auch daran, wie sie von ihm weggegangen war, als er ihr den Hof machte.

Da musste sie fast lachen.

* * *

Florence hörte ein Kichern, wachte abrupt auf und sah, dass es heller Tag und ihre Hütte leer war. Sie befürchtete, dass sie Patrick verpasst hatte, suchte herum und fand die Armbanduhr von Casio, die Anthony ihr in den Flitterwochen gekauft hatte. Halb acht.

*Danke, danke,* dachte sie und spürte, wie ihr Herz langsamer wurde. Patricks Worte hallten in ihrem Kopf. *Halt dich an deine übliche Routine. Nichts, was darauf hindeutet, dass du irgendwohin gehst.*

Florence kleidete sich schnell mit ihrem einzigen Kleid und Sandalen an und ging nach draußen, wo Kenneth Boniface kitzelte, der sich wand und kicherte.

»Hungrig?«

»Ja«, sagte Boniface.

»Sehr«, sagte Kenneth.

Sie ging an den Fluss, tat Wasser in ihren Plastikkrug und ihre Wasserflasche. Sie machte ein kleines Feuer und wärmte etwas Brot auf, das sie am Vortag gemacht hatte. Sie beschmierte es mit Honig, den einer der Soldaten aus einem Bienenstock genommen und ihr in der letzten Woche gegeben hatte. Sie vergewisserte sich, dass sie und die Jungen viel Wasser tranken und dass alle gepinkelt hatten.

Es war Viertel vor zehn, als sie fertig waren. Nachdem sie ihr AK-47 aus der Hütte geholt hatte, wickelte sie sich mehrere Tücher um die Taille und hängte ihre Trinkflasche vor die Brust. Es war heiß genug. Niemand würde fragen, warum sie sie bei sich trug. Sie nahm ihre Hacke.

»Lasst uns ein wenig gehen«, sagte sie und versuchte wieder, ihr Herz langsamer schlagen zu lassen, das in ihrer Brust zu hämmern begonnen hatte.

Boniface gähnte. »Müde, Mama.«

Florence schulterte ihr Gewehr, bückte sich und hob ihn hoch. Boniface schlang die Beine um ihre Taille und legte den Kopf an ihre Schulter, lutschte an seinem Daumen, als sie unauffällig zur südwestlichen Ecke des Lagers ging, wobei sie andere Frauen sah, die sich um das Feuer und ihre Kinder kümmerten. Sie nickte ihnen zu, lächelte und ging weiter.

Das Feld, wo sie am Vortag gejätet hatte, war nah an der südwestlichen Ecke des Lagers. Sie überquerte das Feld und folgte einem Pfad durch die Bäume, der zu einem Vorsprung führte, wo die Wache normalerweise stand. Florence sah nach vorn und bemerkte, dass Patrick bereits dort war und mit dem jungen diensthabenden Soldaten sprach, den er überragte. Sie spürte, dass sie vom Wachtposten unbemerkt bleiben wollte, deshalb trat sie vom Pfad ein paar Meter weg in den Busch, wo sie stehen blieb, Boniface auf dem Arm und Kenneth an der Hand.

Sie flüsterte: »Wir bleiben hier, bis Daddys Freund uns sagt, dass wir rauskommen können. Es ist wichtig, dass wir leise sind.«

Ein paar Minuten später hörte sie Schritte und zog Kenneth zu sich. Der Wachtposten kam mit dem Gewehr über der Schulter vorbei, gähnte und wirkte froh, von seiner Pflicht entbunden zu sein. Er verschwand in Richtung Yamsfeld. Florence und die Jungen blieben, wo sie waren, bis sie Patrick einmal kurz pfeifen hörten.

»Los geht's«, sagte sie und drängte Kenneth aus dem Unterholz auf den Weg.

Vor ihnen kam ein Mädchen auf der anderen Seite des Pfads aus dem Wald, das ein paar Jahre jünger war als Florence, gefolgt von zwei Jungen, einer offenbar in den frühen Teenagerjahren und der andere näher am Alter des Mädchens. Hinter ihnen fuchtelte Patrick mit den Armen.

»Wir werden jetzt ein wenig laufen, okay, Kenneth?«

»Ich laufe wie Daddy.«

»Ganz genau«, sagte Florence und beschleunigte ihre Schritte, ließ Kenneths Hand los und rannte dem Mädchen und den zwei Jungen hinterher.

Sie erreichten Patrick.

Florence zeigte auf die anderen. »Wer ist das?«

»Alberts Freunde. Sie wollen die Freiheit, genau wie ihr«, flüsterte er. »Jetzt kein Reden mehr.«

Er nahm ein paar Palmwedel und zeigte mit dem Kinn zu einem Wildpfad, der an der Seite der Anhöhe in den tiefen Dschungel abfiel. Die anderen rührten sich nicht, deshalb tat Florence es und eilte mit Boniface auf dem Arm zu dem Serpentinenweg, der nach unten führte. An der ersten Kehre machte sie eine Pause, um sich zu vergewissern, dass Kenneth hinter ihr war. Da sah sie, wie Patrick ihre Spuren auf dem Pfad verwischte.

Das spornte Florence an, sich noch schneller an dem steilen Hang zu bewegen, bis sie unten ankamen, wo es dunkler und dunstig war. Sie wartete, bis die anderen aufholten.

»Warum hältst du an, Betty?«, fragte Patrick und schob sich an ihnen vorbei. »Der nächste Wachtposten kommt in fünfzehn Minuten zum Dienst.«

Als er vorn war, bewegte sich Patrick mit erbarmungsloser Geschwindigkeit, hackte mit der Machete Ranken beiseite und drängte sie, so schnell wie möglich vorwärtszugehen. Boniface beschwerte sich, weil er runter wollte, doch Florence hielt ihn fest und blieb dicht genug hinter Patrick, um seinen Rücken zu sehen. Und Kenneth machte sich großartig, lief barfuß auf dem jetzt matschigen Pfad.

Das Mädchen und der ältere Junge kamen ebenfalls gut mit, doch das jüngere Kind hatte Schwierigkeiten, mit ihnen mitzuhalten, als sie durch einen Fluss platschten und an der anderen Seite wieder hinaufkamen. Für den nächsten Kilometer war der Weg flach und morastig und der kleine Junge fiel zweimal auf dem unebenen Boden hin. Sie durchquerten zwei weitere Flüsse, bevor der Junge sagte: »Ich muss mich ausruhen!«

Patrick stoppte, blickte wütend zurück, bevor sie von hinten dreimal nacheinander ein Horn blasen hörten. Es kam von der Anhöhe, wo der Wachtposten gestanden hatte.

»Sie wissen es!«, knurrte Patrick. »Die Menschenjäger kommen! Lauf weiter oder stirb!«

Florence hatte die kurze Pause genutzt, um sich den kleinen Boniface mit einem der Tücher auf den Rücken zu binden. Als Patrick sich wieder umdrehte und losrannte, schob sie Kenneth hinter ihm her.

»Bleib bei Patrick«, sagte sie. »Ich bin direkt hinter dir.«

Kenneth sah, wie verängstigt sie war, drehte sich um und rannte mit rudernden Armen hinter dem Freund seines Vaters her. Sie liefen eine ganze Stunde, bevor Florence' ältester Sohn nicht mehr konnte. Patrick nahm ihn huckepack und sie behielten ihr stürmisches Tempo für eine weitere Stunde bei, bevor sie zu einem zügigen Gang verlangsamten.

»Wohin gehen wir, Patrick?«, hörte sie Kenneth fragen.

»Zu einer Straße, später«, sagte er. »LRA-Jäger hassen Straßen.«

»Wie weit?«, fragte das Mädchen Cynthia. Sie war direkt hinter Florence und atmete schwer.

»Achtzehn, zwanzig Kilometer?«, sagte Patrick.

»Das werde ich niemals schaffen, Marcus«, sagte der kleine Junge.

Der ältere Junge drehte sich zu ihm. »Du musst, Daniel.«

Patrick behielt das Tempo für die nächste Stunde bei. Bei Kreuzungen ließ er sie über Seitenpfade gehen, dann sprangen sie in den Dschungel und kamen in einem Bogen wieder auf den Hauptweg.

»Warum?«, fragte Cynthia.

»Um sie abzuschütteln«, knurrte Patrick. »Sie langsamer zu machen.«

Daniel, der kleinere Junge, sagte: »Aber wir wissen gar nicht, ob sie uns noch verfolgen.«

»Du nicht, aber ich.«

* * *

Sie brauchten drei weitere Stunden, um zehn Kilometer zu schaffen. Als die Deckung weniger dicht wurde, mehr Savanne, verließ Patrick absichtlich den Pfad und nutzte seinen Kompass, um sie nach Süd-Südwest durch Elefantengras und Akaziendickicht und gelegentliche sumpfige Regionen zu führen, wo sie mit Dreck und dichten Insektenschwärmen zu tun hatten.

Als die Sonne im Westen sank, kamen sie zu einem offenen, ungefähr einen halben Kilometer langen Gelände mit wesentlich flacherer Vegetation, nicht mehr als schenkelhoch, nachdem sie sich zuvor stundenlang ihren Weg bahnen mussten und über Wildpfade durch Gras gegangen waren, das ihnen bis über die Köpfe wuchs. Am anderen Ende des natürlichen Feldes, ungefähr vierhundert Meter entfernt, ragte eine Baumreihe auf.

Daniel war wieder zurückgefallen. Ebenso Cynthia und Marcus, die hinter Florence gingen, welche Boniface noch immer auf dem Rücken trug. Kenneth ging weiter und schaffte es, drei Schritte für jeden einzelnen von Patrick zu machen.

Alle anderen waren müde, doch Florence war so wach, wie sie noch nie gewesen war. *Wir gehen nach Hause. Wir sind schon fast seit acht Stunden auf der Flucht. Wir haben es geschafft. Wir gehen nach Hause!* Sie rief eine alte Erinnerung zurück – das Gesicht ihrer Mutter an Heiligabend an ihrem Bett, als Josca gekommen war, um sie von der Masernstation abzuholen – und spürte, wie sie von Freude durchflutet wurde. Es würde jetzt nicht mehr lange dauern, bis sie wieder in den Armen ihrer Mutter wäre.

»Wie weit ist diese Straße jetzt noch entfernt?«, rief Cynthia.

»Sechs, sieben Kilometer«, sagte Patrick. »Wenn wir auf diesem Kurs bleiben, dann können wir sie nicht verpassen.«

Hinter ihnen wurde geschossen. Florence erschrak, dann begann sie zu laufen, blickte über die Schulter und sah den kleinen Daniel taumeln. Blut floss ihm aus dem Mund.

»Sie sind an uns dran!«, rief Patrick, dann packte er Kenneth und lief in mörderischem Sprint zu der Baumreihe.

Von Adrenalin überschwemmt rannte Florence noch schneller. Aus zahlreichen Gewehren wurde gleichzeitig geschossen. Sie hörte einen Schrei, drehte sich um und sah Cynthia an ihr Bein greifen, bevor sie fiel. Es gab kein Anzeichen von Marcus, dem älteren Jungen.

Florence sprintete jetzt und blieb bei Patrick, ignorierte ihre Seitenstiche, ignorierte die Kugeln, bis die Gruppe über eine Erhöhung ungefähr zweihundert Meter von den Bäumen entfernt kam. Das Licht war dämmerig, doch sie sah Bewegungen am Rand der Schatten. Patrick ebenfalls, der abrupt stehen blieb, Kenneth abstellte und einen kurzen Blick durch sein Fernglas machte.

»UPDF!«, sagte er.

Die Schüsse hinter ihnen wurden mehr, als die ugandische Armeepatrouille von den Bäumen vor ihnen schoss. Florence sah die Flammen aus den Mündungen von einem Dutzend Maschinengewehren herausschießen und Leuchtmunition kam in ihre Richtung geflogen, während hinter ihnen weitere Schüsse fielen. Sie waren mitten im Kreuzfeuer.

»Mama!«, schrie Kenneth, bevor Patrick ihn packte.

*Es ist vorbei,* dachte sie, als sie sich auf den Boden warf. *Schließlich verliert die Liebe doch.*

Etwas schlug ihr an den Kopf.

Florence sah Sterne, bevor alles dunkel wurde.

# Achtunddreissig

***13. Juni 2004***
***Kidepo Valley National Park, Uganda***

Anthony beendete den Funkspruch des späten Nachmittags, dann machte er sich daran, die Solarpaletten für die Batterien aufzustellen. Das machte ihm nichts aus. Er befand sich mitten in einem riesigen Gelände mit zerklüfteter Landschaft auf einer Klippe, die auf eine Ebene hinunterblickte, in der gerade fünfzig Elefanten laut trompetend zum Wasser marschierten.

Und er hatte kurz zuvor von Brigadekommandeur Dominic Ongwen persönlich gehört, dass einige Männer von General Matata für ein Treffen zu dem Lager gegangen waren, wo sich Florence und die Jungen mühsam durchschlugen. Das bedeutete, dass Patrick oder Albert oder auch beide ebenfalls dort gewesen waren. Wie er vermutete, war seine Familie bereits nicht mehr da, bereits in Freiheit. Deshalb störte ihn nicht einmal die Anwesenheit von Corporal Leonard. Nicht heute.

*Sie müssen inzwischen weg sein. Ihr Plan war perfekt. Rufe einen müden Wachtposten zurück, schlüpfe heimlich hinaus und laufe nicht zur nächsten Straße, sondern zu einer Straße, an die sie nicht denken, und bleib dann auf dieser Straße, bis sie in Sicherheit sind.*

Er wusste, dass es richtig war, sie herauszuholen. Zu viele Menschen, die er bei der LRA kannte, waren getötet worden. Sein langjähriger Kommandeur, General Charles Tabuley, war im letzten November im Kampf gestorben. Anthony kehrte jetzt zurück zu seinem Feldlager und roch etwas Appetitliches im Wind. Er fand seine Freundin Iris, die einen Eintopf für Brigadekommandeur Ongwen zubereitete. Der Kommandeur hatte sie General Matata weggenommen, nachdem er ihre Kochkünste entdeckt hatte.

»Du hast ja einen Hüpfer im Gang«, sagte Iris, als Anthony grinsend vorbeikam.

»Warum auch nicht?«, fragte er. »Es ist ein schöner Tag, keine Wolke am Himmel. Da unten macht eine Elefantenherde Musik.«

»Und ich will nur nach Hause«, sagte Iris leise.

»Das wollen wir alle«, antwortete er ebenfalls leise. »Wir müssen nur Geduld haben.«

»Ich bin seit mehr als einem Jahr hier.«

»Bei mir sind es fast zehn.«

»Zehn?«, sagte sie. »Wie schaffst du das?«

Bevor er antworten konnte, sah er Commander Ongwen und General Bunyi, ein untersetzter Mann ohne Hals, die beide mit düsterem Ausdruck auf sie zukamen und dabei vermieden, ihn direkt anzusehen.

»Opoka«, sprach Ongwen ihn an.

»Fernmeldekommandeur«, sagte Bunyi. »Wir würden gern einen Moment privat mit dir reden.«

Anthony salutierte und sagte: »Ja, Sir. Wo, Sir?«

Sie gingen los und Corporal Leonard folgte ihnen, bis ihm die Offiziere befahlen, zurückzubleiben. Anthonys Aufpasser sah aus, als wollte er protestieren, doch dann setzte er sich mürrisch auf den Boden. Sie führten Anthony zu einem Holzstamm am Fluss, wo man Wasser holte.

Er fühlte sich ruhig und ungefährdet. Er hatte damit gerechnet, dass ihn irgendwann jemand aufsuchen und ihm schließlich sagen würde, dass Betty mit seinen Söhnen davongelaufen wäre. Er war darauf vorbereitet, schockiert zu reagieren, niedergeschlagen. Er war auch darauf vorbereitet, die Wahrheit zu sagen, wie sie die Offiziere kannten, dass er seine Frau und Jungen seit fast sieben Monaten nicht mehr gesehen hatte und dass sie auch nicht über Funk miteinander gesprochen hatten. Und nein, natürlich würde er sich nicht überlegen, ebenfalls davonzulaufen.

»Anthony«, begann General Bunyi. »Commander Ongwen hat gerade über Funk mit General Matata gesprochen.«

Was bedeutete, dass er ebenfalls mit Albert gesprochen hatte. Anthony neigte den Kopf auf eine Seite, versuchte ratlos und zugleich ruhig zu wirken. »Und?«

Ongwen räusperte sich. »Deine Frau hat vor vier Tagen zusammen mit drei neuen LRA-Rekruten zu flüchten versucht. Patrick Lumumba hat sie mit Menschenjägern verfolgt.«

Er spähte zu Bunyi, der sagte: »Lumumba ist vor ein paar Stunden in Matatas Lager zurückgekehrt, schwer verwundet mit einem Schuss in den Hals. Die Halsschlagader wurde ganz knapp verfehlt. Er sagte, er hatte Betty und die anderen fast erreicht, mit den anderen Menschenjägern dicht dahinter, als sie auf eine UPDF-Patrouille trafen und es zum Kampf kam.«

Ongwen räusperte sich und sagte dann: »Sie sind ins Kreuzfeuer geraten. Lumumba wurde angeschossen und bewusstlos geschlagen.«

Bunyi sagte: »Er kam erst am nächsten Nachmittag wieder zu sich. Er lag in einer Grube, war offenbar für tot gehalten worden. Die Patrouille war fort, die Menschenjäger tot. Es tut mir leid, das sagen zu müssen, doch Betty und deine beiden Söhne sind ebenfalls gestorben.«

Anthony wusste zunächst nicht, was er davon halten sollte. Hatte Patrick das zu der Geschichte hinzugefügt? *Aber ihm wurde in den Hals geschossen und die Halsschlagader nur knapp verfehlt. Das kann man nicht vortäuschen.* Er beugte sich vor, fühlte sich wie kurz vor dem Zusammenbruch, wollte der Leopard in seiner Höhle sein, wollte nicht zusammenbrechen, während die Hundebestie fauchte und versuchte, mit den Schultern durch den Eingang zu dringen.

»Das ist nicht wahr. Das kann nicht stimmen«, sagte er.

Bunyi legte die Hand an Anthonys Rücken. »Doch, Commander Tony. Lumumba sagte, dass ein Kleinkind auf den Rücken gebunden war und ein Junge von ungefähr vier neben ihr. Es waren schon Vögel da.«

* * *

Langsam legte sich Anthony die Hände und Unterarme um den Kopf, fühlte sich schlimmer als damals, als er vor einem Jahrzehnt aus Rwotobilo verschleppt worden war, als wäre er von den einzigen Dingen abgeschnitten, die ihn mit diesem Leben verankert hatten.

*Nicht weinen,* sagte er sich immer wieder. *Lass sie nicht sehen, dass du weinst.*

Schließlich sah er durch benetzte Augen zu ihnen auf. »Hat er sie begraben?«

Ongwen nickte.

»Weiß er noch wo?«

»Das weiß ich nicht.«

Erinnerungen an Florence tanzten ihm durch den Kopf. Wie sie in die Hände klatschte. Wie ihr Körper bebte, wenn sie lachte. Ihre Augen leuchteten so, wenn sie über die Jungen sprach oder über Zuhause, ihre Mutter und ihren Vater, und über die Schule. Ihr Traum, Krankenschwester zu werden. So ein lieber, guter Mensch!

*Fort.*

Er konnte sich nicht überwinden, an Kenneth und Boniface zu denken, erschossen, bevor sie überhaupt sie selbst geworden waren.

»Wirst du weglaufen, Opoka?«, fragte Ongwen.

Anthony starrte den Kommandeur dumpf an. »Spielt das eine Rolle, Sir?«

Ongwen und Bunyi wechselten einen Blick.

Bunyi sagte: »Wir wollen dich nicht jagen, Opoka. Du bist einer von uns.«

»Noch einmal, spielt es eine Rolle, General?«

»Für mich tut es das. Gibt es irgendwas, das wir tun können? Was auch immer?«

Anthony dachte darüber nach, um Entlassung zu bitten. Aber warum? Würde es irgendeinen Sinn haben, ohne Florence oder Kenneth oder Boniface nach Hause zu gehen? Nein, beschloss er. Es gab dort nichts mehr für ihn. Seine Mutter war tot. Sein Großvater war tot. George lebte in einem Lager. Und hier gab es jetzt nichts mehr für ihn, außer zu funken und seinen eigenen …

»Opoka?«, sagte Ongwen.

Er roch wieder etwas Schmackhaftes im Wind und hatte eine spontane Idee. »Wenn ihr wollt, dass ich bleibe, dann entlasst eure Köchin, das Mädchen Iris.«

»Die Köchin?«, fragte Bunyi. »Was ist sie für dich, Anthony?«

»Meine kleine Schwester durch die zweite Frau meines Vaters«, log er. »Lasst sie gehen, und ich werde mit euch und dem Großen Lehrmeister bis zum Ende kämpfen.«

»Ich weiß nicht«, sagte Ongwen. »Diese Iris ist eine großartige Köchin.«

Der General schien ebenfalls unschlüssig.

»Bitte, General«, sagte Anthony. »Lasst wenigstens eine gute Sache daraus entstehen.«

General Bunyi überlegte einen Moment und sagte dann: »Einverstanden. Wir werden den Anführer in Taan Valley anrufen, dass er sie abholt. Willst du es deiner Schwester sagen?«

Anthony konnte nicht verhindern, dass sein Unterkiefer bebte, als er nickte und aufstand. »Danke, General. Brigadekommandeur.«

Er fühlte sich etwas wackelig, als er von ihnen zurück zum Lager ging, dabei Iris' Gericht roch, während sich sein Körper und sein Verstand so gequält anfühlten wie damals, als er von der Rakete getroffen wurde.

*Vögel,* dachte Anthony und musste dagegen ankämpfen, sich zu übergeben.

Iris rührte gerade das Essen um, als Anthony zurückkehrte. »Pack deine Sachen. Du gehst nach Hause.«

Sie ließ den Holzlöffel in den Topf fallen. »Was?«

»General Bunyi entlässt dich, weil ich ihm gesagt habe, du wärst meine kleine Schwester.«

Iris starrte ihn erstaunt an. »Warum sollten sie das tun? Und warum hast du das getan?«

»Betty und Kenneth und Boniface wurden von der UPDF getötet, als sie zu flüchten versuchten. Ich sagte dem General, ich würde keinen Fluchtversuch unternehmen, wenn sie dich gehen lassen.«

Sie lief zu ihm, zögerte kurz, dann umarmte sie ihn. »Es tut mir so leid, Commander. Aber danke. Du bist ein guter Mann, und wenn ich deinen Vater sehe, dann werde ich ihm das sagen.«

Er tätschelte ihr den Rücken, starrte in die Ferne. »Sag ihnen lieber, dass ich tot bin. Sag ihnen lieber, dass es keine

Hoffnung für mich gibt, nachdem meine Familie gestorben ist.« Dann löste er sich von ihr. »Hab ein gutes Leben, Iris.«

Anthony ging allein zu der Klippe, wo seine Batterien von der Sonne geladen wurden. Die Elefanten hatten getrunken und waren weitergezogen. Er fragte sich, ob ein Sturz von der Klippe ausreichen würde, um sein Leiden zu beenden, das sich endlos vor ihm erstreckte.

*Ich kann das nicht machen,* dachte er verbittert. *Die Mistkerle würden Iris nicht entlassen, wenn ich schon tot bin.*

Dann dachte er an Florence und die Jungen, als er das letzte Mal von ihnen fortgegangen war, wie sie ihm alle zum Abschied gewunken hatten, sogar Boniface. Anthony spürte, wie ihm das Herz brach, und er legte sich auf die Klippe und ließ seinen Verlust in langen, herzzerreißenden Schluchzern heraus.

* * *

Nie zuvor hatte Anthony eine solche Trauer gekannt, so tiefgehend und zermürbend, dass es sich anfühlte, als wären er und Florence wie zwei junge Bäume gewesen, die Seite an Seite gewachsen wären, mit den Wurzeln ineinander verschlungen. Und jetzt war Flo mit ihren Wurzeln aus dem Boden unter seinen Füßen gerissen worden. Und Kenneth und Boniface. Und die Vögel. Er konnte das Bild nicht abschütteln.

*Ich habe das getan. Ich habe Patrick gebeten, sie zu bringen. Ich dachte, es wäre sicher, doch ich habe meine eigene Familie in den Tod geschickt. Und die Vögel.*

Der Fernmeldekommandeur trauerte wochenlang. Die Trauer war wie ein Nebel, der ihm folgte, wohin er auch ging. Der einzige Trost, den er hatte, war der Gedanke an Iris und wie er an dem Morgen, nachdem er ihre Entlassung durchgesetzt hatte, draußen auf der Klippe gestanden und zugesehen hatte, wie sie das Tal entlangging, wo die Elefanten trompetet hatten, um den örtlichen Dorfleiter zu treffen und dann nach Rwotobilo und zu den drei großen Bäumen zu gehen, die er niemals wiedersehen würde.

Anthony erledigte seine Pflichten auch, als er innerlich litt. Nachdem die LRA durch ugandische Armeehubschrauber aus der Wildnis des Nationalparks vertrieben wurde, hieß er die Angriffe und die Tatsache, dass sie wieder auf der Flucht waren, verfolgt wurden und kaum länger als eine oder zwei Nächte an einem Ort blieben, fast willkommen. In den Monaten nach dem Tod seiner Familie gab es zahlreiche tödliche Kämpfe mit den Patrouillen der UPDF. Überall um ihn herum starben Kindersoldaten und er dachte häufig, dass endlich auch seine Zeit gekommen war. Doch irgendwie beendete keine der Kugeln, Granaten, Bomben und Raketen sein Elend.

Mitte Juli rief Kony Anthony erneut an seine Seite. Zur Entrüstung des jungen Mannes sagte der Große Lehrmeister nichts über den Tod seiner Frau und seiner Söhne.

»Wir kehren zurück nach Bin Rwot, um die Lebensmittel zu holen, die dort versteckt sind«, sagte Kony. »Dann zu den Katire-Hügeln, wo wir uns mit General Matata und zwei Bataillonen treffen. Kennst du die Gegend?«

Anthony fühlte sich dumpf im Innern, als er sagte: »Die Nordseite der Imatongs, der Boden des Us, oberhalb der Stadt Katire. Wir sind dort durchgezogen, als wir das Trainingslager Gong One verließen.«

Der Große Lehrmeister nickte. »Während des letzten Jahres habe ich große Verstecke mit Waffen, Munition und Uniformen in den Bergen anlegen lassen. Wir können dort lange Zeit ausharren. Und es ist ein großartiger Ort für einen Hinterhalt.«

Umgeben von einhundert seiner Leibwachen und den Elitesoldaten von General Vincent marschierten Kony, seine Frauen und Kinder, Anthony und vierhundert andere wieder einmal nach Norden. Zehn Tage später erreichten sie

Rubangatek, das völlig verlassen war. Doch das Essen war dort. Sie fanden ein weiteres volles Versteck in Bin Rwot, wo es ein paar LRA-Soldaten gab, die meisten mit schweren Verletzungen. Er sah, wie Lily in seine Richtung gehumpelt kam.

Sie sah ihn erschöpft an, versuchte aber zu lächeln. »Hallo, Fernmelder.«

»Hallo, Lily. Es ist schön, dich zu sehen.«

Lily schnaubte verächtlich. »Und dennoch sieht mich der Lehrer kaum.«

»Das tut mir leid. Was macht dein Bein?«

»Schlimmer als deine Schulter«, sagte sie und schien dagegen anzukämpfen, weinen zu müssen.

»Bleibst du hier?«

»Ich kann nicht mithalten und bin ersetzt worden, somit habe ich keine Wahl, oder?«

Er zögerte, wusste nicht, was er sagen sollte, dann dachte er an seinen Vater und die Frage, was ein guter Mensch sagen würde.

»Ich wünsche dir alles Gute, Lily«, sagte er schließlich. »Das tue ich wirklich.«

Sie humpelte an ihm vorbei und sagte: »Und hier gehe ich und rechne mit dem Schlimmsten.«

Er sah ihr einen Moment nach, erinnerte sich an sie als die freundlichste Frau des Großen Lehrmeisters, und empfand Mitleid für sie mit ihrem Schicksal, bevor er seine Trauer wieder auf Florence und die Jungen richtete.

Sie verließen Bin Rwot und zogen in die Imatongs. In gewisser Hinsicht war die Tortur schlimmer, als Anthony sich von seinen ersten beiden Reisen durch diese zerklüfteten Berge erinnerte. Doch die meiste Zeit kümmerte ihn das nicht. Er begrüßte die Qualen wie eine gerechte Bestrafung.

Normalerweise ist es Anfang August trocken im Hochland. Doch die Regenfälle kamen früh. Manchmal waren sie völlig durchnässt, als sie die drei Pässe in Höhen von fast dreitausend Metern überquerten.

Nachdem sie Wochen zuvor in Uganda losgegangen waren, stand Anthony schließlich mit Kony und dessen höchsten Kommandeuren am klarsten Tag seit einer Woche hoch auf einem Berg und blickte nach Norden. Weit unter ihnen konnte man die träge U-Form des breiten, grünen Tals sehen, das von den zwei Armen der Imatong-Berge gebildet wurde, die zusammentrafen und die Stadt Katire umrahmten.

Der Große Lehrmeister befahl General Vincent und Brigadekommandeur Ongwen, ihre Männer hinunterzuschicken, um die Vorräte aus den Höhlen oberhalb der Stadt zu holen und auf ein langes Plateau zu bringen, das sich auf einer Höhe von fast zweitausendfünfhundert Metern ins Gehölz erstreckte. Anderen LRA-Jungen wurde befohlen, das Unterholz im Wald zu entfernen, damit Hütten gebaut werden konnten.

Um elf Uhr stellte Anthony an jenem Morgen das Kurzwellengerät und das UKW-Radio an, das er vom sudanesischen Militär erhalten hatte. Über Kurzwelle hörte er seinen Bruder Albert sagen, dass General Matatas Kräfte weniger als zehn Kilometer von Katire entfernt waren. Kony wies sie an, zu seiner Position hinaufzukommen, und hörte dann einen Radiobericht aus Juba, der »einen großen Sieg in Ugandas ›Operation Eiserne Faust‹« verkündete.

Der Sprecher sagte: »Hubschrauber der ugandischen Armee und Bodentruppen griffen an diesem Morgen die Rebellengruppe der Lord's Resistance Army in ihren Kasernen in Rubangatek und Bin Rwot südöstlich von Juba an. Trotz des erbitterten Widerstands der LRA war der Angriff aus der Luft und vom Boden schließlich gegen die Rebellengruppe des messianischen Kriegsherrn Joseph Kony erfolgreich. Zahlreiche LRA-Soldaten wurden getötet, die Kasernen zerstört und viele Sklavenfrauen von Kony zusammen mit ihren Kindern aus der

Gefangenschaft befreit. Die Regierungen Ugandas und Sudans hoffen, dass dies der Anfang der endgültigen Vertreibung von Kony und der LRA gewesen ist.«

Der Große Lehrmeister warf den Kopf zurück und lachte höhnisch. »Messianischer Kriegsherr? Erbitterter LRA-Widerstand? Sklavenfrauen? Wir haben die Verwundeten zurückgelassen, die nicht marschieren konnten. Und meine Frauen sind bei mir. Das sind alles Lügengeschichten. Sie haben leere Kasernen angegriffen. Was soll dieser Blödsinn, Opoka? Ich bin nicht dort. Ich bin hier, auf der anderen Seite der Imatongs mit einer wachsenden Armee.«

»Das seid Ihr, Lehrer«, sagte Anthony.

»Stell das aus«, sagte Kony und zeigte auf das UKW-Radio. »Ich muss nachdenken.«

Er hatte es gerade gesagt, als das Kurzwellengerät zu knacken begann. Ongwen schickte eine verschlüsselte Nachricht von den Höhlen oberhalb der Stadt Katire.

Anthony übersetzte den Code und las vor. »Lehrer, die Vorräte wurden geplündert.«

»Was?«, donnerte Kony.

»Da ist noch mehr«, sagte Anthony und hockte sich hin, während er weiterlas. »Wir können mit den Ferngläsern sehen, dass die Stadtbewohner sie leer geräumt haben. Sie tragen unsere Uniformen. Vor vielen Häusern stehen Getreidesäcke. Waffen und Munition ebenfalls. Befehle?«

Für ein paar Minuten stand Kony dort und blickte wütend auf die Stadt weiter unten, wobei er die Hände immer wieder zu Fäusten ballte.

Schließlich sah er Anthony an und sagte: »Zuerst für Matata: Aufstieg abbrechen. Stattdessen nach Katire. Zweitens für Commander Ongwen: Das kann nicht toleriert werden. Die Regierung Sudans hat mich unterschätzt und die Menschen von Katire haben die LRA unterschätzt. Tötet jeden, der von uns gestohlen hat, und holt zurück, was uns gehört. Treibt sie zusammen und macht das auf unvergessliche Weise.«

Anthony musste schluckte, als er anfing, die Nachricht zu verschlüsseln. »Seid ihr sicher, Lehrer?«

Kony schlug ihm mit dem Handrücken kräftig ins Gesicht, zog die Pistole und hielt sie Anthony an den Kopf. »Zweifle niemals an meiner Entscheidung, Opoka. Hast du verstanden?«

Der Schlag hatte Anthony benommen gemacht, doch er war fixiert auf die Pistolenmündung des Großen Lehrmeisters und erstaunt, wie kalt sie sich anfühlte. Er wollte ihm sagen, dass er es einfach tun sollte. Ihm eine Kugel in den Kopf jagen und sein Leiden endlich beenden.

Stattdessen kochte in ihm der Hass und er sagte: »Es tut mir leid, Lehrer. Es wird nicht mehr geschehen.«

Die Pistole blieb, wo sie war.

»Joseph«, sagte seine Frau Evelyn. »Hör auf. Opoka ist ein guter Mann und er hat seine Familie verloren.«

Für eine gefühlte Ewigkeit hielt Kony die Waffe weiter an Anthonys Kopf, doch dann zog er sie zurück.

»Verschlüssele und schicke es, Fernmelder«, sagte er kalt. »Das ist alles, wofür du gut bist. Verschlüsseln und schicken. Und du bist nicht länger mein Funker, nicht länger der zukünftige Kommunikationsminister unserer Nation. Ich beabsichtige, dich endgültig zu versetzen.«

Damit ging Kony mit seiner jungen Frau davon, die schrecklich dünn aussah. Anthony kämpfte gegen sein Zittern an. Er wusste, dass er gerade dem Tod sehr nahe gekommen war. Der Große Lehrmeister hatte Menschen schon für weniger umgebracht.

Er brauchte doppelt so lange wie gewöhnlich, um Konys Befehle zu verschlüsseln und zu verschicken. Ongwen antwortete fast sofort. »Verstanden, Lehrer. Unvergesslich wird es sein.«

Anthony stand da und wusste nicht, was er tun sollte. Er sagte Corporal Leonard, der gerade aß, dass er ein besseres Signal für die Übertragung für den Großen Lehrmeister benötigte. Dann nahm er sein leichtes Funkgerät, sein Gewehr und sein Fernglas und ging hinaus zu einer Felszunge, die ihm eine bessere Aussicht auf die Stadt unten und die Hunderte von LRA-Soldaten bot, die den Hang hinunterkamen.

Ongwens Soldaten drangen aus verschiedenen Winkeln nach Katire hinein und begannen, die Uniformen, Nahrung, Waffen und Munition von den Stadtbewohnern zu holen. Wenn jemand mit irgendwelchen Gütern angetroffen wurde, die in den Höhlen gelagert waren, dann wurde er von den anderen Bewohnern separiert und zum östlichen Stadtrand geführt. Wer sich weigerte, wurde erschossen.

Plötzlich schienen dort viel mehr Soldaten in der Stadt zu sein, als Ongwen hingeführt hatte. Anthony erkannte, dass jetzt auch Matatas Soldaten dort sein mussten, was bedeutete, dass Patrick und Albert womöglich ebenfalls dort waren. Er versuchte, seinen Bruder und den alten Freund durch das Fernglas zu finden, doch Katire war zu weit entfernt, um ein Gesicht oder eine Gestalt genau zu erkennen.

Die Anzahl der Menschen am Ostrand der Stadt war auf fast einhundert gewachsen, als er Ongwen über Funk hörte, der seinen Männern befahl, sie zu einer kleinen Gruppe zusammenzudrängen. Dann hörte er, wie er nach »vier SPG-9« verlangte, die vorgebracht werden sollten.

Anthony bekam ein flaues Gefühl im Magen. Das SPG-9 war ein sowjetisches rückstoßfreies Geschütz mit einem Kaliber von 73 Millimetern, das häufig als leichte Waffe gegen gepanzerte Fahrzeuge genutzt wurde. Man verschoss damit Hohlmunition, die beim Aufschlag explodierte und zerschellte.

»Warum?«, murmelte er zu sich und konnte dann nicht mehr mitansehen, wie LRA-Jungen die tragbaren

Antipanzergeschütze an den Stadtrand ungefähr hundert Meter entfernt von der Menschentraube aufstellten.

Die Schüsse der rückstoßfreien Geschütze waren selbst auf diese Entfernung dröhnende, schreckliche Geräusche der Kriegsmaschinen. Als er sich dazu zwang, wieder durch das Fernglas zu sehen, konnte Anthony haufenweise zerrissene Körper sehen. Andere Männer und Frauen torkelten verwundet und verstümmelt herum, schrien stumm oder versuchten, in den Busch zu flüchten. Bevor sie es in Deckung schafften, wurden sie von LRA-Jungen mit Maschinengewehren über den Haufen geschossen.

Dann hörte er Ongwen über Funk prahlen: »Das bekommt man, wenn man vom Großen Lehrmeister und seinen Gesegneten klaut! Eine Bestrafung, an die man sich erinnert!«

Anthony saß dort auf der Felszunge, ließ den Kopf hängen und weinte. Er wusste, dass er nicht gesehen werden durfte, wie er seine Gefühle zeigte, nachdem er von Kony verschont worden war. Doch er konnte nicht aufhören zu weinen. Als er sich zu beruhigen versuchte, indem er an seinen Vater und den verstorbenen Mr Mabior und an die Dinge dachte, die sie ihm beigebracht hatten, weinte er nur noch stärker.

Wie konnte man irgendwas von diesem Wahnsinn, diesem Massenmord damit erklären, dass man eine Botschaft senden wollte? Kony hätte diesen Befehl nicht geben müssen. Er hätte Ongwen sagen können, dass er ihre Vorräte zurückholen soll, und es dabei belassen können. Nein, der Große Lehrmeister musste töten, und er musste auf eine Weise töten, die niemand erwartete. Spielte irgendwer oder irgendwas für ihn eine Rolle, abgesehen von seinem eigenen Gewinn?

»Niemand spielt für ihn eine Rolle«, heulte Anthony leise. »Florence hatte recht. Wir sind seine Sklaven. Ich bin sein Sklave.«

Er konnte es nicht länger ertragen, als er über Funk die Worte von Ongwen an seine Männer hörte, wie er ihnen befahl, die restlichen Leute, die von Kony gestohlen hatten, in ein Seitental in der Nähe der Stadt zu bringen und sie zu erledigen. Anthony sagte sich, dass der Traum seines Vaters nicht wahr geworden war, dass er nicht zu einem guten Menschen aufgewachsen war.

Tatsächlich war er überhaupt kein Mensch mehr. Nicht einmal ein Leopard in Gedanken.

Anthony Opoka, Commander Tony bei der LRA, war eine leere Kriegsmaschine.

Es fühlte sich so an, als wäre nichts mehr in seinem Herzen, keine Menschlichkeit, keine Seele mehr in ihm, als er das Funkgerät ausstellte und von der steinigen Felszunge zurück zu jenem Plateau trottete, wo Kony das Lager von Control Altar aufgebaut haben wollte.

»Was ist da draußen passiert?«, fragte Leonard. »Du hast dich seltsam verhalten.«

»Ich habe seltsame Dinge gesehen«, sagte Anthony und nahm seine Batterien, um sie aufzuladen.

* * *

Zwei Stunden später, während er seine Batterien auflud, sah Anthony Albert in der Ferne den Hang hochklettern. Durch das Fernglas sah er zutiefst erschüttert aus. Patrick war fünfzig Meter hinter Albert, einen grimmigen Ausdruck im Gesicht.

Anthony konnte die fahle Wunde seitlich am Hals seines Freundes sehen und dachte: *Vögel.*

Er wusste, dass er sich einen Grund ausdenken sollte, um zu General Matatas Lager zu gehen, Patrick zu finden und sich die Geschichte der gescheiterten Flucht seiner Familie anzuhören.

Doch ausnahmsweise fehlte Anthony dazu der Mut.

# Neununddreissig

Weil bisher noch kein neuer Fernmelder ausgewählt worden war, wurde Anthony befohlen, in einem Radius von fünfzehn Metern bei Kony zu bleiben, der abgesehen von direkten Befehlen an den einen oder anderen Kommandeur über Funk nur wenig mit ihm sprach.

Spät am nächsten Tag sah Anthony zu, wie der Große Lehrmeister die mehr als tausend Kindersoldaten erbarmungslos antrieb, die er zur Verfügung hatte. Zweihundert von ihnen mussten Befestigungen an den Hängen oberhalb von Katire bauen. Dreihundert ließ er Landminen holen und Schützengräben ausheben, wo die Sprengstoffe über Pfade verteilt wurden, die die Hänge begrenzten. Weitere dreihundert wurden auf Positionen nördlich der Stadt und östlich und westlich von der Straße nach Torit geschickt.

Sie waren noch lange nicht fertig damit, die Landminen zu verteilen, als sich der Tag dem Ende näherte. Nach Einbruch der Dunkelheit befahl der Große Lehrmeister der Minengruppe, sich auf höheres, felsiges Land zurückzuziehen und dort zu warten. Doch die Jungen, die die Befestigungen bauten, ließ er die ganze Nacht hart arbeiten.

Langsam erkannte Anthony durch seine Benommenheit hindurch, was Kony vorhatte. Er hatte den Massenmord zynischerweise angeordnet, um eine Vergeltung zu provozieren. Es war so, wie er vor mehr als einem Monat gesagt hatte, bevor sie losmarschierten: Katire war ein perfekter Ort für einen Hinterhalt.

Am nächsten Morgen war er in der Morgendämmerung bei dem Großen Lehrmeister, als der LRA-Anführer durch sein Fernglas nach unten blickte und sah, wie die ersten sudanesischen Beamten über die einsame, holprige Straße aus Torit kamen. Vorgeschobene LRA-Scouts berichteten, dass sie gesehen hatten, wie zahlreiche Überlebende der Stadt mit den Offiziellen geredet und zu den noch immer nicht begrabenen Leichen am Ostrand der Stadt und hinauf zu den LRA-Jungs gezeigt hatten, die noch immer an verschiedenen Hängen gruben. Die Sudanesen eilten davon.

Kony ließ die Jungen bis zur Dunkelheit schwer arbeiten, dann befahl er, dass die Befestigungen mit Vogelscheuchen und Sprengfallen ausgestattet werden sollten. Danach gingen die Jungen vorsichtig den Berg hinauf, wobei sie die kleinen Fähnchen mitnahmen, die die Positionen der Minen markiert hatten.

* * *

Kurz nach Anbruch der Morgendämmerung tauchte am folgenden Tag, dem 14. August, eine Reihe von Lastern mit offenen Ladeflächen voller UPDF- und sudanesischen Soldaten auf der Torit-Straße auf. Die Scouts berichteten, dass sie von einem großen Kommunikationstruck mit einer langen, wippenden Antenne begleitet wurden.

»Es wird sicher Luftverstärkung kommen«, sagte Kony und beobachtete die Szenerie durch sein Fernglas.

»Je nachdem, wo sie stoppen, haben wir da auch ein Wörtchen mitzureden«, sagte General Vincent.

Die Kolonne kam einen halben Kilometer vor der Stadt zum Stehen. Soldaten strömten aus den Lastwagen. Mörserteams begannen mit dem Beschuss der Hügel oberhalb der Stadt und rund um die falschen Befestigungen.

»Sie schießen zu niedrig«, sagte der Große Lehrmeister lächelnd.

»Verfeuern ihre Munition«, stimmte General Vincent zu.

Kony sah zu Anthony. »Befehle allen Kommandeuren, dass sie ihr Feuer zurückhalten sollen, bis sie sehen, dass die UPDF-Soldaten den Hang unter uns hinaufklettern.«

Anthony gab die Botschaft weiter und auch die nächste von Kony, die zwischen erneuten Granatenschüssen erfolgte, die harmlos an die Flanken der unteren Hänge pfiffen und explodierten: »Schickt jemanden auf die Position, um den Kommunikationswagen auf meinen Befehl hin zu beseitigen.«

Ongwen meldete sich fast sofort zurück, um zu sagen, dass er zwei rückstoßfreie Geschützteams in den Bereich geschickt hatte.

Zwei UPDF-Hubschrauber tauchten von Norden am Himmel auf, flankierten die Torit-Straße, während sie nach Süden über die Stadt Katire hinwegflogen, wo sie das Feuer mit schweren Maschinengewehren eröffneten und die unteren Hänge und die Gebiete um die Befestigungen durchpflügten.

Sie machten zwei Durchgänge, bevor Ongwen sich meldete und sagte, dass seine Jungen auf Position seien.

»Haltet das Feuer zurück«, sagte Kony und sah zu, wie die ugandischen und sudanesischen Kräfte in der Stadt auf dem Vormarsch waren, während die Hubschrauber über ihren Köpfen flogen.

Sie erfuhren natürlich überhaupt keine Gegenwehr und waren bald durch die Stadt und sammelten sich zu einem Frontalangriff hügelaufwärts. Der Große Lehrmeister ließ sie kommen, bis sie auf halbem Weg hinauf zu den falschen Soldaten in den falschen Befestigungen waren, bevor er den Kämpfern an den Flanken befahl, in Deckung zu bleiben und sich zu verteilen. LRA-Jungen kamen zwischen den Bäumen östlich und westlich der Torit-Straße hinunter und nahmen Positionen nördlich der Laster ein, wodurch sie den Fluchtweg abschnitten.

Die Fußsoldaten kletterten weiter den Hang hinauf. Die Ersten erreichten die leeren Befestigungen und sahen die Vogelscheuchen, bevor die Helikopter zum Nachtanken und -laden bei weiter entfernt im Tal parkenden Lastern abdrehten. Eine Minute später ging die erste Sprengfalle hoch. Zehn Sekunden danach detonierte die erste Landmine.

»Jetzt, Ongwen«, sagte Kony.

Anthony schickte die Nachricht. Von einer kleinen Anhöhe nordöstlich der Stadt feuerten die rückstoßfreien Geschütze im Tandem, die Hohlkörpergeschosse trafen diesmal nicht auf Menschenkörper, sondern auf den Kommunikationslaster von vorn und von der Flanke, rissen klaffende Löcher in seine Seiten, bevor das Geräusch des Doppeltreffers den Berghang hinaufhallte.

»Scharfschützen«, sagte der Große Lehrmeister. »Und General Matata, vorwärts.«

Anthony gab die Befehle durch Albert weiter. Die oberhalb der Befestigungen versteckten LRA-Jungen schossen nach unten auf die noch immer vorwärtsschreitenden ugandischen und sudanesischen Soldaten. Von oben hörte man die Schüsse der leichten Waffen im Kontrast zu dem leisen Donnern der Landminen, die sporadisch hochgingen, als der Feind versuchte, sich nach oben vorzuarbeiten. Matata verlegte seine Truppen den Berg hinunter, um die Scharfschützen zu unterstützen.

Kony starrte Anthony seltsam an, dann sagte er: »Sing für sie, Fernmelder.«

»Lehrer?«

»Über dein gottverdammtes Funkgerät«, sagte er. »Sing ›*Polo, polo, yecu olara*‹, um ihnen Kraft zu geben.«

Als er sah, dass der Mann in einer seiner verrückten Phasen war, stellte Anthony das Mikrofon an und begann zu singen.

*Polo, polo, yecu olara.*
*Himmel, Himmel, Jesus, mein Erlöser.*
*Der Himmel soll kommen, uns im Leben erretten,*
*Und wir verlassen niemals den himmlischen Weg.*
*Polo, polo, yecu olara.*
*Himmel, Himmel, Jesus, mein Erlöser.*

Konfrontiert mit einem Frontalangriff von oben und von den Flanken durch eine LRA-Armee, die größer war als erwartet, kämpften die UPDF- und sudanesischen Soldaten erbittert. Konys Jungen hielten die Hubschrauber auf Abstand, indem sie schultergestützte Raketen auf sie abfeuerten.

Der Kampf dauerte fast fünf Stunden. Wenn Anthony keine Befehle weitergab, sang er unter dem stählernen Blick des Großen Lehrmeisters. Schließlich, gegen zehn Uhr morgens, zogen sich die Ugander den Hang hinunter und durch Katire zurück.

Als sie aus der Stadt kamen und zu ihren Lastern eilten, befahl Kony den LRA-Soldaten zu beiden Seiten der Torit-Straße, das Feuer zu eröffnen. Zahlreiche ugandische Armeemänner starben in den ersten Minuten des Kampfes, der in die Straßen der Stadt gepfercht wurde. Ein Hubschrauber kam dröhnend heran, feuerte auf LRA-Stellungen und versuchte dann, Überlebende zu retten.

Der Hubschrauber war noch fünfzig Meter von der Landung entfernt, als einer von Brigadekommandeur Ongwens Männern aus dem tiefen Gras kam, mit einer Panzerfaust zielte und feuerte. Die Rakete traf den Bauch des Hubschraubers und explodierte. Das Fluggerät schlingerte beim Aufprall heftig, stotterte und stürzte dann in ein Getreidefeld, wo es in einem Feuerball zerschellte.

LRA-Soldaten oben und unten auf dem Berg jubelten, heulten und sangen. Anthony konnte ihre Stimmen unter und über sich hören, wie ein verzerrter triumphaler Knabenchor. Bald darauf gaben die überlebenden ugandischen und sudanesischen Soldaten auf.

Ongwen funkte, dass er bereit war, sie alle in jenes Tal zu bringen, wohin er die anderen Ortsbewohner gebracht hatte.

»Nein«, entgegnete Kony. »Nimm ihre Waffen, bring sie zurück zu ihren Lastern und lasst sie fahren. Ich will, dass die Kunde dieser brutalen Niederlage so schnell wie möglich bis nach Juba und Khartoum gelangt und dann nach Kampala und zu Museveni, damit sie es sich zweimal überlegen, bevor sie jemals wieder die LRA angreifen.«

* * *

Der Große Lehrmeister war den restlichen Tag und in den Abend hinein bester Laune, neckte wieder seine Frauen und begrüßte Ongwen als einen Helden. Anthony musste sich stark zusammennehmen, um nicht seine Abscheu zu zeigen, als Kony einen allgemeinen Funkspruch zu den anderen LRA-Kommandos im südlichen Sudan und nördlichen Uganda senden ließ, in dem er mit dem Sieg prahlte und hervorhob, wie gründlich er gewesen war.

Anthony schlief unruhig und war bereits auf, als der LRA-Oberkommandeur mit dem Fernglas um den Hals aus seiner Unterkunft kam. Er wies Anthony an, die Cascina zu holen.

Anthony folgte Kony zu jener Felszunge, auf der er selbst vor wenigen Tagen während des Massakers an der Zivilbevölkerung gesessen hatte. *Hat er mich hier herauskommen sehen? Hat Leonard mich weinen sehen und es gemeldet?*

Während Anthony in seinem Gepäck nach dem Antennendraht suchte, stand der Große Lehrmeister am Rand und überblickte Katire und das Tal.

»Mein Königreich, für den Moment«, sagte Kony. »Ich bin wirklich ein von Gott gesegneter Mann und von Geistern geführt, Opoka. Gestern war der Beweis, dass meine Sache – unsere Sache – gerecht ist. Ich habe gestern nicht nur gewonnen. Ich habe gestern Barmherzigkeit gezeigt, als ich diese Männer entlassen habe. Doch ich habe Museveni auch gedemütigt, sodass er um Gnade winselt, dass er sich vorzustellen beginnt – ohne es zu wollen, muss ich hinzufügen –, wie ich trotz all seiner Bemühungen eine größere Armee als je zuvor aufbaue, hier in meiner Bergfestung, mit Tausenden neuen Rekruten und den Feldern unten, um sie zu ernähren und zu trainieren. Sie alle werden eines nahen Tages auf Kampala marschieren. Und dann, die schlimmste Vorstellung von allen für Museveni, der Gedanke an mich, Joseph Kony, wie ich siegreich in die Hauptstadt komme, mit meinem Kommunikationsminister an meiner …«.

Beide hatten ein fernes Dröhnen bemerkt, das lauter wurde, bis sie hoch in der Luft und über dem Tal den Glanz bemerkten. Wie Kony hob auch Anthony sein Fernglas. Er sah zwei schlanke Kampfjets fast mit Überschallgeschwindigkeit auf sie zukommen.

»Das sind MiG-21!«, gellte der Große Lehrmeister. »Die Farben Ugandas am Heck!«

Anthony ließ das Fernglas sinken und sah den LRA-Anführer an sich vorbeilaufen und rufen: »Bring das Funkgerät, ruf zur Bereitschaft, wir sind unter …«

Die Jets hatten sie bereits erreicht. Aus einem Kilometer Entfernung feuerte jeder eine Rakete ab.

Anthony sah den Kondensstreifen der einen, bevor sie in General Matatas Lager weit gegenüber am Hang einschlug. Bevor er an Albert oder Patrick denken konnte, schlug die zweite mit einer Kraft und einem Lärm, wie er ihn noch nie gehört hatte, in der Nähe von Control Altar ein. Die Explosion in der Nähe schlug ihm vor die Brust, dröhnte in seinen Ohren und ging durch ihn hindurch wie eine riesige Welle, die sein Gehirn erschütterte.

Kony wurde umgeworfen.

Instinktiv bewegte sich Anthony weiter, schulterte das Funkgerät, packte den Großen Lehrmeister unter den Achseln und zog ihn auf die Beine, als sich die Jets erneut näherten. Als er sie in Position kommen sah, stieß er den LRA-Anführer zu Boden und warf sich daneben, hörte das jetzt unmissverständliche Rauschen von zwei weiteren Raketen, die abgeschossen wurden und ihre Ziele suchten.

Die erste traf den Hang neben Control Altar. Ebenso die zweite. Der Boden unter ihnen bebte und wackelte bei jeder Explosion. Anthony wurde zwei weitere Male von jener Welle getroffen, die Hirn und Körper erschütterte und ihn lähmte, sodass er nicht mehr klar denken oder sich rühren konnte.

Jetzt war es der Große Lehrmeister, der ihn auf die Beine hob und etwas sagte. Schwindlig und benommen hörte Anthony Kony zuerst gar nicht. Dann schrie der LRA-Anführer laut genug, dass er ihn durch das Dröhnen in seinen Ohren hören konnte.

»Sie werden zurückkommen!«, sagte er. »Funke ›Rückzug‹! Wir müssen hier weg!«

Er war erleichtert, als er nach seinem Funkspruch Albert sagen hörte: »Verstanden, Nine Whiskey.«

* * *

Die instinktive Einschätzung des Großen Lehrmeisters erwies sich als richtig. Zwei weitere Male kehrten die UPDF-Kampfjets an jenem Morgen zurück, um Raketen abzufeuern. Insgesamt zwölf schlugen auf dem Hang ein, während Kony und der Rest der LRA sich in dichte, bewaldete Senken zurückzogen, wo sie nicht aus der Luft gesehen werden konnten, und dann zurück in das Imatong-Gebirge gingen, um es direkt nach Süden zu durchqueren, sich mit den restlichen Soldaten zu treffen und schließlich nach Uganda zu kommen, um Museveni dafür bezahlen zu lassen, was er getan hatte.

Es hatte keine Zeit gegeben, um die Opfer zu zählen, doch Anthony sah mindestens einhundert Leichen auf den Hängen, die meisten von ihnen zwanzig Jahre alt oder jünger, und andere LRA-Jungen so schwer verletzt, dass man sie zurücklassen musste. Während des ersten Teils ihres Rückzugs war er nicht in der Lage, klar zu denken. Er taumelte hinter Kony her, trat dorthin, wohin der Große Lehrmeister trat, und hoffte, dass irgendwie eine von Musevenis Raketen sie beide erledigen würde.

Doch die Luftangriffe hörten auf. Währenddessen kletterten sie immer weiter, bis sie eine Wiese hoch oben in den Bergen erreichten, wo eine große Anzahl LRA-Soldaten mit den Frauen und Kindern versammelt war. Er sah sie an, versuchte sich vorzustellen, dass Florence am Leben war und hinter ihnen hervorkam, Kenneth an ihrer Seite, Boniface auf dem Arm.

Doch dann erhob sich aus dem Wald ungefähr sechzig Meter entfernt ein Schwarm kleiner schwarzer Vögel und er war so aufgewühlt, dass er in die Knie gehen wollte, sich übergeben und sterben. Es fühlte sich an, als würde ihn das Leben nicht nur leiden lassen. Es quälte ihn.

General Matata kam zwischen den Bäumen hervor, wo die Vögel aufgeflogen waren, gefolgt von Albert, der unter dem Gewicht seines Funkgeräts gebückt ging. Corporal Leonard kam auch heran, blieb ein paar Meter entfernt stehen, sein Gesicht blutend und schmutzig vom Kampf, und starrte auf den Boden.

»Hast du Evelyn gesehen?«, fragte Kony, der zwar auf den Beinen war, aber verwirrt schien, wie entrückt.

»Nein, Lehrer«, sagte Anthony, als Patrick aus dem Wald kam, schmutzig und mit Blut an der Uniform.

»Vor ungefähr einer Stunde war sie hinter mir. Ich habe sie gesehen.«

Der Fernmelder nickte, als der Große Lehrmeister weiterging, um andere nach seiner Frau zu fragen.

Patrick bemerkte ihn und entfernte sich von Albert und Matata. Als er näher kam, starrte Anthony auf die hässliche rote Narbe an der Seite seines Halses.

»Ich dachte, du bist tot«, sagte Anthony.

»Ich dachte auch, du bist tot«, sagte Patrick und sah so erschöpft aus, wie Anthony sich fühlte.

»Ich weiß, du willst mir erzählen, was geschehen ist, doch ich kann es nicht hören. Nicht jetzt. Vielleicht auch niemals.«

»Das kann ich verstehen«, sagte Patrick leise, bevor er einen Schritt näher kam und murmelte: »Allerdings ist das eine Geschichte, die du vielleicht doch hören willst. Lass uns in den Wald gehen, pinkeln.«

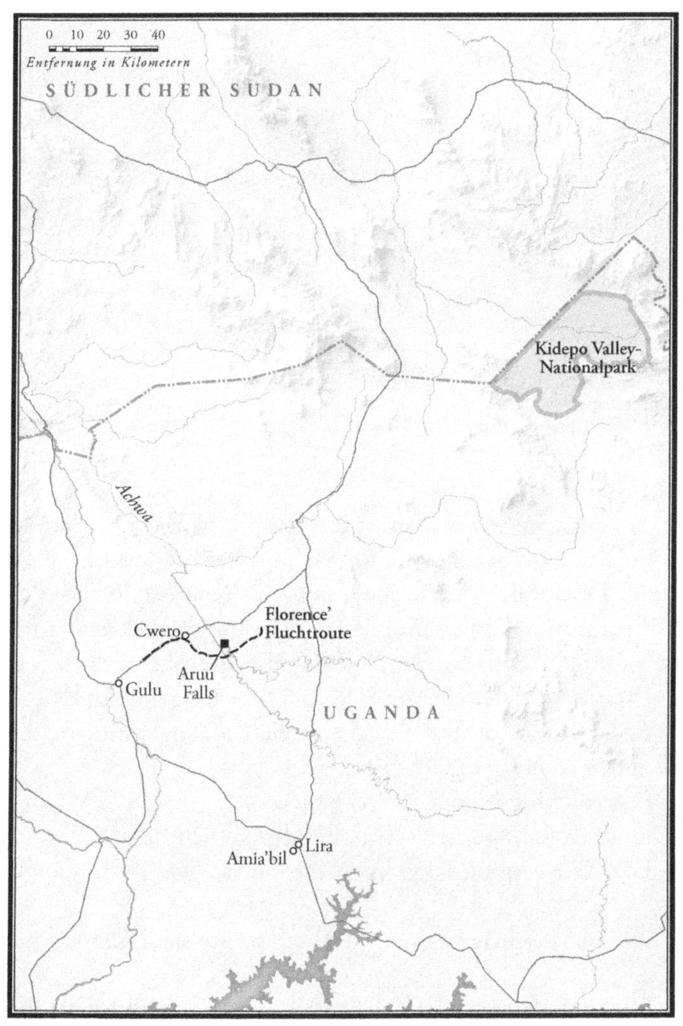

0 10 20 30 40
Entfernung in Kilometern
SÜDLICHER SUDAN
Kidepo Valley-
Nationalpark
Achwa
Florence'
Fluchtroute
Cwero
Aruu
Falls
Gulu
UGANDA
Lira
Amia'bil

# Vierzig

***Zwei Monate zuvor***

Die ugandische Armeepatrouille schoss von den Bäumen vor ihnen. Florence sah Flammen aus den Mündungen von einem Dutzend Maschinengewehren herausschießen und Leuchtmunition kam in ihre Richtung geflogen, während hinter ihnen weitere Schüsse fielen. Sie waren mitten im Kreuzfeuer.

»Mama!«, schrie Kenneth, bevor Patrick ihn packte.

*Es ist vorbei,* dachte sie, als sie sich auf den Boden warf. *Schließlich verliert die Liebe doch.*

Etwas schlug ihr gegen den Kopf.

Florence sah Sterne, bevor alles dunkel wurde.

Die Zeit verging langsamer. Sie spürte, wie sie hineinglitt in …

»Mama!«, schrie Kenneth und schüttelte sie. »Mama, wach auf!«

Florence rührte sich, während der Kampf weitertobte, blickte auf, sah unscharf die Umrisse ihres ältesten Sohns, der über ihr kniete, und hörte dann Boniface auf ihrem Rücken weinen. Sie griff sich an den Kopf, spürte eine Wunde und Blut überall auf ihrem Gesicht.

»Wo ist Patrick?«

»Ich weiß nicht«, sagte Kenneth. »Er ist weggekrabbelt.«

»Weggekrabbelt?«

»Betty!«, zischte Patrick. »Alle auf die Hände und Knie, und kommt zu mir.«

Florence setzte sich auf, spürte die scharfe, blutige Ecke eines Steins neben sich, nahm eins ihrer Tücher und band es sich um die Stirn, bevor sie Kenneth vorwärtsschob und ihm folgte, bis er nach ungefähr zwanzig Metern stehen blieb.

»Da ist ein flacher Fluss«, sagte Patrick. »Komm schon, Kenneth. Ich bringe dich runter.«

Florence sah, wie er ihren ältesten Sohn in dem schwachen Licht des Halbmondes hochnahm. Dann half er ihr und Boniface nach unten ins Wasser, das ihr bis zur Mitte der Schienbeine ging.

Patrick sagte: »Kenneth, halte dich hinten an meinem Shirt fest. Florence, du hältst dich an sein Shirt. Und lasst die Köpfe unten!«

Sie bückten sich und gingen mit der Flussströmung vorwärts, während die UPDF-Patrouille und die LRA-Menschenjäger sich weiter bekämpften. Nachdem sie mehrere schwierige Stellen überwunden hatten, darunter eine, die sie beunruhigend nahe an die Flanke der ugandischen Armeeeinheit heranbrachte, waren sie endlich um die Patrouille herum und konnten das Flussbett verlassen.

Patrick sah nach ihrer Stirn, sagte, dass sie genäht werden sollte, wickelte ihr dann aber das Tuch wieder fest um den Kopf. »Bist du okay?«

»Wie weit?«

»Noch fünf Kilometer.«

»Dann los«, sagte sie und ignorierte den pochenden Kopfschmerz.

* * *

Zwei Stunden später erreichten sie eine nicht befestigte Straße in der Nähe eines Teichs. »Versteckt euch da«, sagte Patrick und zeigte zu einer Baumgruppe auf der anderen Seite der Straße. »Ruht euch aus.«

»Wohin gehst du?«

»Ich überprüfe die Straße, bevor wir uns auf den Weg machen.«

Er lief schnell davon. Florence ging zu den Bäumen. Sie nahm Boniface von ihrem Rücken und stillte ihn, während sich Kenneth neben sie kuschelte und schlief. Sie dachte, sie wäre zu aufgekratzt von dem Kampf, um zu schlafen, doch sie war wie weggetreten, als Patrick sie drei Stunden später wach schüttelte.

»Ich habe ein Fahrrad. Damit kommen wir schneller voran, Lass das Gewehr. Du bist jetzt fertig damit.«

Florence sah zu dem AK-47, erinnerte sich daran, dass viele LRA-Soldaten exekutiert worden waren, weil sie ihre Waffen verloren hatten. Doch Patrick hatte recht. Sie war jetzt fertig damit.

Sie zog das Magazin heraus, entlud die Waffe und warf Gewehr und Magazin in den Teich. Dann band sie Boniface wieder auf ihren Rücken, spürte, wie er fast sofort wieder einschlief, und ging zu Patrick, Kenneth und dem Fahrrad.

Es war ein klappriges Rad ohne Gangschaltung und Schutzbleche. Patrick ließ Florence seitlich auf dem Rahmen vor sich sitzen und balancierte Kenneth auf dem Lenker.

»Ich bin mir nicht sicher, ob wir damit schneller sind«, sagte Florence.

»Wir haben jetzt keine Wahl«, entgegnete Patrick und nach ein paar Versuchen kamen sie wacklig auf der Straße voran.

Die Nacht war wolkenlos mit dem Halbmond über ihren Köpfen, sodass sie Patricks Taschenlampe nicht brauchten, um die zehn Kilometer zu dem Dorf Cwero und einer besseren Straße zu fahren, die sie um zwei Uhr morgens erreichten. Sie bogen nach links ab. Florence sah ein Schild mit dem Hinweis »Gulu, 30 km«. Obwohl sie todmüde war, obwohl ihr Kopf von dem Schnitt schmerzte und ihr Hintern taub geworden war vom Sitzen auf der Stange zwischen Sitz und Lenker, begann ihr Herz zu rasen, nicht vor Aufregung, sondern vor Angst.

Sie hatte Geschichten von Frauen gehört, die geflüchtet waren, nur um dann wieder gefangen zu sein. Viele wurden von ihren Familien nicht willkommen geheißen und sie lebten wie mit einem Schandmal auf der Straße. Andere hatten beschrieben, wie Mitflüchtlinge sofort erschossen wurden, als sie aus dem Busch kamen.

Sie fuhren zwei Stunden, bevor Patrick anhielt.

»Weiter komme ich nicht mit«, sagte er. »Ihr geht diese Straße noch einen oder zwei Kilometer weiter. Da kommt ihr zu Polizeikasernen.«

»Polizei?« Sie spürte einen Knoten im Magen.

»Das ist in Ordnung. Wir haben im Radio gehört, dass sie eine Amnestie für LRA-Leute verkündet haben, die es rausschaffen. Sag der Polizei, dass ihr zu einem Ort namens ›World Vision‹ in Gulu gehen wollt. Sie helfen Kindersoldaten.«

»Was ist mit dir?«, fragte sie und hob Kenneth vom Lenker.

»Ich kehre zurück«, sagte er. »Ich muss ihnen eine Geschichte verkaufen, dass ihr bei der Schießerei gestorben seid. Das sollte Anthony die Chance geben, ebenfalls zu flüchten.«

»Kommst du dann mit ihm?«

Patrick schüttelte den Kopf. »Meine Eltern sind tot. Die LRA ist alles, was ich kenne.«

»Danke, Patrick.«

»Da ist kein Dank nötig. Ich stand sehr lange in der Schuld deines Mannes.«

* * *

Anthonys Herz fühlte sich an, als wäre es in den letzten fünf Minuten um das Vierfache gewachsen. Er wollte vor Freude schreien, wagte es aber nicht. Grinsend und mit Tränen auf den Wangen fragte er: »Und was dann?«

»Ich sagte Florence, dass sie niemandem außer der Polizei sagen sollte, dass sie bei der LRA war, und dann bin ich weg.«

»Ich weiß nicht, ob ich dich verdreschen oder umarmen soll. Ich habe wirklich gedacht, dass sie tot sind.«

»Das musstest du, denn sonst hätte es nicht geklappt. Ich musste auch Albert anlügen.«

»Er weiß es nicht?«

»Ich musste es richtig machen, Opoka.«

»Aber die Vögel auf ihren Leichen? Mann, ich hatte solche Albträume.«

»Tut mir leid.«

»Was ist mit deinem Hals?«

»Ich hatte Pech, als ich nach Norden gekommen bin. Habe eine weitere UPDF-Patrouille getroffen und wurde wirklich angeschossen.«

Anthony schüttelte den Kopf. »Und du bist zurückgegangen. Ich bin froh, dass du es geschafft hast.«

»Das bin ich auch. Und ich freue mich für Betty.«

Anthony wischte sich die Tränen aus den Augen und fragte sich, wo Florence auf der verlassenen Straße zu einer Polizeikaserne gegangen war.

*Was spielt das für eine Rolle? Sie sind am Leben!*

* * *

»Mama, ich bin so müde«, jammerte Kenneth, als Patrick mit dem Rad weggefahren war. »Ich kann nicht mehr laufen.«

Florence überlegte, sich an irgendeinen Baum zu schmiegen und zu schlafen, bis es hell war. Doch das Tageslicht würde Verkehr auf die Straße bringen, eine größere Wahrscheinlichkeit, dass Leute sie befragen würden. Sie wusste, dass sie dreckig war, blutverschmiert, und dass es am besten sein würde, so schnell wie möglich zur Polizei zu gehen.

»Nur noch ein bisschen«, sagte sie, nahm seine Hand, und dann gingen sie allein weiter.

Als die Morgendämmerung kam und sie sich der Kaserne näherte, wurde sie langsamer und blieb stehen. Seit Jahren hatte man ihr gesagt, dass jeder, der mit der ugandischen Armee oder Polizei in Verbindung stand, einen LRA-Soldat beim ersten Anblick erschießen würde. Lange Zeit stand sie im Schatten neben der Straße, blickte zu dem Gebäude und versuchte, das Zittern in ihrem Körper abzuschütteln, der so auf die Verwirrung in ihrem Kopf reagierte.

Aus Gründen, die sie nicht verstand, überkam sie die lebendige Erinnerung daran, wie Kony, nachdem das Feuer ihm die Frauen genommen hatte, als Frau verkleidet mit ihr herumgespielt hatte, dass er ihr Kenneth wegnehmen würde, und wie er auf die Kohlköpfe eingeschlagen hatte, als sie davongeeilt war und ihr Baby in Sicherheit getragen hatte.

Als die Erinnerung verblasste, hörte sie die Stimme des Großen Lehrmeisters flüstern: *Du wirst niemals in Sicherheit sein. Du kannst nicht zurück. Sie wissen, dass ihr alle Mörder seid, und …*

»Mama? Du hast gesagt, wir gehen nach Hause«, sagte Kenneth. »Wo ist das?«

Florence spürte, wie sich ihre alte Wut auf Kony aufbaute, spürte, wie es sie stählte, bevor sie sagte: »Durch die Vordertür dieses Gebäudes, kleiner Mann.«

Der Vierjährige zog sie am Arm. »Dann lass uns gehen. Ich habe Hunger.«

»Ich auch, Mama«, sagte Boniface auf ihrem Rücken.

Sie schloss für eine Sekunde die Augen, beschwor ihren ganzen Mut, und mit Kenneths Hand in ihrer ging sie über den Weg zu einer Veranda. Eine Tür ging auf. Ein Mann in Polizeiuniform kam heraus, hielt eine Tasse Kaffee und rauchte eine Zigarette. Er sah sie und seine freie Hand ging zu der Pistole in seinem Holster.

»Bitte«, sagte sie mit leichtem Stottern. »Mein Name ist Florence Okori. Ich wurde im Februar 1998 außerhalb von Lira von der LRA entführt. Das sind meine Söhne, Kenneth und Boniface. Wir möchten uns ergeben und zu ›World Version‹ in Gulu gebracht werden.«

Er entspannte sich ein wenig. »›World Vision‹ in Gulu. Warte hier. Ich hole eine Polizistin, die euch hinbringt.«

»Oh«, sagte sie und ihr Herz pochte noch immer laut in ihrer Brust. »Kann ich bei ›World Vision‹ in Gulu Essen und Wasser für meine Jungen bekommen?«

»Ich glaube, das geht auch schon hier.«

* * *

Florence, Kenneth und Boniface aßen Haferbrei mit braunem Zucker und Toast mit Marmelade, die ersten echten Süßigkeiten, die die Jungen je gegessen hatten, und die ersten, die Florence seit ihren Flitterwochen mit Anthony hatte. Ein Sanitäter des Polizeireviers reinigte ihre Stirnwunde und nähte sie, bevor sie auf den Rücksitz eines Land Rovers stiegen und nach Gulu gefahren wurden.

Die Jungen waren sprachlos. Sie hatten noch nie zuvor eine Stadt gesehen, das Gedränge, die Autos, das Gehupe, die Musik, die wirbelnden Düfte von Gewürzen und Essen.

Für Florence war es wie eine Ohrfeige für ihr Nervensystem. Seit mehr als sechs Jahren hatte sie in abgeschiedenen Regionen gelebt, immer unter Bewachung, immer unter der Drohung brutaler Bestrafung. Als sie sah, wie das Leben außerhalb der LRA aussah – einkaufende Frauen auf den Märkten, an Motorrädern arbeitende Männer, zur Schule eilende Schüler –, wurde ihr noch bewusster, dass sie mehr als ein Viertel ihres Lebens in Gefangenschaft verbracht hatte.

Florence fühlte sich wackelig, als sie aus dem Wagen ausstieg und zu dem Haus geführt wurde, in dem sich ›World Vision‹ befand. Die Polizistin stellte sie einem Mann und einer Frau vor, die am Eingangsschalter arbeiteten. Sie fragten sie, wo sie bei der LRA gelebt hatte, und sie erzählte ihnen, dass sie am längsten in Rubangatek und Bin Rwot im südlichen Sudan gelebt hatte.

Die Frau sagte: »Warte hier.«

Kurz darauf kehrte sie mit drei Frauen zurück, die in den LRA-Kasernen in Rubangatek gewohnt hatten, nachdem Kony fortgegangen war. Zu ihrer Überraschung war eine davon ihre alte Freundin Palmer, die aufschrie, als sie Florence sah, und sie sofort umarmte. Die anderen Frauen kannten sie ebenfalls und verbürgten sich für sie. Und sie sahen alle so sauber und gesund aus!

Florence freute sich über Palmer und die anderen Frauen dort, doch tief im Innern hatte sie weiterhin Angst um sich und ihre Kinder. Sie wusste nicht, ob sie den verantwortlichen Leuten vertrauen konnte. Doch als man für sie gebürgt hatte, hießen die Mitarbeiter sie mit offenen Armen willkommen. Sie gaben ihr und den Jungen ein kleines Zimmer mit einem Bett, Laken, Decken und neuen Kleidern.

Sie duschte zum ersten Mal in ihrem Leben, zog sich ein neues Kleid an und ließ sich die Haare schneiden. In der ersten Nacht hatte sie Schwierigkeiten damit, auf einer Matratze zu schlafen, und legte sich schließlich auf den Fußboden.

An ihrem zweiten Tag bei ›World Vision‹ wurde Florence auf Krankheiten untersucht. Sie stimmte eifrig zu, dass die Jungen gegen Masern, Polio und Typhus geimpft wurden. Und sie besuchte Beratungssitzungen, wo sie und die anderen Frauen, darunter auch Palmer, ihre Erfahrungen bei der LRA mitteilten. Es stellte sich heraus, dass Palmer davongelaufen war, nachdem ein UPDF-Hubschrauber ihren Ehemann getötet hatte. Sie hatte keine Kinder mit ihm und war im Monat zuvor nach Gulu gekommen.

Im Verlauf der nächsten Woche erzählte Florence in den Gruppensitzungen immer mehr von ihrer Geschichte. Sie und Palmer lachten, als sie beschrieb, wie sich beide weigerten, mit Okaya zu schlafen, wurden dann aber schnell ernst, als sie von den anschließenden Prügeln erzählten. Langsam entspannte sich Florence. Sie konnte sehen, wovon die Berater sprachen, dass der Großteil ihrer Gedanken über die Rückkehr in ihr altes Leben auf Angst basierten und den Erinnerungen an die traumatischen Dinge, die sie erlebt hatte.

Diese Lektionen wurden ihr immer wieder bewusst, wenn Hubschrauber über das Gelände von ›World Vision‹ flogen und die LRA-Kinder, darunter auch ihre eigenen, schreiend in Deckung gingen.

* * *

Gegen Ende der zweiten Woche erhielt sie niederschmetternde Neuigkeiten. Die Betreuer hatten versucht, ihre Eltern durch die Behörden in Lira zu kontaktieren. Die Beamten fanden

J. Okori und C. Okori auf einer Liste von Personen, die im Vorjahr bei einer Springflut gestorben waren.

Florence weinte zwei ganze Tage immer wieder aufs Neue. Nach allem war sie jetzt nach Hause gekommen, um zu erfahren, dass ihre Mutter und ihr Vater nicht mehr am Leben waren. Wie konnten sie tot sein? Wie ungerecht das war! Wie ungerecht ihr gesamtes Erleben bei der LRA! Gab es noch irgendwen aus ihrer Familie? Oder war sie jetzt eine Vollwaise, eine Mutter allein mit zwei Kindern, die nirgendwo hingehen konnte und deren Ehemann noch in Gefangenschaft war?

Die Verbitterung, die Florence' Herz nach ihrer Verschleppung und vor ihrer Flucht erfasst hatte, kehrte mit voller Kraft zurück. Sie merkte, dass sie Joseph Kony wieder über große Teile des Tages hasste, ihm die Schuld an allem gab, was ihr gestohlen worden war, sechs Jahre ihres Lebens, ihr Traumberuf als Krankenschwester, ihre Unschuld, ihre Jugend. In vielerlei Hinsicht hatte sie das Gefühl, dass sie gar nicht befreit, dass sie noch immer ein Opfer des verdrehten Verstandes des Großen Lehrmeisters wäre.

Für eine Woche erging sich Florence in Hass, litt an *Eile,* an innerer *Gewalt,* an *Mangel* und an *Furcht.* Kenneth spürte ihr Elend, krabbelte am siebten Tag auf ihren Schoß und sagte: »Sei nicht traurig, Mama. Ich und Boniface sind doch hier.«

Die Art und Weise, wie er ihr das sagte, so süß und unschuldig und besorgt, ließ sie Dankbarkeit für ihre beiden Jungen empfinden, was ihr Leiden ein wenig linderte. Dann dachte sie an Anthony und wie er sie schon zuvor aus dieser schrecklichen Verbitterung gerettet hatte, und sie fühlte sich dankbar, dass sie ihn kennengelernt hatte, dass sie in der Liebe mit ihm gewachsen war und dass sie zwei wunderbare Jungen mit ihm hatte. Ihr Leiden wurde noch mehr gelindert.

Dann hatte sie plötzlich einen seltsamen Gedanken, den sie zunächst gründlich ablehnte. Doch je mehr sie darüber nachdachte, desto mehr wusste sie, dass er richtig war. Und als sie sich gut damit fühlte, war ihr Leiden fast vollständig verschwunden.

Florence machte sich während ihrer letzten Woche bei ›World Vision‹ stundenlang darüber Gedanken, teilte davon aber nichts ihren Betreuern oder Palmer mit. Doch dann, am Tag vor ihrem Umzug in ein Flüchtlingslager für Mütter und Kinder, erinnerte sie sich daran, wie Miss Catherine und ihre Mutter gesagt hatten, dass man die Stimme einer größeren Macht hören würde, die einem sagt, was man tun soll, wenn man nur ruhig genug wird, um in schwierigen Zeiten auf sein Herz zu hören.

Sie ging in eine ruhige Ecke des Grundstücks, legte die Hände an ihr Herz, schloss die Augen und betete für innere Ruhe und einen Weg, um sich von Kony und allem, was ihr während ihrer Gefangenschaft widerfahren war, zu befreien.

Sie blieb dort für lange Zeit, hörte nichts als das ferne Lachen spielender Kinder, bis sie so gründlich von einer Idee durchdrungen wurde, dass sie schwören konnte, eine fremde Macht hätte mit ihr gesprochen. Florence riss die Augen auf und war sich unsicher, ob sie Joseph Kony *das* antun konnte, dem nach ihrer Meinung bösartigsten Mann, der je auf Erden gewandelt war, dem Entführer von Zehntausenden von Jungen und Mädchen und Mörder der Unzähligen, die sein Regime nicht überlebten.

*Ich kann es nicht machen. Ich kann das nicht machen.*

Doch dann wurde Flo erneut aus dem Nichts von der Erinnerung an den Großen Lehrmeister erfasst, wie er an jenem Tag im Feld als Frau verkleidet war, nachdem seine Frauen und Kinder lebendig verbrannt waren, und wie er Kenneth gehalten und mit ihren Gefühlen gespielt hatte, wie er die Hacke von ihr genommen, als wäre ihm das erst jetzt eingefallen, und damit auf die Kohlköpfe eingeschlagen hatte, als sie davoneilte, um ihr Baby weit weg von seinem Zorn zu bekommen.

Doch plötzlich sah sie die Szene ganz anders, aus Konys Perspektive, aus den dunklen Tiefen des Abgrunds, in dem er lebte, nachdem seine Frauen und Kinder verbrannt waren. Der Schmerz traf sie ins Innerste, sodass sie zitterte und bebte.

Sie weigerte sich, weiter bei diesen Gedanken zu verweilen, löste sich von dem Elend des Großen Lehrmeisters und dachte wieder an ihre Jungen, dann an Anthony und wie froh sie darüber war, dass sie ihn getroffen und zum Ehemann ausgewählt hatte. Er war ein guter Mann, ein guter Ehemann, ein guter Vater.

*Und ich liebe ihn. Und die Kraft der Liebe ist stärker als alles andere.*

Mit diesen beiden dominierenden Gedanken schloss Florence die Augen und beschwor Kony von jenem Tag auf dem Feld, als er sie fragte, nach wessen Liebe sie sich als Kind gesehnt hatte.

Für einen Moment erstarrte sie in dem Entsetzen, jene Erfahrung erneut zu durchleben, nahm jedoch ihren Mut zusammen und sah direkt in die Augen des Großen Lehrmeisters, verlor sich zum zweiten Mal in seiner bodenlosen Trauer. Dabei sprach sie zu Kony, sagte Worte, die sie nicht für möglich gehalten hatte, und dabei begann das Bild, wie er auf die Kohlköpfe einschlug, und auch das innere Entsetzen, das dadurch bei ihr hervorgerufen wurde, zu schrumpfen und sich aufzulösen.

Als sie verschwunden waren, öffnete sie die Augen und fühlte sich so leicht wie schon seit Jahren nicht mehr.

»Ich habe mich befreit gefühlt«, erzählte sie Palmer und den anderen Frauen bei ihrer letzten Beratungssitzung. »Ich fühle mich frei. Ich ignoriere nicht, was er Anthony angetan hat und wie er mich und meine Jungen hat leben lassen, doch da ist nicht länger der Hass auf ihn in meinem Herzen. Joseph Kony kontrolliert mich auf keine Weise mehr.«

Palmer und die anderen Frauen weinten, als sie ihr klatschend applaudierten.

* * *

Von ›World Vision‹ wurden Florence, Kenneth und Boniface zum Flüchtlingslager für Mütter und Kinder in Lira Rakeli gebracht, das ungefähr zehn Kilometer von der Stadt Lira und neunzehn vom Dorf Amia'bil entfernt lag. Es gab dort Dutzende ehemalige LRA-Frauen, die es ihr leichter machten, die feindseligen Blicke anderer Frauen zu ignorieren, die ihre Häuser wegen der Lord's Resistance Army hatten verlassen müssen und ins Lager geschickt worden waren.

Florence und die Jungen bekamen eine eigene Hütte und weitere Kleider und Nahrung. Sie richtete sich ein, war dabei unwillig oder unfähig, über den nächsten Tag hinaus an die Zukunft zu denken. Sie konzentrierte sich auf die Jungen, sah, wie sie von dem guten Essen kräftiger wurden und wie leicht sie sich mit den anderen Kindern anfreundeten. Das für sich allein war für sie bezaubernd, wenn man die Umstände ihres Lebens vorher und während der Flucht berücksichtigte.

Eines Morgens, als sie gebückt die Asche vom Frühstücksfeuer aufwischte, hörte sie einen Mann fragen: »Florence Okori? Bist du das?«

Florence erhob sich, drehte sich und sah ihren Vater vor sich stehen.

Sie brach auf dem Boden zusammen, schluchzte zunächst vor Verwirrung und dann vor Freude, als Constantine sich vorbeugte und ihr den Rücken tätschelte. »Florence. Jetzt ist es gut.«

Sie sah zu ihm auf und erzählte unter Tränen: »Leute in Lira haben gesagt, du ständest auf einer Liste von Personen, die letztes Jahr bei einer Flut ertrunken sind.«

»Was?« Er lachte und schüttelte den Kopf. »Warum haben sie denn in Lira nach uns gesucht? Du weißt genau, dass wir in Amia'bil leben, und wir sind beide sehr lebendig und so glücklich, dass du es auch bist.«

»Mama geht es gut?«

»Sie kann es nicht erwarten, dich zu sehen.«

Es stellte sich heraus, dass Constantine und Josca ihren Namen am Abend zuvor in einer Radiosendung aus Lira gehört hatten, die über zurückgekehrte LRA-Mitglieder berichtete. Ihr Vater war im Morgengrauen losgegangen, um sie zu treffen.

»Papa«, sagte sie, als Kenneth und Boniface herankamen. »Das sind meine Söhne.«

Der Gesichtsausdruck ihres Vaters wechselte, er zeigte Verwirrung und verhärtete sich dann. »Du bist Mutter?«

»Das bin ich, Papa, und ich liebe sie. Jungs, das ist euer Großvater.«

Boniface verbarg sein Gesicht in dem lockeren Stoff ihres Kleides. Doch Kenneth trat vor und hob die Hand. »Es freut mich, Sie kennenzulernen, Sir. Ich bin Kenneth.«

Constantine schürzte die Lippen, schüttelte dann aber die kleine Hand. Die Härte in seinem Gesicht blieb jedoch, als er sagte: »Es freut mich auch, dich zu sehen, Kenneth. Möchtest du die Mutter deiner Mutter kennenlernen?«

Florence legte die Hände ans Gesicht und war für ein paar Minuten überwältigt von der sicheren Erkenntnis, dass all die Dinge, die sie in ihrem inneren Buch der Träume aufgeschrieben hatte, alle Hoffnungen auf Heimkehr und ihren Weg zurück ins Leben, sich endlich erfüllen würden.

* * *

Sie erhielten die Erlaubnis, mit Constantine für zwei Tage das Lager zu verlassen. Sie nahmen einen Jitney-Bus nach Lira und einen weiteren zum Stadtrand von Amia'bil, wo Josca am Straßenrand auf sie wartete.

Sie und Florence fielen sich weinend in die Arme.

»Ich habe niemals aufgehört, für diesen Moment zu beten«, sagte Josca. »Niemals!«

Florence war überwältigt und konnte nichts sagen, bis ihr Vater erklärte: »Das sind Florence' Söhne Kenneth und Boniface.«

Als Josca sich von ihrer lange vermissten Tochter löste, sah Florence die tiefe Missbilligung im Gesicht ihrer Mutter, obwohl sie sagte: »Du bist zurück. Das ist alles, was zählt.«

Sie drückte Florence die Hände, dann breitete sie die Arme weit aus, trat vor und nahm beide Jungen in die Arme und sagte: »Ihr könnt mich Josca nennen oder Granny.«

Boniface fand das lustig. »Granny?«

»Ganz genau«, sagte Josca. »Und du, kleiner Mann? Wie wirst du mich nennen?«

Kenneth lächelte. »Granny Josca?«

»Okay, dann sei es Granny Josca«, sagte Florence' Mutter, drehte sich um und ging nach Amia'bil hinein, wobei sie beide Jungen auf dem Arm trug. »Wir gehen zu Granny Joscas Haus und ich werde das Lieblingsessen eurer Mutter zubereiten, Hühnchen und Yams. Und ihr werdet sehen, wo sie das Wasser vom Fluss geholt hat und wo sie in die Schule gegangen ist.«

»Mama«, rief ihr Florence hinterher, als sie ihr folgte, noch immer schniefend neben ihrem Vater. »Sie haben so viel gegessen, sie sind schwer. Du musst nicht beide tragen.«

Josca drehte sich um und lächelte. »Florence, das sind deine Kinder, meine Enkelkinder. Ich würde sie für immer tragen.«

# Einundvierzig

***22. Januar 2005***
***Südlich von Zapi, Uganda***

Sie waren noch immer tief im Busch und Anthony fühlte sich wie in Ketten gelegt. Inzwischen waren mehr als fünf Monate vergangen, seit er die Geschichte der Flucht seiner Familie erfahren hatte, und er war noch immer nicht in der Lage, ebenfalls zu flüchten.

Corporal Leonard hatte offenbar fast sofort die Veränderung bei ihm bemerkt und war noch aufdringlicher damit, Anthony während des langen Marsches über die Gipfel des Imatong-Gebirges und zurück nach Uganda zu überwachen.

Und die ganze Zeit regte sich Kony über Evelyn auf und nutzte ihre Situation als Drohung.

Kony sagte ständig: »Aber ich habe meine besten Männer auf sie angesetzt. Es ist nur eine Frage der Zeit. Nicht wahr, Commander Tony?«

Anthony wusste, dass der Mann wieder versuchte, in seinen Kopf zu gelangen, und beschloss, es nicht zuzulassen.

»Niemand wird ihnen entkommen, Lehrer«, sagte er. »Vor allem nicht Sergeant Bacia und Corporal Leonard.«

»Ganz genau. Niemand entkommt«, sagte Kony.

Anthony fragte sich jedoch, ob er seine Chance vertan hatte. Wenn Evelyn und ihre Kinder bisher noch nicht gefangen worden waren, warum war er dann nicht schon früher davongelaufen?

Nachdem sie nach Uganda gekommen waren, wollte Kony plötzlich in den tiefen Busch in der Nähe von Odek, wo er seine Kindheit verbracht hatte, und sich dort verstecken, wo er auf den Awere Hill steigen und wieder Verbindung mit den Geistern aufnehmen konnte.

»Dort werden sie mit mir sprechen«, sagte Kony. »Das haben sie auf dem Awere immer getan.«

Als sie sich der Region näherten, wirkte der LRA-Anführer fast wie aufgedreht. Doch zehn Kilometer vor Odek funkten Scouts, dass Soldaten der ugandischen Armee das Dorf beobachteten. Und sie hatten Scharfschützen auf dem Hügel, wo der Mythos des Großen Lehrmeisters mit einem zufälligen Gewitter begonnen hatte.

Anthony las ihm den entschlüsselten Bericht laut vor. »Dorfbewohner in Odek sagen, dass sie auf Kony auf dem Berg warten, denn sie glauben, dass er versuchen wird, dorthin zu gelangen, um seine Geisterkraft zurückzubekommen.«

Der LRA-Oberkommandeur sagte nichts, doch sein Kinn bebte vor Zorn, den er zu unterdrücken versuchte. Sie waren so nah, dass Kony die Felsspitze seines geliebten Berges draußen im Nebel sehen konnte, den er lange Zeit anblickte, wobei er hin und wieder blinzelte.

*Die UPDF sind ihm voraus,* dachte Anthony. *Sie sehen alle seine Schritte voraus.*

* * *

Einen Monat zuvor, im Dezember 2004, war die Aufmerksamkeit von Corporal Leonard akuter geworden. Als sie sich von der Idee verabschiedeten, nach Odek zurückzukehren, und da die UPDF vor allem den Großen Lehrmeister im Visier hatte, übergab Kony Anthony als Fernmelder an General Bunyi und versteckte sich mit seinen Frauen und Leibwachen von Control Altar hoch in den Bergen des nördlichen Zentral-Uganda, südlich vom Imatong-Gebirge.

Seit Beginn der ›Operation Eiserne Faust‹ vor fast drei Jahren hatte Kony seinen obersten Kommandeuren befohlen, einfache UKW-Radios bei sich zu tragen, damit sie ugandische Sender hören und erfahren konnten, was das Militär über den Kampf sagte und wohin es marschierte. General Bunyi, Dominic Ongwen und auch Anthony und Corporal Leonard hatten fast jeden Abend seit ihrer Rückkehr nach Uganda Mega FM gehört, einen Sender aus Gulu.

An den Dienstag- und Donnerstagabenden präsentierte der Sender zwei Leute, die zu den Kindersoldaten sprechen wollten, die noch immer von der LRA festgehalten wurden. Normalerweise war das von irgendwem die Mutter, die ihnen mitteilte, dass sie noch immer geliebt und erwünscht waren.

*Das sind alles Lügen,* sagte Ongwen zumeist und stellte es ab, bevor das »Buhuu« begann. Der Schlächter von Katire konnte weinende und jammernde Frauen nicht ertragen.

Doch am Donnerstag vor Weihnachten aßen Ongwen und Bunyi, als die Sendung begann, und machten keine Anstalten, das Radio abzustellen. Anthony saß ein paar Schritte entfernt und starrte in ein kleines Lagerfeuer. Corporal Leonard harrte in der Nähe aus.

»Hallo an alle LRA-Soldaten in unserem Sendebereich«, begann der Sprecher. »Wie jeden Abend am Dienstag und Donnerstag lassen wir hier auf Mega FM Freunde und geliebte

Menschen Hallo sagen. Heute Abend beginnen wir mit einer Freundin von ›World Vision‹ hier in Gulu.«

Es war einen Moment still, bevor eine Frau fragte: »Jetzt?«

»Jetzt«, sagte der Sprecher.

»Anthony?«, sagte die Frau, sodass Anthony, die beiden Offiziere und sein Aufpasser auf das Radio starrten. »Hier spricht deine Mutter, Florence. Komm bitte nach Hause, Anthony. Danke.«

Nach einer unangenehmen Pause kehrte der Sprecher zurück und sagte: »Na also, kurz und knapp. Danke, Florence.«

Ongwen stellte das Radio aus. Er und Bunyi beobachteten Anthony, der reglos blieb.

»Heißt deine Mutter Florence, Anthony?«, fragte General Bunyi.

Er nickte, wirkte traurig und bestürzt. »Der Name meiner Mutter war Acoko Florence. Aber das ist ein grausamer Scherz oder für einen anderen Anthony, denn ich weiß genau, dass meine Mutter vor fast vier Jahren an Kopfverletzungen in einem Flüchtlingslager in der Nähe von Gulu starb.«

Ongwen starrte ihn lange an, bevor er sagte: »Ist das wahr, Commander Tony?«

Anthony blickte Ongwen unbeirrt in die Augen. »Iris? Meine Schwester? Die Köchin, die Ihr damals im Juni entlassen habt? Sie hielt meine Mutter, als sie starb. Sie hat geholfen, sie zu begraben, bevor sie verschleppt wurde.«

Ongwen kehrte zurück zu seinem Essen. Ebenso Bunyi.

Dass Anthony den Rest des Abends so weitermachte, als wäre nichts geschehen, erforderte alle schauspielerischen Fähigkeiten, die er in mehr als einem Jahrzehnt perfektioniert hatte, um seine wahren Gedanken und Gefühle für sich zu behalten. Die Führungsoffiziere kauften ihm seine Antwort ab. Aber Corporal Leonard verhielt sich bei jeder seiner Bewegungen wie ein misstrauischer Hund, bis die Offiziere sich auf ihre Matten zum Schlafen legten.

Anthony wollte irgendwohin gehen und vor Freude herumhüpfen.

*Das war nicht Acoko! Das war meine Florence! Meine Betty! Ich hätte ihre Stimme überall erkannt!*

Stattdessen begrub Anthony sein wahres Ich wieder einmal tief im Innern, ignorierte seinen Aufpasser und legte sich auf seine Matte. Er zog sich die Decke über die Schultern und den Kopf, damit er wie wild grinsen konnte wegen des warmen goldenen Gefühls in seinem Herzen.

*Florence. Die Jungen. Sie hatten es geschafft!*

* * *

In den Tagen nach der Radiosendung waren sie immer weitergezogen. Anthony studierte jede Nacht ihre Position auf General Bunyis Karten, während er funkte, und suchte nach einer Gelegenheit zur Flucht.

Doch das Misstrauen bei Corporal Leonard hatte sich nur verstärkt. Wann immer sich Anthony mehr als dreißig Meter von seinem Funkgerät entfernte, musste er seinem Aufpasser Rechenschaft ablegen.

Erst vor wenigen Minuten war er zur Latrine gegangen, ohne den Corporal darüber zu informieren.

»Was machst du, Commander Tony, gehst einfach allein weg?«, wies ihn Leonard bei seiner Rückkehr zurecht. »Du weißt, dass ich den Befehl habe, dich zu beobachten.«

»Das weiß ich, aber ich mag dich wirklich nicht, Corporal«, sagte Anthony. »Du stinkst die ganze Zeit.«

»Wenn du kein Commander wärst, dann würde ich dir den Hintern versohlen.«

»Und wenn du ein Gehirn hättest, dann wärst du einsam.«

Leonard sah aus, als wollte er Anthony wirklich den Hintern versohlen.

Doch dann kam der Große Lehrmeister als Frau gekleidet mit Yango, General Vincent und zwei von Konys neuesten »Ehefrauen«, von denen keine älter als fünfzehn war, in ihr Lager. Für Anthony, der den LRA-Oberkommandeur seit Monaten nicht mehr gesehen hatte, schien es, als wäre Kony weit über seine vierundvierzig Jahre gealtert. Unter dem Kopftuch waren seine Dreadlocks und sein Bart ergraut, seine Wangen waren eingefallen, und seine Augen lagen tief in ihren Höhlen und wirkten feucht. Er hatte einen Tick in seiner linken Wange entwickelt, und Anthony fragte sich, ob er auf irgendeiner Droge war.

Kony sagte: »Ihr nehmt ein Fünftel von eurem gesamten Essen und bringt es Yango. Control Altar geht auf einen langen Weg. Die Geister von Jumma Driscer und dem törichten Cilindi haben mich angeleitet, um ein neues Heiligtum zu finden, um die Zehn Gebote aufzufrischen und die Mission der Gesegneten. Ihr werdet genau erfahren, wo das ist, wenn ich euch rufe, um nachzukommen.«

Der Große Lehrmeister wollte gerade aufbrechen, als er Anthony sah, der neben Corporal Leonard saß.

»Commander Tony«, sagte er lächelnd, als würde er einen alten Freund begrüßen, und empfand dann Traurigkeit. »Ich bedaure den Verlust von Betty und deinen Söhnen. Ich weiß, was du durchgemacht hast.«

Anthony nickte steif. Kony kannte die Geschichte ihres vermeintlichen Schicksals schon seit ein paar Monaten, doch dies war das erste Mal, dass er es erwähnte.

»Danke, Lehrer. Das weiß ich zu schätzen.«

Kony sah ihn lange aus seinen blutunterlaufenen Augen an. »Du warst immer mein bester Fernmelder. Der beste Fernmelder. Ich befördere dich, Captain Opoka. Und ich will dich wissen lassen, dass du wieder im Rennen bist als Kommunikationsminister in meiner Regierung.«

Anthony empfand keine Wärme, nichts Besonderes bei dem Lob. »Ihr seid sehr gütig, Lehrer. Ich bin geehrt.«

Aus irgendeinem Grund starrte der Große Lehrmeister ein paar Augenblicke auf Anthony, schien zu spüren, dass sein ehemaliger Fernmelder innerlich gleichgültig gegenüber dem Kompliment war, gegenüber der Beförderung, dem Versprechen zukünftiger Macht. Dann wandte sich Kony um und verließ das Lager, seine Frauen und seinen Sicherheitschef im Schlepptau.

Anthony wusste nicht, warum, doch er spürte tief im Innern, dass es das letzte Mal war, dass er den Mann sah, der ihm ein Jahrzehnt seines Lebens genommen und ihn in eine leere, seelenlose Kriegsmaschine verwandelt hatte. Er war froh. In seinem Kopf und seinem Herzen wollte er nie wieder den Blick auf den Großen Lehrmeister richten.

* * *

***6. März 2005***
***Lototuru, Uganda***

Seit fast sechs Wochen hatte Anthony nach einer Fluchtmöglichkeit gesucht. Er betrachtete den Mond, wartete auf eine dunkle Nacht. Doch dann führte General Bunyi ihn und vierhundert andere Kämpfer nordöstlich durch die Wildnis zur sudanesischen Grenze, um die Aufmerksamkeit der ugandischen Armee von Joseph Kony und den wenigen Auserwählten von Control Altar abzulenken, die alle nach Nordwesten gingen.

Während des Neumonds im Februar hatte Anthony zweimal gedacht, er würde seine Chance bekommen und sich aus dem Staub machen können. Doch beide Male hatte Corporal

Leonard seine Unruhe gespürt und sich geweigert, ihm aus irgendeinem Grund von der Seite zu weichen.

»Du kannst es versuchen, Captain Tony«, sagte Leonard eines Tages aus heiterem Himmel. »Doch ich bin noch immer einer der besten Menschenjäger der LRA.«

»Ich habe keine Ahnung, wovon du redest«, sagte Anthony.

Er wusste jedoch, dass Leonard die Idee genoss, ihn zu fangen und umzubringen, bevor er die Zivilisation erreichen konnte.

*Ich muss ihn loswerden,* dachte Anthony.

Er erwog, auf den nächsten Angriff der UPDF zu warten und dann Leonard in der Hitze der Schlacht zu töten, während alle abgelenkt waren. Doch er konnte sehr gut auf eine andere ugandische Armee-Patrouille treffen, wie es Florence und Patrick während ihrer Flucht ergangen war.

Außerdem kam er zu dem Schluss, dass er keinen Soldatenkameraden kaltblütig töten könnte, wenn es darauf ankam. Wenn er gehen würde, dann nicht als Kampfmaschine oder als Leopard. Er würde als ein guter Mensch gehen, als Person, die er akzeptieren und lieben konnte.

Nachdem er wochenlang überlegt hatte, wie er seinen Aufpasser neutralisieren konnte, kam ihm schließlich ein Plan in den Sinn, mit dem selbst ein guter Mensch leben konnte. Eines Abends rief er bei dem üblichen Funkspruch den Fernmelder von General Matata.

»Fourteen Charley, hier spricht Nine Whiskey, bitte melden.«

»Nine Whiskey, hier ist Fourteen Charley. Over.«

»Erinnerst du dich an jene Stelle vor vielen Jahren, mit drei großen Bäumen auf einem Hügel, den größten Bäumen in der Region, die so nah beieinander wuchsen, dass sich ihre Stämme verbanden?«

Alberts Stimme klang belegt und rau, als er antwortete: »Ich erinnere mich, Nine Whiskey. Man konnte sie schon von Weitem gar nicht übersehen.«

»Vielleicht sehen wir uns dort, Fourteen Charley.«

Nach einer weiteren Pause sagte Albert: »Unwahrscheinlich, Nine Whiskey. Six Bravo hat uns in eine andere Richtung beordert.«

Anthony schloss die Augen. »Verstanden, Fourteen Charley. Viel Glück.«

»Ich wünsche dir mehr als Glück, Nine Whiskey. Ich wünsche dir ein langes Leben. Der große Mann tut es auch.«

»Ich wünsche ebenfalls ein langes Leben, Fourteen Charley. Euch beiden.«

Albert sagte: »Over und out.«

Die Übertragung endete und trennte Anthony von den einzigen beiden Personen, die ihn noch immer mit der LRA verbanden.

»Worum ging es da?«, sagte Corporal Leonard. »Irgendein Hügel mit drei großen Bäumen?«

»Nordöstlich von hier«, sagte Anthony. »Du kennst ihn. Wir haben letztes Jahr dort in der Nähe gelagert. Guter Platz, um ein starkes Funksignal zu bekommen.«

Leonard sagte nichts, doch Anthony spürte die ständige Aufmerksamkeit seines Aufpassers, als er aß und sich dann schlafen legte.

* * *

Am nächsten Tag stand Anthony vor der Morgendämmerung auf und ging mit seiner Blechtasse, aus der er immer trank, zu einer Latrinengrube. Er biss die Zähne zusammen, tauchte die Blechtasse in den Unrat und goss dann das meiste davon wieder aus.

Er kehrte zurück zu seinem Schlafplatz und legte sich wieder hin, wurde schnell von Furcht ergriffen, dass Corporal Leonard seinen Plan entdeckte, bevor er ihn ausführen konnte. Es gab plötzlich so viele Möglichkeiten, wie er scheitern konnte. Er erstarrte und entschied sich fast dafür, ihn nicht umzusetzen.

Doch dann erinnerte er sich an Mr Mabior, den sterbenden Ladenbesitzer in Torit, der ihm von der vierten und stärksten Form des Leidens erzählt hatte.

»*Furcht* hält die meisten Menschen davon ab, das Leben zu führen, das sie leben sollten«, sagte Mabior. »Sie klammern sich an das, was ist, anstatt das zu begrüßen, was sein könnte. Weißt du, warum?«

Der junge Anthony schüttelte den Kopf. »Nicht so ganz.«

»Verlust der Identität.«

»Das verstehe ich nicht.«

»Furcht basiert fast immer auf dem Wunsch, die eigene Identität zu schützen, die Person, die man wirklich im Innern zu sein glaubt. Man fürchtet sich davor, dass Veränderung diese innere Person verändert. Im Extremen ist die am meisten gefürchtete Veränderung der Tod. Aber es kann auch so trivial sein wie ein neuer Job. Doch Furcht ist Furcht, und wie die anderen Formen des Leidens trennt sie einen von den Kräften der Vorfahren und des Universums.«

Anthony hatte verwirrt die Stirn gerunzelt.

Der sterbende Ladenbesitzer war unbehaglich herumgerutscht, bevor er fragte: »Hast du jemals eine gute Entscheidung getroffen, wenn du Angst hattest?«

»Häufig, beim Kampf.«

»Ich würde sagen, das waren eher Reaktionen. Ich rede davon, Zeit zu haben, um eine gute Entscheidung zu treffen. Wenn du Angst hattest, hast du da eine gute getroffen?«

Nachdem er eine Weile darüber nachgedacht hatte, schüttelte Anthony den Kopf.

»Wie könntest du auch? Du warst losgelöst. Wenn du verbunden bist, dann wirst du eine gute Entscheidung treffen. Verstanden?«

Anthony hatte genickt und zugehört, als ihm Mr Mabior erzählte: »Lösch das Leiden der *Furcht*, indem du die Augen schließt, tief atmest und sieben Mal sagst: ›Ich bin du. Du bist ich. Wir sind eins.‹ Und wenn du fertig damit bist, dann wirst du sieben weitere Atemzüge machen und sagen: ›Ich bin eins mit allem, was jemals war oder sein wird. Und um mich wird sich gekümmert.‹«

* * *

Anthony lag auf seiner Matte, als die Sonne langsam aufging, und machte die Atemübungen und wiederholte die Sätze, die ihm der Ladenbesitzer gesagt hatte. Dann erinnerte er sich an die katholischen Messen seiner Kindheit und betete auch zu Jesus, dass er ihm helfen möge. Als er damit fertig war, fühlte er sich nicht länger hilflos und zweifelnd. Tatsächlich wusste er tief in seinem Herzen, als er sich aufsetzte und umsah, dass dies sein Tag war.

Corporal Leonard war bereits auf und hockte neben einer Feuerstelle. Anthony spähte hinüber und sah dort die Trinkflasche und Blechtasse seines Aufpassers stehen.

Anthony stand auf, nahm sein Funkgerät, holte den Antennendraht und hängte ihn demonstrativ auf. Als er zur Hälfte mit dem Aufbau fertig war, stand Leonard auf, furzte und ging dann in Richtung der Latrinengrube.

Anthony wartete, bis er außer Sichtweite war, dann holte er seine Blechtasse. Nachdem er sich vergewissert hatte, dass der Corporal nicht zurückkehrte, nahm er die Feldflasche des Menschenjägers und goss Wasser daraus in seine faulige Blechtasse. Er schwenkte sie und goss dann die faulige

Flüssigkeit in Leonards Tasse, schwenkte sie wieder und goss ein wenig davon zurück in die Feldflasche und verschloss sie. Dann kippte er die Reste weg und tat die Feldflasche und die Blechtasse dahin zurück, wo er sie gefunden hatte. Anthony atmete tief durch und kehrte zurück zu seiner morgendlichen Fernmelderoutine.

Ein paar Minuten später kam General Bunyi mit einem Stapel topografischer Karten in einer Röhre. Corporal Leonard kehrte zurück, als der General über Funk Nachrichten an General Vincent schickte, der bei Kony und Control Altar war.

»Wir haben Uganda in Richtung Kongo verlassen«, sagte Vincent in einer verschlüsselten Nachricht. »Der Große Lehrmeister baut hier einen neuen heiligen Orden auf. Wir werden tief im Garamba-Nationalpark ein neues Trainingslager errichten.«

Anthony verschlüsselte und entschlüsselte Vincents TONFAS, während er Leonard im Auge behielt. Der Corporal hatte das Lagerfeuer angefacht und stand für einen Moment da, wärmte sich die Hände, bevor er nach seiner Feldflasche und der Tasse griff.

Als er sich etwas einschenkte, richtete Anthony seine volle Konzentration auf General Bunyis Antwort, der fragte, wann Kony die restliche LRA in den Kongo folgen lassen wollte. Vincent antwortete, dass Matata und seine überlebenden Soldaten bereits auf dem Marsch dorthin wären. Der Befehl für Bunyis Kräfte zum Nachkommen würde erfolgen, sobald das Trainingslager fertig war.

Leonard stellte die Feldflasche und die Tasse ab und kehrte zu seinem Feuer zurück.

Bevor er sich abmeldete, sagte Bunyi zu Vincent, dass sie knapp mit Lebensmitteln wären. Der General ging und Commander Tony blieb mit steinernem Gesicht zurück, während er sein Funkgerät abbaute und wieder einpackte und dann einen Topf Wasser aus seiner eigenen Feldflasche auf das Feuer tat. Er nutzte es, um seine Blechtasse zu reinigen und zu desinfizieren. Dann wartete er.

Er verfolgte den ganzen Tag über, während er sich um seine Sachen kümmerte, wie der Corporal aus seinem Becher und seiner Feldflasche trank. Er dachte, es würde Leonard noch am selben Tag erwischen, doch erst am nächsten Vormittag sah er, wie sich der Corporal den Bauch rieb.

Gegen Mittag holte Anthony einen Beutel mit Reis und Bohnen vom Vorabend heraus. Er bot Leonard etwas an. Die Nasenflügel des Corporals bebten und er schüttelte den Kopf.

Anthony aß, als der Corporal einen gequälten Ausdruck bekam. Er eilte ein paar Meter weiter und erbrach sich heftig.

»Oh Gott«, stöhnte er, als die Krämpfe nachließen.

Dann bekam er erneut jenen Gesichtsausdruck und eilte zur Latrine.

In der nächsten Stunde musste sein Aufseher fünf Mal kotzen und scheißen, bis er so schwach war wie ein neugeborenes Lämmchen, schwitzend in Embryohaltung auf seiner Matte lag und über Krämpfe stöhnte. Immer wieder versuchte er, aus seiner Feldflasche zu trinken, was immer wieder neue Wellen der Übelkeit hervorrief.

Anthony bekam fast Mitleid mit ihm.

* * *

Gegen sechzehn Uhr an diesem Nachmittag war sein Aufseher bewusstlos, als Anthony sein Gewehr und seinen Rucksack nahm und zu General Bunyis Unterkunft ging. Er sagte dem General, dass Leonard an einer Lebensmittelvergiftung erkrankt war.

»Ich habe heute Morgen auch mit ein paar Einheimischen im Busch gesprochen«, fuhr Anthony fort. »Es gibt zwei Dörfer hier in der Nähe mit großen Obst- und Gemüsegärten, darunter auch Mais, der reif zum Pflücken ist. Ich könnte eine Gruppe auf einen Raubzug dorthin führen, General.«

Bunyi nickte. »Ein alter Freund von dir hat vor ein paar Augenblicken genau dasselbe vorgeschlagen. Ah, da ist er ja.«

Anthony spähte hinüber zu dem Soldaten, der in ihre Richtung kam, und spürte, wie sich sein Magen verkrampfte. Er hatte die rücksichtslosen Taten des Mannes verfolgt, ihn aber seit fast zehn Jahren nicht mehr gesehen.

Der Mörder seiner Mutter war jetzt älter, Ende dreißig, mit den ersten grauen Stellen in seinem Afro. Und da war eine neue Narbe unter seinem linken Auge als Ergänzung zu der brutalen Narbe über seiner rechten Wange, die mit der Zeit ein wenig verblasst war.

»Sergeant Bacia«, sagte General Bunyi. »Captain Opoka wird zwanzig Soldaten nehmen, um Essen zu beschaffen. Geh mit ihm. Halte ein Auge auf alles.«

Anthony musste sich zusammennehmen, um ruhig zu bleiben. Bacia erkannte Anthony offensichtlich und sah ihn für einen Moment seltsam an. Anthony verstand. Vor mehr als einem Jahrzehnt hatte der Menschenjäger einen Jungen erwischt, der wegzulaufen versuchte, und jetzt wurde er von demselben Jungen kommandiert. Doch dann schien der Sergeant in einer Erinnerung gefangen, die ihn kurz grinsen ließ.

»Das werde ich, General«, sagte Bacia. »Es geht doch nichts über einen anständigen Raubzug.«

Auf der einen Seite konnte Anthony sein Pech nicht fassen. Er hatte es geschafft, Corporal Leonard auszuschalten, einen der besten Spurensucher der LRA, nur um jetzt von dem allerbesten Menschenjäger aus Konys Armee begleitet zu werden, einer Legende, die es genoss, Flüchtlinge zu jagen und zu töten.

*Warum passieren immer mir diese Dinge?*, fragte sich Anthony kläglich. *Ich wollte eine unkomplizierte Flucht haben, und jetzt ist meine Situation noch schlimmer. Viel schlimmer. Du bist so ein Idiot, Opoka!*

Auf der anderen Seite war hier Bacia, der Psycho, der seine Mutter umgebracht hatte. Anthony spürte die Erregung einer möglichen Rache durch sich pulsieren. Das wäre noch besser, oder nicht? Den Menschenjäger umbringen und dann flüchten?

Da erinnerte er sich an den sterbenden Ladenbesitzer und erkannte, wenn er mit dieser inneren Gewalt fortfuhr, um Gerechtigkeit über allem zu suchen, dann würde er weiter leiden und schlechte Entscheidungen treffen.

Nachdem er tief Luft geholt hatte, akzeptierte er die Umstände und sagte: »Soll ich das Funkgerät bei Euch lassen, General? In einem leeren Rucksack kann ich mehr transportieren.«

»Klug, Captain«, sagte Bunyi und wandte sich wieder seinen Karten zu.

Nachdem er einen langen Blick auf eine der Karten geworfen hatte, die ihre Position zeigte, suchte sich Anthony seine Begleitung von zwanzig Soldaten und verließ das Lager mit Sergeant Bacia, der in seinen Fußspuren folgte. Die Dörfer lagen grob neun Kilometer südlich und vier Kilometer auseinander. Als sie zwei Kilometer hinter dem Lager waren, blieb er stehen und teilte die Gruppe in zwei Einheiten von zehn Personen.

»Schlechte Entscheidung, Captain Opoka«, sagte Sergeant Bacia. »Besser ausschwärmen. Rein und raus.«

»Meine Entscheidung«, sagte Anthony ruhig. »Wenn du die andere Gruppe anführen willst, bin ich damit einverstanden.«

Er merkte, dass Bacia genau das tun wollte. Doch der Menschenjäger sagte: »Der General bat mich, ein Auge auf dich zu halten, weil Leonard krank ist.«

»Dann gehen wir zusammen«, sagte Anthony und entschied in dem Moment, dass er kein guter Mensch bleiben und zugleich flüchten konnte. Er würde den Mann isolieren und töten müssen, um davonzukommen. Die Tatsache, dass Bacia den Tod seiner Mutter verursacht hatte, machte es nur besser.

Innerlich wurde Commander Tony kalt. Als würde er eine unsichtbare Bedrohung spüren, nahm der Menschenjäger hinter ihm das Gewehr von der Schulter und legte es in die Arme, während sie marschierten.

Ungefähr neunzig Minuten vor Sonnenuntergang waren Anthony und seine Männer einen Kilometer von dem anvisierten Dorf und den Feldfrüchten entfernt, als er sie stoppte.

»Wir hätten schon vor zwei Stunden gehen sollen«, beschwerte sich Bacia. »Wir werden in der Dunkelheit mit Taschenlampen pflücken müssen.«

»Nicht, wenn wir hart arbeiten.«

Er malte ein Bild auf den Boden und zeigte, wo das Dorf auf einem Plateau lag und wo sich die Gärten befanden. Er teilte die Soldaten erneut auf, diesmal in fünf Gruppen von zwei Personen, und zeigte allen, wo er sie auf der groben Karte haben wollte. Er gab ihnen fünfundzwanzig Minuten, um auf ihre Positionen zu gehen.

»Und wir?«, fragte Bacia skeptisch.

Anthony zeigte ihm eine Position leicht südwestlich von dem Dorf. »Wir gehen direkt in die Felder, damit wir als Erste wissen, was dort ist.«

Der Sergeant runzelte die Stirn, dann nickte er. »Das ist gut.«

Dann hatte Anthony eine Idee. Vielleicht musste er den Mann gar nicht umbringen. Vielleicht gab es eine bessere Möglichkeit.

Er verzog absichtlich das Gesicht und rülpste, bevor er und Bacia über die Westseite des Plateaus gingen. Anthony blieb alle paar Minuten stehen, um langsam zu atmen.

»Was ist los, Captain?«, wollte Bacia wissen.

»Mein Magen fühlt sich etwas komisch an.«

»Hast du gegessen, was Leonard gegessen hat?«

Anthony nickte unsicher. »Aber wäre ich dann nicht längst krank?«

»Vielleicht ist dein Magen stärker.«

»Fühlt sich jetzt aber nicht stark an«, sagte Anthony, rülpste erneut und ging weiter.

Sie kamen fünf Minuten zu früh auf ihre Position. Anthony verzog das Gesicht, trank aus seiner Feldflasche, wartete eine Minute, dann stöhnte er, als er sich zu dem Menschenjäger drehte. »Mir wird schlecht.«

»Kotz mich bloß nicht an«, sagte Bacia angewidert und wich zurück.

Anthony fuhr herum und stürzte dramatisch in ein Gebüsch, wo er noch immer Teile seines neuen Aufpassers durch die Zweige sehen konnte. Was bedeutete, dass Bacia ihn ebenfalls sah. Er beugte sich mit dem Rücken zu dem Mann nach vorn, steckte die Finger in den Hals, würgte und erbrach das Wasser und das Essen, das er zuvor zu sich genommen hatte.

Er röchelte ein paarmal effektvoll, dann öffnete er seine Feldflasche und goss sich Wasser auf die Stirn, damit es aussah, als würde er stark schwitzen. Er taumelte aus dem Gebüsch und sah Bacia mit einem verstörten Ausdruck an. Dann beugte er sich vor und stöhnte.

Zwei Schüsse waren vom Dorf zu hören.

»Wir müssen los, Captain«, sagte sein Aufpasser.

»Ich kann nicht«, stöhnte Anthony und öffnete die Hose. »Ich muss scheißen.«

»Hier?«

»Geh und führ sie«, keuchte er. »Ich bin gleich da.«

Bacia sah ihn skeptisch an, bis Anthony hinter einen dichten Busch eilte und die Hose bis zu den Knöcheln runterzog.

Ein weiterer Schuss ging los.

»Sie wissen nicht, was sie tun!«, sagte Anthony, bückte sich und machte dann Furzgeräusche.

»Verdammt«, bellte der Sergeant. »Ich schwöre bei Gott, wenn du wegläufst, Opoka, dann werde ich dich verfolgen und umbringen, und es wird mir gefallen. Es ist mir egal, wessen Fernmelder du gewesen bist.«

»Ich könnte gar nicht laufen, selbst wenn mein Leben davon abhinge«, sagte Anthony und machte Würgegeräusche.

Der vierte Schuss und Schreie aus dem Dorf hatten endlich den nötigen Effekt.

Bacia packte sein Gewehr und seinen Rucksack und eilte den Weg entlang außer Sichtweite. Anthony stöhnte noch eine Minute, bevor er die Hose hochzog und sein Gewehr nahm. Er ließ den Rucksack zurück und ging an die südwestliche Ecke des Plateaus.

Von der Spitze des Steilhangs blickte er hinaus auf gebrochenes Land, das mit felsigen Hügeln, dichtem Dickicht und grasigen Flächen gesprenkelt war, die teilweise bereits im Schatten lagen. Die Sonne hatte ihren langen Sinkflug zum Horizont begonnen. Von einem Blick auf General Bunyls Karten an dem Nachmittag hatte er den Eindruck, dass er einhundertfünfzig Kilometer nordöstlich von Rwotobilo war. Er spähte zu der Position der Sonne und berechnete Südwest.

Und dann, zehn Jahre und sechs Monate nach seiner Entführung durch die LRA, wo er zu flüchten versucht hatte, wieder eingefangen wurde, das Bajonettieren überlebt und beschlossen hatte, dass er im Busch sterben und niemals wieder seine Familie sehen würde, warf Anthony Opoka all diese quälenden Erinnerungen von sich.

Er stellte sich Florence und die Jungen vor, verschrieb sein Herz an ihre Liebe und begann zu laufen.

# Zweiundvierzig

Anthony kletterte an der steilen Seite des Plateaus hinunter, rutschte auf Felsen, sprang über Büsche, bis er den Boden erreichte und losrannte. Er nahm an, dass er mindestens zwanzig Minuten Vorsprung hätte, bevor Sergeant Bacia sein Fehlen bemerken würde.

Doch der Spurensucher war misstrauisch und hörte auf seinen Instinkt. Anthony war nicht mehr als fünfhundert Meter vom Boden des Plateaus entfernt, als er eine Kugel an sich vorbeifliegen hörte, bevor er den Mündungsknall hörte.

*Er ist hinter mir her!*, dachte Anthony und kämpfte gegen den Drang, loszusprinten. Er wollte nicht schon alle Energie verbrennen, wenn ein Hund wie Bacia hinter ihm war. Stattdessen lief der Bezirksmeister im Zickzack und verlängerte seine Schritte zu einem Trab, der ihm erlaubte, eine größere Entfernung zwischen sich und seinen Verfolger zu bringen.

Drei Schüsse folgten kurz hintereinander, gefolgt von einem Brüllen oben auf dem Plateau.

*Er ruft die anderen!*

Nach achthundert Metern im Trab blickte er sich um und sah Bacia und sechs LRA-Kämpfer an der Seite der Erhöhung herabkommen. Anthony geriet nicht in Panik. Er blieb bei seinem Rhythmus, war sich bewusst, dass es noch eine Stunde bis zur völligen Dunkelheit war und er bis dahin noch Sonne und Licht hatte.

*Bleib vor ihnen, bis die Sterne rauskommen,* dachte er. *Mehr musst du nicht tun.*

* * *

Nach einem Kilometer lief er einen Hügel hinauf, wobei er wusste, dass er exponiert war. Er rannte schneller und war den halben Weg gelaufen, als er weitere Schüsse hörte. Einige Kugeln prallten von Felsen neben ihm ab.

Das war genug, um Anthony anzuspornen, hinauf und über die Spitze zu laufen. Er sprintete und sprang auf der anderen Seite hinunter und versuchte, größeren Abstand zwischen sich und seine Verfolger zu bekommen. Auf der Ebene an der anderen Seite des Hügels gab es mehr Bäume und länger werdende Schatten. Er blieb in den dunkleren Bereichen, während er wieder in seinen langsameren Trab fiel.

Er lief die nächste Erhöhung hoch, blickte zurück und sah alle sieben Männer. Doch einer war weit voraus, löste sich von zwei anderen, während vier zurückblieben. Der vorauslaufende Mann war jetzt sechshundert Meter hinter ihm.

*Das ist Bacia. Das muss er sein.*

Anthony wurde wütend, holte weit aus und nahm den gesamten Hang in einem anhaltenden, rasenden Zug. Als er die Spitze erreichte, schoss der Menschenjäger von der Mitte der Ebene wild auf ihn und verfehlte ihn um einen halben Meter. Der Fernmelder sprintete den Hang wieder hinunter, erreichte die dritte Senke, als die Sonne schließlich am westlichen Horizont verschwand.

*Mensch, gib mir Dunkelheit.*

Er trabte jetzt zum dritten Mal, versuchte dabei, im tieferen Schatten unter den Bäumen zu laufen, doch sie wichen bald einer fünfhundert Meter breiten Lichtung, die mit schenkelhohem Elefantengras bedeckt war. Er hätte es lieber vermieden, dort hindurchzulaufen. Er wäre ungeschützt. Und er würde Grasbüschel abreißen und Spuren hinterlassen, denen Bacia folgen konnte. Doch Anthony hatte keine andere Wahl.

Er lief in das Gras und erhöhte die Geschwindigkeit in dem Wissen, dass er ein weithin sichtbares Ziel sein würde, bis die Nacht dem Menschenjäger die Chance auf einen guten Schuss raubte. Er ließ seine Knie hoch über die grasbedeckte Fläche ausholen, die Oberschenkelmuskeln und Waden krampften, die Lungen brannten, und er versuchte, nicht in Panik zu geraten wegen der Gefahr, dass er jeden Moment von hinten angeschossen werden konnte.

* * *

Der Schuss kam schließlich zwanzig Minuten später, als er einhundert Meter von den vereinzelten Bäumen an der anderen Seite der Wiese entfernt war. Die Kugel flog so dicht an ihm vorbei, dass er sie an seinem Ohr pfeifen hörte, lange bevor die Mündung von Bacias Waffe hinter ihm krachte.

Er erreichte den Wald, überlegte, den Menschenjäger anzugreifen, dachte aber, dass der Sergeant genau das erwarten und sich wünschen würde. Ein Mann wie Bacia würde mit hellwachen Jagdinstinkten in einen solchen Wald kommen.

*Besser laufe ich ihm davon.*

Anthony traf seine Entscheidung und rannte weiter, war sich des schwindenden Lichts bewusst, auch wenn es ihm nicht schnell genug ging. Und dann wurden die Bäume dichter und es war fast schon zu dunkel.

Er wurde langsamer, damit sich seine Augen daran gewöhnten, lief aber immer weiter, bis er aus dem dichten Busch auf eine weitere lange, grasbedeckte Öffnung kam, die immer morastiger wurde. Anthony lief direkt hinein. Selbst wenn Bacia seine Taschenlampe nutzte, um seine Spur zu finden, wusste er, dass er jetzt mit jeder Sekunde zunehmend im Vorteil war.

Zweihundert Meter weiter wurde er in der Nähe vieler Bäume langsamer. Die Nacht war jetzt da.

Wie sein Vater ihm am Abend seiner ersten Lektion zum Heranwachsen als guter Mensch beigebracht hatte, betrachtete Anthony den ganzen Himmel, bis er drei silberne Sterne am leuchtenden Horizont auftauchen sah und wusste: Dort war Westen. Dann drehte er sich und fand seinen einzelnen leuchtenden Stern im Osten. Er drehte sich nach Südwest und lief weiter, sagte sich, dass die Sterne, die ihn leiteten, die Seelen seiner Vorfahren und die Geister seiner zukünftigen Kinder in sich trugen.

Anthony lief die ganze Nacht im gleichmäßigen Rhythmus, die Füße für ein besseres Gleichgewicht weit auseinander, wobei er seine angeborene starke periphere Sicht und jedes bisschen von dem schwachen Mondlicht nutzte, um nicht gegen Bäume oder Äste zu laufen. Er schreckte Tiere auf, betete, dass er nicht auf Schlangen trat, und fiel mehrmals hin, riss sich die Kleider auf und holte sich Prellungen, während Gebüsch und Dornen ihm Gesicht und Hände zerkratzten. Doch er blieb niemals stehen und ließ sein Gewehr nicht los, das er fest in den Händen hielt.

Vor der Morgendämmerung verließ er die Wildnis, überquerte eine Straße in der Nähe von Lokung und tauchte wieder in den dichten Busch. Er lief weiter nach den Sternen in Richtung Südwesten, bis die Sonne aufgegangen war. Er fand einen Fluss, füllte seine Feldflasche und trank sie zweimal leer, bevor er sich in einem Dickicht vergrub, den Rücken gegen einen Baumstamm gelehnt, mit dem Gesicht zu der Richtung, aus der er gekommen war, das AK-47 im Schoß.

Er schlief eine Stunde, dann lief er zwei Stunden weiter, bevor er wieder eine Stunde schlief. Diesen Rhythmus von Laufen und Ruhen hielt er den ganzen Tag und die nächste Nacht durch und überquerte um drei Uhr morgens die Straße zwischen Palabek und Labongo.

Erschöpft und hungrig suchte Anthony im Morgengrauen nach Essen und fand einen wilden Mangobaum in einem dichten Dickicht. Auch wenn die Frucht noch nicht ganz reif war, schlang er sie hinunter, dann setzte er sich in der Nähe mit dem Rücken gegen einen Fels, dem Weg wieder zugewandt, und fiel in tiefen Schlaf.

Zwei Stunden später wollte er aufstehen und laufen, konnte aber nicht. Er schlief weitere drei Stunden, bevor er weiterlief. Doch seine Energie schwand. Für zwei Stunden Lauf brauchte er jedes Mal eine Stunde Rast.

Spät in der dritten Nacht seiner Flucht, mehr als vierzig Stunden, nachdem Bacia zuletzt auf ihn geschossen hatte, wurde Anthony langsamer und sagte sich, dass er sicher genug war, um länger schlafen zu können. Er durchquerte einen kleinen Bach und kletterte am anderen Ufer hinauf, bevor er am Fuß eines Baumes sechzig Meter hinter dem Wasser zusammenbrach, das Gewehr im Schoß, mit dem Gesicht wieder in die Richtung, aus der er gekommen war.

* * *

Ein leiser Schrei, eine Art Miauen, weckte ihn im Dämmerlicht vor dem Morgengrauen aus tiefem Schlaf.

Angeschlagen und lethargisch versuchte Anthony, die Augen zu öffnen, doch es gelang ihm nicht. Sein Kopf fiel ihm nach vorn. Er spürte, wie er wieder in den Schlaf glitt, als ein Zweig knackte.

Er wurde hellwach, löste den Sicherheitsriegel seines AK-47 und bewegte das Gewehr langsam zu seiner linken Schulter hin, wollte sich den Vorderschaft auf die Knie legen, bevor er das Gewehr in Richtung des Knackens drehte. Dabei überflog er den Busch von links nach rechts. Moskitos schwirrten um seinen Kopf und Stechfliegen versuchten, in seine Nase zu kriechen.

Er legte das Gewehr an seine linke Schulter und über das Knie, doch bevor er den Lauf drehen und sein Visier einstellen konnte, waren auf einmal Kopf und Schultern von Sergeant Bacia in dem Flussbett auf ein Uhr zu sehen. Er hatte das Gewehr bereits erhoben und zielte auf Anthony.

»Erwischt!«, sagte der Menschenjäger, grinste und kletterte ungefähr fünfzig Meter entfernt langsam aus dem Flussbett hoch. »Ich habe doch gesagt, dass ich es tun würde, Opoka. Ich habe dir gesagt, dass du niemals von mir wegkommen wirst. Deine Mutter hat es auch nicht geschafft. Die Schlampe hat mir die andere Narbe verpasst, bevor ich sie so heftig geschlagen habe, dass ihr Schädel geknackt hat.«

Anthony spürte *Gewalt* in sich ausbrechen, wollte Gerechtigkeit, wollte sein Gewehr drehen und versuchen, den Mann zu töten, bevor er erschossen wurde.

Doch jener Schrei kam erneut, das Miauen, das ihn geweckt hatte, gefolgt von einem lauteren, ängstlich und einsam. Es raschelte im Gebüsch am Flussufer, von Anthony auf elf Uhr.

Bacia hatte den leisen Schrei ebenfalls gehört und wandte den Blick vom Visier seiner Waffe und seinem Opfer. Anthony ließ den Blick von dem Menschenjäger zu dem Miauen schweifen, dabei bewegte er langsam sein Gewehr, bevor er die Quelle des Geräusches entdeckte.

Zwei gefleckte Raubkätzchen krabbelten über das Ufer und auf den Stamm eines umgestürzten Baumes, wo sie wieder jämmerlich zu schreien begannen.

Bacia löste den Blick von ihnen. »Wirf das Gewehr weg, Opoka, oder stirb sofort.«

Anthony ließ das Gewehr zur Seite fallen.

»Yeah«, sagte der Menschenjäger und kam jetzt in Richtung Anthony, wobei er die Kätzchen ignorierte. »Das ist gut. Das ist richtig schön und …«

Anthony hörte zu seiner Rechten ein Knacken im Gebüsch. Bacia hörte es auch und wollte sich umdrehen. Doch der zornige Schatten, der sich auf ihn stürzte, war einfach zu schnell.

* * *

Mit einem urgewaltigen Brüllen kam das Leopardenweibchen mit gefletschten Reißzähnen aus dem Gebüsch, machte zwei Sätze und sprang. Es bohrte die Krallen seiner Vorderpfoten in die Brust des Sergeants und schnappte nach seiner Kehle, als er durch den Aufprall rücklings zu Boden fiel, und stemmte die hinteren Klauen gegen sein Hemd, das es bis in den Bauch hinein zerfetzte.

Der Menschenjäger schrie und versuchte, die Raubkatze abzuwehren.

Anthony griff nach seiner Waffe und versuchte zu zielen. Doch Bacias unterer Bauch war bereits aufgerissen und blutete stark und die Leopardin hatte ihr Maul in seinen Hals gesenkt, bevor er schießen konnte. Der Menschenjäger schrie um Gnade, fand aber keine.

Die Raubkatze hielt ihn fest, bis seine Beine nicht mehr zuckten. Dann ließ sie seinen Hals los und hockte lange auf seinem Körper, keuchte und hechelte, ihre Schnauze, der Hals und die Hinterbeine voller Blut.

Die Kätzchen riefen erneut.

Sie ließ Bacia liegen, ohne ihn eines weiteren Blickes zu würdigen, lief schnell zu ihren Kätzchen und hätschelte sie. Sie packte das kleinere und lautere der beiden im Nacken und ging zu einem Bambusdickicht achtzig Meter entfernt auf zehn Uhr. Das größere Katzenbaby beschwerte sich, folgte aber seiner Mutter.

Am Rand des Bambus ließ sie das Kätzchen los, um in der Luft zu schnüffeln, und wartete, dass ihr anderes Kind nachkam. Für ein paar Augenblicke drehte sie den Kopf in Anthonys Richtung, noch immer hechelnd. Er konnte kaum atmen und betete, dass sie ihn nicht zittern sah.

Und dann waren sie wie Waldgeister verschwunden. Voller Schrecken blieb Anthony lange dort sitzen, begann heftiger zu zittern und horchte auf das gelegentliche Knacken und Rascheln, als sich die Leoparden zu ihrem Lager bewegten.

Als ihm bewusst wurde, dass weitere Spurensucher hinter Bacia kommen konnten, warf er einen kurzen Blick auf das grausame Ende des Mörders seiner Mutter, bevor er an der anderen Seite aus dem Dickicht krabbelte und dann weiter nach Südwesten trabte.

* * *

Anthony joggte, rannte und marschierte immer weiter den Großteil des dritten Nachmittags und die vierte Nacht hindurch, kletterte einen steilen Hügel hinauf, als die ersten Sonnenstrahlen langsam die Sterne vom Himmel löschten. Er näherte sich dem Gipfel, dachte, dass er dort einen sicheren Platz finden würde, um sich für den Tag auszuruhen, irgendwo hoch oben, wo er weit sehen und jeden Spurensucher auf seiner Fährte schon bemerken würde, bevor er zu einer Bedrohung werden konnte.

Als er die Spitze des Hügels erreichte, sah der jedoch seltsam vertraut aus – die felsige Spitze, die Hügel im Westen auf der einen Seite eines breiten Tals, das mit brachliegenden Feldern gesprenkelt war. Er ging weiter über die lange Kuppe und sah sich um, bis sie zu einem Fluss in der Nähe abfiel. Er blieb stehen und betrachtete seine unmittelbare Umgebung und den Vorsprung zu seiner Rechten.

Anthony starrte darauf und suchte in seiner Erinnerung nach einer Begebenheit, bis er sie fand.

Er sah die Silhouette des Daumenlutschers und hörte ihn sagen *Ich bin James.*

Sein Kopf fuhr herum. Er sah sein jüngeres Ich hinter den Vorsprung gehen, direkt an den Rand des steilen Hangs, um zu pinkeln.

*Ich werde diesen Hügel wiederfinden.*

Der Tag wurde bereits heiß und drückend. Die gleißende Sonne machte es schwer, etwas zu erkennen. Anthony legte die Hand an die Brauen und war sich unsicher, als er weit nach Südwesten blickte, um ein Bild zu finden, das sich vor mehr als einem Jahrzehnt in sein Gedächtnis gebrannt hatte. Es war nicht dort, auch nicht im Süd-Südwesten, wie er erwartet hatte.

Doch als er ein Stück weiter nach West-Südwest blickte, entdeckte er es. Dort ragten auf einem fernen Hügel drei verbundene Bäume weit über allem anderen auf.

*Zuhause,* dachte Anthony und begann zu weinen. *Da ist es.*

Fast konnte er es nicht glauben, und er schloss die Augen, um sich zu vergewissern. Doch als er sie öffnete und die Hand an die Brauen hielt, sah er die riesigen, verbundenen Bäume erneut und wurde so aufgeregt, dass er alle Gedanken an Schlaf verbannte. Er würde den ganzen Weg nach Hause gehen.

Jetzt sofort.

* * *

Je näher er Rwotobilo kam, desto mehr Höfe und Häuser gab es, sodass Anthony weiter in Deckung bleiben musste. Auch wenn er durch denselben Fluss waten musste, den sie vor mehr als einem Jahrzehnt an einem Seil durchquert hatten, war er sich bewusst, dass er von seiner Flucht schmutzig und blutverschmiert war. Er wollte nicht, dass ihn die Dorfbewohner sahen und der UPDF meldeten oder auf ihn schossen, wenn sie Waffen hatten.

Doch seltsamerweise sah er keine Dorfbewohner, keine Bauern und erkannte bald, dass das ganze Tal, in dem er aufgewachsen war, leer wirkte. Dann erinnerte er sich daran, dass Museveni allen Menschen befohlen hatte, sich in Lagern einzufinden, während seine Armee die LRA jagte.

Anthony ging nicht direkt zu den drei großen Bäumen, die sein Zuhause auf den letzten vier Kilometern markierten, sondern lenkte seine Schritte in einem Winkel nach Osten, bevor er eine Anhöhe erkletterte und bald seine Schule und das Feld sah, wo er seinen ersten Wettlauf gewonnen hatte. Er erinnerte sich, wie er älter war und mit seinen Brüdern Albert und Charles über die Straße vor der Schule ging und wie beide herumhüpften, nachdem er zum Schülersprecher ernannt worden war.

*Ein ganzes Leben zurück. Eine völlig andere Person.*

Er hielt sich im Gras und zwischen den Büschen, ging weiter in Richtung Zuhause, spähte in den Hof jeder Nachbarhütte und sah doch niemanden. Die meisten Felder lagen unbewirtschaftet da. Hier und da liefen Hühner, Kühe und Ziegen frei herum. Der Ort fühlte sich verlassen an.

Doch als er fast an die Abzweigung zum Grundstück der Familie Opoka kam, sah er einen älteren Mann die Straße entlanghumpeln, der eine Hacke auf der Schulter trug.

Anthony legte sein Gewehr in das hohe Gras und trat mit erhobenen Händen vor den Mann. Der Mann wirkte ängstlich. »Wirst du mich umbringen, mein Sohn?«

Anthony schüttelte den Kopf. »Ich will nur nach Hause.«

»Wo ist zu Hause?«

Er zeigte ein paar Hundert Meter weiter zu den verschlungenen Bäumen. »Dort drüben. Kennst du George Opoka? Omera George?«

»Ja, den kenne ich. Doch er ist nicht dort. Er ist irgendwo in einem Lager. Westlich von Gulu, glaube ich.«

»Er ist mein Vater.«

»Hm«, sagte der Mann und wurde wütend. »Wegen solchen wie dir sind wir alle in Lagern.«

»Ich wurde entführt, Sir«, sagte Anthony. »Ich war im Gefängnis. Mehr als zehn Jahre. Das haben sie mir angetan.« Damit öffnete er sein Hemd und zeigte seine Schulter.

Der Mann wich zurück und sah ihn dann scharf an. »Wenn du derjenige bist, wie du sagst, hast du dann einen Onkel gehabt, der hier in der Nähe gewohnt hat?«

»Paul. Der Bruder meines Vaters. Er hat dort drüben bei den drei großen Bäumen gelebt.«

Er nickte. »Ich glaube, er ist vielleicht dort. Er hat eine Genehmigung, seine Felder zu bearbeiten, solange er nachts wieder im Lager ist. Genau wie ich.«

Anthony hörte einen Hubschrauber näher kommen und kämpfte gegen das Bedürfnis an, davonzulaufen. »Könnten Sie mir einen Gefallen tun? Sagen Sie meinem Onkel Paul, dass Anthony hier ist.«

Der Mann zögerte, doch nachdem er die Verzweiflung in Anthonys Gesicht sah, als der Hubschrauber näher kam, sagte er: »Ich werde mal sehen, ob er noch da ist.«

Er humpelte davon zu dem Opoka-Grundstück. Anthony holte sein Gewehr, eilte tief in das hohe Gras und dann in den Schatten von Büschen, unter denen er sich versteckte, um nicht aus der Luft gesehen zu werden. Sie würden ihn sofort erschießen.

Er entspannte sich, als der Hubschrauber fort war. Seine Augen wurden schwer. Er schlief ein.

* * *

»Anthony?«, hörte er eine Stimme rufen, die ihn weckte. »Bist du hier?«

Er ließ das Gewehr zurück, kroch unter dem Busch hervor und stand auf, sah seinen Onkel Paul dort auf der Straße stehen, ein wenig grauer, der lächelte und dann in die Hände klatschte. »Mein Gott, du bist es!«

Anthony schob sich durch das Gras, spürte die Tränen hochkommen, als er seinem Onkel in die Arme fiel.

»Es ist so schön, dich zu sehen«, schluckte Anthony.

Paul hatte ebenfalls Tränen in den Augen. »Wir haben die ganze Zeit geglaubt, du wärst tot. Bis uns ein Mädchen von weiter unten an der Straße gesagt hat, dass du sie befreit hast.«

»Iris«, sagte er. »Das habe ich.«

Sie lösten sich voneinander.

»Du bist gewachsen«, sagte Paul. »Du bist ein Mann.«

»Zehneinhalb Jahre.«

Sein Onkel wischte sich über die Augen. »Lass mich der UPDF sagen, dass sie herkommen und dich in Empfang nehmen.«

Abgesehen von dem Weg nach Hause und der Suche nach Florence hatte Anthony sich keine weiteren Gedanken gemacht. Und die ugandische Armee war für mehr als ein Jahrzehnt sein Feind gewesen. Er überlegte ein paar Minuten und sah, dass es der einzige Schritt war, den er gehen konnte.

»Sag ihnen, dass hier ein wichtiger LRA-Kämpfer ist, der sich ergeben möchte«, sagte er. »Ich werde hier auf sie warten.«

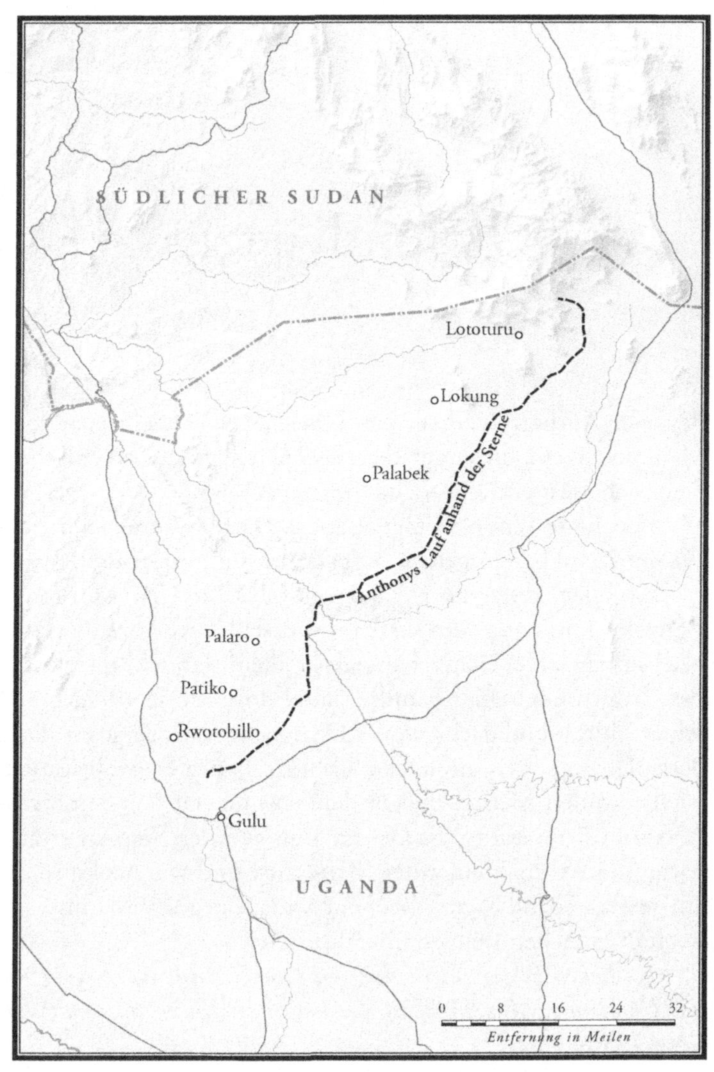
SÜDLICHER SUDAN
Lototuru
Lokung
Palabek
Anthonys Lauf anhand der Sterne
Palaro
Patiko
Rwotobillo
Gulu
UGANDA
0 8 16 24 32
Entfernung in Meilen

# Dreiundvierzig

Bevor er Anthony verließ, gab sein Onkel ihm ein paar rohe Maniokwurzeln, die er gerade ausgegraben hatte, und entschuldigte sich, dass er nicht mehr anzubieten hatte.

»Ich hatte schon weniger«, sagte Anthony und nahm die Wurzeln dankbar entgegen, bevor er wieder ins Gebüsch ging.

Er blieb dort zwei Tage und Nächte, aß die rohen Wurzeln, trank aus dem Graben und schlief. Spät am zweiten Nachmittag, als er sicher war, dass er allein war, schlüpfte er auf das Grundstück seiner Familie, stand dort vor der alten Hütte seiner Mutter und dachte voller Hass daran, dass Sergeant Bacia derjenige war, der ihr Leben beendet hatte. Er wollte nicht wieder an den Menschenjäger denken und rief sich den ersten Abend in Erinnerung, als George ihm von den Sternen erzählt hatte und wie man ein guter Mensch ist und wie Acoko später am selben Abend sagte, dass sein Vater ein guter Mann wäre, doch in manchen Dingen unrecht hätte.

*Im Leben geht es nicht nur um Glück, Anthony. Es geht um das Überleben. Manchmal ist das Leben so schwer, dass man nur überleben muss.*

»Das habe ich, Mom«, sagte er, umarmte sie in Gedanken und kehrte zurück zu seinem Versteck.

Es war der 14. März 2005, als der Fernmelder am dritten Morgen aufwachte und nach einer Stunde überlegte, dass er wohl selbst nach Gulu gehen musste, um sich zu ergeben, als er das unmissverständliche Geräusch marschierender Stiefel im Gleichschritt vernahm.

Er nahm sein Gewehr, trat hinaus auf die Straße und sah zu, wie ein Kommando aus fünfunddreißig ugandischen Armeesoldaten in seine Richtung kam, die Gewehre schräg vor dem Körper. Sosehr er sich auch bemühte, konnte er doch die Angst nicht unterdrücken, die ihn durchfuhr. Er war sicher, dass sie gekommen waren, um ihn zu erschießen, oder zumindest, um ihn bewusstlos zu schlagen, bevor sie ihn ins Gefängnis warfen und ihm jene Fotografie zeigten, die in jener Nacht gemacht wurde, als sie alle auf den Daumenlutscher treten mussten.

Einer der Soldaten sagte etwas, als sie fünfzig Meter von Anthony entfernt waren. Sie verteilten sich, gingen auf die Knie und zielten mit ihren Gewehren auf ihn.

Voll Entsetzen dachte er: *Den ganzen Weg habe ich geschafft und werde jetzt dort sterben, wo es angefangen hat.*

Dann trat ein UPDF-Leutnant vor und sagte mit leiser Stimme auf Englisch: »Leg das Gewehr weg, Anthony.«

Für ein paar Augenblicke zögerte Anthony. Das Gewehr war seine Macht. Von dem Moment an, als man ihm das Gewehr gegeben hatte, nachdem er vorher unbewaffnet in die Schlacht bei den Dinka-Kasernen gegangen war, hatte man ihm immer wieder gezeigt, was mit Soldaten der Lord's Resistance Army geschah, die ihre Waffe verloren hatten. Er hatte gesehen, wie Jungen hingerichtet wurden. Er hatte gesehen, wie andere in den Wahnsinn getrieben wurden.

Der Leutnant machte einen weiteren Schritt, sagte sanft: »Leg sie weg, Sohn. Es ist jetzt vorbei.«

Anthony beugte sich vor, legte das Gewehr auf die Erde und trat zurück. Er fühlte sich dabei so ängstlich, dass er sofort wieder zu weinen begann.

Der Leutnant, der sich als Geheimdienstoffizier niedrigen Ranges entpuppte, kam unbewaffnet und mit geöffneten Handflächen zu ihm. »Weine nicht. Du bist jetzt sicher. Du wirst wieder in dein Leben zurückkehren.«

* * *

Sie brachten Anthony in Handschellen zurück nach Gulu. Er wurde in ein Gebäude auf dem Gelände der UPDF-Kaserne gebracht. Der Leutnant versuchte, ihn auf Englisch zu befragen, doch nach mehr als einem Jahrzehnt im Busch verstand der Fernmelder nicht viel. Als er auf Acholi mit dem Offizier sprach, stellte sich heraus, dass dessen Muttersprache leider Swahili war.

Sie brauchten mehrere Dolmetscher und obwohl er sich umfangreiche Notizen machte, schien der Leutnant von seiner Geschichte unbeeindruckt zu sein. Als der ugandische Offizier ihm sagte, dass er in eine Gefängniszelle gebracht würde, fragte Anthony ängstlich: »Für wie lange? Ich meine, was glauben Sie, wie viele Jahre für das, was ich getan habe?«

Der Leutnant zuckte mit den Schultern. »Das hängt davon ab, was Kampala sagt, doch als LRA-Kommandeur, wenn Sie das waren, werden Sie wahrscheinlich zwanzig Jahre bekommen.«

Er starrte den Dolmetscher an und dann den Offizier. »Zwanzig Jahre?«

»Es tut mir leid. Wie gesagt, das hängt von Kampala ab.«

Anthony war zutiefst schockiert, als sie ihm wieder die Handschellen anlegten und ihn abführten.

*Zwanzig Jahre.*

*Ich war nur zehn Jahre weg.*

*Doch ich war ein Kommandeur. Ich habe Kony gedient.*

Anthony wurde allein in eine Zelle gesteckt. Als die Stahltür hinter ihm verschlossen wurde, setzte er sich auf die Kante der Metallpritsche, stützte den Kopf in die Hände und spürte, wie er in die dunkelsten Stunden seines Lebens rutschte.

Zwanzig Jahre Gefängnis. Doppelt so lange wie die Zeit, die er kämpfend bei der LRA verbracht hatte.

Aber diesmal eingeschlossen in einem Zementkasten. Kein Busch und keine Savanne zu durchqueren. Kein Regen im Wind zu riechen. Keine Sterne in der Nacht zu sehen.

*Nicht der Leopard in seiner Höhle. Der Leopard in seinem Käfig.*

Anthony dachte zurück an all die Schwierigkeiten, die er erlitten hatte, all die schlechten Dinge, die ihm in den vergangenen zehn Jahren widerfahren waren, und er versuchte sich vorzustellen, wer er sein würde, wenn er das Gefängnis nach weiteren zwanzig Jahren ohne Freiheit verlassen würde – alt, gebrochen, womöglich mehr als nur ein wenig verrückt.

Er dachte an Florence.

*Ist sie ebenfalls im Gefängnis? Und die Jungen? Wie lange? Zwanzig Jahre?*

Dann überlegte er, dass sie als Frau wahrscheinlich besser behandelt wurde. Wenn sie nicht im Gefängnis war, wo war sie dann? Bei ihren Eltern?

Dann war er davon überzeugt, dass Florence, selbst wenn sie bei ihren Eltern war, niemals auf ihn warten würde. *Keine zwanzig Jahre. Niemand wartet zwanzig Jahre.*

Diese Gedanken verfolgten ihn, als man ihn zum Duschen und Rasieren brachte. Die Gedanken quälten ihn selbst nach der besten Mahlzeit, die er seit seiner Entführung bekommen hatte. Er versuchte, sich auf die Pritsche zu legen und zu schlafen.

Doch hinter seinen Augen lief eine Endlosschleife seines persönlichen Elends ab, wie er von Rwotobilo verschleppt wurde, das Blitzlicht der Kamera, nachdem er auf den toten Daumenlutscher getreten war, das Bajonett, das unbewaffnete Marschieren und Singen gegen die Kugeln, der Schmerz der Raketenflosse, die psychischen Grausamkeiten von Joseph Kony und die Gräueltaten von Dominic Ongwen in Katire. Das letzte Mal, als er Florence und die Jungen gesehen hatte. Die Schleife begann und endete immer mit der stärker werdenden Sicherheit, dass er irgendwas Schlimmes in seiner Kindheit getan haben musste, um so ein Schicksal zu verdienen.

Schließlich schlief Anthony auf dem Betonboden ein, nachdem er sich sagte, dass Selbstmord die bessere Entscheidung wäre, als zwei weitere Jahrzehnte mit diesem Gefühl zu verbringen, hilflos und allein.

* * *

Zwei Tage lief der Leopard in seinem Käfig herum, grübelte darüber, ob er leben und eines Tages auf Freiheit hoffen oder sich umbringen und sie sofort erreichen sollte.

Das war es, was er wollte, oder nicht?

*Freiheit?*

Freiheit wollte er mehr als alles andere, was er sich je in seinem Leben gewünscht hatte. Die einfache Freiheit, um sein Leben so zu leben, wie er es wollte, um alle Entscheidungen selbst treffen zu können. Als junger Teenager hatte er gerade begonnen, die Freiheit von seinen Eltern zu kosten, bevor er verschleppt wurde. Seit zehneinhalb Jahren hatte er keine Freiheit gehabt, keine echte. Es war fast immer jemand da gewesen, der ihn beobachtet hatte und ihm sagte, was er tun sollte. Mit Kony war es sogar noch schlimmer gewesen, erkannte er. So lange in Control Altar zu sein, hatte seinen Verstand auf eine Weise eingesperrt, die er erst jetzt zu erkennen und verstehen begann.

*Und jetzt zwanzig weitere Jahre, bevor ich die echte Freiheit kennenlerne. Wenn ich so lange lebe.*

Seine Stimmung und seine Gedanken wurden mit jeder Stunde schlechter. Irgendwo in seinem Kopf wusste er, dass er an das denken sollte, was ihm der sterbende Ladenbesitzer gesagt hatte. Doch er ignorierte diese Impulse, schob sie als völligen Blödsinn beiseite.

*Wie soll man nicht leiden, wenn einem das Leben wieder weggenommen wurde?*

Am dritten Morgen nach dem Frühstück kam ein Gefängniswärter zu ihm.

»Du hast Besuch.«

Erneut in Handschellen wurde Anthony in einen Befragungsraum geführt und sah George dort stehen und war fassungslos.

Sein Vater eilte zu ihm und hielt ihn, dann waren beide vor Rührung überwältigt.

»Ich habe jeden Tag versucht, ein guter Mensch zu sein, Dad«, würgte Anthony hervor. »Aber bei der LRA war das zu schwer.«

»Das ist mir egal«, sagte George und die Tränen liefen ihm über das Gesicht. »Mein Junge ist wieder zu Hause. Das ist jetzt alles, was zählt.«

Anthony brachte es nicht über sich, seinem Vater zu erzählen, dass er die nächsten zwei Jahrzehnte im Gefängnis verbringen würde. Er schilderte George in groben Zügen sein Leben bei der LRA. Sein Dad erzählte ihm von dem zweiten Angriff auf ihrem Grundstück und wie er entkommen war und wie Acoko mit dem LRA-Soldaten mit der vernarbten Wange gekämpft und ihn mit der Hacke verwundet hatte, bevor er sie niederschlug, und wie sie fast zwei Jahre immer wieder krank wurde, bis sie schließlich starb.

»Sie wäre stolz auf dich«, sagte er.

»Das weiß ich nicht, Dad.«

»Doch, das wäre sie sicher. Ich bin es auch. Ich kann dir sagen, dass du trotz allem noch immer ihr Anthony bist, und mein Anthony bist du auch.«

»Ich bin jetzt ein anderer Anthony, Dad.«

George konnte für ein paar Momente nichts sagen, dann sah er ihn mit Hoffnung in den Augen an. »Und dein Bruder Albert?«

»Vor zwei Wochen hat er noch gelebt. Ich habe mit ihm über Funk gesprochen.«

»Dann könnte er auch entkommen«, sagte George nickend. »Und wir können alle wieder zusammen sein.«

»Das wird noch eine ganze Weile nicht geschehen. Ich muss für die Dinge bezahlen, die ich bei der LRA getan habe.«

»Wie lange?«

Anthony schluckte den Kloß in seiner Kehle hinunter. »Sie sagen zwanzig Jahre, Dad.«

»Was?«, sagte George schockiert. »Nein. Das ist so falsch. Das ist ...«

Bevor sein Vater enden konnte, betrat ein ugandischer Armee-Offizier den Raum, den Anthony noch nie gesehen hatte. »Es tut mir leid, dass Sie jetzt gehen müssen, Mr Opoka. Ihr Sohn hat einen wichtigen Besucher, der aus Kampala hergeflogen ist.«

* * *

UPDF-General Hugo Adamo war größer als Patrick, ein großer Mann mit einem kantigen Schädel und einer Brust wie ein Büffel. Er trug Tarnkleidung, hatte eine raue Stimme und eine unverblümte Art, als er sich an den Tisch gegenüber von Anthony setzte, seine riesigen Hände faltete und dem Fernmelder in die Augen sah, bevor er auf Acholi mit ihm sprach.

»Bist du Commander Tony?«

»Ja, Sir«, sagte Anthony.

»Wie ist dein Funkname?«

»Nine Whiskey.«

»Beweise das«, sagte der General der ugandischen Armee und schob ein Stück Papier über den Tisch. »Das ist das Transkript eines LRA-Funkspruchs, den wir vor zehn Tagen abgefangen haben. Sag mir, was er bedeutet.«

Anthony betrachtete das Papier. Es war eine mit TONFAS verschlüsselte Nachricht.

Er sah zu General Adamo auf. »Können Sie meine Handschellen öffnen und mir einen Stift und noch ein Blatt Papier geben?«

Der General rief, dass die Handschellen entfernt und Stift und Papier gebracht werden sollen.

Während sie warteten, sagte Adamo: »Ich habe gehört, dass du einige Male übel verletzt wurdest.«

Anthony nickte, knöpfte das Hemd auf, das man ihm gegeben hatte, und zeigte ihm seine Schulter.

Adamo schrak zurück und schüttelte den Kopf. »Verdammt, Sohn, wie hast du so etwas überleben können? Du musst ein verdammt harter Knochen sein.«

Anthony lächelte über das Lob, spürte die seltene Wärme und dachte dann kurz an Kony und wurde misstrauisch.

»Ich hab eher Glück gehabt«, sagte er. »Ein Stück weiter links und ich wäre tot gewesen.«

Der Offizier, der ihn in den Raum gebracht hatte, kehrte mit ein paar Blättern Papier und zwei Stiften zurück. Fünf Minuten später blickte Anthony auf und sagte: »Das ist eine Botschaft von General Vincent, der General Matata sagt, dass er seine Männer an die Grenze des nordöstlichen Kongos bringen soll. Da sind auch spezielle Koordinaten für ein Treffen, das vor vier Tagen stattfinden sollte.«

Adamo nahm die übersetzte Nachricht, las sie und lehnte sich zurück, wobei er langsam lächelnd den Mund verzog.

»Na gut, dann war es also doch kein sinnloses Unterfangen.«

»General?«

»Ich war skeptisch, als wir in Kampala den Bericht erhielten, dass Joseph Konys persönlicher Funker geflüchtet sei, doch ich musste es riskieren, mit dem Flugzeug kommen und mich selbst davon überzeugen.«

General Adamo befragte ihn fast vier Stunden lang. Anthony antwortete so aufrichtig, wie er konnte. Er teilte ihm sogar freiwillig die Geschichte des Daumenlutschers mit.

Der General schüttelte den Kopf. »Wir haben solche Geschichten immer wieder gehört, dass sie so tun, als würden sie Fotos von dir machen, und dann erzählen, dass wir sie bekommen würden, was nicht der Fall ist. Wir glauben, dass sie so etwas bei den meisten LRA-Verschleppten machten, sie mit Blut taufen und Gehirnwäsche machen, damit sie glauben, dass sich danach niemand in dem alten Leben noch um einen kümmert. Es tut mir leid, dass du das durchmachen musstest.«

Anthony ließ den Kopf hängen und nickte. »Das macht es trotzdem nicht wieder gut.«

»Nein, das tut es nicht«, sagte Adamo. »Aber dich hat dabei niemand gefragt, oder?«

Er wurde wütend und sagte: »Niemand. Man durfte nicht für sich selbst denken. Niemals.«

»Aber du hast es trotzdem getan?«

»Ja, und ich habe alles für mich behalten. Und drei andere Leute, denen ich vertraute. Mein Bruder Albert und Patrick Lumumba. Und meine Frau.«

»Du kannst glücklich sein, dass du sie hattest. Sind sie drin oder draußen?«

»Florence und meine Söhne sind entkommen. Patrick und Albert? Ich weiß nicht, wo sie sind.«

»Viele LRA-Jungen wie du, die entkommen sind, lassen ihre Buschfrauen und Kinder zurück. Beginnen ihr Leben ganz neu. Wenn sie ihre Schuld gegenüber der Regierung bezahlt haben.«

Anthony wusste nicht, was er über den ersten Teil denken sollte, doch Adamos letzte Worte brachten ihn dazu, tief Luft zu holen.

»Ist es wahr, dass ich zwanzig Jahre im Gefängnis bleiben muss für das, was ich getan habe?«

»Zwanzig Jahre im Gefängnis? Das liegt an dir.«

»Ich verstehe nicht.«

»Du kannst zwanzig Jahre in einem ugandischen Gefängnis verbringen oder zwanzig Jahre als Soldat bei der UPDF dienen. Deine Entscheidung.«

Anthony starrte den General an. »Zwanzig Jahre bei der UPDF?«

»Es muss einen Weg geben, wie du für deine Sünden bezahlst.«

»Was würde ich …«

Derselbe ugandische Offizier, der sein Gespräch mit George beendet hatte, klopfte an und betrat den Raum. »Entschuldigen Sie die Störung, General. Doch Sie werden am Telefon verlangt. Es ist dringend.«

General Adamo sah auf die Armbanduhr und dann zu Anthony. »Denk darüber nach, triff deine Entscheidung, und ich bin morgen zurück, um mit dir zu sprechen.«

Als der General sich erhob, sagte Anthony: »Es tut mir leid, Sir, doch was genau würde ich mit einer solchen Schulter zwanzig Jahre bei der Armee tun?«

Adamo neigte den Kopf. »Spielt das eine Rolle? Du wirst tun, was man dir sagt, so oder so.«

* * *

Ein Wärter brachte ihn zurück in seine Zelle und er setzte sich auf die Pritsche. Sein Verstand sprang in ein Dutzend verschiedene Richtungen und wurde von einem Dutzend Stimmen geleitet, bevor er eine lautere Stimme als die anderen vernahm, die in einem öligen, spöttischen Tonfall sagte: *»Spielt das irgendeine Rolle? Du hast ihn gehört. Du wirst das tun, was man dir sagt, so oder so.« So oder so gehst du ins Gefängnis, Commander Tony.*

Das stimmte. Okay, das echte Gefängnis klang wesentlich schlimmer. Doch zwanzig Jahre bei der UPDF war eine harte Strafe, wie man es auch betrachtete, vielleicht sogar eine Todesstrafe. Es war sicherlich nicht die Freiheit. Nicht in der Art und Weise, wie Anthony die Freiheit wollte.

Er würde kontrolliert werden. Er würde blindlings Befehlen folgen müssen und tun, was auch immer man ihm befahl, selbst wenn er mit den Befehlen nicht einverstanden war. Wieder würde er seine Gedanken für sich behalten müssen. Wieder einmal wäre er der Leopard in der Höhle.

*Besser als im Käfig,* dachte er.

Oder etwa nicht? Und was war mit Florence und den Jungen? Was war mit der Aussage des Generals, dass viele andere geflüchtete LRA-Soldaten ihre »Buschfrauen« verließen? Dass sie ihr Leben neu begannen? Als hätte die Ehe nie existiert? Als würden die Kinder nicht existieren?

Jene ölige Stimme sagte: *Ja und, warum nicht? Wenn du für zwanzig Jahre gefangen in der Armee bist, willst du dann zugleich auch im Gefängnis einer Ehe sein? Du solltest sie alle vergessen. Ein neues Leben beginnen.*

Anthony wünschte sich sehnlichst seinen Vater herbei, damit er mit ihm reden könnte. Dann erinnerte er sich daran, wie ihm George vor seiner Verschleppung gesagt hatte, dass Soldat das Schlimmste wäre, was man im Leben sein könnte. Und er hatte zehn Jahre im Kampf verbracht. Und würde womöglich zwanzig weitere in Uniform verbringen.

Die ölige Stimme sagte: *Vergiss sie alle. Tu so, als würdest du die zwanzigjährige Armeestrafe akzeptieren, spiel den Leopard in seiner Höhle, und wenn du die Gelegenheit hast, dann flüchtest du auch von da. Doch diesmal verlässt du Uganda und gehst nach Kenia. Geh dorthin, geh über die Grenze. Beginne in totaler Freiheit neu, Commander Tony.*

Das klang so leicht, so verführerisch. Der Gedanke, totale Freiheit zu haben, gab ihm ein gutes Gefühl im Innern, als würden die Dinge, die er bei der LRA getan hatte, keine Rolle spielen, als würden ihn seine Wunden und seine Behinderung nicht einschränken, als würde Freiheit allein ihn wieder vollkommen und kräftig machen auf eine Weise, die ihm nie erlaubt war.

*Ich mache das,* beschloss Anthony. *Ich lasse alles hinter mir zurück. Ich laufe davon, sobald ich die Gelegenheit dazu habe.*

Er stand von der Pritsche auf und begann mit tiefen Kniebeugen und Ausfallschritten. Er würde in Form bleiben müssen, wenn er den ganzen Weg nach Kenia gehen wollte. Und musste er überhaupt die ganze Zeit laufen? Er könnte einen Jitney-Bus oder einen richtigen Bus nehmen und in der Nähe der Grenze aussteigen. Der Weg, den er zu Fuß zurücklegen müsste, wäre dann kürzer. Die Freiheit wäre einfacher zu bekommen, als er dachte.

Doch innerhalb weniger Minuten krochen Zweifel in ihm hoch.

Dann gestattete er sich Gedanken an Florence und daran, wie sie ihn zum Lächeln gebracht hatte, wann immer er sie sah. Und die Jungen, wie stolz sie ihn gemacht hatten, wie er Freiheit für sie gewollt hatte, ein Leben jenseits von Konys eisernem Griff.

*Vergiss sie. Lüge den General morgen früh an. Stimme dem Armeevorschlag zu und lauf davon, sobald du die erste Gelegenheit dazu hast. Das ist der einzige Weg zur Freiheit, für den du nicht zwei Jahrzehnte deines Lebens brauchst.*

Anthony dachte daran, Florence und die Jungen zu verlassen, sie niemals wiederzusehen, und ihm wurde flau im Innern. Dann dachte er daran, weitere zwanzig Jahre in Uniform zu verbringen, kontrolliert und manipuliert unter dem Befehl irgendeines Generals, und er fühlte sich ebenfalls schlecht.

*Es gibt keine gute Antwort.*

Er wünschte, er hätte den sterbenden Ladenbesitzer nach dieser öligen Stimme des Leidens gefragt, die so viele verschiedene Wege vorschlug, dass es keinen richtigen Weg vorwärts zu geben schien, keine richtige Handlung, außer blind in die Freiheit zu laufen.

Er wünschte sich wieder, dass sein Vater da wäre, um ihn zu beraten. Doch er hatte niemanden.

Er musste diese Entscheidung allein treffen, und die Schwere war erdrückend. Sein Herz schmerzte bei jedem möglichen Weg, der vor ihm lag, und er fühlte sich gefangen und in einer Abwärtsspirale in die Verzweiflung.

*Vielleicht hattest du neulich recht. Vielleicht ist Selbstmord der beste Ausweg. Freiheit sofort.*

Für ein paar Momente überlegte er wirklich, sich umzubringen, kam aber schließlich zu dem Schluss, dass das der Weg eines Feiglings wäre. Doch als er über die anderen Wege nachdachte, die er einschlagen konnte, spürte er wieder die Verzweiflung und seine Hilflosigkeit.

Er erinnerte sich an jenen ersten Abend draußen mit George, als sein Vater ihm sagte, dass er besonders wäre, dabei jene besondere Wärme in ihm ansteigen ließ und zu den Sternen zeigte, die ihn bei seiner Flucht von dem Großen Lehrmeister geleitet hatten. Er senkte den Kopf und wünschte bei Gott, dass all die funkelnden Sterne am Himmel, die Seelen seiner Vorfahren und die Geister der Ungeborenen, zusammenkommen könnten, um ihm die richtige Richtung aufzuzeigen, die er nehmen sollte.

Dann erinnerte er sich daran, wie sie nach jener ersten Lektion in der Dunkelheit zurückgegangen waren auf ihren Hof, wie er über die Fähigkeit seines Vaters gestaunt hatte, den Pfad vor ihnen zu sehen, obwohl es fast stockfinster war.

Georges Worte kehrten stärker als jede Stimme des Leidens zu ihm zurück und strahlender als jedes Licht im Himmel.

*Es kommt alles darauf zurück, Anthony. Wann immer du wegen etwas im Leben verwirrt bist, nicht weißt, was du tun sollst, dann stell dir diese Frage.*

Dort in seinem Käfig sitzend und über jeden qualvollen Schritt nachdenkend, der vor ihm lag, fragte Anthony sich schließlich: »Was würde ein guter Mensch tun?«

# Vierundvierzig

***19. März 2005***
***Lira, Uganda***

Florence stieg aus dem Jitney von Amia'bil und ging durch die Stadt, trug ein neues Notizbuch bei sich und fühlte sich ängstlich und unsicher. Von der Regierung hatte sie kürzlich einen Platz in einem Berufsausbildungsprogramm erhalten, das bald zu einem Arbeitsplatz führen würde, doch sie war noch mit unerledigten Dingen beschäftigt, als sie jetzt ein Gebäude in der Nähe der Sekundarschule betrat und durch die Tür des District Education Office trat.

Eine Angestellte sah auf und lächelte sie an.

»Ist es da?«, fragte Florence.

»Gestern angekommen«, sagte die Angestellte. Sie nahm einen Ordner auf ihrem Schreibtisch, zog einen Umschlag heraus und brachte ihn zum Schalter.

Florence nahm den Umschlag entgegen. »Du weißt nicht, was drinsteht?«

»Das geht mich nichts an, oder?«

»Wahrscheinlich nicht«, sagte sie und wandte sich zum Gehen. »Danke.«

»Willst du ihn jetzt nicht öffnen und es mir sagen, nach allem, was ich für dich tun musste?«

»Oh«, sagte Florence. »Ja, natürlich.«

Die Angestellte verschränkte die Arme. »Oder willst du etwa nicht, dass ich es weiß?«

Florence riss den Umschlag auf. Ihre Hände zitterten so stark, als sie das gefaltete Blatt herauszog, dass sie es auf die Theke legen musste. »Ich kann nicht. Lies du.«

Die Frau nahm das Blatt und faltete es auseinander. Als sie die Seite überflog, wurde ihr Lächeln immer breiter. »Florence Okori, Examen der nationalen Sekundarausbildung, oberste zehn Prozent!«

»Nein!«, sagte Florence und nahm das Papier. Dann sah sie es selbst und schüttelte den Brief und lachte unter Tränen. »Ich habe es getan. Ich habe es getan. Ich hätte … Ich hätte …«

»Was hättest du?«

»Krankenschwester werden können«, sagte Florence und schniefte. »Das war mein Traum, als ich aufgewachsen bin.«

»Mit solchen Noten kannst du immer noch Krankenschwester werden.«

»Jetzt habe ich zwei Söhne«, sagte sie, zuckte mit den Schultern, wischte sich die Tränen ab und lächelte dann. »Doch das ist auch gut. Zu wissen, dass ich meine Prüfungen bestanden habe, das reicht mir.«

* * *

Florence ging durch die Stadt zurück zur Jitney-Haltestelle in der Nähe des großen Freiluftmarktes, den Umschlag mit ihren Prüfungsergebnissen hatte sie zwischen den Deckel und die erste Seite des Notizbuchs geklemmt, ihr neustes Buch der

Träume, das sie in der Vorwoche gekauft hatte und jetzt mit beiden Händen vor dem Herzen trug, wie sie es als Mädchen getan hatte. Als hätten ihre geschriebenen Worte die Macht, ihre Zukunft zu verändern.

Sie fand einen Bus, der sie an den Rand von Amia'bil bringen würde, bezahlte den Fahrpreis, stieg ein und setzte sich auf einen Platz am Fenster, dann fragte sie sich, wie hoch die Schulgebühren sein würden. Sie würde wohl kaum die Jungen bei ihrer Mutter lassen können, um Krankenschwester zu werden, oder doch? Wer würde für all das bezahlen?

Diese Fragen und Gedanken beschäftigten sie, während der Bus immer wieder anhielt und mehr Leute aus- als einstiegen, je weiter sie sich von Lira entfernten. Florence saß allein für sich und war etwas traurig, als sie entschied: *Nein, ich bin fertig mit meinem Traum von der Krankenschwester. Kenneth und Boniface sind jetzt mein Leben. Ich kümmere mich um sie, wie sich Miss Catherine um mich gekümmert hat. Und sie sind mehr als …*

Hinter sich hörte Florence eine Frau sagen: »Jetzt sieh sie dir an, wie sie da sitzt, stolz auf sich selbst, eine von Konys Huren, die nach Hause gekommen ist.«

Eine zweite Frau sagte: »Ich verstehe überhaupt nicht, warum ihre Mutter sie wieder aufgenommen hat.«

Florence fühlte sich wie damals, als sie von Okayas Männern verprügelt wurde, nachdem sie und Palmer sich geweigert hatten, mit ihm zu schlafen: geschlagen, gedemütigt, hilflos, ein nutzloses und weggeworfenes Ding. Ihre Hände zitterten, als sie das Notizbuch von der Brust nahm.

Die erste Frau sagte: »Wenn es meine Tochter wäre, die mit ihren Bastardbälgern vom Herumhuren nach Hause gekommen wäre, dann würde sie nicht unter meinem Dach leben.«

»Oder meine Mahlzeiten essen. Niemals.«

Florence klappte das Notizbuch auf. Sie schob den Umschlag mit ihren Prüfungsergebnissen beiseite und las, was sie dort an dem Abend, als sie das Notizbuch gekauft hatte, auf die erste Seite geschrieben hatte.

Die zweite Frau sagte: »Meinen Ehemann würde ich sicher nicht in ihre Nähe lassen.«

»Wer weiß, was der sich einfangen würde«, gackerte die erste Frau.

Florence räusperte sich und begann mit lauter und klarer Stimme zu lesen: »Ich bin Florence Okori Opoka, und das sind meine Träume. Niemand kann sie mir nehmen. Nur ich kann sie loslassen oder an ihnen festhalten. Nur ich kann sie aufschreiben. Nur ich kann sie laut aussprechen oder sie als Geheimnis in meinem Herzen bewahren. Nur Gott und ich können sie wahr werden lassen.«

Im Bus war es still geworden. Er hielt am Rande von Amia'bil. Florence schloss ihr Notizbuch, stand auf, sah die beiden Frauen böse an, die sie aus der Kirche ihrer Mutter kannte, und stieg dann wortlos aus. Sie blickte nicht zurück, als sie den Hügel zum Grundstück ihrer Familie hinunterging, wobei sie noch immer innerlich bebte.

In gewisser Weise überraschte sie das nicht. Sie hatte von anderen Frauen gehört, die nach ihrer Rückkehr aus der Gefangenschaft angespuckt und gemieden wurden. Selbst ihre Eltern machten manchmal grausame Bemerkungen über ihr Leben bei der LRA, als hätte sie irgendwas damit zu tun gehabt, dass sie entführt worden war. Und sie verbaten sich strikt, dass sie oder die Jungen über Anthony oder ihre Zeit in der Gefangenschaft redeten. Soweit es Josca und Constantine betraf, existierte Anthony überhaupt nicht. Und auch nicht Major Okaya. In ihren Köpfen war ihre Vergangenheit wie weggefegt und ihre Söhne das Ergebnis einer unbefleckten Empfängnis. Die wenigen Male, als Florence etwas anderes gesagt hatte, hatten zu wütendem Schreien und der wiederholten Drohung geführt, dass man sie auf die Straße werfen und verhungern lassen würde. Sie hatte gelernt, Anthony nicht zu erwähnen, wenn sie mit ihnen zusammen war. Sie wusste, dass ihre Eltern sie noch immer liebten, doch wie die Frauen im Bus gaben sie ihr das Gefühl, minderwertig zu sein.

Florence hörte die Jungen lachen und kichern, bevor sie sie mit ihrem Cousin Jasper spielen sah, der sechs Monate zuvor während eines Feuergefechts geflüchtet war und dieselbe Art von Rehabilitation durchgemacht hatte wie Florence.

»Mama!«, rief der zweieinhalbjährige Boniface, als er sie sah, und umarmte ihre Beine.

»Nun?«, fragte Jasper, der wegen seiner alten Beinwunde noch immer etwas humpelte.

»Oberste zehn Prozent«, sagte sie grinsend.

»Du hast es geschafft, Flo!«

»Ja, das habe ich«, sagte sie mit erhobenem Kinn und ihr Lächeln wurde breiter. »Und ich werde nicht traurig sein und darüber nachdenken, was hätte sein können.«

»Gut für dich. Doch es muss dich stolz machen.«

Florence hob ihr Kinn noch höher. »Das tut es. Ich erinnere mich, wie schwer diese Prüfungen waren.«

»Ich mich auch. Du hast damals an nichts anderes gedacht.«

»Und du hast nur an deine Musik im Radio gedacht.«

»Mach ich noch immer«, sagte er. »Eins der besten Dinge im Leben.«

»Was ist diese Woche auf Platz eins?«

»Bei der BBC? ›All About You‹ von McFly. Aber ich höre Saida Karoli aus Tansania. Ihr Song ›Maria Salome‹ ist hypnotisierend.«

Beim Essen erzählte Florence ihren Eltern von den Ergebnissen und zeigte ihnen den Beweis. Josca gratulierte ihr. Ebenso ihr Vater. Doch es fühlte sich schal an, erzwungen, als würden ihre Eltern an der Schwere dessen leiden, was sie verloren hatte, oder die hasserfüllten Dinge spüren, die man ihr im

Bus gesagt hatte. Eine Wolke schien über dem Essen zu hängen. Selbst die Jungen waren seltsam still.

* * *

Als sie fertig waren, sagte Jasper: »Es ist fast Zeit für die Sendung.«

Florence zuckte mit den Schultern. »Ich weiß nicht, ob ich Lust dazu habe.«

»Nun, wir haben Aufräumdienst und *ich* höre es mir an«, sagte ihr Cousin.

Constantine und Josca gingen davon, weil die in der Sendung ausgesprochenen Appelle immer ihre Illusionen zerstörten und sie daran erinnerten, was Florence bei der LRA durchgemacht hatte. Jasper holte sein neues Radio und stellte den Sender aus Lira an, der die Sendung von Mega FM ausstrahlte, in der Florence kurz nach ihrer Flucht zu Gast gewesen war. Seitdem hatte sie keine Folge verpasst und war normalerweise daran interessiert, wer es noch geschafft hatte, dem Großen Lehrmeister zu entkommen.

Doch nach ihrer Busfahrt wollte sie Kony eigentlich aus ihrem Kopf löschen. Zumindest für den heutigen Abend.

Stattdessen spülte sie aber das Geschirr in einer großen Schüssel, als der Sprecher begann und sagte: »Ihr LRA-Soldaten da draußen in unserem Sendebereich, die ihr noch immer dummerweise für Joseph Kony kämpft, hört zu. Wir haben hier jemanden, der mit euch reden will, jemanden, den ihr gut kennt.«

Es folgte eine kurze Pause, bevor sie eine Stimme sagen hörte: »Hier spricht Nine Whiskey, ich wiederhole, Nine Whiskey, Commander Tony ruft alle Stationen!«

Florence stand für einen Moment sprachlos da und spürte, wie ihr Herz explodieren wollte, als Anthony sagte: »Ich rufe euch, um euch zu erklären, dass ihr draußen nicht schlecht behandelt werdet. Legt eure Waffen nieder und lauft von der LRA weg. Noch einmal, ihr werdet nicht schlecht behandelt, wenn ihr den Großen Lehrmeister verlasst, der euch verlassen hat, der Uganda verlassen hat und in den Kongo flüchtet. Lasst ihn ziehen. Lasst diesen bösen Mann seines Weges gehen. Eure Familien warten auf euch. Es ist Zeit, nach Hause zu kommen und wieder ein guter Mensch zu sein. Und Krankenschwester Betty, wenn du mich hören kannst, hier spricht Fernmeldekommandeur Tony, Nine Whiskey, Nine Whiskey, over und out.«

# Fünfundvierzig

Florence war so glücklich, dass sie Schwierigkeiten hatte, stillzustehen.

*Anthony lebt! Er ist raus! Und er hat mich angesprochen!*

»Du solltest ihm schreiben«, sagte Jasper, nachdem er sie umarmt hatte. »Schick ihm über das Rote Kreuz ein Foto von dir und den Jungen. Das machen sie, wie du weißt.«

»Du hast recht!«, sagte sie. »Das ist eine gute Idee. Ich mach das.«

»Und bis dahin würde ich deinen Eltern nichts davon erzählen. Vor allem deinem Vater.«

Constantine kam später vorbei und fragte, was das Geschrei sollte. Florence sagte nur, dass einem alten Freund die Flucht aus der LRA gelungen war. Er ging desinteressiert davon.

Am nächsten Tag brachte sie die Jungen in ihren saubersten Kleidern zu einem Fotostudio in Lira und ließ ein Porträtbild machen. Sie zahlte für einen Abzug und tat ihn zusammen mit einer Nachricht in einen Umschlag, in der sie Anthony mitteilte, dass es ihr und den Jungen gut gehe und sie es kaum erwarten könnten, ihn zu sehen.

Fast drei Wochen hörte Florence gar nichts und sie fragte sich, ob Anthony es sich anders überlegt hatte und sie nicht finden wollte. Dann kam eine Sozialarbeiterin von ›World Vision‹ zum Grundstück, um nach Florence, Kenneth und Boniface zu sehen und ihr einen Brief von Anthony zu übergeben.

»Er hat mich gebeten, ihm beim Schreiben zu helfen«, sagte die Frau lächelnd. »Er war so aufgeregt, als er von dir gehört hatte, dass er sich kaum beruhigen konnte.«

»Wer?«, fragte Constantine, der mit ihrer Mutter kam. »Wer hat dir einen Brief geschrieben?«

Florence zögerte, dann sagte sie: »Anthony. Er war mein Ehemann im Busch.«

Josca wurde wütend. »Es tut mir leid, Florence, doch er war nicht dein Ehemann. Du warst viel zu jung. Du wurdest dazu gezwungen. Das ist falsch.«

Constantine sagte: »Er hat dich zur Sklavin genommen. Ich weigere mich, ihn dich sehen zu lassen. Er hat dich verdorben!«

»Das hat er nicht«, schoss sie wütend zurück. »Ich war keine Sklavin, und ich bin auch nicht dazu gezwungen worden, Anthony zu heiraten. Ich habe die Wahl gehabt und habe ihn ausgewählt. Weißt du auch, warum? Weil er mir gesagt hat, dass er mich liebt. Weißt du, was noch? Ich muss diesen Brief gar nicht öffnen, um zu wissen, dass er mich noch immer liebt. Und ich liebe ihn.«

Constantine war noch immer wütend und nicht ansprechbar, deshalb wandte sich Florence an ihre Mutter. »Du hast immer gesagt, es gibt nichts Mächtigeres als die Liebe, Mama.«

Josca hatte den Mund verzogen. »Ich weiß, doch dein Vater und ich sind …«

Die Sozialarbeiterin sagte: »Mr und Mrs Okori, ich habe Anthony Opoka kennengelernt. Er *ist* ein guter Mensch. Er hilft …«

»Das interessiert mich nicht und ich verbiete Florence jeglichen Kontakt mit ihm«, schnauzte Constantine und wollte gehen.

Die Sozialarbeiterin rief ihm hinterher: »Mr Okori, Sie sollten verstehen, dass es viele LRA-Soldaten gibt, die Frauen und Kinder im Busch hatten, und wenn sie freikamen, dann beschlossen sie, diese zu verlassen und ein neues Leben zu beginnen. Anthony Opoka tut das nicht. Er liebt Ihre Tochter und Ihre Enkelsöhne von ganzem Herzen.«

Ihre Eltern sagten fast einen ganzen Tag nichts mehr dazu, doch dann kam Josca zu ihr und sagte: »Du kannst diesen Mann sehen, Florence. Du kannst ihn einladen. Doch wir erkennen deine Ehe nicht an.«

* * *

Einen Monat später fuhr Anthony in einem Jitney in östlicher Richtung nach Lira und fühlte sich so frei und glücklich wie nie zuvor.

In jener Nacht im Gefängnis, als er sich gefragt hatte, was ein guter Mensch in seiner Zwangslage tun würde, war die Antwort nicht von irgendeiner öligen Stimme in seinem Kopf gekommen, sondern als plötzliches Begreifen in seinem Herzen. Er beschloss, das Ideal der totalen Freiheit aufzugeben, die Liebe zu umarmen und sie nicht nur zu benutzen, um zu überleben, sondern auch, um die kommenden Jahrzehnte in der ugandischen Armee durchzustehen.

Am nächsten Morgen, als er von seiner Zelle in den Befragungsraum gebracht wurde, um General Adamo zu treffen, sagte er, er würde für die nächsten zwanzig Jahre jede verfügbare Position in der UPDF akzeptieren.

Adamo hatte gelächelt. »Gute Entscheidung.«

»Vielen Dank, Sir.«

Das Lächeln des Generals verschwand. »Aber wo soll man dich einsetzen? Instandhaltung? Latrinensäuberung?«

Tief im Innern starb etwas bei Anthony, doch er nickte. »Ich glaube, das kann ich auch mit einer Hand tun.«

Der General war einen Augenblick still, als würde er seinen nächsten Schritt überdenken, bevor er Anthony in die Augen blickte. »Du hasst Joseph Kony?«

»Seit mehr als zehn Jahren.«

»Findest du, er sollte gefasst werden? Und vor Gericht gebracht?«

»Ja, Sir. Das tue ich. Ich würde gegen ihn aussagen.«

»Ich glaube, du wärst ein Kronzeuge. Doch in der Zwischenzeit glaube ich, dass du auf bessere Weise hilfreich sein kannst als beim Reinigen der Latrinen.«

Er seufzte erleichtert. »Was auch immer, Sir.«

Der General öffnete einen Ordner auf dem Tisch, tippte mit seinem fleischigen Finger auf die Nachricht, die Anthony am Vortag entschlüsselt hatte. »Der TONFAS. Ich will, dass du jede abgefangene Nachricht, die wir bekommen, liest, entschlüsselst und analysierst. Würdest du dich gern unserem Team anschließen, um den Großen Lehrmeister zu jagen?«

Anthony war verblüfft über diesen plötzlichen Wandel der Ereignisse und des Schicksals, nickte aber eifrig mit dem Kopf und lächelte. »Sehr gern, Sir.«

Sie ließen ihn eine Stunde später gehen und gaben ihm ausreichend Bargeld, damit er George, seinen Onkel Paul und seinen jüngeren Bruder Charles, dem es über die Jahre gelungen war, zwei Entführungsversuchen der LRA zu entkommen, und der inzwischen Lehrer war, in ein Restaurant zum Essen einladen konnte.

Das war eine Mahlzeit mit jener seltenen Wärme, dachte Anthony, als sich der Jitney Amia'bil näherte. Er lächelte. Er würde bald nicht nur Florence und seine Söhne sehen, sondern hatte an jenem Morgen auch erfahren, dass sein Aufruf über den Radiosender in Gulu dazu geführt hatte, dass Hunderte Jungen und Mädchen von der LRA geflüchtet waren und in den Wochen danach aus dem Busch strömten. Es waren so viele, dass ›World Vision‹ und andere Hilfsgruppen für die Rehabilitation der Kindersoldaten Schwierigkeiten bei der Bewältigung hatten.

Doch er tat diese schönen Gedanken für einen Moment beiseite, denn der Fahrer rief, dass Amia'bil der nächste Halt war. Anthony saß auf einem hinteren Sitz und reckte den Hals, um über die anderen Passagiere zu blicken, bis er Florence an der Straße stehen sah.

Er krabbelte mit den für sie gekauften Geschenken von seinem Sitz, konnte dabei kaum seine Gefühle zurückhalten, die ihn fast einknicken ließen, als er ausstieg und sah, dass sie bereits weinte, lächelte und mit offenen Armen auf ihn zukam.

Anthony ergriff Florence, umarmte und küsste sie, überwältigt von seinem Glück, erfüllt von der Freude über ihr Wiedersehen.

»Das ist ein Wunder, oder nicht?«, flüsterte ihr Anthony ins Ohr.

»Ich spüre es in jeder Faser meines Seins.«

Er löste sich von ihr, Tränen rollten ihm über die Wangen, als er nickte und sagte: »Dieses Gefühl ist der Grund dafür, dass wir es geschafft haben.«

»Ich weiß«, sagte sie und ihre Lippe bebte. »Und es ist ein Wunder, wie man es auch betrachtet.«

»Wo sind die Jungen?«

»Warten bei meinen Eltern, vor denen ich dich warnen muss, weil sie sehr gegen unsere Beziehung sind. Sie erkennen unsere Ehe nicht an, doch sie grillen dir ein Hühnchen.«

»Noch ein Wunder, wie man es auch betrachtet.«

Florence lachte und wischte sich die Tränen weg. »Ich habe dich vermisst.«

Er wurde ernst. »Ich habe ganz lange geglaubt, du und die Jungen wärt tot.«

»Was? Nein!«

Er nickte. »Patrick musste das tun. Ich verstehe das jetzt. Doch mein Herz war nicht nur gebrochen, als ich hörte, dass du und die Jungen tot seid. Es war weg. Ich hatte ein Loch in der Brust.«

»Aber schließlich hat er dir doch die Wahrheit gesagt?«

»Und dann konnte ich nur noch an dich denken.«

»Lass uns Kenneth und Boniface sehen. Du wirst nicht glauben, wie sehr sie gewachsen sind.«

* * *

Anthony war schockiert, als er sah, wie Boniface aufstand und wackelig einem kleinen Hund folgte, und dann fast überwältigt, als Kenneth ihn sah, zu ihm rannte und ihn umarmte. Er traf Constantine und Josca, die kaum etwas sagten und ihn misstrauisch beäugten, und dann verschiedene Geschwister und Cousins, einschließlich Jasper, über dessen Unversehrtheit er sich freute.

Obwohl Florence' Eltern kalt und abweisend blieben, gewann er die restliche Familie mit seinem offenen Lächeln für sich, mit seiner sanften Art zu sprechen und seiner offensichtlichen Zärtlichkeit gegenüber Florence.

»Sie hat die ganze Zeit von Ihnen erzählt«, sagte Anthony zu Josca, als das Hühnchen über einem offenen Feuer grillte. »Und wie Sie sie als kleines Mädchen getragen haben, als sie krank war.«

Josca nickte höflich.

»Und durch Sie kannte sie all die Pflanzen, mit denen sie den Verwundeten helfen konnte«, sagte er Constantine, nachdem sie gegessen hatten und alle außer Josca ein Bier tranken.

Ihr Vater nickte, sah ihn aber nicht an. »Sie ist mir immer gefolgt, wenn ich welche gesammelt habe. Wir haben immer gedacht, dass sie Krankenschwester wird.«

»In gewisser Weise ist sie das«, sagte Anthony. »Ein weiterer Grund, weshalb ich Ihre Tochter liebe und heiraten möchte, gemäß Ihren Wünschen und Traditionen.«

Constantine sagte lange nichts, dann stand er auf und ging mit seiner Frau davon. Als sie zurückkehrten, sagte Florence' Vater: »Meine Tochter sagt, dass Sie ein guter Mann sind, doch wir wissen nicht, ob das stimmt. Wenn Sie sie heiraten wollen, dann erwarten wir, dass dieses Brautgeld bezahlt wird.«

Dann zog er eine handgeschriebene Liste hervor und reichte sie Anthony.

Er las sie, spürte die Schwere in seinem Magen und sagte: »Entschuldigung, dass ich das sage, Sir, aber das ist eine Menge für das, was mir die Armee bezahlt.«

»Florence ist auch eine Menge Frau. Wenn Sie sie lieben, dann beweisen Sie uns das.«

»Und dann werden Sie sie richtig heiraten«, sagte Josca. »In der Kirche.«

»Papa, das ist ungerecht«, sagte Florence, als sie die Liste gelesen hatte.

Constantine sagte: »Es ist ungerecht, dass wir dich für so viele Jahre verloren haben. Wir werden dich nicht wieder verlieren.«

»Mama?«

Doch Josca sah ihr nicht in die Augen, als sie sagte: »Ich liebe dich, Flo, aber so fühlen wir.«

Als er die Verärgerung bei Florence wachsen sah, sagte Anthony: »Okay, Mr und Mrs Okori, ich weiß zwar nicht, wie, ich weiß auch nicht, wann, doch ich verspreche, dass ich einen Weg finden werde, um Ihnen all das im Gegenzug für die Hand

Ihrer Tochter zu geben. Und dann werden wir in einer Kirche heiraten.«

* * *

Drei Jahre übersetzte Anthony TONFAS und half General Adamo und anderen, die letzten LRA-Hochburgen in Uganda aufzustöbern, wobei er einen Teil seines bescheidenen monatlichen Gehalts beiseitelegte, um die Brautgeldforderungen zu erfüllen. Und drei Jahre ging er täglich nach der Arbeit mit einem anderen Mann in den Busch, um Bäume zu fällen und zu verbrennen, um Holzkohle zu machen, die er verkaufte, um das Vieh und die anderen Dinge zu kaufen, die Florence' Vater verlangt hatte. Anthonys monatliche Besuche in Amia'bil waren die Höhepunkte seines Lebens und der Abschied die Tiefpunkte.

Er und Florence traten jetzt regelmäßig bei Mega FM auf und riefen mehr und mehr Kindersoldaten aus dem Busch nach Hause. Florence begann, ehrenamtlich bei der Rehabilitation zu arbeiten, unterrichtete die Zurückgekehrten in der Kraft, die ihre Seele schließlich nach so vielen Jahren des Hasses in der Gefangenschaft befreit hatte.

Anthony hatte zunächst Schwierigkeiten mit der Idee gehabt. Wie konnte man andere Menschen ermutigen, ihren Hass auf Kony zu überwinden? Nach allem, was er den Großen Lehrmeister hatte tun sehen?

Doch nach ein paar Monaten überzeugte sie ihn. »Du hast mir von den vier Stimmen des Leidens erzählt, und sie haben mir geholfen. Doch es hilft mir noch mehr, auf diese Weise etwas gegen Kony zu unternehmen.«

Anthony versuchte es schließlich und war schockiert, wie gelöst er sich fühlte. »Jetzt verstehe ich es«, sagte er Florence.

»Ich kann das tun und noch immer gegen ihn aussagen. Gegen sie alle.«

Florence legte die Hand auf ihr Herz und sagte: »Du kannst es. Und du wirst es.«

Im Jahre 2006 erhob der Internationale Gerichtshof in Den Haag Anklage gegen den Großen Lehrmeister, General Vincent, Brigadekommandeur Dominic Ongwen und den stellvertretenden Armeekommandeur Okot Odhiambo. Alle vier Männer wurden wegen Verbrechen gegen die Menschlichkeit und Kriegsverbrechen angeklagt, einschließlich der erzwungenen Einberufung von Kindern, Mord, Vergewaltigung und sexueller Sklaverei.

General Vincent, der von den Anklagen erschüttert war, versuchte, einen Waffenstillstand auszuhandeln. Kony nahm an zwei Treffen teil, wobei ihm seine Sicherheit garantiert wurde. Seine geflohene Ehefrau, Evelyn Amony, half Uganda bei den Verhandlungen. Schließlich verließ der Große Lehrmeister die Gespräche und zog sich tief in den Garamba-Nationalpark im Kongo zurück. Weil er hinter seinem Rücken versucht hatte, einen weiteren Friedensvertrag auszuhandeln, ließ Kony General Vincent im Jahr 2007 hinrichten.

Im selben Jahr erfuhr Anthony, dass Albert im Kampf an der Grenze zwischen Uganda und Kongo gestorben war. Sein jüngerer Bruder hatte es nie aus der LRA geschafft.

Anthony und sein Vater und die überlebenden Brüder und Schwestern waren am Boden zerstört.

* * *

Die Jagd nach dem Großen Lehrmeister wurde wieder aufgenommen und auch im Oktober 2008 fortgesetzt, als Anthony schließlich Constantines Mitgiftforderungen erfüllen konnte. Doch Joseph Kony war überhaupt nicht in seinem Kopf, als er einen Laster und einen Jitney mietete und an einem hellen, sonnigen Tag losfuhr. Zusammen mit zahlreichen Mitgliedern seiner weitläufigen Familie und anderen entkommenen LRA-Soldaten, die jetzt für die ugandische Armee kämpften, fuhr Anthony von Rwotobilo durch Gulu und Lira und blieb unmittelbar am Rand von Amia'bil stehen, um zu entladen.

Er hatte seine beste Uniform angelegt, als sie fünf Kühe und sechs Ziegen, vier Hühner in Käfigen und zahlreiche neue Werkzeuge für Landwirtschaft singend in das jubelnde Dorf brachten, wo Anthony alles an Constantine und Josca übergab, zusammen mit fünfhundert US-Dollar Bargeld.

»Du bist ein guter Mann, Anthony«, sagte Constantine.

»Und auch ein guter Mensch, wie ich hoffe«, sagte Anthony und grinste.

Dann nahm er Florence an seinen gesunden Arm und führte sie alle zu der überfüllten katholischen Kirche im Dorf, wo Josca als Brautjungfer diente und George als Brautführer und wo sie vor ihren Kindern und Familien ihre Ehegelübde ablegten und sich am Ende eine einfache Frage stellten.

»Siehst du mein Glück?«, fragte Anthony.

»Das tue ich«, sagte Florence. »Siehst du mein Glück?«

»Das tue ich.«

Und als sie sich küssten, jubelte die ganze Kirche.

Als es Zeit für eine Predigt war, sagte der Priester: »Normalerweise verpasse ich keine Gelegenheit, etwas zu sagen, doch ich werde mich heute einfach am Rande halten. Mr und Mrs Opoka haben etwas zu sagen.«

Sie hielten sich an den Händen, als sie sich an ihre Familien und Freunde wandten.

»Zuallererst«, sagte Anthony. »Ich möchte meinem Vater George danken, dass er sich die Zeit genommen hatte, mir als kleiner Junge zu zeigen, wie man die Sterne liest, wie man richtig von falsch unterscheidet und wie man ein guter Mensch wird. Und meiner verstorbenen Mutter, die mir beigebracht hat, wie man überlebt.«

In der ersten Reihe legte George die Hand an sein Herz und nickte.

Anthony sah zu Florence' Familie. »Und ich möchte euch danken, Constantine und Josca, dass ihr Florence vieles von den gleichen Dingen beigebracht habt.«

Ihre Mutter und ihr Vater, die Anthony in den vergangenen Jahren mögen gelernt hatten, nickten eifrig und lächelten ihn an.

Florence räusperte sich, sah zu ihrer Mutter, ihrem Vater und dann zu George. »Doch ihr habt uns nicht nur beigebracht, gute Menschen zu sein. Das sind nur Regeln, wie auch Kony Regeln hatte. Dinge, die man kaputt machen kann, wenn sie mit Gewalt vermittelt werden. Doch als ihr uns als kleine Kinder unterrichtet habt, da habt ihr es aus tiefer Liebe getan. Und wir beide haben es tief in uns gefühlt. Und deshalb haben wir uns daran erinnert, was ihr uns beigebracht habt.«

Anthony sagte: »Kony hat versucht, uns unmenschlich zu machen. Er hat uns alles beigebracht, was das Gegenteil von dem war, was diese Kirche lehrt, was ein guter Mensch glaubt und wie wir beide aufgezogen und geliebt wurden. Doch sie prügeln dir diese Regeln ein, bis man das Gefühl hat, dass alles vor der LRA nur ein glücklicher Traum war, den man vergessen muss, um zu überleben. Es gab Zeiten, in denen ich mich gar nicht mehr an den glücklichen Traum erinnern konnte. Doch dann traf ich Florence an einem Wasserloch, und zum ersten Mal wusste ich nicht, was ich sagen sollte.«

»Und dann ist er einfach weggegangen!«, sagte Florence mit großen Augen, die Hände in die Seiten gestemmt. »Könnt ihr euch das vorstellen?«

Die ganze Kirche begann zu lachen.

»Deshalb ging ich, um sie zu sehen und mit dem Kommandeur zu sprechen, der auf sie achtgab, und sie ging von mir weg!«, sagte Anthony und tat so verwirrt, wie er an jenem Tag war, womit er einen weiteren Sturm an Gelächter und Klatschen provozierte.

»Das musste ich«, sagte Florence und sah sich um. »Hab ich recht, Ladys?«

Die Frauen jubelten und klatschten.

Anthony sah sie an. »Doch ich kehrte ein drittes Mal zurück und sie sagte Ja.«

»Ich kann nicht sagen, dass es Liebe auf den ersten Blick war.«

»Nein, *du* kannst es nicht sagen.«

»Ich weiß, doch ich habe es anders gesehen«, sagte Florence verspielt, bevor sie ernst wurde. »Doch ich habe mich in Anthony verliebt. Sehr schnell. Ich merkte, dass ich ihm Geheimnisse mitteilen konnte, die man bei der LRA versteckt halten musste.«

Anthony nickte. »Und als unsere Liebe wuchs, kehrten die Erinnerungen daran zurück, wie wir als Kinder zutiefst geliebt wurden, und wir erzählten einander, wie wir aufgezogen wurden, was man uns zu Hause beigebracht hatte, in der Schule, in der Kirche, und von all den guten Menschen in unseren Leben. Es kehrte alles zurück: wie es war, ein guter Mensch zu sein, an die Güte einer anderen Person zu glauben, andere so zu behandeln, wie man selbst behandelt werden wollte.«

»Diese Erinnerungen an die Liebe haben uns gerettet«, sagte Florence und schluckte ihre Emotionen hinunter. »Sie bildeten die Grundlage unseres innerlichen Widerstands gegen das, wofür Kony stand. Sie halfen uns, dabei standfest zu bleiben, was richtig war und was nicht, was wirklich wichtig war, wenn es das war, und was uns geleitet hat, wenn wir Anleitung brauchten. Und weil wir anfingen, wieder an die Liebe und all das zu glauben, haben wir begonnen, an den Traum einer besseren Zukunft für unsere Jungen zu glauben, wo sie nicht als Sklaven oder Soldaten eines Verrückten aufwachsen mussten.«

Anthony sagte: »Ich werde hier nicht viel dazu sagen, doch es half uns auch, dass wir von einem sterbenden Mann gelernt hatten, dass es einen großen Unterschied gab zwischen Schmerz und Leid. Schmerz ist körperlich, wenn man zum Beispiel angeschossen wird. Leid ist geistig, das Ergebnis lähmender Stimmen im Kopf, die zum Schweigen gebracht werden können, wenn man sie zu erkennen lernt und sie beim Namen nennt.«

»Am Anfang ist es schwer zu verstehen und zu tun, doch es funktioniert«, sagte Florence und hielt wieder seine Hand. »Da ist noch etwas anderes, von dem wir entdeckt haben, dass es noch besser funktioniert.«

Sie beschrieb, wie sie bei ›World Vision‹ war, frei aus der Gefangenschaft, doch eingesperrt in Hass und Verbitterung für Joseph Kony.

»Doch eines Tages gestand ich mir ein, dass ich Anthony so sehr liebte, dass ich Kony dankbar dafür war, dass er uns zusammengebracht hat. Und seltsamerweise gingen davon die schlimmen Gedanken weg. Sie verschwanden nicht vollständig, doch sie wurden schwächer.

Eine Woche später dachte ich noch immer daran, wie ich mich besser gefühlt hatte, nachdem ich Kony dafür gedankt hatte, dass er mir Anthony gegeben hat, als mir ein weiterer seltsamer Gedanke in den Kopf kam. Und meine erste Reaktion lautete: ›Nein, nein, das kann ich nicht tun. Nicht für ihn. Nicht für Kony.‹«

Sie legte die andere Hand an ihr Herz und sah sich um. »Doch dann merkte ich, dass ich genau das tun musste. Ich schloss die Augen. Ich legte meine Hand hierhin. Ich sah Kony in meinem Kopf. Ich sagte ihm: ›Es tut mir zutiefst leid, was auch immer geschehen ist, dass du so geworden bist. Wenn ich jetzt an dich denke, dann empfinde ich Mitleid, keinen Zorn. Und für alles, was du uns angetan hast, vergebe ich dir, mit Liebe aus der Tiefe meines Herzens.‹«

Flos Gesicht glühte. »Ich bin hier, um euch zu sagen, dass die Gedanken an Kony ins Nichts verschwunden sind. Nichts. Es war ein Wunder. Es *ist* ein Wunder. Indem ich ihm mit Liebe vergeben habe, wurde ich aus dem unsichtbaren Gefängnis aus Hass und Verbitterung befreit, das mir der Große Lehrmeister gebaut hatte. Indem ich Kony mit Liebe vergab, war ich schließlich frei.«

Die Leute klatschten und tupften sich die Tränen aus den Augen.

Anthony sagte: »Florence hat mir all das gesagt, kurz nach unserem Wiedersehen, und ich habe es sofort abgelehnt. Diesem verrückten Hund von Kony vergeben? Dieser Hyäne? Mit Liebe? Wie ist das überhaupt möglich?« Er machte eine Pause und sah in die Runde. »Doch Florence kann beharrlich sein.«

»Was?«

Er lachte. Die Menge lachte.

Anthony sagte: »Flo sprach mich immer wieder darauf an, und schließlich war ich in der Lage, Kony zu danken und zu vergeben, denn er hatte mir die Liebe meines Lebens gegeben. Es stimmte – nachdem ich es tat, fühlte ich mich, als wäre ich frei von ihm. Ich will noch immer gegen ihn aussagen, doch ich bin frei von diesem Mann.«

Florence blickte zu ihrer Mutter und ihrem Vater. »Ich glaube, wir können sagen, wenn Liebe die stärkste Kraft im Universum ist, dann stehen Dankbarkeit und Vergebung ganz dicht an zweiter und dritter Stelle.«

Joscas Augen füllten sich mit Tränen, als sie nickte. Constantine ergriff die Hand seiner Frau und nickte ebenfalls eifrig.

Anthony sagte: »Und wenn man mit diesen drei Kräften lebt, dann wird dein Leben zu einem Wunder, was auch immer dir widerfahren ist. Zu einem täglichen Wunder.«

»Was uns betrifft, da ist unser Leben, unsere Geschichte ein langes unglaubliches Wunder«, sagte Florence und strahlte, bevor sie zu Anthony blickte. »Fertig?«

»Noch eine Sache«, sagte Anthony, bevor er mit todernstem Ausdruck zu den Gästen blickte. »Stellt euch niemals zwischen eine Mutter und ihre Jungen.«

»Du hast es nicht anders verdient, wenn du es doch tust!«, sagte Florence und begann zu lachen.

Anthony hob Florence' Hand über den Kopf und sagte: »Und jetzt müssen wir feiern!«

Die Gäste klatschten und erhoben sich. Sie sangen ein beliebtes Kirchenlied, als Anthony und Flo zusammen mit Kenneth und Boniface durch die Mittelreihe gingen.

Draußen erklärte Florence, dass es ihr glücklichster Tag überhaupt und dass Anthony wirklich der Mann ihrer Träume war. Anthony sagte den Leuten, dass er sich fühlte, als hätte Florence ihm das Leben eines Leoparden geschenkt, der alles im Leben ertragen kann, wenn er nur an dieses Herz glaubte und danach lebte.

Anthony wollte gerade zum Grundstück der Okoris gehen, als er eine heisere Männerstimme hörte: »Hey, Opoka. Tut mir leid, dass ich die Zeremonie verpasst habe.«

Er sah über die Schulter und war überrascht, einen großen Mann zu sehen, frisch rasiert, die Haare kurz geschnitten, mit einer frischen UPDF-Uniform. Seine Augen hatten eine eindringliche Neugier, als er Anthony und Florence betrachtete.

Bevor Anthony noch etwas sagen konnte, fuhr der Soldat fort: »Ich habe von deiner unglaublichen Flucht gehört. Andererseits warst du immer gut im Laufen. Und dabei, Menschen aus reißenden Flüssen zu retten.«

»Patrick!«, rief Anthony und rannte zu seinem alten Freund. »Du bist raus!«

»Zwei Monate«, sagte Patrick und schlug ihm auf den Rücken. »Ich dachte, jemand hätte es dir gesagt, doch als ich herausfand, dass du es nicht wusstest und dass du und Betty, ähm, Florence heiratet, da beschloss ich, euch zu überraschen. Ich bin nur ein bisschen zu spät gekommen. Wie üblich.«

Anthony grinste, warf den Kopf zurück und heulte. »Es ist nie zu spät! Florence, guck mal, wer hier ist. Patrick!«

Florence begann wieder zu weinen, als sie zu ihm kam. »Unser Führer aus der Dunkelheit.«

»Eher dein Fahrraddieb«, sagte Patrick und umarmte sie und gratulierte ihr.

Und dann, wie Anthony es Florence bei ihren ersten Flitterwochen im Sudan vor so vielen Jahren versprochen hatte, kehrten sie und ihre Familien und Freunde zurück zu dem Grundstück der Okoris in Amia'bil, wo sie drei volle Tage aßen und tranken und sangen und tanzten in einem wilden Fest, um ihr neues Leben zu feiern, das Commander Tony und Krankenschwester Betty von der stärksten aller Mächte geschenkt worden war.

# Nachwort des Autors

Im Verlauf von Joseph Konys dreißigjähriger Terrorherrschaft im Norden von Uganda, im Süden des Sudans und im Kongo soll die Lord's Resistance Army siebenunddreißigtausend Jungen und Mädchen und die gleiche Zahl an Erwachsenen entführt und versucht haben, die Männer in furchterregende, seelenlose Soldaten zu verwandeln und die Frauen sexuell und auch anders zu versklaven.

Die Gräueltaten der LRA und die Strategie der verbrannten Erde aufseiten der ugandischen Regierung führten dazu, dass mehr als eine Million Menschen ihre Heimat verlassen und in überfüllte Flüchtlingslager ziehen mussten. Es gibt keine genauen Zahlen darüber, wie viele unschuldige Menschen ermordet und verstümmelt wurden, während Kony seine Kinderarmee aufbaute, doch manche Experten glauben, dass mehr als zehntausend unter seiner Hand gestorben sind.

Im Jahre 2008 erklärte das US-Außenministerium Kony als »globalen Terroristen«. Später in jenem Jahr genehmigte Präsident George Bush die Entsendung von US-Militärberatern im LRA-Konflikt. Mit den von Anthony Opoka übersetzten TONFAS-Botschaften, die tiefe Einblicke in den verwirrten Geist des Großen Lehrmeisters gaben, verbündeten sich die ugandische, kongolesische und sudanesische Regierung, um die Operation Lightning Thunder durchzuführen. In der Hoffnung, die LRA endgültig zu vernichten, griffen sie zahlreiche ihrer Lager im Garamba-Nationalpark im nordöstlichen Kongo aus der Luft an und zerstörten sie.

Doch Kony entkam wieder und befahl Vergeltungsangriffe. In den folgenden achtzehn Monaten töteten Dominic Ongwen und die Reste seiner brutalen Sania-Brigade mehr als tausend Bürger des Kongos, verschleppten Hunderte neuer Kindersoldaten und vertrieben Hunderttausende unschuldiger Bürger, die vor den Gerüchten und tatsächlichen Taten der LRA flüchteten.

In den folgenden Jahren bekamen Anthony und Florence noch zwei Töchter, Juliet und Sandra. Florence war damit beschäftigt, sich um ihre wachsende Familie zu kümmern. Ihr Traum, Krankenschwester zu werden, wurde zu einer schönen, aber verblassenden Erinnerung, die von Träumen für ihre Kinder ersetzt wurde. Wenn sie konnte, dann trat sie weiter mit Anthony im Radio auf und rief Kindersoldaten aus dem Busch. Sie arbeitete auch ehrenamtlich als Beraterin, um LRA-Frauen dabei zu helfen, sich durch die Kräfte von Liebe, Dankbarkeit und Vergebung wieder in die Gesellschaft einzufinden und den Weg zurück in die Gunst der Familie zu finden. Und sie erzählte ihren Söhnen und Töchtern von diesen Kräften und wie eine gute Erziehung die Türen zu ihrer Zukunft öffnen konnte, wie es ihre Mutter zuvor bei ihr getan hatte. Sie hatte weiterhin eine enge Beziehung zu ihrer Freundin Palmer.

Nachdem der US-Kongress ein Gesetz verabschiedet hatte, um die LRA zu entwaffnen und Kony zu ergreifen, damit er wegen Verbrechen gegen die Menschlichkeit vor Gericht gestellt werden konnte, schickte Präsident Obama im Jahr 2011 mehr als einhundert Berater von Militär und Geheimdiensten in der sogenannten Operation Observant Compass nach Uganda. Sie errichteten Stützpunkte in der Nähe der Grenze zum Kongo und jagten Kony und die Reste seiner Armee in einer der unzugänglichsten Regionen der Welt.

Und erneut war Konys ehemaliger Fernmelder ein wichtiger Teil der Bemühungen.

Doch weil er ruhig und zurückhaltend war und nicht dazu neigte, über sich zu reden, wäre Anthonys Geschichte wahrscheinlich niemals von der Außenwelt gehört worden. Dann trat Michael Patrick Mulroy in sein Leben, oder vielmehr Anthony trat in Mulroys Leben.

Mulroy war ein US Marine und dann CIA-Offizier für paramilitärische Sondereinsätze und einer der ersten Amerikaner nach dem 11. September 2001 in Afghanistan und vor dem zweiten Golfkrieg im Irak. Mulroy wurde 2013 Stationsleiter der CIA in Uganda. Kurz nach seiner Ankunft in Kampala besuchte Mulroy zwei abgelegene gemeinsame Stützpunkte der USA und Ugandas für Spezialoperationen entlang der Grenze zum Kongo.

Anthony war dazu abgestellt worden, als kultureller Berater für die Amerikaner zu fungieren.

Als Erstes bemerkte Mulroy bei der Vorstellung, dass Anthony sein rechtes Handgelenk mit der linken Hand hielt, wenn er jemandem die Hand schüttelte. Als sie im Busch ankamen, fiel Mulroy sofort der große Respekt auf, der Anthony von denen entgegengebracht wurde, die Kony jagten. Dann erfuhr Anthony, der selbst über ein Jahrzehnt fast ununterbrochen im Kampf gewesen war, von Mulroys Armeevergangenheit und war stark beeindruckt.

Nach ihrer Rückkehr nach Kampala dankte Mulroy Anthony auf dem Rollfeld der Landebahn und streckte die Hand aus. Anthony nutzte wieder seine linke Hand, um seine rechte zu führen.

»Was ist passiert?«, fragte Mulroy.

»Schwere Verletzung«, entgegnete Anthony.

»Ist das passiert, als Sie in der Armee gegen die LRA gekämpft haben?«

»Nein, Mick«, sagte er lächelnd. »Ich habe *für* die LRA gekämpft. Ich war Konys Funker.«

* * *

Im Verlauf des nächsten Jahres erfuhr Mulroy von Anthony in Stücken und Fragmenten seine Geschichte. Der CIA-Mann war wiederholt schockiert und berührt von der Geschichte, und durch das Erzählen wurden sie zu besten Freunden, *Omeras* auf Acholi, Brüder in einer anderen Sprache. Nach dieser Erfahrung wurde Mulroy ein entschiedener Gegner von Kindern im Krieg und kam zu der festen Überzeugung, dass die Geschichte von Florence und Anthony Opoka diese Praxis beenden könnte.

Mulroy filmte Anthony größtenteils mit seinem iPhone, als er über die Geschichte sprach, da Florence' Englischkenntnisse noch nicht mit denen ihres Ehemanns Schritt halten konnten. Ein paar Aufnahmen zeigte er seinem alten Freund Eric »Olly« Oehlerich, damals Geschwaderkommandeur im Team Six der US Navy SEALs mit Zuständigkeit für Afrika und den Nahen Osten. Oehlerich war gleichermaßen berührt von dieser Geschichte der Liebe, die einen der brutalsten Zustände besiegte, von denen er jemals gehört hatte. Er erklärte sich bereit, Mulroy beim Erstellen weiterer Interviews zu helfen und eine grobe Dokumentation auf Grundlage der Geschichte zusammenzustellen.

Hinzu kam Mark Rausenberger, ein weiterer CIA-Offizier für besondere Aktivitäten und paramilitärische Operationen, dessen Heldentaten in dem Film *12 Strong* gezeigt wurden, wo es um das erste amerikanische Team ging, das nach dem 11.

September 2001 auf Pferden nach Afghanistan ging, um gegen al-Qaida und die Taliban zu kämpfen.

Wie Oehlerich war auch Rausenberger fasziniert von der Geschichte, nachdem er das Filmmaterial gesehen hatte, zugleich angewidert von der Praxis, Kinder zu entführen und in den Krieg zu zwingen. Er bot an, Software zu kaufen, um ihren filmischen Bemühungen eine professionelle Bearbeitung zu ermöglichen, dann brachte er sich die Verwendung dieser Software bei und erledigte den Großteil der Aufgaben selbst.

Anfang 2015 wurde der LRA-Brigadekommandeur Dominic Ongwen, der Schlächter von Katire, ergriffen und nach Den Haag gebracht, um wegen einundsechzig Fällen von Kriegsverbrechen und Verbrechen gegen die Menschlichkeit angeklagt zu werden. Viele Ugander und Sudanesen sagten gegen Ongwen aus, doch niemand war eindringlicher und belastender als Anthony Opoka. Der Fernmelder flog in den folgenden Jahren zweimal nach Brüssel und zum Internationalen Gerichtshof und sagte mehrere Tage unter Eid gegen Ongwen aus.

Bis dahin hatten die drei Amerikaner mehr als tausend Arbeitsstunden damit verbracht, die Geschichte in eine eindringliche fünfzehnminütige Dokumentation zu verwandeln, und planten, damit Geld zu sammeln, um die Realität von Kindersoldaten zu beenden, als sich eine Tragödie ereignete. Während einer paramilitärischen Operation der CIA auf den Philippinen wurde Rausenberger getötet.

Mulroy war am Boden zerstört und dann berührt, als Florence kurz nach Rausenbergers Tod Zwillinge bekam und die Opokas die beiden Kinder Mick und Mark tauften. Mulroy wurde der Taufpate.

Der Dokumentarfilm und die Initiative zur Beendigung des Kindersoldatentums traten kurzzeitig in den Hintergrund, als Mulroy ein Video über Rausenberger drehte, das bei seiner

Trauerfeier im Mai 2016 gezeigt und vielen seiner Freunde geschickt wurde. Das Video erwähnte seine Beteiligung an dem Dokumentarfilm, und die Leute fragten, ob sie ihn sehen könnten.

Später im gleichen Jahr wurden Mulroy und Oehlerich gebeten, an der Yale University über Aufstandsbekämpfung zu sprechen. Sie erzählten von Kindersoldaten und zeigten den Dokumentarfilm, darunter auch die Szene, in der Anthony seine Schulter zeigte. Als der Film zu Ende war, herrschte fassungsloses Schweigen im Hörsaal. Sie erlebten ähnliche Reaktionen, als sie das Video bei anderen Seminaren zeigten.

Doch dann wurde Mulroy ein hochrangiger Posten im US-Verteidigungsministerium angeboten, und Oehlerich begann seine letzten Jahre als Kommandeur des SEAL-Team-Six-Geschwaders. Wieder mussten sie ihre Bemühungen, die Geschichte zu nutzen, um dem Kindersoldatentum ein Ende zu setzen, verschieben. Jemand sagte ihnen, dass man ein Buch über Anthony und Florence schreiben sollte, und sie stimmten zu, doch keiner der beiden hatte Zeit oder Neigung, diese Idee weiterzuverfolgen.

Die Jagd auf Kony hatte angefangen, an Kraft zu verlieren. Anthony wurde in ein Team zum Kampf gegen Wilderei versetzt, das in Ugandas Nationalparks tätig war. Und die Geschichte plätscherte bis zum April 2019 dahin, als Alan Hayes, ein guter Freund meiner Familie, plötzlich nach einer Operation in Salt Lake City verstarb.

Meine beiden Söhne hatten jahrelang bei Alan gelebt, als sie versuchten, in die nationale US-Skimannschaft zu kommen, und fuhren deshalb nach Salt Lake City, wo sie auf andere Männer trafen, die in Hayes' kleinem Haus in der Nähe der Universität von Utah gelebt hatten, darunter SEAL-Team Commander Oehlerich.

Während sich meine Söhne und Oehlerich um den Nachlass ihres verstorbenen Hausvaters kümmerten, gab es Abende, an denen sie gemeinsam tranken und sich Geschichten über Alan und andere Dinge erzählten. Eine der Geschichten von Oehlerich beeindruckte meinen ältesten Sohn Connor, der ebenfalls Schriftsteller ist.

»Dad«, sagte Connor am nächsten Tag am Telefon, »ich glaube, ich habe gerade die Geschichte deines nächsten Buches gehört. Sie spielt in Afrika, und ich glaube, sie passt zu deinen Kriterien für Menschlichkeit.«

Diese zwei Punkte ließen mich sofort aufmerksam werden. Nachdem ich meinen College-Abschluss gemacht hatte, war ich als Freiwilliger des Peace Corps in Niger in Westafrika gewesen, eine Erfahrung, die mich zutiefst beeinflusst hatte. Ich unterrichtete Englisch für die Kinder der Nomaden in einer Oase am südlichen Ende der Sahara. Ich lernte, wie man sich an Kulturen anpasst, die ganz verschieden von meiner sind. Ich sah mit eigenen Augen, wie es war, wenn Schüler nicht wussten, woher sie ihre nächste Mahlzeit bekommen würden. Und täglich gaben sie mir Lektionen in Resilienz und Humor, die ich noch immer in mir trage.

Kurz gesagt, ich hatte schon seit Langem nach einer Geschichte gesucht, die in Afrika spielt, und Connor wusste das. Er wusste auch, dass ich nach dem Schreiben von *Unter blutrotem Himmel* und *Das letzte grüne Tal* mehr als je zuvor daran interessiert war, Geschichten zu schreiben, die in sich berührend, inspirierend, heilsam waren und womöglich eine verändernde Wirkung auf mich und meine Leser haben.

»Erzähl mir, worum es geht«, sagte ich.

»Nein«, antwortete er. »Ich glaube, du solltest das von Olly und Mick hören.«

* * *

In jenem Sommer übergab Oehlerich das Kommando seines Geschwaders im SEAL Team Six, schied nach über zwanzig Dienstjahren aus dem Militär aus und zog mit seiner Familie nach Whitefish in Montana. Mulroy verließ das Pentagon und zog ebenfalls nach Whitefish, sodass wir drei uns erst im September 2019 in meinem Haus in Bozeman trafen.

Sie schilderten mir in groben Zügen die Geschichte und die Umstände, wie sie davon gehört hatten, und ich war nicht nur erstaunt, sondern auch zutiefst erschüttert.

»Wie können Menschen so etwas aushalten?«, fragte ich.

»Nun, silberne Sterne am Himmel«, sagte Oehlerich und zeigte mit einem Finger nach oben.

Mulroy lächelte und sagte: »Silberne Sterne, magische Pilze und die Macht der Liebe, Olly.«

Der pensionierte SEAL-Kommandeur lachte. »Und vergiss nicht Mama Leopard, die im Kampf ein Kind gebärt und sich ihren Weg mit einer AK-47 freischießt.«

»Wer könnte das vergessen?«, sagte der ehemalige CIA-Mann.

Okay, an dem Punkt war ich nicht nur berührt, sondern auch gefesselt, und das steigerte sich immer mehr, als ich erfuhr, dass Anthony einer der Hauptzeugen im Prozess gegen Dominic Ongwen wegen Verbrechen gegen die Menschlichkeit in Den Haag war, und Oehlerich und Mulroy zeigten mir ihren kleinen Dokumentarfilm. Ich war sprachlos, unter Tränen und fühlte, dass da mehr hinter der Geschichte war, tiefere Dimensionen, die ich spüren konnte. Ich wusste sofort, dass ich darüber schreiben wollte, und noch viel mehr, als sie mir ihre Absicht nannten, warum die Geschichte erzählt werden sollte.

Mulroy sagte: »Wir haben ein paar Leuten den Dokumentarfilm gezeigt, und Hollywood hat irgendwie davon erfahren. Doch sie wollten uns zu den zentralen Figuren machen, was wir überhaupt nicht waren, deshalb haben wir es abgelehnt. Das ist eine Geschichte über Anthony und Florence und ihre bemerkenswerte Menschlichkeit. Wir wollen, dass ihre Geschichte benutzt wird, um Menschen zu zeigen, wozu das menschliche Herz in der Lage ist, und um diese Art der Kriegsführung zu beenden. Wir wollen das alles für einen höheren Zweck.«

»Hundert Prozent«, sagte Olly.

»Noch besser«, sagte ich. »Ich bin dabei.«

Wir beschlossen sofort, dass mindestens 22,5 Prozent der Einnahmen des Buches an die Familie Opoka und zur Beendigung des Kindersoldatentums benutzt werden, wobei diese Prozentsätze schnell ansteigen und sich schließlich verdoppeln würden, wenn die Geschichte erfolgreich wäre. Außerdem sagte ich zu, die Ausbildung der Opoka-Kinder zu finanzieren.

Und von Anfang an beschlossen wir, dass dieses Buch anders sein würde als die meisten anderen Bücher über Joseph Kony und die LRA, bei denen es am Ende immer darum ging, dass der Autor den Großen Lehrmeister erfolglos zu suchen und zu erklären versuchte. Dieses Buch würde für und über die Kinder geschrieben werden.

Bevor sie nach diesem ersten Treffen gingen, fragte ich sie: »Was ist mit Kony? Wo ist er?«

»Es könnte sein, dass er sich noch immer im Nationalpark im Kongo versteckt«, sagte Mulroy. »Aber die zuverlässigsten Informationen, die ich erhalten habe, lassen vermuten, dass er wegen Syphilis verrückt geworden und 2018 gestorben ist.«

* * *

Mulroy, Oehlerich und ich wollten im Juni 2020 nach Uganda reisen, um die Geschichte gründlicher zu recherchieren, doch COVID-19 beendete alle Reisepläne nach Afrika.

Während ich im Februar 2021 alles las, was ich über Joseph Kony und die Lord's Resistance Army finden konnte, stellte sich der Internationale Gerichtshof auf die Seite der Aussage von Konys Fernmelder und verurteilte Dominic Ongwen in allen einundsechzig Punkten, einschließlich Kriegsverbrechen, Verbrechen gegen die Menschheit und dem Verbrechen der erzwungenen Ehe. Anthony fühlte sich bestätigt und siegreich, dass der Gerechtigkeit Genüge getan wurde, doch er fühlte sich auch betrogen, da er niemals die Gelegenheit hatte, vor Gericht gegen den Großen Lehrmeister auszusagen.

Schließlich erhielten wir im Juni 2021 die Gelegenheit, nach Kampala zu fliegen, und fuhren nördlich nach Gulu und in den Busch an der Grenze zum heutigen Südsudan.

Über einen Zeitraum von fünfzehn Tagen befragte ich Florence und Anthony ausgiebig, der noch immer im Rang eines Majors bei der ugandischen Armee diente. Die Opokas waren warmherzig, intelligent, liebenswürdig, nachdenklich und schmerzlich aufrichtig.

Sie waren auch äußerst witzig und lachten und scherzten gern. Sie hatten warmherzige, liebevolle Beziehungen zu ihren Kindern, Geschwistern, Freunden und Eltern, mit denen wir das Vergnügen hatten, Zeit in Rwotobilo im Schatten der drei großen Bäume und auch auf dem Okori-Grundstück in Amia'bil zu verbringen. Da wir viele entscheidende Orte der Geschichte mit Anthony und Florence besuchten, darunter auch den Awere Hill, wo Kony zum ersten Mal Stürme heraufbeschworen hatte, waren wir unzählige Male zu Tränen gerührt.

Anthony hatte exzellente Erinnerungen an alle Details seiner Reise, der Lord's Resistance Army und von allem militärischen Drumherum. Er war todernst, wenn er über Kony sprach. Er strahlte immer, wenn er von Flo redete.

Ich fühlte mich geehrt, dass Florence mir nach einigen Tagen genug vertraute, um sich zu öffnen und mit einer wunderbaren

Übersetzerin zusammenzuarbeiten, um mir so die schlimmsten Details ihrer eigenen erschütternden Reise, ihren Glauben an die Macht der Liebe und die Geburt in einem Feuergefecht im Flussbett zu erzählen. Wie sie mit Patrick und den Jungen geflohen war und wie sie sich durch Liebe, Dankbarkeit und Vergebung vom Hass und von Kony selbst befreit hatte.

Sie ist zweifellos einer der bemerkenswertesten Menschen, die ich je getroffen habe.

Ich konnte auch ausführlich mit George Opoka reden, der über den Versuch sprach, gute Menschen zu erziehen, über das Wunder der Sterne und die Bedeutung eines liebevollen, engagierten Vaters im Leben eines kleinen Jungen. Und mit Josca und Constantine Okori, die mir von Florence' Masern erzählten und wie die Zeit im Krankenhaus sie verändert hatte und wie sie die Hoffnung nie aufgegeben hatten, sie wiederzusehen.

Mehr als fünfzig andere Menschen, einschließlich Anthonys Bruder Charles und sein Onkel Paul, erzählten mir ihren Teil der Geschichte. Wir sprachen auch mit anderen Familienmitgliedern und Überlebenden, Opfern, NGO-Hilfsarbeitern, Therapeuten, Historikern, Regierungsvertretern, Freunden, Feinden und unschuldigen Beobachtern. Wie ich vermutet hatte, bekam die Geschichte von Anthony und Florence und ihrer Zeit bei der LRA immer tiefere Dimensionen und weitere Perspektiven.

Dann erhielt Anthony gegen Ende unserer Zeit in Uganda eine tragische Nachricht. Patrick Lumumba, sein alter Freund, Laufgegner und wiederholter Retter bei der LRA, war im Kampf gestorben, als er gegen Aufständische in Mosambik kämpfte. Anthony brach es das Herz.

Als wir Uganda verließen, war ich überzeugt, dass Mulroy recht hatte und dass die Geschichte von Anthony und Florence dabei helfen könnte, die barbarische Praxis der Kindersoldaten zu beenden. Doch ich fühlte mich auch zutiefst von ihrer Reise inspiriert, geheilt auf gewisse Weise, zugleich auch verwandelt, und ich wollte diese Erfahrung für die Leserinnen und Leser lebendig machen.

Während ich in der Lage war, mit vielen der beteiligten Hauptpersonen Zeit zu verbringen, so waren andere bereits verstorben. Deshalb war ich gezwungen, Wissen aus zweiter Hand und meine Fantasie zu nutzen, um ihre Teile in der Geschichte zu erzählen. Und da es so viele wichtige Personen in der Geschichte gab, die buchstäblich die gleichen Namen trugen, habe ich diese um der erzählerischen Klarheit willen zu Komposita zusammengefasst.

Ich stellte auch Gespräche nach und identifizierte Emotionen und Motive auf der Grundlage von dreißig Jahre alten Erinnerungen. Und ich habe mehrere Figuren und Ereignisse erfunden, um bestimmte bekannte Praktiken der LRA darzustellen und zu beleuchten, darunter der Zwang, auf andere Kinder zu treten, die auf dem Weg nicht mithalten konnten, und falsche Fotos als Beweis ihrer Mitschuld zu machen.

Dieses Buch ist also kein rein erzählendes Sachbuch, auch kein kreatives Sachbuch, sondern historische Fiktion, die auf meinem Verständnis der Ereignisse, der Kultur und der Menschen basiert, die die Lord's Resistance Army überlebt haben.

Alle sachlichen Fehler oder falschen Darstellungen gehen allein auf mein Konto.

* * *

Auch wenn die LRA gestoppt wurde, so glaubt man, dass es gegenwärtig noch dreihunderttausend Kindersoldaten gibt, die auf der Welt zum Kampf gezwungen werden. Die Vereinten Nationen glauben, dass das Phänomen der Kindersoldaten zu einem globalen Sicherheitsproblem geworden ist, da aus radikalisierten, militanten, entmenschlichten Kindern später radikalisierte, militante, entmenschlichte Erwachsene werden. Deshalb wurde das Büro des Sonderbeauftragten des Generalsekretärs für Kinder in bewaffneten Konflikten gegründet, um die Praxis zu überwachen und zur Beendigung beizutragen.

Um diese Praxis dauerhaft zu beenden und jedes in den Kampf gezwungene Kind zu rehabilitieren, haben Mulroy und Oehlerich eine gemeinnützige Organisation gegründet, während dieser Roman geschrieben wurde.

Sie nannten die Organisation einfach ›End Child Soldiering‹. Diese Organisation arbeitet mit UNICEF und dem Büro des Sonderbeauftragten des Generalsekretärs zusammen und bewertet jährlich, wo auf der Welt der größte Bedarf ist, und schickt dann Geld direkt zu NGOs vor Ort, die mit Kindern arbeiten, die versuchen, dem Kampf zu entkommen und Stabilität auf der anderen Seite des Krieges zu finden.

Sie haben bereits etwas für diese Sache getan, indem Sie dieses Buch gekauft haben, und wir danken Ihnen dafür. Wenn Sie von der Geschichte von Anthony und Florence Opoka berührt wurden und mehr geben möchten, um die Verwendung von Kindern im Kampf zu beenden, dann laden wir Sie ein zu spenden über https://endchildsoldiering.com oder bei der Grassroots Reconciliation Group, die mit ehemaligen Kindersoldaten arbeitet: https://grassrootsgroup.org.

# Nachworte

## Anthony Opoka

Ich bin im Dorf Rwotobilo im nördlichen Uganda geboren. Wie alle kleinen Jungen sah ich immer zu meinem Vater George auf. Er kümmerte sich um alle seine Brüder, seine Schwester und seine Cousins, die in dem Dorf lebten, und er war bekannt dafür, weise und gütig zu sein.

Er lehrte mich, ein guter Mensch zu werden, immer gerecht zu anderen zu sein und mich nachts an den Sternen zu orientieren. Ich habe meine Kindheit geliebt.

Im Jahr 1994, als ich vierzehn war, hat die LRA mich und meinen Bruder verschleppt. Ich habe sie überredet, einen anderen Bruder gehen zu lassen. Ich ging wochenlang an jedem Morgen durch eine Feuerprobe, war gezwungen, in der Reihe mitzuhalten und durch die Berge zu marschieren. Wer nicht mithalten konnte, wurde umgebracht, und ihre Leichen wurden neben dem Fluss aufgestapelt. Abends saßen wir daneben und atmeten den Geruch ihrer toten Körper.

Es war ein Albtraum und das ist es noch immer.

Ich habe mir wiederholt gesagt: »Ich werde nicht aufgeben. Ich werde am Morgen nicht auf diesem Haufen liegen.«

Irgendwie habe ich überlebt. Ich wurde ein Kämpfer, und sogar ein guter, auch wenn ich noch ein Kind war, das gegen Männer kämpfte. Mir wurde beigebracht, ohne Sorgen um mein eigenes Leben zu kämpfen und an die Macht unseres Anführers Joseph Kony zu glauben.

Während eines Kampfes wurde ich von der Hinterflosse einer Panzerfaust an der Brust und am Arm erwischt. Sie riss durch meine Haut, meinen Muskel und meinen Knochen. Überall war Blut. Ich fiel zu Boden, kämpfte damit, bei Bewusstsein zu bleiben. Ich wusste, die Soldaten, gegen die wir kämpften, würden mich sofort töten.

Man brachte mich in ein Leichenschauhaus, da man mich für tot hielt. Zum Glück sah ein Sanitäter, wie meine Augen das Tuch auf meinem Gesicht bewegten, und ließ mich behandeln. Es war ein langer Heilprozess.

Mit einem verwundeten Arm war ich besorgt, ob ich noch immer einen Wert für die LRA haben würde und ob sie mich am Leben lassen würden. Während meiner Genesung saß ich die ganze Nacht draußen, blickte in den Himmel und fragte mich, ob ich überleben würde. Ich brachte mir selbst bei, in der Nacht zu navigieren, um für die LRA unersetzlich zu werden. Das ugandische Militär hatte eine neue Kampagne begonnen und schickte Kampfhubschrauber, um alles auf dem Weg zu töten. Wir konnten uns nur in der Nacht bewegen und ich besaß die Fähigkeiten, die meine Einheit brauchte.

Die Anführer begannen, sich auf mich zu verlassen. Neben dem Lesen der Sterne am Himmel diente ich auch als Funker für zahlreiche höhere Offiziere, einschließlich Kony. Die LRA sprach in verschlüsselten Nachrichten mit einem Code, den sie TONFAS nannten. Diese Codes wurden schwer bewacht. Ich stand bei den höheren Kommandeuren, als sie in Schlachten gegen das ugandische und gegen das südsudanesische Militär kämpften.

Eines Tages reinigte ich meine Funkgeräte an einem kleinen Bach. Eine junge Dame kam vorbei, um Wasser zu holen. Ihr Name war Florence.

## Florence Opoka

Ich wurde in einem entlegenen Dorf namens Amia'bil im nördlichen Uganda geboren. Meine Kindheit war schwierig. Wegen Masern waren meine Beine gelähmt, deshalb musste mich meine Mutter immer tragen, wenn sie irgendwohin ging, wodurch sie mir die Kraft der Liebe beibrachte. Zum Glück verschwand diese Lähmung schließlich.

Wir waren arm, aber glücklich. Ich lernte am Abend viel für die Schule, nutzte das Licht unseres Feuers, um über die Grundschule hinauszukommen. Niemand in meiner Familie hatte es bisher so weit in der Schule geschafft. Schließlich kam der Prüfungstag für die höhere Schule und ich hatte danach ein gutes Gefühl. Ich konnte die Ergebnisse kaum erwarten.

Doch bevor ich sie erhielt, stürzten LRA-Soldaten mitten in der Nacht in meine Hütte. Mein Bruder versuchte, sie abzuwehren, doch er konnte nicht. Ich wurde auf den Hof gezerrt. Sie zogen mir die Kleider aus und warfen mich in eine Gruppe anderer Dorfbewohner, die ebenfalls verschleppt wurden.

Sie brachten uns in den Busch fort von unserem Dorf. Mir wurde beigebracht, Soldatin und Sanitäterin zu sein. Schließlich zogen wir in den Kampf, wo ich schreckliche Wunden sah. Ich blieb am Leben, doch ich schwebte eigentlich durch das Leben, spürte nichts inmitten des Todes um mich herum.

Ich wurde gezwungen, einen wesentlich älteren Mann zu heiraten – einen ranghohen LRA-Kommandeur. Ich hasste ihn. Ich weigerte mich, bei ihm zu liegen, nahm Schläge in Kauf, bevor ich schließlich nachgab. Eines Tages zog er in den Kampf und kehrte nicht zurück.

Dann traf ich Anthony. Ich holte Wasser von einem Brunnen in der Nähe und sah einen jungen Mann, der sich mit seinem Funkgerät beschäftigte. Wir unterhielten uns – den Rest kennen Sie bereits.

Ich habe mein Leben und unsere Geschichte nie als etwas Besonderes gesehen, was andere interessieren könnte. Doch die Unterstützung beim Verfassen dieses Buches gab allem, was Anthony und ich durchgemacht haben, so viel mehr Bedeutung und ich erkannte, dass die Menschen erfahren wollen, was uns geschehen ist und wie wir überlebt haben. Heute hoffe ich, dass unsere Geschichte die Kraft der Liebe verbreiten, Menschen heilen und dabei helfen kann, dass Kinder für immer aus Kriegen herausgehalten werden.

## Anthony Opoka

Mick Mulroy war der CIA-Leiter in Uganda während der amerikanischen Kampagne namens Operation Observant Compass gegen die LRA. Mick und ich waren als kulturelle Berater bei dem Projekt. Zu dem Zeitpunkt hatte ich mich bereits der ugandischen Armee angeschlossen.

Ich traf Mick das erste Mal in einer entlegenen Basis. Er kam und gab mir die Hand. Er bemerkte, dass ich meine rechte Hand mit der linken hielt, als ich sie ihm gab, und fragte mich, ob ich eine Verletzung hätte. Ich erzählte ihm von meiner Zeit im Kampf bei der LRA.

Obwohl Mick und ich aus verschiedenen Orten und Völkern kamen, waren wir in vielerlei Hinsicht gleich und wurden lebenslange Freunde. Mick hatte im Kampf gedient, und wir teilten eine Verbindung als Soldaten. Wir arbeiteten eng zusammen, um LRA-Soldaten aus dem Busch zu holen, indem wir sie überzeugten, dass sie mit offenen Armen empfangen würden. Wir arbeiteten zum Beispiel mit dem berühmten Sänger Jose Chameleone, um einen Song namens »Komm nach Hause« zu veröffentlichen.

Mick und ich waren auch wiederholt mit Spezialeinheiten im Einsatz, um den Anführer der LRA, Joseph Kony, zu finden und mehr Soldaten aus dem Busch zu holen. Ich kannte Kony sehr gut aus meiner Zeit bei der LRA. Mick und ich arbeiteten sehr eng mit den US-Militäroffizieren und -Beamten, die mit dem ugandischen Militär kooperierten.

Von 2011 bis 2017 führten die Vereinigten Staaten die Operation Observant Compass in den afrikanischen Ländern Uganda, der Zentralafrikanischen Republik, Südsudan und der Demokratischen Republik Kongo durch. Das Ziel war der Sieg über die Lord's Resistance Army. Obwohl sie nicht erfolgreich bei der Ergreifung Konys war, so waren zum Ende der Mission die Reihen der LRA auf zweihundert oder weniger Ausharrende reduziert, und die meisten hochrangigen Anführer waren tot oder inhaftiert.

Florence und ich wurden gute Freunde von Mick, seiner Frau Mary Beth, ihrer Tochter Mary Grace und ihrem Sohn Walton. Wir waren gelegentlich in ihrem Haus in Kampala. Mick und ich arbeiteten an einer Studie über die Geschichte der LRA, den von ihnen genutzten Guerillataktiken und alle ugandischen Militärtaktiken gegen sie, bevor die Vereinigten Staaten sich dort engagierten. Sie reisten mit mir in mein und Florence' Dorf und sprachen mit vielen ehemaligen Kämpfern.

Wir begannen, die Geschichte der LRA aus unserer Sicht zu erzählen, und Mick fand, unsere Geschichte sollte aufgezeichnet werden. Mick filmte bei mehreren Reisen in mein Dorf mit seinem Handy. Wir spielten sogar zahlreiche Ereignisse mit meiner Dorffamilie nach. Ich wusste nicht, wohin das führen würde oder was wir damit machen würden.

Im Jahr 2015 war es Zeit für Mick und seine Familie, nach Amerika zurückzukehren. Ich war traurig, sie gehen zu sehen. Mick war mein *Omera,* mein Bruder. Er sagte mir, dass meine Geschichte erzählt werden würde, und so war es auch. Mick zeigte das Video einem Freund namens Mark Rausenberger. Mark war entschlossen, etwas daraus zu machen. Mick, Mark, der Journalist Zack Baddorf und Olly arbeiteten intensiv daran, das von uns aufgenommene Video in einen Dokumentarfilm zu verwandeln.

Sie riefen mich häufig an und stellten mir Fragen, um korrekt zu bleiben. Eines traurigen Tages rief mich Mick an und sagte mir, dass Mark auf den Philippinen gestorben war. Ich wusste, er hatte eine Frau, Julie, und zwei Töchter, Molly und McKenna, und ich war sehr traurig für sie. Als Florence und ich Zwillinge bekamen, tauften wir sie Mark und Michael. Sie sind jetzt beide Micks Patenkinder.

Wir arbeiteten weiter mit Mick und Olly an dem Dokumentarfilm. Sie zeigten ihn bei zahlreichen Veranstaltungen in den Vereinigten Staaten. Eines Tages wurde mir erzählt, dass Olly ihn einem berühmten Autor gezeigt hatte, Mark Sullivan aus Montana, und dass er ein Buch auf Grundlage der Geschichte schreiben wollte. Mick, Olly und Mark kamen dann nach Uganda und blieben bei mir, um die Geschichte in allen Einzelheiten durchzugehen. Florence und ich brachten sie an Orte, wo wir gelebt und für die LRA gekämpft hatten.

Es ist eine Geschichte, von der wir hoffen, dass sie gehört wird, nicht für uns, sondern für jeden Kindersoldaten. Florence und ich werden immer mit Mick, Olly und Mark arbeiten, um die Verwendung von Kindersoldaten zu beenden. Ich half ihnen bei diesem Bemühen, um sicherzustellen, dass diejenigen, die zum Kampf gezwungen werden, schließlich Frieden finden können und nach Hause kommen.

Durch unsere Geschichte haben Florence und ich einen Sinn in der Zeit gefunden, die wir bei der LRA verbracht haben, und wir hoffen, dass wir die Welt in einem besseren Zustand verlassen, als wir sie erlebt haben.

*Die Verständigen werden glänzen wie der Glanz der Himmelsfeste und die Männer, die viele zum rechten Tun geführt haben, wie die Sterne für immer und ewig.*
*Daniel 12,3*
*(Einheitsübersetzung)*

# Danksagung

Zunächst und vor allem danke ich Anthony Opoka und Florence Okori Opoka, dass sie sich geöffnet und mir ihre Geschichte erzählt haben. Es war lebensverändernd und lebensbestärkend, aus erster Hand zu erfahren, wie Liebe die schwersten Härten und Hindernisse überwinden kann.

Ich bin meinem Sohn Connor dankbar, dass er mich auf ihre Geschichte aufmerksam gemacht hat, und Mick Mulroy und Eric »Olly« Oehlerich, dass sie genügend Details darüber mitgeteilt haben, was Anthony und Florence erdulden mussten – und wie ihre Geschichte dabei helfen kann, Kindersoldaten abzuschaffen –, dass ich mich veranlasst sah, nach Uganda zu fliegen und mir alles anzuhören.

Meine Recherchen in Uganda wurden unschätzbar unterstützt von Magdalen Amony von der Grassroots Reconciliation Group in Gulu, die eine Expertin in der Rehabilitation von Kindersoldaten ist. Sie hat entscheidenden Kontext geliefert, als die Opokas ihre Geschichte erzählten, und diente mir in Vollzeit als Dolmetscherin zwischen Englisch und Acholi, als ich Florence befragte. Mrs Amony hat auch vermittelt, dass ich, Mick und Olly zusehen konnten, wie fünfzig ehemalige Gefangene von Joseph Kony ein bewegendes Theaterstück spielten, indem sie ihre Entführungen darstellten, die Schrecken ihrer Zeit bei der Lord's Resistance Army, und ihre Flucht und ihr Wiedersehen mit ihrer Familie. Danke für all die Hilfe und die geduldige Führung.

Als er im Schatten der drei großen Bäume saß, die oberhalb des Dorfes Rwotobilo stehen, beschrieb George Opoka, wie er seinen Sohn Anthony über das Leben belehrte, wie man sich an den Sternen orientieren konnte und wie man in einer Zwickmühle die Frage stellen musste: »Was würde ein guter Mensch tun?« Mir wurde auch von Charles Opoka geholfen, der mir erzählte, wie er von Anthony in der Nacht der Entführung seines Bruders gerettet wurde, und von Frank Opoka, der die Gefühle heraufbeschwor, wie er seinen Neffen nach zehn Jahren Gefangenschaft traf. Ihr alle habt das Buch besser gemacht.

Genauso tat es Florence' verstorbener Vater Constantine Okori, der vor seinem Tod über die Zeit seiner Tochter im Krankenhaus erzählte, als sie die Masern hatte, ihre Faszination für natürliche Heilpflanzen und ihre Träume, einmal Krankenschwester zu werden. Florence' Mutter, Josca Achola Okori, kochte uns ein unglaubliches Mahl aus Yams und Hähncheneintopf in Amia'bil und bekräftigte ihre Überzeugung, dass nichts im Universum stärker ist als die Macht der Liebe. Sie hatte Tränen in den Augen, als sie beschrieb, wie sie Florence an Heiligabend auf dem Weg vom Krankenhaus nach Hause auf den Armen trug – und wie sie ihrer Tochter sagte, dass sie sie auch für immer getragen hätte, wenn sie das müsste.

Der ehemalige ugandische Geheimdienstoffizier Tony Awany gab mir Einblicke in die lange Jagd nach Joseph Kony und anderen LRA-Kommandeuren, die Bedeutung von Anthony bei diesen Bemühungen und die Bedeutung von Anthonys Aussage beim Kriegsverbrecherprozess in Den Haag. Ich weiß das sehr zu schätzen.

Meine Darstellung des Lebens in der LRA wäre nicht dieselbe gewesen ohne die Arbeiten von Evelyn Amony, Jimmie Briggs, Tim Allen, Koen Vlassenroot, Peter Eichstaedt, David Axe und Tim Hamilton; den Erinnerungen vieler Freunde, Familienmitglieder und fremden Menschen, mit denen wir in Uganda gesprochen haben, darunter John Opoka, Anne Opoka und Gwen Okori, und die Unterstützung von drei Cousinen von Joseph Kony, die sich mit mir in seinem Heimatdorf Awere trafen und alle meine Fragen beantworteten, aber darum baten, nicht namentlich genannt zu werden. Ich danke euch allen.

Ich habe viel Zeit damit verbracht, mit meinen Oneness-Lehrern Sri Krishnaji und Sri Preethaji über die Geschichte zu sprechen. Sie vermittelten mir dafür ein tiefes Verständnis für die spirituellen Reisen von Anthony und Florence, das sich hoffentlich im Buch widerspiegelt. Ich stehe in ihrer Schuld für diesen Aspekt der Erzählung und tausend anderen Gaben. Seid beide gesegnet.

Meine Agentinnen, Meg Ruley und Rebecca Scherer von der Agentur Jane Rotrosen erkannten die Kraft der Geschichte der Opokas, bevor ich sie überhaupt geschrieben hatte, und unterstützten mich und das Projekt während des gesamten Veröffentlichungsprozesses. Ich habe das Glück, dass sie auf meiner Seite sind.

Trotz einer Pandemie, die die Recherche, das Schreiben und die Auslieferung dieses Buches um mehr als ein Jahr verzögerte, hat meine unglaubliche Lektorin bei Lake Union, Danielle Marshall, den Roman vom Entwurf bis zur Endredaktion unermüdlich begleitet. Ich danke dir und allen anderen bei Amazon Publishing, die *All die funkelnden Sterne* unterstützt haben.

Ein besonderes Lob geht an David Downing, dessen scharfes Auge wieder einmal eines meiner Manuskripte durch sein Entwicklungslektorat aufgewertet hat; an Chantelle Aimée

Osman, die die Erstellung der Karten beaufsichtigt hat, und an Jen Bentham, Angela Elson und J. E. Lightning, die alle meine Fehler entdeckt haben.

Und schließlich an Courtney Greenhalgh, Shara Alexander und Bill McGowan: Ich bin euch sehr dankbar für eure Bemühungen, die weltweite Aufmerksamkeit auf Anthonys und Florence' Geschichte und für die Sache zu richten, um dem Einsatz von Kindern im Kampf ein Ende zu setzen.

## Folge dem Autor auf Amazon

Wenn dir dieses Buch gefallen hat, folge Mark Sullivan auf Amazon. Dann erhältst du eine Benachrichtigung, wenn der Autor sein nächstes Buch veröffentlicht. Um dem Autor zu folgen, gehe bitte folgendermaßen vor:

### Desktop:

1) Suche auf Amazon.de oder in der Amazon App nach dem Namen des Autors.
2) Klicke auf den Namen des Autors, um auf die Autorenseite zu gelangen.
3) Klicke auf den »Folgen«-Button.

### Smartphone und Tablet:

1) Suche auf Amazon.de oder in der Amazon App nach dem Namen des Autors.
2) Klicke auf einen Titel des Autors.
3) Klicke auf den Namen des Autors, um auf die Autorenseite zu gelangen.
4) Klicke auf den »Folgen«-Button.

### Kindle eReader und Kindle App:

Wenn du dieses Buch auf einem Kindle eReader oder in der Kindle App liest, wird dir automatisch angeboten, dem Autor zu folgen, nachdem du die letzte Seite des Buches gelesen hast.

Made in United States
Orlando, FL
11 December 2024